mtb

Sämtliche Personen dieser Ausgabe sind frei erfunden. Ähnlichkeiten mit lebenden oder verstorbenen Personen sind rein zufällig.

Der Preis dieses Bandes versteht sich einschließlich der gesetzlichen Mehrwertsteuer.

Umwelthinweis:
Dieses Buch wurde auf chlor- und säurefreiem Papier gedruckt.

Nora Roberts

Sweet Affairs

MIRA® TASCHENBUCH
Band 25770
1. Auflage: August 2014

MIRA® TASCHENBÜCHER
erscheinen in der Harlequin Enterprises GmbH,
Valentinskamp 24, 20354 Hamburg
Geschäftsführer: Thomas Beckmann

Titel der nordamerikanischen Originalausgaben:

Rules Of The Game
Copyright © 1984 by Nora Roberts
erschienen bei: Silhouette Books, Toronto

Summer Desserts
Copyright © 1985 by Nora Roberts
erschienen bei: Silhouette Books, Toronto

Published by arrangement with
Harlequin Enterprises II B.V./S.àr.l

Konzeption/Reihengestaltung: fredebold&partner GmbH, Köln
Umschlaggestaltung: pecher und soiron, Köln
Redaktion: Mareike Müller
Titelabbildung: Harlequin Enterprises S.A., Schweiz
Autorenfoto: © Bruce Wilder
Satz: GGP Media GmbH, Pößneck
Druck und Bindearbeiten: CPI – Ebner & Spiegel, Ulm
Printed in Germany
Dieses Buch wurde auf FSC®-zertifiziertem Papier gedruckt.
ISBN 978-3-95649-044-6

www.mira-taschenbuch.de

Nora Roberts

Fänger des Glücks

Roman

Aus dem Amerikanischen von
Anne Pohlmann

mtb

1. KAPITEL

Ein Sportler, großartig." Brooke nahm einen großen Schluck von ihrem starken schwarzen Kaffee, lehnte sich zurück in den weichen Ledersessel und nickte lächelnd. „Da kommt Freude auf."

„Kein Grund, sarkastisch zu sein", erwiderte Claire milde. „Wenn de Marco für die Werbung einen Athleten einsetzen will, was könntest du dagegen einzuwenden haben?" Sie schaute abwesend auf den schweren Goldring an ihrer rechten Hand. „Immerhin bringt dir der Regieauftrag für die Werbespots eine Kleinigkeit ein."

Mit ihren grauen Augen fixierte Brooke ihre Freundin mit dem für sie typischen bohrenden Blick. Eins von Brookes größten Talenten und eine nützliche Waffe war ihre Fähigkeit, jeden, vom Top-Manager bis zum launischen Schauspieler, niederzustarren. Sie hatte diesen Trick früher als Schutz vor ihrer eigenen Unsicherheit entwickelt und ihn seitdem zu einer Kunst verfeinert. Eine Kunst jedoch, die Claire Thorton nicht beeindrucken konnte. Mit neunundvierzig war sie die Chefin einer Produktionsfirma mit Millionendollarumsatz, die sie mit Köpfchen und Wagemut auf die Beine gestellt hatte. Die Erfahrungen von fast einem Vierteljahrhundert lagen ihren geschäftlichen Entscheidungen zugrunde, und sie beabsichtigte nicht, sich in Zukunft darin beirren zu lassen.

Sie kannte Brooke seit zehn Jahren – seit Brooke sich als Achtzehnjährige mit einem frechen Mundwerk einen Job bei „Thorton Productions" verschafft hatte. Dann hatte Claire Brooke dabei beobachtet, wie sie sich hochgearbeitet hatte – vom Mädchen für alles zur Beleuchterin, von der Chefbeleuchterin zur Assistentin des Kameramanns und schließlich zur Regisseurin. Claire hatte nie den Entschluss bedauert, der sie dazu veranlasst hatte, Brooke ihren ersten Werbefilm von fünfzehn Sekunden zu geben.

Intuition war die Grundlage von Claires Erfolg mit „Thorton Productions", und intuitiv hatte sie ein ausgeprägtes Talent bei der jungen Frau gespürt. Hinzu kam, dass Claire sie kannte und verstand wie nur wenige. Vielleicht, weil sie beide zwei Eigenschaften gemeinsam hatten – Ehrgeiz und Unabhängigkeit.

Nach einem Moment gab Brooke seufzend nach. „Ein Sportler", stieß sie erneut aus, wobei sie sich in ihrem Büro umsah. Es war ein kleiner Raum, an dessen hellgrauen Wänden Fotos aus Dutzenden ihrer Werbefilme hingen. Ein zweisitziges Sofa – neu mit dunklem Cord bezogen – war nicht bequem genug, um zu langen Besuchen zu ermuntern. Der Stuhl mit dem gepolsterten Rücken stammte aus einer Haushaltsauflösung, wie auch der Couchtisch, der weiter links an der Wand stand.

Brooke setzte sich hinter ihren alten abgeschlagenen Schreibtisch, dessen eine Schublade sich nicht mehr ganz schließen ließ. Er war beladen mit Papierstößen, einer Architektenlampe und einem Sammelsurium von Einwegkulis und zerbrochenen Bleistiften. Die Stifte befanden sich in einer antiken Vase. Am Fenster dahinter siechte ein Ficus in einem kunstvoll gearbeiteten Tontopf dahin.

„Verdammt, Claire, warum besorgen sie uns nicht einen Schauspieler?" In einer für sie typischen, weit ausholenden Geste riss Brooke die Hände hoch, dann stützte sie ihr Kinn darauf. „Weißt du überhaupt, was es bedeutet, aus Sportlern oder Rockstars einen Satz herauszukitzeln, ohne dass ihnen das Wort im Hals stecken bleibt oder sie miserabel übertreiben?" Mit einem kraftvollen Fluch, der jeden Kommentar überflüssig machte, schob sie die Papiere zu einem kleinen Stapel zusammen. „Ein Anruf bei einem Agenten, und hundert qualifizierte Schauspieler, die ganz heiß auf den Job sind, würden mir die Bude einrennen."

Geduldig strich sich Claire einen Fussel von ihrem altrosa Leinenkostüm. „Du weißt, wie es den Absatz fördert, wenn ein Produkt mit einem bekannten Namen oder Gesicht angeboten wird."

„Bekannter Name? Wer hat jemals von Parks Jones gehört? Übrigens ein blöder Name", murmelte sie.

„Jeder Baseball-Fan im Land."

Das milde Lächeln verriet Brooke, dass weitere Einwände sinnlos waren. Genau darum reizte es sie, weiterzumachen. „Wir machen Werbung für Mode, nicht für Sportvereine."

„Acht Pokalauszeichnungen", fuhr Claire unbeirrt fort. „Er ist in dieser Saison der beste Spieler in der Liga."

Brooke zog die Brauen zusammen. „Woher willst du das wissen? Du hast dich noch nie für Baseball interessiert."

„Ich habe meine Hausaufgaben gemacht. Und genau darum bin ich auch eine erfolgreiche Produzentin geworden. Jetzt solltest du besser deine Hausaufgaben machen." Claire erhob sich träge. „Nimm dir nichts vor. Ich habe uns Karten für das Spiel heute Abend besorgt. Die ‚Kings' spielen gegen die ‚Valiants'."

„Wer?"

„Mach deine Hausaufgaben", wiederholte Claire, bevor sie die Bürotür hinter sich schloss.

Mit einem erneuten Fluch schwang sich Brooke in ihrem Stuhl herum und blickte hinaus auf Los Angeles – aufragende Gebäude, blinkendes Glas und vom Verkehr verstopfte Straßen. Sie hatte andere Ausblicke auf Los Angeles während ihres Aufstiegs auf der Karriereleiter gehabt, aber noch nie von so weit oben. Brooke überblickte die Stadt vom zwanzigsten Stockwerk. Der Höhenunterschied bedeutete Erfolg, aber Brooke verweilte nicht bei dem Gedanken. Dann hätte sie nur an die Vergangenheit gedacht, was Brooke gewissenhaft vermied.

Sie lehnte sich in dem riesigen Stuhl zurück und spielte mit dem Ende ihres Zopfes. Ihr langes, dickes, unbändiges Haar hatte genau den warmen mit Gold durchzogenen Rotton, den Maler immer wieder für die Ewigkeit festzuhalten versucht hatten. Brooke war weiblich genug, es nicht auf eine praktischere Länge abzuschneiden, und praktisch genug, es während der Arbeit in einem dicken Zopf zu zähmen. Er hing hinten über die dünne Seidenbluse und den Bund der verwaschenen Jeans.

Ihre Augen waren von einem nebligen Grau, umrahmt von dichten Wimpern. Ihre Haut hatte den zarten Elfenbeinton, der so typisch für ihre Haarfarbe war. Doch damit endete die Zartheit auch schon. Ihre Nase war klein und scharf, ihr Mund groß, ihr Kinn aggressiv. Ein beunruhigendes Gesicht – in einem Augenblick schön, im nächsten herb, aber immer herausfordernd. Sie hatte einen flüchtigen Hauch von Rot auf die Lippen gelegt, trug emaillierte Ohrringe aus einem billigen Warenhaus und einen Spritzer vom teuersten Spitzenparfüm.

Brooke dachte an den De-Marco-Auftrag ... Designer-Jeans, exklusive Freizeitkleidung, weiches italienisches Leder. Es war ein fetter Zweijahresvertrag mit einem Budget, das Brooke jeden künstlerischen Spielraum bot, den sie sich wünschen konnte. Sie sagte sich, dass sie es verdient hatte. Es standen drei jener begehrten, doch seltenen „Clios", also Auszeichnungen für die beste Regie in einem Werbespot, in dem Eckbord rechts von ihr.

Nicht schlecht, überlegte sie, für eine achtundzwanzigjährige Frau, die zu „Thorton Productions" mit nichts anderem hereinspaziert war als einem Zeugnis der Highschool, frecher Überredungskunst und verschwitzten Handflächen. Und zwölf Dollar fünfunddreißig in der Tasche, wie sich Brooke erinnerte. Dann schob sie den Gedanken beiseite. Wenn sie den De-Marco-Auftrag wollte – und sie wollte ihn –, musste sie einfach dafür sorgen, dass der Baseballspieler spurte.

Grimmig schwang sie ihren Stuhl wieder zurück, nahm den Hörer vom Telefon und drückte zwei Knöpfe. „Bring mir alles, was wir über Parks Jones haben", ordnete sie an, während sie die Papiere zur Seite schob. „Und frag Miss Thorton, um wie viel Uhr ich sie heute Abend abholen soll."

Parks Jones steckte die Hände in die Taschen und sah seinen Agenten vorwurfsvoll an. „Wie konnte ich mich nur von dir dazu überreden lassen?"

Lee Duttons Lächeln enthüllte etwas schief stehende Zähne und eine Menge Charme. „Du vertraust mir eben."

„Mein erster Fehler.“ Parks musterte Lee, einen onkelhaft erscheinenden Mann mit zurückgehendem Haaransatz, einem koboldhaftem Gesicht und funkelnden schwarzen Augen. Ja, ich vertraue ihm, dachte Parks, er mochte den verschlagenen kleinen Teufel sogar, aber … „Ich bin kein verdammter Schauspieler, Lee, sondern Baseballspieler.“

Lee faltete die Hände, und das Sonnenlicht blitzte zurück vom Armband seiner schmalen Schweizer Uhr. „Du hast bereits eingewilligt. Außerdem … seit der ersten Rasierklinge haben Baseballspieler Werbung gemacht.“

Parks schnaufte und stapfte in dem geräumigen, im orientalischen Stil eingerichteten Büro umher. „Hier geht es aber nicht ums Rasieren, sondern um verdammte Klamotten. Ich werde mich dabei wie ein Idiot fühlen.“

Aber du wirst nicht wie einer aussehen, dachte Lee, während er eine duftende dünne Zigarre hervorzog. Er zündete sie an und musterte Parks durch den Rauch hindurch. Der lange, etwas schlaksige Körper war ideal für legere, exklusive Kleidung, wie auch das blonde Haar und das unmissverständlich kalifornische Aussehen. Parks’ gebräuntes schmales Gesicht, die blauen Augen und der Lockenschopf hatten ihn schon lange zum Liebling der weiblichen Fans werden lassen, während sein freundlicher, unaufdringlicher Charme ihm große Sympathien bei den Männern eingebracht hatte. Er war talentiert, gut aussehend und sympathisch. Insgesamt also, dachte Lee, eine Naturbegabung. Dass er darüber hinaus noch intelligent war, konnte ebenso sehr von Vorteil wie von Nachteil sein.

„Parks, du bist im Augenblick der heiße Favorit.“ Lee stieß einen Seufzer aus, von dem sie beide wussten, dass er berechnet war. „Und du bist dreiunddreißig. Wie lange wirst du noch Baseball spielen?“

Parks fixierte ihn düster. Lee wusste von seinem Gelöbnis, sich mit fünfunddreißig vom Profisport zurückzuziehen. „Was hat das damit zu tun?“

„Es gibt viele Sportler, außerordentlich gute Sportler, die in

Vergessenheit geraten, sobald sie zum letzten Mal vom Spielfeld gehen. Du musst an die Zukunft denken."

„Ich habe an die Zukunft gedacht", erinnerte Parks ihn. „Maui – angeln, in der Sonne dösen, schönen Frauen schöne Augen machen."

Das würde ungefähr sechs Wochen anhalten, kalkulierte Lee, was er aber klugerweise für sich behielt.

„Lee." Parks ließ sich in einen roten chinesischen Sessel fallen und streckte die Beine aus. „Ich brauche das Geld nicht. Warum soll ich also in diesem Winter arbeiten, statt mich an den Strand zu legen?"

„Weil es gut für dich sein wird. Und es ist gut fürs Spiel. Die Spots werden das Image für Baseball steigern. Und", fügte er mit seinem koboldhaften Lächeln hinzu, „weil du einen Vertrag unterschrieben hast."

„Ich muss zum Training", stieß Parks hervor und stand auf. An der Tür drehte er sich mit einem verdächtig freundlichen Lächeln um. „Nur noch eins: Wenn ich mich zum Narren mache, werde ich die Beine deines geliebten chinesischen Tonpferds zerbrechen."

Mit quietschenden Reifen fuhr Brooke durch das elektronisch gesicherte Tor auf die von Rhododendren begrenzte Zufahrt, die zu Claires Villa führte. Insgeheim hielt Brooke das ganze Anwesen für einen wunderschönen Anachronismus. Das Haus war riesig, weiß und mit Säulen am Portal. Brooke machte sich immer ihren Spaß daraus, sich zwei schwarz behelmte Wachposten mit geschulterten Gewehren vorzustellen, die die geschnitzte Doppeltür flankierten. Die Villa hatte früher einem Stummfilmstar gehört, der alle Räume mit pastellfarbener Seide und Satinstoffen ausgekleidet hatte. Vor fünfzehn Jahren hatte Claire sie dann einem Parfüm-Baron abgekauft und mit ihrer eigenen Liebe für orientalische Kunst neu dekoriert.

Schlingernd kam Brooke vor der weißen Marmortreppe zum Stehen. Brooke kannte nur zwei Fahrstile: halten und fahren. Sie stieg aus und atmete den süßen Duft von Vanille und Jasmin ein, bevor sie die Treppe in dem ihr eigenen gelösten Gang, der auf die Kombination von langen Beinen und Zerstreutheit zurückzuführen war, hinaufstieg. In einer Menschenmenge sahen sich die Männer wegen dieses Ganges um, aber Brooke bemerkte es nicht, es hätte sie auch nicht interessiert.

Energisch klopfte sie, dann drückte sie ungeduldig den Türgriff. Da die Tür offen war, trat Brooke in die riesige lindgrüne Eingangshalle und rief: „Claire! Bist du fertig? Ich komme um vor Hunger."

Eine kleine Frau im adretten grauen Kostüm trat links aus einer Tür.

„Hallo, Billings." Brooke lächelte sie an und warf ihr Haar über die Schulter zurück. „Wo ist Claire? Ich habe nicht die Energie, dieses Labyrinth nach ihr zu durchsuchen."

„Sie zieht sich um, Miss Gordon." Die Haushälterin sprach klar artikuliert und beantwortete Brookes Lächeln mit einem Nicken. „Sie kommt sofort herunter. Möchten Sie einen Drink?"

„Etwas Mineralwasser vielleicht, es ist schwül draußen." Brooke folgte der Haushälterin in den Salon und ließ sich auf einen Diwan fallen. „Hat sie Ihnen gesagt, wohin wir gehen?"

„Zu einem Baseballspiel, Miss." Billings tat Eis in ein Glas und fügte sprudelndes Wasser hinzu. „Etwas Zitrone?"

„Nur einen Spritzer. Nun kommen Sie schon, Billings." Brookes rauchige Altstimme senkte sich verschwörerisch. „Was halten Sie davon?"

Methodisch drückte Billings Zitrone in das Mineralwasser. Sie war die Hausdame von Lord und Lady Westbrook in Devon gewesen, bevor sie von Claire Thorton abgeworben worden war. Als sie die Position angenommen hatte, hatte sie sich – die englischste aller Engländerinnen – geschworen, sich niemals amerikanisieren zu lassen. Edna Billings hatte ihre Grundsätze. Doch Brooke hatte sie nie ganz widerstehen können. Ein ungezogenes Ding, hatte sie vor einem Jahrzehnt bei ihrer ersten Begegnung gedacht, und bei dem Urteil war sie geblieben. Vielleicht war das der Grund, warum Billings Brooke so zugeneigt war.

„Ich bevorzuge Cricket“, antwortete sie freimütig. „Ein zivilisierteres Spiel.“ Sie reichte Brooke das Glas.

„Können Sie sich Claire auf einem offenen Tribünenplatz vorstellen?“, fuhr Brooke fort. „Von schreienden, schwitzenden Fans umgeben, während sie eine Horde von erwachsenen Männern beobachtet, die nach einem kleinen Ball schlagen und im Kreis herumrennen?“

„Wenn ich mich nicht irre“, meinte Billings langsam mit wiegendem Kopf, „ist doch etwas mehr an dem Spiel.“

„Sicher, Punkte holen und Aufsteigen und Ausscheiden und Ausschreien.“ Brooke seufzte tief. „Wer steigt schon bei den Regeln dieses Spiels durch? Ist aber auch egal.“ Brooke zuckte die Schultern und nahm einen großen Schluck Wasser. „Claire wünscht, dass ich mir diesen Burschen in Aktion ansehe, um mich inspirieren zu lassen.“ Sie kreiste mit einer Fingerspitze über den Rand des Glases. „Was ich wirklich brauche, ist etwas Anständiges zu essen.“

„Du kannst dort einen Hotdog und Bier bekommen“, verkündete Claire von der Tür.

Brooke brach in schallendes Gelächter aus. Claire sah elegant aus in der hellen Leinenhose, der bedruckten Bluse und Schuhen aus feinstem Leder. „Du gehst zu einem Baseballspiel“, erinnerte Brooke sie, „nicht in ein Museum. Und ich hasse Bier.“

„Wie schade.“ Claire überprüfte den Inhalt ihrer zu den Schuhen passenden Ledertasche, die sie dann zuschnappen ließ. „Gehen wir, wir wollen nichts versäumen. Gute Nacht, Billings.“

Brooke kippte den Rest des Wassers hinunter, sprang hoch und rannte hinter Claire her. „Lass uns unterwegs anhalten und etwas essen“, schlug sie vor. „Schließlich verpassen wir nicht den ersten Akt einer Oper, und ich musste das Mittagessen auslassen.“ Sie setzte den Blick des verlassenen Waisenkindes auf. „Du weißt, wie ungenießbar ich bin, wenn ich auf ein Essen verzichten muss.“

„Wir werden dich vor die Kamera stellen, Brooke, deine schauspielerischen Leistungen werden immer besser." Mit einer gemurmelten Bemerkung über Brookes kleinen Wagen zwängte sich Claire hinein. Sie wusste, Brookes Besessenheit für reguläre Mahlzeiten war auf ihre entbehrungsreiche Kindheit zurückzuführen. „Zwei Hotdogs", schlug sie vor und schnallte sich an. „Es sind fünfundvierzig Minuten zum Stadion." Claire drückte ihr mit Silberstreifen durchzogenes brünettes Haar zurecht. „Also schaffst du es in fünfundzwanzig Minuten."

Brooke fluchte und fuhr los. Dreißig Minuten später suchte sie einen Parkplatz vor dem Stadion.

Sie folgten der Menge, die aufs Stadion zuschwärmte. Es roch nach erhitztem Asphalt, schlechter Luft und menschlichen Ausdünstungen – Los Angeles im August. Dämmerung überzog den Himmel, und die Lichter des Stadions schickten ihren weißen nebligen Schein empor. Drinnen schoben sie sich an den Ständen vorbei, an denen Wimpel und Bilder und Programme verkauft wurden. Es roch nach Popcorn und gegrilltem Fleisch und Bier. Sofort reagierte Brookes Magen.

„Weißt du, wohin wir gehen müssen?", fragte sie.

„Ich weiß immer, wohin ich gehen muss", antwortete Claire, während sie sich einem Gang zuwandte, der abwärts führte.

Das Stadion war taghell erleuchtet und vollgestopft mit Menschen. Über der aus den Lautsprechern dringenden Rockmusik lag das unaufhörliche Summen von Tausenden von Stimmen. Herumlaufende Verkäufer boten von ihren Bauchläden aus Essen und Trinken an.

Erregung. Brooke fühlte direkt die in Wellen kommende elektrische Spannung. Sofort verschwand ihre Gleichgültigkeit und wurde ersetzt durch eine lebhafte Neugier. Die Menschen hier waren besessen, Tausende, zusammengepfercht um ein Spielfeld aus grünem Gras und braunem Schmutz.

Etwas anderes als Hunger rührte sich in ihr.

„Sieh sie dir an, Claire", murmelte sie. „Ob das hier immer so ein Hexenkessel ist?"

„Die ‚Kings' führen in der Liga." Sie sah Brooke mit hochgezogenen Brauen an. „Ich habe dir gesagt, du sollst deine Hausaufgaben machen."

„Hm-hm." Brooke war ganz gefangen von den Menschen und der Atmosphäre.

Langsam folgte sie Claire die Treppe hinunter und saugte dabei die neuen Eindrücke in sich auf. Das Riesige, die Geräusche und die Gerüche der im Stadion zusammengepferchten Menschen, die umfassende Farbpalette, all das gefiel ihr ungemein. Marineblau-weiße Fähnchen wurden von den Fans der „Kings" geschwenkt.

Plötzlich blieb Brooke stehen und legte eine Hand auf Claires Schulter. „Ist das nicht Brighton Boyd?"

Claire sah nach links, wo der Schauspieler und Oscar-Preisträger saß und sich Erdnüsse aus einer weißen Papiertüte in den Mund stopfte. „Ja. Und hier ist unser Platz." Sie winkte dem Schauspieler freundlich zu, bevor sie sich setzte. „Hier müssten wir eigentlich einen guten Überblick haben", stellte Claire zufrieden fest.

Sich immer noch fasziniert umblickend, ließ sich Brooke auf ihren Platz fallen. Im Kolosseum in Rom, dachte sie, muss dieselbe Atmosphäre geherrscht haben, ehe die Gladiatoren einmarschierten. Müsste sie einen Werbefilm über Baseball drehen, würde sie nicht das Spiel, sondern die Zuschauermenge zeigen. Ein Kameraschwenk aus der Totalen mit leiser Hintergrundmusik – die sich allmählich steigerte, während die Kamera näher kam. Und dann wumm! Volle Lautstärke, volle Wirkung. Klischee oder nicht, das war Amerika pur.

„Hier, Liebes." Claire unterbrach Brookes Gedankengang und reichte ihr einen Hotdog. „Spendiere ich dir."

„Danke." Brooke biss hungrig hinein und sprach dann mit vollem Mund. „Wer macht die Werbung für das Team, Claire?"

„Konzentrier dich einfach nur aufs Spiel und unseren Mann", riet Claire und trank einen Schluck von ihrem Bier.

„Ja, aber …" Die Menge brüllte, als die Mannschaft aufs Spielfeld kam. Die Spieler, in strahlendem Weiß mit marineblauen Kappen und Baseballsocken, nahmen ihre Positionen ein. So lächerlich sehen sie eigentlich gar nicht aus, dachte Brooke, während die Fans um sie herum weiter ihre Jubelrufe ausstießen. Die Spieler sahen sogar ziemlich heroisch aus. Brooke konzentrierte sich auf Parks Jones.

Der stand mit dem Rücken zu ihr, sodass Brooke sein Gesicht nicht sehen konnte. Im Augenblick brauchte sie es auch nicht, sein Körper war genug. Über eins achtzig, schätzte sie, nicht mehr als zweiundsiebzig Kilo, aber nicht dünn. Sie stützte ihre Ellbogen auf die Absperrung und ließ das Kinn auf die Hände sinken.

Fast schlaksig, dachte sie. Er müsste Kleidung gut präsentieren können. Parks warf einem Mannschaftskameraden einen Ball zu. Für einen Moment verirrten sich Brookes Gedanken. Etwas schlich sich in ihre professionelle Begutachtung, was sie aber schnell verdrängte. Die Art, wie er sich bewegt, dachte sie. Katzengleich? Nein. Sie schüttelte den Kopf. Nein, er war ganz Mann.

Sie wartete, hielt unwillkürlich den Atem an, während er wieder einen Ball fing. Er bewegte sich gelöst, offensichtlich mühelos, doch sie spürte eine Körperbeherrschung, als er sich beugte, drehte. Ein fließender Bewegungsablauf – Füße, Beine, Hüften, Arme. Ein Tänzer hatte vielleicht nach jahrelangem Training diese Art von lässiger Perfektion. Wenn ich ihn sich bewegen lasse, überlegte Brooke, wird es nichts ausmachen, wenn der Mann nicht einmal seinen Namen vor der Kamera aussprechen kann.

In jeder seiner Bewegung steckte sexuelle Ausstrahlung. Sie war sogar zu spüren, wenn er stand, lässig auf einen weiteren Ball wartete. Vielleicht könnte es doch klappen, überlegte Brooke, während ihr Blick über seinen Körper und die blonden Locken streifte, die seitwärts und hinten unter seiner Kappe hervorsprangen.

Parks Jones drehte sich um, und Brooke starrte ihm direkt ins Gesicht. Ein längliches, schmales Gesicht, wie sein Körper, und es erinnerte sie ebenso an die Gladiatoren, die sie im Geiste vorher schon heraufbeschworen hatte. Weil er sich konzentrierte, lag kein Lächeln um seinen sinnlichen Mund. Die Augen waren fast von demselben Blau wie die Kappe, die sie umschattete. Es ging etwas Wildes von ihm aus, wie von einem Krieger, etwas eindeutig Gefährliches. Was auch immer Brooke erwartet hatte, es war weder dieses kompromisslos entschlossene, sexy Gesicht noch ihre Reaktion darauf.

Jemand rief Parks etwas von den offenen Tribünen aus zu. Er lächelte und verwandelte sich sofort in einen freundlichen, umgänglichen Mann mit der Aura von lockerem Charme. Brookes Muskeln entspannten sich.

„Was hältst du von ihm?“

Ein wenig benommen lehnte Brooke sich zurück und kaute abwesend auf ihrem Hotdog. „Es könnte klappen. Er bewegt sich gut.“

„Nach dem zu urteilen, was man mir gesagt hat, hast du bis jetzt noch nichts gesehen.“

Wie gewöhnlich hatte Claire recht, das musste sich Brooke während des Spielverlaufs eingestehen. Er spielt, dachte Brooke, mit der gelösten Begeisterung eines Jungen und der Entschlossenheit eines Veteranen. Auch ohne die Regeln des Spiels zu kennen, wusste sie, dass so ein Spieler nicht zu halten war.

Es war eine Lust, ihn in Aktion zu beobachten. Wieder entspannt, den ersten beunruhigenden Eindruck hinter sich, dachte Brooke über den Einstellwinkel der Kamera nach. Wenn nur seine Stimme so gut war wie der Rest von ihm. Nun, das würde sich noch zeigen. Nachdem Brooke einen weiteren Hotdog verdrückt hatte, lehnte sie sich wieder auf die Absperrung. Die „Kings“ führten mit 2:1. Das Publikum war aus dem Häuschen. Brooke entschied, einige Bewegungsaufnahmen von Parks im Zeitlupentempo zu machen.

Es war heiß und windstill unten auf dem Spielfeld. Oben ließ ab und zu eine leichte Brise die Fahne flattern, eine angenehme Abkühlung für die Zuschauer auf den Rängen. Aber unten, unterhalb der Scheinwerfer, war die Luft zum Schneiden. Parks lief der Schweiß den Rücken hinunter.

Er warf einen Blick zu den Logenplätzen hinüber, und plötzlich, für beide überraschend, traf er auf den von Brooke, die ihn ja schon lange beobachtete.

Also, das ist ein Gesicht, dachte er, wie man es nicht jeden Tag zu sehen bekommt. Die Frau erinnerte ihn mit ihrer wilden roten Haarmähne und der Porzellanhaut irgendwie an eine entzückende Aristokratin aus dem achtzehnten Jahrhundert. Augenblicklich spürte er einen Druck im Magen. Das Gesicht strahlte kühlen, verbotenen Sex aus. Aber die Augen ... Die Augen waren von einem weichen Grau und blickten direkt und durchdringend wie Pfeile. Sie starrte zu ihm zurück, ohne zu blinzeln oder zu erröten, auch nicht lächelnd, wie es die meisten Fans getan hätten. Sie starrt mich einfach nur an, dachte Parks, als ob sie mich sezieren wollte. Es ärgerte ihn und machte ihn zugleich neugierig. So etwas hatte er noch nie erlebt.

Er dachte weiter an sie, als er auf der Bank saß. Er beobachtete den Schlagmann und dachte an die Rothaarige auf dem überdachten Tribünenplatz.

Warum hatte sie ihn so angesehen? Als ob sie überlegt hätte, wie er in einem Trophäenkasten aussehen würde. Mit einem leichten Seufzer erhob sich Parks und setzte seinen Schlaghelm auf. Er sollte seine Gedanken besser von der Kleinen auf der Tribüne wieder aufs Spiel richten. Doch unwiderstehlich wurde sein Blick nach links gezogen. Er konnte Brooke nicht klar aus dieser Entfernung sehen, aber er spürte, dass sie ihn immer noch offen musterte. Erneut brach der Ärger in ihm durch, als er als Schlagmann eingewechselt wurde.

Was will die Frau überhaupt? fragte er sich, als er probeweise den Schläger schwang. Es wäre leichter, wenn er sie als ein typisches Baseball-Groupie hätte einordnen können, aber es war nichts Typisches an diesem Gesicht – oder an diesen Augen. Die Füße gegen den Boden stemmend, beugte er sich vor und wartete auf den Ball. Er wartete zwei Bälle ab. Geduld war der

Kern von Parks' Talent. Selbst unter größtem Druck konnte er auf den Ball warten, den er wollte. Die Menge schrie, flehte ihn im Chor an zu schlagen, aber Parks konzentrierte sich auf den Werfer.

Der Ball kam mit einer Geschwindigkeit von hundertfünfzig Stundenkilometern, aber Parks konnte ihn einschätzen. Auf den hatte er gewartet. Parks holte aus und hörte den Knall, als er den Ball traf. Von der Menge angefeuert, lief Parks. Mit einem jungenhaft triumphierenden Grinsen nahm er die erste Base. Bei der zweiten blickte er automatisch hinüber zu Brooke. Sie saß, das Kinn auf die Absperrung gelegt, während die Menge um sie herum hochsprang und schrie. Da war wieder diese ruhige Eindringlichkeit in ihrem Blick, kein anerkennendes Aufblitzen, keine vergnügte Erregung über den Spielverlauf. Irritiert versuchte Parks, sie mit einem Blick aus der Fassung zu bringen, als er die dritte Base nahm. Doch ihr Blick blieb fest, bis er die Homebase erreichte. Parks fühlte sich gleichermaßen freudig erregt wegen seines Erfolgs, den Lauf komplett geschafft zu haben, wie er auf die unbekannte Frau wütend war.

„Ist das nicht fabelhaft?“ Strahlend beugte sich Claire zu Brooke vor. „Ein sehr talentierter junger Mann.“ Sie machte einem umherschlendernden Verkäufer ein Zeichen, um noch ein kühles Getränk zu kaufen. „Er hat dich angestarrt.“

„Hm-hm.“ Brooke wollte auf keinen Fall zugeben, dass ihr Pulsschlag bei jedem Blickkontakt hochgeschnellt war. Sie kannte diesen Typus Mann – gut aussehend, erfolgreich und herzlos. Damit hatte sie jeden Tag zu tun. „Er wird sich bestimmt gut vor der Kamera machen.“

Claire lachte mit der lässigen Lust einer Frau, die auf die Fünfzig zuging. „Er wird sich überall gut machen.“ Brooke zuckte nur mit den Achseln.

Das Spiel ging weiter. Brooke achtete nicht auf den Spielstand oder die anderen Spieler, sie beobachtete nur unaufhörlich Parks in der für sie typischen Haltung: Arme auf der Absperrung, Kinn auf den Händen, die in Stiefeln steckenden Füße übereinandergelegt. Es ist etwas an ihm, überlegte sie, das über die unübersehbare Anziehungskraft, die elementare Sinnlichkeit hinausgeht. Es war diese Gelöstheit in den Bewegungen, die die disziplinierte Körperbeherrschung überlagerte. Das war es, was sie einfangen wollte. Diese Kombination würde mehr erreichen, als De-Marco-Mode nur zu verkaufen – sie würde sie typisieren.

Sie würde ihn in der lässig-eleganten Freizeitmode einen seiner weit ausholenden Schläge machen lassen, vielleicht auch in De-Marco-Jeans durch die Brandung reiten lassen. Athletische Szenen – das war es, wofür er gebaut war. Und wenn sie etwas Humor aus ihm herauskitzeln konnte, mit Frauen zeigen. Sie wollte nicht das übliche anbetungsvolle Anstarren oder die männlich-wissenden Blicke, sondern etwas Fantastisches und Spaßiges. Wenn die Texter es schafften, wenn Jones sich Regieanweisungen unterordnete …

Brooke weigerte sich, länger bei „Wenn" zu verweilen, und sagte sich, dass sie es hinkriegen würde. Innerhalb eines Jahres würde jede Frau Parks Jones wollen, und jeder Mann würde ihn beneiden.

Der Ball wurde hoch getroffen. Parks jagte hinter ihm her, auf die Tribünen zu. Und plötzlich standen sich Brooke und Parks von Angesicht zu Angesicht gegenüber, nah genug für sie, um den herben Geruch seines Schweißes wahrzunehmen und die Tropfen über seine Schläfen hinablaufen zu sehen. Wieder lagen ihre Blicke ineinander. Brooke brach den Blickkontakt nicht ab, teils, weil sie interessiert, teils, weil sie wie gelähmt war. Das Einzige, was ihr Blick offen verriet, war Neugier.

Hinter ihnen ertönten Schreie des Triumphs, als ein Fan sich den Ball als Trophäe schnappte.

Wütend starrte Parks zurück. „Ihr Name?", fragte er leise.

Er hatte wieder diesen intensiven, gefährlichen Blick. Brooke verordnete ihrer Stimme ruhige Gelassenheit. „Brooke."

„Den ganzen, verdammt!", stieß Parks aus, von der Zeit gedrängt und wütend auf sich selbst. Er beobachtete, wie sie eine geschwungene Augenbraue hochzog, und ertappte sich beim Wunsch, die Frau von ihrem Tribünenplatz zu zerren.

„Gordon“, antwortete Brooke ungerührt. „Ist das Spiel vorbei?“

Parks kniff die Augen zusammen, bevor er aufs Spielfeld zurückging und dabei murmelnd antwortete: „Es beginnt gerade erst.“

2. KAPITEL

Brooke hatte den Anruf erwartet. Immerhin kannte Parks ihren Namen, und der stand im Telefonbuch. Erwartet hatte sie ihn allerdings nicht Sonntagmorgen um Viertel nach sechs.

Noch halb im Schlaf, griff sie nach dem schrillenden Telefon. Den Hörer zu packen, das schaffte sie gerade noch, doch der Apparat fiel mit einem Knall zu Boden. „Hallo", murmelte sie, ohne die Augen zu öffnen.

„Brooke Gordon?"

„Hm." Sie kuschelte sich ins Kissen. „Ja."

„Hier spricht Parks Jones."

Plötzlich putzmunter, öffnete Brooke die Augen. Das Licht war weich und verschwommen in der frühen Dämmerung. Die ersten Vögel begannen gerade zu zwitschern. Brooke tastete nach ihrem alten Aufziehwecker neben dem Bett und wunderte sich, dass es noch so früh war. Einen Schwall von Flüchen unterdrückend, sprach sie ruhig und gedämpft weiter. „Wer bitte?"

Parks nahm den Hörer in die andere Hand und zog die Brauen zusammen. „Parks Jones. Sie wissen schon – Baseball."

Brooke gähnte und drückte ihr Kissen zurecht. „Oh!" Das war alles, was sie sagte, aber in ihren Augen blitzte es verschmitzt auf.

„Ich möchte Sie wiedersehen. Wir fliegen heute von New York zurück. Wie wäre es mit einem späten Dinner?" Warum tue ich das? fragte er sich, als er in dem kleinen Hotelzimmer auf und ab ging. Und warum, um alles auf der Welt, tat er es nicht mit etwas mehr Stil?

„Dinner", wiederholte Brooke träge, während ihr Verstand schnell arbeitete. War es nicht gerade typisch für diese Sorte Mann zu erwarten, dass eine Frau keine festen Pläne hatte und nur darauf wartete, ihm zu gefallen? Ihr erster Impuls war, ihm eine kalte Abfuhr zu erteilen, doch dann gewann ihr Sinn für das

Lächerliche der Situation die Oberhand. „Nun …“ Sie zog das Wort in die Länge. „Vielleicht. Um wie viel Uhr?“

„Ich hole Sie um neun ab.“ Parks ignorierte einfach das Vielleicht. Wenn er es drei Tage lang nicht schaffte, sich eine Frau aus dem Kopf zu schlagen, dann musste er den Grund dafür herausfinden. „Ich habe die Adresse.“

„In Ordnung, Sparks, um neun.“

„Parks“, verbesserte er und legte auf.

Brooke brach in schallendes Gelächter aus.

Brooke war immer noch in bester Laune, als sie sich abends umzog. Was würde Parks Jones wohl sagen, wenn er wüsste, dass er seine zukünftige Regisseurin zum Dinner ausführte? Bestimmt würde er nicht sehr erfreut sein, wenn er erfuhr, dass sie diese kleine Information ausgelassen hatte. Aber das ganze Szenario reizte Brooke zu sehr. Außerdem war da auch noch die Tatsache, dass er etwas in ihr berührt hatte, was sie verarbeitet haben wollte, ehe ihre gemeinsame Arbeit begann.

In ein Badetuch gehüllt, begutachtete Brooke ihre Garderobe. Sie verabredete sich nicht oft – ihre Entscheidung. Frühe Erfahrungen hatten ihre Haltung Männern gegenüber beeinflusst. Waren sie gut aussehend und charmant, ging Brooke ihnen aus dem Weg.

Sie war erst siebzehn gewesen, als sie ihren ersten hübschen Charmeur getroffen hatte. Er war zweiundzwanzig gewesen und frisch vom College. In dem Restaurant, in dem sie gearbeitet hatte, hatte Clark immer schnell einen Scherz parat gehabt und war großzügig mit Trinkgeld. Sie gingen ein- oder zweimal die Woche ins Kino, dann folgte ein Picknick. Es hatte Brooke nicht beunruhigt, dass er nicht arbeitete. Er behauptete, seine Freiheit für einen Sommer genießen zu wollen, ehe er sich an einen festen Job band.

Seine Familie stammte aus Boston, tat sehr vornehm und hatte Beziehungen. Ihr vornehmes Getue, erklärte Clark mit seinem beißenden Spott, der Brooke so faszinierte, gründete sich darauf, dass es viele Familienerbstücke und wenig Bargeld gab. Doch aus seinem Spott sprach auch familiäre Verbundenheit, und dafür beneidete sie ihn zutiefst. Clark konnte Späße über seine Familie machen, weil er fest zu ihr gehörte.

Er brauche seine Freiheit, meinte er, ein paar Monate Flucht vor Anforderungen nach den Bevormundungen des College. Er wolle das wirkliche Leben schmecken, bevor er sich nach einer idealen Karriere umsah.

Jung und hungrig nach Zuneigung, hatte Brooke jedes seiner Worte aufgesaugt, hatte jeden Spruch geglaubt. Clark blendete sie mit einer Ausbildung, die sie sich gewünscht hatte, aber nie bekommen konnte. Er sagte ihr, wie schön und süß sie sei, dann küsste er sie, als ob er es ehrlich meinte. Sie verbrachten Nachmittage am Strand und mieteten sich Surfbretter, und Brooke bemerkte gar nicht, dass sie dafür bezahlte. Und als sie ihm ihre Unschuld in einer Mischung aus panischer und verschämter Aufregung gab, schien er zufrieden mit ihr zu sein. Über ihre naive Verlegenheit lachte er und war zärtlich zu ihr. Für Brooke konnte es kein vollkommeneres Glück geben.

Dann schlug er ein gemeinsames Leben vor, und Brooke willigte begeistert ein. Sie wollte für ihn kochen und putzen und sehnte sich danach, mit ihm aufzuwachen und einzuschlafen. Über die Tatsache, dass ihr geringer Verdienst sie beide ernähren musste, machte sie sich keine Gedanken. Und von Ehe sprach Clark genauso wie von Arbeit – vage. Das war etwas für die Zukunft, etwas, woran moderne verliebte Leute keinen Gedanken verschwendeten. Brooke stürzte sich überglücklich in das, was sie als ihr erstes wirkliches Zuhause ansah. Eines Tages würden sie Kinder haben, Jungen mit Clarks hübschem Gesicht, Mädchen mit seinen braunen Augen. Kinder, die Großeltern in Boston hatten, Kinder, die wussten, wer ihre Eltern waren und wo ihr Zuhause.

Drei Monate schuftete sie wie ein Pferd, sparte von ihrem knappen Lohn noch für die Zukunft, von der Clark immer sprach. Er selbst widmete sich weiter seinen, wie er sagte, Studien und lehnte systematisch alle Jobs in den Stellenanzeigen als für ihn ungeeignet ab. Brooke konnte ihm nur zustimmen. Für sie war Clark viel zu klug für irgendeine körperliche Arbeit, viel zu bedeutend für irgendeine gewöhnliche Position. Wenn der richtige Job erst kam, das wusste sie, dann würde er einfach antreten und sofort wie eine Rakete an die Spitze schießen.

Manchmal wirkte er unruhig, verstimmt und zog sich zurück. Doch ansonsten barst er vor Energie und Plänen. Gehen wir hierhin, gehen wir dorthin – jetzt, heute. Morgen war für Clark Lichtjahre entfernt. Für Brooke war das Heute zum ersten Mal seit siebzehn Jahren etwas Besonderes. Sie hatte etwas – jemanden für sich.

In der Zwischenzeit arbeitete sie für die gemeinsame Zukunft, kochte sein Essen und sparte ihr Trinkgeld in einer kleinen Apothekerdose auf einem Bord in der Küche.

Eines Nachts kam Brooke von der Spätschicht nach Hause und musste feststellen, dass Clark weg war und mit ihm ihr kleiner Schwarz-Weiß-Fernseher, ihre Plattensammlung und die Apothekerdose. Ein Brief lag auf ihrem Platz.

Brooke,
meine Eltern üben Druck aus. Ich hatte es nicht so früh erwartet. Eine alte Familientradition, aber ich habe wohl gehofft, dass sich alles von selbst erledigt: Ich heirate eine Cousine dritten Grades. Verdammt, es klingt altmodisch, aber so sind meine Herrschaften nun einmal. Shelley ist ein nettes Mädchen, ihr Vater hat mit meinem Dad zu tun. Wir sind mehr oder weniger seit einigen Jahren verlobt, aber es schien nicht wichtig zu sein. Wie auch immer, ich steige ins Geschäft ihrer Familie ein und kann in fünf Jahren, oder so, Vizepräsident werden. Irgendwie wollte ich mich dem Druck der Familie immer verweigern, aber ich kann nicht. Es tut mir leid.
Es hat keinen Sinn, gegen eine Mauer aus Familientradition und altem Geld anzurennen, Baby. Du sollst wissen,

dass ich in den Monaten mit dir mehr Luft zum Atmen als jemals zuvor hatte.
Das mit dem TV und dem anderen Zeug tut mir leid, aber ich hatte kein Geld für das Flugticket, und im Augenblick ist es nicht günstig, meinen Alten zu beichten, dass ich meine Ersparnisse schon durchgebracht habe. Ich zahle es Dir zurück, sobald ich kann.
Du warst großartig, Brooke, wirklich großartig. Sei glücklich.
Clark

Brooke las den Brief zweimal, bevor Clarks Worte einen Sinn ergaben. Clark war weg. Ihre Sachen zählten nicht. Clark war weg, und sie war allein – wieder einmal. Weil sie nicht einer alteingesessenen Familie aus Boston entstammte oder einen Vater hatte, der jemandem, den sie liebte, einen lukrativen Job anbieten konnte.

Brooke weinte, bis sie ausgetrocknet war, unfähig zu glauben, dass ihre Träume, ihr Vertrauen und ihre Zukunft mit einem Schlag zerstört sein sollten.

Sie war schnell aufgewacht, hatte ihren Idealismus und ihre Träume abgeworfen. Sie wollte sich nicht noch einmal benutzen lassen. Sie wollte nie noch einmal mit Frauen in Konkurrenz treten, die alte Vorteile auf ihrer Seite hatten. Und sie wollte nicht mehr Sklavenarbeit in einer verräucherten Kneipe leisten und gerade so viel verdienen, um sich eine billige Einzimmerwohnung leisten zu können.

Sie hatte den Brief in winzige Schnipsel zerrissen und sich das Gesicht mit Eiswasser gewaschen, bis alle Spuren der Tränen verschwunden waren.

Mit dem Rest ihres Geldes in der Tasche war sie ziellos herumgelaufen, bis sie sich vor „Thorton Productions" wiedergefunden hatte. Aggressiv, kampfbereit war sie hineingegangen, hatte sich an der Rezeptionistin vorbei- und ins Personalbüro hineingeredet. Herausgekommen war sie mit einem neuen Job, in dem sie kaum mehr als beim Servieren verdiente, aber mit frischem Ehrgeiz. Sie wollte es zu etwas bringen. Etwas hatte sie durch Clarks Betrug gelernt: Sie konnte sich nur auf einen Menschen verlassen – auf sich selbst. Niemand sollte sie je wieder zu irgendwelchen falschen Hoffnungen oder zu Tränen verleiten.

Jetzt, zehn Jahre später, zog Brooke ein enges schwarzes Kleid aus dem Schrank. Ein elegantes, raffiniertes Seidenkleid, das sie sich für die Cocktail-Empfänge gekauft hatte, die sie immer wieder rein beruflich besuchen musste. Es passte ausgezeichnet für den Abend mit Parks Jones.

Parks fuhr durch die Berge, die sich über Los Angeles erhoben, und dachte über sein Verhalten nach. Zum ersten Mal in seiner Karriere hatte er sich von einer Frau während eines Spiels ablenken lassen, und diese eine hatte es nicht einmal darauf angelegt. Zum ersten Mal hatte er eine Fremde aus mehr als dreitausend Meilen Entfernung angerufen, um sich mit ihr zu verabreden, und diese eine wusste noch nicht einmal, wer er war. Zum ersten Mal wollte er mit einer Frau ausgehen, die ihn richtig wütend gemacht hatte, obwohl sie kaum mehr als fünf Worte gesagt hatte. Und wären nicht die Auswärtsspiele gewesen, hätte er sie schon früher angerufen.

Während des ganzen Rückflugs hatte er an Brooke Gordon gedacht und versucht, sie einzuordnen. Bestimmt ein Model oder eine Schauspielerin. Das Gesicht dafür hatte sie – nicht wirklich berückend schön, aber unverwechselbar und einzigartig. Ihre Stimme schien durch Wolken von Rauch gehaucht. Und übermäßig helle hat sie heute Morgen am Telefon auch nicht geklungen, erinnerte er sich mit einer Grimasse. Kein Gesetz schrieb vor, dass ein faszinierendes Äußeres unbedingt auch Verstand erforderte, aber etwas in ihrem Blick an jenem Abend … Parks schüttelte das Gefühl ab, das ihn beunruhigte, das er analysierte, abwog und abmaß.

Ein Kaninchen schoss direkt vor ihm auf die Straße und blieb, hypnotisiert von den Lichtkegeln, erstarrt stehen. Parks trat auf die Bremse, schlingerte und fluchte, als das Tier zurückraste. Für kleine Tiere hatte er schon immer eine Schwäche gehabt, die sein Vater nie verstehen konnte. Aber sein Vater hatte sowieso wenig von dem Jungen verstanden, der sich entschieden hatte, Baseball zu spielen, statt eine lukrative Position bei „Parkinson Chemicals“ einzunehmen.

Parks bog in die schon dunkel werdende Straße ein, die zu Brookes schmuckem Holzhaus führte. Es gefiel ihm sofort – die abgeschiedene Lage, die zirpende Melodie der Grillen. Das Grundstück lag fünfundvierzig Minuten von Los Angeles entfernt. Vielleicht war die Frau ja doch nicht so geistig unterbelichtet. Er parkte seinen Wagen hinter ihrem und sah sich um.

Das Gras musste gemäht werden, obwohl es so nur noch den rustikalen Charme des Hauses unterstrich, das aus Holz und viel Glas bestand und von einer Veranda umzogen wurde. Ein Bach plätscherte in einiger Entfernung. Es roch nach Sommer – heiß, schweres Aroma von Blumen, und über allem lag eine unerklärliche Atmosphäre von Frieden. Parks ertappte sich bei dem Wunsch, nicht zurück in die Stadt in ein überfülltes, hell erleuchtetes Restaurant fahren zu müssen. In der Ferne schlug laut ein Hund an, und der rollende Hall unterstrich noch die weite Einsamkeit. Parks fragte sich, was das für eine Frau war, die sich ein Haus so weit entfernt von den Annehmlichkeiten der Stadt wählte.

Ein alter Türklopfer aus Messing in Form eines Hundekopfes war an der Tür angebracht. Schmunzelnd betätigte Parks ihn. Dann wurde die Tür geöffnet, und Parks vergaß jeden Zweifel, der sich ihm während der Fahrt durch die Berge aufgedrängt hatte.

Dieses Mal, dachte er, sieht Brooke aus wie eine verführerische Hexe – helle Haut gegen schwarzes Kleid, ein schweres silbernes Amulett zwischen den Brüsten. Das Haar war an den Schläfen mit zwei Kämmen zurückgehalten und fiel bis auf die Hüften hinunter. Ihre Augen waren so verhangen wie der Höllenrauch, die Lider dunkel mit einem leicht schimmernden Schatten. Ihr

Mund war ungeschminkt. Parks fing den Hauch eines Parfüms auf, das in ihm das Bild eines Harems heraufbeschwor, mit weißer Seide und kehligem weiblichen Lachen.

„Hallo." Brooke hielt ihm ihre Hand hin. Wie hatte sie gewusst, dass ihr Herz bei seinem Anblick zu hämmern begann? Es war dumm, weil sie sich doch schon vorgestellt hatte, wie er in eleganter Kleidung aussah. Das musste sie als seine Regisseurin. Doch irgendwie sah sein Körper geschmeidiger aus, sogar noch männlicher in diesem elegant-legeren Anzug. Und sein Gesicht sogar noch anziehender, hier, im schattigen Halbdunkel ihrer Veranda. Ihr Plan, ihn auf einen Drink hereinzubitten, wurde verworfen. Je früher sie unter Menschen waren, desto besser.

„Ich komme um vor Hunger. Gehen wir?" Ohne auf seine Antwort zu warten, schloss sie die Tür hinter sich.

Bei seinem Wagen drehte sich Parks um. Mit hohen Absätzen war sie fast auf Augenhöhe mit ihm. „Soll ich das Verdeck schließen?"

„Nein." Brooke öffnete sich selbst die Tür. „Ich mag die Luft."

Sie lehnte sich zurück und schloss die Augen, als er in die Stadt fuhr. Er fuhr schnell, aber mit der kontrollierten Beherrschtheit, die sie bei ihm von Anfang an gespürt hatte. Da Geschwindigkeit eine ihrer Schwächen war, entspannte sie sich und genoss die Fahrt.

„Wieso waren Sie eigentlich bei unserem Spiel?"

Brooke fühlte, wie ein Lächeln ihre Mundwinkel hob. „Eine Freundin hatte Karten. Sie meinte, es könnte mich interessieren."

„Interessieren?" Parks schüttelte über das Wort den Kopf. „Und, hat es?"

„Oh ja, obwohl ich erwartete, mich zu langweilen."

„Ich habe bei Ihnen keine besondere Begeisterung feststellen können." Parks erinnerte sich wieder an ihren ruhigen und bohrenden Blick. „Sie haben sich während des gesamten Spiels überhaupt nicht bewegt."

„Das brauchte ich nicht. Dafür haben Sie es umso gründlicher getan."

Parks warf ihr einen flüchtigen Blick zu. „Warum haben Sie mich so angestarrt?"

Brooke entschied sich für die Wahrheit. „Ich habe Ihren Körper bewundert." Mit einem halben Lächeln drehte sie ihm den Kopf zu. Der Wind blies ihr das Haar ins Gesicht, doch sie machte sich nicht die Mühe, es zurückzustreichen. „Wirklich ansehenswert."

„Danke." Sie sah das Aufblitzen von Humor in seinem Blick, und es gefiel ihr. „Ist das der Grund, warum Sie meine Einladung zum Dinner angenommen haben?"

Brookes Lächeln verstärkte sich. „Nein. Ich esse nur gern. Warum haben Sie mich eingeladen?"

„Mir gefiel Ihr Gesicht. Außerdem starrt mich nicht jeden Tag eine Frau an, als wolle sie mich einrahmen und an die Wand hängen."

„Tatsächlich?" Sie blinzelte unschuldig. „Ich hätte gedacht, das sei typisch in Ihrem Beruf."

„Möglich." Er nahm den Blick von der Straße, um Brooke kurz in die Augen zu schauen. „Aber schließlich sind Sie auch nicht typisch, oder?"

Brooke zog eine Braue hoch. Wusste er, dass er ihr gerade für ihren Geschmack das größte Kompliment ausgesprochen hatte? „Vielleicht nicht. Wie kommen Sie darauf?"

„Weil, Brooke Gordon, auch ich nicht typisch bin."

Das Restaurant war ein gemütlicher Familienbetrieb mit ausgezeichneter Küche, würzigen Düften und Violinklängen. Während Parks ihr ein zweites Glas Wein eingoss, beobachtete Brooke den Kellner, der fröhlich bei der Arbeit summte. Wie immer zog die Atmosphäre sie in ihren Bann. Sie beobachtete und saugte die Eindrücke auf, während sie mit gesundem Appetit aß.

„Woran denken Sie?"

Brookes Blick – verwirrend direkt, verführerisch weich – kehrte zu Parks zurück. „Dass dies ein glückliches Haus ist mit einer großen Familie. Mom und Dad veranstalten in der Küche ein großes Getue um ihre Soßen, die schwangere Tochter putzt das Gemüse, während ihr Mann die Bar versorgt. Der Onkel serviert."

Das Bild ließ ihn lächeln. „Stammen Sie aus einer großen Familie?"

Sofort war der Glanz aus ihren Augen verschwunden. „Nein."

Parks registrierte die Grenze. „Und was geschieht, wenn die Tochter ihr Baby hat?"

„Es liegt in der Wiege in einer Ecke, während sie noch mehr Gemüse putzt." Brooke brach ein Stück vom Brot ab und steckte es in den Mund.

„Sehr tüchtig."

„Das muss eine erfolgreiche Frau sein."

Parks lehnte sich zurück und drehte sein Glas zwischen den Fingern. „Sind Sie eine erfolgreiche Frau?"

„Ja."

Er legte den Kopf auf die Seite und sah, wie das Kerzenlicht auf ihrer Haut spielte. „Worin?"

Brooke machte das Spielchen Spaß. „In dem, was ich tue. Sind Sie ein erfolgreicher Mann?"

„Im Augenblick." Parks ließ ein Lächeln aufblitzen – das für ihn so typische, das seinem Gesicht diesen jungenhaften, aufgeschlossenen Charme verlieh. „Baseballspielen ist ein ziemlich unberechenbarer Beruf. Ein Ball prallt schlecht auf, ein paar Würfe werden verpatzt. Man kann nicht voraussagen, wann ein Leistungstief beginnt oder aufhört – oder schlimmer, warum."

So schätzte sie das Leben im Allgemeinen ein. „Und haben Sie viele?"

„Eines ist schon zu viel." Schulterzuckend stellte er sein Glas auf den Tisch. „Tatsächlich hatte ich mehr als eins."

Brooke beugte sich vor und verriet zum ersten Mal echte Neugier. „Was tun Sie, um wieder aus einem Tief herauszukommen?"

„Den Schläger auswechseln, die Schlaghaltung verändern." Er zuckte wieder mit den Schultern. „Ganz bestimmt das Essen ändern und mich in Enthaltsamkeit versuchen."

Sie lachte – ein warmer, fließender Ton. „Was klappt am besten?"

„Eine gute Masche." Er beugte sich auch vor. „Soll ich sie Ihnen verraten?"

Sie zog die Braue wieder hoch. Ganz unerwartet strich Parks mit einem Finger darüber. Brooke kribbelte es bis hinunter in die Zehenspitzen. „Ich denke, das lasse ich aus."

„Woher kommen Sie?", fragte er leise. Mit der Fingerkuppe glitt er ihre Wange hinunter und über ihr Kinn. Er hatte gewusst, dass sich ihre Haut so anfühlen würde. Milchmädchenweich.

„Von nirgendwo direkt." Brooke griff nach ihrem Glas, aber seine Hand schloss sich über ihrer.

„Jeder kommt von irgendwoher."

„Nein", widersprach Brooke. Die Haut seiner Hand war härter, als sie sich vorgestellt hatte, seine Finger kräftiger. Und seine Berührung zärtlicher. „Nicht jeder."

Aus ihrem Ton hörte Parks heraus, dass sie die Wahrheit sprach. Er strich mit einem Daumen über ihr Handgelenk, wo ihr Puls schnell, aber stetig schlug. „Erzählen Sie von sich."

„Was wollen Sie wissen?"

„Alles."

Brooke lachte und sagte wahrheitsgetreu: „Ich sage niemandem alles."

„Was machen Sie?"

„In welcher Beziehung?"

Er hätte sich ärgern können, musste aber unwillkürlich lächeln. „Beruflich, um damit anzufangen."

„Oh, ich mache Werbefilme", antwortete sie leichthin und wusste genau, dass er den Schluss ziehen würde, sie arbeitete vor der Kamera. Das Spielchen hatte eindeutig seinen Reiz.

„Das werde ich auch bald tun." Er verzog den Mund. „Machen Sie es gern?"

„Ich würde es sonst nicht tun.“

Er musterte sie und nickte. „Nein, das würden Sie nicht.“

„Sie machen den Eindruck, als freuten Sie sich nicht darauf, es zu versuchen“, stellte Brooke fest und entzog ihm ihre Hand. Körperkontakt mit ihm, erkannte sie, nahm ihr die Konzentration, und Konzentration war lebensnotwendig für sie.

„Nicht, wenn ich blödsinnige Sätze herunterrasseln und irgendwelche Klamotten herumtragen muss.“ Er spielte mit einer Strähne ihres Haares, wickelte sie sich um den Finger, während er ihr unverwandt tief in die Augen sah. „Sie haben ein faszinierendes Gesicht, eher verlockend als schön. Als ich Sie auf der Tribüne sah, habe ich Sie mit einer Frau aus dem achtzehnten Jahrhundert verglichen. Eine, um die sich eine ganze Schar wilder Liebhaber streitet.“

Mit einem leisen Auflachen beugte sich Brooke vor. „War das die erste Masche, Mister Jones?“

Im warmen Kerzenlicht schien ihr Duft noch intensiver zu sein. Eigentlich müsste doch jedem Mann im Lokal Brookes Präsenz überbewusst sein. „Nein.“ Er zog leicht an ihrer Haarsträhne. „Wenn es so weit ist, werden Sie nicht fragen.“

Instinktiv zog Brooke sich zurück. Sie wollte ihn zusammen mit Frauen im Film bringen, entschied sie. Eine üppige Brünette für den Kontrast. „Reiten Sie?“, fragte sie ganz abrupt.

„Reiten?“

„Pferde.“

„Ja“, antwortete er mit einem neugierigen Auflachen. „Warum?“

„Nur so. Wie ist es mit Drachenfliegen?“

Parks' Miene wurde noch verwirrter, dann belustigt. „Das verbietet mir mein Vertrag, wie Skifahren oder Rennen.“ Er traute dem schelmischen Glanz in ihren Augen nicht. „Sollte ich wissen, welches Spiel Sie spielen?“

„Nein. Können wir Nachtisch haben?“ Sie warf ihm ein aufblitzendes Lächeln zu, dem er noch weniger traute.

„Sicher." Ohne den Blick von ihr zu nehmen, gab Parks dem Kellner ein Zeichen.

Dreißig Minuten später gingen sie über den Parkplatz zu seinem Wagen. „Essen Sie immer mit so großem Appetit?", fragte Parks.

„Immer, wenn sich die Chance bietet." Brooke ließ sich auf den Beifahrersitz fallen und streckte die Arme über den Kopf in einer wohligen, unbewusst sinnlichen Bewegung. Keiner, der noch nie in einem Restaurant gearbeitet hatte, konnte es voll genießen, in einem zu essen. Sie hatte das Essen genossen – und den Abend. Vielleicht genoss sie auch das Zusammensein mit Parks, weil sie sich nach drei Stunden immer noch nicht kannten. Das Geheimnis fügte dem Abend Würze hinzu.

In einigen Monaten würden sie sich beide sehr gut kennen. Eine Regisseurin hatte keine Wahl, als ihre Schauspieler durch und durch kennenzulernen. Das war Parks dann für sie, ob es ihm gefiel oder nicht. Jetzt wollte Brooke allerdings nur den Moment genießen, das Geheimnis und die Begleitung eines attraktiven Mannes.

Parks setzte sich auf den Fahrersitz und umfasste Brookes Kinn. Sie erwiderte seinen Blick gelassen und mit einer Spur von Humor, der ihn langsam frustrierte. „Werden Sie mir verraten, wer Sie sind?"

„Ich habe mich noch nicht entschieden", antwortete sie freimütig.

„Ich werde Sie wiedersehen."

Sie schenkte ihm ein rätselhaftes Lächeln. „Ja."

Argwöhnisch über ihr Lächeln und ihre leichte Zustimmung ließ Parks den Motor an.

Der Gedanke gefiel ihm nicht, dass sie mit ihm spielte, und es gefiel ihm ebenso wenig, dass er sie wiedersehen musste. Er hatte eine Menge Frauen gekannt, von den kühl Blasierten bis zu den kichernden Groupies. Es gab Schattierungen dazwischen, aber Brooke Gordon wollte in keine passen. Sie hatte beides, eine hochmütige Sinnlichkeit und eine weiche Sensibilität. Obwohl sein erster Impuls gewesen war, mit ihr zu schlafen, wurde ihm nun bewusst, dass er mehr wollte. Wie bei einer Zwiebel wollte er eine Schicht ihrer Persönlichkeit nach der anderen abziehen und jede einzelne untersuchen, bis er die ganze Frau verstand. Mit ihr ins Bett zu gehen, das konnte nur ein Teil der ganzen Entdeckung sein.

Sie fuhren schweigend. Das Radio spielte eine alte Ballade. Brooke hatte den Kopf zurückgelegt, das Gesicht den Sternen zugewandt und genoss es, dass sie sich das erste Mal seit Monaten während einer Verabredung wirklich entspannen konnte. Den Grund dafür wollte sie lieber gar nicht erst wissen. Parks hielt es zum Glück nicht für notwendig, das entspannte Schweigen mit seichter Konversation zu brechen, wie er es auch nicht für notwendig hielt, in diese eindeutig-zweideutigen Anspielungen zu verfallen, wie er den Abend gern enden sehen würde. Brooke wusste, es würde keinen Ringkampf auf der Straße geben oder eine peinliche und lästige Auseinandersetzung, wenn sie ihre Tür erreichten. Entspannt schloss Brooke die Augen.

Die Bewegung des Wagens weckte sie – oder vielmehr der Mangel an Bewegung. Brooke öffnete die Augen und stellte fest, dass sie in ihrer Zufahrt standen. Sie drehte den Kopf zu Parks, der sie beobachtete.

„Sie fahren sehr gut“, murmelte sie. „Normalerweise traue ich keinem anderen Autofahrer ausreichend, um in seinem Wagen einzuschlafen.“

Er hatte die Augenblicke der Stille genossen, während er Brooke im Schlaf beobachtete. Ihre Haut sah ätherisch aus im Mondlicht, durchscheinend, mit einem Hauch von Röte auf den Wangen. Der Wind hatte ihr Haar zerzaust, und es beschwor in Parks das Bild herauf, wie es aussehen würde, wenn es auf einem Kissen nach einer wilden Liebesnacht ausgebreitet lag. Früher oder später würde er es so sehen, und er würde seine Hände darin vergraben.

„Diesmal starren Sie mich an.“

Parks lächelte – nicht das jungenhafte Grinsen, das sie schon so gut kannte, sondern ein beunruhigendes Lächeln, das seine Augen dunkel und gefährlich wirken ließ. „Ich denke, wir müssen uns nun daran gewöhnen."

Er beugte sich herüber und öffnete ihre Tür. Brooke versteifte sich nicht, rückte auch nicht weg, als sein Körper ihren streifte. Sie sah ihn nur an.

„Mir gefällt das Haus." Er berührte sie nicht, als sie über den Pfad zum Eingang gingen, obwohl Brooke erwartet hatte, dass er ihre Hand oder ihren Arm nehmen würde. „Ich hatte einmal eins in Malibu."

„Jetzt nicht mehr?"

„Ist mir zu überfüllt dort." Er zuckte die Schultern, als sie die Verandastufen hinaufstiegen. Die Schritte hallten in der Nacht wider. „Wenn ich außerhalb der Stadt lebe, dann will ich nicht laufend über meine Nachbarn stolpern."

„Das Problem habe ich hier nicht." Der Wald um sie herum war dunkel und ruhig. Es war nur das Plätschern des Baches zu hören und das Zirpen der unermüdlichen Grillen. „Ein Ehepaar lebt ungefähr eine Viertelmeile weiter." Brooke machte eine Handbewegung nach Osten. „Frisch verheiratet. Sie haben sich während einer mittlerweile eingestellten TV-Serie kennengelernt." Sie lehnte sich an die Tür und lächelte. „Wir haben überhaupt keine Probleme, uns aus dem Weg zu gehen." Sie seufzte, angenehm schläfrig und entspannt. „Danke fürs Dinner." Als sie ihm die rechte Hand hinhielt, fragte sie sich, ob er sie stattdessen küssen würde. Brooke erwartete es direkt, spürte sogar eine benommene Neugier, wie sich seine Lippen auf ihren anfühlen würden.

Parks wusste, was sie erwartete, und ihre Lippen lockten ihn. Aber er dachte, es sei an der Zeit, diese Frau mit etwas Unerwartetem aus der Fassung zu bringen. Er nahm ihre Hand. Aus ihrem Blick las er, sie würde seinen Kuss mit der ihr eigenen reservierten Sinnlichkeit hinnehmen. Also küsste er ihre Wange.

Bei dem Gefühl seines geöffneten Mundes auf ihrer Haut spannten sich Brookes Finger in seinen an. Normalerweise betrachtete sie sich selbst bei einem Kuss oder einer Umarmung aus der Ferne, wie von einer Kamera aus, sich leidenschaftslos fragend, wie es im Film wirken mochte. Jetzt sah sie nichts, aber sie fühlte. Tiefe, turbulente Gefühlswellen rollten durch sie, und ihre Muskeln spannten sich an. Etwas zog in Wellen über ihre Haut, obwohl Parks sie überhaupt noch nicht sonderlich berührt hatte. Nur seine Hand lag auf ihrer und seine Lippen an ihrer Wange.

Langsam, ihre verhangenen Augen betrachtend, zog Parks die Lippen ganz leicht zur anderen Wange. Brooke fühlte die Wogen ansteigen, bis sie als ein widerhallendes Rauschen ihren Kopf erfüllten. Sie hörte ein leises Stöhnen, ohne zu wissen, dass es von ihr kam. Die Begierde wurde quälender, und Brooke bot Parks ihren Mund, doch er ließ seine Lippen ihre Haut hochgleiten, wisperte an ihren niederflatternden Lidern. Ihre Lippen zuckten vor unerfüllter Erwartung. Sie schmeckte seinen Atem, fühlte das warme Flattern, als sie vorbeizogen zu ihrem Kinn, auf dem sie aufreizend seine Zunge spürte.

Ihre Finger in seiner Hand wurden schlaff. Hingabe war ihr unbekannt, also erkannte sie sie nicht. Aber Parks spürte sie, als er ihr Ohrläppchen zwischen die Zähne nahm. Sein Körper pochte, drängte danach, sich an ihren zu pressen und die weibliche Weichheit zu spüren. Seidig fühlte er ihr Haar an seiner Wange und ihre duftende Haut. Es erforderte seine ganze Selbstbeherrschung, nicht die Hände in die seidige Fülle zu tauchen, sich zurückzuhalten, nicht diesen Mund zu bestürmen, der auf seinen wartete, warm und lockend. Er strich mit der Zunge um ihr Ohr und merkte, wie Brooke erschauerte. Langsam hauchte er Küsse ihre Schläfe hoch und über ihre Braue bis zum anderen Ohr. Er saugte zart, strich mit der Zunge über ihre Haut, bis Brooke wieder stöhnte.

Immer noch mied er ihren Mund, presste seine Lippen an den Puls an ihrem Hals, bekämpfte den Drang, tiefer zu gehen, die weiche Rundung ihrer Brüste unter der schwarzen Seide zu fühlen, zu schmecken. Ihr Puls kam unregelmäßig, wie auch ihr Atem. Oben in den Bergen heulte ein Kojote den Mond an.

Eine schwindelnde Erregung erfasste ihn. Er konnte Brooke jetzt haben – ihren biegsamen Körper fühlen, die Finger durch diese wilde Haarmähne gleiten lassen. Aber er würde nicht alles von ihr haben. Dafür brauchte er mehr Zeit.

„Parks." Heiser kam sein Name über ihre Lippen und erregte ihn weiter. „Küss mich!"

Zärtlich presste er seine Lippen an ihre Schulter. „Das tue ich."

Ihr Mund fühlte sich an, als würde er brennen. Sie hatte gedacht, die Begierde zu kennen, da sie sie in der Vergangenheit oft gespürt hatte. Aber sie hatte nie ein Verlangen wie dieses gefühlt. „Küss mich richtig."

Er zog sich weit genug zurück, um ihr in die Augen schauen zu können. Nun brannte kein Licht mehr in ihnen. Sie waren dunkel vor Verlangen. Einladend war ihr Mund geöffnet, der Atem zitterte zwischen den Lippen hervor. Er beugte sich vor, bis seine Lippen nur noch einen quälenden Hauch von ihren entfernt waren.

„Nächstes Mal", sagte er leise.

Dann drehte er sich um und ließ sie mit ihrer betäubenden Begierde allein.

3. KAPITEL

Okay, Linda, versuche auszusehen, als ob du es genießt."

Brooke warf ihrem Kameramann einen Blick zu und erhielt ein Nicken. „E. J. schwenk hoch, beginn bei ihren Zehen! Nimm dir Zeit bei den Beinen."

E. J. ließ mit einem frechen Grinsen seine blendend weißen Zähne in seinem glatten mahagonifarbenen Gesicht aufblitzen. „Mit dem größten Vergnügen." Er richtete seine Kamera auf die pinkfarbenen Zehennägel der Schauspielerin.

„Es ist so heiß", beklagte sich Linda und fingerte am Träger ihres Bikinis herum. Sie lag auf einem Handtuch im Sand ausgestreckt, groß, blond, schön und goldbraun – womit eine Sonnenlotion verkauft werden sollte. Ansonsten hatte Linda nichts anderes zu tun, als sexy und träge auszusehen und zu schnurren, dass sie eine „Eden-Bräune" habe. Ihr Körper würde den Rest machen.

„Nicht schwitzen!", befahl Brooke. „Du sollst strahlen, nicht feucht glänzen. Wenn wir drehen, zähl bis sechs, dann zieh dein rechtes Knie hoch – langsam. Bei zwölf hol tief Luft und fahre dir mit der rechten Hand durchs Haar. Dabei sagst du deinen Text, wobei du direkt in die Kamera blickst und an Sex denkst."

„Zum Teufel mit Sex, ich brate!"

„Wir versuchen es schnell durchzuziehen. In Ordnung? Achtung! Film ab und … Action!"

E. J. zog die Kamera von den manikürten Zehennägeln hoch zu den langen, schlanken Beinen, über eine gerundete Hüfte, den goldbraunen Bauch und die ausgebildeten Brüste. Langsam zog er Lindas Gesicht heran – trotziger Schmollmund, Perlenzähne und Kulleraugen, dann ging er wieder zurück in die Totale.

„Ich habe eine Eden-Bräune", behauptete Linda.

„Schnitt!" Brooke wischte sich mit einer Hand über die Braue. Obwohl es erst Morgen war, war der Strand schon wie ein glühender Backofen. Sie konnte direkt spüren, wie sich der Sand durch die Sohlen ihrer Turnschuhe brannte. „Bringen wir etwas Leben hinein. Wir müssen das Zeug mit einem Satz und deinem Körper verkaufen."

„Warum machst du es nicht selbst?" Linda ließ sich auf den Rücken fallen.

„Weil du dafür bezahlt wirst und nicht ich", antwortete Brooke heftig und biss dann die Zähne aufeinander. Sie sollte es eigentlich besser wissen, als den Darstellern gegenüber – vor allem dieser – die Beherrschung zu verlieren. Das Problem war nur, seit ihrem Abend mit Parks brannte bei ihr zu leicht die Sicherung durch. Tief Luft holend, erinnerte sich Brooke an ihren Grundsatz, ihr Privatleben nie mit ihrer Arbeit zu vermischen. Sie ging hinüber und kniete sich neben das schmollende Model.

„Linda, ich weiß, die Hitze schlaucht, aber Job ist Job. Du bist doch Profi, sonst wärst du nicht hier."

„Weißt du überhaupt, wie hart ich an dieser Bräune gearbeitet habe, nur um diesen lausigen Dreißig-Sekunden-Spot zu bekommen?"

Brooke tätschelte ihr die Schulter, teilte Sympathie, Verständnis und Autorität, alles in einem mit. „Und darum machen wir jetzt erste Klasse daraus."

Es war Mittag vorbei, als sie die Filmausrüstung aufladen konnten. E.J. holte zwei Flaschen aus der Kühltasche seines Kombis. „Hier, Boss."

„Danke." Brooke presste das kalte Glas an die Stirn, bevor sie den Verschluss aufdrehte. „Was war bloß los heute? Noch nie musste ich einen Satz so aus ihr herauskitzeln."

„Hat letzte Woche mit ihrem Typen Schluss gemacht", informierte E.J. und kippte seinen Grapefruitsaft hinunter.

Lächelnd lehnte sich Brooke ans Heck. „Gibt es etwas, das du nicht weißt, E.J.?"

„Nichts." Er ließ sich neben sie fallen. E.J. war einer der wenigen aus dem Thorton-Team, die ein lockeres und offenes Verhältnis zur „Tiger-Lady", wie Brooke genannt wurde, hatten. „Gehst du auf diese schicke Party von de Marco heute Abend?"

„Ja.“ Brooke kniff die Augen zusammen, was nichts mit der blendenden Sonne zu tun hatte, und lächelte. Die Party war ihre Chance, Parks Jones einen Dämpfer zu versetzen. Denn noch zu frisch war ihr das frustrierende Bild in Erinnerung, wie sie bebend auf der Veranda im Mondlicht gestanden hatte, nachdem der Widerhall seines Motors schon längst verklungen war.

„Es wird ein Vergnügen sein, mit Parks Jones zu arbeiten.“ E.J. trank den restlichen Saft. „Der Mann ist wirklich ein Spitzenspieler. Gestern Abend hat er wieder alle Register gezogen.“

Brooke lehnte sich an den Türrahmen und schob kurz die Unterlippe vor. „Schön für ihn.“

„Nichts übrig für Baseball?“ Grinsend warf E.J. seine leere Flasche nach hinten in den Kombi.

„Nein.“

„Solltest etwas Teamgeist entwickeln.“ Er drückte freundschaftlich ihr Knie. „Je besser er ist, desto mehr Schwung bekommt unsere Kampagne. Und wenn er es bis zu den Meisterschaftsspielen schafft ...“

„Dann können wir erst Ende Oktober weiterdrehen“, beendete sie seinen Satz.

„Nun“, E.J. strich sich übers Kinn, „so ist eben das Showbiz.“

Brooke musste lachen. „Fahren wir zurück. Ich habe heute Nachmittag Aufnahmen im Studio. Soll ich ans Steuer?“

„Kommt nicht in Frage.“ E.J. knallte die Tür hinten zu und ging zum Fahrersitz. „Ich genieße mein Leben.“

„Was für ein Feigling du bist, E.J.“

„Weiß ich“, stimmte er fröhlich zu. „Beim Fahren mit Lichtgeschwindigkeit immer.“ Er setzte seine Sonnenbrille auf und startete dann ganz sachte den Kombi. Der Motor spuckte und schnaufte, und sein Besitzer sprach ihm gut zu.

„Warum kaufst du dir keinen neuen Wagen? Du verdienst genug.“

Er tätschelte das Armaturenbrett, als der Motor endlich lief. „Loyalität. Seit sieben Jahren bin ich verschossen in diesen kleinen Darling. Er wird noch da sein, wenn dein schicker Flitzer nur noch aus Schrauben und Muttern besteht."

Brooke zuckte die Schultern, legte den Kopf zurück und trank die Flasche leer. E.J. war der Einzige in ihrer Crew, der ihr gegenüber kein Blatt vor den Mund nahm. Und wahrscheinlich war das der Grund, dass sie es ihm nicht nur erlaubte, sondern ihn auch mochte. Sie hielt ihn für einen der besten Kameramänner der Westküste. Er stammte aus San Francisco, wo sein Vater Schuldirektor war und seine Mutter einen gut gehenden Schönheitssalon führte. Brooke war ihnen einmal begegnet und hatte sich unwillkürlich fragen müssen, wie zwei so gewissenhafte Menschen einen so sorglosen, das Leben locker genießenden Mann produzieren konnten, der einen Hang zu üppigen Frauen und zweitklassigen Filmen hatte.

Aber schließlich hatte sie Familien nie verstehen, sondern sie immer nur mit der verwirrenden Sehnsucht der Außenseiterin betrachten können. Sie lehnte sich in den sorgfältig geflickten Autositz zurück.

„Habe gehört, du hast dir letztens ein ‚Kings'-Spiel angesehen." E.J. fing ihren schnellen, durchbohrenden Blick auf und pfiff leise.

„So?"

„Ich habe Brighton Boyd auf einer Party einige Abende später getroffen. Habe letztes Jahr mit ihm ein TV-Special gedreht. Netter Bursche."

Brooke erinnerte sich, den Schauspieler in der Loge neben ihrer und Claires gesehen zu haben. Sie ließ die leere Flasche auf den schon übersäten Boden fallen. „So?", wiederholte sie kühl.

„Großer ‚Kings'-Fan", fuhr E.J. fort und drehte das Radio so laut, dass er über die Hitparade hinwegschreien musste. „War ganz aus dem Häuschen über Jones. Der Mann hat auch wirklich einen teuflischen Schlag." Während Brooke schwieg, schlug E.J. den Rhythmus auf dem Lenkrad mit. Ein goldener Ring glänzte an einem seiner langen schwarzen Finger. „Brighton meint, Jones hätte dich angestarrt, als wäre er von einem stumpfen Gegenstand getroffen worden. Dieser Brighton findet immer so bildhafte Vergleiche."

„Hm." Brooke fand die draußen vorbeiziehende Szenerie plötzlich höchst faszinierend.

„Meinte, er sei direkt zu deiner Loge gekommen, als er hinter einem Ball herjagte, und hätte ein paar Worte zu dir gesagt."

Brooke drehte den Kopf und starrte in E. J.s von der Sonnenbrille verdeckte Augen. „Willst du mich ausfragen, E. J.?"

„Großartig! Lässt dir nichts vormachen, Brooke, was? Du bist wirklich eine scharfsinnige Lady."

Unwillkürlich lachte sie. Sie wusste, ein „kein Kommentar" würde nur die wildesten Gerüchte blühen lassen. Und gerade das wollte sie vermeiden. Also streckte sie die Beine aus und versuchte es leicht zu nehmen. „Er wollte meinen Namen wissen."

„Und?"

„Und nichts."

„Wohin bist du mit ihm gegangen?"

Sie winkte heftig ab. „Ich habe nicht gesagt, dass ich mit ihm irgendwohin gegangen bin."

„Er hat dich nicht nach deinem Namen gefragt, weil er eine Volkszählung machte."

Brooke bedachte ihn mit einem kühlen, hochmütigen Blick, der jeden anderen entmutigt hätte. „Du bist ein altes Klatschweib, E. J."

„Klar. Bist du mit ihm ausgegangen?"

„Ja", gab sie schließlich seufzend nach. „Und das ist alles."

„Dann ist er nicht so helle, wie er aussieht." E. J. tätschelte ihren im Turnschuh steckenden Fuß, den sie aufs Knie gelegt hatte. „Oder vielleicht findet er es spaßig, mit der Lady anzubändeln, die seine Regie macht."

„Davon weiß er nichts", hörte Brooke sich sagen, bevor sie die Worte zurückhalten konnte.

„Oh?"

„Ich habe es ihm nicht gesagt."

„Oh!“ Diesmal wurde die Silbe von ihrem Kameramann wissend in die Länge gezogen.

„Ich hielt es nicht für notwendig“, sagte Brooke zögernd. „Es war ein ganz harmloser Abend, und ich hatte die Möglichkeit zu planen, wie er im Film am besten kommt.“

„Hm.“

Sie setzte sich wieder zurück und verschränkte die Arme. „Halt den Mund und fahr!“

„Klar, Boss.“

„Und von mir aus kann er sich seine Erfolge und Trophäen sonst wohin stecken.“

E. J. nickte feixend. „Du musst es wissen.“

„Er ist eingebildet und kalt und unwichtig.“

„Das muss ja ein toller Abend gewesen sein“, bemerkte E. J.

„Ich will nicht darüber reden.“ Brooke trat gegen die leere Flasche auf dem Boden.

„Okay“, meinte er freundlich.

„Einer von den Männern“, fuhr sie fort, „die glauben, eine Frau wartet nur darauf, über sie herzufallen, nur weil sie mäßig attraktiv sind, erfolgreich und durchschnittlich begabt.“

„Für einen Elite-Schüler vielleicht.“

„Einen was?“

„Er war auf einer englischen Elite-Schule.“

Brooke blieb der Mund offen stehen, dann schloss sie ihn wütend. „War er nicht.“

E. J. zuckte die Schultern. „Nun, das schreiben zumindest die Sportreporter. Soll auch der Hauptgrund sein, warum er als Profispieler erst mit zweiundzwanzig angefangen hat.“

„Wahrscheinlich handelt es sich dabei nur um einen Werbetrick“, murmelte Brooke, aber sie wusste es besser. Den Rest des Weges zum Studio schwieg sie verbissen.

Die De-Marco-Villa war ein Traum. Brooke entschied, dass dieses riesige, strahlend weiße und mit zwei Innenhöfen ausgestattete Anwesen im Vergleich sogar Claires Villa einfach und bescheiden wirken ließ. In einem der Innenhöfe war ein grottenartiger Swimmingpool, der sogar einen Miniatur-Wasserfall aufzuweisen hatte, im anderen Hof ein Garten mit duftenden exotischen Blumen angelegt.

Bei ihrer Ankunft hörte Brooke perlende Harfenklänge, vermischt mit Stimmengewirr. Menschen schlenderten durch das Haus und nach draußen und standen in Grüppchen zusammen. Sie durchquerte einen in Goldtönen gehaltenen Salon und fing die Vielfalt der zu Kopf steigenden Düfte von teuren Parfüms und würzigen Speisen auf. Es blitzte nur so von Diamanten, Seidenstoffe wallten, und viel gepflegte Haut wurde zur Schau gestellt.

Brooke fing Gesprächsfetzen auf, als sie das Hauptbüfett suchte.

„Darling, hast du ihn im ‚Ma Maison' letzte Woche gesehen?"

„Sie wird unterschreiben. Nach dem Fiasko in England juckt es ihr in den Fingern, nach Hollywood zurückzukommen."

„Kann sich nicht eine Zeile merken, selbst wenn du sie ihm intravenös verabreichst."

„Hat sie verlassen wegen der Fundusleiterin."

„Meine Liebe, haben Sie jemals ein solches Kleid gesehen?"

Hollywood, dachte Brooke mit halbherziger Zuneigung, während sie sich über das Büfett hermachte.

„Ich wusste doch, wo ich dich finden würde."

Brooke drehte den Kopf. „Hallo, Claire!", brachte sie mit vollem Mund hervor. „Nette Party."

„Ich nehme an, du beurteilst sie, wie immer, nach dem Menü." Claire musterte sie anerkennend. Brooke trug ein Lederkleid, weich und fließend, mit einem breiten, bestickten Gürtel in der Taille. Sie hatte an den Schläfen ihr Haar geflochten und es über die fließende Mähne zurückgesteckt. Von ihren Ohren baumelten schwere Ohrringe aus Zinn. Weil sie mit den Gedanken woanders gewesen war, hatte sie mit Ausnahme eines dunklen Lidschattens kein Make-up aufgelegt. Als Ergebnis beherrschten die Augen ihr blasses Gesicht. „Woran liegt es, dass du das ausgefallenste Outfit trägst und trotzdem großartig aussiehst?"

Brooke lächelte keck. „Mir gefällt deins auch." Claire, wie immer adrett von Kopf bis Fuß, trug diesmal graublauen Voile. „Was haben sie in diesem Haus zu trinken?"

Mit einem Seufzer machte Claire einem der diskreten Kellner im roten Anzug ein Zeichen und nahm zwei Gläser Champagner. „Versuch dich zu benehmen. Die de Marcos sind sehr konservativ."

„Ich werde der Firma alle Ehre machen." Brooke hob die rechte Hand zum Schwur mit einer übertriebenen Komik, wie es in einer Szene aus einem Auto-Werbefilm einmal vorgekommen war. „Meinst du, ich sollte mir erst einen Teller organisieren?"

„Schling später weiter. Mister Jones' Agent ist dort, und ich möchte ihn dir vorstellen."

„Ich hasse es, auf leeren Magen mit Agenten zu reden. Oh, verdammt, da ist Vera! Ich hätte wissen müssen, dass sie hier ist."

Brooke erwiderte das eisige Lächeln des schlanken Models mit dem honigfarbenen Haar und dem Aussehen von Miss Amerika. Ihre Wege hatten sich mehr als einmal gekreuzt, beruflich und gesellschaftlich, und die Frauen hatten sofort eine dauerhafte Antipathie füreinander entwickelt.

„Lass deine Krallen eingezogen", warnte Claire. „De Marco will sie besetzen."

„Nicht mit mir", stieß Brooke wie aus der Pistole geschossen hervor. „Ich nehme den Ballspieler, Claire, aber die soll ein anderer an die Leine nehmen. Ich mag mein Gift nicht in kleinen Dosen verspritzen."

„Darüber sprechen wir noch", murmelte Claire und lächelte dann strahlend. „Lee, gerade wollten wir zu Ihnen. Lee Dutton, Brooke Gordon. Sie wird bei Parks die Regie führen." Mütterlich legte sie eine Hand auf Brookes Arm. „Meine absolut Beste."

Brooke zog ironisch eine Braue hoch. In der Öffentlichkeit war Claire immer großzügig mit Lob, dafür hinter verschlossenen Türen umso geiziger. „Hallo, Mister Dutton."

Ihre Hand wurde gepackt und kräftig geschüttelt. Dezent spannte und entspannte Brooke anschließend ihre Finger, während sie den Mann musterte. Er war kleiner als sie und ziemlich rund, mit schütterem Haar und überraschend schwarzen Augen. Brooke ging immer nach dem ersten Eindruck, und diesen Mann mochte sie auf der Stelle.

„Auf eine lange erfolgreiche Zusammenarbeit." Überschwänglich stieß er sein Glas an ihres. „Parks ist schon ganz wild darauf, anzufangen."

„Tatsächlich?" Brooke lächelte, als sie sich an Parks' Beschreibung seines Einstiegs in die Werbung erinnerte. „Wir sind genauso wild darauf, ihn zu haben."

Claire warf ihr kurz einen warnenden Blick zu, während sie sich bei Lee unterhakte. „Und wo ist er? Brooke und ich sind beide schon ganz gespannt, ihn kennenzulernen."

„Es ist für ihn nicht so einfach, sich von den Damen loszueisen." Lee lächelte stolz wie ein vernarrter Onkel.

„Wie schrecklich für ihn", murmelte Brooke in ihr Glas. „Aber ich bin sicher, er kann damit leben."

„Brooke, du musst unbedingt diese Pastete probieren." Claire warf ihr mit zusammengebissenen Zähnen ein Lächeln zu.

„Habe ich schon", gab Brooke zurück. „Erzählen Sie mir mehr über Parks, Mister Dutton. Ich kann Ihnen gar nicht verraten, was für ein Fan von ihm ich bin."

„Oh, Sie interessieren sich für Baseball."

Brooke hob ihr Glas wieder. „Sicher, wir waren erst vor ein paar Wochen im Stadion, nicht wahr, Claire?"

„Stimmt." Claire machte sich nicht mehr die Mühe, Brooke mit einem Blick zum Schweigen zu bringen, sondern wandte sich ganz Lee zu. „Sehen Sie sich viele Spiele an?"

„Nicht genügend." Er spürte, dass irgendein Spiel im Gange war, und war bereit, mitzuspielen. „Aber zufällig habe ich einige Karten für das Spiel am Sonntag." Er machte sich im Kopf eine Notiz, das zu arrangieren. „Ich wäre entzückt, wenn die beiden Damen mich begleiten würden."

Bevor Brooke ihren Mund öffnete, kam Claire ihr zuvor und teilte eine ihrer feinen Strafen aus. „Nichts würde uns mehr freuen."

Er bemerkte, dass Brooke die Brauen zusammenzog. „Ach, da ist Parks ja endlich!", rief Lee laut.

Köpfe drehten sich, bevor die Konversation weitersummte.

Parks' erste Reaktion war Überraschung, als er Brooke neben seinem Agenten stehen sah. Dann spürte er dasselbe Aufflammen seines Verlangens wie bei den zwei anderen Gelegenheiten, als er sie gesehen hatte. Absichtlich hatte er die Tage vergehen lassen, bevor er wieder mit ihr in Verbindung trat, in der Hoffnung, die Sehnsucht nach dieser Frau würde schwinden. Ein Blick auf sie verriet ihm, dass es nicht geklappt hatte.

Anscheinend ohne Eile schlängelte er sich durch die Menge, blieb stehen, um ein paar Worte zu wechseln, wenn jemand seinen Arm berührte, und löste sich dann wieder freundlich. Schon im frühen Alter hatte er gelernt, wie er es auf dem gesellschaftlichen Parkett vermied, sich mit Beschlag belegen zu lassen. In weniger als zwei Minuten stand Parks vor Brooke.

Gut gemacht, dachte Brooke. Sie beantwortete Parks' Lächeln vorsichtig, fragte sich, wie seine Reaktion in wenigen Sekunden sein mochte. Sie spürte einen unbehaglichen Stich und ignorierte es. Immerhin war er derjenige gewesen, der sie in der Morgendämmerung aufgeweckt und um eine Verabredung gebeten hatte.

„Parks, ich möchte dir Claire Thorton vorstellen, die Dame, die deine Werbefilme produziert." Lee nahm Claires Hand in einer unbewusst besitzergreifenden Geste, die nur von Parks und Brooke bemerkt wurde. Parks war amüsiert, Brooke verärgert.

„Es ist mir eine Freude, Miss Thorton." Er verschwieg, dass er einen Drachen erwartet hatte nach dem, was er über ihre Professionalität gelesen hatte, nicht aber diese attraktive Frau mit den weichen Zügen und hellblauen Augen. Lächelnd schüttelte er ihre Hand.

„Wir freuen uns darauf, mit Ihnen zu arbeiten. Gerade habe ich Mister Dutton gesagt, wie sehr Brooke und mir Ihr Spiel gegen die ‚Valiants' vor einigen Wochen gefallen hat."

„Oh?" Das also ist ihre Freundin, dachte er und sah Brooke an. Wahrscheinlich arbeitete Brooke für Thortons Werbefilme. „Hallo!"

„Hallo!" Ihre Hand wurde genommen und gehalten. Hastig nippte Brooke an ihrem Champagner und wartete darauf, dass die Bombe platzte.

„Claire hat mir gesagt, dass Miss Gordon ihre Beste sei", informierte Lee Parks. „Da ihr zusammenarbeiten werdet, wollt ihr euch bestimmt gegenseitig kennenlernen."

„Werden wir?" Parks ließ den Daumen über Brookes Handfläche streifen.

„Nur meine beste Regisseurin für ein so wichtiges Projekt", warf Claire ein und beobachtete die beiden aufmerksam.

Brooke fühlte, wie sein Daumen mit der lässigen Liebkosung aufhörte, dann, wie sich seine Finger schmerzhaft fest um ihre legten. In seiner Miene zeigte sich keine Veränderung. Ohne sich etwas anmerken zu lassen, trank sie ihren Champagner. „Du machst also die Regie für die Werbefilme", stellte er ruhig fest.

„Ja." Sie zog, um ihre Hand zu befreien, doch er verstärkte nur seinen Griff.

„Faszinierend." Gleichmütig nahm er ihr das Glas aus der anderen Hand. „Entschuldigt uns." Ehe Brooke sich versah, wurde sie durch die Juwelen und Seide tragende Menge gezogen. Sie passte sich seinem Gang an, sodass es aussah, als ginge sie mit ihm, statt geführt zu werden.

„Lass mich los!", zischte sie, wobei sie einem anderen Regisseur zunickte. „Du brichst mir die Hand."

„Betrachte es als Vorgeschmack dessen, was noch kommt." Parks zog sie durch die offenen Doppeltüren, in der Hoffnung, ein ruhiges Fleckchen zu finden. Eine dreiköpfige Band spielte im Garten einschmeichelnde Tanzmusik. Wenigstens ein Dutzend Pärchen hatte sich eingefunden. Parks fluchte. Plötzlich rief jemand Brookes Namen, und er zog sie in seine Arme.

Sie wurde so fest an seine Brust gezogen, dass es ihr den Atem nahm, und sein starker Arm um ihre Taille bewirkte, dass es dabei blieb. Langsam bewegte sich Parks zur Musik. „Wink ihm einfach nur zu“, forderte er leise. „Ich bin nicht in der Stimmung nach Partygeplauder.“

Da sie wieder atmen wollte, gehorchte Brooke. Doch sie plante schon ihre Rache. Als sich sein Griff ein wenig lockerte, holte sie heftig Luft und stieß sie mit einer Reihe von Flüchen aus. „Du übergroßer Rüpel, glaub nicht, dass du mich herumzerren kannst, nur weil du der diesjährige Held Amerikas bist. Ich lasse es nur einmal zu, und ich warne dich nur einmal. Fass mich nie wieder so grob an!“ Brooke trat ihm mit voller Kraft auf den Fuß, und sofort wurde ihr die Luft wieder abgeschnitten.

„Du tanzt großartig, Miss Gordon“, flüsterte Parks ihr ins Ohr. Er biss in ihr Ohrläppchen – leicht, aber nicht gerade zärtlich. Zwischen Wut und Schmerz spürte Brooke eine Regung tief in ihrem Magen. Oh nein, dachte sie, nicht wieder. Die Band ging über zu einem flotteren Rhythmus, doch Parks hielt Brooke weiter an sich gedrückt.

„Du wirst eine Menge Erklärungen abliefern müssen, wenn ich aus Mangel an Sauerstoff in Ohnmacht falle“, stieß sie mühsam hervor.

„Du fällst nicht in Ohnmacht.“ Langsam führte er sie zum Rand des Gartens. „Und du bist diejenige, die Erklärungen abzugeben hat.“

Sie wurde abrupt losgelassen, doch bevor Brooke einen Atemzug machen konnte, zog er sie durch eine Gruppe von Azaleen weiter. „Hör zu, du Kerl …“ Dann war sie wieder drinnen, verwirrt durch die hellen Lichter und das Lachen. Ohne anzuhalten, zog Parks sie über die andere Veranda auf den zweiten Hof.

Hier gab es keine Musik, der einzige Laut kam von dem Wasser, das in die Grotte plätscherte, und von den wenigen Pärchen, die mehr auf sich achteten als auf einen Mann, der eine wütende

Frau im Schlepptau hinter sich herzog. Parks führte sie in den Schatten einer Felswand am Pool. Brooke fand sich zwischen ihm und dem glatten Felsen eingequetscht wieder.

„Du spielst also gern", murmelte er.

Sie blickte ihn an. Seine Augen blitzten im Mondlicht. „Ich weiß nicht, wovon du sprichst."

„Nein?"

Eingeschnappte Verstimmung hatte sie erwartet, aber nicht diese glimmende Wut. Sie stand in seinen Augen geschrieben, in den harten Linien seines Gesichts und der Angriffsbereitschaft seines Körpers. Ihr Herz hämmerte unangenehm, und Brooke ging noch stärker in Verteidigungsstellung.

„Du hast alle Schritte gemacht", stieß sie hervor. „Du hast gefordert, dass ich dir meinen Namen sage. Du hast mich in aller Herrgottsfrühe angerufen, um dich mit mir zu verabreden. Ich habe nichts weiter getan, als mich von Claire zu einem Spiel schleppen zu lassen." Sie machte einen Ausbruchversuch an ihm vorbei und wurde mit fester Hand an die Wand zurückgedrückt.

„Du hast mich abtaxiert und eingeschätzt", entgegnete er langsam, „beim Spiel und beim Dinner. Verrate mir, wie ich abgeschnitten habe."

Brooke legte eine Hand auf sein Handgelenk und war überrascht, als er sie seine Hand wegstoßen ließ. Sie begann einen unbekümmerten Bericht, der ihn, das wusste sie ganz genau, wütend machte.

„Du bewegst dich eher wie ein Tänzer denn wie ein Athlet – ein Plus für den Film. Dein Körper ist gut, damit lassen sich Kleider verkaufen. Du kannst charmant sein, und dein Gesicht ist attraktiv, ohne hübsch zu sein. Damit kann man alles verkaufen. Du hast eine gewisse Sexualität, die Frauen anziehen wird, die sie sich von ihren Männern auch wünschen. Sie sind das erste Ziel, da Frauen in der Hauptsache immer noch für den Kauf der Garderobe ihrer Männer verantwortlich sind."

Ihr Ton war darauf angelegt, ihn zu ärgern. Und so stieg Parks' Wut. „Bekomme ich eine Benotung?"

„Natürlich." Seine hervorgestoßenen Worte freuten sie enorm. Es war nur eine kleine Vergeltung für die Szene auf ihrer Veranda, aber es war immerhin eine Vergeltung. „Dein Beliebtheitsgrad ist im Moment ganz beachtlich. Er sollte steigen, wenn der erste Werbespot gesendet worden ist. Claire nimmt an, wenn ihr in die Meisterschaftsspiele kommt und du gut spielst, würde es enorm helfen."

„Ich werde sehen, was ich tun kann", meinte er trocken. „Warum hast du mir nicht gesagt, wer du bist?"

„Das habe ich."

Er beugte sich vor. Brooke fing eine Spur von Cologne über dem Duft von feuchtem Sommerlaub auf. „Nein, das hast du nicht."

„Ich habe dir gesagt, dass ich Werbefilme mache."

„Und hast genau gewusst, dass ich den Schluss gezogen habe, du wärst Schauspielerin."

„Deine Rückschlüsse sind dein Problem." Brooke zuckte die Schultern. „Ich habe nie behauptet, Schauspielerin zu sein." Sie hörte das gedämpfte Lachen einer Frau aus der Entfernung und das Rauschen des Wassers neben sich. Die Umstände, dachte sie, sind im Augenblick nicht zu meinen Gunsten. „Ich sehe nicht, welchen Unterschied das macht."

„Ich mag keine Spiele", betonte Parks, „es sei denn, ich kenne die Spieler."

„Dann werden wir nicht spielen", gab Brooke zurück. „Dein Job ist es, zu tun, was ich dir sage – nicht mehr, nicht weniger."

Parks verdrängte eine Woge blinder Wut und nickte. „Vor der Kamera." Er ließ ihr Haar durch seine Hände gleiten. „Und sonst?"

„Und sonst nichts." Sie legte mehr Nachdruck auf das letzte Wort, als sie beabsichtigt hatte. Damit verriet sie eine Schwäche, und Brooke hoffte nur, dass er es nicht erkannte.

„Nein." Parks trat näher, sodass sie den Kopf zurücklegen musste, um auf Augenhöhe mit ihm zu bleiben. „Ich glaube nicht, dass ich diese Regeln mag. Versuchen wir meine."

Dieses Mal war Brooke vorbereitet auf die hinterhältige Attacke auf ihre Sinne. Sie wollte sich nicht verführen lassen, nicht zittern von seinen gehauchten, kitzelnden Küssen auf ihrer Haut. Mit einem kühlen Blick forderte sie ihn heraus, es zu versuchen.

Er erwiderte den Blick. Die Sekunden schleppten sich dahin. Brooke fing den herausfordernden Glanz in seinen Augen auf, sah aber nicht die weiche Kurve seiner Lippen. Kein Mann hatte je ihrem Blick so direkt oder so lange begegnen können. Zum ersten Mal seit Jahren fühlte Brooke eine Schwäche in ihrer obersten Verteidigungsstrategie.

Dann tat er, was er vom ersten Moment an tun wollte, seit er sie gesehen hatte. Parks tauchte die Hände in die Fülle ihres Haars, vergrub sie in der weichen Seide, bevor er Brooke an sich zog. Sie zog die Brauen zusammen, und er senkte den Mund zu einem wilden Angriff auf ihre Lippen.

Brookes Blickfeld verschwamm. Sie kämpfte um klare Sicht, um sich auf diesen einen Sinn zu konzentrieren, damit die anderen nicht überwältigt wurden. Sie kämpfte, um nicht den heißen, fordernden Geschmack seiner Lippen zu schmecken, den schnellen, fast aggressiven Biss seiner Zähne, unter dem sich ihr Mund wie von selbst öffnete. Sie wollte nicht ihr hilfloses Gestöhne hören. Dann stieß seine Zunge vor, und Brooke antwortete auf diese Verführung, die sich völlig von der neckenden Zärtlichkeit seiner ersten Umarmung unterschied. Sie kämpfte gegen ihn, aber ihre Bewegungen, das Reiben ihres Körpers an seinem, ließen die Hitze nur noch mehr auflodern.

Allmählich veränderte sich der Kuss. Der harte Druck wurde süß. Parks nippte an ihrem Mund, als koste er den Geschmack, und saugte die Lippen weich ein. Brooke verlor sogar noch ihr verschwommenes Blickfeld, und ihr Wille zu widerstehen verschwand gleich mit.

Parks fühlte die Veränderung, ihr plötzliches Nachgeben. Ihre Hingabe erregte ihn weiter. Sie war keine Frau, die ihre Selbstbeherrschung leicht aufgab, und doch, beide Male, als er sie gehalten hatte, hatte er ihr die Selbstbeherrschung entrissen. Mit Zärtlichkeit, erkannte er. Es war Zärtlichkeit, mit der Brooke zu gewinnen war, während Kraft bei ihr nur auf Gegenkraft stieß.

Brooke spürte das flüssige Gewicht ihrer Glieder, das beharrliche Zerren in ihren Schenkeln, bevor die Muskeln schlaff wurden. Ihr Mund klebte an seinem und sehnte sich nach mehr von diesem Zauber, den das zärtliche Spiel von Zungen und Lippen brachte. Seine Hände glitten forschend über ihren Körper, kneteten ihn durch den weichen Stoff.

Seine Berührungen ließen ihre Haut prickeln. Sie presste ihren geöffneten Mund auf seinen. Ihre Zunge suchte seine, hungrig nach dem feucht-dunklen Geschmack, der schon in sie eingesickert war. Er wartete auf ihre Forderungen, fühlte, wie sie sich in ihr aufbauten, als ihr Körper sich anspannte. Mit einem lustvollen Aufstöhnen vergrub Brooke die Hände in seinem Haar, wollte ihn heranziehen. Seine Selbstbeherrschung war nur noch ein brüchiger Faden, und Parks schob sie weg. Er hatte mehr von ihr erfahren, aber noch nicht genug. Und er wollte nicht vergessen, dass er noch eine Rechnung mit ihr zu begleichen hatte.

„Wenn die Kamera läuft, ist es dein Spiel zu deinen Regeln." Er umfasste ihr Kinn mit einer Hand, fragte sich, wie oft er in der Lage sein würde, von ihr wegzugehen, wenn sein Körper danach schrie, sie zu haben. „Ansonsten spielen wir nach meinen Regeln."

Brooke holte tief Luft. „Ich spiele keine Spiele."

Parks lächelte, zog mit der Fingerspitze über ihren geschwollenen Mund. „Jeder tut das. Manche machen eine Karriere daraus, und nicht alle stehen auf dem Spielfeld." Er ließ die Hand sinken und trat zurück. „Wir müssen beide zusammenarbeiten. Vielleicht reißen wir uns im Moment nicht gerade darum, aber ich habe das Gefühl, dass das keinen Einfluss auf die Qualität deiner Arbeit hat."

„Nein", stimmte Brooke zu. „Bestimmt nicht. Ich kann dich verabscheuen und dich trotzdem fantastisch auf dem Bildschirm aussehen lassen."

Er grinste breit. „Oder wie einen Idioten, wenn es dir passt."

Sie konnte ein kleines Lächeln nicht verhindern. „Sehr scharfsichtig."

„Aber du wirst es nicht, weil du ein Profi bist. Was auch immer zwischen uns persönlich geschieht, es wird deine Arbeit nicht beeinflussen."

„Ich werde meinen Job tun." Brooke trat an ihm vorbei. „Und nichts wird persönlich zwischen uns geschehen." Sie blickte abweisend auf, als er freundschaftlich einen Arm um ihre Schulter legte.

„Warten wir es einfach ab." Parks lächelte sie charmant an. „Hast du schon gegessen?"

„Nein."

Er gab ihr einen brüderlichen Klaps auf die Schulter. „Ich hole dir einen Teller."

4. KAPITEL

Brooke konnte es kaum glauben, aber sie verbrachte einen uneingeschränkt schönen Sonntagnachmittag im Stadion. Noch merkwürdiger, sie genoss ihn sogar. Sie war sich wohl bewusst, dass sie bestraft wurde für ihre spitzen Bemerkungen auf der De-Marco-Party, doch schon kurz nach Spielbeginn entdeckte sie, dass Edna Billings recht hatte: Es war mehr an Baseball dran, als mit einem Schläger nach einem Ball zu schlagen und im Kreis herumzurennen.

Damals, beim ersten Spiel, war Brooke ganz von der Atmosphäre gefangen genommen worden und von ihrem ersten Eindruck von Parks. Nun verfolgte sie das Spiel mit Interesse, und es machte ihr Spaß. Als Überlebenskünstlerin, die Brooke war, hatte sie gelernt, immer das Angenehme in allem unvermeidbar Unangenehmen zu sehen. Sie hatte keine Geduld Menschen gegenüber, die sich den Luxus erlaubten, unglücklich zu sein, wo es doch so einfach war, eine Situation zum eigenen Vorteil zu beeinflussen. Wenn sie die auch nicht immer genießen konnte, so konnte sie doch daraus lernen. Es gefiel ihr, beides zu tun.

Das Spiel hatte mehr Raffinesse und strategische Feinheit, als sie beim ersten Mal erkannt hatte. Strategien fesselten Brooke immer. Und diesmal erkannte sie deutlich Spielvarianten, Dutzende davon. In einem solchen Kampf spielte natürlich auch Glück eine wichtige Rolle. Auch das faszinierte Brooke, weil für sie Glück genauso wichtig wie Talent zum Gewinnen war, egal, um welches Spiel es ging.

Und es gab noch viel mehr an diesem Nachmittag, was ihr Interesse fesselte.

Die Menge war nicht weniger begeistert oder stimmgewaltig als beim letzten Mal. Wenn überhaupt, dachte Brooke, sind die Leute noch ausgelassener, fast wild. Und als das Spiel unentschieden stand, steigerten sich Rufe und Schreie und Pfiffe fast bis zur Ekstase. Lee bezeichnete das Spiel als beispielhaft für ein hervorragendes Verteidigungsspiel.

Auch Lee Dutton reizte ihr Interesse an diesem Nachmittag. Er war – nach außen hin – ein freundlicher, nicht besonders eleganter Mann mit einem leichten Brooklyn-Akzent, der ihm von seiner Jugend anhing. Sein Golfhemd und die karierte Hose betonten noch seine Körperfülle. Brooke hätte ihn als einen netten Mann mittleren Alters abtun können, wenn nicht seine scharf blickenden schwarzen Augen gewesen wären. Sie mochte ihn – mit einer kleineren Einschränkung: Er verhielt sich ungewöhnlich aufmerksam Claire gegenüber.

Brooke fiel auf, wie viele Gelegenheiten er für Berührungen fand – Claires weiche, manikürte Hände, ihre runde Schulter, sogar ihr in einer Gabardinehose steckendes Knie. Was noch fesselnder für sie war: Claire verwies ihn nicht, wie es sonst ihre Art war, mit einem eisigen Lächeln oder mit einem schneidend höflichen Wort in seine Schranken. Soweit Brooke erkennen konnte, schien Claire es zu genießen. Oder vielleicht übersah sie die Berührungen auch wegen der Bedeutung des De-Marco-Auftrags und Parks Jones. Wie auch immer, Brooke war entschlossen, ihre Freundin und den Agenten im Auge zu behalten. Schließlich hörte man immer wieder von Frauen, die auf die Fünfzig zugingen, wie naiv und darum empfänglich sie Männern gegenüber werden konnten.

Brooke genoss es, Parks zu beobachten. Ohne Zweifel, auf dem Spielfeld war er in seinem Element. Genau wie er auf der Superparty in der De-Marco-Villa in seinem Element gewesen war, in dem betont zur Schau gestellten Reichtum mit einem Champagnerglas in der Hand, sich am unverbindlichen Partygeplauder beteiligend. Und warum auch nicht? Nach ihrer letzten Begegnung hatte Brooke sich vorgenommen, mehr über ihn herauszufinden.

Er war in Geld hineingeboren worden. Schweres Geld. „Parkinson Chemicals“ war ein Multimillionen-Imperium, mittlerweile in der dritten Generation, das mit allem handelte, von Schmerzpillen bis Raketentreibstoff. Er war mit einem silbernen Löffel im Mund geboren worden. Seine beiden Schwestern hatten sich gut und standesgemäß verheiratet. Doch der Erbe, der Mann, der den alten, wenn auch nicht gerade einzigartigen Familiennamen Jones trug, hatte eine „Liebesaffäre“ mit dem Baseball begonnen.

Das Verhältnis hatte durch seine Studienzeit in Oxford keinen Schaden gelitten, es war einfach nur aufgeschoben worden. Nach dem Abschluss war Parks schnurstracks ins Trainingscamp der „Kings“ gegangen. Was seine Familie dabei wohl empfunden hatte? Dort war er ein Jahrzehnt geblieben.

Er spielt also nicht wegen des Geldes, überlegte Brooke, sondern aus Spaß am Spiel. Vielleicht war das der Grund für seinen Spielstil und seine solide Beständigkeit.

Brooke dachte an sein Auftreten auf der De-Marco-Party. Charmant, dann hart, dann wieder gleichmütig freundlich. Und nichts davon erschien Brooke als vorgetäuscht. In erster Linie aber zeichnete sich Parks Jones durch große Selbstbeherrschung aus, auf dem Spielfeld und auch außerhalb. Das respektierte Brooke, das kannte sie von sich. Doch es drängte sich ihr natürlich die Frage auf, in welchen Machtkampf sie geraten könnten, wenn sie zusammenarbeiteten. Eine für sie ganz eindeutig interessante Konstellation.

Im Stadion stieg die Spannung, und Brooke fühlte direkt, wie der Adrenalinspiegel in die Höhe schoss.

„Warum wechseln sie eigentlich die Werfer aus?“, fragte Brooke Lee, dessen Hand auf Claires lag. Brooke wäre richtig wild geworden, wenn sie jemand aus einem Job herausgezogen hätte, bevor der beendet war. „Ich würde den Kameramann nicht mitten beim Drehen auswechseln.“

Lee warf ihr einen väterlichen Blick zu und zog eine dünne Zigarre in Schutzhülle aus der Tasche. „Sie würden, wenn er die Linsen nicht mehr scharf einstellen könnte.“

Lachend griff Brooke in den Beutel mit Erdnüssen, die er ihr anbot. „Ja, wahrscheinlich.“

Trotz der strategischen Maßnahmen lief das Spiel nicht so, wie die Zuschauer es gern gehabt hätten. Die Menge stöhnte immer wieder auf, verfluchte den Schiedsrichter und einzelne Spieler.

„Also, das nenne ich sportliche Fairness", stellte Brooke nüchtern fest und warf einen Blick über die Schulter, als jemand hinter ihr laut schreiend forderte, dass der Schlagmann hinausgeworfen werden müsste, und ihn dabei mit nicht gerade freundlichen Bezeichnungen bedachte.

Lee stieß ein kurzes Lachen aus, wobei er ganz selbstverständlich einen Arm um Claires Schulter legte. „Sie sollten sie erst hören, wenn wir verlieren, Kindchen."

Mit hochgezogenen Brauen registrierte Brooke die intime Geste, und ihre Freundin erwiderte ganz ruhig ihren Blick. „Begeisterung kommt in allen Formen", stellte Claire fest. Sie lächelte Lee an und machte es sich dann in seinem Arm bequem, um das weitere Spiel zu beobachten.

Ein merkwürdiges Paar, dachte Brooke und nahm wieder ihre übliche Position mit den Ellbogen auf der Absperrung ein. Parks schaute nicht in ihre Richtung. Er hatte es nur einmal gemacht, zu Beginn des Spiels, als er seine Position einnahm. Es war ein langer und tiefer Blick gewesen. Und seitdem war es, als wäre er sich ihrer Anwesenheit gar nicht bewusst. Sie hasste es direkt, sich eingestehen zu müssen, wie es sie ärgerte. Hasste es, sich einzugestehen, wie gern sie diesen stummen Kampf der Blicke hätte. Er war der erste Mann, mit dem sie sich auf einen Kampf einlassen wollte, obwohl sie mit vielen gekämpft hatte seit ihrer ersten naiven Beziehung vor zehn Jahren. Es lag etwas Erregendes in diesem Kampf zwischen Parks und ihr.

Den Blick auf Parks gerichtet, rutschte Brooke noch weiter vor auf ihrem Sitz. Was dachte Parks wohl gerade?

Himmel, was würde ich für eine kalte Dusche und ein Bier geben, dachte Parks, während die Sonne auf seinen Nacken hinunterknallte.

Auch wenn sich Parks ganz aufs Spiel konzentrierte, so hatte er nicht vergessen, dass Brooke nur wenige Meter entfernt saß.

Sogar an den Duft ihres Parfüms erinnerte er sich ganz genau. Sie löste in ihm ein flammendes, drängendes Gefühl aus. Einen beharrlichen Druck, wie von der Hitze der Sonne auf seinem Nacken. Parks ließ die Vorstellung zu, wie es sein würde, Brooke auszuziehen – langsam, im hellen Licht des Tages, kurz bevor ihr Körper von schlaffer Hingabe zu pochender Erregung überging. Bald, versprach er sich selbst, dann schob er jeden weiteren Gedanken an sie nach ganz hinten in seinem Kopf, während der eingewechselte Schlagmann seine Position einnahm.

Als Parks in einer sekundenschnellen Aktion den Ball fangen und einen Läufer ausmachen konnte, brach die Menge in wilde Raserei aus. Brooke blieb sitzen, aber sie bemerkte nicht einmal, wie Lee Claire überschwänglich einen schmatzenden Kuss gab. Parks' Spiel hatte nur Sekunden gedauert. Das beeindruckte Brooke. Doch aus der Fassung wurde sie dadurch gebracht, wie ihr Puls raste. Wenn sie ihre Augen schloss, konnte sie die Jubelrufe der Fans hören, den Geruch von sonnenwarmem Bier riechen, und in Zeitlupe sah sie Parks' durchtrainierten, sich fast schwerelos bewegenden Körper und das Spiel der Muskeln. Sie wusste, ein Ballspieler musste beweglich und schnell sein, aber wie viele der Sportler hatten diese tänzerische Anmut? Brooke ertappte sich bei dem Gedanken, zum nächsten Spiel eine Kamera mitzunehmen. Erst dann merkte sie, dass sie sich schon entschieden hatte, wiederzukommen. War es Parks oder der Baseball, der sie zurücklockte?

„Er ist schon ein Prachtkerl, nicht wahr?" Lee beugte sich über Claire, um Brooke einen sanften Schlag auf den Rücken zu geben.

Sie nahm kaum den Blick vom Spielfeld. „War das eben routinemäßig?"

Lee stieß die Luft durch die Nase aus. „Nur wenn man Eiswasser statt Blut in den Adern hat."

„Hat er es?"

Während er eine neue Zigarre herauszog, dachte Lee über die Frage nach. „Auf dem Spielfeld", bestätigte er dann mit einem

Nicken. „Parks ist einer der diszipliniertesten Menschen, die ich kenne. Ich muss allerdings betonen", fügte er mit einem Lächeln hinzu, „dass ich viele Schauspieler manage."

„Wir hoffen wohl alle", schaltete sich Claire ein und schlug ihre schlanken Beine übereinander, „dass Parks seine, sagen wir, neue Karriere mit ebenso viel Energie wie das Baseballspiel in Angriff nimmt."

„Wenn er vor der Kamera nur zehn Prozent von dieser Geschicklichkeit hat", Brooke machte eine Handbewegung zum Spielfeld, „dann werde ich mit ihm arbeiten können."

„Ich glaube, Sie werden überrascht sein", stellte Lee trocken fest, „wozu Parks fähig ist."

Mit einem Schulterzucken lehnte Brooke sich wieder auf die Absperrung. „Wir werden sehen, ob er Anweisungen annehmen kann."

Die fast Funken sprühende Spannung der Menge sprang auch auf Brooke über. Immer noch stand es unentschieden, kein Team schien fähig, die Defensivgeschicklichkeit des anderen zu durchbrechen. Es hätte langweilig sein können, sogar ermüdend. Doch Brooke saß angespannt auf der äußersten Kante ihres Sitzes, und ihr Puls hämmerte. Sie wollte, dass die „Kings" gewannen. Mit schuldbewusster Überraschung ertappte sie sich dabei, als sie gerade den Schiedsrichter anschreien wollte. Es ist nur die Atmosphäre, rechtfertigte sie sich im selben Augenblick. Atmosphären hatte sie schon immer regelrecht aufgesaugt. Aber dann ertappte sie sich kurz darauf dabei, wie sie mit aller Macht die Absperrung umklammerte, als sie einen Spieler regelrecht zu einem Schlag zwingen wollte.

„Es könnte eine Verlängerung geben", stellte Lee fest.

„Noch läuft die reguläre Spielzeit", gab Brooke heftig zurück, ohne sich umzudrehen. Darum sah sie nicht, wie Lee Claire zuzwinkerte.

Wie können sie bloß die Spannung aushalten? fragte sich Brooke, während sie die anscheinend ruhigen Spieler beobachtete. Noch unverständlicher war es für sie, wenn ein Spieler einmal ganz lässig Bemerkungen mit einem Gegenspieler austauschte. Sie wusste, wenn sie in einem Wettstreit stehen würde, könnte sie nicht so freundlich zu dem Gegner sein.

Die Menge heulte widerhallend im Chor auf, als Parks zum Schlag kam. Der Druck, dachte Brooke, muss für ihn fast unerträglich sein. Doch nach außen hin zeigte sich bei ihm nichts als absolute Konzentration, die ihm, wie es Brooke schon ein- oder zweimal vorher aufgefallen war, ein wirklich gefährliches Aussehen gab. Sie musste schlucken, und das Herz schien ihr im Hals zu hämmern. Lächerlich. Sie verordnete sich noch einmal Zurückhaltung, dann gab sie auf.

„Nun mach schon, verdammt!“, stieß sie hervor, biss sich dann auf die Unterlippe und stieß im Geiste eine ganze Kette von Flüchen aus. Kühl hob Parks eine Hand, ging in die Knie und band sich in aller Seelenruhe seinen Schuh zu. Das Stadion hallte wider von seinem Namen. Anscheinend absolut taub den Schreien gegenüber, trat Parks zurück und nahm seine Position wieder ein.

Er schlug, und Brooke war überzeugt, dass es eine Wiederholung seiner großartigen Leistung aus dem letzten Spiel sein musste.

Doch dann fluchte sie entsetzt, als ein Läufer der „Kings“ die Homebase überschreiten konnte, aber Parks abgeschlagen wurde. Die Fans dagegen, auch Lee, schrien nicht vor Wut, sondern vor Entzücken auf. Und schon schwärmten die auf der Bank sitzenden „Kings“ in Siegeslaune aufs Spielfeld.

„Aber Parks ist draußen“, empörte sich Brooke.

„Aber damit hat er den Punkt gebracht“, erklärte Lee.

Brooke sah ihn möglichst hochmütig an. „Das habe ich auch mitgekriegt.“ Ein paar Grundregeln des Spiels hatte sie schließlich mittlerweile kapiert. „Aber ich finde es trotzdem unfair, dass Parks draußen ist.“

Vergnügt strich Lee ihr über den Kopf. „Als Ausgleich ist ihm der augenblickliche Dank eines ganzen Stadions voller ‚Kings‘-Fans sicher. Und sein Sportlerimage wird darunter nicht leiden.“

„Brooke hält nicht viel von Regeln“, warf Claire ein und stand auf.

„Weil sie normalerweise von Leuten aufgestellt werden, die nicht die geringste Ahnung von dem haben, worum es geht.“ Ein wenig verärgert über sich, dass sie sich so sehr hatte hinreißen lassen, stand sie auf und warf sich mit Schwung ihren Beutel über die Schulter.

„Ich weiß nicht, ob Parks Ihnen zustimmen würde“, meinte Lee. „Er hat sich den größten Teil seines Lebens den Regeln untergeordnet. Irgendwann wird es zur Gewohnheit.“

„Jedem das Seine“, stellte sie beiläufig fest und fragte sich dabei, ob Lee wusste, dass Parks ebenso selbstverständlich eine Frau mitten auf einer übervollen glitzernden Hollywoodparty verführen konnte. Es schien ihr, dass Parks eher der Mann war, der seine eigenen Regeln aufstellte.

„Gehen wir doch in die Kabine und gratulieren ihm.“ Freundlich hakte sich Lee bei den beiden Frauen unter und zog sie mit sich durch die immer noch jubelnde Menge.

Lee arbeitete sich mit Brooke und Claire vor bis ins Innere des Stadions. Reporter schwärmten herum, mit Mikrofonen, Kameras oder Notizblöcken. Sie bedrängten oder umschmeichelten die verschwitzten Athleten, um deren Stellungnahmen zu bekommen. Hier, im geschlossenen Raum, kam Brooke der Lärmpegel ebenso hoch vor wie im offenen Stadion. Türen wurden geknallt, Schreie hallten, Gelächter verriet die erleichterte Aufgekratztheit. Jeder Spieler wusste, wie schnell die Anspannung wieder in ihnen steckte. Darum kosteten sie den Sieg in vollen Zügen aus.

„Ja, wenn ich nicht Biggs Fehler ausgebügelt hätte“, berichtete gerade der Spieler Snyder mit ausdrucksloser Miene einem Reporter, „dann wäre es ein ganz anderes Spiel geworden.“

Sein Mannschaftskamerad Biggs rächte sich, indem er ein feuchtes Handtuch nach Snyder warf. „Snyder kann keinen Ball halten, es sei denn, er knallt ihm direkt in den Leib. Der Rest von uns sorgt eben dafür, dass er noch einen ganz passablen Eindruck macht.“

„Ich habe in dieser Saison fünfunddreißig Fehler von Parks ausgebügelt“, fuhr Snyder ungerührt fort und zog sich das verschwitzte Handtuch vom Gesicht. „Tatsache ist, einige der anderen Spieler sind unglaublich gut und arbeiten ihm einfach zu. Sehen Sie sich daraufhin das heutige Spiel noch einmal an.“ Jemand kippte ihm einen Eimer Wasser über den Kopf, aber Snyder verlor seinen Rhythmus nicht. „Dabei können Sie auch feststellen, wie gut ich den Ball platziert habe. Da steckt mehr Erfahrung hinter.“

Auch Parks war von Reportern umgeben. Sein Trikot war verdreckt, ebenso sein Gesicht, und sein verschwitztes Haar lockte sich. Die schwarzen Schmutzspritzer unter den Augen gaben ihm ein etwas verruchtes Aussehen. Aber aus seiner Miene und Körperhaltung sprach Entspannung. Ein Lächeln lag um seine Lippen. Die wilde Entschlossenheit war aus seinem Blick verschwunden, als hätte sie nie existiert. Wenn Brooke es nicht selbst gesehen hätte, hätte sie geschworen, der Mann wäre zu keiner Form von Härte fähig. Doch sie wusste es besser und hielt es auch für klüger, es nicht zu vergessen.

Seine Miene veränderte sich nur kaum merklich, als er Brooke entdeckte, und mit einem Lächeln löste sich Parks von den ihn bestürmenden Reportern.

„Lee.“ Er nickte seinem Agenten zu und strich zugleich lässig mit einem Finger über Brookes Arm. Sofort prickelte ihre Haut, und sie konnte sich kaum beherrschen, ihren Arm nicht mit einem Ruck wegzureißen. „Miss Thorton. Nett, Sie wiederzusehen.“ Brooke begrüßte er mit einem kleinen Lächeln, während er eine Haarsträhne zwischen Daumen und Zeigefinger nahm.

„Ein Teufelsspiel, Parks“, lobte Lee. „Du hast uns einen unterhaltsamen Nachmittag geboten.“

„Es ist unsere Absicht zu erfreuen“, murmelte er, wobei er immer noch Brooke ansah.

„Claire und ich gehen zum Dinner. Vielleicht möchten du und Brooke uns gern begleiten?“

Bevor Brooke darüber überrascht sein konnte, dass Claire eine Verabredung mit Lee Dutton hatte oder sich eine Entschuldigung ausdenken konnte, damit ein solches Viererkleeblatt nicht zustande kam, kam ihr Parks zuvor. „Sorry, Brooke und ich haben Pläne."

Sie schaute Parks verwirrt an. „Ich erinnere mich nicht, dass wir irgendwelche Pläne haben."

Lächelnd tippte er auf ihre Schulter. „Du musst dir in Zukunft die Sachen aufschreiben. Warte doch draußen auf eurem Platz auf mich. Ich bin in einer halben Stunde fertig." Und ohne ihr die Chance zur Widerrede zu geben, verschwand Parks im Duschraum.

„Welch unglaubliche Frechheit", stieß Brooke aus und erhielt dafür sofort einen diskreten, aber kräftigen Rippenstoß von Claire.

„Tut mir leid, dass du dich uns nicht anschließen kannst", meinte sie zuckersüß. „Aber schließlich hast du sowieso nicht viel für chinesisches Essen übrig. Und Lee will mir vorher auch noch seine Sammlung zeigen."

„Sammlung?", wiederholte Brooke begriffsstutzig, während sie den schmalen Flur hinunterstarrte.

„Wir haben eine gemeinsame Leidenschaft." Claire sah Lee mit einem überraschend flirtenden Lächeln an. „Für orientalische Kunst. Findest du den Weg zur Loge allein zurück?"

„Ich bin schließlich nicht blöd", antwortete Brooke schnippisch und warf den Kopf in den Nacken.

„Also dann." Lässig hakte sich Claire bei Lee ein. „Ich sehe dich Montag."

„Viel Spaß, Kindchen!", rief Lee ihr zu, während Claire ihn wegzog.

„Besten Dank." Brooke steckte beide Hände in die Taschen und bahnte sich einen Weg aus der überfüllten Kabine heraus. „Besten Dank – verdammt", wiederholte sie und starrte auf das leere Spielfeld.

Eine Reinigungskolonne schaufelte mit schweren, surrenden

Maschinen den Schmutz von den Tribünen auf, ansonsten war die riesige Arena menschenleer. Brooke, deren Ärger allmählich verflog, fand es merkwürdig anziehend. Noch vor Kurzem hatte hier das Leben gebrodelt, hatten Tausende von Pulsschlägen gehämmert. Nun erinnerten nur noch ein schwach über der ausgestorbenen Ruhe hängender Geruch von Schweiß und Popcorn und die weggeworfenen Eintrittskarten, Papiertüten und Pappbehälter daran. Brooke lehnte sich mit dem Rücken an die Absperrung, mehr interessiert am leeren Stadion als am leeren Spielfeld.

Wie viele Generationen mochten sich schon in die Sitze gequetscht und Spielen entgegengefiebert haben? Wie viele Bierflaschen waren durch die Sitzreihen gewandert? Sie lächelte, amüsiert über ihre versponnenen Gedanken. Wenn ein Spieler mit seiner Laufbahn aufhörte, kam er dann hierher zurück, um sich zu erinnern? Parks würde es bestimmt tun.

Brooke warf wieder den Kopf zurück, ließ ihr Haar fliegen. Die Schatten wurden länger, aber die Hitze klebte noch wie am frühen Nachmittag. Ihr machte es nichts aus. Sie hasste es zu frieren. Blinzelnd stellte sie sich vor, wie sie das Stadion mit der Kamera festhalten würde. Leer, dachte sie, nur mit dem Echo der Jubelschreie und des Knalls, mit dem ein Schläger einen Ball traf, links dahinter eine Fahne, die in der schwachen Brise flatterte. Und sie würde die Putzkolonne einfangen, die all das Papier und die Pappe und die Plastikbecher wegräumte. Vielleicht würde sie es „Nachspiel“ nennen. Und der Film würde nicht verraten, welche Mannschaft das Feld besiegt oder als Sieger verlassen hatte. Es sollte nur das ewige Kommen und Gehen der Spieler und der Zuschauer vermittelt werden.

Brooke spürte Parks, bevor sie ihn hörte, und allein das reichte, um ihre Gedanken zu verjagen. Sie verlor jeden Sinn für die Filmszene, die sie sich gerade ausgemalt hatte. Niemand sonst hatte das je vermocht. Die Tatsache, dass Parks sie so verwirrte, machte sie wütend. Für Brooke war ihre Arbeit das einzig Stabile in ihrem Leben, nichts und niemand durfte sich dazwischen stellen. Abwehrbereit straffte sie sich, begegnete offen seinem durchdringenden Blick, während er mit seinem gelösten, geschmeidigen Gang, der ein Jahrzehnt kontrolliertesten Trainings überdeckte, zu ihr hinunterkam.

Sie erwartete zur Begrüßung irgendeine witzige Bemerkung. Darauf war Brooke vorbereitet. Irgendetwas Flapsiges, mit dem er vortäuschte, seine Lüge in der Kabine sei die absolute Wahrheit gewesen. Auch darauf war sie vorbereitet.

Sie war nicht darauf vorbereitet, dass er direkt auf sie zuging, seine Hände in ihrem Haar vergrub und sie an sich drückte für einen langen und besitzergreifenden Kuss. Heiße Wellen der Lust überschwappten ihre Überraschung, ehe sie sich dessen überhaupt bewusst wurde. Sein Mund presste sich auf ihren, fordernd, doch auch mit einer Spur von Verzweiflung. Es war diese Verzweiflung, im Gegensatz zu seiner autoritären Anmaßung, die Brooke reagieren ließ. Das Bedürfnis, gebraucht zu werden, war stark in ihr. Sie hatte es immer als ihre größte Schwäche betrachtet. Und nun war sie schwach, als sein herber Duft in ihre Sinne drang, der Geschmack seines Mundes auf ihrer Zunge lag, als sie seine vom Duschen noch feuchten Haare zwischen den Fingern fühlte.

Langsam schob Parks sie etwas zurück, wartete, bis sich ihre schweren Lider hoben. Obwohl er ihr fest in die Augen schaute, hatte Brooke das Gefühl, als ob er sie überall betrachtete, durch und durch. „Ich will dich." Er sagte es ruhig, doch seine Begierde ließ seine Augen glänzen.

„Ich weiß."

Parks fuhr wieder mit einer Hand durch ihr Haar, von der Wurzel bis zu den Spitzen. „Ich werde dich haben."

Brooke fasste sich und schlüpfte aus seiner Umarmung. „Das weiß ich nicht."

Lächelnd strich Parks weiter durch ihr Haar. „Nicht?"

„Nein", gab Brooke so fest zurück, dass Parks eine Braue hochzog.

„Nun, ich denke, es könnte eine sehr reizvolle Erfahrung sein, dich zu überzeugen."

Brooke warf den Kopf zurück, um ihr Haar aus seinen Fingern zu befreien. „Warum hast du Lee vorgelogen, wir hätten heute Abend Pläne?"

„Weil ich ein langes, hartes Spiel damit verbracht habe, mir vorzustellen, dich zu lieben."

Wieder sagte er es ruhig, mit nur einer Spur von Lächeln, aber Brooke wusste, er meinte es ganz ernst. „Das ist immerhin direkt auf den Punkt gebracht."

„Du ziehst es so vor, nicht wahr?"

„Ja." Sie lehnte sich an die Absperrung. „Darum werde ich dir gegenüber ebenso offen sein. Wir werden einige Monate zusammen an einem großen Projekt arbeiten, in dem noch eine Menge anderer Leuten mit drinstecken. Ich bin sehr gut in meinem Job, und ich werde dafür sorgen, dass du sehr gut in deinem bist."

„Und?"

Ihre Augen blitzten über seinen amüsierten Ton. „Und persönliche Verwicklungen erschweren das professionelle Urteil. Als deine Regisseurin habe ich nicht die Absicht, deine Geliebte zu werden, und sei es auch noch so kurz."

„Kurz?", wiederholte Parks und musterte sie. „Planst du immer die Länge deiner Beziehungen im Voraus? Ich meine", fügte er nachdenklich hinzu, „du hast tatsächlich viel mehr von einer Romantikerin."

„Es ist mir egal, wie du das siehst", gab sie zurück, „solange du verstehst."

„Ich verstehe. Du weichst dem Thema aus."

„Das tue ich ganz sicher nicht." Wut flackerte auf, zeigte sich in ihrer Haltung, in ihrem Blick und in ihrer Stimme. „Ich sage dir geradeheraus, dass ich nicht interessiert bin. Wenn das dein Ego ankratzt – Pech für dich."

Parks packte ihren Arm, als sie an ihm vorbeistürmen wollte. „Weißt du", begann er in einem beherrschten Tonfall, der vor glimmendem Ärger warnte, „du bringst mich auf die Palme. Ich kann mich nicht erinnern, wann das eine Frau so zum letzten Mal geschafft hat."

„Ich bin nicht überrascht." Brooke riss ihren Arm frei. „Du warst zu sehr damit beschäftigt, sie mit deinem Charme zu betören."

„Und du hast zu viel Angst, abgeschoben zu werden, und darum lässt du dich auf überhaupt keine Art von Beziehung ein."

Unwillkürlich stieß sie einen Laut aus, als wäre sie geschlagen worden. Blass und mit dunklen Augen starrte sie ihn an. Dann drückte sie ihn zur Seite und rannte die Treppen hinauf.

Parks holte sie auf halbem Weg ein. Obwohl er sie mit festem Griff zu sich herumdrehte, war die Berührung zärtlich.

„Empfindliche Nerven?", fragte er, wobei er sowohl Sympathie als auch Schuld empfand. Er vergaß sich nicht oft in dem, was er sagte und wofür er sich entschuldigen musste. Und Brooke war eindeutig verletzt. „Es tut mir leid."

„Lass mich einfach in Ruhe."

„Brooke. Es tut mir leid. Normalerweise verteile ich keine Schläge Frauen gegenüber."

Das war nicht charmant, sondern aufrichtig, und langsam atmete Brooke aus. „In Ordnung. Normalerweise verkrafte ich einen Schlag besser als eben."

„Packen wir also den Fehdehandschuh wieder ein, wenigstens für den Rest des Tages?"

„Vielleicht", gab Brooke zögernd zurück.

„Wie wäre es mit Dinner?"

Sie lächelte, bevor sie es selbst merkte. „Meine Schwäche."

„Also. Was hältst du von Tacos?"

Sie erlaubte ihm, ihre Hand zu nehmen. „Gut. Wer bezahlt?"

Sie saßen draußen vor einem Imbiss mit Metalltischen und harten Stühlen, mitten im Lärm des Verkehrs und plärrender Autoradios. Brooke entspannte sich beim Essen. Sie konnte sich in einem eleganten Restaurant mit Wein und raffinierten Speisen ebenso entspannen wie in diesem kleinen Imbiss bei matschigen Tacos und ziemlich verwässerten Sodas in Pappbechern.

Parks reichte ihr noch eine Serviette und begann ganz vorsichtig zu sondieren. „Bist du in Kalifornien aufgewachsen?"

„Nein." Brooke saugte Soda durch ihren Strohhalm. „Aber du."

„Mehr oder weniger." Er ließ sich nicht vom Thema abbringen. „Warum bist du nach L.A. gezogen?"

„Es ist warm hier", antwortete sie spontan. „Und voller Menschen."

„Aber du lebst Meilen außerhalb der Stadt mitten im Nirgendwo."

„Ich mag mein Privatleben. Wie hat denn deine Familie reagiert, als du dich entschlossen hast, Baseball zu spielen, statt ins Familienunternehmen einzusteigen?"

Er lächelte schmal. „Verblüfft. Obwohl ich es ihnen seit Jahren prophezeit hatte. Mein Vater hielt es – hält es immer noch – nur für eine Phase. Was denkt deine Familie eigentlich darüber, dass du Werbefilme machst?"

Brooke setzte ihren Becher ab. „Ich habe keine Familie."

Etwas in ihrem Ton warnte ihn, dass er sich auf einmal gefährlichem Terrain näherte. „Wo bist du aufgewachsen?"

„Hier und da." Hastig stopfte sie die benutzten Servietten in die leeren Becher. Parks hielt ihre Hand fest.

„Pflegefamilien?"

Mit vor Ärger funkelnden Augen starrte Brooke ihn an. „Warum bedrängst du mich?"

„Weil ich wissen will, wer du bist", antwortete er freundlich. „Wir könnten Freunde werden, bevor wir Liebende sind."

„Lass meine Hand los!"

Doch Parks sah sie nur forschend an. „Mache ich dich nervös?"

„Du bringst mich auf die Palme", gab sie zurück, womit sie sich mit einer Wahrheit an einer anderen vorbeidrückte. „Ich kann nicht länger als zehn Minuten in deiner Gegenwart sein, ohne wild zu werden."

Parks schmunzelte. „Ich kenne das Gefühl. Und doch ist es anregend."

„Ich will nicht angeregt werden", entgegnete Brooke ruhig. „Ich will es bequem haben."

Mit einem leisen Auflachen drehte Parks ihre Hand um und streifte mit den Lippen leicht über die Innenfläche. „Das glaube ich nicht", murmelte er und beobachtete ihr Mienenspiel. „Du bist viel zu lebendig, um dich in der Bequemlichkeit auszuruhen."

„Du kennst mich nicht."

„Genau mein Punkt." Er beugte sich ein wenig vor. „Wer bist du?"

„Wozu ich mich gemacht habe."

Parks nickte. „Ich sehe eine starke, unabhängige Frau mit viel Antrieb und Ehrgeiz. Ich sehe auch eine Frau, die sich für ihr Zuhause einen ruhigen, einsamen Ort gewählt hat, die herzhaft lachen kann und die ebenso schnell vergibt, wie sie sich ärgert." Er sah, wie sich ihre Brauen zusammenzogen. Sie war nicht mehr wütend, sondern nachdenklich und wachsam. Er fühlte sich ein wenig wie jemand, der versuchte, das Vertrauen einer Taube zu gewinnen, die jede Sekunde wegfliegen konnte oder aber sich dafür entschied, sich in seine Handkuhle zu kuscheln. „Sie interessiert mich."

Nach einer Weile stieß Brooke einen lang gezogenen Seufzer aus. Vielleicht, dachte sie, wenn ich ihm ein wenig erzähle, belässt er es dabei. „Meine Mutter war nicht verheiratet", begann sie forsch. „Mir wurde gesagt, nach sechs Monaten hatte sie es satt, ein Baby herumzuschleppen, und sie hat mich bei ihrer Schwester abgeladen. Ich erinnere mich kaum noch an meine Tante. Ich war sechs, als sie mich den Sozialbehörden übergab. Gut kann ich mich allerdings daran erinnern, dass ich hungrig gewesen bin und es nicht sehr warm gehabt habe. Ich kam zu meiner ersten Pflegefamilie." Brooke zuckte mit den Schultern, schob dann den Abfall auf eine Seite. „Es war nicht zu schlimm. Ich war dort etwas über ein Jahr, bevor ich zur nächsten abgeschoben wurde. Insgesamt, von sechs bis siebzehn, war ich in fünf. Einige waren besser als andere, aber ich gehörte nie dazu. Das war zum Teil auch mein Fehler."

Brooke seufzte wieder, nicht froh, sich zu erinnern. „Die letzten zwei Jahre war ich auf einer Farm in Ohio bei einem netten Ehepaar mit einem ganz entzückenden Sohn, der mich immer an den Haaren zog, sobald seine Mutter ihm den Rücken kehrte." Sie verzog das Gesicht. „Ich ging, sobald ich die Highschool abgeschlossen hatte, habe mich dann mit Servieren quer durchs Land gearbeitet. Bitte bloß kein Mitleid."

Die äußerste Beleidigung für sie, dachte er und nahm ihre kalte Hand. „Tue ich nicht. Ich habe mich gefragt, wie viele Menschen den Schneid haben, mit siebzehn ihr eigenes Leben in die Hand zu nehmen, und wie viele wirklich die Kraft haben, es zu tun. In dem Alter wollte ich nach Florida ins Trainingslager. Stattdessen saß ich in einem Flugzeug auf dem Weg ins College."

„Weil du eine Verpflichtung hattest", warf Brooke ein. „Die hatte ich nicht. Wenn ich die Chance gehabt hätte, aufs College zu gehen …" Sie brach ab. „Wie auch immer, wir haben beide ein Jahrzehnt an unseren Karrieren gearbeitet."

„Und wenn du willst, gibt es noch weitere", bemerkte Parks. „Bei mir nicht. Nur noch eine Saison."

„Warum? Du bist dann erst …"

„Fünfunddreißig", ergänzte er mit einem trockenen Lächeln. „Ich habe mir selbst vor zehn Jahren versprochen, dass ich dann aufhöre. Es gibt bei uns nicht viele, die auf die Vierzig zugehen und noch wie ein junger Gott spielen."

„Sicher, und du spielst schon wie ein alter Mann", neckte sie ihn.

„Ich beabsichtige aufzuhören, bevor ich das tue."

Brooke knickte einen Strohhalm um, während sie Parks musterte. „Genau dann, wenn du oben stehst?"

„Das habe ich mir vorgenommen."

Das konnte sie verstehen.

„Magst du den Strand?", fragte er.

„Ich komme nicht oft dorthin, aber ja.“ Sie dachte an den Werbefilm, den sie gerade drehte. „Mit gelegentlichen Einschränkungen“, fügte sie hinzu.

„Ich habe ein Haus in Maui.“ Unerwartet beugte Parks sich vor und strich ihr ganz zart über die Wange. Der Hauch einer Intimität. „Ich werde dich einmal mitnehmen.“ Er schüttelte den Kopf, ehe Brooke Einwände erheben konnte. „Fahren wir.“

„Parks“, sagte Brooke, als sie sich erhoben, „ich habe es ernst gemeint, als ich sagte, ich will in nichts verwickelt werden.“

„Ja, ich weiß.“ Dann küsste er sie lange und voller Sehnsucht, während sie mit den Händen voller Pappteller und Becher dastand.

5. KAPITEL

Es vergingen drei Tage, bevor Brooke wieder von Parks hörte. Sie wusste, er spielte auswärts. Sie wusste auch, nach einem, wie sie sich einredete, nur flüchtigen Blick in den Sportteil der Zeitung, dass Parks großartig gespielt hatte. Sie beschäftigte sich gerade mit den Drehbüchern seiner ersten Werbespots.

Der erste Dreißig-Sekunden-Spot sollte noch vor den Meisterschaftsspielen gesendet werden, um Parks erhoffte Leistung in den entscheidenden Kämpfen auszunutzen. Das ließ Brooke wenig Vorbereitungszeit. Aber Herausforderungen waren für sie ebenso wichtig wie Essen.

Allein in ihrem Büro, mit einer halben Stunde Spielraum, ehe sie fällig war fürs Studio, ging Brooke noch einmal das Drehbuch für den ersten De-Marco-Spot durch. Flott, dachte sie anerkennend. Knapper Dialog und weiche Verkaufstaktik. Parks schwang in De-Marco-Freizeitkleidung im Stadion den Baseballschläger und stieg in der nächsten Szene in demselben Anzug aus einem Rolls mit einer aufreizenden Brünetten am Arm.

„Kleidung für jede Zeit und jeden Anlass", murmelte Brooke. Das Band, mit Ausnahme von Parks' einzeiligem Off-Satz, war schon aufgenommen. Brooke musste nichts weiter mehr tun, als das Beste aus Parks herauszuholen. Der Werbeerfolg hing von ihrer Geschicklichkeit und seinem Charme ab. Fair genug, dachte sie und griff nach der halb vollen Tasse Kaffee, als es an der Tür klopfte.

„Ja?" Brooke blätterte auf Seite eins zurück und ging die Kameraeinstellungen durch.

„Eine Sendung für dich, Brooke." Die Rezeptionistin legte einen langen weißen Floristenkarton auf den vollgestopften Schreibtisch. „Jenkins lässt dir ausrichten, dass der Lardner-Streifen geschnitten ist, falls du ihn noch überprüfen willst."

„Oh, danke." Neugierig beäugte Brooke über das Drehbuch hinweg die Blumenschachtel. Gelegentlich bekam sie dankbare

Anrufe oder Briefe von Kunden, wenn sie besonders zufrieden mit Brookes Arbeit waren, doch keine Blumen. Aber da war doch dieser Schauspieler in dem Auto-Spot im letzten Jahr gewesen, erinnerte sich Brooke. Der, der bei der dritten Ehefrau angelangt war. Er hatte Brooke mit einem riesigen Strauß roter Rosen jede Woche abwechselnd amüsiert und wütend gemacht. Aber sechs Monate waren vergangen, nachdem sie ihn endlich überzeugt hatte, dass er damit nur seine Zeit und sein Geld verschwendete.

Eher wahrscheinlich, dass es einer von E.J.s Streichen war. Wahrscheinlich würde sie ein Dutzend tiefgefrorener Froschschenkel darin finden. Da sie noch nie eine Spielverderberin gewesen war, zog Brooke die Schleife ab und hob den Deckel.

Massen von Hibiskusblüten. Duftende, taufrische, pinkweiß-farbene Blütenblätter. Überrascht schnappte Brooke nach Luft, dann tauchte sie mit beiden Händen hinein in die zarte, feminin duftende Fülle. Ihr Büro roch plötzlich wie eine tropische Insel – zu Kopf steigend, exotisch, überaus romantisch. Mit einem entzückten Aufschrei hob sie die mit Blumen gefüllten Hände an ihr Gesicht und atmete tief ein. Im Gegensatz zu dem schweren betäubenden Duft wirkten die Blütenblätter unglaublich zart. Eine kleine weiße Karte flatterte auf den Schreibtisch.

Brooke legte die Blumen zurück, griff nach dem Umschlag und riss ihn auf.

Ich dachte an deine Haut.

Sonst nichts, aber sie wusste Bescheid. Ihr wurde plötzlich heiß, und sofort schalt sie sich selbst, weil sie sich wie ein schmachtender Teenager verhielt. Aber sie las den Satz dreimal. Niemand hatte sie je mit einem so schlichten Satz so tief berühren können. Obwohl Parks tausend Meilen weg war, spürte sie ganz deutlich seine schlanken, kräftigen Finger auf ihrer Wange. Die fließende Wärme, die aufblitzende Lust verrieten ihr, sie konnte ihm nicht entkommen, hatte es tatsächlich nie wirklich gewollt. Ohne Zweifeln oder Ängsten Zeit zu geben, griff Brooke zum Hörer.

„Gib mir Parks Jones“, sagte sie. „Versuch es über Lee Dutton, er wird die Nummer haben.“ Bevor sie ihre Meinung ändern konnte, legte Brooke auf und schob die Hände wieder in die Blumen.

Wie kann er wissen, welche Knöpfe er bei mir drücken muss? fragte sie sich. Die Antwort interessierte sie eigentlich gar nicht. Was zählte, war, romantisch umworben zu werden – mit Stil umworben zu werden. Sie nahm eine einzelne Blüte und ließ sie über ihre Wange gleiten. Sie fühlte sich weich und feucht an – wie Parks' erster Kuss.

Das Schrillen des Telefons riss sie aus diesen Träumereien.

„Ja?“

„Parks Jones auf Leitung zwei. Du hast zehn Minuten, ehe sie dich im Studio brauchen.“

„In Ordnung. Treib für mich eine Vase mit Wasser auf, okay?“ Sie blickte auf die Blumenfülle. „Zwei Vasen.“ Immer noch die Blüte in einer Hand, drückte Brooke den Knopf für Leitung zwei. „Parks?“

„Ja. Hallo, Brooke!“

„Danke.“

„Gern geschehen.“

Sie zögerte, dann sprach sie ihren ersten Gedanken von vorhin aus. „Ich fühle mich wie ein Teenager, der gerade seinen ersten BH bekommen hat.“

Parks ließ sich rücklings aufs Bett fallen und lachte. „Ich würde dich jetzt gern mit einigen der Blumen im Haar sehen.“

Probeweise hielt sie sich eine übers Ohr. Unprofessionell, dachte sie mit einem Seufzer und gab sich mit dem Duft zufrieden. „Wir drehen gleich im Studio. Ich glaube nicht, dass die Scheinwerfer ihnen gut bekommen.“

„Du hast eine praktische Ader, nicht wahr, Brooke?“ Parks ließ gegen den leichten Schmerz seine Schulter kreisen und schloss die Augen.

„Notwendigerweise. Wie geht es dir?“

„Im letzten Spiel habe ich meinen Rhythmus nicht gefunden,

aber das geht vorbei." Bis zu den Meisterschaftsspielen, fügte er in Gedanken hinzu. „Ich habe an dich gedacht, vielleicht zu sehr."

Brooke fühlte ein merkwürdig prickelndes Ziehen im Bauch. „Ich möchte nicht für einen Leistungseinbruch verantwortlich sein, dazu erinnere ich mich noch zu gut an deine Heilmittel." Sein Auflachen klang etwas matt. „Bist du müde?"

„Ein wenig. Gestern Abend mussten wir in die Verlängerung gehen."

„Ich weiß." Sie hätte sich die Zunge abbeißen können. „Ich habe die Schlagzeilen der letzten Nachrichten aufgeschnappt", fügte sie hastig hinzu. „Dann lasse ich dich jetzt schlafen. Ich wollte dir nur danken."

Bei ihrem unbeabsichtigten Eingeständnis, dass sie seine Spiele verfolgte, zuckten seine Lippen, aber die Augen hielt er geschlossen. Er hatte keine Probleme, sich ihr Gesicht ganz klar vorzustellen. „Sehe ich dich, wenn ich zurückkomme?"

„Natürlich. Wir fangen Freitag an zu drehen, also …"

„Brooke", unterbrach er schnell, „sehe ich dich, wenn ich zurückkomme?"

Sie zögerte, dann betrachtete sie die Masse der pink-weißen Hibiskusblüten auf ihrem Schreibtisch. „Ja", hörte sie sich sagen. Sie hielt sich eine Blume an die Wange und seufzte. „Ich glaube, ich mache einen sehr großen Fehler."

„Gut. Ich sehe dich Freitag."

Die Kunst, eine gute Regisseurin zu sein, bestand für Brooke darin, präzise zu sein, ohne sich im rein Technischen zu verlieren, energisch, ohne sich Sympathien zu verscherzen, und in dem Trick, sich aufzuteilen, um überall gleichzeitig sein zu können. Diese Kunst hatte sie früher während ihrer verschiedenen Jobs entwickelt, nicht wie viele ihrer Kollegen durch das rein formale Training. Vielleicht war sie kompromisslos präzise, weil sie in so vielen Bereichen des Filmgeschäfts gearbeitet hatte – Drehbüchern das Zeitkorsett anpassen, Scheinwerfer richten, den Sound mischen. Nichts entging ihrem Blick. Weil sie wusste, dass Schauspieler oft überarbeitet und unsicher waren, verlor sie nie ganz ihre Sympathie für sie, auch wenn sie selbst kurz davor war, wegen eines ewig verpatzten Satzes an die Decke zu gehen. Beim Servieren früher hatte sie den Trick gelernt, so fix zu sein, um es tatsächlich fast zu schaffen, an zwei Orten gleichzeitig zu sein.

Am Drehort und im Studio hatte sie ein ungebrochenes Selbstbewusstsein. Ihre Autorität wurde normalerweise nicht in Frage gestellt, weil sie nicht aufgesetzt war. Brooke dachte nie bewusst daran, dass sie das Sagen hatte, noch spürte sie das Verlangen, andere daran zu erinnern. Sie hatte einfach das Sagen.

Mit dem Drehbuch in der Hand überprüfte sie die letzte Einstellung der Lichter und Scheinwerfer. Auf dem Spielfeld selbst, das hatte sie sofort gespürt, herrschte eine ganz andere Atmosphäre als auf den Tribünen. Hier fühlte man sich wie in einem Tal, hineingeschmiegt in die hohen Berge der Sitzreihen und der großen grünen Wand, die sich hinten entlangzog. Hier unten bekam man auch erst richtig die Größenverhältnisse des Spielfeldes mit. Beeindruckend, wie Spieler über die Entfernungen einen fliegenden Ball mit Schlägern treffen konnten.

Brooke roch das Gras, frisch geschnitten, den Geruch von Staub und Schmutz, der in der Sonne trocknete, und einen Hauch von E. J.s Macho-Cologne.

„Gib mir eine Einstellung", sagte sie dem Beleuchtungsdirektor und warf einen Blick hoch zu den dicken Wolken über der Sonne. „Ich will strahlende Nachmittagssonne."

„Die bekommst du." Die Lichter wurden gerichtet, während Brooke hinter eine Kamera trat, um Licht und Schatten zu überprüfen.

Parks hielt sich lässig abseits und beobachtete sie. Das war eine andere Frau als die, die er zu Tacos eingeladen hatte. Auch eine andere als die, die er auf der De-Marco-Party in den Armen gehalten hatte. Das Haar war hinten in einem langen Zopf gebändigt, nicht mehr die fließende, zigeunerhafte Mähne. Brooke trug Jeans, ein gelbes T-Shirt, verstaubte Tennisschuhe und blitzende Saphire in den Ohren.

Doch es war weder ihre Frisur noch ihre äußere Erscheinung, die den Unterschied ausmachten, sondern ihre Sicherheit. Sicher war sie auch vorher aufgetreten, aber jedes Mal hatten sich auch Risse in ihrer Selbstsicherheit gezeigt. Nun strömte es ihr regelrecht aus jeder Pore. Mit Worten und Gesten erteilte sie Anordnungen, und die Männer und Frauen hielten sich genau daran. Niemand stellte ihre Autorität in Frage. Und es war ganz offensichtlich, dass sie das auch nicht gestattet hätte.

Mit einer Grimasse zupfte Parks am Ärmel seines dünnen Seidenhemds. Wer, zum Teufel, sollte in einem solchen Outfit spielen? Er warf einen Blick auf seine helle Bundfaltenhose. Brooke stellt die Regeln in diesem Spiel auf, erinnerte er sich, dann trat er ins Licht der Scheinwerfer.

„Biglow, diese Kabel müssen gesichert werden, sonst bricht sich noch jemand ein Bein. Libby, treib etwas Eiswasser auf, wir könnten es brauchen! Okay, wo ist …“ Brooke drehte sich um und sah Parks. „Oh, da bist du ja.“ Sollte sie aufrichtige Freude empfinden, mich zu sehen, sie verbirgt es gut, dachte Parks wehmütig. „Stell dich auf deine Position, damit wir das Licht und die Kameraeinstellungen überprüfen können!“

Wortlos gehorchte Parks. Besser, er gewöhnte sich gleich daran. Schließlich hatte er sich auf diese Werbekiste eingelassen. Parks steckte die Hände in die Taschen, verfluchte Lee stumm und stellte sich in die Box des Schlagmannes. Jemand richtete einen Scheinwerfer, der nur einen Meter neben ihm stand, direkt auf sein Gesicht.

„Werden Sie die ‚Valiants‘ im Entscheidungsspiel wegputzen?“, fragte ein Techniker.

„Das haben wir vor“, gab Parks leichthin zurück.

„Ich habe fünfzig Dollar darauf gewettet.“

Diesmal grinste Parks. „Ich werde daran denken.“

„Derrick.“ Brooke schickte den Techniker mit einer knappen Kopfbewegung an seine Arbeit und näherte sich Parks.

„Okay, das ist der leichte Teil“, begann sie. „Kein Dialog, und du brauchst nur das zu tun, worin du am besten bist.“

„Was ist das?“

Über seine Ironie zog Brooke eine Braue hoch. „Einen Schläger schwingen. Einer der Trainer hat eingewilligt, dir ein paar Bälle zuzuwerfen, du solltest dich also ganz in deinem Element fühlen.“

„Jemals ohne Helm in einer Box gestanden?“, gab er zurück.

„Es würde nicht zu deinem Outfit passen“, antwortete sie ruhig. Sie musterte ihn eingehend von oben bis unten. „Und das sieht gut aus.“

„Mir gefällt deins auch.“ Sein Lächeln war ziemlich hintergründig. „Es würde mir gefallen, dein Haar zu lösen.“

„Maske!“, rief sie über die Schulter zurück. „Er braucht Puder, sonst glänzt er.“

„Moment!“, sagte Parks und hielt die Maskenbildnerin aufgebracht am Handgelenk fest.

„Kein Schwitzen vor der Kamera.“ Brooke betonte die Worte, erfreut über Parks' Reaktion. „Ich erwarte nichts anderes von dir als das, was du normalerweise im Trikot tust. Nimm deine übliche Haltung ein“, bestimmte sie. „Wenn du den Ball getroffen hast, will ich dieses typische Grinsen sehen, bevor du den Schläger zur Seite wirfst.“

„Welches Grinsen?“ Widerstrebend ließ Parks das Handgelenk der Maskenbildnerin los und nahm das Pudern hin.

Mit vergnügt blitzenden Augen schenkte Brooke ihm ein aufreizend süßes Lächeln. „Das Grinsen des Jungen am Strand – flüchtig, viele Zähne zeigen, Fältchen um die Augenwinkel.“

Parks zog die Brauen zusammen. „Dafür kriege ich dich noch.“

„Denk daran“, fuhr sie ungerührt fort. „Jeder Schlag ist eine Filmaufnahme. Es muss kein großartiger Schlag sein, es muss nur so aussehen als ob. Verstanden?“

„Verstanden.“ Verärgert nickte er dem Trainer zu, der gerade vorbeikam.

„Wirklich entzückend siehst du aus, Jones."

„Wirf mir einfach nur anständige Bälle zu", gab Parks zurück. „Brauche ich einen Schläger?", fragte er Brooke. „Oder soll ich nur so tun als ob?"

Statt einer Antwort drehte sich Brooke um und rief ihrem Assistenten zu: „Bring uns den Schläger! E.J., alles klar? Lass den Film einfach laufen – keinen Schwenk, kein Heranfahren. Denk daran, wir verkaufen Kleider."

„Das ist Aluminium."

Verständnislos drehte sich Brooke wieder zu Parks um. „Was?"

„Der Schläger ist aus Aluminium."

Er hielt ihn ihr hin, und mechanisch nahm Brooke ihn. „Ja, scheint so." Sie wollte ihm den Schläger wieder zurückgeben, aber Parks schüttelte den Kopf.

„Ich benutze nur Holz."

In letzter Sekunde verkniff sie sich eine spitze Bemerkung. Mit Eigenwilligkeit war sie schließlich vertraut. „Besorge Mister Jones den Schläger, den er vorzieht", befahl sie ihrem Assistenten und warf ihm den ersten aus Aluminium zu. „Noch etwas?"

Parks musterte sie kühl. „Tanzt hier eigentlich jeder nach deiner Pfeife?"

„Verdammt richtig. Vergiss das nicht in den nächsten Stunden, dann gibt es auch keine Probleme zwischen uns."

Sein Blick wurde schärfer. „Solange die Kameras laufen", gab er ihr flüsternd zu verstehen.

Brooke drehte sich um und trat zu E.J. hinter die Kamera, um den Winkel zu überprüfen. Mit kritischem Blick schaute sie durch die Linse auf Parks, dem ihr Assistent gerade einen anderen Schläger reichte.

„Okay, Parks, nimmst du jetzt deine Haltung ein?" Sie beobachtete ihn genau, während er sich leicht vorbeugte, die Füße fest gegen den Boden gestemmt. Dann nickte Brooke. „Gut", entschied sie und trat zurück, um E.J. Platz zu machen.

„Zehn Dollar, dass er einen in die linke Ecke schlägt."

Mit einem leichten Nicken nahm Brooke E.J.s Wette an. „Parks, wenn ich sage ‚Action', dann nimm deine Haltung wieder ein. Sieh nur den Werfer an, nicht in die Kamera. Vergiss einfach, dass wir hier sind."

Mit dem ersten wirklichen Lächeln, das Parks an diesem Morgen bei ihr sah, wandte sich Brooke dem Trainer zu. „Sind Sie bereit, Mister Friedman?"

„Bereit, Sweetheart. Ich versuche, dir den Schlag nicht zu vermasseln, Jones."

Parks lachte kurz auf. „Streng dich nur an, dass du es überhaupt bis hierher schaffst." Er deutete auf seinen ungeschützten Kopf. „Und halte ihn tief."

Brooke blickte prüfend in die Runde, um sich ein letztes Mal davon zu überzeugen, dass alles in Position war. „Okay?" Sie hob eine Hand, wartete auf absolute Ruhe. „Film ab und … Action!"

Sie beobachtete, wie Parks seine gebeugte Haltung einnahm und dann zwei lockere Testschwinger machte. In der dunkelblauen Seide seines Hemds fing sich das Licht, betonte das Spiel der Muskeln darunter. Die Hände in den Hüften, zählte Brooke die Sekunden und wartete. Parks verlagerte sein Gewicht, als der Ball auf ihn zuflog, und spannte die Muskeln an. Der Ball knallte in die Box hinter ihm.

Mit letzter Mühe beherrschte Brooke ihr Bedürfnis, laut zu fluchen. „Schnitt!" Ihren Ärger bekämpfend, ging sie zu ihm. „Irgendwelche Probleme, Parks?"

„Der Wurf war ungültig."

„Von wegen, verdammt!", schrie Friedman von seiner Position herüber.

Sofort teilte sich die Filmcrew in zwei Lager und stellte sich entweder auf die Seite des Werfers oder auf die des Schlagmanns. Brooke ignorierte ihre Leute und richtete stattdessen ihre ganze Aufmerksamkeit auf Parks.

„Hier geht es nicht um die Meisterschaftsspiele. Du sollst einfach nur so tun, als ob du einen Superschlag machst. Wie du bemerkt hast“, sie deutete hinter sich, „gibt es hier keine anderen Spieler, keine Fans, keine Presse.“

Parks lehnte sich auf den Schläger. „Du willst, dass ich bei einem ungültigen Wurf schlage?“

Gleichmütig begegnete Brooke seinem amüsierten Blick. „Die Qualität des Wurfs ist unerheblich“, gab sie zurück, während der Streit hinter ihnen immer heftiger wurde. „Triff einfach nur den Ball.“

Schulterzuckend hob er den Schläger wieder. „Du bist der Chef … im Augenblick.“

Ihre Blicke maßen sich, lange und herausfordernd, bevor Brooke sich zu ihrer Crew umdrehte. „Aufnahme zwei“, verkündete sie und beendete damit die hitzige Diskussion.

Diesmal schlug Parks einfach zu, und der Ball flog nach rechts. Ohne E. J. anzusehen, hielt Brooke ihm die ausgestreckte Hand hin. „Zeit“, verlangte sie, während ihr Kameramann ihr zehn Dollar in die Hand legte.

Parks bemerkte auf einmal eine zierliche Brünette mit Stoppuhr und Klemmbrett. „Zwölfeinhalb Sekunden, Brooke.“

„Gut. In Ordnung, packen wir es an.“

„Der nächste geht über den Zaun“, sagte E. J. leise zu Brooke. „Bist du dabei?“

„Aufnahme drei!“, rief sie und signalisierte E. J. gleichzeitig mit einem Nicken ihre Zustimmung. „Film ab und … Action!“

Mit einem zufriedenen Lächeln beobachtete sie Parks. Entweder war ihm klar geworden, worum es hier ging, oder der ihm eigene Kampfgeist trieb ihn an. Wie auch immer, es war ihr nützlich. Sein Blick, als er sich vorbeugte, war genau, was sie wollte – diese ungebrochene Intensität, die an Wildheit grenzte. Eine Schande, dass sie mit der Kamera nicht ganz nah herangehen konnten. Dann war auch der Gedanke weg, als Parks schlug.

Kraft. Das Wort drängte sich ihr auf. In dem Augenblick, als sich sein Hemd über den Schultern straffte, malten sich die Muskelbündel in seinen Schenkeln durch den weichen Stoff der Hose ab. Es war nicht notwendig, den Flug des Balls zu verfolgen, um zu wissen, wohin er gegangen war. Brooke wusste, das aufblitzende Lächeln auf Parks' Gesicht hatte nichts mit ihrer Anweisung zu tun. Es war reine Freude. Brooke ließ den Film laufen, während Parks' Blick dem Ball folgte. Immer noch lächelnd, drehte er sich schließlich zu ihr um und zuckte entschuldigend mit den Schultern.

Sie hätte wütend sein können, weil er gegen ihre Anordnungen in die Kamera schaute, aber die Bewegung, der Ausdruck waren perfekt. Sie nestelte in ihrer Tasche nach E.J.s Zehndollarnote.

„Schnitt!"

Spontaner Applaus brach aus, von einigen Pfiffen unterlegt. „Netter Wurf, Friedman", meinte Parks zum Trainer.

Der warf einen anderen Ball in die Luft. „Ich lasse dich nur gut aussehen, Jones. Die ‚Valiants' werden nicht so freundlich sein."

Brooke strich mit dem Handrücken über ihre feuchte Braue. „Ich hätte gern noch ein paar. Wie war die Zeit?"

„Vierzehn Sekunden."

„Okay. Das Licht verändert sich, überprüft die Einstellung. Mister Friedman, ich hätte gern noch ein paar."

„Alles, was Sie sagen, Sweetheart."

„Parks, ich brauche einen vollen Schwinger, so wie den letzten. Egal, wohin der Ball geht, blick hoch und hinaus – und vergiss das Grinsen nicht."

Er legte den Schläger auf die Schulter. „Nein, Ma'am."

Brooke ignorierte ihn. „Lichter?"

Der Techniker nickte.

Obwohl sie die dritte Aufnahme für fast perfekt hielt, machte Brooke noch drei andere. Geschnitten würde dieser Teil des Werbefilms zwölfeinhalb Sekunden laufen. Dass sie nur drei Stunden brauchten, um aufzubauen und zu drehen, verriet, welch engen Zeitplan Brooke hatte.

„Erledigt. Danke", fügte sie hinzu, als sie einen Becher Eiswasser von ihrem Assistenten entgegennahm. „Wir bauen vor dem Restaurant auf in ...", sie schaute auf die Uhr, „... zwei

Stunden. Fred, überprüf den Rolls und die Schauspielerin. E. J., ich bringe den Film selbst zum Schneiden.“ Noch während sie sprach, ging Brooke hinüber zum Trainer. „Mister Friedman.“ Lächelnd streckte sie ihm die Hand hin. „Danke.“

Er fand ihren Händedruck fest und ihren Blick weich. „War mir ein Vergnügen.“ Mit einem Auflachen drückte er sich einen Ersatzball an den Leib. „Wissen Sie, zu meiner Zeit machten Spieler Werbung für Rasierklingen oder Bier.“ Er warf Parks einen Blick zu, der gerade auf den Ball sein Autogramm für einen Techniker schrieb. „Kein schicker Designer hätte uns damals gefragt, ob wir seine Kleidung zur Schau tragen.“

Brooke sah zu Parks hinüber. Der stand lachend bei E. J. „Ihm selbst würde ich es nicht sagen, Mister Friedman“, sie drehte sich wieder zu dem Trainer um, „aber Parks ist ein Naturtalent.“

Mit herzhaftem Lachen schlug Friedman ihr leicht auf den Rücken. „Von mir wird er es nicht hören, Sweetheart. Das Letzte, was unsere Mannschaft gebrauchen kann, ist ein Spieler, der größenwahnsinnig wird. Noch etwas“, fügte er hinzu. „Ich habe beobachtet, wie Sie die Sache im Griff haben.“ Sein Lächeln enthüllte makellose Zähne. „Sie würden einen verdammt guten Trainer abgeben.“

„Danke.“ Erfreut über das Kompliment, ging Brooke hinüber zu Parks. „Du hast es sehr gut gemacht.“

Amüsiert betrachtete Parks ihre ausgestreckte Hand, drückte sie schließlich. „Für einen Anfänger?“, fragte er mit seinem typischen Grinsen.

Brooke wollte ihre Hand wieder zurückzuziehen, doch Parks hielt sie fest und strich leicht mit einer Fingerspitze über die Innenfläche. Befriedigt fühlte er, wie ihr Puls in die Höhe sprang.

„Ich habe nicht mit Problemen gerechnet, da du ganz einfach nur dich selbst gespielt hast.“ Hinter ihr bauten die Techniker die Scheinwerfer ab und rollten Kabel ein. Sie hörte E. J., wie der seine neue Lady glänzend, wenn auch wahrscheinlich übertrieben beschrieb. Mit ihrer ganzen Willenskraft konzentrierte sich Brooke auf die Hintergrundgeräusche, um sich von dem Gefühl von Parks' Finger abzulenken, der über ihre Haut strich. „Die nächste Szene sollte auch leicht sein. Wir drehen sie heute Nachmittag vor Ort. Wenn du irgendeine Frage hast …"

„Nur eine", unterbrach Parks sie. „Komm eine Minute hierher." Und schon zog er sie zur Spielerbank und weiter zur Tür, die zu den Umkleideräumen führte.

„Worum geht es, Parks? Ich muss gleich noch zum Schneiden."

„Sind wir hier jetzt fertig?"

Brooke stieß einen ungeduldigen Seufzer aus. „Offensichtlich."

„Das ist fein." Er drückte sie mit dem Rücken gegen den Türpfosten und presste den Mund heftig auf ihre Lippen.

Es war ein fordernder, ein besitzergreifender Kuss. Darin lagen die Frustration, die Verärgerung, Brooke zu wollen – und tagelang zu weit weg gewesen zu sein, um sie zu berühren, und nun war er nah genug, aber er durfte sie nicht berühren. In diesem Kuss lag auch die Wut über ihr professionelles Verhalten, während er ein drängendes und wachsendes Begehren bekämpfen musste. Und die Wut, sich in einer Position zu befinden, wo er Befehle von einer Frau annehmen musste, die seine Gedanken beherrschte und seinen Körper ignorierte.

Es war eher erregend als beruhigend, seinen Körper an ihren zu pressen. Sie füllte ihn aus – ihr exotischer Duft, ihr weiblicher Geschmack. Fast verzweifelt verstärkte er den Druck seiner Lippen, stieß die Zunge tiefer. Er konnte seinen Hunger nicht sättigen. Aber er würde den verborgenen Ort in ihr finden, und sie würde sich für ihn öffnen. Und dann würde er sie schließlich haben – Körper und Geist. Um dahin zu kommen, musste er sich noch zurückhalten. Ihre Kraft machte es zu einer Herausforderung, sein Verlangen zu einer Notwendigkeit.

„He, Brooke, willst du mitfahren … Oh!" E.J. steckte den Kopf herein und zog ihn schnell wieder zurück. Parks gab ihren Mund frei, und Brooke hörte ihren Kameramann ausgelassen pfeifend fortschlendern. Wütend, weil sie so vollkommen den Sinn für Zeit und Ort verloren hatte, drückte Brooke gegen Parks' Brust.

„Lass mich los!"

„Warum?" Offensichtlich amüsierte ihn ihr eisiger Blick eher.

„Zieh so etwas nie wieder während der Arbeit ab", zischte sie und drückte wieder gegen ihn.

„Ich hatte gefragt, ob wir fertig sind", erinnerte Parks sie.

„Während eines Jobs", stellte Brooke fest, „bin ich die Regisseurin, und mit dir erstelle ich das Produkt." Über ihre Formulierung zog er die Brauen zusammen, aber sie fügte voller Rage hinzu: „Du tust genau, was ich dir sage."

„Die Kamera läuft nicht, Brooke."

„Ich will nicht zum Mittelpunkt von Tratsch und Spekulationen werden. Das untergräbt meine Autorität und meinen Ruf."

Seine Wut stieg parallel zu seinem Verlangen. Sie erregte ihn nur noch mehr, wenn sie ihn herausforderte. „Bist du nicht viel besorgter darüber, dass du meine Berührungen genießen könntest? Macht es dich nicht so wütend, weil es dir tatsächlich verdammt egal ist, wer das Sagen hat, wenn ich dich küsse?" Er senkte seine Lippen herab, bis sie nur noch einen Hauch von ihren entfernt waren. „Ich habe mich deinen Befehlen den ganzen Morgen untergeordnet, Miss Gordon. Jetzt bin ich dran."

Mit der Zungenspitze fuhr er über ihre Lippen, genoss ihren Geschmack und Brookes unterdrückte Leidenschaft. Die Lust in ihnen beiden lud die Atmosphäre knisternd auf. Sie fühlten es und versuchten sich im Kampf um die Macht darüber zu erheben. Und doch ahnten sie, dass ihre Sehnsüchte sich auf Dauer nicht verleugnen ließen.

Er rieb seine Lippen auf ihren. Herausfordernd sahen sie sich dabei offen an, mit Blicken voller Leidenschaft und Verlockung.

„Wir haben heute Nachmittag noch einen Drehtermin", brachte Brooke schließlich hervor.

„Während wir drehen, tue ich, was du mir sagst." Er küsste sie noch einmal. „Heute Abend werden wir sehen."

6. KAPITEL

Brooke hatte den ruhigen Spätnachmittag zum Drehen gewählt, um nicht in die Abendhektik zu geraten. Die Szene war kurz, zwölf Sekunden lang, relativ einfach und von exklusiver Atmosphäre: Der champagnerfarbene Rolls fuhr vor einem piekfeinen Restaurant vor, Parks stieg aus, gekleidet wie auf dem Spielfeld, nur trug er noch ein Jackett. Er hielt einer eleganten Brünetten die rechte Hand hin. Beim Aussteigen zeigte sie viel Bein, warf Parks einen schmachtenden Blick zu, bevor sie sich bei ihm einhakte. Dann kam langsam die Abblende, mit Parks' Stimme aus dem Off, die das Motto der Werbekampagne sprach.

„De Marco – für den Mann, der es weit bringt."

„Zuerst will ich den Rolls, E. J., geh dann auf Parks, wenn er aussteigt! Es muss ganz deutlich herauskommen, dass er die gleiche Kleidung trägt wie auf dem Spielfeld. Lass dich nicht von der Lady ablenken", fügte sie trocken hinzu und warf ihm einen wissenden Blick zu.

„Wer – ich?" E. J. zog eine Baseballkappe der „Kings" hinten aus der Hosentasche und hielt sie Brooke hin. „Willst du sie tragen? Teamgeist?"

Eine Hand in die Hüfte gestemmt, starrte Brooke ihn an, ohne die Miene zu verziehen. E. J. lachte und drückte sich die Kappe auf seine Afro-Frisur.

„Okay, Boss, ich bin so weit, wenn du es bist."

Ihrer Angewohnheit entsprechend, überprüfte Brooke den Kamerawinkel und das Licht, bevor sie das Zeichen für die erste Filmaufnahme gab. Langsam rollte der Rolls an den Bordstein. Brooke spielte im Kopf die Hintergrundmusik, um zu entscheiden, wie sie passte. Auf Stichwort stieg Parks aus, drehte sich um und hielt die Hand der in der Luxuslimousine sitzenden Brünetten hin. Brooke ließ stirnrunzelnd die Szene durchspielen. Sie stimmte nicht.

Mit einer Handbewegung signalisierte Brooke, dass sie mit Parks sprechen wollte, während der Fahrer den Rolls für die nächste Aufnahme zurücksetzte. Sie legte eine Hand auf Parks' Arm und führte ihn weg von den Technikern.

„Parks, du musst dich entspannen." Weil es ihre zweite Natur war, mit übernervösen Schauspielern umzugehen, sprach und verhielt sich Brooke ganz anders als am Vormittag. Es ärgerte Parks.

„Ich weiß nicht, was du meinst."

Sie führte ihn weg von den interessierten Zuschauern, die sich an der Absperrung versammelt hatten. „Erstens, du machst Werbung für ein gutes Produkt. Versuche, daran zu glauben."

„Wenn ich nicht daran glaubte, würde ich das hier nicht abziehen." Er blickte stirnrunzelnd auf die vielen Scheinwerfer.

„Aber du fühlst dich nicht wohl." Brooke schlug ihm aufmunternd auf die Schulter, doch Parks sah sie nur mürrisch an. „Du fühlst dich wie ein Idiot, und das sieht man. Warte!", meinte sie, als er anfangen wollte zu sprechen. „Heute Morgen warst du gelöst – im Stadion, mit dem Schläger in der Hand. Du konntest das Spiel mitspielen. Das ist alles, was ich auch jetzt von dir will."

„Brooke, ich bin kein Schauspieler ..."

„Wer verlangt das von dir? Der Himmel möge mich davor bewahren." Ihr wurde bewusst, dass sie ihn beleidigt hatte, und lächelte beschwichtigend. „Hör zu, du stehst auf der Sonnenseite des Lebens, fährst im Rolls mit Chauffeur und einer prächtigen Frau durch die Stadt. Du sollst nichts anderes, als dir eine angenehme Zeit machen und zufrieden mit dir und der Welt aussehen. Du kannst es, Parks. Entspann dich!"

„Ich frage mich, wie du dich fühlen würdest, wenn man von dir verlangt, einen Ball zu treffen, und zwanzigtausend Leute schauen zu."

Brooke lächelte wieder und versuchte, nicht an die Minuten zu denken, die verstrichen. „Du hast Routine darin, du hast es gelernt, dich auf deinen Job zu konzentrieren und diese vielen Tausend zu vergessen."

„Dies hier ist anders", stieß er hervor.

„Nur, wenn du es dazu werden lässt. Ich will einfach diesen selbstzufriedenen Blick sehen, den du heute Morgen hattest, als du so großartig geschlagen hast. Tu so, als ob, Parks." Brooke zog seinen Hemdkragen zurecht.

„Wusstest du, dass Nina den Intelligenzquotienten eines weich gekochten Eis hat?"

„Nina?"

„Meine Lady."

Brooke seufzte schwer. „Hör auf, so launisch zu sein. Niemand hat dich gebeten, sie zu heiraten."

Parks öffnete den Mund und schloss ihn wieder. Kein Mensch hatte ihn je beschuldigt, launisch zu sein. Er war nie launisch. Was sein Trainer ihm sagte, das machte er. Nicht, weil er alles mit sich machen ließ, sondern weil er einen Vertrag hatte, hielt er sich an die Regeln – was nicht bedeutete, dass sie ihm immer gefielen. Mit einem stummen Fluch fuhr er sich durchs Haar und musste sich eingestehen, dass es in diesem Fall nicht so sehr um die Regeln ging, sondern um diejenige, die sie aufstellte. Aber schließlich würden die Scheinwerfer und Kameras auch irgendwann wieder abgebaut werden.

„Okay, machen wir es noch einmal." Parks sah Brooke mit dem Lächeln an, dem sie aus Erfahrung nicht traute, und ging zurück zum Rolls. Die leichte Kapitulation machte Brooke argwöhnisch. Sie stellte sich wieder hinter E. J.

Doch Parks gab ihr keinen weiteren Grund, sich zu beklagen, obwohl sie die Szene über zwei Stunden drehten. Mehr Probleme hatte Brooke dagegen mit der professionellen Schauspielerin – und einigen Fans, die Parks erkannten. Sie brauchten drei Aufnahmen, bis sie Nina davon überzeugen konnte, dass sie sich nicht glühend anhimmelnd geben sollte, sondern distanziert elegant. Brooke wollte den Kontrast und scheuchte beide durch die zwölf Sekunden, bis sie endlich mit dem Ergebnis zufrieden war.

Dann schlichen sich zwei Fans durch die Absperrung, um von Parks ein Autogramm zu bekommen, während die Kamera noch lief. Parks tat ihnen den Gefallen. Brooke kochte zwar wegen der Unterbrechung, musste sich aber widerstrebend eingestehen, dass er die Fans mit dem Charme eines erfahrenen Diplomaten abfertigte und sie es auch nicht hätte besser machen können.

„Das ist im Kasten." Brooke streckte sich. Sie war seit über acht Stunden auf den Beinen, hatte zwischendurch irgendwann ein halbes Sandwich hinuntergewürgt. Aber sie war zufrieden mit der Arbeit des Tages, zufrieden mit Parks' Fortschritten – und heißhungrig.

„Ihr könnt gehen", sagte sie der Mannschaft. „Gute Arbeit. E. J., Schneiden und Synchronisieren habe ich für morgen angesetzt. Wenn du sehen willst, was wir mit deinem Film machen, kannst du vorbeikommen."

„Morgen ist Sonnabend."

„Ja." Sie zog ihm die Baseballmütze ins Gesicht. „Wir fangen um zehn an. Nina ..." Brooke nahm die schlanke, glatte Hand der Schauspielerin. „Du warst entzückend, danke. Fred, vergewissere dich, dass der Rolls in einem Stück zurückkommt, sonst bekommst du es mit Claire zu tun. Biglow, wie heißt der Neue?" Brooke machte eine Kopfbewegung zu einem jungen Techniker, der eifrig damit beschäftigt war, die Beleuchtung zu verpacken.

„Silbey."

Mit einem Nicken nahm sich Brooke vor, sich den Namen zu merken. „Er ist gut", lobte sie knapp, dann drehte sie sich zu Parks um. „Also, der erste Film wäre geschafft. Morgen schneiden wir deinen Off-Kommentar hinein. Irgendwelche Narben zurückgeblieben?"

„Keine, die sichtbar sind."

„Vielleicht sollte ich dir nicht sagen, dass dieser Film der leichteste war."

Er begegnete kühl ihrem humorvollen Blick. „Vielleicht solltest du nicht."

„Wo ist dein Wagen?"

„Draußen, beim Stadion."

Brooke blickte auf ihre Uhr. „Ich fahre dich hin. Ich muss noch Claire anrufen. Ach", Brooke winkte ab, „das kann warten. Irgendwelche Probleme?", fragte sie die Crew im Allgemeinen.

„Morgen ist Sonnabend", stellte ein bedrückter E. J. wieder fest, während er seine Ausrüstung zusammenpackte. „Du gönnst einem wirklich keine Pause."

„Du musst nicht kommen", erinnerte sie ihn, obwohl sie wusste, dass er kommen würde. „Guten Abend." Zusammen mit Parks machte sie sich auf den Weg.

„Ist es eine Gewohnheit von dir, am Wochenende zu arbeiten?", fragte er, während er feststellte, dass sie sich nach einem langen hektischen Tag immer noch bewegte, als müsse sie dringende Verabredungen einhalten.

„Wenn es nötig ist. Wir jagen den Streifen durch, damit er während der Meisterschaftsspiele gesendet werden kann." Im Gehen suchte Brooke in ihrer Schultertasche nach den Schlüsseln.

„Soll ich fahren?"

Die Schlüssel in der Hand, blickte Brooke überrascht auf. „Hat E. J. mit dir gesprochen?"

Parks zog die Brauen zusammen. „Nein. Warum?"

„Nichts." Brooke blieb neben ihrem Wagen stehen. „Warum willst du fahren?"

„Mir ist gerade in den Sinn gekommen, dass du über acht Stunden ohne Pause gearbeitet hast. Ein harter Job."

„Steig schon ein." Brooke stieg auf der Fahrerseite ein und schlug die Tür hinter sich zu. „Es dauert eine ganze Weile, bei diesem Verkehr durch die Stadt zu kommen."

„Ich bin nicht in Eile." Parks machte es sich neben ihr bequem. „Kannst du kochen?"

Während sie den Motor anließ, sah Brooke ihn überrascht an. „Kann ich was?"

„Kochen. Du weißt schon." Parks machte eine Bewegung, als rührte er in einer Pfanne.

Brooke lachte und schoss so forsch in den fließenden Verkehr, dass Parks zusammenzuckte. „Natürlich kann ich kochen."

„Wie wäre es bei dir?"

Brooke sauste bei Gelb über eine Ampel. „Was soll bei mir sein?", fragte sie vorsichtig.

„Dinner." Brooke sauste um einen Porsche herum. „Ich finde, ich habe ein Recht dazu, nachdem ich dich ein paar Mal durchgefüttert habe."

„Du willst, dass ich für dich koche?"

Diesmal lachte er. „Ja. Und dann will ich mit dir schlafen."

Brooke trat auf die Bremse, und der Wagen kam nur wenige Zentimeter vor einer anderen Stoßstange zum Stehen. „Oh, tatsächlich?"

„Oh, tatsächlich", wiederholte er und begegnete ihrem durchbohrenden Blick gleichmütig. „Die Dreharbeit ist vorbei." Er nahm das Ende ihres Zopfes und spielte damit. „Neues Spiel, neue Regeln."

„Und wenn ich Einwände habe?"

„Warum sprechen wir darüber nicht an einem ruhigen Ort?" Mit dem Daumen strich er über ihre Lippen. „Oder hast du Angst?"

Der Spott reichte. Die Ampel sprang um, und Brooke stieg aufs Gas und schlängelte sich mit grimmiger Entschlossenheit durch den Verkehr von Los Angeles.

„Weißt du, dass du wie eine Wahnsinnige fährst?"

„Ja."

„Nur eine beiläufige Feststellung", meinte Parks und machte es sich in seinem Sitz bequem.

Brooke war immer noch wütend, als sie in ihre Zufahrt einbog und mit einem die Knochen durcheinanderschüttelnden Ruck bremste. Hier draußen, in den bewaldeten Bergen, lag ein würziger Geruch von Herbst in der Luft – ein Geruch, den es in der Stadt nicht gab. Einige Blätter verfärbten sich schon, und Kleckse von Rot, Gelbbraun und Orange wetteiferten mit dem kalifornischen Grün. Die Schatten der Bäume spiegelten sich im Glas der Fenster wider, während die Sonne tiefer am Himmel hinabtauchte. Um das Haus herum wucherten buschige Blumen.

Ob es Absicht war oder aus Zeitmangel zu erklären, Brookes naturbelassener Garten war eine Augenweide und passte ideal zu diesem abgeschiedenen Bergpanorama.

Brooke knallte die Wagentür zu. Parks folgte gemächlicher. Sie ist sauer, stellte er erfreut lächelnd fest. Umso besser. Er wollte keine leichte Kapitulation. Vom ersten Augenblick an war der Machtkampf für ihn fast so spannend wie das, was dabei herauskommen konnte. Für Parks stand es allerdings ganz klar fest. Eine so starke und Funken sprühende Anziehungskraft zwischen einem Mann und einer Frau konnte sie nur zu Feinden oder Liebenden machen. Er hatte nicht die Absicht, Brookes Feind zu werden. So nahm er sich vor, einfach abzuwarten.

Eisig schweigend steckte Brooke den Schlüssel ins Schloss und drehte ihn herum. Sie trat ein und überließ es Parks, ob er folgte oder nicht.

Der Kamin fiel ihm zuerst ins Auge. Aus großen Steinen gemauert, beherrschte er die eine Wand des Wohnraums. Das Feuerset war aus glänzendem Messing und antik. Eine andere Wand war von unten bis oben aus Glas. Dadurch konnte das Abendlicht den ganzen Raum erhellen.

Parks wippte leicht auf seinen Fußspitzen und sah sich um. Ein großes Sofa stand vor dem Kamin, übervoll mit Dutzenden von Kissen. Ein Tischchen davor, um das einige Sessel verteilt waren. Der Raum war in hellen Naturtönen gehalten, kontrastierende Farbtupfer stellten nur riesige leuchtende Pfauenfedern in einem Messingtopf dar, eine dunkelrote handgewebte Decke, die scheinbar achtlos über die Lehne eines Sessels geworfen war, und die lebhaft gemusterte Brücke auf dem Parkettboden.

Ein Bord war in die östliche Wand eingebaut. Ohne Brookes durchbohrenden Blick zu beachten, ging Parks hinüber und betrachtete das aufgestellte Sammelsurium. Da war ein kleiner Kristallschmetterling mit flatternden Flügeln, die regenbogenfarbig blitzten, wenn sich das Licht in ihnen brach. Daneben eine angeschlagene Mokkatasse mit Unterteller, die von einem Flohmarktbummel stammte, ebenso wie der fette, grinsende Bär. Ein teures Stück Steingut stand neben einem pinkfarbenen Affen, der zwei Becken hielt. Parks drückte auf einen Knopf, und fröhlich schlug der Affe die Becken zusammen. Lachend schaltete Parks ihn wieder aus. Der ganze Raum enthielt wild zusammengewürfelte Schätze, einige kostbar, einige Kaufhausnippes.

Eine Treppe führte zum offenen zweiten Stock. Keine abgeschlossenen Räume, stellte Parks fest. Das Haus verriet ihm mehr über Brooke, als sie ihm zu sagen bereit war, das Bedürfnis nach unbeschränkter Bewegungsfreiheit, die zusammengewürfelten Stile, die Verbindung der dezenten Farben mit dem Knalligen.

Brooke ging zu einem Eckschrank und zog eine Flasche heraus. „Es steht dir frei, das ganze Haus unter die Lupe zu nehmen. Ich werde mir einen Drink genehmigen."

„Was du trinkst, nehme ich auch gern", erwiderte Parks mit aufreizender Freundlichkeit. „Du kannst mich später herumführen." Er machte es sich auf der großen Couch bequem. Die Asche im Kamin verriet ihm, dass Brooke ihn häufig in Betrieb hatte. „Ein Feuer wäre nett", meinte er beiläufig. „Hast du Holz?"

„Draußen." Zähneknirschend hielt sie ihm ein Glas unter die Nase.

„Danke." Er nahm es und ihre Hand gleich mit. „Setz dich!", lud er sie mit einer Liebenswürdigkeit ein, die Brookes Beherrschung zum Zerreißen anspannte. „Du bist den ganzen Tag auf den Beinen gewesen."

„Ich bin in Ordnung." Überrascht stieß sie einen kleinen Schrei aus, als Parks sie neben sich zog. Eigentlich hätte sie auf etwas Ähnliches vorbereitet sein sollen, gerade weil er sich nach außen hin so sanft gab, und das stachelte ihre Wut noch weiter an. „Was glaubst du eigentlich, wer du bist?", brach es aus ihr. „Platzt hier herein und erwartest, dass ich ein Dinner herbeizaubere und dann mit dir ins Bett falle? Wenn du …"

„Hungrig?", unterbrach Parks sie.

Sie bedachte ihn mit einem vernichtenden Blick. „Nein."

Mit einem Schulterzucken legte er den Arm hinter sie. „Normalerweise hast du schlechte Laune, wenn du hungrig bist."

„Ich bin nicht schlecht gelaunt", zischelte Brooke. „Und ich bin nicht hungrig."

„Möchtest du etwas Musik?"

Brooke sog tief die Luft ein. Wie wagte er es, hier zu sitzen und zu tun, als wäre sie sein Gast? „Nein."

„Du solltest dich entspannen." Mit kräftigen Fingern begann er ihren Nacken zu massieren.

„Ich bin absolut entspannt." Sie stieß seine Hand zur Seite, verwirrt durch das Gefühl von Wärme, das ihren Rücken hinabkroch.

„Brooke." Parks stellte sein Glas auf den Boden und schaute sie an. „Als du mich vor einigen Tagen angerufen hast, wusstest du, was zwischen uns geschehen würde."

„Ich habe gesagt, wir würden uns sehen." Sie wollte aufstehen, doch Parks hielt sie zurück.

„Aber du warst dir darüber im Klaren, was es bedeutet." Er sah in ihre schimmernden Augen und dann auf ihren Mund. „Du hättest dich weigern können, mit mir zu dir zu fahren. Aber du hast es nicht." Wie er mich ansieht, dachte Brooke, während sie erschauerte und ihre Haut seltsam zu prickeln begann. „Willst du mir etwa sagen, dass du mich nicht willst?"

Sie konnte sich nicht an das letzte Mal erinnern, als sie das Bedürfnis verspürt hatte, einen Blickkontakt zu brechen. Es erforderte ihre ganze Willenskraft, Parks offen anzusehen. „Ich ... ich habe dir überhaupt nichts zu sagen. Vielleicht könntest du dich freundlicherweise daran erinnern, dass dies mein Haus ist. Und ..."

„Wovor hast du Angst?"

Ihre Verwirrung wurde wieder von aufkommender Wut abgelöst. „Ich habe vor nichts Angst."

„Davor, mich zu lieben? Oder überhaupt davor, jemanden zu lieben?"

Brooke sprang auf. Diese Mischung aus Wut und Verletztheit und Angst hatte sie schon lange nicht mehr empfunden. Parks hatte kein Recht, sie wieder einmal zu verunsichern, kein Recht,

Zweifel über sich als Frau wieder zu beleben. Sie warf den Kopf zurück und funkelte Parks an.

„Du willst mit mir schlafen? Okay." Sie machte auf dem Absatz kehrt und ging zur Treppe. Auf halbem Weg nach oben warf sie ihm einen flammenden Blick über die Schulter zu. „Kommst du?" Ohne auf seine Antwort zu warten, ging sie weiter.

In größter Erregung stand sie mitten in ihrem Schlafzimmer. Ihr Blick fiel auf das Bett, löste sich aber davon, als sie die sich nähernden Schritte von Parks hörte. Es ist doch alles ganz einfach, redete sie sich zu. Sie gingen ins Bett und würden diese Anziehungskraft oder Hassliebe oder was auch immer loswerden. Es konnte nur die Atmosphäre reinigen. Sie schaute Parks entgegen, als er eintrat. Angst trieb sie wieder an. Hastig zog Brooke sich aus.

Es lag ihm auf der Zunge, ihr zu sagen, dass sie aufhören sollte, doch dann folgte Parks ruhig ihrem Beispiel. Sie zittert und merkt es nicht einmal, stellte er fest. Zunächst würden sie es auf ihre Art spielen. Wie am ersten Abend, als er sie nach Hause gebracht hatte, wusste Parks, was Brooke erwartete. Obwohl ihre wütende Angst ihn drängte, sie zu trösten und ihr Entspannung zu bringen, war er sich bewusst, dass sie es nicht zulassen würde. Sie warf ihr T-Shirt zu dem Stapel auf den Boden, doch Parks hatte keinen Blick dafür übrig. Stattdessen fielen ihm sofort die Hibiskusblüten ins Auge, die auf der Kommode standen.

Nackt hetzte Brooke zum Bett und riss die Überdecke zurück. Mit erhobenem Kopf, die Brauen hochgezogen, drehte sie sich zu ihm um. „Und?"

Er sah sie an. Sie war groß, mit verführerischen Rundungen und hatte die zarte Haut einer Porzellanpuppe. Weich und zart, ganz im Gegensatz zu ihrem stolz herausfordernden Blick.

Parks fragte sich, ob es ihr überhaupt bewusst war, wie verletzlich sie war, und gelobte sich, sie nicht nur zu erobern, sondern auch zu beschützen. Langsam trat er zu ihr.

Brooke schluckte nervös, bevor sie sich dem Bett zuwandte. Parks hielt ihren Zopf mit einer Hand fest, zwang sie, sich wieder umzudrehen. Das wütende Funkeln in ihren Augen hätte die Leidenschaft der meisten Männern abkühlen lassen. Parks jedoch lächelte.

„Diesmal“, sagte er leise und begann ihren Zopf zu lösen, „übernehme ich die Regie.“

Brooke stand stocksteif, während er bedächtig ihr Haar löste. Ihre Haut prickelte in Erwartung seiner Berührung, aber er berührte sie nicht. Absichtlich ließ sich Parks Zeit, arbeitete sich langsam durch ihr geflochtenes Haar, bis Brooke glaubte, platzen zu müssen. Schließlich breitete er ihr Haar wie einen Schleier über ihre Schultern, als wäre es die einzige Aufgabe, die ihn interessierte.

„Fabelhaft“, murmelte Parks, versunken in Brookes Haarpracht, deren im Rot verborgenes Gold das hereinfallende Sonnenlicht hervorzauberte. Er nahm eine Strähne, roch daran, sog tief den Duft ein. Brooke fühlte, wie ihr die Knie schwach wurden, ihre Muskeln schlaff. Wann berührte er sie endlich?

Sie schaute bewusst auf sein Gesicht, um nicht der gefährlichen Faszination der sonnengebräunten Haut seiner Brust zu erliegen, über die sich dunkelgoldenes Haar lockte. In seinen nackten Schultern wölbten sich die Muskelstränge. Doch als sie die dünne Goldkette um seinen Hals bemerkte, trieb die Neugier sie, sie hinunterzuverfolgen bis zu dem kleinen Goldstück, das daran hing. Darum war sie nicht vorbereitet, als er sich leicht bewegte und seine Lippen auf ihre Schulter presste. Die Berührung war wie ein Stromschlag, der sich einbrannte und sie zurückzucken ließ. Doch er legte seine Hände fest um ihre Taille.

„Entspann dich.“ Zärtlich massierte Parks ihre Haut. „Ich tue nichts, was du nicht willst.“ Er hauchte kleine Küsse auf Brookes Schulter, verharrte an ihrem Hals. Mit den Fingerspitzen fuhr er ihre Hüften hinab und wieder hinauf in fließend zärtlichen Liebkosungen, die unmöglich entspannen, nur erregen konnten. Er wusste, was er tat – sie wusste, ihre Reaktion war ihm kein Geheimnis. In einem letzten Versuch, sich zurückzuhalten, schmiegte Brooke sich an seine Brust, bog aber den Rücken durch.

Parks hielt immer noch ihre Taille, machte aber keinen Versuch, sie zurückzuziehen. Neben dem Verlangen in seinem Blick erkannte Brooke aufblitzenden Humor. „Willst du, dass ich aufhöre?“, fragte er ruhig. Es lag Herausforderung in der Frage.

„Würdest du?“, gab sie zurück, bekämpfte den Drang, mit ihren plötzlich überempfindsamen Fingerspitzen über seine nackte Brust zu streichen.

Er lächelte sein umwerfendes Lächeln. „Warum sagst du es nicht und findest es selbst heraus?“ Sie öffnete den Mund für eine Antwort, da verschloss Parks ihn mit einem tiefen Kuss, zum Ertrinken tief. Nur vage bekam Brooke mit, dass sich ihre Hände seine Brust hochschoben und sich um seinen Nacken schlangen, dass sich ihr Körper an seinen presste. Dann fiel sie – oder vielleicht ertrank sie? –, bis sie das kühle Laken unter sich spürte und Parks auf sich.

Ihr Körper schien flüssig geworden zu sein, kannte nicht mehr die gewohnte Hektik. Seine Hände waren so sicher, so ohne Hast, als wenn er alle Zeit der Welt bis zu Brookes totalem Zerfließen hätte. Mit geschickten Zärtlichkeiten brach er ihre selbst auferlegte Beherrschung auf. Die Lust war ein zähes Fließen. Brooke genoss es, empfing es, ohne überhaupt einen Gedanken daran zu verschwenden, was sie aufgab. Schwerelos, hilflos konnte sie nur noch seufzen, als er seinen Mund auf eine genüssliche Reise ihren Körper hinabschickte.

Der leichte Schlag seiner Zunge auf ihrer Brustspitze löste ein flüchtiges Zerren – fast Schmerz – in ihrem Bauch aus. Diese Lust war überwältigend. Dann war die Woge vorbei, ließ Brooke benommen zurück, während Parks weiter seine feuchten Pfade über ihren Körper zog.

Seine Finger hatten eine zärtliche Zauberkraft, sodass Brooke nie ganz ausmachen konnte, wo die Quelle der Lust lag. Sie strahlte durch ihren ganzen Körper, beruhigend, versprechend, verzaubernd. Parks nahm ihre Brustspitze zwischen die Zähne, löste einen glühend heißen Blitz direkt in Brookes Zentrum aus. Sie schnappte nach Luft, und ihr Körper spannte sich an. Dann streichelte Parks über die Innenseiten ihrer Oberschenkel, und es war wie ein Hauch, fast nicht spürbar, doch ihre Haut wurde heiß und dann kalt. Während Feuer und Eis durch sie kreisten, hallte ihr eigenes Aufstöhnen durch ihren Kopf.

Bebende Qual begann, unerträglich, wunderbar – ein Rausch. Sie zerfloss nicht mehr, sondern die pochende Lust wurde etwas köstlich Drängendes. Brooke zog Parks noch fester an sich.

„Liebe mich", wisperte sie mit vibrierender Stimme. Doch er fuhr fort mit seinen Liebkosungen, die ihr den Verstand raubten.

„Oh, ich tue es doch", erwiderte Parks leise.

„Jetzt!" Brooke griff nach ihm, doch er hielt ihre Handgelenke fest. Er hob den Kopf, und sie schauten sich in die Augen. Durch den Schleier ihrer Leidenschaft erkannte sie seine Konzentration – es war sein wilder Kriegerblick.

„Es ist nicht so einfach." Er fühlte ihren hämmernden Puls unter den Fingern, aber er wollte ihr nicht die schnelle Befriedigung geben. Wenn er sie liebte, dann sollte sie es nie vergessen. Er presste seinen Mund auf ihren. „Ich habe erst angefangen."

Immer noch ihre Handgelenke haltend, begann er eine neue Reise über sie, nur mit dem Mund. Mit der heißen Feuchtigkeit seiner Lippen umfing er wieder ihre Brustspitze. Da konnte sich Brooke nur noch unter ihm winden, wild, aber es hatte nichts mehr zu tun mit dem Drang zu entkommen. Auch aus Parks sprach nicht mehr die zeitlose Ruhe, sondern etwas Forderndes, das nur eine Antwort akzeptierte. Es schien, als labte er sich an ihrer Haut, nippend, saugend, leckend, bis sie halb verrückt von dem so lange unterdrückten Verlangen war. Es schien, als schmeckte er, schmeckte nur stundenlang, um eine unstillbare Gier zu lindern, und Brooke war machtlos, es ihm zu verweigern.

Hitze durchströmte sie, entkräftete sie. Ihre Haut prickelte, wurde feucht. Parks verteilte Küsse zwischen ihren Brüsten und tiefer bis hinunter zur weichen Rundung der Hüfte. Dann spürte er, wie ihre Muskeln schlaff wurden, während ihr Puls raste.

Als seine Zunge ihren warmen Kern fand, zitterte sie krampfhaft, schrie mit dem ersten rasenden Gipfel auf. Aber Parks war unnachgiebig. Brooke rang nach Luft, und er schickte seine Hände wieder auf eine sinnliche Reise.

Brooke umklammerte seine Schultern. Es gab keinen Teil ihres Körpers, den er nicht berührt hatte in seinem Verlangen, alles von ihr zu haben. Nun wurde ihre Hingabe Bewegung und Antrieb. Keiner von ihnen wusste, dass es ihre wahre Kapitulation war, als sie ihre eigenen Forderungen zeigte.

Ihre Hände tanzten über ihn, berührten ihn überall, und gleichzeitig wollte sie ihn schmecken – seinen Mund, seine Schulter, die kräftige Linie seines Kinns. Ihr Duft schien sich zu intensivieren, bis er in alle Sinne von Parks eindrang – ihn schwächte und zugleich stärkte. Am ganzen Körper zitternd, presste Brooke ihren Mund auf seine Lippen.

Dann war er tief in ihr, so schnell, dass sie vor Schock und Lust die Nägel in seine Haut presste. Sie verschmolzen, Körper an Körper, Herz an Herz, während sich alle Empfindungen in einer konzentrierten.

7. KAPITEL

Brooke genoss die weiche, warme Sicherheit. Sie schwebte zwischen Schlaf und Wachen und glaubte, es sei Winter und sie schliefe unter einer dicken Daunendecke. Sie hatte kein Verlangen aufzustehen, kein Verlangen, in die Kälte zu treten. Sie wollte hier einfach faul einen ganzen Tag liegen und nichts tun. Sie fühlte sich zufrieden, vollkommen unbelastet und genussvoll matt. Sie wollte dieses Empfinden voll auskosten und schüttelte darum den Schlaf ganz ab.

Es war nicht Winter, sondern Herbstbeginn. Es lag keine Daunendecke, nur ein Gewirr von Laken halb über ihrem nackten Körper, und sie schmiegte sich an Parks.

Schlagartig erinnerte sich Brooke an ihr Liebesspiel und die überraschende Erfahrung, wie sich eine geheime Tür in ihr ohne Widerstand geöffnet hatte, die Stunden der Leidenschaft, die folgten. Sie hatten nur wenig geredet, der Drang zu geben und zu nehmen war alles beherrschend. Die sinnliche Erfüllung hatte die Leidenschaft immer wieder entfacht und die Leidenschaft die Begierde, bis sie fest umschlungen eingeschlafen waren.

Brooke erinnerte sich an ihren unersättlichen Hunger und an die entfesselte Energie und Kraft, die sie ausgefüllt hatten. Sie erinnerte sich an Parks' Fähigkeit, sie mit Geduld bis zur Verzweiflung zu erregen, und dass sie ihn mit einer ihr bisher unbekannten Geschicklichkeit über diese Geduld hinausgetrieben hatte.

Die Nacht lag hinter ihr, und die Morgendämmerung brach herein. Im neblig grauen Licht wirkte Parks' Gesicht entspannt. Brooke fühlte die Wärme seines Atems an ihrer Wange. Sein Arm lag um sie, seine Finger verborgen in ihrem Haar, als ob er selbst im Schlaf nicht davon lassen konnte. Sie nahm ihn fester in den Arm. Ein klassisches Bild von Besitzen und Besessenwerden.

Mit einem Seufzer schloss Brooke die Augen. Es war Zeit, wieder zu denken, bevor es zu spät war, bevor ihre Gefühle sie beherrschten – diese gefährlichen Gefühle, die sie in Parks' Wärme gedrängt hatten. Sie sollte dem Verlangen nach ihm Einhalt gebieten, bevor es ihrer Kontrolle entglitt – jetzt.

Vorsichtig bewegte sich Brooke. Parks verstärkte seinen Griff. „Nein", murmelte er, ohne die Augen zu öffnen. Schläfrig langsam strich er ihren nackten Rücken hinunter. „Zu früh, um aufzustehen."

Brookes Brüste drückten sich an seine Brust, und sie spürte, wie die Wärme sich wieder in ihren Lenden ausbreitete. Seine Lippen waren nah – zu nah. Das Bedürfnis, in seinen Armen zu bleiben, war beängstigend stark. Wieder wollte sie wegrücken, und wieder hielt Parks sie zurück.

„Parks", begann sie, nur um von seinem Mund zum Schweigen gebracht zu werden.

Brooke verordnete sich, gegen den innigen Morgenkuss anzukämpfen, aber sie tat es nicht. Sie verordnete sich, dem zärtlichen Spiel seiner Fingerspitzen auf ihrem Rücken zu widerstehen, aber sie konnte nicht. Rosa mischte sich plötzlich ins graue Dämmerlicht. Die Luft wurde schwer. Brooke fühlte Parks' Liebkosung, und alles in ihr verlangte nach mehr.

Nein! schrie ihr Verstand. Der Laut des Protestes wurde zum Aufstöhnen vor Lust.

Parks rollte sich auf sie. Sein Gesicht in ihrem Haar versteckt, strich er ihre Seite hinunter, neben den Brüsten entlang, über die schmale Taille, die Hüfte und den langen glatten Schenkel. Er fühlte ihren inneren Kampf, spürte ihren Wunsch, das von sich abzuschütteln, was zwischen ihnen seit dem ersten Augenkontakt geschehen war. Ärger blitzte in ihm auf und unerwarteterweise auch Verletztheit.

„Schon Bedauern?" Er sah sie an. Ihr Blick war von entfachter Leidenschaft verhangen. Ihr Atem kam schwer. Aber er wusste, sie kämpfte mit sich. Ihre Hände an seinen Schultern waren bereit, ihn wegzustoßen.

„Was wir machen, ist nicht klug", brachte Brooke hervor.

„Nein?“ Seinen Ärger kontrollierend und seine Verletztheit ignorierend, schob Parks das Haar aus ihrem Gesicht. „Warum nicht?“

Brooke hielt seinem Blick stand, weil sie eine Niederlage eingestanden hätte, wenn sie weggesehen hätte. „Es ist nicht, was ich will.“

„Lass uns genau sein.“ Seine Stimme klang ruhig. „Es ist nicht, was du wollen willst.“

„Also gut.“ Brooke erschauerte, als er mit einem Finger um ihr Ohr strich. „Es ist nicht, was ich wollen will. Ich muss praktisch sein. Wir werden eine ganze Weile miteinander arbeiten. Genauer, du wirst für mich arbeiten. Eine solide professionelle Arbeit ist nicht möglich, wenn wir ein Verhältnis eingehen.“

„Wir haben ein Verhältnis“, erwiderte Parks und rieb seinen Körper an ihrem. Und wieder jagte ein Schauer durch sie.

„Solide Arbeit ist nicht möglich“, fuhr Brooke mit beherrschter Stimme fort, „wenn wir weiterhin ein Verhältnis haben.“

Den Kopf auf die Seite gelegt, lächelte Parks sie an. „Warum?“

„Weil ...“ Brooke wusste, warum. Sie kannte Dutzende von logischen Gründen, aber sie konnte einfach nicht klar denken, wenn er mit einem so kitzelnd leichten Kuss ihre Lippen berührte.

„Jetzt lass mich einmal praktisch sein“, sagte Parks nach einem weiteren Kuss. „Wie oft gönnst du dir Spaß?“

Verwirrt zog Brooke die Brauen zusammen. „Was soll das?“

„Du kannst acht, zwölf Stunden am Tag arbeiten“, fuhr Parks fort. „Du kannst deinen Job genießen, großartig in dem sein, was du tust, aber trotzdem musst du hin und wieder ein Frisbee werfen.“

„Frisbee?“ Sie lachte verblüfft, was ihm gefiel. „Wovon sprichst du?“

„Von Spaß, Brooke. Dem Gefühl von Unbeschwertheit, Nichtstun, Riesenrad fahren. All die Sachen, die Arbeit erst lohnend machen.“

Sie hatte das unangenehme Gefühl, vom eigentlichen Thema weggelockt zu werden. „Was hat Riesenrad fahren mit einer Beziehung zwischen uns zu tun?"

„Hattest du je einen Liebhaber vorher?" Parks merkte, wie sie sich versteifte. „Ich meine nicht jemanden, mit dem du schläfst, sondern mit dem du deine freie Zeit teilst. Mehr als das verlange ich nicht von dir." Er wusste, es stimmte nicht. Er würde mehr verlangen, und sie würde jeden seiner Schritte auf diesem Weg bekämpfen. Aber schließlich war es sein Leben, zu spielen, um zu gewinnen. „Wirf ein paar Frisbees mit mir, Brooke. Lass dich im Meer mit mir treiben. Lass uns sehen, wohin es uns bringt."

Sie sah ihn an und fühlte, wie ihr Widerstand schmolz. Sie strich ihm das Haar aus der Stirn. „Bei dir klingt es so einfach", murmelte sie.

„Nicht einfach." Er nahm ihre andere Hand und presste seine Lippen darauf. „Selbst Spaß ist nicht immer einfach. Ich will dich – nackt, warm, herausfordernd, erregend. Ich will mit dir kopfüber hinunterstürzen mit dem Wind in deinem Haar. Ich will dich vom Regen überrascht sehen, lachend." Er tupfte Küsse über ihr Gesicht und verweilte lange, so lange bei ihren Lippen. „Ich will mit dir zusammen sein, aber ich glaube nicht, dass es einfach sein wird."

Parks drückte ihren Kopf an seine Brust und strich mit den Händen durch ihr Haar. Seine Worte hatten heikle Stellen in ihr berührt. Bin ich stark genug, fragte sie sich, es auf seine Art zu versuchen, ohne mich zu verlieren? Spaß, dachte sie. Ja, das konnten sie zusammen haben. Parks forderte sie heraus, er reizte sie. Und sie genoss es. Was hatte er einmal gesagt? Dass sie Freunde sein könnten, bevor sie Liebende würden? Merkwürdig, beides war geschehen, bevor es ihr richtig bewusst geworden war. Nur die nagende Angst, ihn wieder zu verlieren, hielt sie davon zurück, sich ganz zu öffnen.

„Ich kann es mir nicht erlauben, mich in dich zu verlieben", sagte sie leise.

Eine merkwürdige Art, es auszudrücken, dachte Parks, während er fortfuhr, durch ihr Haar zu streichen. „Regel eins", stellte er ruhig fest. „Partei A verliebt sich nicht in Partei B."

Brooke knuffte ihn mit der Faust in die Schulter. „Hör auf, dich über mich lustig zu machen."

„Ich werde es versuchen."

„Spaß", murmelte sie.

„Ein Wort mit vier Buchstaben. Es bedeutet Amüsement, Sport oder Entspannung", zählte Parks im Ton eines Oberlehrers auf.

Lachend hob Brooke den Kopf. „In Ordnung. Ich kaufe das Frisbee." Und dann gab sie ihm einen stürmischen Kuss.

„Es ist immer noch zu früh, um aufzustehen", murmelte Parks.

Brookes Lachen wurde von seinen Lippen abgedämpft. „Ich bin nicht schläfrig."

Mit einem zögernden Seufzer schloss er die Augen. „Dieses Verhandeln nimmt einem die Kraft."

„Oh je." Mitfühlend strich Brooke über seine Wange. „Spar dir deine Kraft lieber auf." Sie drückte einen Kuss auf sein Kinn und seinen Hals, dann verteilte sie Küsse seine Brust hinunter. Dabei blieb sie in seiner goldenen Kette hängen. „Warum trägst du sie?"

Parks öffnete ein Auge und blinzelte auf den Goldanhänger, den Brooke hochhielt. „Glück." Er schloss das Auge wieder. „Meine Tante hat sie mir geschenkt, als ich nach Florida ins Trainingslager fuhr. Sie sagte meinem Vater, er sei ein …", Parks suchte in seiner Erinnerung nach der exakten Formulierung, „ein halsstarriger alter Narr, der in Diagrammen und Formeln denke. Dann gab sie mir die Kette und sagte, ich solle mein Leben in Angriff nehmen."

„Aberglaube?", fragte Brooke, während sie die Kette fallen ließ und ihre Lippen auf seine Brust presste.

„Glück", verbesserte Parks, ganz im Genuss des Gefühls von ihrem Mund auf seiner Haut, „hat nichts mit Aberglaube zu tun."

Sie strich mit den Nägeln leicht seine Seite hinunter und hörte, wie er heftig die Luft einsog. „Hm.“ Als sie mit der Zunge über seine Brustspitzen rieb, stöhnte er auf. Ein Gefühl von Macht erfüllte sie – verführerisch. Sie ließ ihre Lippen seinen Körper hinuntergleiten.

Sein Duft war anders, stellte sie dabei fest. Anders, weil sich ihrer mit seinem in der Nacht vermischt hatte. Das war Intimität, klar und greifbar wie der Liebesakt selbst.

Das Machtgefühl blieb in ihr, während sie ihn erforschte. Sein Körper war stark und muskulös unter ihrem und schmeckte nach Mann. Er war fest und schlank, seine Haut bronzefarben im Licht des frühen Morgens. Durch den Sport waren seine Hände, die über ihren Rücken strichen, hart geworden. Und sein durchtrainierter Körper ein Produkt dieser merkwürdigen Mischung aus verwöhnender Pflege und äußerster Beanspruchung, wie es bei Athleten üblich war. Unter Brookes Lippen zuckten die festen Muskeln seines harten, flachen Bauches. Mit den Händen fühlte sie die sehnige Kraft seiner Schenkel.

Es erregte sie, diese reine Körperkraft zu spüren. Mit sinnlichen Berührungen und Liebkosungen konnte sie diesen starken Mann so schwer atmen lassen, als wäre er bis kurz vorm körperlichen Zusammenbruch gerannt. Mit federleichten Küssen konnte sie diesen gestählten Athleten schwach werden und erschauern lassen, eine Schwäche, die nur sie allein kannte. Obwohl sie es nicht ganz begriff, wusste Brooke, sie hatte ihm in der Nacht zuvor mehr als nur ihren Körper gegeben, mehr als Hingabe oder Leidenschaft. Ohne zu wissen, was das Geschenk war, wollte sie von Parks das Gleiche erhalten.

Sie genoss jede Bewegung seines Körpers unter ihrem und seinen Geschmack. Ihre Lippen wanderten wieder hoch und pressten sich gierig auf seine. Wie weich sein Mund war. Köstlich, mit der Spur von etwas Dunklem, Geheimnisvollem. Brooke genoss das Gefühl auf ihrer Zunge, seine Intensität, während sich die Lust in ihr ausbreitete und sie austrocknete und verflüssigte, beides zugleich. Kurz bevor sie den letzten Rest ihrer

Selbstbeherrschung verlor, riss sie ihren Mund los von seinem und presste ihn auf seinen Hals.

Sie spürte die Vibrationen seines Stöhnens an ihren Lippen, ohne es hören zu können. Ihr Herzschlag hämmerte in ihrem Kopf und verwirrte ihre Sinne. Es war doch früher Morgen, wie konnte sie da diese schwüle Nachtlust fühlen? Sie verführte ihn doch, wie konnte sie sich da so total verführt fühlen? Sie presste ihren Körper an seinen, passte sich seinem langsamen, aufreizenden Rhythmus an, während sie wieder heiße Küsse über seine Haut verteilte. Die Hitze kroch in sie, verband sich mit diesem rasenden Gefühl sinnlicher Macht, und doch war es noch nicht genug. Immer noch suchte sie etwas so Nebelhaftes, dass sie nicht sicher war, ob sie es überhaupt erkennen würde, wenn sie es fand. Das Verlangen, scharf stechendes Verlangen nach Erfüllung, ließ alles andere verblassen.

Parks zog sie mit einer Hand wieder zu sich hoch. Brooke sah nur kurz sein Gesicht – seine Augen waren halb geschlossen und dunkler und blickten intensiver, als sie sie jemals vorher gesehen hatte, bevor er seinen Mund auf ihren presste.

„Brooke ...“ Seine Hände lagen auf ihren Hüften, drängten sie. „Jetzt!“ Noch widerstand sie, kämpfte, um einen Teil von sich abgesondert zu halten. „Ich brauche dich“, murmelte er, bevor sich ihre Lippen wieder trafen. „Ich brauche dich.“

Dann war es klar – für einen atemlosen Augenblick. Sie brauchte und wurde gebraucht. Es war genug, vielleicht alles. Mit einem entzückten Laut der Erleichterung und Freude gab sie.

Um fünf vor zehn tauchte Claire im Schneideraum auf. Weder die Cutter noch E. J. waren überrascht, den Kopf von „Thorton Productions“ Samstagmorgen bei der Arbeit zu sehen. Jeder, der hier länger als eine Woche gearbeitet hatte, wusste, dass Claire keine Gallionsfigur war, sondern eine Chefin, mit der gerechnet werden musste. Sie trug eines ihrer eleganten Kostüme in der Farbe zerdrückter Himbeeren und einen Hauch Pariser Duft.

„Dave, Lila, E.J." Claire nickte ihnen zu und ging zur Kaffeemaschine. Ein neueres Mitglied der Mannschaft hätte sich vielleicht beeilt, der Chefin dienlich zu sein, doch diejenigen, die es sich am Regiepult bequem gemacht hatten, wussten es besser.

„Ich habe ihn gemacht, Miss Thorton", erklärte E.J., als sie sich eine Tasse eingoss. „Er wird also nicht wie die Batteriesäure schmecken, die die beiden immer kochen."

„Das freut mich, E.J." Allein das Kaffeearoma weckte ihre Lebensgeister. Claire atmete es tief ein. Nur eine alte Närrin konnte glauben, nach durchtanzter Nacht am nächsten Morgen wieder fit zu sein. Aber wie schön ist es, sich wieder wie eine Närrin fühlen zu können, dachte sie mit einem kleinen Lächeln. „Ich habe gehört, die Dreharbeiten liefen glatt über die Bühne?"

„Glatt wie Seide", stellte E.J. fest. „Warten Sie, bis Sie Parks' Riesenschlag über den Zaun sehen." Er lächelte bei der Erinnerung. „Mit dem Schlag hat Brooke zehn Dollar an mich verloren." Seine lückenhafte Erinnerung ließ ihn vergessen, dass es eigentlich sein eigenes Geld gewesen war.

Mit einem Seufzer setzte sich Claire. „Ist Brooke noch nicht da?"

„Habe sie noch nicht gesehen." E.J. pfiff leise, als er sich daran erinnerte, dass Brooke den Drehort mit Parks verlassen hatte.

An seine Art gewöhnt, zog Claire nur eine Braue hoch. „Sind Sie so weit, Dave?"

„Fertig zum Abspielen, Miss Thorton. Wollen Sie es von Anfang an sehen?"

„Moment!" Gerade als Claire auf die Uhr sah, hörte sie Brookes Stimme auf dem Korridor.

„... solange du kapierst, dass du absolut nichts dazu zu sagen hast, was geschnitten wird und was bleibt."

„Ich könnte eine kluge Bemerkung machen."

„Parks, ich meine es ernst."

Sein leises Lachen drang vor Brooke in den Schneideraum. „Morgen", begrüßte sie die Gruppe. „Kaffee noch heiß?"

„E. J.s Spezial.“ Claire musterte Brooke über den Rand ihres Bechers. Sie sieht verändert aus, dachte Claire und ließ den Blick weiter zu Parks wandern. Und da ist der Grund, schloss sie mit einem wissenden Lächeln. „Guten Morgen, Parks.“

„Hallo, Claire!“ Er griff nach einem Becher. „Ich hoffe, es macht Ihnen nichts aus, wenn ich dabei bin.“ Er goss Brooke einen Kaffee ein, dann sich. „Brooke hat einige Einwendungen.“

„Amateure“, meinte Brooke trocken und griff nach der Kaffeesahne, „haben die Neigung, richtige Nervensä…“

„Ja, ich bin sicher, alle freuen sich, wenn Parks sich uns anschließt“, unterbrach Claire sie, während E. J. lachte. „Lassen Sie den Film durchlaufen, Dave. Mal sehen, was wir haben.“

Dave drückte einige Knöpfe auf dem langen Schaltpult. Dann sah Parks sich selbst gleichzeitig auf drei verschiedenen Monitoren. Er konnte Brookes Stimme aus dem Off hören, dann den kleinen Mann mit dem Klemmbrett, der die Szene und Aufnahme ansagte.

„Wir nehmen die dritte Aufnahme“, informierte Brooke und ließ sich auf der Lehne von Claires Stuhl nieder. „Unserem Meister-Schlagmann gefiel der erste Wurf nicht, wie er mir mitgeteilt hat.“ Parks grinste nur über ihre Bemerkung.

„Das Licht ist sehr gut.“ Claire sah sich die zweite Aufnahme mit zusammengezogenen Brauen an.

„Der Neue, Silbey … er hat wirklich ein gutes Händchen.“ Brooke nippte an ihrem Kaffee, während sie mit der freien Hand gestikulierte. „Pass auf, wenn er sich auf den Schlag konzentriert … Ja.“ Sie nickte. „Gute, lockere Körperhaltung. Er macht einen entspannten und ganz klar sexy Eindruck.“ Nur Augen für den Monitor, bekam Brooke Parks’ Blick nicht mit. „Jetzt kommt die eine Aufnahme, die ich nehmen will.“ Sie betrachtete Parks’ Superschlag. Die Probeschwinger anfangs, Parks’ Konzentration, der Schlag, das zufriedene Lächeln und das Schulterzucken hinterher.

„Den Schluss will ich behalten“, fuhr Brooke fort. „Dieses fantastische Schulterzucken. Damit verkaufen wir alles. Natürliche Großspurigkeit hat ihren eigenen Reiz." Parks verschluckte sich fast an seinem Kaffee, aber Brooke beachtete ihn nicht. „Für mich ist der Teil ziemlich klar. Beim nächsten bin ich mir nicht so sicher."

Mit seinem Becher Kaffee in den Händen setzte sich Parks. In den nächsten zwei Stunden betrachtete er sich selbst auf den Monitoren, hörte zu, wie er abgewogen, zergliedert, beurteilt wurde. Letzteres brachte ihn in erster Linie aus der Fassung, doch überraschenderweise kam er sich beim Anblick seiner selbst nicht wie der totale Idiot vor, was er eigentlich ganz klar erwartet hatte. Es kam ihm sogar der Gedanke, an dieser Arbeit einen gewissen Spaß finden zu können.

Obwohl er in den zurückliegenden Jahren unzählige Male auseinandergepflückt und zusammengesetzt worden war – von Trainern, Sportkritikern, Spielerkollegen –, konnte Parks es nicht mit ebensolcher Toleranz hinnehmen, wenn Brooke über sein Gesicht und seinen Körper, über seine Gestik und sein Mienenspiel so nüchtern sprach. Es klingt, dachte er, als sei ich das Verkaufsprodukt, und nicht die Kleider, die ich getragen habe.

Der Film wurde zurückgespult und noch einmal gezeigt, wobei sich Claire die Bemerkungen anhörte und gelegentlich einen Kommentar einwarf. Ja, für den nächsten Spot müssten sie mit Großaufnahme arbeiten, Parks' Gesicht mache sich sehr gut. Es wäre geschickt, noch einen Dreißig-Sekunden-Spot mit sportlichen Aktionen zu füllen, um von der Art zu profitieren, wie Parks sich bewegte. Wenn er zudem noch gute Beine hätte, könnten sie es auch in Tennisshorts versuchen.

Hier warf Parks Brooke einen stechenden Blick zu, da er halb erwartete, sie werde ihr persönliches Urteil zu seinen Beinen zum Besten geben. Sie fing den Blick auf und erstickte ihr Lachen in einem Hustenanfall. Über Claires Kopf hinweg lächelte sie ihm unschuldig zu und zwinkerte unerwartet frivol. Sofort reagierte sein Körper. Brooke war fast nachlässig gekleidet mit ihrer weiten Hose und dem Pullover dazu, das Haar im Zopf gebändigt und mit einem Gummiband zusammengehalten. Doch ein Hauch ihres betörenden Luxus-Parfüms lag im Raum.

„Wir haben seinen Off-Kommentar heute Morgen aufgenommen“, informierte sie Claire. „Ich glaube, du wirst mit seiner Stimme zufrieden sein, allerdings bleibt es abzuwarten, wie er mit dem Text vor der Kamera klarkommt. Haben wir den Abspann mit dem Firmenemblem schon, Lila?“

„Kommt sofort.“ Sie drückte eine Reihe von Knöpfen. Auf dem Monitor war dann das De-Marco-Emblem zu sehen, ein schwarzmähniger Löwe vor graublauem Hintergrund. Die Signatur drehte sich langsam auf dem Bildschirm, bis sie unter der Raubkatze stand.

„Klasse!“, lobte Brooke. „Dann wäre es also klar? Die dritte Aufnahme vom ersten Teil, die fünfte vom zweiten.“

„Damit haben wir euch Cuttern jede Menge Schnipselei erspart“, bemerkte E.J. und spielte mit einer nicht brennenden Zigarette. „Das müsstet ihr eigentlich mit geschlossenen Augen zusammenkriegen.“

„Ich wäre dankbar, wenn sie die Augen offen lassen“, stellte Claire fest und erhob sich. „Sagt mir Bescheid, wenn er geschnitten und synchronisiert ist. E.J., prächtige Arbeit, wie immer.“

„Danke, Miss Thorton.“

Sie gab ihm ihren leeren Becher. „Das gilt auch für die anderen“, fügte sie hinzu. Die Cutter kicherten, während sie sich der Tür zuwandte. „Parks, ich hoffe, Sie haben sich nicht zu sehr gelangweilt.“

„Im Gegenteil.“ Er dachte an die nüchterne Besprechung seiner Anatomie. „Es war sehr lehrreich.“

Sie warf ihm ein verständnisvolles Lächeln zu. „Brooke, in meinem Büro, in zehn Minuten.“ Als fiele ihr plötzlich etwas ein, schaute sie auf ihre Uhr. „Oh! Vielleicht würden Sie gern mit uns essen, Parks?“

„Ich würde gern, aber ich habe noch einiges zu erledigen.“

„Also dann.“ Seinen Arm tätschelnd, lächelte Claire wieder. „Viel Glück fürs Entscheidungsspiel.“

Brooke blickte ihr eine Weile nach. „Jetzt werde ich wahrscheinlich keinen Lunch bekommen", murmelte sie. „Wenn du zugesagt hättest, hätte sie einen Tisch im ‚Ma Maison' reservieren lassen."

„Tut mir leid." Parks zog sie hinaus auf den Flur. „Hat das Zwinkern bedeutet, dass meine Beine deinem strengen Blick standhalten?"

„Zwinkern?" Brooke starrte ihn verständnislos an. „Zwinkern bei der Arbeit wäre unprofessionell."

Er machte eine Kopfbewegung zur geschlossenen Tür des Schneideraums hin. „Wie du dort über mich gesprochen hast. Ich hatte das Gefühl, als sei *ich* das Produkt."

Mit einem kurzen Lachen schüttelte Brooke den Kopf. „Parks, du *bist* das Produkt."

Ärger blitzte in seinen Augen auf. „Nein, ich trage das Produkt."

Sie seufzte. „Es ist eine Sache des Blickwinkels, weißt du. Von dir aus gesehen, von de Marco, sogar vom Konsumenten aus sind die Kleidungsstücke das Produkt. Vom Blickwinkel deines Produzenten, deiner Regisseurin, deines Kameramanns und so weiter bist du so sehr das Produkt wie die Kleidung, die du trägst, weil wir dafür sorgen müssen, dass sich das eine mit dem anderen verkaufen lässt. Wenn ich es nicht schaffe, dich gut aussehen zu lassen, dann könntest du ebenso ein Ramschteil vom Flohmarkt tragen."

Er begriff die Logik, aber es war ihm egal. „Ich will kein Handelsartikel sein."

„Parks, jedes Mal, wenn du aufs Spielfeld hinausgehst, bist du ein Handelsartikel. Das hier ist nichts anderes." Abwehrend hob sie die Hände. „Mit dir werden Eintritts- und Fankarten und Baseballkappen verkauft. Jetzt tu nicht so verdammt scheinheilig."

„Zuerst launisch, jetzt scheinheilig", murmelte er. „Aber lassen wir das." Er liebkoste ihre Wangen und küsste sie leicht auf den Mund. „Ich habe noch einiges zu erledigen. Treffen wir uns später wieder hier?"

„Wie du willst. Ich habe voraussichtlich bis gegen fünf zu tun."

„Fein. Dann kannst du mir das Dinner kochen, das du mir gestern Abend versprochen hast."

Brooke hob das Kinn. „Ich habe dir nie versprochen, ein Dinner zu kochen", verbesserte sie. „Aber vielleicht tue ich es."

„Ich kaufe den Wein." Parks warf ihr ein Lächeln zu, ehe er sich abwandte.

„Warte!" Zögernd, dann entschlossen ging Brooke ihm nach. „Du hast keinen Wagen."

Parks winkte ab. „Ich nehme ein Taxi."

„Nein. Lass das." Sie kramte in ihrer Tasche. „Nimm meinen."

Parks nahm die Schlüssel und ihre Hand. Er wusste genug von Brooke, um beurteilen zu können, dass es keine beiläufige Geste für sie war, wenn sie etwas verlieh, das wichtig für sie war. „Danke."

Leichte Röte stieg ihr in die Wangen – das erste Zeichen von wirklicher Befangenheit, das er bei ihr bemerkt hatte. Rasch entzog sie ihm die Hand und wandte sich ab. „Ich sehe dich um fünf", rief sie über die Schulter zurück.

Im Fahrstuhl zu Claires Büro kam Brooke sich ziemlich lächerlich vor. Wie konnte sie verlegen werden über ein einfaches Danke, weil sie ihren Wagen verlieh? Sie verfolgte die Nummern, die über der Fahrstuhltür aufleuchteten. Parks kannte sie schon gut, zu gut, wo sie ihm doch kaum etwas über sich erzählt hatte.

Er wusste nicht, dass sie immer noch ein kleines Geschenk ihrer zweiten Pflegemutter wie ihren Augapfel hütete. Er wusste nicht, wie sie diese Eltern auf Zeit angebetet hatte und am Boden zerstört war, als sie wegen deren zerbrochener Ehe in eine neue Pflegefamilie kam. Er wusste nichts von dem scheußlichen kleinen Mädchen, mit dem sie das Zimmer teilte in diesem, wie sie es immer noch einschätzte, schlimmsten Jahr ihres Lebens. Oder die Richardsons, die sie eher wie eine Putzhilfe, denn als Pflegekind behandelt hatten. Oder von Clark.

Seufzend rieb sich Brooke die Stirn. Sie erinnerte sich nicht gern und wollte durch ihre wachsenden Gefühle für Parks nicht wieder verstärkt mit der Vergangenheit konfrontiert werden. Oh, zum Teufel damit!

Brooke schüttelte heftig den Kopf. Vergangenheit. Es war schon problematisch genug, mit der Gegenwart klarzukommen.

Claires Rezeptionistin, ein hübsches Mädchen mit herrlichen Zähnen, straffte bei Brookes Anblick die Schultern. Sie arbeitete seit über zwei Jahren in der obersten Etage und hatte immer noch mehr Respekt vor Brooke als vor Claire.

„Guten Tag, Miss Gordon."

„Hallo, Sheila. Miss Thorton erwartet mich."

„Ja, Ma'am." Sheila hätte ihr nicht widersprochen, und wenn ihr Leben davon abgehangen hätte.

Unbeeindruckt schlenderte Brooke den Korridor hinunter und trat durch eine große Glastür. Die zwei Sekretärinnen, die hier arbeiteten, wurden allgemein „die Zwillinge" genannt, und das nur wegen ihrer identischen Schreibtische in dem großen und modern eingerichteten Büro.

„Miss Gordon." Der erste Zwilling warf ihr ein strahlendes Lächeln zu, während der zweite nach der Gegensprechanlage griff.

„Sie erwartet mich." An ihnen vorbei betrat sie Claires Büro. Brooke stand schon halb im Raum, ehe sie erkannte, dass die Chefin an ihrem Schreibtisch tief und fest schlief. Wie vom Schlag getroffen blieb Brooke stehen und starrte hinüber.

Claire saß in einem grauen Ledersessel. Der Schreibtisch aus Nussbaum lag voll mit sauber zusammengelegten Papierstößen. Die Brille, die Claire zum Lesen trug, hing in ihrer schlaffen Hand. Eine chinesische Tuschezeichnung schmückte die rechte Wand, während durch ein riesiges Fenster hinter ihr das Sonnenlicht fiel.

Unsicher, wie sie sich verhalten sollte, entschied Brooke sich schließlich, zu bleiben. Sie nahm in dem weichen Ledersessel vor dem Schreibtisch Platz und räusperte sich vernehmlich.

Claire riss die Augen auf.

„Guten Morgen“, sagte Brooke strahlend und lächelte belustigt über Claires ganz untypische Verwirrung. „Du solltest besser das Sofa benutzen, wenn du ein Schläfchen halten willst.“

„Ich habe nur die Augen etwas zugemacht.“

„Hm.“

Den Kommentar übergehend, griff Claire nach den Papieren, die sie gelesen hatte, ehe sie eingeschlafen war. „Ich will, dass du einen Blick in das Drehbuch für den nächsten De-Marco-Spot wirfst.“

„Okay.“ Brooke nahm es. „Claire, ist alles in Ordnung?“

„Sehe ich aus, als sei etwas nicht in Ordnung?“

Brooke nahm sie wörtlich und musterte sie. Mit Ausnahme der schweren Lider sah Claire besser aus denn je, fast strahlend. „Du siehst großartig aus.“

„Also dann.“ Claire strich ihr Haar glatt und faltete die Hände.

„Hast du letzte Nacht nicht gut geschlafen?“, wollte Brooke wissen.

„Zufällig war ich lange aus. Nun das Drehbuch.“

„Mit Lee Dutton?“ Der Gedanke schoss ihr durch den Kopf und über die Lippen, bevor sie ihn zurückhalten konnte.

Claire lächelte milde. „Stimmt.“

Brooke legte das Drehbuch auf den Schreibtisch. „Claire“, begann sie, nur um durch ein Klopfen an der Tür unterbrochen zu werden.

„Der Lunch, Miss Thorton.“ Ein Tablett wurde von Zwilling Nummer eins hereingerollt.

Der Duft von Roastbeef stieg Brooke in die Nase. „Claire, ich habe dich falsch eingeschätzt. Vergib mir.“

„Glaubst du, ich ließe dich hungrig gehen?“ Lachend stand Claire auf und ging zum Sofa. „Brooke, ich kenne dich schon zu lange. Sei ein liebes Mädchen und bring mir den Salat und den Kaffee.“

Kauend folgte Brooke der Aufforderung. „Claire, ich möchte wirklich mit dir über Lee Dutton reden.“

„Natürlich." Claire spießte ein Rettichstückchen auf. „Setz dich und iss, Brooke. Das Herumgehen schadet meiner Verdauung."

Brooke setzte sich und griff nach ihrem Roastbeefsandwich. „Sag mal, Claire, gehst du tatsächlich mit Lee Dutton aus?"

„Ist es in meinem Alter unangemessen, auszugehen, Brooke? Reich mir das Salz."

„Nein!" Errötend gab Brooke ihr den Streuer und biss in ihr Sandwich. „Mach keine Witze. Du kannst mit den großartigsten Männern ausgehen. Ich habe nur Probleme, dich neben Lee Dutton zu sehen."

„Warum?"

Unbehaglich zuckte Brooke die Schultern. „Nun, sicher ist er nett und aufgeweckt, aber er kommt mir ... Also gut." Brooke holte Luft und begann noch einmal von vorn. „Sagen wir es so, ich kann mir Lee Dutton auf der Bowlingbahn an der Ecke vorstellen. Dich kann ich mir dort nicht vorstellen."

„Nein." Claire spitzte nachdenklich die Lippen. „Das haben wir noch nicht ausprobiert."

„Claire!" Brooke stand auf und ging wieder auf und ab. „Ich steige nicht durch bei dir. Ich will mich ja nicht in dein Leben einmischen ..."

„Nicht?" Ihr mildes Lächeln veranlasste Brooke, sich wieder auf die Couch sinken zu lassen.

„Du bist mir nicht gleichgültig."

Claire drückte ihre Hand. „Das freut mich, Brooke. Aber ich habe vor langer Zeit selbst mein Leben in die Hand genommen. Ich bin sogar mit einigen Männern klargekommen."

Etwas zuversichtlicher nahm Brooke wieder einen Biss. „Ich habe schon gedacht, du wärst wirklich in eine Beziehung gerutscht ..."

„Was lässt dich denken, dass es nicht so ist?" Über Brookes ungläubigen Blick lachte Claire.

„Claire, hast du ... hast du ..." Sie gestikulierte, nicht ganz sicher, wie sie sich ausdrücken sollte.

„Mit ihm geschlafen?“, vollendete Claire in ihrer ruhigen Art. „Noch nicht.“

„Noch nicht“, wiederholte Brooke wie betäubt.

„Nun, er hat mich noch nicht gefragt.“ Claire nahm einen weiteren Bissen Salat und kaute nachdenklich. „Ich hatte es eigentlich erwartet, aber er ist ziemlich konservativ. Sehr süß und altmodisch. Das zieht mich an, und ich fühle mich bei ihm sehr weiblich. Das Gefühl verliert man in unserem Geschäft leicht.“

„Ja, ich weiß.“ Brooke griff nach ihrem Eistee und starrte hinein. „Hast du … bist du verliebt in ihn?“

„Ich glaube ja.“ Claire lehnte sich zurück an das grau-rosa gemusterte Polster. „Ich war nur einmal vorher verliebt, wirklich verliebt. In deinem Alter, vielleicht ein wenig früher.“ Sie lächelte weich, das Lächeln eines jungen Mädchens. „In all den Jahren dazwischen habe ich nie jemanden getroffen, der mich genügend angezogen hat, der angenehm genug war, vertrauensvoll genug, um an Ehe zu denken.“

„Du denkst an Ehe?“

„Ich denke daran, dass ich fast fünfzig bin. Ich habe das hier aufgebaut.“ Sie machte eine Geste, die die Firma umfasste. „Ich habe ein gemütliches Zuhause, einen netten Freundeskreis und genügend Herausforderungen, um nicht vor Langeweile zu sterben. Und plötzlich lerne ich einen Mann kennen, der in mir den Wunsch erzeugt, mich nach einem langen Tag vor dem Kaminfeuer zusammenzurollen.“ Sie lächelte versonnen und war wirklich schön. „Es ist ein gutes Gefühl.“ Sie richtete den Blick auf Brooke. „Ich würde es bedauern, dich noch zwanzig weitere Jahre dabei beobachten zu müssen, wie du darauf wartest. Parks ist von dir sehr angezogen.“

Zum dritten Mal erhob sich Brooke und ging hin und her. „Wir kennen uns noch nicht lange.“

„Du bist eine Frau, die ihren eigenen Kopf kennt, Brooke.“

„Bin ich das?“ Mit einem sarkastischen Lächeln drehte sie sich um. „Vielleicht. Trotzdem kenne ich Parks wirklich nicht.

Was, wenn ich zu viel gebe? Und wenn er genug hat und sich etwas Neues sucht?"

Claire sah sie fest an. „Vergleiche ihn nicht, Brooke. Und stelle ihn nicht in die Reihe der alten Enttäuschungen."

„Oh, Claire." Brooke strich sich durchs Haar, trat ans Fenster und starrte hinaus. „Das ist das Letzte, was ich will."

„Was ist das Erste?"

„Ich wollte immer etwas für mich allein haben. Für mich ganz allein, damit niemand kommen und sagen kann: ‚Hoppla, das war nur geliehen, es wird Zeit, es zurückzugeben!'" Sie schüttelte den Kopf. „Verrückt, nicht wahr, aber ich glaube, ich bin das nie wirklich losgeworden."

„Und warum solltest du? Wir wollen alle etwas für uns allein. Doch um es zu bekommen, das wissen wir beide, müssen wir ein paar grundsätzliche Risiken eingehen."

„Ich fürchte, ich habe mich in ihn verliebt", stellte Brooke fest. „Und je klarer mir das wird, desto mehr Angst habe ich, dass es alles unter meinen Fingern zerbröckelt. Ich habe das Gefühl, ich brauche einen Schutz, eine letzte Sicherheit und Kraft, um nicht ganz zerstört zu werden, wenn ich mich in ihn verliebe. Ist das verrückt?"

„Nein. Du bist keine Frau, die sich vollkommen hingibt, ohne etwas zurückzufordern. Das hast du einmal getan, aber da warst du fast noch ein Kind. Du bist eine Frau, die einen starken Mann braucht, Brooke. Stark genug, um zu nehmen, stark genug, um nicht alles zu nehmen." Sie lächelte. „Lass dir ein wenig Zeit", riet Claire. „Meistens regeln sich die Dinge von selbst."

„Tatsächlich?"

Claires Lächeln vertiefte sich. „Manchmal dauert es nur zwanzig Jahre."

Lachend ging Brooke zum Sofa. „Vielen Dank."

8. KAPITEL

Brooke saß im Schneidersitz auf der Orientbrücke in Claires Wohnzimmer. Irgendwann während des Spiels hatte sie den Versuch aufgegeben, im Sessel zu sitzen. Lee und Claire saßen auf dem zweisitzigen Damastsofa. Billings hatte sich selbst übertroffen und ihre Spezialität „Beef Wellington“ zubereitet, und dann war sie beleidigt in Schweigen verfallen, als Brooke das Essen nur auf dem Teller herumgeschoben hatte.

Obwohl sie auf sich selbst wegen ihrer Nervosität wütend war, war Brooke seit Parks' Abreise zu den entscheidenden Spielen gegen die „Valiants“ nicht mehr zur Ruhe gekommen.

„Wann fangt ihr mit dem nächsten Film an?“, fragte Lee Claire.

„Wenn Parks wieder verfügbar ist. Wir hoffen, nächste Woche drehen zu können.“

Er lehnte sich wieder zurück, einen Arm um Claire.

Brooke sah ihn an. Claire saß mit einem Weinglas dicht neben ihm. Lees Kugelbauch spannte sich unter den Knöpfen seines karierten Hemdes. Sein Fuß schlug im Takt zu irgendeiner nur ihm bekannten Melodie. Plötzlich waren die beiden für Brooke ein ideales Paar.

„Ich mag Sie, Lee.“ Sie lächelte breit. „Ich mag Sie wirklich.“

Er blinzelte, bevor sich sein Mund verzog. „Danke, Kindchen.“

Sie hat uns gerade ihren Segen gegeben, dachte Claire mit einem stummen Auflachen und nahm Lees Hand.

Brooke arbeitete sich mit unerschütterlicher Entschlossenheit einen Weg durch den überfüllten Flughafen. Neben den üblichen Reisenden waren Fans da, Horden von Fans, die auf die Rückkehr der „Kings“ warteten. Einige trugen selbst gemachte Schilder, andere Spruchbänder. Da steht, dachte Brooke amüsiert, eine hübsche Anzahl von Schulschwänzern, vom Schwund der Arbeitskräfte ganz zu schweigen. Doch mit ihrem Sieg nach einer Verlängerung hatten sich die Spieler den großen Bahnhof auch verdient.

Brooke fragte sich, ob Parks sie in dem Trubel überhaupt entdecken würde. Der Wunsch, ihn am Airport zu überraschen, war ganz spontan gekommen und bestimmt nicht vernünftig gewesen. Ein Arbeit schwänzender Vater hievte seinen Schule schwänzenden Sohn auf die Schultern. Brooke schmunzelte. Vielleicht nicht vernünftig, aber es machte Spaß.

Brooke schob ihre Sonnenbrille auf den Kopf, kniff die Lider gegen die Sonne zusammen und wartete auf die Ankunft des Flugzeugs. Zuerst war es nur ein Tüpfelchen am Himmel. Dann nahm es Form an, und Brooke spürte das erste Flattern ihrer Nerven. Schulter an Schulter gezwängt mit aufgeregten Fans, fingerte sie an ihrer Tasche herum.

Er wird müde sein, dachte sie, während Gesprächsfetzen an ihr Ohr drangen. Wahrscheinlich wollte er nur nach Hause fahren und endlich ausschlafen. Brooke strich sich eine Haarsträhne aus der Stirn. Sie hätte ihm sagen sollen, dass sie ihn abholte. Sie verlagerte ihr Gewicht auf den anderen Fuß, hielt sich mit einer Hand am Absperrgitter fest und beobachtete, wie das Flugzeug ausrollte.

Kaum öffnete sich die Tür, begann das Jubelgeschrei, schwoll an und steigerte sich noch, als die ersten Spieler ausstiegen. Sie winkten zurück, wobei sie einen etwas müden Eindruck machten, überhaupt nicht den von strahlenden Helden. Ganz normale Männer, dachte Brooke, die an der Zeitverschiebung und vielleicht einem Kater litten. Dann lächelte sie. Vielleicht hatten die Gladiatoren am Tag nach einem Kampf ebenso ausgesehen.

Sobald sie Parks sah, wurde ihr ganz warm ums Herz. Neben Brooke packte ein junges Mädchen ihre Freundin am Arm und quietschte laut. „Oh, da ist Parks Jones! Er ist wunderwunderschön."

Brooke schluckte ein Lachen hinunter, als sie daran dachte, wie Parks auf dieses Adjektiv reagieren würde.

„Jedes Mal, wenn ich ihn anschaue, werden mir die Knie weich." Das Mädchen drückte sich an den Zaun. „Hast du ihn in dem Werbefilm gesehen? Wenn er lächelt, dann bin ich ganz hingerissen. Ich hätte sterben können."

Obwohl sie den Blick nicht von Parks nahm, lächelte Brooke versonnen. Genau mein Plan, dachte sie, zufrieden mit sich. Die Freundin überredet den Freund zu De-Marco-Jeans. Dann fiel die Sonne auf Parks' Haar, und fast wurden Brooke die Knie weich wie den Teenagern. Es waren nur vier Tage, sagte sie sich, warum fühle ich mich dann wie eine Frau, die ihren Mann begrüßt, wenn er nach einer langen Reise heimkehrt?

Ihre scharfen Regisseurinnenaugen erfassten eine Gruppe von abgespannten und müden Männern, doch die Fans sahen Helden. Jubelnd begrüßten sie die Spieler. Einige von denen winkten nur, aber die meisten kamen zur Absperrung und tauschten Worte und Späße aus und schüttelten Hände. Parks näherte sich mit seinem Kollegen Snyder. Nach der Intensität ihres Gesprächs zu urteilen, dachte Brooke, arbeiten sie gerade eine neue Innenfeldstrategie aus.

„Wir brauchen nur ungefähr fünfundzwanzig oder dreißig Dosen Rasierschaum, um seinen Spind zu füllen", betonte Snyder, der sich wieder einmal neue Streiche ausdachte.

„Viel zu umständlich", meinte Parks.

Snyder fluchte leise und winkte zu den Fans hinüber, als einer etwas rief. „Hast du eine bessere Idee?"

„Kohlendioxid." Parks musterte die Menge der Fans. „Ist schnell und wirksam."

„He, ja!" Erfreut schlug ihm Snyder auf den Rücken. „Wusste doch, dass dein Verstand für etwas gut ist, Einstein."

„Und solange ich dir helfe, deinen Schabernack zu realisieren", stellte Parks fest, „bleibe ich verschont."

„Das auch", stimmte Snyder zu. „Sieh dir die Leute an." Sein Grinsen verstärkte sich. „Fantastisch."

In diesem Augenblick entdeckte Parks eine wilde Fülle von rotem Haar, in die das Sonnenlicht Goldlichter zauberte. Seine

Müdigkeit war mit einem Schlag wie weggewischt. „Fantastisch!“, wiederholte er und ging direkt auf Brooke zu.

Das Mädchen neben ihr stöhnte auf und umklammerte mit aller Gewalt den Arm ihrer Freundin. „Er kommt hierher“, flüsterte es aufgeregt. „Direkt auf uns zu. Ich falle gleich tot um.“

Brooke hob ihr Kinn, als er auf der anderen Seite des Zauns stand.

„Hallo!“ Parks' Hand schloss sich über ihrer auf der Absperrung. Die einfache Berührung war unglaublich intim.

„Hallo!“ Brooke lächelte ihn an. „Kann ich dich mitnehmen?“

„Immer.“ Er presste seine Lippen auf ihre um die Kette liegenden Finger. „Treffen wir uns gleich beim Gepäck?“

Aus dem Augenwinkel nahm Brooke wahr, wie die beiden weiblichen Teenager sie anstarrten. „Großartiger Fang gestern Abend.“

Er lächelte, bevor er wegtrat. „Danke.“

Snyder packte seinen Arm, als Brooke sich zurück in die Menge schob. „He, der Fang gefällt mir noch besser.“

„Zutritt verboten.“ Und damit ging Parks die Reihe der Fans und der ausgestreckten Hände entlang.

„He, komm schon, Parks, wir sind Teamkollegen. Alle für einen und einer für alle.“

„Vergiss es.“

„Das Problem mit Parks ist“, meinte Snyder zu einem großväterlichen Fan hinter der Absperrung, „er ist so egoistisch. Seine Erfolge hat er mir zu verdanken. Ich haue alles für ihn heraus. Und was ist der Dank dafür?“ Er warf Parks ein hoffnungsvolles Lächeln zu. „Du könntest mich wenigstens vorstellen.“

Parks schrieb auf einen hingestreckten Papierfetzen sein Autogramm. „Nichts da.“

Er brauchte ungefähr dreißig Minuten, um von der Menge wegzukommen. Die Ungeduld wuchs in ihm. Einfach nur die Berührung ihrer Finger hatte seinen Appetit nach sehr viel mehr angeregt.

Brooke stand neben dem Gepäcklaufband an eine Säule gelehnt, Parks' Koffer zu ihren Füßen. Sie lächelte, aber sie rührte sich nicht, als er herankam. Auf keinen Fall sollte er wissen, wie verrückt ihr Puls raste. „Du reist mit leichtem Gepäck", bemerkte sie wie beiläufig.

Er umfasste ihr Gesicht, blind für die Menschen, die um sie herumschwirrten, und küsste sie lange.

„Ich habe dich vermisst", murmelte er und küsste sie wieder.

„Entschuldigen Sie mich." Snyder tippte Parks auf die Schulter und lächelte Brooke dabei gewinnend an. „Ich glaube, Sie machen einen Fehler. Ich bin George Snyder. Der hier ist doch nur ein abgehalfterter Balljunge." Er gab Parks einen freundschaftlichen Klaps.

Brooke schüttelte seine riesige Hand. „Zu schade, dieser zweimalige Punktverlust."

Herumstehende Teamkollegen machten spöttische Bemerkungen, und Snyder zuckte zusammen. „Das war reine Taktik, damit habe ich den Gegner in Sicherheit wiegen können."

„Oh!" Amüsiert warf Brooke ihm ein freundliches Lächeln zu. „Das ist Ihnen ausgezeichnet gelungen."

„Tut mir leid, Snyder, Zeit für deinen Abgang." Parks gab zwei seiner Teamkollegen ein Signal, die sich auf beiden Seiten bei Snyder unterhakten und ihn mit sich zogen.

„Nun komm schon, Jones, gib mir eine Chance." Gut gelaunt ließ sich Snyder wegziehen. „Ich wollte nur meine Strategie mit ihr besprechen."

„Good-bye, George!" Brooke winkte George hinterher, während Parks sein Gepäck aufnahm.

„Machen wir, dass wir hier wegkommen." Er nahm ihre Hand.

„Parks, du hättest mich deinen Freunden vorstellen können."

„Das sind gefährliche Männer, sehr gefährliche."

Sie lachte. „Ja, das konnte ich sehen. Vor allem der, der auf jeder Hüfte ein Baby trug."

„Es gibt einige Ausnahmen."

„Bist du eine?"

Parks legte einen Arm um ihre Taille und zog Brooke an sich. „Hm."

„Oh, gut. Kommst du mit zu mir und verrätst mir deine Strategie?"

„Das ist der beste Vorschlag, den ich heute gehört habe." Parks warf seine Tasche hinten in Brookes Wagen und setzte sich auf den Beifahrersitz. Da er mittlerweile an ihren Fahrstil gewöhnt war, konnte er sich entspannen und erzählte vom Spiel des Vortags.

„Der Werbespot wurde während eines eurer Spiele gezeigt", sagte Brooke, als sie aus der Stadt fuhren.

„Wie kam er an?" Parks legte den Kopf zurück. Himmel, ein großartiges Gefühl, vierundzwanzig Stunden lang keinerlei Verpflichtungen zu haben.

„Fantastisch! Und die Bestätigung habe ich direkt von der Quelle."

„Hm?"

„Ein Teenagermädchen in der Meute eben." Überzeugend ahmte Brooke das junge Mädchen nach. Bei der Bezeichnung „wunderwunderschön" verzog Parks unwillkürlich den Mund. Brooke unterdrückte ein Lachen.

„Nett zu wissen, welch verheerende Wirkung ich auf sechzehnjährige Mädchen ausübe", stellte er trocken fest.

„Du wärst überrascht über die Kaufkraft von sechzehnjährigen Mädchen." Mit routinierter Selbstverständlichkeit schnitt Brooke die Kurven der Bergstraße. „Nicht direkt, sicher, aber indirekt über ihre Eltern. Die jungen Mädchen wollen, dass ihnen bei ihren Freunden auch die Knie schwach werden, und darum überreden sie die zu De-Marco-Jeans, -Hemden, -Gürteln, alles eben." Sie warf ihr Haar zurück und blickte zu ihm herüber. „Und du lächelst wirklich großartig."

„Ja." Er seufzte bescheiden. „Ich weiß."

Brooke hielt in ihrer Zufahrt absichtlich so ruckartig, dass Parks fluchte. Rasch stieg sie aus, bevor er sich rächen konnte.

„Dafür“, Parks zerrte seine Tasche vom Rücksitz, „gebe ich dir auch nicht das Geschenk, das ich dir gekauft habe.“

Bei der Tür drehte sich Brooke um, ihr freches Lächeln ging in Verblüffung über. „Du hast mir ein Geschenk gekauft?“

Weil Brooke jetzt aussah wie ein Kind, das erwartete, eine großartig eingepackte leere Schachtel überreicht zu bekommen, blieb Parks bei dem leichten Ton. „Ja. Aber ich überlege mir jetzt ganz ernsthaft, es zu behalten.“

„Was ist es?“

„Willst du nicht aufschließen?“

Brooke zuckte die Schultern, versuchte Gleichgültigkeit vorzutäuschen, während sie den Schlüssel drehte. „Ich habe Holz aufgeschichtet. Machst du Feuer? Ich sorge für Kaffee.“

„Okay.“ Parks streckte seine von der Reise verspannten Glieder. Mit einem Zusammenzucken presste er die Finger auf die Rippen, die immer noch von seinem Riesenhechtsprung schmerzten.

Sie hat an Blumen gedacht, stellte er fest, als er die Schale mit den farbenprächtigen Gartenblumen auf dem Beistelltisch betrachtete. Der Tisch war eindeutig eine wertvolle Antiquität, die Schale billigste Kaufhausqualität. Lächelnd ging Parks zum Kamin. Die Kombination passte zu Brooke – das Exquisite und das rein Praktische.

Er riss ein Streichholz an und hielt es an das zusammengeknüllte Papier unter dem Anmachholz. Das trockene Holz brannte sofort knackend und zischend. Parks atmete den Duft ein, der in ihm flackernde Bilder aus der Vergangenheit heraufbeschwor: Abende im gemütlichen Wohnzimmer zu Hause, Campingreisen mit Onkel und Cousinen, Wochenenden in England bei einem College-Freund. Er wollte diese Bilder verbinden mit der Erinnerung an Brooke, wie sie vor dem knisternden Feuer in seinen Armen lag und sie sich endlos liebten.

Brooke kam mit einer Flasche und zwei Gläsern aus der Küche. „Ich dachte, dir wäre Wein vielleicht lieber.“

Lächelnd nahm Parks ihr das Tablett ab und stellte es auf

den Tisch. „Ja." Er nahm die Flasche und prüfte das Etikett mit hochgezogener Braue. „Ist das eine Feier?"

„Eine Vorfeier. Ich erwarte, dass ihr morgen das Spiel gewinnt." Sie hielt ihm die beiden Gläser hin. „Und wenn nicht, dann hatten wir den Wein auf jeden Fall."

„Klingt fair." Parks goss den bernsteinfarbenen Wein in die langstieligen Gläser und stieß mit Brooke an. „Auf das Spiel?" Er lächelte breit.

Brooke spürte das nervöse Flattern in ihrem Bauch. „Auf das Spiel." Sie trank.

Parks griff in ihr Haar. „Ich habe es im Sonnenlicht gesehen", sagte er leise. „Trotz der Meute am Flughafen weiß ich nicht, was ich getan hätte, wenn die Absperrung nicht im Weg gewesen wäre." Er ließ die weichen Strähnen durch seine Finger gleiten. „Es waren vier lange Tage, Brooke."

Sie nickte und zog ihn an der Hand aufs Sofa. „Du bist abgespannt", stellte sie fest.

Er nahm sie in den Arm. „Vielleicht sind die Absteiger in der Liga die wirklich Glücklichen."

„Das ist doch nicht dein Ernst?"

Parks lachte. „Nein, natürlich nicht. Die Entscheidungsspiele pumpen dich aus, bis du kurz vorm Explodieren bist, aber die Meisterschaftsspiele ..." Kopfschüttelnd brach er ab. Er wollte nicht daran denken. Er wollte an nichts anderes denken als an die Frau neben sich und den ruhigen Nachmittag und langen Abend, der vor ihnen lag. Und so wollte er sich immer an sie erinnern: ihre etwas nachdenkliche Miene und der Geruch von Holzfeuer und Herbstblumen, der sich mit ihrem Parfümduft mischte. Parks nahm einen Schluck von dem gekühlten Wein und betrachtete die tanzenden Flammen.

„Hattest du viel zu tun?"

Brooke wollte ebenso wenig wie Parks an Arbeit denken. „Das Übliche", antwortete sie vage. Sie lehnte ihren Kopf an seine Schulter. Wie leer war ihr Haus doch in den letzten Tagen gewesen, und wie behaglich war es jetzt. Brooke hatte vorher noch nie das Verlangen gehabt, ihr Haus mit jemandem zu teilen. Tatsächlich besaß sie ein ausgeprägtes Besitzdenken über ihr Eigentum. Jetzt, wo sie ruhig mit Parks auf dem Sofa saß, wurde ihr bewusst, dass sie bereitwillig und ohne es gemerkt zu haben, schon einiges von ihrem abgegrenzten Privatleben aufgegeben hatte. Sie betrachtete Parks' Profil.

„Ich habe dich vermisst", sagte sie leise.

Er schaute sie an. Ihre Lippen waren nah, nur einen Hauch von seinen entfernt. „Das hatte ich gehofft." Mit dem Mund streifte er ihre Wange. Brooke erschauerte leicht. Noch nicht, sagte er sich, während die Hitze in ihm aufflammte, noch nicht. „Vielleicht gebe ich dir doch noch das Geschenk."

Brookes Lippen bewegten sich seinen Hals hinauf. „Ich glaube nicht, dass du mir überhaupt etwas gekauft hast."

Ihre Masche durchschaute er sofort, aber er war bereit, mitzuspielen. „Dafür wirst du dich entschuldigen müssen." Er stand auf und ging zu seiner Reisetasche. Mit einer weißen Schachtel kam er zurück.

Brooke musterte sie neugierig. „Was ist das?"

„Sieh nach", schlug er vor und legte ihr sein Geschenk in den Schoß.

Sie drehte die schlichte weiße Schachtel herum und prüfte ihr Gewicht. Brooke war nicht an spontane Geschenke gewöhnt, und das war jetzt in kurzer Zeit das zweite von Parks. „Du musstest es nicht …"

„Man muss seiner Schwester etwas zu Weihnachten schenken", unterbrach er sie und setzte sich wieder. „Du bist nicht meine Schwester, und es ist nicht Weihnachten."

Zögernd nahm sie den Deckel ab. Zwischen Knäueln von Papier verpackt lag ein fettes, pinkfarben gepunktetes Nilpferd mit langen, dichten Wimpern um die Augen und einem flirtenden Lächeln. Lachend holte Brooke es heraus. „Es ist wunderschön!"

„Es hat mich an dich erinnert", sagte Parks und freute sich über ihr Lachen und ihre funkelnden Augen, mit denen sie ihn ansah.

„Wirklich?“ Sie hielt das Nilpferd hoch. „Nun, es hat schöne Augen.“ Sie strich über die breite Keramikseite. „Es ist wirklich süß, Parks. Wie bist du darauf gekommen?“

„Ich habe gedacht, sie passt in deine Tierschau.“ Als sie ihn nur verblüfft ansah, zeigte er zum Regal mit dem Affen und dem Bären. „Dann ist da noch der Hund an der Eingangstür, der geschnitzte Hase in deinem Schlafzimmer, die Porzellan-Eule auf dem Fensterbrett in der Küche.“

Das Verständnis kam nur langsam. In ihrem Haus waren überall Tiere aus unterschiedlichsten Materialien. Brooke hatte sie seit Jahren gesammelt, ohne sich darüber besondere Gedanken zu machen. Aber Parks hatte es registriert. Überraschend für sie beide, brach Brooke in Tränen aus.

Verwirrt, dann besorgt legte Parks die Arme um Brooke, ohne auch nur die leiseste Ahnung zu haben, wie er sie trösten konnte. Und doch, er hatte genügend Tränen bei seinen Schwestern gesehen, um zu wissen, dass Tränen oft nichts mit Logik zu tun hatten.

Beschämt und unfähig, ihre Tränen zurückzuhalten, schob Brooke seine Arme zurück. „Nein, bitte. Lass mich! Ich hasse es zu weinen.“

Doch er zog die Widerstrebende an sich. „Ich ertrage es nicht, dich so zu sehen“, sagte er leise und dann drängender: „Was ist los?“

„Du hältst mich bestimmt für dumm. Ich hasse es, für dumm gehalten zu werden.“

„Brooke.“ Er legte eine Hand unter ihr Kinn und hob es an. Tränen rollten ihre Wangen hinunter. Da er kein anderes Mittel wusste, küsste er Brooke – die weichen Lippen, die nassen Wangen, die feuchten Lider. Was als blinder Versuch begonnen hatte, sie zu trösten, wuchs an zu glimmender Leidenschaft.

Die Lust steigerte sich, und sein Mund suchte wieder ihren. Er zog die Finger durch ihr Haar, als wäre es aus reiner Seide. Brooke zitterte in seinen Armen. Ob es an den Schluchzern lag oder auch ihrem wachsenden Verlangen, Parks war sich nicht sicher, während der Kuss heftiger, stürmischer wurde. Sie öffnete sich ihm, mehr als jemals zuvor. Sie ist jetzt ganz schutzlos, erinnerte er sich und bekämpfte die Ungeduld, seine Begierde schnell zu befriedigen. Er sprach leise, beruhigend, er streichelte sie zärtlich, erregend.

Brooke wollte sich einfach nur fallen lassen in diese umnebelte, schwerelose Welt, in der alle Bewegungen im Zeitlupentempo abliefen. Sie wollte das Feuer und die Blitze spüren, die atemlos machten. Sie wollte diese weiche, tiefe Befriedigung, die in den Schlaf einlullte und die am kommenden Morgen immer noch andauerte.

Als Parks sich mit ihr auf den Boden legte, verstärkte sich der Duft der brennenden Holzscheite. Brooke hörte das Knacken und Zischen der Scheite, während die Flammen an ihnen leckten. Parks' lange Küsse ohne Hast hielten Brooke in der Schwebe – halb in der Wirklichkeit, auf dem Teppich, vor dem roten Flackern des Feuers und der Wärme der Sonne auf den geschlossenen Lidern, halb in der Welt der Träume, die nur Liebende kennen. Während ihr Geist schwebte und mit jeder einzelnen Empfindung flirtete, zog Parks Brooke aus.

Er ließ sich Zeit dabei, als hätte er warten können, bis die Jahreszeit draußen vor den großen Fenstern wechselte. Hier gab es keine Zeit, keinen Winter, keinen Frühling, nur den ewig währenden Augenblick. Brooke schob die Hände unter sein Hemd und über seinen warmen und kräftigen Körper.

Und dann lagen sie nackt, Haut an Haut, vor dem Feuer, und durch die Fensterfront fiel das Sonnenlicht herein und ergoss sich über sie. Die Küsse wurden intensiver, nur von Seufzern und gewisperten Liebkosungen unterbrochen. Brooke schmeckte den Wein an seiner Zunge, und es berauschte sie.

Langsam, ohne dabei den Mund von ihrem zu nehmen, begann Parks wieder eine Erkundung ihres Körpers. Schauer liefen wie unzählige winzige Nadelstiche über ihre Haut, jagten den Pfad entlang, den seine Hände zogen. Seine Knöchel streiften die Seiten ihrer Brüste. Brooke stöhnte auf, ein fließender Laut sinnlichen Entzückens. Seine Zunge drang tiefer in ihren Mund, und die Droge Lust entfaltete ihre volle Wirkung. Brookes Glieder wurden schlaff, schwer, und sie gab sich ihm vollkommen hin. Dann erst ließ er seinen Lippen die Freiheit, wieder ihre Haut zu schmecken, ein berauschender Geschmack wie ihr Duft und irgendwie noch erotischer.

Mit feuchten Küssen erregte er sie. Mit einem überraschenden Druck seiner Zähne an einer ihrer erogenen Stellen ließ er sie nach Luft schnappen. Dann besänftigten seine Lippen sie wieder, lullten sie ein, und ihr Körper wurde weich und biegsam. Wieder und wieder hob er Brooke der Flamme entgegen, dann führte er sie zurück in den Nebel, bis sie nicht mehr sagen konnte, wo es am schönsten war.

Die Küsse, die er auf ihrem Bauch verteilte, prägten sich ihrer Seele ein. Eine kopflose Erregung füllte sie aus, und sie bewegte sich ganz nach Parks' Regie. Sein Atem lag warm auf ihrer Haut.

Immer noch zog sein Mund langsam über sie. Seine Hände hatten schon jeden geheimen Punkt ihrer Lust entdeckt, streichelten und erregten, hielten Brooke gefangen unter einem seidigen Schleier des Begehrens. Kraft füllte sie nun aus, ohne dass sie es bewusst wahrnahm. Sie fühlte sich, als balanciere sie auf einem schmalen Grat – dem Drahtseil des Verlangens. Darauf wollte sie vorsichtig weitergehen, doch ebenso sehnte sie sich danach, sich gemeinsam mit Parks kopfüber in die wild aufgewühlte See nach unten zu stürzen. Dann war Parks wieder über ihr. Für einen langen Moment schaute er ihr tief in die Augen, bevor er die Lippen senkte. Er wartete, und Brooke verstand. Während ihre Münder verschmolzen, führte Brooke ihn in ihren Schoß.

Sein Stöhnen füllte heiß ihren Mund aus. Obwohl sie sich mit einer plötzlich unbändigen Kraft an ihn klammerte, bewegte sich Parks langsam. Brooke fühlte, wie er sie ausfüllte, bis fast zum zerreißenden Punkt der Explosion. Dann die Schauer, die Vernichtung, Krampf, dann rutschte sie wieder einen glatten kühlen Pfad hinunter zu dem reißenden Strom. Wie eine Schwimmerin im wild schäumenden Wasser wurde sie getragen von Gipfel zu

Gipfel, während sich Parks mit quälender Langsamkeit bewegte. Brooke spürte seine angespannte Beherrschung, hörte seine schnellen angestrengten Atemzüge, die sich mit ihren vermischten, während er das berauschende Spiel – und die süße Qual – in die Länge zog. Dann murmelte er etwas – ein Flehen, eine Bitte, ein Fluch? – und ließ sie beide von dem Drahtseil stürzen.

Er musste geschlafen haben. Parks dachte, er hätte die Augen nur für einen Moment geschlossen, doch als er sie wieder öffnete, hatte sich der Neigungswinkel der Sonne verändert. Brooke lag neben ihm, ihr Haar hüllte sie beide ein. Mit wachen Augen starrte sie ihn an. So hatte sie ihn schon fast eine Stunde lang betrachtet. Parks lächelte und presste den Mund auf ihre Schulter.

„Tut mir leid. Bin ich eingeschlafen?“

„Ein wenig.“ Sie schmiegte ihr Gesicht an seinen Hals. „Du musst erschöpft sein.“

„Nicht mehr“, erwiderte er wahrheitsgetreu. Er fühlte sich frisch, voller Energie und irgendwie gereinigt. Darüber musste er unwillkürlich den Kopf schütteln. Er strich über Brookes Arm. „Da war noch etwas, das ich dich fragen wollte, bevor ich abgelenkt wurde.“ Er stützte sich auf einen Ellbogen und schaute auf sie nieder. „Warum hast du geweint?“

Brooke zuckte die Schultern und wollte wegrücken. Mit fester Hand hielt Parks sie zurück. Er fühlte ihre Anstrengung, sich ihm zu entziehen, aber er wusste, er konnte es nicht länger hinnehmen. Ob es ihr bewusst war oder nicht, sie hatte sich ihm ganz und gar hingegeben. Er wollte dafür sorgen, dass es dabei blieb.

„Brooke, versuche nicht, mich auszuschließen“, sagte er ruhig. „Es würde jetzt sowieso nicht mehr klappen.“

Sie wollte Einwände erheben, doch sein ruhiger, fester Blick verriet ihr, dass er es ernst meinte. „Es war wirklich süß von dir“, meinte sie schließlich. „Ich bin an solche Geschenke nicht gewöhnt.“

Parks zog eine Braue hoch. „Das ist vielleicht ein Teil davon. Und der Rest?“

Seufzend richtete sich Brooke auf. „Es war mir überhaupt nicht bewusst, dass ich die Tiere gesammelt habe.“ Sie schob ihr Haar zurück, dann schlang sie die Arme um ihre Knie. „Ich habe total überreagiert, als du mich darauf aufmerksam gemacht hast. Als ich klein war, wollte ich immer einen Hund, eine Katze, einen Vogel, alles. Es war nicht möglich, so, wie ich herumgereicht wurde.“ Ihr zerzaustes Haar zitterte auf ihrem nackten Rücken. „Als du mir die Augen geöffnet hast, dass ich immer noch den Ersatz suche, hat es mich einfach niedergeschmettert.“

Parks spürte Mitgefühl und unterdrückte es sofort. Es gab keinen schnelleren Weg als Mitleid, um sich Brooke zu entfremden. „Du hast dein eigenes Haus, führst jetzt dein eigenes Leben. Du könntest alles haben, was du willst.“ Er schenkte ihnen beiden Wein ein. „Du hast es nicht mehr nötig, den Ersatz zu suchen.“ Er nahm einen Schluck.

„Richtig“, stimmte Brooke leise zu, „ich muss es nicht mehr.“

„Was für einen Hund willst du?“

Brooke drehte das Glas in ihrer Hand, dann lachte sie plötzlich. „Einen ganz unscheinbaren.“ Sie strahlte ihn an. „Eben einen total gewöhnlichen Hund.“ Sie legte eine Hand an seine Wange. „Ich habe dir nicht einmal gedankt.“

Parks nickte und nahm ihr mit einer geschickten Bewegung das Glas aus der Hand. „Nein, hast du nicht.“ Geschickt rollte er sich auf sie. „Warum dankst du mir nicht jetzt?“

9. KAPITEL

Claire kam herunter, um dem Szenenaufbau ihre letzte Zustimmung zu geben. Ganz hinten im Studio, wie eine ruhige Insel, abgehoben vom Chaos aus technischen Geräten, Lichtern und Schatten, war eine stilvolle Wohnzimmerkulisse aufgebaut. Die Techniker legten für die Dreharbeiten letzte Hand an. Das Sofa in maskulin dunklen Farbschattierungen war angestrahlt. Auf dem Tisch daneben stand eine moderne Lampe, die scheinbar das weiche, romantische Licht spendete, das tatsächlich von der Crew mit den vielen Lichtern und Scheinwerfern erzeugt wurde. Claire arbeitete sich vorbei an Kabeln und Kisten, um die Kulisse aus verschiedenen Blickwinkeln begutachten zu können.

Geschmackvoll, entschied sie. Und wirkungsvoll. De Marco war mit dem ersten Spot sehr zufrieden gewesen. So zufrieden, dass er darauf bestand, seine gegenwärtige Geliebte in diesem neuen mitwirken zu lassen. Claire verzog leicht das Gesicht. Das war eben Showbusiness. Brooke hatte über die Besetzung gestöhnt und gejammert, schließlich fluchend nachgegeben und sich damit getröstet, dass der Auftraggeber wenigstens nicht darauf bestanden hatte, dass für seine Geliebte ein Dialog geschrieben werden musste.

Die Studioszene wurde zuerst gedreht, obwohl sie am Ende des Werbespots stand. Nach ihrer Einschätzung von Parks' Temperament hatte sich Brooke entschieden, zuerst das zu machen, was für ihn wahrscheinlich der schwierigste Teil war. Und, dachte Claire, als sie auf ihre Uhr blickte, das Glück ist uns hold. Die „Kings" hatten sich qualifiziert für die US-Meisterschaftsspiele in der kommenden Woche, was den Werbespots eine viel stärkere Stoßkraft gab.

Vor dem Studio war ein langes Büfett aufgebaut. E.J., der Produktionsleiter und der Kamera-Assistent hatten sich schon mit großem Appetit darüber hergemacht. Brooke kaute an einem Stück Käse, während sie die letzten Details überwachte.

„Verdammt, Biglow, das Licht flackert wieder! Wechsle die Birne aus oder verschaff mir eine neue Installation. Silbey, ich möchte sehen, welchen Effekt der neue Filter bringt."

Der Techniker drückte einen Schalter, und das Licht wurde mittels eines Farbfilters warm und intim. „Okay, nicht schlecht. Sound?"

Eine Technikerin trat an die Mikroangel. Mit unschuldigster Miene sagte sie einen Kindervers auf, den sie allerdings mit einigen pikanten Variationen würzte. Zum Applaus ihrer Kollegen machte sie einen niedlichen Knicks.

„Irgendwelche Probleme?" Claire stellte sich neben Brooke.

„Wir haben sie ausgebügelt."

Abwesend zupfte Claire ihren Ärmel zurecht. „Ich habe einen Blick auf die De-Marco-Lady geworfen. Sie ist Spitzenklasse."

„Dem Himmel sei Dank", erwiderte Brooke ironisch. „Erwarten wir ihn auch?"

„Nein." Claire lächelte über ihren resignierten Tonfall. Brooke verabscheute nichts mehr, als wenn Verwandte, Freunde oder Liebhaber sich bei Aufnahmen herumdrückten. „Gina wollte es nicht, weil seine Anwesenheit sie nervös macht, aber er hat kategorisch darauf bestanden, dass ihr königliche Behandlung mit Glacéhandschuhen sicher sein muss."

„Ich werde sie schon nicht beißen", versprach Brooke. „Mit Parks bin ich seinen Text durchgegangen. Er hat ihn intus – falls er nicht vor der Kamera ins Stammeln gerät."

„Dazu scheint er mir nicht der Typ zu sein."

Brooke lächelte. „Nein. Und ich glaube, ihm macht die ganze Sache allmählich sogar Spaß."

„Fein. Ich habe ein Drehbuch und möchte, dass er es durchliest." Über ihren Köpfen, auf der Leiter, fluchte jemand zum Steinerweichen. Claires Miene verriet nicht einmal, ob sie es gehört hatte. „Ich habe eine Rolle für ihn, eine kleine. Aber ich glaube, er ist ideal dafür."

Brooke drehte sich um und schenkte Claire ihre ganze Aufmerksamkeit. „Ein Spielfilm?"

Sie nickte. „Fürs Kabelfernsehen. Die Besetzung muss erst in einem oder zwei Monaten stehen, er hat also genug Zeit, darüber nachzudenken. Ich möchte auch, dass du es liest", fügte sie ganz beiläufig hinzu.

„Sicher." Mit dem Gedanken an Parks als Schauspieler drehte sich Brooke um und wollte lautstark eine weitere Anweisung geben.

„Vielleicht würdest du gern die Regie machen."

Die Anweisung erstarb ihr in der Kehle. „Was?"

„Ich weiß, du machst gern Werbefilme", fuhr Claire fort, ungerührt über Brookes perplexe Miene. „Dir gefällt das Schnelle und Intensive. Aber dieses Drehbuch könnte deine Meinung ändern."

„Claire", Brooke hätte gelacht, wenn sie nicht so verblüfft gewesen wäre, „ich habe nie etwas Längeres gemacht als einen Sechzig-Sekunden-Spot."

„Wie den für die neuen Herbstshows, die du letzten Sommer gemacht hast? Drei bekannte TV-Stars haben mir versichert, du seist eine der Besten, mit denen sie je gearbeitet haben." Claire sagte es trocken, kaum wie ein Kompliment. „Ich wollte dir schon seit Langem so etwas geben, aber dich nicht bedrängen." Claire tätschelte ihre Hand. „Ich bedränge dich immer noch nicht. Lies einfach das Drehbuch."

Nach kurzem Nachdenken nickte Brooke. „Gut, ich werde es lesen."

„Braves Mädchen. Ah, da ist ja Parks." Mit ihrem professionell geschärften Blick musterte Claire ihn. „Alle Achtung", murmelte sie, „er kann Kleidung wirklich gut präsentieren."

Es sah aus, als hätte Parks, ohne einen Gedanken daran zu verschwenden, den hellblauen Kaschmirpullover und die schiefergraue Jeans gewählt. Dass sie mit maßgeschneiderter Präzision passten, war nicht ansatzweise so wichtig wie der Eindruck von Stimmigkeit. Lässiger Stil, der nichts mit Geld, sondern mit grundsätzlicher Klasse zu tun hat.

Die hat er, dachte Brooke. Er hatte nicht nur ein äußerst markantes Gesicht und einen prächtigen Athletenkörper, sondern strahlte wirkliche Klasse aus, die man hat oder eben nicht – auf keinen Fall aber erlernen kann. Er hielt ein Glas Ginger Ale in der Hand und sah sich aufmerksam um.

Das Studio war ein scheinbar wildes Chaos. Unwillkürlich musste sich Parks fragen, wie man überhaupt zwischen all den Rollen und Schlangen von Kabeln, den riesigen schwarzen Kisten und den Scheinwerferstangen sicher arbeiten konnte. Dann entdeckte er Brooke. Sie kann es, dachte er mit einem Lächeln. Sie stürmte einfach mitten durchs Chaos, bis sie genau hatte, was sie wollte. Hatte sie auch noch vor wenigen Abenden wie ein Kind in seinen Armen geweint, so war sie doch zäh wie nichts, wenn es um ihren Job ging.

Vielleicht war das sogar der Grund, warum er sich in sie verliebt hatte, und vielleicht behielt er diese Tatsache auch aus demselben Grund noch für sich. Wenn er schon fast in Panik geraten war, als ihm diese Liebe richtig bewusst geworden war, so traf das für Brooke mit Sicherheit zu. Sie war noch nicht so weit, sich voller Vertrauen in seine Handkuhle zu kuscheln – um bei seinem Vergleich mit der Taube zu bleiben.

Brooke näherte sich ihm mit einem prüfenden Blick. Sofort fühlte sich Parks wieder unwohl in seiner Haut. Es war ihr Regieblick, einschätzend, nach Schwachpunkten suchend, über den Kamerawinkel nachdenkend.

„Und?“, fragte er schließlich.

„Du siehst großartig aus.“ Sollte sie die leichte Verärgerung aus seinem Ton gehört haben, so ging sie darüber hinweg. Sie zerzauste sein Haar ein wenig und begutachtete dann das Ergebnis. „Ja, sehr gut. Nervös?“

„Nein.“

Das Lächeln machte ihre Züge weich. „Nicht die Stirn furchen, Parks, dann kommst du nie in die richtige Stimmung. Also“, sie hakte sich bei ihm unter und führte ihn zur Szenenkulisse, „du kennst deinen Text, aber wir haben große Spickzettel, falls du ihn vergessen solltest. Es gibt also keinen Grund, sich darüber Sorgen zu machen. Ich will nichts anderes als eine etwas unterschwellige, nur leicht spürbare Macho-Haltung. Denk daran, es ist das Ende des Spots. In der ersten Szene bist du im Trikot auf dem Spielfeld, dann kommen die Kabinen, wenn du dich nach dem Spiel umziehst, und zum Schluss kommt diese Szene. Romantisches Licht, ein kleiner Cognac, eine schöne Frau."

„Und das alles verdanke ich de Marco", warf er trocken ein.

„Die Frau auf alle Fälle", gab sie ebenso trocken zurück. „Und du wirst alle Männer davon überzeugen, dass De-Marco-Kleidung wichtig für ihr Image ist. Setz dich hierher." Brooke zeigte auf das Ende der Couch. „Nimm die etwas nachlässige Haltung ein, die ich von dir kenne. Nicht die schlaff entspannte, sondern die etwas nachlässige."

Parks zog die Brauen zusammen, hilflos verärgert darüber, wie sie seine unbewussten Körperhaltungen auseinandernehmen und ein Etikett draufkleben konnte. „Jetzt?"

„Ja, bitte." Brooke trat zurück, während sich Parks auf die Couch setzte. „Gut. Den Ellbogen ein wenig zurück. Okay." Sie lächelte wieder. „Das ist genau das, was ich will. Du machst es wirklich sehr gut, Parks."

„Danke."

„Diesmal sprichst du direkt in die Kamera." Sie machte eine Handbewegung hinter sich, wo die Kamera auf einem Kamerawagen stand. „Ruhig, entspann dich! Das Mädchen kommt von hinten, beugt sich herüber und reicht dir den Cognacschwenker. Sieh sie nicht an, berühre nur ihre Hand und sprich weiter. Und lächeln", fügte sie hinzu und blickte auf ihre Uhr. „Wo ist das Mädchen?"

Wie auf Stichwort tauchte Gina auf, groß und kurvenreich, gefolgt von einer ernsten Blondine und zwei Männern. Sie sieht noch besser aus als auf dem Foto, dachte Brooke, und das war schon eindrucksvoll gewesen. Gina war jung, aber nicht zu jung, gut fünfundzwanzig, schätzte Brooke, hatte große schwarze Augen und pechschwarzes Haar. Ihre üppige Figur wurde von dem engen Kleid vorteilhaft zur Geltung gebracht, dessen Ausschnitt kurz vor dem Eingriff der Zensur aufhörte. Brooke beobachtete ihren Gang, als Gina das Studio durchschritt. Sinnlichkeit und Glut verrieten ihre Bewegungen. Diesmal wollte Brooke auf reinen Sex gehen – für die fünfeinhalb Sekunden, die Gina im Spot zu sehen war.

Brooke ignorierte das anerkennende Gemurmel ihrer Crew und wie sie sich gegenseitig anstießen und ging hinüber zu de Marcos Freundin. „Hallo!" Lächelnd streckte sie eine Hand aus. „Ich bin Brooke Gordon, die Regisseurin."

„Gina Minianti", schnurrte sie mit einer Stimme, die Brooke augenblicklich bedauern ließ, dass sie keinen Text hatte.

„Wir freuen uns alle, Sie bei uns zu haben, Miss Minianti. Haben Sie noch Fragen?"

Gina zeigte ein kleines Lächeln. „*Comé?*"

„Wenn es etwas gibt, das Sie nicht verstehen …", begann Brooke und wurde von der Blondine unterbrochen.

„Signorina Minianti spricht kein Englisch, Miss Gordon. Hat man Sie nicht informiert?"

„Spricht kein …" Brooke verdrehte die Augen. „Entzückend!"

„Ich bin Mister de Marcos persönliche Sekretärin. Ich übersetze."

Brooke musterte die Blondine mit einem durchdringenden Blick, dann drehte sie sich um. „Plätze einnehmen! Es wird ein langer Tag werden."

„Ein kleines Hindernis?", murmelte Parks spöttisch, als sie an ihm vorbeiging.

„Halt den Mund und setz dich, Parks!"

Er verkniff sich ein freches Lächeln und ging zu Gina. „Signorina." Er nahm ihre Hand und erweckte Brookes volle Aufmerksamkeit, als er in fließendem Italienisch mit Gina sprach. Strahlend antwortete die mit einem sich überstürzenden Wortschwall, unterstrichen von Riesengesten mit der freien Hand.

„Sie ist aufgeregt", dolmetschte Parks.

Brooke war wie vom Schlag getroffen hinter ihm stehen geblieben. „Das habe ich auch schon mitbekommen."

„Sie wollte immer einen amerikanischen Film machen." Er sprach wieder mit Gina, woraufhin die ihren prächtigen Kopf zurückwarf und kehlig lachte. Mit einer kleinen Bewegung aus dem Handgelenk verabschiedete sie die Blondine und hakte sich bei Parks unter. Der sonnengebräunte Kalifornier und die sprühende schwarzhaarige Italienerin – einfach perfekt. Diese fünfeinhalb Sekunden des Spots, dachte Brooke, werden knistern wie ein Waldbrand – und den De-Marco-Kleidern einen Wahnsinnsumsatz verschaffen.

„Du scheinst gut genug italienisch zu sprechen, um ihr zu gefallen", bemerkte Brooke.

„Ja, offensichtlich." Parks lächelte wieder, als er bemerkte, dass Brooke auch nicht im Geringsten eifersüchtig war, sondern nur kritisch überlegte, wie er und Gina sich auf dem Bildschirm machen würden. „Sie möchte, dass ich ihr alles erkläre."

„Okay, sag ihr, wir gehen alles einmal durch, damit sie weiß, was sie zu tun hat. – Licht!" Ungeduldig wartete Brooke darauf. „Setz dich, Parks, und sag ihr, sie soll gut aufpassen! Ich gehe es mit dir durch. Und tu ganz so, als ob die Kamera läuft."

Parks begann. Er sprach leicht, wie zu Freunden, die auf Besuch waren. Perfekt, dachte Brooke, nahm den Cognacschwenker und trat hinter die Couch. Sie beugte sich vor, ihre Wange ganz dicht an seiner, und reichte ihm das Glas. Ohne hinzusehen, nahm Parks es und strich gleichzeitig über Brookes andere Hand, die auf seiner Schulter lag. Brooke richtete sich langsam wieder auf, trat aus dem Kamerawinkel, während Parks seinen Part beendete.

„Nun frag sie, ob ihr klar ist, was sie zu tun hat", forderte Brooke ihn auf.

Gina bestätigte es nach Parks' Übersetzung mit einer lässigen Handbewegung.

„Versuchen wir es." Brooke trat von E. J. und den Assistenten zurück, die die Kamera für die Nahaufnahmen vorwärtsschieben sollten. „Ruhe!“, rief sie und schnitt damit wirkungsvoll auch das leiseste Gemurmel ab. „Film ab!“ Die Klappe fiel – Parks Jones für de Marco, Szene drei, Aufnahme eins. Brooke betrachtete Parks nun mit zusammengezogenen Brauen. „Action!“

Für die erste Aufnahme machte er es ganz gut. Gina befolgte die Instruktion, brachte den Schwenker, beugte sich andeutungsweise über Parks. Dann blickte sie auf, überrascht, als die Kamera mit einem Mal heranrollte.

„Schnitt! Parks, sag Gina, sie soll nicht in die Kamera blicken! Bitte.“ Brooke lächelte die Italienerin an und hoffte, ihr damit Geduld und Verständnis zu vermitteln.

Beim fünften Versuch war es Brooke, die von beidem wirklich viel brauchte. Statt sich an die Kamera zu gewöhnen, wurde Gina immer nervöser.

„Fünf Minuten Pause“, verkündete Brooke.

Die heißen Scheinwerfer wurden abgeschaltet, und die Crew schlenderte hinaus zum Büfett. Lächelnd winkte Brooke Gina zu sich und Parks aufs Sofa. „Parks, sag ihr, sie soll nichts anderes als natürlich sein. Sie ist eine Klassefrau, die wenigen Sekunden mit ihr werden eine Bombenwirkung haben.“

Gina hörte mit zusammengepressten Lippen zu, dann schenkte sie Brooke ein Lächeln. Sie nahm Parks’ Hände und holte zu einem langen, gefühlsbetonten Redeschwall aus, in dem sie sich, wie sich herausstellte, für ihre Unbeholfenheit entschuldigte und um ein kaltes Getränk zur Beruhigung ihrer Nerven bat.

„Einen Orangensaft für Signorina Minianti!“, rief Brooke. „Sag ihr, sie sei überhaupt nicht unbeholfen“, fuhr Brooke diplomatisch fort. „Ah, sag ihr, sie soll sich einfach vorstellen, dass ihr ein Liebespaar seid.“

„Verstehe.“ Parks grinste jungenhaft. Er sprach wieder mit Gina, die kehlig lachte und dann den Kopf schüttelte. „Sie sagt, sie versucht, es sich vorzustellen“, übersetzte Parks, „aber wenn sie es sich zu gut vorstellt, wird Carlo mir die Nase einschlagen oder etwas mit ähnlicher Wirkung tun.“

„Kunst verlangt eben Opfer", entgegnete Brooke trocken. „Parks, es könnte helfen, wenn du etwas mehr Dampf hineinbringst."

„Dampf?" Er zog eine Braue hoch.

„Ein Mann, der nicht etwas Dampf hat, wenn sich ihm eine solche Prachtfrau über die Schulter beugt, braucht eine Bluttransfusion." Brooke tätschelte seine Schulter. „Sieh zu, was du machen kannst."

„Alles für die Kunst", gab er ihr anzüglich lächelnd zurück.

Brooke stellte sich wieder zu E. J. an die Kamera. „Mal sehen, ob die Aufnahme was wird", murmelte sie ihm leise zu.

„Das könnte ich den ganzen Tag wiederholen." Er richtete die Kamera auf Gina und seufzte. „Bei ihrem Anblick glaubt man, dass man schon gestorben und im Himmel ist."

„De Marco könnte dafür sorgen, wenn du nicht auf deine Schritte achtest – Plätze einnehmen!"

Besser, entschied sie nach der sechsten Aufnahme. Ja, eindeutig besser. Aber nicht perfekt. „Parks, sag ihr, sie soll sich neben die Kamera stellen und noch einmal aufpassen." Brooke nahm Ginas Platz ein und trat mit dem lauwarmen Tee im Cognacschwenker hinter Parks. Diesmal zog er Brookes freie Hand an seine Lippen und drückte einen weichen Kuss darauf. Brooke erschauerte, drohte in den Knien schwach zu werden, und sie vergaß, aus der Kulisse zu gehen.

„Das kommt doch ganz natürlich", kommentierte Parks und verschränkte seine Finger mit ihren.

Brooke räusperte sich und wusste, dass ihre Leute mit lebhaftem Interesse zuschauten. „Versuchen wir es also auf die Art." Sie trat zu E. J. Als sie sich umdrehte, lag Parks' Blick noch auf ihr. Sie kannte diesen Blick. Seine Gedanken kristallklar vermittelnd, lächelte Parks.

Frustriert schüttelte Brooke den Kopf. „Plätze einnehmen!", rief sie zu ihrem eigenen Schutz.

Es waren noch drei weitere Aufnahmen erforderlich, bevor sie bekam, was sie wollte. Eine strahlende und mit sich zufriedene

Gina gab Parks zwei überschwängliche Küsse, einen auf jede Wange, kam dann herüber und sagte etwas zu Brooke. Fragend sah sie Parks an, der diesen ihr zu amüsierten und zu unschuldigen Blick hatte.

„Sag einfach danke", riet er ihr.

„Danke", brachte Brooke gehorsam hervor, als Gina ihre Hand nahm und sie drückte. Dann schwebte die Italienerin mit ihrer Gefolgschaft davon. „Wofür habe ich mich bedankt?" Mit dem Hemdsärmel trocknete Brooke den Schweiß auf ihrer Stirn.

„Sie hat deinen Geschmack gelobt."

„Wie bitte?"

„Sie sagte, dein Liebhaber sei herrlich."

Brooke ließ ihren Arm sinken und sah Parks an. „Tatsächlich?", entgegnete sie kühl.

Parks zuckte entschuldigend mit den Schultern und schlenderte amüsiert lächelnd hinaus zum Büfett.

Die Hände in die Hüften gestemmt, starrte Brooke ihm nach. Sie wollte ihm nicht die Befriedigung geben, sie bei einem Lächeln zu ertappen. „Außenaufnahmen in einer Stunde!", rief sie laut.

Brooke hatte recht mit ihrer Vermutung gehabt, dass die anderen Szenen des Spots leichter werden würden. Als Nächstes drehten sie die zweite Szene, wozu alles – Scheinwerfer, Filmausrüstung und die Techniker – in die Kabine der „Kings" gestopft werden musste. Claire hatte mit etwas Verhandlungsgeschick arrangiert, auch einige der bekannteren Mannschaftskameraden von Parks zu bekommen, um die Szene möglichst realistisch aussehen zu lassen. Nachdem Brooke sie erst einmal zur Ruhe gebracht hatte und sie aufhörten, in die Kamera zu winken oder Blödsinn ins Mikro zu sprechen, klappte es allmählich. Und es klappte gut.

Wegen der relativen Leichtigkeit, mit der die Dreharbeiten vorangingen, konnte sich Brooke ihren wachsenden Kopfschmerz nicht erklären. Sicher, in der Kabine war es zwischen den Aufnahmen laut, und nach der ersten Stunde in der Scheinwerferhitze roch sie auch wie eine Kabine, aber diese Kopfschmerzen hatten eindeutig etwas mit innerer Spannung zu tun.

Zunächst ignorierte sie das Hämmern im Kopf. Dann wurde sie zunehmend wütend auf sich. Es gab nichts, was ihr innere Spannungen verursachen musste. Parks kam ihren Anweisungen nach, zog den Kaschmirpullover für jede Aufnahme über seine nackte Brust. Und jedes Mal, wenn er sie anlächelte, hämmerte es in ihrem Kopf. Ich nehme zu Hause eine Tablette, beruhigte sich Brooke, dann habe ich alles unter Kontrolle.

Dann wurde alles draußen aufgebaut, für die Szene auf dem Spielfeld. Brooke beobachtete den Tontechniker, wie er das Mikro einstellte. Ein kräftiger Arm legte sich um ihre Schulter.

„Hallo." Snyder lächelte zu ihr herunter, und automatisch musste sie zurücklächeln. Er ist ungefähr so gefährlich wie ein Cockerspaniel, dachte sie amüsiert.

„Sie haben es vorhin sehr gut gemacht, George. In dieser Szene sind Sie allerdings nicht mehr im Bild."

„Wissen Sie, Sie machen einen großen Fehler, Parks zu nehmen. Der ist viel zu dürr." Er spannte die beachtlichen Muskeln in seinem Arm an.

Brooke betrachtete seinen Bizeps mit einem anerkennenden Nicken. „Mit der Besetzung habe ich gar nichts zu tun."

„Zu schade. Aber Sie könnten mich jetzt, wo ich ein Star bin, auch einmal vom Flughafen abholen."

„Vergiss es, Snyder." Bevor Brooke antworten konnte, schlenderte Kinjinsky herüber, einen Schläger in einer Hand, einen Ball in der anderen. „Sie gehört nicht in deine Liga." Er zwinkerte und machte eine Kopfbewegung zu seinem Kameraden. „Er hat sich auf Bauchtänzerinnen spezialisiert."

„Lügen!" Mit unschuldig aufgerissenen Augen sah Snyder wie ein übergroßer Chorknabe aus. „Alles Lügen."

„Wenn meine Tochter etwas älter ist", fuhr Kinjinsky fort, „werde ich ihr Snyder als warnendes Beispiel hinstellen." Er schlenderte weg, warf den Ball hoch in die Luft und schlug ihn dann ins Mittelfeld.

„Kinjinsky ist einer der besten Schläger im Team", bemerkte Snyder. „Zu schade, dass er solche Probleme mit einem zugeworfenen Ball hat."

„Wenigstens schaffe ich es von der ersten bis zur zweiten Base unter zweieinhalb Minuten", gab Kinjinsky zurück.

Snyder, daran gewöhnt, über sein Laufen aufgezogen zu werden, täuschte den Beleidigten vor. „Ich habe einfach ein erblich bedingtes anatomisches Problem", erklärte er Brooke zwinkernd.

„Oh!" Sie spielte mit und sah ihn mitfühlend an. „Das tut mir wirklich leid."

„Man nennt es auch Plattfüße", ließ sich Parks vernehmen, der hinter Brooke getreten war.

Kaum hörte sie seine Stimme, hämmerten die Kopfschmerzen, die sie fast vergessen hatte, wieder los. Parks warf ihr und seinem Teamkollegen ein amüsiertes Lächeln zu. Er trug sein blendend weißes Trikot, das den Bronzeton seiner Haut hervorhob. Die marineblaue Kappe warf einen Schatten auf seine Augen und verlieh ihm ein anmaßend selbstsicheres Aussehen. Außer dem Hämmern im Kopf spürte Brooke auch noch ein Flattern im Magen.

„Habe deine Frau nur unterhalten", meinte Snyder freundlich.

„Brooke ist ihre eigene Frau." Aber da klang unmissverständlich ein Besitzanspruch mit heraus.

Es entging Snyder nicht. Die Sache ging doch tiefer, als er gedacht hatte. Also hat der Blitz endlich den Eismann getroffen, sagte er sich. Snyder hatte Witz und war immer zu Streichen aufgelegt, doch tatsächlich hatte er das Herz eines Menschen, der kleinsten Vögeln die gebrochenen Flügel schiente. „Wenn sie sieht, wie gut ich im Film komme, bist du den Job sofort wieder los."

„De Marco will keine japanischen Ringkämpfer anziehen", gab Parks schlagfertig zurück.

„Gentlemen", unterbrach Brooke sie, „die Techniker sind fertig." Sie ging hinüber zur Kamera. „Plätze einnehmen! Parks, noch Fragen?"

„Ich denke, das hier schaffe ich."

Brooke blickte durch die Kamera hinüber zu Parks und spürte wieder ein Flattern im Magen. Parks verlagerte sein Gewicht auf ein Bein und warf Brooke sein jungenhaftes Lächeln zu. Sie trat zurück, machte eine Bewegung zu E.J.

„He, Boss, alles okay mit dir?"

„Ja, alles in Ordnung. Film ab!"

Es lief perfekt. Brooke hätte gleich die erste Aufnahme nehmen können, entschied sich aber für zwei weitere. Die liefen ebenso glatt. Kinjinsky warf Parks den Ball immer so zu, dass der hechten oder springen musste, um ihn zu fangen.

„Kopfschmerzen?", fragte E.J., als Brooke den Drehtermin für beendet erklärte.

„Was?" Erst da merkte sie, dass E.J. sie unablässig musterte. „Es ist nichts." Parks stand im Gespräch mit seinen Teamkameraden auf der leicht erhöhten Abwurfstelle. Eine Hand in die Hüfte gestemmt, feixte er über Snyders neueste Idee für einen Streich. „Es ist nichts", wiederholte Brooke verärgert und nahm eine Dose Soda aus dem Kühlkasten.

Es kann nichts sein, sagte sie sich, als sie einen großen Schluck nahm. Was auch immer in ihr rumorte, es kam nur von Müdigkeit nach einem langen Arbeitstag. Sie brauchte eine Tablette, ein anständiges Essen und acht Stunden Schlaf. Und sie musste sich von Parks fernhalten.

Kaum wurde ihr der letzte Gedanke bewusst, kochte Brooke direkt vor Wut. Er hat überhaupt nichts damit zu tun, sagte sie sich. Sie war müde, sie hatte zu viel gearbeitet, sie hatte … Sie fing E.J.s nachdenklichen Blick auf und fuhr aus der Haut. „Würdest du endlich von hier verschwinden?"

Ein breites Lächeln umspielte seinen Mund. „Bin ja schon unterwegs. Ich bringe den Film zum Schneideraum."

Mit einem knappen Nicken schlenderte Brooke hinüber zu

den Spielern. Sie hörte den Schluss von Snyders verrücktem Einfall, etwas über Frösche auf dem Trainingsplatz, bevor Parks sich zu ihr umdrehte.

„Wie war es?"

„Sehr gut." Die Hitze lief in Wellen über ihre Haut, zu körperlich, zu greifbar. Brooke richtete ihre Aufmerksamkeit auf seine Teamkameraden. „Ich wollte Ihnen danken. Ohne Ihre Hilfe wäre es nicht so glatt gelaufen."

Snyder stützte einen Ellbogen auf Kinjinskys Schulter. „Behalten Sie mich in Erinnerung, sollten Sie einmal für einen Ihrer Filme etwas mehr wollen als nur ein hübsches Gesicht."

„Das werde ich tun, George."

Parks wartete den Rest der kleinen Plauderei ab, beteiligte sich mit frotzelnden Bemerkungen, doch tatsächlich war er ganz auf Brooke konzentriert. Er wartete, bis die Spieler in Richtung Kabine gingen, bevor er Brookes Kinn umfasste. Eindringlich betrachtete er sie. „Was ist los?"

Brooke trat zurück. „Warum sollte etwas los sein?" Bei seiner Berührung spielten ihre Nerven verrückt wie das Hämmern in ihrem Kopf. „Es lief sehr gut. Ich glaube, du wirst damit zufrieden sein, wenn der Film geschnitten worden ist." Erst in diesem Moment wurde ihr bewusst, dass von den anderen kaum noch einer zu sehen war. Und es drängte sich ihr regelrecht der Wunsch auf, auf keinen Fall hier mit Parks allein zu bleiben. „Ich muss noch einiges im Büro erledigen, darum …"

„Brooke." Parks schnitt ihr einfach das Wort ab. „Warum bist du so aufgebracht?"

„Ich bin nicht aufgebracht!" Sie wirbelte herum und funkelte ihn an. „Es war ein langer Tag, ich bin müde. Das ist alles."

Bedächtig schüttelte Parks den Kopf. „Versuch es noch einmal."

„Lass mich in Ruhe!", stieß sie mit einem bebenden Unterton hervor, der ihm verriet, wie nah davor sie war, die Beherrschung zu verlieren. „Lass mich einfach in Ruhe."

Er fasste sie an beiden Armen. „Keine Chance. Wir können

hier reden, oder wir fahren zu dir, um es dort auszudiskutieren. Deine Wahl.“

Sie schob ihn von sich weg. „Da gibst es nichts auszudiskutieren.“

„Fein. Dann gehen wir jetzt essen und sehen uns einen Film an.“

„Ich habe dir gesagt, ich habe zu arbeiten.“

„Ja.“ Er nickte langsam. „Du hast gelogen.“

Heftiger Ärger kam in ihr hoch. „Ich brauche nicht zu lügen, ich kann dir eine Absage erteilen, wann ich will.“

„Stimmt. Warum bist du wütend auf mich?“ Sein Ton war ruhig und geduldig. Sein Blick war es nicht. Sonnenstrahlen fielen auf sein Gesicht und unterstrichen seine so sinnliche Ausstrahlung.

„Ich bin nicht wütend auf dich!“, schrie sie.

„Wenn Menschen wütend sind, schreien sie meist.“

Ihr Ton steigerte sich noch. „Ich schreie nicht!“

Neugierig neigte er den Kopf. „Nein? Was machst du dann?“

„Ich fürchte, ich habe mich in dich verliebt.“ Sie verzog fast komisch überrascht das Gesicht, nachdem die Worte aus ihr herausgesprudelt waren, und starrte ihn an.

„Ja?“ Parks lächelte nicht, als er einen weiteren Schritt auf sie zutrat. Etwas krabbelte in seinem Magen wie ein Eichhörnchen im Käfig. „Ist das so?“

„Nein, ich …“ In Verteidigungshaltung sah Brooke sich um. Jetzt war sie mit ihm allein – allein auf seinem Territorium. Die Tribünen erhoben sich wie Mauern, die sie auf dem Feld aus Gras und Schmutz einschlossen. Brooke trat zurück. „Ich will nicht hierbleiben.“

Parks machte einen kleinen Schritt vor. „Warum die Angst, Brooke?“ Er legte eine Hand an ihre Wange. „Warum hat eine Frau wie du Angst davor, sich zu verlieben?“

„Ich weiß, was passiert“, antwortete sie heftig. Ihr Blick, dunkel und flammend, passte nicht zu ihrer vibrierenden Stimme.

„Okay, und warum sagst du es mir nicht?“

„Ich werde nicht mehr richtig denken können, ich werde nicht mehr vorsichtig sein." Erregt fuhr sie sich durchs Haar. „Ich werde geben, bis ich jede Grenze verliere, dann, wenn es vorbei ist, werde ich nichts zurückbehalten. So ist es immer", wisperte sie und dachte an all die Zeiteltern und an Clark. „Ich will es mir nicht noch einmal zumuten. Ich kann mich nicht nur aus Spaß auf eine Beziehung einlassen, Parks. Es klappt einfach nicht." Brooke drehte sich um und ging blind los. Langsam folgte ihr Parks.

„Du steckst schon in einer Beziehung mit mir, ob aus Spaß oder nicht."

Sie warf ihm einen scharfen Blick zu. Das war nicht mehr der nonchalante Mann, sondern der Kämpfer. Brooke straffte die Schultern. „Das lässt sich ändern."

„Versuch es", forderte er sie heraus, griff nach ihr und zog sie an sich.

Brooke warf ihren Kopf in den Nacken, wütend und vielleicht verunsicherter, als sie je in ihrem Leben gewesen war. „Ich werde dich nicht wiedersehen. Wenn du nicht mit mir arbeiten kannst, mach es mit Claire klar."

„Oh, ich kann mit dir arbeiten", sagte er weich. „Ich kann sogar deine Befehle ohne große Probleme annehmen, weil du verdammt gut bist in dem, was du tust. Ich habe dir einmal gesagt, vor der Kamera befolge ich deine Regeln." Er warf einen Blick in die Runde. „Aber es ist schwer, jemanden auf seinem eigenen Terrain zu schlagen, Brooke, vor allem jemanden, der gewohnt ist zu gewinnen."

„Ich bin keine Siegestrophäe, Parks." Die Festigkeit ihrer Stimme überraschte sie selbst.

„Nein." Liebevoll strich er ihr über die Wange. „Siegestrophäen werden durch harte Teamarbeit gewonnen. Eine Frau nur von einem, Brooke." Seine Hand bewegte sich von ihrer Wange zu ihrem Hals. Sie fragte sich, ob er den Vorschlaghammer hören konnte, der dort wütete. Dann lächelte Parks jenes umwerfende Lächeln, das nie seine Wirkung auf sie verfehlte. „Ich liebe dich."

Er sagte es so ruhig, so schlicht, dass sie einen Moment brauchte, um zu begreifen. Jeder Muskel in ihrem Körper wurde hart. „Nicht."

Parks zog eine Braue hoch. „Dich lieben oder es dir sagen?"

„Hör auf!" Sie legte beide Hände auf seine Brust und wollte ihn wegstoßen. „Das ist kein Witz."

„Nein, ist es nicht. Wovor hast du mehr Angst?", fragte er und musterte ihr blasses Gesicht. „Zu lieben oder geliebt zu werden?"

Brooke schüttelte den Kopf. Sie war so vorsichtig gewesen, jene schmale Linie nicht zu überschreiten. Und genauso vorsichtig, andere davon zurückzuhalten, sie von der anderen Seite her zu überschreiten. Claire hatte es geschafft und, wie sie nun erkannte, E. J. Das war liebevolles Vertrauen. Aber Liebe ... Wie konnte ein so einfaches Wort derart auf sie wirken?

„Du könntest mich fragen, wann es geschehen ist", sagte Parks leise und knetete die angespannten Muskeln ihres Nackens. „Und ich könnte es dir nicht sagen. Es gab keinen Blitzschlag, keine Glocken, keine Geigen. Ich kann nicht einmal sagen, dass es mich aus heiterem Himmel überrascht hat. Ich habe nicht versucht, es abzuwehren." Er schüttelte den Kopf, bevor er seinen Mund auf ihren senkte. „Du kannst es nicht ungeschehen machen, Brooke."

Der Kuss ließ ihr die Knie weich werden. Er war hart und fest und fordernd, ohne bedrängend zu sein. Es war, als wüsste Parks, dass sie nirgendwohin vor ihm entfliehen konnte. Und plötzlich kroch die Spannung aus ihr heraus und ein Gefühl von Freiheit erfüllte sie, das zu empfinden sie schon nicht mehr geglaubt hatte.

Parks spürte die Veränderung in ihr und trat zurück. Mit glühender Leidenschaft würde er sie nicht restlos gewinnen. Sein Verlangen ging zu tief, als dass er sich damit zufriedengeben konnte. Doch dann schlang Brooke die Arme um ihn und presste die Wange an seine Brust – eine Geste, nicht der Leidenschaft, sondern des Vertrauens, vielleicht dem Beginn von Vertrauen.

„Sag es mir noch einmal", flüsterte sie. „Sag es mir noch einmal."

Er strich ihr übers Haar, während eine Brise durch das leere Stadion wehte. „Ich liebe dich."

Mit einem Seufzer hob Brooke den Kopf und umfasste mit beiden Händen sein Gesicht. „Ich liebe dich auch, Parks." Und dann fühlte er den verlockenden Druck ihrer Lippen.

10. KAPITEL

Kabinen haben ihren eigenen Geruch – nach Schweiß, Fußpuder, stechenden Einreibemitteln, den Chemikalien des Whirlpools, und über allem lag der aromatische Duft von Kaffee. Diese Mischung von Gerüchen war so sehr ein Teil seines Lebens geworden, dass Parks sie schon nicht mehr wahrnahm. Was er bemerkte, war die Anspannung. Der war jeder Spieler ausgeliefert. Selbst Snyders entschlossene Attacke von Streichen konnte die Mauer von Nerven an diesem Nachmittag in der Kabine nicht brechen. Wenn ein Team Monate zusammen für ein gemeinsames Ziel gespielt, gewonnen und verloren hatte, dann fieberten alle dem entscheidenden Spiel der Meisterschaft entgegen.

Wären sie voller Elan gewesen, wäre die Atmosphäre anders. Dann hätten sie all die kleineren Wehwehchen, die Plagen am Ende einer Saison kaum bemerkt – die müden Beine, die Zerrungen. Aber die „Kings“ hatten die letzten beiden Spiele gegen die „Herons“ verloren. Jeder professionelle Athlet weiß, dass Können nicht der einzige entscheidende Faktor zum Siegen ist. Antriebskraft, Glück, Timing, alles musste mit berücksichtigt werden.

Tatsache war, die „Kings“ hatten verdient verloren. Nun gab es für die Mannschaft die letzte Chance. Dann, nach dem Spiel, würden sie ihr Leben außerhalb der Saison beginnen.

Parks warf Snyder, der schon in der folgenden Woche auf seinem Charterboot in Florida sein würde, einen Blick zu. Angeln und Münchhausengeschichten austauschen, so nannte er es. Kinjinsky fuhr auf Druck seiner besseren Hälfte nach Puerto Rico. Maizor wollte sich auf seine Rolle vorbereiten, zum ersten Mal Daddy zu spielen, denn seine Frau erwartete im November ein Kind. Einige würden mehr oder weniger häufig zu Talkshows eingeladen werden – was vom Ergebnis des heutigen Spiels abhing. Andere würden bis Februar und dem Frühjahrstraining ruhigeren Jobs nachgehen.

Und Parks Jones macht Werbefilme, dachte er mit einer kleinen Grimasse. Doch die Vorstellung war für ihn nicht mehr so idiotisch wie noch vor wenigen Monaten. Er empfand mittlerweile sogar eine gewisse Lust, vor der Kamera zu spielen, obwohl Brooke es nicht so nennen würde.

Er lächelte, als er die Spikes anzog. Womit er sich nie anfreunden konnte, das war die Art, wie Brooke ihn mit diesem fixierenden Blick und mit wenigen prägnanten Worten einschätzen und in Schubladen verpacken konnte. Verunsicherte es nicht jeden Mann, wenn er eine Frau liebte, die so akkurat jedes Mienenspiel interpretieren konnte, jede Körperbewegung oder jedes beiläufig hingeworfene Wort? Jones, sagte er sich selbst, du hättest dir eine unkompliziertere Frau aussuchen sollen. Aber er hatte nicht. Und da Brooke Gordon war, wen und was er wollte, war sie die Anstrengung wert, die es erforderte, sie zu gewinnen und zu behalten. Er war nicht so überheblich zu glauben, dass er eins von beidem tatsächlich schon erreicht hätte.

Ja, sie liebte ihn, aber ihr Vertrauen war hauchdünn. Parks spürte, sie wartete immer auf einen Zug von ihm, damit sie ihren Gegenzug machen konnte. Also ging das Spiel weiter. Sie waren beide darauf programmiert, sich im Kampf zu messen. Er wollte sie zwar nicht beherrschen … Oder doch? Parks zog einen Schläger aus dem Spind und überprüfte ihn sorgfältig. Wenn er die Frage ehrlich beantworten wollte, dann war er sich nicht ganz sicher.

Er war wütend gewesen, als Brooke ihren Terminplan nicht geändert hatte, um ihn zu den Auswärtsspielen zu begleiten. Und wurde er wütend, dann wurde sie absolut kühl. Ihre Arbeit, hatte sie ihm gesagt, konnte nicht einfach nach Belieben zur Seite geschoben werden, ebenso wenig wie seine. Auch wenn er es eingesehen hatte, es hatte ihn wütend gemacht. Er hatte Brooke einfach nur bei sich haben und wissen wollen, dass sie auf der Tribüne saß und er bloß aufblicken musste, um sie zu sehen. Und sie wäre nach dem langen Spiel bei ihm gewesen.

Reiner Egoismus, gestand er sich ein. Davon besaßen sie beide einen großen Anteil.

Mit einem grimmigen Lächeln strich er über den glatten Schläger. Parks hatte gewusst, dass es nicht einfach mit ihr werden würde. Brooke war ihr eigener Mensch gewesen, lange bevor er einen Weg in ihr Leben gefunden hatte. Die Umstände hatten sie zu der Persönlichkeit gemacht, die sie war, obwohl es Umstände waren, über die sie ihm immer noch keinen klaren Aufschluss vermittelt hatte. Und doch war es genau diese Persönlichkeit – stark, sensibel, praktisch und privat zurückgezogen –, die ihn angezogen hatte. Trotzdem empfand er zeitweilig den starken Drang, sie zu schütteln, bis sie es auf seine Art machte.

Parks nahm an, es war das Arrangement ihres gemeinsamen Lebens, was ihre Beziehung im Moment kennzeichnete. Er war praktisch zu ihr gezogen, doch keiner von ihnen hatte darüber gesprochen. Er wusste, für Brookes Selbstverständnis war das Haus ihres. Also lebte Parks bei ihr, aber sie lebten nicht zusammen. Er war sich nicht sicher, wie lange seine Geduld noch reichen würde, ehe er auch durch diese letzte dünne Wand brechen konnte, ohne den direkten Eingang zu ruinieren.

Mit einem leisen Fluch nahm er einen Schlaghandschuh aus dem Spind und steckte ihn in seine hintere Tasche. Wenn ich bei Brooke Dynamit einsetzen muss, entschied er, dann mache ich es.

„He, Jones, Training!"

„Ja." Er zog den Fanghandschuh an. Ich werde mit Brooke ins Reine kommen, versprach er sich selbst. Aber zuerst galt es, eine Siegestrophäe zu gewinnen.

Fluchend und mit den Fingern aufs Steuer trommelnd, kreuzte Brooke auf der Suche nach einer freien Lücke über den Parkplatz. „Ich wusste es doch, wir hätten früher losfahren müssen. Wahrscheinlich finden wir nur Meilen vom Stadion entfernt etwas."

E. J. lehnte sich auf dem Beifahrersitz bequem zurück und unterbrach nur kurz sein fröhliches Summen. „Wir haben noch eine Viertelstunde bis zum Spielbeginn."

„Wenn du schon ein Freiticket bekommst", betonte Brooke, „dann kann man wenigstens erwarten, dass du parat bist, wenn du abgeholt wirst. Da ist einer!" Brooke trat aufs Gaspedal und manövrierte den Wagen millimetergenau in eine viel zu enge Parklücke. Sie trat auf die Bremse und warf ihrem Begleiter einen Blick zu. „Du kannst jetzt die Augen wieder öffnen, E. J."

Vorsichtig, eins nach dem anderen, tat er es. „Okay." Er betrachtete den Wagen neben sich. „Und wie kommen wir raus?"

„Tür öffnen und tief Luft holen", riet sie und schlängelte sich auf ihrer Seite hinaus. „Und beeil dich, okay? Ich will nicht verpassen, wie sie aufs Feld einlaufen."

„Es ist nicht zu übersehen, wie dein Interesse an Baseball während des Sommers zugenommen hat, Chef." Obwohl er dünn war, quetschte sich E. J. nur mit Schwierigkeiten aus dem Wagen.

„Ist ja auch ein interessantes Spiel."

„Tatsächlich?", frech grinsend trat er zu ihr.

„Vorsicht, E. J., ich habe noch dein Ticket. Ich könnte es bestimmt zwanzigmal zu Schwarzmarktpreisen loswerden."

„He, komm schon, Brooke, einem Freund kannst du doch verraten, was sowieso schon in den Zeitungen steht."

Mit einem grimmigen Blick steckte Brooke die Hände in die Taschen. Die Zeitungen hatten Fotos von ihr und Parks veröffentlicht und mehr als nur ärgerliche Artikel. In Los Angeles verbreitete sich Klatsch schnell. Ein populärer Spieler und seine attraktive Regisseurin waren natürlich ein gefundenes Fressen für die Tratschspalten.

„Und neuerdings gibt es eine ganz heiße Spekulation", fuhr E. J. unbekümmert fort, ohne auf die Sturmwolken in Brookes Blick zu achten. „Es heißt, Parks ginge vielleicht ins Showbusiness, ernsthaft."

„Claire hat ihm eine Rolle angeboten", gab Brooke widerstrebend zu. „Eine kleine, aber anspruchsvolle. Darüber rede ich jedoch erst mit Parks nach den Meisterschaftsspielen. Er hat im Moment genug im Kopf."

„Ja, ich würde sagen, der Mann hat seit einiger Zeit so einiges im Kopf."

„E.J.!", warnte Brooke eindringlich mit erhobenem Zeigefinger.

„Weißt du", fuhr er fort, während sie sich ihren Weg durch die Menge im Innern kämpften, „ich habe mich immer gefragt, wann es jemandem gelingen wird, dir diese verdammte Kühle wenigstens etwas zu nehmen."

„Tatsächlich?" Sie wollte ihre Belustigung nicht verraten, darum setzte sie ihre Sonnenbrille auf. „Und offensichtlich glaubst du, jemand hätte?"

„Honey, man kann sich nicht drei Meter entfernt von euch beiden aufhalten und nicht den Dampf fühlen. Ich habe gedacht", er fingerte vorn an seinem T-Shirt herum, als zöge er eine Krawatte zurecht, „als dein enger Freund und Vertrauter, vielleicht sollte ich Mister Jones nach seinen Absichten fragen."

„Versuch es nur, E.J., und ich zerschlage dir alle deine Linsen." Zwischen Belustigung und Verärgerung schwankend, ließ Brooke sich auf ihren Platz fallen. „Setz dich und spendier mir einen Hotdog."

Er machte dem Verkäufer ein Zeichen. „Was drauf?"

„Alles, was ich bekommen kann."

„Komm schon, Brooke." Er fischte in seiner Tasche nach Geld und tauschte es gegen Hotdogs und kalte Getränke. „Von Kumpel zu Kumpel, wie ernst ist es?"

„Du gibst einfach nicht auf, was?"

„Du bist auch nicht irgendjemand für mich."

E.J. lächelte, nicht das flachsende Grinsen, das Brooke so gut kannte, sondern ein Lächeln der Freundschaft. Es war vielleicht die einzige Waffe, gegen die sie keine Verteidigung hatte. „Ich liebe ihn", gestand sie ruhig. „Ich denke, das ist verdammt ernst."

„Oberliga-ernst. Glückwunsch!"

„Ist es üblich, sich zu fühlen, als würde man auf einer Klippe balancieren?“, fragte sie, nur halb im Spaß.

„Weiß nicht.“ E. J. schaute sie nachdenklich an. „Hatte nie die Erfahrung damit.“

„Nie verliebt gewesen, E. J.?“ Brooke lehnte sich mit einem ungläubigen Lächeln zurück. „Du?“

„Eben – ich. Ewig auf der Suche.“ Er seufzte schwer. „Es ist ein hartes Geschäft, Brooke.“

„Ja.“ Sie nahm ihm seine Baseballkappe ab und gab ihm damit einen Klaps. „Darauf möchte ich wetten. Nun halt den Mund, sie geben die Mannschaftsaufstellungen durch.“

Ein hartes Geschäft, dachte Brooke wieder. Damit hatte E. J. voll ins Schwarze getroffen. Suche nach Liebe war eine einsame Beschäftigung, eine, die sie vor Jahren aufgegeben, es zumindest geglaubt hatte. Und noch härter war es, sie zu finden oder von ihr hinterrücks gepackt zu werden. Plötzlich klebt man fest, wie sehr man sich auch bemüht, sich loszueisen, dachte Brooke. Aber ich habe ja gar nicht versucht, mich loszueisen. Sie hatte nur versucht zu verstehen, wie alles passte, und Änderungen gemacht. Und irgendwie passte es nie ganz.

„Nummer neunundzwanzig, Parks Jones!“

Die schon wild ausgelassene Menge spielte verrückt, als Parks aufs Feld lief und seinen Platz in der Aufstellung neben Snyder einnahm. Von dort wanderte sein Blick hinüber zu Brooke. Lächelnd tippte er wie üblich an seine Kappe. Eine Begrüßung der Fans, aber Brooke wusste, es galt ihr persönlich. Es war alles, was er ihr geben konnte, bis das Spiel vorbei war. Es war alles, was sie erwartete.

„Ich werde dich heute an Treffern schlagen, Eismann“, foppte Snyder ihn und grinste zur Menge hinüber. „Dann wird Brooke ihren Fehler erkennen.“

Parks nahm nicht für eine Sekunde den Blick von ihr. „Sie wird mich heiraten.“

Snyder blieb der Mund offen stehen. „Ohne Witz? Also, he …“

„Sie weiß es nur noch nicht“, fügte Parks leise hinzu.

Brooke fing eine Veränderung in Parks' Lächeln auf, nur ganz leicht, aber für sie unübersehbar. Mit zusammengekniffenen Lippen versuchte sie es zu entschlüsseln. „Er hat etwas vor", stieß sie leise aus.

E.J. filmte mit einer kleinen Kamera. „Was?"

„Nichts." Sie schwenkte ihren Becher und ließ die Eiswürfel klirren. „Nichts."

Ein populärer Bluessänger trat ans Mikro und sang die Nationalhymne. Die Athleten nahmen ihre Kappen ab. Die Menge erhob sich, still zum letzten Mal für mindestens die nächsten zwei Stunden. Die Spannung war so sehr spürbar, dass Brooke glaubte, in die warme Oktoberluft greifen und sich eine Handvoll Nerven packen zu können. Gespannte Erregung baute sich mehr und mehr auf, bis sie explodierte in Jubelrufen und Schreien und Pfiffen, während der letzte Ton des Liedes verhallte.

Brooke nahm kaum die Augen von Parks. Er spielte dieses Spiel so, wie er jedes andere spielte – mit absoluter Konzentration und unerschütterlicher Entschlossenheit. Falls er nervös war, wenn irgendwo in seinem Kopf ein Gedanke an die Bedeutung dieses Spiels steckte, so zeigte er nichts davon.

Gerade bewies er mit einem Bravourlauf, wie instinktiv er seine Chancen zu nutzen wusste. Rutschend erreichte er die Linie, mit den Füßen zuerst und den Staub in Wolken aufwirbelnd. Dabei kam er mit dem Gegner in harten Körperkontakt. Es war ein Gewirr von Gliedmaßen auf dem Boden, während der Schiedsrichter die Arme ausbreitete.

Die Menge raste über den Erfolg, Fremde schlugen Fremden auf den Rücken, Bier schwappte über Becher. Brooke wurde von E.J. zu einem wilden Tanz gepackt, wobei ihr seine Kamera in die Brust drückte. Doch sie registrierte es erst nach einigen Sekunden.

„Mein Mann!", schrie E.J., wirbelte mit ihr gegen den Zuschauer rechts von ihnen, der seine Tüte mit Popcorn in die Luft warf.

Nein, dachte sie atemlos. Mein Mann.

Kurz vor Ende der regulären Spielzeit war dieses entscheidende Spiel immer noch nicht entschieden. Das Stadium glich einem Hexenkessel. Wie ein Hurrikan wirbelte der ohrenbetäubende Lärm auf die Spieler herunter. Auf dem Spielfeld hingegen knisterte die Spannung.

Der Ball wurde getroffen, trieb ins Aus. Parks machte Jagd auf die Tribünen zu, rannte mit voller Geschwindigkeit. Er konnte ihn bekommen, er wusste, er konnte ihn bekommen, falls sich ein aufgeregter Fan nicht schnell vorbeugte, um sich diese Trophäe zu schnappen.

Mit einer Hand umfasste Parks die Absperrung und hob die behandschuhte Hand. Er spürte den Aufprall des Balls im Leder. Er hatte ihn. Während die Menge in Schreie ausbrach, schaute Parks Brooke direkt in die Augen. Der Ball war ihr fast in den Schoß gefallen.

„Netter Fang." Sie beugte sich vor, küsste ihn herzhaft auf den Mund.

Dann packte ihn einer von seinen Teamkameraden um die Taille, und der Rest war Irrsinn.

Über Parks war mehr Champagner verschüttet worden, als er getrunken haben konnte. Der edle Saft vermischte sich mit Schweiß und wusch etwas von dem Schmutz weg. Snyder hockte auf einem Spind und leerte von dort die Flaschen aus auf jeden, der in Sichtweite war – Reporter und Sportfunktionäre inbegriffen. Wegen angeblicher Angeberei wurde Parks in den Whirlpool geworfen. Dankbar blieb er dort mit einer halb vollen Flasche Champagner und gab von dort Interviews, während das Wasser die Schmerzen aus seinem Körper massierte und das Chaos um ihn herum wütete.

Snyder leistete ihm bald Gesellschaft, als er nicht zu zimperlich ebenfalls in den Whirlpool befördert wurde. Parks beantwortete weiter die Fragen. Ja, die Rothaarige auf der Tribüne war Brooke Gordon, seine Regisseurin bei den De-Marco-Werbespots.

Parks schloss kurz die Augen. Er wollte den Moment wieder einfangen, als Brooke sich vorgebeugt und ihn geküsst hatte. Dieser Augenblick des Triumphes hatte nur den Bruchteil einer Sekunde gedauert, doch währenddessen waren alle von Parks' Sinnen unglaublich geschärft. Er glaubte jeden einzelnen Schrei aus der Menge herauszuhören. Er sah das gleißende Sonnenlicht auf der abblätternden Farbe der Absperrung, er fühlte die Backofenhitze. Er sah Brookes Augen, nah, wunderschön. Ihre Stimme verriet Aufgeregtheit, Humor und Liebe, alles in den zwei Worten verpackt. Ihre Lippen fühlten sich warm und weich an, und für Sekunden fühlte er sonst nichts mehr. Nur ihre Lippen. Er hörte nicht einmal das letzte „Aus". Als er ein paar Sekunden später von seinen Teamkameraden zurück aufs Feld gezogen wurde, legte Brooke das Kinn auf die Absperrung und lächelte ihn an.

Später. Er verstand ihren Gedanken so klar, als hätte sie ihn laut ausgesprochen.

Zwei Stunden vergingen, bis der letzte Reporter verschwunden war. Die Spieler wurden ruhiger. Der erste Siegesrausch war vorbei, wurde ersetzt durch eine heitere Abgeklärtheit, die sehr schnell Nostalgie werden würde. Die Saison war vorbei. Kein Training mehr, keine Nachtflüge mit Kartenspiel und lautem Schnarchen.

„Wie geht's den Rippen?", fragte Kinjinsky und hängte sich seine Tasche über die Schulter.

„Gut." Zum letzten Mal in diesem Jahr verschloss Parks seinen Spind.

„Wir sehen uns im Frühjahr, Jones. Meine Frau wartet auf mich."

Parks zog den Reißverschluss seiner Tasche zu, während ihm innerlich ganz warm wurde. Auch er hatte eine Frau, und in nur dreißig Minuten war er bei ihr in den Bergen.

Draußen dämmerte es schon. Nur noch wenige Fans lungerten herum. Parks erfüllte ihre Autogrammwünsche. Dabei überlegte er, ob er für sich und Brooke noch eine Flasche Champagner besorgen sollte. Champagner, etwas Feuer im Kamin, Kerzenlicht. Eine gute Kulisse für einen Heiratsantrag. Und dieser Abend war dafür der beste Zeitpunkt, denn seinem Gefühl nach konnte er diesmal nicht verlieren.

Im Zwielicht des Parkplatzes ging flackernd die Beleuchtung an. Dann sah er sie. Brooke saß auf dem Kühler seines Wagens, im Lichtkegel einer Lampe, die ihr Haar als Flammenzungen um ihr wunderschönes Gesicht flackern ließ. Die Liebe füllte ihn aus, eine wilde, besitzergreifende Liebe, die ihm die Luft nahm. Brooke regte sich nicht, nur ihre Mundwinkel zogen sich hoch. Sie musste ihn schon länger beobachtet haben. Parks bekämpfte das weiche Gefühl in seinen Gliedern und Muskeln.

„Wenn ich gewusst hätte, dass du hier wartest, wäre ich früher herausgekommen."

„E. J. hat meinen Wagen genommen. Und es macht mir nichts aus zu warten." Sie legte beide Hände auf seine Schultern. „Glückwunsch."

Bedächtig stellte Parks seine Tasche auf den Asphalt und tauchte seine Hände tief in ihr Haar. Ihre Blicke versanken eine kleine Ewigkeit ineinander, bevor er die Lippen auf ihren Mund senkte und sich nahm, was er brauchte.

Seine Emotionen waren viel feiner abgestimmt, als er bisher gewusst hatte. Die Riesenfreude über den Sieg, die Erschlaffung anschließend mit den letzten Spuren von Erregung und Anspannung, jetzt weggewischt von diesem allumfassenden Begehren.

Brooke ... Wie hätte er vorher ahnen können, dass sie ihm einmal alles sein würde? Mit den Fingern strich er ihr über die Wangen, um wieder dieses leichte und äußerst erregende Umwölken ihres Blickes zu sehen.

„Ich liebe dich."

Brooke legte den Kopf an seine Brust und holte tief Luft. Sie roch seinen leichten Seifengeruch, der von Turnhallen und Umkleidekabinen sprach, die nur von Männern benutzt wurden.

Und irgendwie ließ es sie sich ganz vorherrschend als Frau fühlen. Das Tageslicht wurde schwächer, während sie sich hielten, eng aneinandergeschmiegt.

„Zu müde, um zu feiern?“, murmelte Brooke.

„Hm.“ Parks küsste ihr Haar.

„Gut.“ Sie rutschte von der Motorhaube. „Ich spendiere dir ein Dinner.“ Sie öffnete die Beifahrertür und lächelte. „Hungrig?“

Erst da spürte Parks seinen Hunger. Das Wenige, was er vor dem Spiel gegessen hatte, war von seinen Nerven aufgezehrt worden. „Ja. Darf ich wählen?“

„Der Himmel ist die Grenze.“

Brooke sah sich in dem grellbunten Schnellimbiss um und betrachtete die Deckenlichter, die wie Sesambrötchen geformt waren. „Ich hatte deinen Hang für die Imbissküche schon vergessen.“

„Hundert Prozent reines Rindfleisch“, behauptete Parks und griff sich sofort ein riesiges Doppeldecker-Sandwich.

„Wer's glaubt, wird selig.“

Lächelnd hielt er ihr die Pommes frites hin. „Du Zynikerin.“

„Wenn du mich beschimpfst, lasse ich dich nicht die Kritiken lesen.“ Sie legte eine Hand auf das druckfrische Extrablatt. Als er nur unbekümmert die Schultern zuckte, schlug sie das Blatt auf. „Hier ... Oh!“ Sie hielt inne.

„Was ist?“ Parks beugte sich vor. Zwei Fotos waren nebeneinander abgedruckt. Das erste zeigte seinen Riesenfang fast bis in die Sitze des rasenden Publikums hinein. Das zweite Brookes impulsiven Kuss. Die Überschrift lautete:

Jones konnte Punkte sammeln – zweifach.

„Großartig“, meinte er, „aber zu viel der Ehre.“ Er überflog den Artikel, der die Höhepunkte des Spiels aufzeigte, kritisch und lobend. „Hör zu: ‚Und für den Superfang bekam Jones seinen Preis von der süßen Rothaarigen'", er zwinkerte Brooke zu, „,Brooke Gordon, der erfolgreichen Werberegisseurin, die mit dem populären Spieler auf und hinter der Kulisse gesehen worden ist.'"

„Ich hasse das." Es brach so heftig aus Brooke, dass Parks überrascht aufblickte.

„Was hassen?"

„Dass mein Bild so herumgereicht wird. Und diese ... diese halb gebackene Spekulation. Das und der Blödsinn in der ‚Times' vor zwei Tagen."

„Wo du eine ‚gertenschlanke tizianrote Zigeunerin mit rauchigen Augen' genannt worden bist?"

„Das ist nicht komisch, Parks."

„Es ist auch nicht tragisch."

„Sie sollen sich um ihre eigenen Angelegenheiten kümmern."

Parks lehnte sich zurück und schob sich langsam Pommes frites in den Mund. „Warst du es nicht, die mir gesagt hat, ich sei öffentliches Eigentum, weil ich im Blickfeld der Öffentlichkeit stehe?"

Brooke zog die Brauen zusammen, weil das genau ihre Worte gewesen waren. „Du stehst auch im öffentlichen Blickfeld. Damit verdienst du deinen Lebensunterhalt. Ich nicht. Ich arbeite hinter der Kamera, und ich habe ein Recht auf mein Privatleben."

„Jemals etwas von ‚mitgefangen, mitgehangen' gehört?" Er lächelte. „Wenigstens stimmt es, was sie schreiben. Ich habe dich auch schon oft mit einer Zigeunerin verglichen."

Brooke nahm ihren Cheeseburger und biss hinein. „Mir gefällt es trotzdem nicht. Ich glaube ..." Sie zuckte die Schultern, unsicher, ob sie sich lächerlich anhörte. „Ich war immer schon etwas penibel, was mein Privatleben angeht, und jetzt ... Was zwischen uns ist, hat für mich eine zu große Bedeutung, als dass ich es mit jedem Menschen teilen will, der sich für fünfzig Cents eine Zeitung kauft."

Parks beugte sich wieder vor und nahm ihre Hand. „Das hast du schön gesagt", flüsterte er. „Sehr schön."

Sein Ton ließ frische Emotionen in ihr aufsteigen. „Ich will mich nicht mit dir wie ein Einsiedler verkriechen, Parks, aber ich möchte auch nicht, dass jeder Schritt, den wir machen, in den Abendnachrichten gemeldet wird."

Nonchalant, wie er sich im Moment nicht fühlte, wiegte er den Kopf und aß weiter. „Romanzen sind Nachrichten. Genauso Scheidungen, wenn es sich um Menschen handelt, die quasi öffentliches Eigentum sind."

„Es wird sich auch nicht mit Ende der De-Marco-Werbekampagne legen, oder falls du die Rolle in dem Film annehmen willst." Sie nahm ein paar Pommes frites aus der Papiertüte und starrte darauf. „Je heißer du gehandelt wirst, desto mehr wird die Presse herumschwirren. Es ist zum Verrücktwerden."

„Ich könnte meinen Vertrag lösen", schlug er vor.

„Das ist lächerlich."

„Es gibt noch eine andere Lösung." Er beobachtete Brooke dabei, wie sie ihre Pommes hinunterschluckte und zur nächsten griff.

„Welche?"

„Wir könnten heiraten. Brauchst du Salz?"

Brooke starrte ihn an, war ganz verwirrt. „Was … was hast du gesagt?"

„Ich habe gefragt, ob du Salz willst." Parks hielt ihr ein Papiertütchen hin. „Nein?", meinte er, als sie weder antwortete noch sich bewegte. „Ich sagte auch, wir könnten heiraten."

„Heiraten?", wiederholte Brooke noch immer total verwirrt. „Du und ich?"

„Die Presse würde uns bald in Ruhe lassen. Verheiratete Paare sind nicht mehr von Interesse, wenn sie sich keine Eskapaden leisten. So ist die menschliche Natur nun einmal." Er schob sein Sandwich zur Seite und beugte sich zu Brooke vor. „Was meinst du?"

„Ich meine, du bist verrückt", meinte Brooke mit dem Anschein des Entsetzens. „Und ich halte es nicht für komisch."

Parks hielt sie am Arm fest, als sie fluchtartig die Nische verlassen wollte. „Ich mache keinen Spaß."

„Du … du willst heiraten, damit wir unser Foto nicht mehr in den Zeitungen sehen?"

„Mir ist es verdammt egal, ob unser Foto in der Zeitung ist oder nicht, aber dir nicht."

„Also willst du heiraten, um … um mich zu besänftigen." Sie kämpfte nicht länger gegen seinen Griff an, aber ihre Augen funkelten zornig.

„Ich habe nie die Absicht gehabt, dich zu besänftigen. Das könnte ich auch gar nicht, selbst wenn ich mein Leben dieser Aufgabe verschreiben würde. Ich möchte dich heiraten, weil ich dich liebe. Ich werde dich heiraten", verbesserte er, plötzlich aufgebracht, „und wenn ich dich hinschleppen muss und du um dich trittst und schreist."

„Ist das so?"

„Ja, ist es. Du kannst dich also ebenso gut an den Gedanken gewöhnen."

„Vielleicht will ich dich nicht heiraten." Brooke schob das Essen auf dem Tisch zur Seite. „Wie sieht es damit aus?"

„Zu schade." Er lehnte sich zurück. Sie maßen sich beide mit vor Temperament glühenden Blicken. „Ich will dich aber heiraten."

„Und du meinst, das reicht?"

Ihr Herz hämmerte gegen die Rippen. Parks saß vor den Überresten eines Essens und unterbreitete ihr ganz selbstverständlich, dass er sie heiraten werde.

„Vielleicht ist dir der Sieg des Meisterschaftsspiels zu Kopf gestiegen, Parks. Es gehört mehr als ein Anfall von Laune dazu, mich zur Heirat zu bewegen."

„Was willst du, Kerzenlicht und romantische Musik?" Verärgert darüber, dass das eigentlich sein Plan gewesen war, nahm er ihre Hände. „Du bist nicht die Art von Frau, die Kulissen braucht, Brooke. Gerade du weißt, wie leicht sie herzustellen sind und wie wenig sie bedeuten. Was, zum Teufel, willst du also?"

„Versuch Nummer zwei", entgegnete sie sehr ruhig in ihrem kühlen Regieton. „Versuch es doch diesmal mit weniger Kraft und mehr Raffinesse. Frage", schlug sie vor und blickte ihm in die Augen. „Sag es nicht einfach."

Er fühlte, wie der Ärger – oder vielleicht war es Angst gewesen – verschwand. „Brooke", er hob eine Hand und presste ihre Finger an seine Lippen, „willst du mich heiraten?" Parks lächelte sie über ihre ineinander verschränkten Hände an. „Wie war das?"

„Perfekt."

11. KAPITEL

Worauf ließ sie sich ein? In plötzlicher Panik starrte sich Brooke in dem großen frei stehenden Spiegel an. Wie konnte alles so schnell geschehen und ihr total außer Kontrolle geraten? Vor einem Jahr, nein, vor sechs Monaten hatte sie nicht einmal etwas von der Existenz eines Parks Jones gewusst. In nicht einmal einer Stunde würde sie mit ihm verheiratet sein. Hatte sich ihm versprochen – fürs Leben, für immer.

Ihr Verstand meldete sich mit dem panischen Drang, wegzurennen, ganz schnell. Brooke merkte nicht, wie sie sich unwillkürlich bewegte.

„Still, Miss Gordon." Edna Billings hielt sie fest. „Das hier sind mindestens zwei Dutzend winziger Knöpfe." Sie sprach vorwurfsvoll, obwohl sie Brooke insgeheim für die Wahl des elfenbeinfarbenen Satinkleids mit eng anliegendem Oberkleid und fließendem Rock loben musste. Ein elegantes Hochzeitskleid, entschied sie, nicht eins von diesen auffallend modischen Fummeln in purpur- oder fuchsienrot. Billings knöpfte weiter die unzähligen winzigen Perlknöpfchen hinten zu.

„Stehen Sie endlich still!", befahl sie wieder, als sich Brooke nervös bewegte.

„Billings, ich glaube, mir wird schlecht."

Die Haushälterin musterte sie. Brookes Gesicht war blass, die Augen traten noch dunkler hervor durch einen Hauch von schiefergrauem Lidschatten. Nach Ednas eiserner Meinung musste eine Braut aussehen, als fiele sie jeden Moment in Ohnmacht. „Unsinn, das ist nur Flatterhaftigkeit."

Brooke wiederholte das letzte Wort und kniff die Lider zusammen. „Ich bin nie flatterhaft. Das ist lächerlich."

Die Engländerin lächelte, als sich Brooke entschlossen straffte. „Flatterhaftigkeit, Bammel, durchgehende Nerven – das hat jede Frau an ihrem Hochzeitstag."

„Ich aber nicht", behauptete Brooke wider besseres Wissen.

Billings schnaufte nur. „So, das war der letzte Knopf."

„Dem Himmel sei Dank", murmelte Brooke und wollte sich setzen.

Edna hielt sie in letzter Sekunde fest. „Nein, Sie zerknittern nur den Rock."

„Billings, um alles auf der Welt …"

„Eine Frau muss hin und wieder leiden."

Brooke gab ihre Meinung dazu mit einem deutlichen Wort wieder.

Mit hochgezogener Braue griff Edna nach der Haarbürste auf dem Toilettentisch. „Eine feine Art für eine errötende Braut, so zu reden."

„Ich bin keine errötende Braut." Brooke wanderte nervös herum, bevor Billings die Bürste ansetzen konnte. „Ich bin achtundzwanzig Jahre. Ich muss verrückt sein, ich muss total verrückt sein. Keine gesunde Frau sagt im Imbiss Ja zu einem Mann."

„Sie heiraten in Miss Thortons Garten", verbesserte Billings. „Und es ist ein wirklich reizender Tag dafür."

Für Ednas praktische Einstellung hatte Brooke kein Verständnis. „Und dazu hätte ich mich auch nie überreden lassen dürfen."

„Hah!" Billings' Ausruf ließ Brookes Brauen in die Höhe rucken. „Hah! Niemand hat Sie zu etwas überredet. Sie sind eine starrköpfige, eigensinnige, zielbewusste junge Frau, und Sie haben eine Heidenangst, weil da ein starrköpfiger, eigensinniger, zielbewusster junger Mann draußen wartet, der Ihnen ganz schön Beine machen wird."

„Ganz sicher habe ich keine Heidenangst", erwiderte Brooke beleidigt, und ihre blassen Wangen färbten sich rosig.

„Und ob Sie verängstigt sind!"

Brooke stemmte beide Fäuste in die Hüften. „Ich habe bestimmt keine Angst vor Parks Jones."

„Hah!", wiederholte Edna, während sie einen Fußschemel herüberzog. Sie stieg hinauf und bürstete Brookes Haar. „Vor dem Geistlichen werden Sie nur stottern und bibbern, genau wie irgendein törichtes Mädchen, das nicht mehr weiß, wo ihr der Kopf steht."

„Ich habe in meinem ganzen Leben noch nicht gestottert." Jedes Wort präzise artikulierend, starrte Brooke auf ihr Spiegelbild. „Und nichts bringt mich zum Bibbern."

„Das werden wir ja sehen." Zufrieden mit sich, bürstete Edna Billings Brookes Haarmähne und befestigte dann einen Clip mit pinkfarbenen und weißen Hibiskusblüten darin. Sie hatte sich ausgiebig darüber ausgelassen, dass Maiglöckchen oder Rosen passender gewesen wären, doch insgeheim war sie hell entzückt von den exotischen Blüten.

„Und wo sind diese fabelhaften Perlenohrringe, die Miss Thorton Ihnen geschenkt hat?"

„Da drüben."

Wir hätten uns aus dem Staub machen sollen, wie Parks vorgeschlagen hat, dachte Brooke. Wieso hatte sie sich bloß auf das ganze Getue und Brimborium eingelassen? Wieso hatte sie überhaupt geglaubt, dass sie heiraten wollte? Wieder meldeten sich ihre Nerven, da fing sie Ednas ironischen Blick auf. Brooke hob entschlossen das Kinn.

„Also, legen Sie sie an", sagte die resolute Haushälterin und hielt Brooke die Perlen hin. „Es war sehr klug von Mister Jones, Ihnen Blumen zu schenken, die dazu passen."

„Wenn Sie ihn so mögen, warum heiraten Sie ihn dann nicht?", murmelte Brooke und befestigte die Ohrringe, wobei ihre Finger verdächtig zitterten.

„Ich denke, das geht." Billings musterte sie von Kopf bis Fuß und schluckte einen Kloß in ihrem Hals hinunter. „Auch ohne Schleier und Schleppe." Am liebsten hätte sie Brooke jetzt einen Kuss auf die Wange gedrückt, aber sie wusste, es würde sie beide nur schwach machen. „Kommen Sie", sagte sie stattdessen. „Es ist Zeit."

Ich kann es immer noch absagen, dachte Brooke, als sie sich von Billings den Gang hinunterziehen ließ. Es war noch Zeit. Niemand konnte sie zwingen. Die Schmetterlinge in ihrem

Bauch schienen sich in harte Klumpen verwandelt zu haben. Niemand konnte sie zwingen, hinaus in diesen Garten zu gehen. Wie war noch der Ausspruch? In Hast gefreit, in Ruhe gereut? Das hier war ganz sicher Hast.

Gerade vor vier Tagen hatte Parks ihr einen Antrag gemacht. Vier Tage. Der vielleicht größte Fehler war gewesen, es Claire zu sagen. Gütiger Himmel, Brooke hatte noch nie jemanden erlebt, der so rasch die ganze Hand nahm, nachdem er den kleinen Finger gereicht bekommen hatte. Sie musste in einem Zustand von Schock gewesen sein, anders konnte Brooke es sich nicht erklären, als sie sich von Claire in Pläne und Arrangements hineinziehen ließ. Trauung in Claires Garten, Champagner-Empfang. Aus dem Staub machen? Claire hatte das mit einer Handbewegung abgetan. Das war etwas für närrische Teenager. Brooke wurde immer tiefer in etwas hineingezogen. Und nun war sie regelrecht gefangen.

Nein, redete sich Brooke am Ende der Treppe zu. Sie brauchte sich einfach nur umzudrehen und zur Tür zu gehen. Sie würde sich in ihren Wagen setzen und wegfahren. Doch das war das Verhalten eines Feiglings.

Brooke straffte die Schultern. Sie wollte nicht weglaufen, sondern hinausgehen und gelassen erklären, dass sie ihre Meinung geändert hätte. Ja, mehr war nicht erforderlich. Es tut mir sehr leid, übte sie im Geiste, aber ich habe mich dazu entschieden, doch nicht zu heiraten. Das sollte dann ruhig und sehr entschlossen klingen.

„Oh, Brooke, du siehst entzückend aus." Und da war Claire, in graublauer Seide, mit einem Tränenschleier vor den Augen.

„Claire, ich …"

„Wirklich entzückend. Wie schade, dass du den Hochzeitsmarsch nicht wolltest."

„Nein, ich …"

„Es spielt auch keine Rolle, wenn du nur glücklich bist." Claire presste ihre Wange an Brookes. „Lächerlich, aber ich fühle mich direkt wie eine Mutter. Stell dir vor, in meinem Alter den ersten Anfall von Mütterlichkeit."

„Oh, Claire.“

„Nein, nein, ich werde nicht sentimental und rührselig werden und mein Make-up ruinieren.“ Schniefend trat sie zurück.

„Claire, ich will …“

„Sie warten, Miss Thorton.“

„Ja, ja, natürlich.“ Claire drückte rasch noch einmal Brookes Hand, dann eilte sie hinaus auf die Terrasse.

„Jetzt Sie, Miss Gordon.“

Brooke stand wie angewurzelt und fragte sich, ob die Art des Feiglings nicht doch die grundsätzlich vernünftigere war. Edna Billings schob sie entschlossen weiter, und Brooke fand sich draußen auf der Terrasse wieder, Auge in Auge mit Parks.

Er nahm ihre Hand und führte sie an seine Lippen. Er lächelte, sein Blick war sicher und fest und unerschütterlich intensiv – so blickte er auch, wenn er auf einen Wurf wartete. Wie durch einen Schleier bekam sie verschwommen mit, wie Parks sie zur Mitte der Terrasse führte, die mit Blumen und Claires so geliebten Zierbäumen geschmückt war.

Immer noch Zeit, dachte Brooke, als der Geistliche mit ruhiger, klarer Stimme zu sprechen begann. Aber sie bekam einfach den Mund nicht auf, um das zu stoppen, was seinen Lauf nahm.

An den Duft würde sie sich immer erinnern. Jasmin und Vanille und der süße Hauch von Rosen. Aber Brooke sah die Blumen nicht, weil Parks und sie sich tief in die Augen schauten. Er wiederholte die Worte, die der Geistliche sprach, die traditionellen Worte, unzählige Male gesprochen von unzähligen Paaren. Aber für Brooke klangen sie einzigartig.

Sich lieben, ehren, achten …

Sie spürte, wie der Ring an ihren Finger gesteckt wurde. Fühlte, wieder ohne zu sehen, weil sie den Blick einfach nicht von Parks reißen konnte. In den herabhängenden Zweigen eines Kirschbaums begann ein Vogel sein tirilierendes Lied.

Brooke hörte ihre eigene Stimme, die klar und zuversichtlich das Gelübde wiederholte. Und mit einer ganz ruhigen Hand steckte sie Parks das Symbol des Versprechens an den Finger.

Ein Gelübde, ein Versprechen und ein Geschenk. Dann kamen sich ihre Lippen immer näher und besiegelten es.

Ich wollte wegrennen, erinnerte sie sich.

„Ich hätte dich festgehalten", murmelte Parks an ihrem Mund.

Überrascht und verärgert trat Brooke zurück. Er lächelte, die Hände immer noch in ihrem Haar. Zur Verwirrung der Hochzeitsgäste in diesem feierlichen, duftenden Garten verfluchte Brooke ihn, dann schlang sie die Arme um seinen Hals und lachte.

„He!" Snyder gab Parks einen Schubs. „Gib einem anderen auch eine Chance."

Claires Vorstellung von einer kleinen Feier war der Inbegriff der Untertreibung. Obwohl sich Brooke nicht die Mühe machte, die Köpfe zu zählen, mussten es über hundert „absolut notwendige" Gäste sein. Und überraschenderweise störte es sie nicht. Ihr strahlender Blick war ihr Geschenk an Claire. Der Champagner floss in Strömen, es gab eine fünfstöckige Hochzeitstorte und Silberplatten voller Delikatessen, an denen Brooke zum ersten Mal kein Interesse zeigte. Was ihr auch gar nicht möglich gewesen wäre, denn sie wurde von einem Arm zum anderen weitergereicht, geküsst, gedrückt und beglückwünscht, bis in ihren Sinnen alle Farben und Geräusche verschwammen.

Sie lernte Parks' Mutter kennen, eine zierliche, gepflegte Frau, die ihre Wangen küsste und dann in Tränen ausbrach. Sein Vater drückte Brooke fest an sich und murmelte, als verheirateter Mann würde Parks jetzt bestimmt mit dem Unsinn aufhören und in die Firma eintreten. Brooke fand sich in der verwirrenden Situation, auf einen Schlag eine Familie zu bekommen – eine große Familie, die überhaupt nicht in irgendwelche Fantasievorstellungen ihrer Kindheit passte. Auf Parks konnte sie kaum mehr als flüchtige Blicke werfen, während sie regelrecht weitergereicht wurde, um taxiert, eingeschätzt und begutachtet zu werden wie eine aufregend neue Erwerbung.

„Lass das Mädchen eine Minute in Ruhe." Eine stämmige Frau mit zinnfarbenem Haar scheuchte die anderen mit einer herrischen Handbewegung weg. „Diese Jones' sind ein alberner Haufen." Sie seufzte, dann musterte sie Brooke lange. „Ich bin deine Tante Lorraine", sagte sie und streckte die Rechte aus.

Brooke schüttelte sie, wobei sie instinktiv registrierte, dass diese Geste ehrlicher und intimer war als all die Küsse, die sie erhalten hatte. Dann kam blitzartig die Erkenntnis. „Der goldene Glücksbringer."

Erfreut lächelte Lorraine. „Hat er dir davon erzählt? Nun, er ist ein guter Junge – mehr oder weniger." Eine Braue hob sich. „Und du lässt dich von ihm nicht schikanieren, verstanden?"

Mit aufblitzenden Augen schüttelte Brooke den Kopf. „Nein, Ma'am, bestimmt nicht."

Lorraine nickte und tätschelte Brookes Hand. „Gut. Ich erwarte euren Besuch in sechs Monaten. So lange braucht ein Paar, um sich zusammenzuraufen. Und an deiner Stelle würde ich mir jetzt meinen Mann schnappen und mich von dieser Meute loseisen."

Doch es schienen noch Stunden zu vergehen, bevor das frisch vermählte Paar wegschleichen konnte. Aufseufzend parkte Parks schließlich in der Zufahrt ihres Hauses.

„Geschafft!"

„Eigentlich war es unhöflich von uns."

„Ja."

„Aber geschickt von dir gemacht." Brooke beugte sich hinüber und küsste Parks. „Vor allem, wie du noch die Flasche Champagner organisiert hast."

„Schnelle Finger."

Brooke kicherte, spürte aber eine leichte Beklemmung, als sie Hand in Hand zum Haus gingen. „Wir haben nur ein Problem. Du hast mich dort ohne Tasche herausgezerrt." Sie blickte von der Tür zu Parks. „Kein Schlüssel."

Er griff in die Tasche und zog seinen heraus. Brooke schob die Unterlippe vor und nickte. Er besaß nun einen Schlüssel fürs

Haus. Einen Schlüssel zu ihrem Leben. Obwohl er ihre Reaktion bemerkte, sagte Parks nichts und schloss auf. Dann hob er Brooke hoch, und mit ihrem Lachen war die unterschwellige Disharmonie vergessen.

„Ich wusste gar nicht, was für ein Traditionalist du bist", murmelte sie und saugte an seinem Nacken, „aber …" Sie wurde von einem hohen, scharfen Kläffen unterbrochen. Erstaunt blickte sie hinunter und sah einen kleinen braunen Hund mit schwarzer Schnauze, der um Parks' Füße raste und gelegentlich nach seinen Schuhen schnappte.

„Was ist das?", fragte Brooke überrascht.

„Ein Hochzeitsgeschenk." Er stupste nach dem Hündchen, und es fiel kugelnd auf den Rücken. „Unscheinbar genug?"

Brooke starrte hinunter auf das eingedrückte Mischlingsgesicht. „Oh, Parks", wisperte sie, den Tränen nahe. „Du verrückter Kerl."

„Der Mann im Tierheim hielt mich wirklich für verrückt, als ich ihm sagte, ich wolle etwas völlig Unscheinbares."

„Oh, ich liebe dich!" Brooke drückte ihn aufgewühlt an sich, dann wand sie sich aus seinen Armen. In ihrem Hochzeitskleid aus Satin hockte sie sich auf den Boden und spielte mit dem Hündchen.

Sie wirkt jung, fast zu jung, dachte Parks, als sie ihr Gesicht ins Fell des kleinen Hundes drückte.

Warum suchte er laufend nach ihren sensiblen Stellen und war dann unsicher, wie er damit umgehen sollte? Da war so viel Weiches, Süßes in ihr, und doch war er irgendwie vertrauter mit dem harten Dickschädel, der sie sein konnte. Es ist die Mischung, dachte Parks, als er sich neben sie kniete. Eine faszinierende Mischung, der er nicht widerstehen konnte.

„Unser erstes Kind." Brooke lachte, als sich der Welpe, vom Toben erschöpft, auf dem Teppich ausstreckte.

„Er hat deine Nase."

„Und deine Füße. Nach ihrer Größe zu urteilen, wird er riesig werden."

„Vielleicht kannst du ihn in einem Werbespot für Hundefutter einsetzen“, schlug er grinsend vor und zog Brooke hoch. Zärtlich küsste er eine Wange und ließ die Lippen über ihr Kinn zu der anderen gleiten. Brookes Atem zitterte an seiner Haut. „Der Champagner wird warm“, murmelte er.

„Ich bin nicht durstig.“

Langsam führte Parks sie zur Treppe, wobei er unaufhörlich getupfte Küsse über ihr Gesicht verteilte, ihre Lippen bewusst und mit aufreizender Wirkung mied, die heißen, lockenden Lippen. Noch auf der Treppe begann er, die vielen winzigen Knöpfe an ihrem Kleid zu öffnen.

„Weißt du, wie viele es sind?“, flüsterte er an Brookes Lippen.

„Dutzende.“ Auf halbem Weg löste Brooke seine Krawatte.

Parks hatte flinke Finger. Noch vor der Tür zum Schlafzimmer hatte er ihr Kleid bis zur Taille aufgeknöpft. Brooke schob ihm die Jacke von den Schultern und kitzelte mit den Zähnen seinen Hals, wobei sie gleichzeitig sein Hemd aus dem Hosenbund zog.

„Du lässt mir keine Luft zum Atmen mehr“, stieß sie erregt hervor.

„Hm.“ Und er reizte sie weiter, als er die Hände genüsslich ihren Körper hinabgleiten ließ, bis sich das Satinkleid als eine Wolke von Elfenbein um ihre Füße bauschte. Jetzt trug sie nur noch einen Traum von Spitze, winzig und hauchdünn, geschaffen, um Männer zu quälen und zu reizen. Und auch wenn sie diese Wirkung bei Parks nicht verfehlte, so kämpfte er um Selbstbeherrschung. So war es immer bei ihnen, ein Kampf um Selbstbeherrschung und Macht, bevor sie sich ineinander verloren.

Brooke strich über seine nackte Brust, über seinen Bauch, bis sie den Haken seines Hosenbunds fand. Sie hörte, wie er rasch und tief den Atem einsog, dann wurden seine Liebkosungen drängender. Brooke brauchte und wollte ihn und zog ihn mit sich aufs Bett.

Warum war da eine solche Verzweiflung, wo sie nun doch sicher aneinander gebunden waren? Obwohl es keiner von ihnen verstand, fühlten sie es beide. Dieser Drang zu berühren, zu schmecken, zu besitzen. Zärtlichkeit wurde durch Begierde, durch Triebhaftigkeit ersetzt. In neckende Küsse trat ein harter, brennender Druck. Gegenseitig erforschten sie ihre empfindsamsten Körperstellen. Mit jedem Aufstöhnen kam eine prickelnde Erregung, jeder Seufzer steigerte das quälende Verlangen, bis sie schließlich beide nicht mehr wussten, ob es Laute der Leidenschaft oder der Verzweiflung waren.

Gierig suchte sein Mund ihre vollen Brüste und jagte einen reißenden Strom der Lust bis in ihr Innerstes. Sie lieferte sich ganz dieser Lust aus und presste Parks begierig an sich. Ihr Körper wand sich unter seinem, und Parks verlor sich ganz in ihrem Geschmack.

Haut erhitzte Haut. Das Tempo steigerte sich. Schneller, schneller, ein keuchendes Aneinanderklammern. Brooke knetete seinen feuchten Rücken, die Muskelstränge, die seine herausragende Kraft verrieten. Aber körperliche Kraft bedeutete nichts im unausweichlichen Treibsand der Leidenschaft. Sie wurden beide davon mitgerissen, gleichermaßen unfähig, sich zu befreien.

Brooke rollte sich auf die Seite und schlang die Beine um Parks. Wie im Fieber fand sie seine Lippen, verschlingend, wie sie verschlungen wurde, triebhaft nehmend, wie sie genommen wurde. Ihr Haar deckte ihre Gesichter wie ein Vorhang zu, und wenn sie Luft holten, dann war es der Atem des anderen. Wenn sie noch zu einem klaren Gedanken fähig gewesen wären, hätte sich ihnen wahrscheinlich die Vorstellung aufgedrängt, vom anderen absorbiert zu werden. Aber sie waren zu keinem zusammenhängenden Gedanken mehr fähig, das unendliche Verlangen überlagerte alles andere.

Parks rollte sich auf sie, presste seinen Mund auf ihre Lippen und drang dann fast aggressiv in sie ein. Dann gab es nur noch die rasende, drängende und glühende Kraft des Triebes, der sie gemeinsam mit sich über alle Grenzen hinaus riss.

„Ich glaube, ich brauche dich von Mal zu Mal mehr." Laut sprach Brooke ihren Gedanken aus.

„Hm." Parks genoss die wohlige Wärme ihres herrlichen Körpers. „Ich habe nichts dagegen einzuwenden."

Die Dämmerung war eingebrochen. Ein weiches Licht stahl sich durchs Fenster – bald war es Nacht. Ihre Hochzeitsnacht. Und doch fühlte sich Brooke immer noch als Geliebte. Wie fühlte sich eine Ehefrau? Sie hob die rechte Hand und betrachtete den Reif an ihrem Finger, dessen Diamanten und Saphire sanft im Zwielicht funkelten.

„Ich will nicht, dass es morgen anders wird", dachte sie laut. „Ich will nicht, dass sich etwas ändert."

Parks hob den Kopf. „Alles ändert sich. Du gehst an die Decke, wenn ich das ganze heiße Wasser beim Duschen verbrauche. Ich gehe an die Decke, wenn du den letzten Kaffee ausgetrunken hast."

Brooke lachte. „Du hast wirklich eine Art, alles zu vereinfachen."

„So sieht die normale Alltäglichkeit einer Beziehung aus, Mrs Jones", behauptete er schmunzelnd und küsste sie.

Ihre Augen, die sich gerade für den Kuss schließen wollten, waren plötzlich weit aufgerissen. „Mrs Jones", wiederholte sie. „Das hatte ich ganz vergessen." Sie überlegte eine Minute. „Unwillkürlich muss ich dabei an deine Mutter denken, obwohl ich sie sehr nett fand."

Parks lachte gedämpft. „Keine Sorge. Denk einfach daran, dass sie dreihundert Meilen entfernt lebt."

Brooke rollte sich auf ihn. „Du hast überhaupt eine sehr nette Familie."

„Ja, aber trotzdem lassen wir uns mit ihr nicht mehr ein, als unbedingt sein muss."

Brooke legte ihren Kopf auf seine Brust. „Nein. Wenigstens nicht zu früh", fügte sie beim Gedanken an seine Tante hinzu. Sie entspannte sich wieder, als er träge über ihr Haar strich. „Parks?"

„Hm?“

„Ich bin froh, dass wir uns entschieden haben, hier zu bleiben, statt irgendwohin zu fliegen.“

„Um Weihnachten herum fliegen wir für zwei Wochen nach Maui. Ich möchte dir mein Haus zeigen.“

Brooke dachte an ihren Terminkalender, sollte sie sich entscheiden, den Spielfilm zu machen. Irgendwie würde sie es schaffen, sich die zwei Wochen zu nehmen. „Ich liebe dich.“

Seine Hand verharrte für eine Sekunde, dann presste er Brooke leidenschaftlich an sich. Es waren drei Worte, die sie nicht oft sagte. „Habe ich dir gesagt, wie wunderschön du ausgesehen hast, als Billings dich auf die Terrasse hinausgeschoben hat?“

Brookes Kopf ruckte schlagartig hoch. „Das hast du gesehen?“

Schmunzelnd strich Parks mit der Fingerkuppe um ihr Ohr. „Komisch, ich hatte nicht erwartet, dass du genauso viel Angst haben würdest wie ich.“

Brooke musterte ihn, dann lächelte sie. „Hattest du es wirklich?“

„Ja. Eine halbe Stunde vor der Hochzeit bin ich alle Gründe durchgegangen, warum wir es abblasen sollten.“

Sie zog eine Braue hoch. „Waren es viele?“

„Ich habe aufgehört zu zählen, weil ich nur noch an den einen guten Grund denken konnte, es durchzuziehen.“

„Oh, wirklich?“ Sie warf den Kopf zurück. „Und der war?“

„Ich liebe dich.“

Brooke schmiegte die Stirn an sein Haar. „Das war tatsächlich der Grund?“

„Der einzige, an den ich denken konnte.“ Er tastete über ihre Hüfte. „Obwohl mir langsam der eine oder andere weitere in den Sinn kommt.“

„Hm. Zum Beispiel, dass es gut für die Werbekampagne ist.“ Brooke saugte an der Haut direkt hinter seinem Ohr.

„Sicher. Das steht ganz oben auf meiner Liste.“ Er stöhnte, als ihn der erste Schauer erfasste. „Davor kommt allerdings noch, wie nützlich es ist, jemanden zu haben, der meine Socken aussortiert."

„Das kannst du vergessen", murmelte Brooke und ließ die Lippen zu seiner Schulter hinuntergleiten. „Aber vielleicht ist es ja ein Pluspunkt, wenn du über die Rolle für den Spielfilm verhandelst, falls du sie übernimmst."

„Ich habe mich noch nicht entschieden." Er schlang die Beine um ihre Oberschenkel. „Und du?"

„Noch nicht." Allmählich begannen die Gedanken zu schweben, als er ihre Brüste umfasste. „Aber du solltest."

„Warum?"

Träge öffnete sie die Augen. „Ich sage es dir besser nicht."

Neugierig stützte er sich auf einen Ellbogen und spielte mit ihrem Haar. „Warum nicht?"

Sie seufzte. „Am allerwenigsten brauchst du jemanden, der dein Ego aufbläht."

„Mach nur." Er küsste ihre Nase. „Ich kann damit umgehen."

„Du hast Ausstrahlung. Ist dir überhaupt bewusst, wie viele Stars oben bleiben, einfach weil sie sich selbst spielen?" Parks zeigte sich mehr interessiert daran, wie ihre Schulter schmeckte, als was Brooke zu seiner Darstellungskunst meinte. „Du verstehst es, dich selbst zu spielen, Parks. Und wenn du wirklich an Rollen interessiert wärst, es könnte … Nun, ich meine, wenn du dich wirklich vom Baseball zurückziehen willst, könntest du direkt mit einer Filmkarriere beginnen."

Er wollte lachen, hielt dann aber inne, als er ihren Blick auffing. „Du machst keine Späße?"

Brooke schaute ihn an, dann atmete sie langsam aus. „Wahrscheinlich hasse ich mich dafür, wenn ich in einigen Wochen wieder mit dir arbeiten muss, aber du bist wirklich gut. Du solltest darüber nachdenken. Und wenn du Starallüren bekommst, wenn ich dich bestimmte Aufnahmen ein Dutzend Mal wiederholen lasse, dann werde ich …"

„Was?", forderte er sie heraus.

„Warte nur“, drohte Brooke Unheil verkündend. „Etwas ganz Gemeines.“

Er lächelte zweideutig. „Versprochen?“

Sie konnte das Lachen nicht zurückhalten und rollte sich auf ihn. „Ja. Und jetzt will ich dich lieben, bis deine Knochen aus Gummi sind.“

„Steht das in meinem Vertrag?“, neckte er.

„Du solltest es besser glauben.“

12. KAPITEL

Obwohl es November war, stöhnte Los Angeles unter einer Hitzewelle, die die Nerven sieden und die Geduld zerschmelzen ließ. Brooke war keine Ausnahme. Sie und Parks hatten zehn lange intime Tage für sich allein gehabt, aber nicht problemlose. Nichts ist problemlos, erinnerte sich Brooke, als sie ihre Bluse unter der Brust verknotete. Nur ein Narr glaubt, dass Flitterwochen die Ausnahme darstellen. Ich habe es geglaubt, gestand sie sich reumütig ein, als der Kamerakran aufgerichtet wurde. Aber hatte sie sich wirklich Gedanken darüber gemacht, welche Veränderungen eine Ehe mit sich brachte, welcher Gewöhnungsprozess erforderlich war oder, wie Parks es formuliert hatte, was die Alltäglichkeit einer Beziehung ausmachte?

Sie hatte seinen Namen angenommen. Obwohl sie ihren beruflich weiter behielt, unterschrieb sie von nun an alle Dokumente mit Brooke Jones. Parks hatte sein Apartment aufgegeben und war offiziell in ihr Haus eingezogen. Sie hatte seinen Namen, er hatte ihren Schlüssel. Irgendwie kam es ihr wie eine Bilanz vor. Frustriert wischte sich Brooke mit dem Unterarm über die Stirn.

Ist es das, was eine Ehe ausmacht? fragte sie sich. Knapp drei Wochen verheiratet, da sollte sie eigentlich himmelhoch jauchzen, vor Glück strahlen. Stattdessen fühlte sich Brooke frustriert, gereizt und beklommen – und noch beklommener, weil sie wusste, dass Parks ebenso wenig himmelhoch jauchzend glücklich war.

Mit einem Kopfschütteln schob sie den Gedanken beiseite. Persönliche Probleme ließen sich auch nicht lösen, wenn sie mit der Arbeit vermischt wurden. Es wurde alles sogar noch schlimmer, da sie mit Parks arbeitete.

„Also los, E. J., ich will den Einstellungswinkel sehen.“ Sie setzte sich neben ihn in den Korb und signalisierte dem Kranführer mit einem Handzeichen, sie hochzufahren.

Golden breitete sich unter ihnen der Strand aus. Die Brandung schlug weiß schäumend hoch, und in Regenbogenfarben brach sich das flirrende Sonnenlicht in den Linsen.

„In Ordnung, ich will am Anfang eine weite Kameraeinstellung, und dann hol ihn langsam heran. In diesem Winkel bekommen wir ein gutes Profil des Pferdes. Stell die Geschwindigkeit ein. Ich will es so langsam, dass jede Muskelbewegung zu sehen ist."

„Von Parks oder dem Pferd?", fragte E.J. mit einem unverschämten Grinsen.

„Von beiden", antwortete Brooke und nickte, um wieder heruntergebracht zu werden. Sie wischte sich ihre Hände am Hosenboden ab und ging hinüber, wo Parks wartete. Er trug nichts außer knappen De-Marco-Jeans. „Wir sind so weit."

„In Ordnung." Parks sah sie eindringlich an, während er die Daumen vorn in die Taschen klemmte. Er wusste selbst nicht, warum er unzufrieden war und das Bedürfnis verspürte, Brooke zu ärgern. In den letzten Tagen war die Spannung zwischen ihnen wie ein elektrisch aufgeladenes Unwetter gestiegen. Aber es hatte keinen Donnerknall gegeben, keinen Blitzschlag, um die Atmosphäre zu entladen. „Was willst du?"

„Du kennst das Drehbuch", erinnerte sie ihn.

„Willst du mich nicht motivieren?"

„Sei nicht so verdammt überheblich, Parks", fuhr sie ihn an. „Dazu ist es viel zu heiß."

„Ich wollte mich nur vergewissern, dass ich die richtige Stimmung habe, damit du es mich nicht zu oft wiederholen lässt."

Wut flammte in ihrem Blick auf und wurde mit Mühe unterdrückt. Brooke wollte sich nicht durch seinen Spott zu einer öffentlichen Szene verleiten lassen. „Du wiederholst es so lange, wie ich es für notwendig halte. Und jetzt setz dich aufs Pferd und reite den Strand hinunter ins flache Wasser. Und genieße es."

„Ist das ein Befehl?", murmelte er trügerisch sanft.

„Es ist eine Regieanweisung", gab sie nüchtern zurück. „Ich bin die Regisseurin, du bist der Darsteller. Verstanden?"

„Ja, verstanden." Er zog sie an sich und presste seinen Mund auf ihre Lippen. Durch ihre verschwitzte Bluse fühlte er die wütende Angespanntheit ihres Körpers und die weich nachgebenden Brüste. Warum bin ich wütend? fragte er sich, und seine Stimmung wurde noch gereizter. Warum fühlte er sich, als zöge er sie an sich und stieß sie zur gleichen Zeit von sich? „Und du, hast du das verstanden?" Er drehte sich um und schwang sich auf den Pferderücken.

Brooke starrte ihn an, diesen halb nackten Mann hoch auf einem goldfarbenen Pferd, der zu ihr mit der frechen Selbstsicherheit herablächelte, die sie gleichzeitig liebte und verabscheute. Es musste eine Lust sein, ihn für seinen kleinen Sieg zahlen zu lassen.

Brooke drehte sich auf dem Absatz um und ging zurück zu ihrer Crew. „Aufnahme eins!", rief sie und nahm das Megafon, das ihr Assistent ihr reichte. „Plätze einnehmen!" Brooke fixierte Parks und verordnete sich wieder, ihre persönlichen Gefühle zurückzuhalten und ausschließlich als Regisseurin zu denken und zu handeln. „Film ab und ... Action!"

Er ist prächtig, dachte Brooke zwischen Stolz und Verärgerung. Er ritt das Pferd in einem leichten Galopp, und unter den Hufen spritzte die Brandung auf. Schweißperlen glänzten auf Parks' gebräunter Haut, er und das Pferd schienen zu einem goldfarbenen Körper verschmolzen. Parks' Haar und die Mähne des Pferdes flatterten. Kraft, Eleganz der Bewegung und schlichte Schönheit. Brooke wusste genau, wie es in Zeitlupe aussehen würde.

„Schnitt! E.J.?"

„Fantastisch!", rief er hinunter. „Der Verkauf von De-Marco-Jeans wird um zehn Prozent steigen."

„Gehen wir auf Nummer sicher." Brooke zog ihre feuchte Bluse vom Rücken und ging zu Parks und dem Pferd hinüber. Die Aufnahme war fantastisch, überlegte sie, aber noch nicht perfekt. Als er sie sah, brach Parks das Gespräch mit dem Pferdetrainer ab.

„Und?“

„Schon ganz gut. Machen wir es noch einmal.“

„Warum?“

Brooke ignorierte die Frage und tätschelte wie abwesend den glatten Hals des Wallachs. „Ich will, dass du beim Reiten auf den Strand hinunterblickst, den ganzen Weg.“ Sie wollte dieses Mal nicht die unbekümmerte, ungefesselte Sexualität, sondern eine Prise Reserviertheit, die Anziehungskraft des nur auf sich allein vertrauenden Mannes, gewürzt mit Sinnlichkeit, die jedes weibliche Wesen über zwölf erkennen sollte.

Unverwandt sah er sie an. „Warum?“

„Reite das Pferd, Parks“, antwortete sie. „Lass mich die Jeans verkaufen.“

Sehr langsam stieg er ab. Der Trainer erinnerte sich plötzlich daran, dass er irgendwo anders noch etwas zu tun hatte. Hinter ihnen verfiel das Aufnahmeteam mit einem Schlag in rege Betriebsamkeit. Parks hielt die Zügel in einer Hand, während er und Brooke sich mit Blicken maßen.

„Jemals daran gedacht, zu fragen?“, sagte er ruhig.

„Jemals daran gedacht, Anweisungen zu befolgen?“, gab sie zurück.

Er spürte die Spritzer des Salzwassers, die auf seiner Haut trockneten. „Zu schade, dass du nie ein Teamspieler warst, Brooke.“

„Dies hier ist kein Ballspiel.“ Sie wurde immer wütender. „Wir müssen alle unsere Jobs tun. Deiner besteht darin, genau das zu machen, was ich dir sage.“

Seine zornfunkelnden Augen passten zu ihrer Stimmung. Sie wollte den Kampf, wollte eine gewaltige Schreierei, mit der sich die Spannung der letzten Tage endlich wieder abbaute. Sie stemmte die Füße auf den Boden, bereitete sich auf Angriff und Verteidigung vor.

„Nein“, entgegnete er mit einer ungewöhnlichen Ruhe. „Mein Job ist es, meinen Vertrag zu erfüllen.“

„Mehr verlange ich nicht von dir.“ Sie zwang sich ebenfalls

zur Ruhe, obwohl sie zu gern geschrien hätte. „Wenn du unbedingt Primadonna spielen willst, dann mach es hinterher und beschwere dich bei deinem Agenten.“

Blitzschnell packte er ihren Arm, bevor sie zurückgehen konnte. „Ich spreche mit meiner Frau.“

Obwohl ihr das Herz in der Kehle zu hämmern schien, warf sie einen eisigen Blick auf seine Hand. „Mit deiner Regisseurin“, verbesserte sie und sah ihn fest an. „Meinen Leuten wird heiß, Parks. Ich möchte fertig werden, bevor einer mit Hitzschlag in Ohnmacht fällt.“

„Das Thema ist noch nicht vom Tisch“, ließ Parks sie wissen und gab ihren Arm frei. „Und dann kommst du nicht weg, ohne dir einmal genau die Regeln anzusehen.“ Er schwang sich aufs Pferd und ritt los, bevor Brooke eine geeignete Bemerkung einfiel.

Kopfschüttelnd blickte sie ihm nach, dann stapfte sie zurück zum Kran. „Aufnahme zwei!“

Er konnte keine stichhaltige Erklärung für seine Wut geben. Parks wusste nur, er kochte. Und er hatte nur eins im Sinn, als er den Korridor zu Brookes Büro hinuntermarschierte – es mit ihr aus der Welt zu schaffen. Er war sich nicht sicher, was es war. Aber er hätte es schon mit Brooke am Drehort aus der Welt geschafft, wenn sie nicht vorher gegangen wäre. Obwohl er nicht begeistert darüber war, die Auseinandersetzung in ihrem Büro zu führen, so hatte er doch genügend Erfahrung, einer Herausforderung auf dem Terrain des Gegners zu begegnen. Wichtig dabei war nur, die Offensive zu eröffnen.

Parks stürmte an Brookes Sekretärin vorbei und riss die Tür auf.

Das Büro war leer.

„Tut mir leid, Mister Jones.“ Die Sekretärin eilte ihm nach, gewarnt von seinen gefährlich blitzenden Augen. „Ihre Frau ist nicht da.“

„Wo?“, fragte Parks knapp.

„Ich … Vielleicht in Miss Thortons Büro. Ich könnte nachfragen, wenn …“ Doch er stürmte schon entschlossen hinaus.

Minuten später lief Parks an den Zwillingen vorbei und betrat Claires Büro, ohne anzuklopfen.

„Wo ist Brooke?“, fragte er, ohne sich die Mühe zu machen, Claire oder seinen Agenten zu grüßen.

„Guten Tag, Parks. Tee?“ Claire goss Lee eine Tasse ein, als hätte sie von dem wilden Mann keine Kenntnis genommen.

„Ich suche Brooke.“

„Ich fürchte, du hast sie verpasst.“ Claire nippte an ihrem Tee, dann bot sie Lee einen Teller mit Makronen an. „Sie war vor einer halben Stunde hier. Möchtest du ein Plätzchen, Parks?“

„Nein.“ Er zwang sich, nicht ganz seine Manieren zu vergessen. „Vielen Dank. Wohin ist sie gefahren?“

Claire biss in eine Makrone. „Hat sie nicht gesagt, sie wolle nach Hause, Lee?“

„Ja. Und ihre Stimmung war nicht viel besser als die von Parks.“ Er warf seinem Schützling ein freundliches Lächeln zu, ehe er ein Plätzchen verputzte.

„Nein, das war sie wirklich nicht.“ Claire faltete die Hände im Schoß. „Habt ihr zwei etwa eine Meinungsverschiedenheit?“

„Nein“, stieß Parks aus, nicht ganz sicher, was sie überhaupt hatten. Erst da bemerkte er, wie vertraut sein Agent und seine Produzentin nebeneinander auf dem zweisitzigen Sofa saßen. „Und was habt ihr?“, fragte er unverblümt.

„Tee.“ Claire lächelte ihr trockenes Lächeln.

„Warum setzt du dich nicht und kühlst dich ab?“, lud Lee ihn ein. „Du siehst aus, als hättest du ein Spiel mit Verlängerung hinter dir.“

„Wir haben am Strand gedreht.“

„Lief es gut?“

„Offensichtlich war Brooke zufrieden.“

„Offensichtlich“, wiederholte Claire. „Wann wollt ihr beide euch eigentlich endlich entspannen und Spaß aneinander haben?“

Parks sah sie ziemlich verständnislos an. „Was meinst du damit?“

„Ich meine, ich habe noch nie zwei Menschen erlebt, die so viel Zeit damit verbringen, aufeinander einzusticheln.“

„So nennst du es also.“ Mürrisch steckte Parks die Hände in die Taschen.

„Ich kann noch deutlicher werden.“ Claire setzte ihre Teetasse ab. „Natürlich entgeht mir nicht, dass das Machtspiel ein grundsätzlicher Teil eurer Beziehung ist und es seinen eigenen Reiz enthält, aber meinst du nicht, es sei Zeit, statt Gegner endlich eine Familie zu werden?“

Parks starrte sie sekundenlang an. Machtspiel, wiederholte er im Stillen. Nun ja, das war ein heikler Punkt in ihrer Beziehung. Sie hatten beide nach Kraft und Herausforderung gesucht und hätten einen anderen Weg gewählt, wenn sie nicht beides gefunden hätten. Aber was den Rest anging ... Eine Familie? War es das, was hinten in seinem Kopf nagte?

Ließ es sich darauf zurückführen, dass sie in ihrem Haus lebten, umgeben von ihren Sachen? Er fühlte sich immer noch unbehaglich wie ein Gast. Neuer Ärger wuchs in ihm.

Parks trat ans Fenster und blickte verdrießlich hinaus. „Ich glaube nicht, dass Brooke für eine Familie bereit ist.“

„Sie hat ihr ganzes Leben nach einer Familie gesucht. Das müsstest du wissen, wenn du auch nur etwas über sie weißt.“ Plötzlich packte auch Claire die Wut, und sie erhob sich. „Wie können zwei Menschen nur zusammenleben und nicht die geheimen Wünsche, die Ängste des anderen verstehen? Wie viel hat sie dir von ihrer Kindheit erzählt?“

„Kaum etwas“, antwortete Parks. „Sie ...“

„Nach wie viel hast du gefragt? Sag mir jetzt bloß nicht, du wolltest sie nicht bedrängen“, schnitt sie ihm das Wort ab. „Du bist ihr Mann, da kannst du nicht abseitsstehen. Du musst verstehen lernen, was sie wirklich von dir braucht.“

„Eins weiß ich genau, sie braucht das Gefühl, von ihren Sachen umgeben zu sein“, erregte er sich. „Egal, ob es sich um eine angeschlagene Tasse oder einen antiken Tisch handelt, solange es nur ihr Eigentum ist."

„Eigentum!", regte sich Claire auf. „Ja, sie braucht das. Als Kind hat sie nie etwas Eigenes gehabt, und das Kind in ihr hat immer noch diese Narben. Aber die Sachen sind nur ein Symbol für das, was sie wirklich will. Als Achtzehnjährige ist Brooke hier mit ihren letzten Dollars und einer gehörigen Portion Schneid hereinmarschiert. Jemand, den sie zu lieben glaubte, hatte ihr alles genommen. Und das wollte sie nie wieder geschehen lassen." Claires Mund verhärtete sich, und ihr Blick wurde streng. „Es ist deine Verpflichtung, dafür zu sorgen, dass es nie wieder geschieht."

„Ich will überhaupt nichts von ihr nehmen", entgegnete Parks hitzig.

„Aber du willst doch, dass sie gibt", schoss Claire zurück.

„Natürlich will ich das, verdammt. Ich liebe sie."

„Dann hör mir gut zu. Brooke hat ihr ganzes Leben darum gekämpft, etwas für sich zu haben, jemanden für sich zu haben. Die materiellen Dinge hat sie. Sie hat sie sich verdient. Wenn du sie mit ihr teilen willst, wenn du ihr Leben teilen willst, dann solltest du ihr dafür etwas ganz Besonderes anzubieten haben. Liebe allein reicht nicht."

„Was denn?" Es machte Parks immer wütender, so abgekanzelt zu werden.

„Du solltest es besser selbst herausfinden."

Parks fixierte sie für einen Moment. „In Ordnung", sagte er kühl und ging hinaus.

Lee stand auf und stellte sich neben Claire. Ihre Wangen waren gerötet von der Erregung, ihre hellblauen Augen blickten eisig. „Weißt du", er musterte sie, „ich habe dich bisher noch nie auf Hochtouren gesehen."

„Ich verliere selten die Beherrschung." Claire drückte ihr Haar zurecht. „Junge Menschen", stellte sie fest, als ob die beiden Worte alles erklärten.

„Ja." Er legte seine Hände auf ihre Schultern. „Sie erkennen das Gute nicht, selbst wenn sie es haben." Sein koboldhaftes

Gesicht verzog sich zu einem Lächeln. „Wie würde es dir gefallen, den Rest deines Lebens mit einem dicken Agenten zu verbringen?"

Das Eis schmolz aus Claires Blick, die leichte Röte blieb. „Lee, ich habe schon gedacht, du würdest nie fragen."

Parks kämpfte sich durch den Verkehr von Los Angeles, als er den Bericht über das Feuer hörte. Seine Wut bei Claire, gefolgt von Frustration, weil sie nichts als die Wahrheit gesagt hatte, war augenblicklich wie weggewischt, als er im Radio über den Waldbrand im Liberty Canyon hörte – weniger als eine Stunde von Brookes einsamen Holzhaus entfernt.

Nein, er empfand nun keinen Ärger mehr, nur noch beklemmende Angst, die seine Hand am Lenkrad feucht werden ließ.

Hatte sie den Fernseher an oder das Radio, oder war sie in einer ihrer Stimmungen, in denen sie nichts sehen und hören wollte? Nach einem entnervenden Drehtag duschte sie häufig und legte sich eine Stunde hin. Wiederaufladen, so hatte er es immer im Spaß genannt. Jetzt entsetzte ihn die Vorstellung.

Als er höher kam, war der Brand deutlich zu riechen. Die letzten fünfzehn Meilen nahm er nur noch nebelhaft als Raserei und Angst wahr.

Parks stürmte ins Haus. Sie muss schlafen, dachte er, sie weiß nichts von der sie einschließenden Feuersbrunst. Doch auch ohne Radio musste der beißende Rauch und der Brandgeruch sie warnen. Parks rief Brookes Namen.

Im Haus war alles totenstill. Parks raste die Treppe hoch und nahm zwei Stufen auf einmal. Und die Angst wuchs, als er das leere Bett sah. Er jagte durch den zweiten Stock, rief Brookes Namen, als er plötzlich eine Bewegung draußen vor dem Fenster wahrnahm.

Regen, dachte er. Nein, Wasser, aber kein Regen. Vom Fenster aus sah er sie. Seine Erleichterung wurde augenblicklich überlagert von Irritation und die Irritation von Wut. Was, zum Teufel, stand sie mit dem Gartenschlauch da, wo doch der Rauch schon so dick war, dass man die Bäume im Osten nicht mehr sehen konnte?

Mit einem schnellen Ruck riss er das Fenster auf und schrie: „Brooke, was machst du?“

Sie zuckte zusammen, dann blickte sie auf. „Oh, Parks, dem Himmel sei Dank! Komm, hilf mir, es bleibt nicht mehr viel Zeit! Und schließ das Fenster, sonst fliegen noch Funken hinein! Beeil dich!“

Er beeilte sich, in der Absicht, sie gehörig durchzuschütteln und dann zum Wagen zu schleppen. „Was, zum Teufel, machst du hier?“, fragte er wieder, als er bei ihr war. Doch statt sie zu schütteln, drückte er sie ganz fest an sich. Wenn er es nicht im Radio gehört hätte, wenn sie geschlafen hätte …

Wenn. Tausend „Wenn“ wirbelten ihm durch den Kopf, während er beglückt seinen Mund auf ihre Lippen presste.

Es war das plötzliche Aufheulen des Windes, das ihn in die Wirklichkeit zurückriss. Nacktes Entsetzen erfasste Parks. Der Wind würde das Feuer anfachen und den Flammen neue Nahrung bieten. Buschfeuer würde zum Feuersturm.

„Wir müssen raus hier.“

Er hatte sie fast zwei Meter mitgeschleppt, bevor ihm bewusst wurde, dass sie gegen ihn kämpfte. „Nein!“ Mit einer Riesenkraftanstrengung riss sich Brooke los und griff nach dem Schlauch, den sie fallen gelassen hatte.

„Verdammt, Brooke, wir haben wahrscheinlich nicht mehr als fünfzehn Minuten.“

Wieder packte er ihren Arm, und wieder riss sie sich los. „Ich weiß, wie viel Zeit noch bleibt.“ Sie richtete den Wasserstrahl erneut aufs Haus, um das Holz zu durchtränken. Das Prasseln übertönte noch das zunehmende Heulen des Windes.

Erst da bemerkte Parks, dass Brooke nass war und schmutzig und nur einen Bademantel trug. Sie musste beim Duschen die Warnung im Radio gehört haben und sofort hinausgestürmt sein. Schmutz- und Grasflecken überzogen ihren Seidenmantel. Und nun begriff er auch, was ihre Absicht war. Sie hatte den Boden ums Haus freigelegt, mit ihren Händen. Er sah Kratzer und getrocknetes Blut daran, auch an ihren Beinen und Knöcheln. Und während das Hündchen wild bellend um sie sprang, durchnässte sie zum Schutz das Haus.

„Bist du verrückt geworden?“, herrschte er sie an. Wieder packte Parks ihren Arm, zerriss die Schulternaht ihres Mantels. „Weißt du, was ein Feuersturm ist?“

„Ich weiß, was es ist.“ Ihr Ellbogen stieß in seine Rippen, als sie sich freikämpfte. „Wenn du nicht hilfst, dann bleib mir aus dem Weg! Das Haus muss nass gehalten werden.“

„Du kommst jetzt weg von hier.“ Parks riss ihr den Schlauch aus der Hand und zerrte sie mit sich. „Und wenn ich dich bewusstlos schlagen muss.“

Brooke schockierte sie beide, indem sie ihm einen Kinnhaken verpasste. Der Schlag reichte, um sie zu befreien. Sie stolperte, verlor die Balance und landete auf ihren vier Buchstaben.

„Ich sagte, bleib mir aus dem Weg!“, zischte sie, dann würgte sie, als der Rauch in ihre Lungen drang.

Parks riss sie auf die Beine. Seine Augen blitzten ebenso wie ihre vor Angst und Wut. „Bist du verrückt geworden, einen Feuersturm mit einem Gartenschlauch zu bekämpfen? Es ist Holz und Glas.“ Er schüttelte sie. „Nur Holz und Glas.“ Hustend zeigte er zum Haus. „Ist es wert, dafür zu sterben?“

„Es ist wert, dafür zu kämpfen!“, schrie sie gegen den Rauch und den Wind an, während die Tränen zu fließen begannen. „Ich werde es nicht dem Feuer überlassen, ich werde es nicht!“ Sie bekämpfte ihn wieder, verzweifelter als vorher.

„Verdammt, Brooke, hör auf!“ Er packte sie bei den Schultern. „Es bleibt uns keine Zeit mehr.“

„Das Feuer bekommt es nicht. Nicht unser Haus, verstehst du nicht?“ Ihre Stimme steigerte sich, nicht hysterisch, sondern vor wilder Entschlossenheit. „Nicht unser Haus.“

Parks hörte auf, sie zu schütteln, hatte plötzlich wieder die Arme um Brooke geschlungen und zog sie an sich. Plötzlich brachte er Verständnis für Brooke auf, und damit kam ein für ihn ganz unerwartetes Gefühl. Ist es das, was Claire gemeint hatte, als sie sagte, Liebe allein reiche nicht? fragte er sich. Liebe war ausreichend für den Anfang, aber Liebe aufrechtzuerhalten, das erforderte jedes Gefühl, zu dem ein Mensch fähig war. Unser Haus, hatte Brooke gesagt. Und mit diesen beiden Worten hatte sie alles umfasst.

Er zog sie weg. Die Tränen strömten über ihr Gesicht, sie atmete schwer. Ihre Augen waren rot geädert, aber ihr Blick fest entschlossen. Noch nie hatte Parks so viel für einen anderen Menschen empfunden. Und plötzlich wurde ihm bewusst, dass Fragen und Antworten für ihn nicht wichtig waren, um die ganze Frau zu kennen. Er ließ sie los, nahm den Schlauch und richtete den Wasserstrahl aufs Haus. Mit dem Rücken ihres Handgelenks wischte sich Brooke die brennenden Tränen von den Wangen.

„Parks …“

Er drehte sich um, lächelte sein grimmiges Gladiatorenlächeln. „Es ist wert, dafür zu kämpfen. Hol nasse Handtücher zum Atmen und Decken. Ich mache hier weiter.“

Es schien, als vergingen Stunden, in denen sie Seite an Seite arbeiteten, das Holz durchnässten, sich, den Hund, und wieder und wieder von vorn, während der Rauch dichter wurde. Der Wind heulte, drohte die Decke, die Parks über sie geworfen hatte, aus ihren Händen zu reißen. Noch hielten sich die Flammen zurück. Es gab Momente, in denen Brooke fast glaubte, das Feuer würde abdrehen, dann zwang der Qualm sie wieder zum Husten, und schließlich konnte sie überhaupt nicht mehr denken. Es gab nur ein Ziel – das Haus zu retten, das sie mit Parks teilte, das Symbol all ihrer Wünsche: Heim, Familie, Liebe.

Ein Handtuch vor den Mund gepresst, arbeiteten sie sich wieder und wieder ums Haus, durchnässten das Dach, die Wände, und ganz schnell war alles wieder von der Hitze getrocknet. Sie sprachen nicht mehr, arbeiteten nur systematisch. Zwei Paar Arme und Beine arbeiteten mit einem Kopf – um zu schützen, was ihres war.

Parks sah die Flammen als Erster, und sie jagten ihm mehr als nur gehörigen Respekt ein. Es war kein riesiger Heizkessel. Es war die Hölle. Und sie raste auf sie zu. Große gierige Flammendrachen wurden vom Flammenmeer wie gewaltige Speere ausgespuckt. In der unerträglichen Hitze brach Parks der eiskalte Angstschweiß aus.

„Schluss!" Mit einer schnellen Bewegung packte er Brookes Arm und hob das Hündchen auf.

„Was tust du? Wir können jetzt nicht weg." Stolpernd und würgend kämpfte Brooke, um sich aus seinem Griff zu befreien.

„Wenn wir jetzt nicht gehen, können wir sterben." Er drückte Brooke in seinen Wagen und schob das Hündchen in ihre Arme. „Verdammt, Brooke, wir haben alles getan, was wir konnten." Seine Hände waren rutschig vom Schweiß, als er den Zündschlüssel drehte. „Nichts, was käuflich ist, ist es wert, dafür zu sterben."

„Du verstehst nicht!" Mit dem Handrücken schmierte sie Ruß und Tränen über ihr Gesicht. „Alles … alles, was ich habe, ist dort. Ich lasse es nicht zu, dass mir das Feuer alles nimmt – und alles heißt für mich alles."

„Alles", wiederholte er gepresst und schaute sie mit rot geäderten, brennenden Augen an. „In Ordnung, wenn du das meinst, gehe ich zurück und tue, was ich kann." Seine Stimme war merkwürdig flach und emotionslos. „Aber, um alles auf der Welt, du bleibst hier. Ich werde dich dem Risiko nicht aussetzen."

Bevor sie verstehen konnte, was er gesagt hatte oder was er tat, war er ausgestiegen. Für einen Moment hatte die Hysterie sie absolut im Griff. Brooke zitterte, unfähig, vernünftig zu denken oder sich zu bewegen. Das Feuer würde ihr Haus nehmen, ihren ganzen Besitz. Sie würde mit nichts zurückbleiben, wie es früher immer gewesen war. Wie sollte sie das aushalten, nach all den Jahren zähen Kampfes und harter Arbeit?

Der Welpe winselte in ihren Armen. Leer starrte Brooke es an. Warum saß sie hier, wenn ihr Haus abzubrennen drohte? Sie musste zurück, zurück und retten, was …

Parks.

Die Angst ließ Brooke erstarren, dann trieb sie sie aus dem Wagen und durch den Rauch. Sie hatte Parks zurückgeschickt, er war ihretwegen gegangen. Wofür? dachte sie verzweifelt. Was will ich retten? Holz und Glas, wie Parks gesagt hatte. Mehr nicht. Er, Parks, war ihr Zuhause, ihr wirkliches Zuhause, das sie ihr ganzes Leben lang gesucht hatte. Sie schrie nach ihm, schluchzte, als der Rauch ihr jede Sicht nahm.

Sie konnte das Feuer hören – oder den Wind. Brooke konnte nicht mehr eins vom anderen unterscheiden. Nur eines wusste sie ganz klar: Wenn sie ihn jetzt verlor, dann verlor sie tatsächlich alles. Wieder und wieder rief sie seinen Namen, kämpfte sich durch den Rauch zu ihm.

Sekunden später lag sie in seinen Armen.

„Was ist passiert? Ich habe dich rufen gehört, ich dachte …“ Er drückte sie an sich, bis die Angst verebbte. „Verdammt, Brooke, ich habe dir gesagt, du sollst im Wagen bleiben.“

„Nicht ohne dich. Bitte, lass uns gehen!“ Sie riss an seinem Arm, zog ihn die Straße zurück zum Auto.

„Das Haus …“

„Bedeutet nichts“, stieß sie wild hervor. „Nur du bedeutest mir etwas.“ Bevor er reagieren konnte, kletterte Brooke auf den Fahrersitz. Kaum saß Parks neben ihr, fuhr sie die gewundene Bergstraße hinunter.

Nach knapp einer Meile wurde der Rauch dünner. Und da erst löste sich der Schock mit Schüttelanfällen und neuen Tränen. Brooke fuhr an den Straßenrand, legte den Kopf aufs Lenkrad und weinte.

„Brooke.“ Zärtlich strich er ihr über das feuchte, zerzauste Haar. „Es tut mir leid. Ich weiß, das Haus ist wichtig für dich. Aber vielleicht wird es nicht ganz zerstört. Wir können …“

„Verdammt sei das Haus!“ Sie hob den Kopf und blickte ihn voller Verzweiflung an. „Ich muss verrückt gewesen sein, mich so zu verhalten, dich zurückzuschicken …“ Unter Tränen fluchend stieg sie aus.

Langsam folgte Parks ihr. „Brooke."

„Du bist das Wichtigste in meinem Leben." Sie drehte sich zu ihm um und war bemüht, die Tränen zurückzuhalten. „Ich kann nicht erwarten, dass du das glaubst, nach der Art, wie ich mich verhalten habe. Ich konnte von dem Haus nicht lassen, von meinen Sachen, weil ich so lange warten musste, um sie zu haben. Sie haben mir ein Gefühl von Identität vermittelt." Die Wahrheit tat weh. Brooke schluckte. „Alles, was ich hatte, gehörte mir nur leihweise. Darum war ich vorhin nur von dem Gedanken beherrscht, dass ich jetzt wieder alles verliere. Ich erwarte nicht, dass du verstehst ..."

„Ich werde verstehen." Er nahm ihr Gesicht in beide Hände. „Wenn du mich lässt."

Sie stieß einen zittrigen Atemzug aus. „Ich habe nie irgendwohin, nie zu jemandem gehört. Das erzeugt Angst, einem anderen zu vertrauen. Früher habe ich mir geschworen, eines Tages meine eigenen Sachen zu besitzen – mein eigenes Haus, ohne es mit jemandem teilen, ohne bitten zu müssen. Daran musste ich mich einfach klammern, weil ich ohne diese Hoffnung nicht überleben konnte. Aber ich habe vergessen, loszulassen, als ich es nicht mehr brauchte."

„Vielleicht." Er strich mit einem Daumen über ihre Wange. „Vielleicht hast du aber auch losgelassen, ohne es selbst zu merken. Vorhin hast du es unser Haus genannt."

„Parks." Sie legte ihre noch zitternden Hände auf seine Schulter. „Ich mache mir nichts daraus, wenn das Haus weg ist, wenn alles weg ist. Ich habe alles, was ich brauche, alles, was ich liebe, direkt hier in meinen Händen."

Sie waren beide nass, schmutzig, erschöpft, aber am Leben. Parks betrachtete ihr schmutzverschmiertes Gesicht und ihr verfilztes Haar, die rot geäderten Augen. Für ihn war Brooke nie schöner gewesen. Die Kehle kratzig vom Rauch, die Augen brennend, zog er sie an sich. Zusammen sanken sie aufs Gras.

Brooke lachte und weinte, als er sie küsste, als sich seine Küsse in einem wilden Rausch in ihre Haut einbrannten. Leidenschaft traf auf Leidenschaft. Ein Verlangen trieb sie an, so elementar wie das Feuer. Auf Brookes zerrissenen Seidenmantel wurden Parks durchnässte Kleidungsstücke geworfen, und nackt und eng umklammert lagen sie im Gras. Mit ungeahnter Begierde pressten sie wieder und wieder die Lippen aufeinander, saugten gegenseitig aus sich das triumphale Gefühl des Sieges, und das führte sie über den Rauch und den Gestank des Feuers hinaus in eine saubere helle Welt.

Die Arme fest um ihn geschlungen, ihren Körper an seinen gepresst, erlebte Brooke das absolute Vertrauen. Parks würde sie beschützen, sie würde ihn gegen jede von außen kommende Macht verteidigen. Während des gemeinsamen Kampfes gegen das Feuer hatten sie aufgehört, ein Mann und eine Frau zu sein. Sie waren eine Einheit geworden. Irgendwo unter der wirbelnden Leidenschaft breitete sich in Brooke Frieden aus. Sie hatte ihren Frieden gefunden.

Sie liebten sich. Über ihnen zerfaserte der Rauch. Erschöpft und glücklich hielten sie sich weiter fest umschlungen.

„Wir haben gewonnen", wisperte Brooke.

Parks hob den Kopf und blickte zu ihr herab. Mit dem Daumen rieb er einen Rußfleck aus ihrem Gesicht. Die Farbe ihrer Augen, dachte er. „Ja. Wir haben gewonnen, Brooke."

„Alles." Sie wiegte seinen Kopf an ihrer Schulter und strich ihm zärtlich übers Haar. „Ich habe einmal gesagt, ich will, dass sich nichts ändert. Ich hatte Angst vor Veränderungen. Ich habe mich geirrt." Diese glückliche Zufriedenheit hatte sie immer gesucht und unwiderruflich in diesem Mann, in dieser Liebe gefunden. „Aber wir werden immer noch das Spiel spielen, nicht wahr?"

Diesmal hob er den Kopf, und Brooke erwiderte sein Lächeln. „Nach unseren eigenen Regeln."

– ENDE –

Nora Roberts

Ein Kuss zum Dessert

Roman

Aus dem Amerikanischen von
Elke Iheukumere

mtb

1. KAPITEL

Ihr Name war June. Es war ein Name, bei dem man an Blumen dachte, an plötzliche Gewitter und lange, ruhelose Nächte im Sommer. Er weckte auch Erinnerungen an sonnenbeschienene Wiesen und an ein Plätzchen im Schatten. Ja, der Name passte zu ihr.

Während sie jetzt dort stand, die Hände in die Hüften gestützt, aufmerksam und angespannt, war in dem Raum kein einziges Geräusch zu hören. Niemand ließ sie aus den Augen, denn niemand wollte sich eine einzige Geste von ihr, eine Bewegung entgehen lassen. Die ganze Aufmerksamkeit war nur auf sie gerichtet. Musik von Chopin erfüllte den Raum, das Licht spielte auf ihrem adrett hochgesteckten Haar und ließ es aufleuchten, ein warmes Braun mit goldenen Lichtern. Smaragdohrringe blitzten an ihren Ohren.

Die hohen Wangenknochen gaben ihrem fein geschnittenen Gesicht ein aristokratisches Aussehen, ihre dunkelbraunen Augen mit den bernsteinfarbenen Flecken blickten konzentriert, die vollen, sinnlichen Lippen hatte sie ein wenig schmollend verzogen.

Sie war ganz in Weiß gekleidet, und sie zog alle Blicke auf sich wie ein Schmetterling im hellen Sonnenlicht. Obwohl sie kein Wort sprach, lauschten doch alle auf das kleinste Geräusch.

June hätte genauso gut allein sein können, so wenig Aufmerksamkeit schenkte sie den Menschen um sich herum. Für sie gab es nur ein Ziel: Perfektion. Mit weniger gab sie sich nie zufrieden.

Vorsichtig hob sie die letzte Blüte der Engelwurz und drückte sie auf den Savarin. Die Stunden, die sie gebraucht hatte, dieses Kunstwerk zu backen, waren vergessen, und auch die Hitze, ihre müden Beine sowie die schmerzenden Arme. Der Abschluss einer Kreation von June Lyndon war äußerst wichtig. Ja, es würde perfekt schmecken, perfekt riechen, sich sogar perfekt schneiden lassen. Aber wenn es nicht auch perfekt aussah, war all das andere nicht wichtig.

Mit der Vorsicht eines Künstlers, der ein Meisterwerk vollendet, hob sie den Pinsel und gab den Früchten und Mandeln einen leichten Überzug aus Apricot.

Noch immer sprach niemand.

Ohne die Hilfe eines der Umstehenden zu erbitten, füllte June jetzt das Innere des Savarins mit einer gehaltvollen Creme, deren Rezept sie wie ein Geheimnis hütete.

Dann trat sie mit hoch erhobenem Kopf einen Schritt zurück, um ihrer Schöpfung einen letzten, prüfenden Blick zuzuwerfen. Das war der letzte Test, denn ihr Auge war aufmerksamer und kritischer als das eines jeden anderen Menschen, wenn es um ihre eigene Arbeit ging. Sie verschränkte die Arme vor der Brust, ihr Gesicht war ausdruckslos. In der großen Küche hätte man eine Stecknadel fallen hören können, so still war es.

Dann begannen ihre Augen zu glänzen, ihr Mund verzog sich zu einem Lächeln. Erfolg. June hob einen Arm. „Bringt ihn weg“, befahl sie.

Während zwei ihrer Assistenten das glitzernde Gebilde aus dem Raum rollten, brach Applaus aus.

June akzeptierte den Applaus, weil sie davon überzeugt war, dass sie ihn verdiente. Ihr Savarin war prächtig, und das hatte der italienische Herzog für die Verlobung seiner Tochter so gewollt, dafür bezahlte er auch. June hatte lediglich ihre Arbeit getan.

„Mademoiselle.“ Foulfount, der Franzose, dessen Spezialität Schellfisch war, fasste June an den Schultern, seine Augen leuchteten voller Bewunderung. „Incroyable.“ Begeistert küsste er sie auf beide Wangen, und zum ersten Mal seit Stunden lachte June.

„Merci.“ Jemand hatte eine Flasche Wein geöffnet, June nahm zwei Gläser und reichte eines davon dem Franzosen. „Auf unsere nächste Zusammenarbeit, mon ami.“

Sie trank das Glas leer, nahm ihre kecke Kochmütze ab und verließ dann die Küche. In dem riesigen Speisezimmer mit dem Marmorfußboden und den unzähligen Kerzen wurde gerade ihr

Savarin serviert und bewundert. Der letzte Gedanke, ehe sie ging, war, dass Gott sei Dank jemand anders das Durcheinander aufräumen musste.

Zwei Stunden später hatte June die Schuhe ausgezogen und die Augen geschlossen. Ein gruseliger Kriminalroman lag auf ihrem Schoß, während ihr Flugzeug über den Atlantik flog. Sie war auf dem Weg nach Hause. Beinahe drei Tage war sie in Mailand gewesen, nur, um diesen einzigen Nachtisch zuzubereiten. Doch für June war das nicht ungewöhnlich. Sie hatte in Madrid „Charlotte Malakoff" gebacken, in Athen „Crêpes Fourrées" flambiert und „Ile Flottante" in Istanbul zubereitet. Für ihre Spesen zusätzlich eines beachtlichen Lohns kreierte June Lyndon einen Nachtisch, der noch lange nach dem letzten Bissen in der Erinnerung derer bleiben würde, die ihn verspeist hatten.

Sie sah sich selbst als Spezialistin, ähnlich wie ein befähigter Chirurg. Und in der Tat hatte sie studiert, gelernt und praktiziert, beinahe genauso lang wie ein Mitglied einer medizinischen Fakultät. Fünf Jahre nachdem sie in Paris, der Stadt, in der das Essen zur Kunst erhoben wurde, die hohen Anforderungen erfüllt hatte, die nötig waren, „Cordon-bleu-Chef" zu werden, hatte sie sich den Ruf erworben, so temperamentvoll zu sein wie ein Künstler, das Gedächtnis eines Computers zu haben, wenn es um Rezepte ging, und die Hände eines Engels bei deren Zubereitung.

June döste in ihrem Sitz in der ersten Klasse vor sich hin und sehnte sich nach einem simplen Stück Pizza. Sie wusste, der Flug würde viel schneller vergehen, wenn sie lesen oder schlafen würde. Sie entschied sich, beides zu tun; zuerst würde sie ein wenig schlafen, denn ihr Schlaf war ihr genauso heilig wie das Rezept für ihre „Mousse au Chocolat".

Wenn sie erst einmal wieder in Philadelphia war, so erwartete sie dort ein echt hektischer Terminplan. Sie musste eine „Bombe" zubereiten für den Wohltätigkeitsball des Gouverneurs, dann erwarteten sie das Treffen der Gourmet-Gesellschaft, die

Demonstration ihrer Kunst in einer Fernsehsendung ... und dann noch diese Besprechung, dachte sie benommen.

Was hatte diese Frau am Telefon gesagt? überlegte June. Drake – nein, Blake, Blake Cocharan der Dritte, von der Cocharan-Hotelkette. Großartige Hotels, dachte June. Sie hatte einige davon in unterschiedlichen Ländern besucht. Mr Cocharan der Dritte hatte ihr einen geschäftlichen Vorschlag zu machen.

June nahm an, dass er von ihr einen besonderen Nachtisch zubereitet haben wollte, den er exklusiv in seinen Hotels anbieten wollte, etwas, das es nur in den Cocharan-Hotels gab. Sie war dem gar nicht abgeneigt – unter den entsprechenden Bedingungen. Und selbstverständlich gegen die entsprechende Bezahlung. Natürlich müsste sie sich zuerst das Cocharan-Unternehmen genauer ansehen, ehe sie sich einverstanden erklärte, ihren guten Namen mit dem Unternehmen in Verbindung zu bringen. Wenn auch nur eines der Hotels nicht ihrem Qualitätsstandard entsprach ...

Mit einem Gähnen entschied sich June, später darüber nachzudenken – nachdem sie sich mit „dem Dritten" persönlich getroffen hatte. Blake Cocharan der Dritte, dachte sie mit einem belustigten Lächeln. Rundlich, wahrscheinlich mit Glatze und auch mit Verdauungsschwierigkeiten. Sicher trug er italienische Schuhe, eine Schweizer Uhr, französische Hemden und fuhr einen deutschen Wagen – und ohne Zweifel betrachtete er sich als Amerikaner. Wieder gähnte June, dann seufzte sie, als sie erneut an die Pizza dachte. Sie lehnte den Kopf zurück, entschlossen zu schlafen.

Blake Cocharan der Dritte saß auf dem Rücksitz seiner metallicgrauen Limousine und ging noch einmal den Bericht des neuesten Cocharan-Hotels in Saint Croix durch. Er war ein Mann, der ein heilloses Durcheinander in kürzester Zeit in eine perfekte Ordnung bringen konnte, für ihn war Chaos nur eine Art von Ordnung, die mit Logik entwirrt werden musste. Und Blake war ein sehr logisch denkender Mensch. Für ihn leitete Punkt A unzweifelhaft zu Punkt B und dann zu Punkt C. Ganz egal, wie verwirrt etwas auch sein mochte, mit Logik und Geduld fand er immer einen Weg.

Nicht allein aufgrund dieses Talentes besaß Blake mit seinen fünfunddreißig Jahren absolute Kontrolle über das Cocharan-Imperium. Seinen Reichtum hatte er geerbt und dachte demzufolge auch kaum darüber nach. Seine Position in dem Imperium jedoch hatte er sich erarbeitet, und deshalb war sie für ihn von Bedeutung. Für die Cocharan-Hotels war nur das Beste gut genug, angefangen von der Bettwäsche bis hin zum Mörtel, mit dem die Häuser gebaut wurden.

Und der ihm vorliegende Bericht über June Lyndon sagte ihm, dass sie die Beste war.

Er legte die Papiere über das Hotel in Saint Croix zur Seite und zog eine andere Akte aus seinem Aktenkoffer.

June Lyndon, dachte er, als er die Akte öffnete, achtundzwanzig Jahre alt, studiert an der Sorbonne, Cordon-bleu-Chef. Ihr Vater war Rothschild Lyndon, Mitglied des Britischen Parlaments, ihre Mutter, Monique Dubois Lyndon, eine Französin, war früher Filmschauspielerin gewesen. Die Eltern hatten sich einvernehmlich getrennt und waren seit dreiundzwanzig Jahren geschieden. June Lyndon hatte in ihren frühen Lebensjahren zwischen London und Paris gelebt, bis ihre Mutter einen amerikanischen Geschäftsmann heiratete, der in Philadelphia lebte. Danach war June allerdings wieder nach Paris zurückgekehrt, hatte dort ihre Ausbildung abgeschlossen und lebte jetzt in Paris wie auch in Philadelphia. Ihre Mutter hatte seitdem noch ein drittes Mal geheiratet, einen Papierfabrikanten, ihr Vater hatte sich von seiner zweiten Frau, einer erfolgreichen Anwältin, getrennt.

Alle Nachforschungen Blakes hatten immer wieder zu dem gleichen Schluss geführt: June Lyndon war die beste Dessert-Köchin auf beiden Seiten des Atlantiks. Dazu war sie noch eine hervorragende Küchenchefin, die Wert auf Qualität legte, kreativ war und auch die Fähigkeit besaß, in einer Krise zu improvisieren. Auf der anderen Seite sagte man von ihr, dass sie diktatorisch herrschte, temperamentvoll und verletzend ehrlich war. Doch diese Eigenschaften hatten ihr keine Nachteile gebracht.

Sie mochte zwar darauf bestehen, während ihrer Arbeit der Musik von Chopin zu lauschen oder sich weigern zu arbeiten, weil das Licht nicht richtig war, aber ihre Mousse allein genügte, um einen Mann dazu zu bringen, ihr jeden Wunsch zu erfüllen.

Blake war ein Mann, der nicht gern bat … aber er wollte June Lyndon für sein Hotel haben. Und er zweifelte nicht daran, dass es ihm gelingen würde, ihre Zustimmung für genau das zu bekommen, was er sich vorgestellt hatte.

Eine tolle Frau, dachte er. Nicht vielen Frauen war es gelungen, das zu erreichen, was June erreicht hatte. Es gab viele Frauen, die Köchinnen waren, aber die Küchenchefs waren meistens Männer.

Er versuchte, sie sich vorzustellen. Wahrscheinlich war sie rundlich vom vielen Probieren. Starke Hände hatte sie sicher, und ihre Haut war blass und ein wenig teigig von der Arbeit in der Küche. Eine Frau, die wusste, was sie wollte, dessen war er sicher, kompromisslos, organisiert, logisch und kultiviert – vielleicht ein wenig schlicht, weil sie sich mit dem Kochen befasste und nicht mit Mode. Blake dachte, dass sie sicher sehr gut miteinander auskommen würden. Mit einem Blick auf seine Uhr stellte er fest, dass er pünktlich zu ihrer Verabredung sein würde.

„Es wird nicht länger als eine Stunde dauern“, erklärte er seinem Fahrer, als sie vor dem großen Haus anhielten.

Blake blickte zum vierten Stock des Hauses hinauf, die Fenster waren geöffnet, stellte er fest. Er hörte Musik aus den geöffneten Fenstern, konnte jedoch nicht erkennen, welche Musik es war. Als er das Haus betrat, sah er, dass der Aufzug gerade außer Betrieb war. Er musste also die vier Stockwerke zu Fuß hochgehen.

Nachdem er an der Tür geläutet hatte, wurde sie von einer zierlichen Frau in einer eng anliegenden schwarzen Jeans und einem T-Shirt geöffnet. Ob das das Hausmädchen ist, das gleich den Rest des Tages freihat? fragte Blake sich. Aber sie sah nicht einmal kräftig genug aus, um den Boden schrubben zu können. Und wenn sie ausgehen wollte, so würde sie das sicher nicht ohne Schuhe tun, dachte er.

Nachdem er sie mit einem Blick von Kopf bis Fuß gemustert hatte, sah er wieder in ihr Gesicht. Es war ein klassisches Gesicht, ohne Make-up und zweifellos sehr sinnlich. Der Mund allein kann das Blut eines Mannes in Wallung bringen, stellte Blake bei sich fest.

„Mein Name ist Blake Cocharan, ich bin mit Miss Lyndon verabredet."

June zog eine Augenbraue hoch – ein Zeichen der Überraschung, dann verzog sich ihr Mund zu einem Lächeln.

Er ist gar nicht rundlich, dachte sie. Er hatte einen schlanken, muskulösen Körper. Sportlich sah er aus. Offensichtlich beschäftigte er sich eher mit Sport als damit, geschäftliche Besprechungen bei einem gemeinsamen Essen zu erledigen. Auch kahlköpfig war er nicht, sondern er hatte dichtes, glänzendes schwarzes Haar, leicht gelockt umrahmte es ein sehr attraktives Gesicht. Über klaren wasserblauen Augen wölbten sich buschige Augenbrauen, sein Mund war ein wenig zu groß, aber die Lippen waren schön geschwungen und sinnlich. Seine Nase war gerade und gab seinem Gesicht einen leicht hochmütigen Ausdruck. Vielleicht hatte sie mit den Äußerlichkeiten recht gehabt – den italienischen Schuhen und all dem anderen –, aber June musste zugeben, dass sie sich ansonsten in dem Mann gründlich getäuscht hatte.

Es hatte nicht lange gedauert, ihn genauer zu betrachten, drei, vielleicht vier Sekunden, doch dann wurde ihr Lächeln noch intensiver. Blake konnte seinen Blick nicht von ihr losreißen. „Kommen Sie doch bitte rein, Mr Cocharan." June trat einen Schritt zurück und öffnete die Tür weiter. „Ich finde es sehr nett von Ihnen, dass Sie zugestimmt haben, sich hier mit mir zu treffen. Setzen Sie sich bitte, ich bin leider gerade in der Küche beschäftigt."

Blake öffnete den Mund, dann schloss er ihn wieder, ohne etwas gesagt zu haben. Er stellte seinen Aktenkoffer ab und sah sich um.

Die Einrichtung des großen Zimmers war eine Mischung europäischer Stile, die eigentlich nie zusammengepasst hätten, ihn aber dennoch anzogen. Der Tisch am anderen Ende war bedeckt mit Papieren und Notizzetteln, Geräusche von der Straße drangen durch die geöffneten Fenster, aus der Stereoanlage kam Musik von Chopin.

Diese Frau muss June Lyndon sein, dachte er plötzlich. Er war sicher, dass sonst niemand in der Wohnung war. Fasziniert von den Gerüchen und den Geräuschen aus der Küche, ging Blake durch den Raum zur Küche.

Sechs kleine Tortenböden standen auf der Anrichte, und June füllte sie gerade mit einer dicken weißen Creme. Als Blake in ihr Gesicht sah, erkannte er darin ihre Konzentration, die Ernsthaftigkeit, die einem Chirurgen zur Ehre gereicht hätte. Eigentlich hätte ihn das amüsieren müssen, stattdessen aber faszinierten ihn diese schlanken Hände, die zu der Musik ihre Arbeit verrichteten.

Sie holte etwas mit einer Gabel aus einer Pfanne – Blake nahm an, dass es erwärmtes Karamell war – und tropfte es über die Törtchen. Danach stellte sie jedes Einzelne vorsichtig auf ein Tablett, das mit einem Spitzendeckchen aus Papier bedeckt war. Als alle auf dem Tablett standen, sah sie auf.

„Möchten Sie einen Kaffee?" Sie lächelte ihn an, und die Falte zwischen ihren Augenbrauen verschwand.

Blake sah auf die Törtchen auf dem Tablett. Ihre Taille könnte man mit beiden Händen umfassen, dachte er abwesend. „Ja, gern", antwortete er auf ihre Frage.

„Bedienen Sie sich bitte." Sie deutete auf die Kaffeemaschine. „Ich muss diese Törtchen nach nebenan bringen." Noch ehe er etwas sagen konnte, war sie schon an ihm vorbeigegangen. „Oh, da sind auch noch ein paar Kekse. Ich bin gleich wieder da."

Sie war verschwunden und die Törtchen mit ihr. Blake zuckte mit den Schultern, dann ging er in die Küche zurück, in der ein heilloses Durcheinander herrschte. June Lyndon war vielleicht eine großartige Köchin, aber offensichtlich nicht sehr ordentlich. Doch wenn das Aussehen und der Duft dieser Törtchen ein Anzeichen für ihr Können waren …

Blake suchte im Schrank nach einer Kaffeetasse, dann konnte er der Versuchung nicht länger widerstehen. Mit einem Finger fuhr er über den Rand der Schüssel, in der die Creme gewesen war, und steckte dann den Finger in den Mund. Mit einem Seufzer schloss er die Augen, köstlich … und sehr französisch.

Er hatte in den exklusivsten Restaurants gespeist, bei einigen der reichsten Leute überall in der Welt. Er konnte jedoch nicht behaupten, dass ihm je etwas besser geschmeckt hätte als das, was er gerade aus der Schüssel genascht hatte. June Lyndon hat recht daran getan, sich auf Nachspeisen zu spezialisieren, dachte er. Er bedauerte es, dass sie diese Törtchen weggebracht hatte. Und als er dann noch einmal im Schrank nachsah, fand er auch eine Keksdose.

Normalerweise hätten ihn Kekse überhaupt nicht interessiert, doch ihm lag noch immer der Geschmack der Creme auf der Zunge. Was für Kekse gab es wohl im Haushalt einer Frau, die in der Haute Cuisine nur das Feinste erschuf? Blake öffnete den Deckel der Dose und starrte dann verwundert auf die Kekse. Er nahm einen der Kekse in die Hand, dann lachte er laut auf und legte ihn in die Dose zurück. Und das von einer Frau, die für ihre Kreationen nur die erlesensten Zutaten benutzte?

Während seiner Laufbahn waren Blake schon alle möglichen Exzentriker begegnet, er hielt sich für einen sehr guten Menschenkenner. Und er hatte geglaubt, dass es nicht sehr lange dauern würde, bis er herausfand, was June Lyndon für ein Mensch war.

Gerade als Blake sich den Kaffee eingoss, kam June in die Küche zurück. „Es tut mir leid, dass Sie warten mussten,

Mr Cocharan, ich weiß, das war sehr unhöflich von mir." Sie lächelte, als hätte sie keinen Zweifel, dass er ihr vergeben würde. „Ich habe diese Törtchen für eine Nachbarin gemacht, sie gibt heute Nachmittag einen kleinen Verlobungstee – mit den neuen Verwandten." Ihr Lächeln wurde jetzt zu einem Grinsen, sie goss sich eine Tasse Kaffee ein und nahm sich einen Keks. „Möchten Sie keine Kekse?"

„Nein danke."

„Wissen Sie", meinte June, nachdem sie an ihrem Keks geknabbert hatte, „diese Kekse sind wirklich ausgezeichnet." Mit dem Keks in der Hand deutete sie auf die Couch. „Sollen wir uns nicht setzen und über Ihren Vorschlag reden?"

Sie geht gleich auf die Dinge zu, dachte Blake, dann nickte er zustimmend. Er war in seinem Beruf sehr erfolgreich, nicht etwa, weil er ein Cocharan war, sondern weil er einen wachen, analytischen Verstand besaß. Doch jetzt musste er zunächst einmal überlegen, wie er auf eine Frau wie June Lyndon zugehen musste.

Interessiert betrachtete Blake June Lyndon. Sie hatte ein Gesicht, das er sich im Schatten eines Baumes im Bois de Boulogne vorstellen konnte, sehr französisch und sehr elegant. Ihre Stimme und auch ihre Sprache verrieten unzweifelhaft eine erstklassige europäische Erziehung. Ihr Haar hatte sie achtlos hochgesteckt, die Smaragdohrringe in ihren Ohren waren groß und lupenrein. Der Ärmel ihres T-Shirts zeigte ein ziemlich großes Loch.

Sie setzte sich auf die Couch und zog die nackten Füße unter ihren Körper. Die Fußnägel waren in einem knalligen Rosa angemalt, ihre Fingernägel hingegen waren kurz geschnitten und nicht lackiert. Sie duftete ein wenig nach Karamell – wahrscheinlich von den Törtchen, aber noch einen anderen Duft nahm er wahr, unzweifelhaft französisch und sehr sinnlich.

Wie spricht man eine solche Frau an? überlegte Blake. Benutzte man Charme, um zu ihr durchzudringen, Schmeicheleien oder einfach nur Fakten? Man sagte von June Lyndon, sie sei Perfektionistin und auch ab und zu sehr temperamentvoll. Einmal hatte sie sich geweigert, für einen bekannten Politiker zu kochen, weil der es ablehnte, ihre Küchenausrüstung in sein Land fliegen zu lassen. Sie hatte einer Hollywood-Größe ein kleines Vermögen berechnet für einen riesigen Hochzeitskuchen. Und gerade hatte sie für ihre Nachbarin ein Tablett Törtchen gebacken. Blake hätte gerne gewusst, wie sie wirklich war, ehe er ihr sein Angebot machte.

„Ich kenne Ihre Mutter“, begann er, während er sie noch eingehend betrachtete.

„Wirklich?“ Sie sah ihn überrascht an. „Eigentlich sollte ich gar nicht so überrascht sein“, meinte sie dann und knabberte wieder an ihrem Keks. „Meine Mutter steigt immer in den Cocharan-Hotels ab, wenn sie unterwegs ist. Ich glaube, ich habe einmal mit Ihrem Großvater zusammen gegessen, als ich sechs oder sieben Jahre alt war.“ Sie nippte an ihrem Kaffee. „Die Welt ist tatsächlich sehr klein.“

Ein wirklich toller Anzug, dachte June, als sie sich zurücklehnte, um ihr Gegenüber besser betrachten zu können. Er war gut geschnitten, dabei konservativ genug, um die Zustimmung ihres Vaters zu finden. Der Körper jedoch, der sich unter diesem Anzug verbarg, hätte zweifellos die Zustimmung ihrer Mutter gefunden. Und es war wahrscheinlich die Kombination von beidem, die Junes Interesse erregte.

Verflixt, er ist wirklich sehr attraktiv, dachte sie, als sie jetzt sein Gesicht betrachtete. Es war kein sehr glattes Gesicht, kantig konnte man es allerdings auch nicht nennen, doch die Kraft, die dahintersteckte, war deutlich zu bemerken. Blake war sicher ein Mann, der immer das bekam, was er haben wollte, und auch ohne dieses faszinierende Gesicht wäre er sicher ein attraktiver Mann gewesen.

Ihre Mutter hätte das „séduisant“ genannt, und sie hätte damit recht gehabt. June hingegen benutzte lieber das Wort „gefährlich“. Es war schwierig, solch einer Kombination zu widerstehen. Sie rückte ein Stück von ihm ab. Geschäft war schließlich Geschäft.

„Dann kennen Sie also die Maßstäbe, nach denen die Cocharan-Hotels geführt werden“, ergriff Blake wieder das Wort. Er wünschte plötzlich, dass der Duft, der ihm in die Nase stieg, nicht so verführerisch wäre oder dass ihr Mund ihn nicht so in Versuchung bringen würde. Es gefiel ihm nicht, diese körperliche Anziehungskraft mit seinen Geschäften in Verbindung zu bringen.

„Natürlich.“ June setzte die Kaffeetasse ab. „Ich steige auch meist dort ab, wenn ich auf Reisen bin.“

„Wie ich höre, setzen auch Sie Ihre Maßstäbe für Qualität sehr hoch an.“

Als June jetzt lächelte, hatte ihr Lächeln einen Anflug von Arroganz. „In meinem Beruf bin ich die Beste, weil ich es so will.“

Sehr aufschlussreich, dachte Blake. „Das habe ich auch gehört, Miss Lyndon, und mich interessiert eben nur das Beste.“

„Also?“ June stützte den Ellbogen auf die Rückenlehne des Sofas und legte dann ihren Kopf seitlich in die Hand. „Und wie interessiere ich Sie, Mr Cocharan?“ Sie wusste, dass ihre Frage sehr zweideutig war, aber sie konnte sich nicht zurückhalten. Wenn eine Frau in ihrem Berufsleben immer wieder Risiken einging und auch immer wieder experimentierte, so färbte das wohl auch auf ihr Privatleben ab.

Sechs verschiedene Antworten kamen Blake in den Sinn, aber keine von ihnen hatte etwas mit dem Grund seines Besuchs zu tun. „Die Restaurants in den Cocharan-Hotels sind bekannt für Qualität und Service. In letzter Zeit scheint unser Restaurant hier in Philadelphia allerdings in beidem ein wenig zu kurz zu kommen. Ehrlich gesagt, Miss Lyndon, mein Eindruck ist, dass das Essen ein wenig zu gewöhnlich, zu langweilig geworden ist. Ich habe die Absicht, das Restaurant umzugestalten, sowohl äußerlich als auch, was die Besetzung betrifft.“

„Sehr klug. Genau wie manche Menschen werden auch Restaurants ab und zu sehr selbstgefällig.“

„Ich möchte den besten Küchenchef einstellen.“ Er warf ihr einen prüfenden Blick zu. „Und meine Nachforschungen haben ergeben, dass Sie das sind.“

June zog überrascht eine Augenbraue hoch. „Das ist sehr schmeichelhaft, aber ich arbeite freiberuflich, Mr Cocharan. Und ich habe mich spezialisiert.“

„Sicher, aber Sie haben auch Erfahrung in all den anderen Sparten der Haute Cuisine. Und was Ihre freiberufliche Arbeit betrifft, Sie würden genügend Spielraum haben, diese Arbeit weiterzuführen, wenigstens nach den ersten Monaten. Sie brauchten nur Ihre eigenen Leute anzulernen und eine Menükarte zu kreieren. Ich halte nicht viel davon, einen Experten einzustellen und diesem dann hineinzureden.“

June sah ihn mit gerunzelter Stirn an. Das Angebot war verlockend, wirklich sehr verlockend. Vielleicht war es nur die Müdigkeit von ihrer Reise nach Italien, die ihr seinen Vorschlag noch verlockender erscheinen ließ. Nur für die Zubereitung eines einzigen Gerichtes durch die halbe Welt zu fliegen, konnte schon ermüdend sein. Sie hatte das Gefühl, er habe ihr zur richtigen Zeit den richtigen Vorschlag gemacht, um ihr Interesse zu wecken, sich für eine bestimmte Zeit nur auf eine Küche zu konzentrieren.

Wenn sie ehrlich war, würde das eine sehr interessante Arbeit werden können. Wenn er es ernst meinte, dass er ihr freie Hand ließ, könnte sie die Küche und auch den Speiseplan in einem alten, wohlangesehenen Hotel völlig umgestalten. Es würde vielleicht sechs Monate Anstrengung kosten, und dann … Es war dieses „Und dann“, das sie zögern ließ. Wenn sie wirklich so viel Zeit und Energie in einen Job steckte, der sie voll beanspruchen würde, hätte sie dann noch Zeit genug für das Außergewöhnliche? Auch darüber musste sie nachdenken.

Außerdem, wenn sie sich wirklich auf nur ein einziges Restaurant konzentrieren wollte, konnte sie ohne Weiteres ein eigenes Restaurant eröffnen, überlegte sie. Sie hatte mit diesem Gedanken noch nicht gespielt, weil sie dann zu sehr gebunden wäre, an einen Ort und auch an ein Projekt. Sie zog es vor zu reisen, ein einziges Gericht zuzubereiten und dann weiterzureisen, zum nächsten Land, zur nächsten Spezialität. Das war ihr Stil. Und warum sollte sie den jetzt ändern?

„Ein sehr schmeichelhaftes Angebot, Mr Cocharan ..."

„Dazu ein sehr lukratives", unterbrach er sie, weil er bemerkt hatte, dass das der Beginn einer ablehnenden Antwort sein sollte. Ganz lässig nannte er ein sechsstelliges Jahresgehalt, das June für einen Augenblick sprachlos machte.

„Und sehr großzügig", stellte sie fest, als sie die Sprache wiedergefunden hatte.

„Man bekommt nicht das Beste, wenn man nicht auch gewillt ist, dafür zu bezahlen. Ich möchte, dass Sie darüber nachdenken, Miss Lyndon." Er zog einige Papiere aus seinem Aktenkoffer hervor. „Das ist der Entwurf eines Vertrages. Vielleicht möchten Sie, dass Ihr Anwalt sich das einmal durchliest. Natürlich können wir über alle Punkte noch verhandeln."

June wollte sich diesen verflixten Vertrag nicht ansehen, weil sie das Gefühl hatte, in eine Ecke getrieben zu werden – eine sehr bequeme Ecke. „Mr Cocharan, ich schätze Ihr Interesse, aber ..."

„Nachdem Sie sich den Vertrag angesehen haben, möchte ich mich gern noch einmal mit Ihnen darüber unterhalten. Vielleicht am Freitag, beim Essen?", schlug Blake vor.

June kniff die Augen zusammen. Der Mann war wie eine Dampfwalze, eine sehr attraktive, gerissene Dampfwalze. Ganz gleich, wie elegant diese Maschine auch aussah, am Ende überrollte sie einen, wenn man ihr im Weg stand. „Tut mir leid, ich arbeite am Freitag – der Gouverneur gibt einen Wohltätigkeitsball", erklärte sie daher hochmütig.

„Ach ja." Er lächelte, auch wenn ihm plötzlich ein dicker Kloß im Hals saß. Er hatte einen flüchtigen Augenblick lang die sehr lebhafte, völlig verrückte Idee gehabt, wie es sein würde, sie auf dem Boden eines schattigen Waldes zu lieben. Der Gedanke allein genügte beinahe schon, ihn dazu zu bringen, ihre

Ablehnung einfach hinzunehmen. Doch dann atmete er tief aus. „Ich kann Sie gern dort abholen. Wir könnten danach noch zu Abend essen."

„Mr Cocharan", erklärte June eisig. „Sie müssen sich daran gewöhnen, auch ein Nein zu akzeptieren."

Den Teufel werde ich tun, dachte er grimmig, lächelte sie aber gleichzeitig an. „Entschuldigen Sie, Miss Lyndon, wenn es so aussieht, als wollte ich Sie drängen. Sehen Sie, immerhin waren Sie für mich die erste Wahl. Na ja …" Scheinbar zögernd stand er auf, und June begann, sich ein wenig zu entspannen.

„Wenn Sie sich schon entschieden haben …" Blake nahm den Vertragsentwurf vom Tisch und legte ihn wieder in seinen Aktenkoffer. „Vielleicht könnten Sie mir dann noch Ihre Meinung über Louis LaPointe sagen?"

„LaPointe?", flüsterte June entsetzt. Sehr langsam erhob sie sich vom Sofa, ihr ganzer Körper war wie erstarrt. „Sie fragen mich nach LaPointe?" Wenn sie ärgerlich war, so wie jetzt, kam das Erbe ihrer französischen Vorfahren noch mehr zum Vorschein.

„Es wäre nett, wenn Sie mir diesbezüglich etwas sagen könnten", sprach Blake freundlich weiter, obwohl er ganz genau wusste, dass er bei ihr ins Schwarze getroffen hatte. „Da Sie beide Kollegen sind …"

June warf den Kopf zurück und sagte ein einziges kurzes, rüdes Wort in ihrer Muttersprache, die goldenen Flecken in ihren dunklen Augen blitzten.

„Der ekelhafte Schuft", brummte sie dann wieder in Englisch. „Er hat das Hirn einer Erdnuss und die Hände eines Waldarbeiters. Sie wollen von mir etwas über LaPointe erfahren?" Sie nahm sich eine Zigarette und steckte sie an, etwas, das sie nur tat, wenn sie sehr erregt war. „Er ist ein Bauer. Was möchten Sie sonst noch wissen?"

„Nach meinen Informationen ist er einer der fünf Topküchenchefs in Paris", drängte Blake weiter, sicher, dass er jetzt die richtige Waffe besaß. „Man sagt, sein ‚Canard en croûte' sei unvergleichlich."

„Schuhleder“, entgegnete June verächtlich, und Blake musste sich zusammenreißen, um nicht zu grinsen. „Warum fragen Sie mich überhaupt nach LaPointe?“, wollte sie wissen.

„Ich werde in der nächsten Woche nach Paris fliegen, um mich dort mit ihm zu treffen. Da Sie mein Angebot abgelehnt haben ...“

„Sie wollen diesen ...“ Sie deutete mit dem Zeigefinger auf den Aktenkoffer, in den er den Vertrag gelegt hatte. „... ihm anbieten?“

„Zugegeben, er war für mich nur die zweite Wahl, aber in unserem Aufsichtsrat hat es auch Stimmen gegeben, die meinten, Louis LaPointe sei für diese Aufgabe besser geeignet.“

„Wirklich?“ June hüllte sich in eine Wolke aus Zigarettenrauch. Dann streckte sie die Hand aus, Blake holte den Vertrag wieder aus seinem Aktenkoffer und reichte ihn ihr. „Die Mitglieder Ihres Aufsichtsrates haben keine Ahnung, wovon sie reden.“ Sie legte den Vertrag neben ihre Kaffeetasse.

„Wahrscheinlich haben Sie recht.“

„Ganz bestimmt.“ Wieder zog June an ihrer Zigarette. Der Geschmack ist abscheulich, dachte sie. „Sie können mich am Freitag um neun in der Küche des Gouverneurs abholen, Mr Cocharan. Dann werden wir uns noch einmal über diese Angelegenheit unterhalten.“

„Sehr gern, Miss Lyndon.“ Er wandte den Kopf ein wenig ab und bemühte sich, ausdruckslos zu schauen, bis sich die Tür hinter ihm geschlossen hatte. Den ganzen Weg die vier Etagen hinunter lachte er.

2. KAPITEL

Einen guten Nachtisch aus nichts zu machen, ist nicht einfach. Aber ein Meisterwerk zu schaffen aus Mehl, Eiern und Zucker ist mindestens genauso schwer. Immer wenn June eine Schüssel oder einen Schneebesen in die Hand nahm, fühlte sie die Verpflichtung, ein Meisterwerk zu schaffen. Sie kochte und mixte nicht einfach – sie schuf, entwickelte und vollbrachte, genau wie vielleicht ein Architekt, ein Ingenieur oder ein Wissenschaftler. Als sie sich für die Haute Cuisine entschied, hatte sie das nicht nur aus einem leichtfertigen Impuls heraus getan, und sie hatte es auch nicht getan, ohne sich das Ziel der Perfektion zu setzen. Und es war die Perfektion, die sie noch immer erstrebte, wenn sie nur einen Löffel in die Hand nahm.

Den größten Teil des Tages hatte sie bereits in der Küche des Gouverneurs zugebracht. Andere Küchenchefs machten Aufhebens von ihren Suppen oder ihren Soßen, Junes Talent dagegen war allein dem krönenden Abschluss des Essens gewidmet, einer auserlesenen Mischung aus Geschmack und Schönheit: der „Bombe".

Die Grundform hatte sie bereits aus dem Kuchen geformt, den sie gebacken und dann in Form geschnitten hatte. Dies hatte sie mit der gleichen Sorgfalt erledigt, mit der ein Ingenieur eine Brücke entwirft. Die Mousse, ein Paradies aus Schokolade und Creme, hatte sie schon in den Kuchen gefüllt, seit dem frühen Morgen bereits war die Creme gekühlt worden. Und mit all den Vorbereitungen des Mixens, Backens und Formens war June ebenfalls seit acht Uhr auf den Beinen.

Jetzt stand die Grundform auf einem kleinen Tisch vor ihr, neben sich hatte June eine Schüssel mit zerkleinerten Beeren. Musik von Chopin erfüllte die Küche. Im Esszimmer war man bereits beim ersten Gang des Essens, doch es fiel June leicht, den Trubel um sich herum zu ignorieren. Auch der Gedanke, dass ihre Schöpfung genau zum richtigen Zeitpunkt fertig sein musste, machte sie nicht nervös. Das war alles nur Routine. Und trotzdem war ihre Konzentration nicht so, wie sie eigentlich sein sollte, als sie jetzt weiterarbeitete.

LaPointe, dachte sie verärgert. Natürlich war es genau dieser Ärger, der sie schon den ganzen Tag beschäftigte, der Ärger, dass Blake Cocharan ausgerechnet LaPointe hatte erwähnen müssen. June hatte nicht lange gebraucht, bis ihr klar geworden war, dass er diesen Namen ganz bewusst genannt hatte. Doch auch als ihr das aufgegangen war, war ihre Reaktion darauf nicht anders gewesen, höchstens war sie jetzt auf zwei Männer wütend und nicht nur auf einen.

Oh, er glaubt sicher, er sei schlau, wütete June innerlich, als sie jetzt an Blake dachte – wie schon so oft in der vergangenen Woche. Sie holte tief Luft, dann sah sie auf das Gebilde vor sich. *Und mich, ausgerechnet mich, bittet er darum, LaPointe eine Referenz zu geben.*

„Dieses Aas", murmelte sie leise vor sich hin, als sie an LaPointe dachte. Und als sie dann die ersten Beeren nahm, um sie über den Kuchen zu streichen, kam sie zu dem Schluss, dass Blake wohl genauso zu verachten war, wenn er vorhatte, mit diesem Franzosen zu verhandeln.

An jede einzelne ihrer unerfreulichen Begegnungen mit diesem knopfäugigen, viel zu kleinen LaPointe erinnerte sie sich noch ganz genau. Das Beste wäre wohl, ihm eine ausgezeichnete Referenz zu geben, dachte sie, während sie die Beeren auf den Kuchen strich. Das würde diesem Schuft von Amerikaner recht geschehen, wenn er mit so einem hochnäsigen Kerl wie diesem LaPointe dastehen würde. Während die Gedanken durch ihren Kopf wirbelten, arbeiteten ihre Hände unbeirrt weiter und gaben dem Dessert seine Form.

Hinter ihr ließ jemand mit lautem Krachen eine Pfanne auf den Boden fallen und wurde deshalb angeschrien. June zuckte nicht einmal zusammen.

Dieser aalglatte, selbstsichere Schuft, dachte sie, als ihre Gedanken wieder zu Blake zurückkehrten. Gleichzeitig strich sie eine dicke Schicht gehaltvoller Creme über die Beeren. Ihre

Miene war völlig konzentriert, nur in ihren Augen konnte man ihren Ärger lesen.

Ihr war ein Mann lieber, der ein wenig rau und kantig war, als einer, der förmlich glänzte, weil er so auf Hochglanz poliert war. Lieber ein Mann, der bei der Arbeit schwitzte und seinen Rücken krumm machte, als einer, der mit polierten Fingernägeln herumlief, in fünfhundert Dollar teuren Anzügen. Ihr war ein Mann lieber, der …

June hielt in ihrer Arbeit inne, als ihr klar wurde, was ihr da durch den Kopf ging. Seit wann dachte sie daran, einen Mann ernsthaft in Erwägung zu ziehen, und warum um alles in der Welt verglich sie ihn mit Blake? Lächerlich.

Die „Bombe" war jetzt ein riesiges weißes Gebilde, das auf seine Verzierung mit Schokolade wartete. Mit gerunzelter Stirn betrachtete June ihr Werk, während einer ihrer Helfer die leeren Schüsseln wegräumte. Dann gab sie die Zutaten für die Schokoladenverzierung in den Mixer, während zwei der Köche sich über die Sämigkeit der Soße für den ersten Gang stritten.

Ihre Gedanken schweiften wieder ab. Es war wirklich erstaunlich, wie oft in den letzten Tagen sie an Blake gedacht hatte, an jede kleine Einzelheit erinnerte sie sich. Seine Augen hatten die gleiche Farbe wie der See auf dem Land ihres Großvaters in Devon. Wie angenehm tief seine Stimme doch war und sein Mund, der sich leicht verzog, wenn er belustigt war.

Es fiel ihr schwer zu begreifen, warum sie sich an all das erinnerte und warum sie immer noch an ihn dachte.

Jetzt ist ganz sicher nicht die rechte Zeit dafür, rief sie sich zur Ordnung, als sie begann, die Verzierung aufzutragen. Sie würde an ihn denken, wenn ihre Arbeit vorbei war, sie würde beim Abendessen mit ihm verhandeln. Oh ja, dachte sie grimmig, sie würde schon mit ihm fertig werden.

Blake kam absichtlich zu früh. Er wollte June bei der Arbeit beobachten. Das war nur zu verständlich, denn immerhin hatte er vor, sie für ein Jahr an seinem Hotel zu verpflichten, da musste er doch sehen, was sie konnte und wie sie arbeitete. Er hatte sich schon öfter zukünftige Angestellte bei ihrer Arbeit angesehen, dies hier war also nichts Besonderes.

Immer wieder versuchte er, sich das einzureden, denn im Hinterkopf rumorten einige Zweifel über seine Motive. Er hatte ihre Wohnung gut gelaunt verlassen, weil er sie in der ersten Runde überrumpelt hatte. Der Ausdruck auf ihrem Gesicht, als er den Namen ihres Rivalen genannt hatte, war einfach unbezahlbar gewesen. Und es war dieses Gesicht, das ihm seither nicht mehr aus dem Kopf gegangen war.

Diese Frau beunruhigt mich, dachte er, als er die Küche betrat, und er hätte gern gewusst, warum. Waren ihm erst einmal die Gründe dafür klar, konnte er ihnen auch einen Namen geben.

Er liebte Schönheit – in der Kunst, der Architektur und ganz sicher auch bei Frauen. June Lyndon war schön. Intelligenz war etwas, was er nicht nur schätzte, sondern auch von den Menschen verlangte, mit denen er umging. Zweifellos war June intelligent, und sie hatte außerdem Klasse, das hatte er bereits festgestellt.

Aber was war an ihr, das ihn so beunruhigte? Die Augen? Dieses dunkle Braun mit den goldenen Fleckchen, die je nach ihrer Laune ihre Farbe änderten?

War es ihre sexuelle Anziehungskraft? Nur ein dummer Mann würde sich von einer natürlichen weiblichen Anziehungskraft beunruhigen lassen, und als dummen Mann hatte er sich noch nie eingeschätzt. Doch seit er sie zum ersten Mal gesehen hatte, verspürte er dieses Verlangen in seinem Inneren, fühlte sich zu ihr hingezogen. Ungewöhnlich, dachte er, etwas, worüber er sorgfältig nachdenken musste. Es war kein Platz für diese Art von Verlangen zwischen zwei Geschäftspartnern.

Und das würden sie werden, dachte er, und sein Mund verzog sich zu einem Lächeln. Blake war überzeugt von seiner Überredungskunst, und nachdem er LaPointe erwähnt hatte, hatte June schon den ersten Schritt auf ihn zu gemacht. Jetzt blieb er wie angewurzelt stehen, es war, als habe ihm jemand einen Schlag versetzt. Er brauchte sie nur anzusehen.

Sie war halb verdeckt von ihrem Kunstwerk, an dem sie noch arbeitete, ihr Gesicht war konzentriert. Blake sah die kleine Falte zwischen ihren Augenbrauen. Sie hatte den Blick gesenkt, deshalb konnte er in ihrem Gesicht nicht lesen, was sie dachte. Die Lippen waren leicht geschürzt – sie luden zum Küssen ein, fuhr es ihm durch den Kopf.

In ihrer weißen Kleidung und mit der großen Kochmütze hätte sie eigentlich schlicht und vielleicht sogar ein wenig komisch aussehen müssen, stattdessen war sie jedoch überwältigend schön. Blake hörte die Musik von Chopin, roch die Düfte der Speisen und fühlte die Spannung, die in der Luft lag, während die anderen Köche viel Aufhebens um ihre Kreationen machten. Alles, was er denken konnte, als er June so vor sich sah, war, wie sie wohl nackt aussehen würde, in seinem Bett, wenn nur Kerzenlicht die Dunkelheit erhellte.

Blake schüttelte den Kopf über sich selbst. Hör auf, dachte er grimmig, wenn man Geschäft und Vergnügen miteinander verbindet, wird beides darunter leiden. Er hatte seine Position erreicht und behauptete sie, weil er bisher Fehler wie diesen vermieden hatte.

June Lyndon war wahrscheinlich so köstlich wie das Gebilde, das sie gerade schuf. Aber das war es nicht, was er von ihr wollte. Er brauchte ihre Kenntnisse, ihren Namen und ihren Verstand, das war alles. Für den Augenblick wenigstens, versuchte er sich zu trösten.

Während er sie beobachtete, wie sie Lage um Lage der Verzierung auftrug, betrachtete er ihre Hände mit den langen, schlanken Fingern, die ohne zu zögern arbeiteten. Der Lärm und die Geschäftigkeit um sie herum schienen sie überhaupt nicht zu stören, es war beinahe, als wäre sie allein in dem Raum. Gut so, dachte er, denn eine hysterische Frau, die unter Stress zusammenbrach, konnte er nicht gebrauchen.

Geduldig wartete er, bis sie ihr Werk vollendet hatte. Als sie dann die Spritztüte mit weißer Creme füllte, um die letzten Verzierungen aufzubringen, war das Essen so weit fortgeschritten, dass die meisten der Köche und Helfer ihr zusehen konnten. Alle warteten auf das Finale.

Endlich trat sie einen Schritt zurück, man hörte ein allgemeines Aufseufzen aus der Menge der Zuschauer, aber noch immer lächelte June nicht. Sie ging um ihre Kreation herum und betrachtete sie von allen Seiten. Perfektion. Mit weniger gab sie sich nicht zufrieden.

Schließlich sah Blake, wie ihre Augen zu leuchten begannen und ihr Mund sich zu einem Lächeln verzog. Und das beunruhigte ihn nur noch mehr.

„Bringt sie rein." Mit einem Lachen streckte sie ihre Arme hoch, um die verspannten Muskeln zu bewegen. Sie hatte das Gefühl, eine ganze Woche schlafen zu können.

„Sehr eindrucksvoll!" Blakes Stimme erfüllte den Raum.

Die Arme noch immer hochgereckt, wandte June sich um und sah Blake an. „Danke." Ihre Stimme klang kühl, die Augen blickten vorsichtig. Irgendwann während ihrer Arbeit hatte sie sich entschieden, sehr vorsichtig vorzugehen im Umgang mit Blake Cocharan dem Dritten. „So soll das auch sein."

Blake entdeckte die große Schüssel mit der Schokoladencreme, die Junes Helfer noch nicht weggeräumt hatten. Mit einem Finger fuhr er über den Rand der Schüssel und leckte seinen Finger dann ab. Der Geschmack hätte einen Stein erweichen können. „Fantastisch."

June konnte das Lächeln nicht unterdrücken, er hatte ausgesehen wie ein kleiner Junge beim Naschen. „Natürlich", meinte sie dann und warf den Kopf ein wenig zurück. „Ich mache nur fantastische Sachen. Deshalb wollen Sie mich ja auch haben – nicht wahr, Mr Cocharan?"

„Mmm." Sein Murmeln konnte man als Zustimmung deuten, vielleicht aber auch als etwas anderes, doch beide entschieden sich, das nicht näher zu untersuchen. „Sie sind sicher sehr müde, nachdem Sie schon so lange auf den Beinen sind."

„Ein sehr aufmerksamer Mann“, murmelte sie, während sie die Kochmütze abnahm.

„Wenn Sie möchten, könnten wir in meinem Penthouse zu Abend essen. Es ist ruhig dort, wir wären allein, und Sie könnten es sich gemütlich machen.“

June zog eine Augenbraue hoch und warf ihm einen schnellen, misstrauischen Blick zu. Ein intimes Abendessen war etwas, das sehr gut überlegt werden musste. Sie mochte müde sein, aber mit einem Mann wurde sie noch immer fertig – besonders mit einem amerikanischen Geschäftsmann. Sie zuckte die Schultern. „Einverstanden. Es dauert nur ein paar Minuten, bis ich mich umgezogen habe.“

Ohne einen Blick zurück ging sie davon. Noch während Blake ihr nachsah, trat ein kleiner Mann mit einem dunklen Schnurrbart auf sie zu, nahm ihre Hand und zog diese mit einer dramatischen Geste an seine Lippen. Blake brauchte seine Worte gar nicht zu hören, um zu wissen, dass er June gratulierte. Sein Mund glitt weiter, Junes Arm hinauf. Doch sie lachte nur, schüttelte den Kopf und schob ihn dann sanft von sich. Blake sah, wie der Mann hinter ihr herblickte, wie ein kleiner Hund, der sich verlaufen hatte, und dann seine Kochmütze an sein Herz presste.

Sie war eine Frau, die sich gar nicht bemühen musste, um die Aufmerksamkeit der Männer auf sich zu ziehen, dachte Blake misstrauisch. Vor einer solchen Frau sollte man sich besser vorsehen, denn es würde ihr nicht schwerfallen, einen Mann zu manipulieren.

Blake stand grübelnd abseits, während in der Küche das Aufräumen und Abwaschen begann.

Kurze Zeit später kam June zurück. Sie trug jetzt ein mohnrotes Seidenkleid, das ihren Körper sanft umschmeichelte und ihre Formen noch betonte. Ihre Arme waren nackt, bis auf einen goldenen Armreif, den sie über dem Ellbogen trug. Lange spiralförmige Ohrringe berührten beinahe ihre Schultern. Ihr Haar hatte sie gelöst, es umrahmte in weichen Locken ihr Gesicht.

June wusste, dass sie in diesem Kleid gut aussah. Sie kleidete sich nach ihrem eigenen Geschmack, nicht nach der neuesten Mode, gerade so, wie es ihr gefiel. Doch als sie das Aufblitzen in Blakes Augen bemerkte, war sie zufrieden.

Natürlich interessierte sie sich nicht persönlich für ihn, doch sollte er merken, dass sie eine Persönlichkeit war und nicht nur ein Name, den er unter einen Vertrag bringen wollte. Ihre Arbeitskleidung trug sie in einer Tasche bei sich. Sie streckte Blake die Hand entgegen.

„Fertig?"

„Natürlich." Die Hand, die sich in seine legte, war kühl, sanft und sehr schmal. Er dachte dabei an Sonnenschein und feuchtes Gras. „Sie sehen zauberhaft aus", bemerkte er.

Sie konnte nicht widerstehen, ihre Augen blitzten belustigt auf. „Natürlich", antwortete sie und sah, dass auch er grinste. Gefährlich. In diesem Augenblick war sie nicht sicher, wer von ihnen beiden die Oberhand hatte.

„Mein Fahrer wartet draußen", erklärte er, dann gingen sie zusammen aus der lauten Küche hinaus in den Mondschein. „Ich nehme an, dass Sie mit Ihrem Beitrag zu dem Essen heute Abend zufrieden waren. Sie sind nicht geblieben, um sich eventuelle Kritik oder auch Lob anzuhören."

June sah ihn verständnislos an, als sie neben ihm in den Wagen stieg. „Kritik? Diese ‚Bombe' ist meine Spezialität, Mr Cocharan. Sie ist immer köstlich, das braucht mir nicht erst jemand zu sagen." Sie strich ihr Kleid glatt und schlug dann die Beine übereinander.

„Natürlich", murmelte Blake. „Es ist ein sehr kompliziertes Gericht", sprach er dann weiter. „Wenn ich mich recht erinnere, dauern die Vorbereitungen Stunden."

June beobachtete ihn, wie er eine Flasche Champagner aus einem Eiskübel nahm und sie öffnete. „Es gibt sehr wenig, das vollkommen ist nach einer nur kurzen Vorbereitungszeit."

„Das ist wahr." Blake goss den Champagner in zwei langstielige Gläser und reichte eines davon June. „Auf eine lange Zusammenarbeit."

June beobachtete ihn im Licht der vorbeifliegenden Straßenbeleuchtung. Er hat ein wenig von einem schottischen Krieger, dachte sie, und auch etwas von einem britischen Aristokraten. Eine recht außergewöhnliche Kombination, aber das Gewöhnliche hatte June noch nie interessiert. Sie stieß mit ihm an. „Vielleicht“, entgegnete sie vage. „Gefällt Ihnen Ihre Arbeit, Mr Cocharan?“ Sie nippte an ihrem Glas, und ohne auf das Etikett der Flasche gesehen zu haben, erkannte sie, welche Abfüllung und welcher Jahrgang es war.

„Sehr.“ Auch er beobachtete sie, stellte fest, dass sie bis auf ein wenig Mascara kein Make-up benutzt hatte. Einen Augenblick lang wurde er abgelenkt durch den Gedanken, wie sich ihre Haut wohl unter seinen Händen anfühlen würde. „Und nach allem, was ich eben gesehen habe, gefällt Ihnen Ihre Arbeit auch.“

„Ja.“ Sie lächelte. „Ich tue nur das, was mir gefällt. Und wenn ich mich nicht irre, gilt das auch für Sie.“

Blake nickte. „Sie sind sehr aufmerksam, Miss Lyndon.“

June hielt ihm ihr leeres Glas hin. „Sie haben einen sehr guten Geschmack, wenn es um Champagner geht“, meinte sie. „Erstreckt sich dieser gute Geschmack denn auch noch auf andere Bereiche?“

Ihre Blicke trafen sich, als er ihr Glas füllte. „Auf alle anderen Bereiche.“ Was hat sie nur vor? überlegte er.

„Sie sind doch Geschäftsmann“, sprach sie weiter. „Sagen Sie, delegieren Geschäftsleute nicht?“

„Sehr oft.“

„Und Sie? Tun Sie das nicht?“

„Das kommt ganz darauf an.“

„Ich habe mich gefragt, warum Blake Cocharan der Dritte sich persönlich darum bemüht, eine Küchenchefin für sein Hotel zu finden.“

Er war ganz sicher, dass sie sich über ihn lustig machte. Noch besser, er war sicher, dass sie wollte, dass er es merkte. Nur mühsam unterdrückte er den aufsteigenden Ärger. „Dieses Projekt ist mir besonders ans Herz gewachsen. Und da ich dafür nur Höchstqualitäten möchte, sorge ich persönlich dafür, auch das Beste zu bekommen."

„Ich verstehe." Der Wagen hielt an, und June reichte Blake ihr leeres Glas, als der Fahrer ihr die Tür öffnete. „Dann finde ich es allerdings sehr eigenartig, dass Sie LaPointe erwähnt haben, wenn Sie doch nur das Beste wollen." Mit einem Anflug von Hochmut in ihrem Gesicht stieg June aus dem Wagen. Das wird ihm sicher seine Arroganz vertreiben, dachte sie.

Das Cocharan-Hotel in Philadelphia war ein zwölfstöckiges Backsteingebäude. Es war im Kolonialstil der Häuser der Altstadt gebaut worden. Eleganz, Stil und Diskretion zeichneten das Hotel aus, das musste June anerkennend zugeben.

Die Empfangsdame war ruhig, aus allem sprachen schlichte Eleganz und Reichtum, und nichts Glänzendes oder Glitzerndes hätte eindrucksvoller sein können.

Blake nahm Junes Arm und führte sie zu den Aufzügen. Mit einem Schlüssel öffnete er die Tür zu seinem Privataufzug.

„Sehr hübsch", meinte June. „Aber stört es Sie nicht, in einem Hotel zu wohnen? Ich meine, dort zu wohnen, wo Sie auch arbeiten?"

„Nein, ich finde es ganz angenehm."

Schade, dachte June. Wenn sie nicht arbeiten musste, wollte sie weit weg sein von der Küche und auch von dem Zeitdruck.

Der Aufzug hielt, und die Türen öffneten sich. „Haben Sie die ganze Etage für sich?", fragte June.

„Es gibt hier noch drei Suiten außer meinem Penthouse", erklärte Blake. „Aber im Augenblick ist keine von ihnen belegt." Er schloss die Tür zu seiner Wohnung auf und führte sie hinein.

Die Farbzusammenstellung war ausgesprochen gut gewählt, stellte June fest, als sie auf den dicken Teppich trat. Verschiedene Grautöne herrschten bei der Einrichtung vor, und zusammen mit dem gedämpften Licht gaben sie dem Raum eine verträumte Sinnlichkeit und wirkten gleichzeitig beruhigend.

Das Ambiente hätte vielleicht langweilig gewirkt, hätte der Raum nicht auch Farbflecken gehabt. Das dunkle Blau der Gardinen, die sanften Farben der Kissen auf dem Sofa und das saftige Grün einiger Pflanzen belebten den Raum. Eine Wand wurde von den kräftigen Farben eines Gemäldes eines französischen Impressionisten aufgehellt.

Es gab nichts von dem Durcheinander, das sie für ihre Einrichtung bevorzugt hatte, aber sie bewunderte ihn für seinen Stil. „Sehr ungewöhnlich, Mr Cocharan", meinte sie. „Und sehr effektiv."

„Danke. Möchten Sie noch einen Drink, Miss Lyndon? Die Bar ist gut gefüllt, es gibt aber auch noch Champagner, wenn Sie den bevorzugen."

June hatte die Absicht, am Ende dieses Abends als Siegerin dazustehen, deshalb ging sie jetzt langsam zum Sofa hinüber und setzte sich. Sie lächelte ihn kühl an. „Ja, ich ziehe Champagner vor."

Während Blake die Flasche öffnete, sah June sich noch einmal um. Er war gewiss kein gewöhnlicher Mann, entschied sie, und auch nicht langweilig, musste sie sich eingestehen. Da sie sich in ihrem Beruf mit kreativen Dingen beschäftigte, hatte sie Geschäftsleute immer als ein wenig langweilig eingeschätzt.

Nein, Blake Cocharan war bestimmt nicht langweilig. Mit einem langweiligen Mann, ganz gleich, wie attraktiv er war, würde sie mühelos fertig werden. Blake würde schwierig sein, besonders, da sie sich über seinen Vorschlag noch nicht ganz im Klaren war.

„Ihr Champagner, Miss Lyndon." Als sie ihn ansah, runzelte er die Stirn. Zu abschätzend war ihr Blick, zu berechnend. Was hatte diese Frau vor? Und warum nur sah sie so aus, als gehöre sie hierhin, auf sein Sofa? „Sie haben bestimmt Hunger", sagte er schnell, um sich abzulenken. „Wenn Sie mir sagen, was Sie essen möchten, lasse ich es in der Küche zubereiten. Ich kann Ihnen aber auch eine Speisekarte bringen lassen, wenn Sie möchten."

„Das wird nicht nötig sein." Sie nippte an ihrem Glas. „Ich möchte gern einen Cheeseburger."

Blake sah sie ungläubig an. „Einen was?"

„Einen Cheeseburger", wiederholte June seelenruhig. „Mit Pommes frites." Sie sah in ihr Glas. „Wissen Sie, das ist ein wirklich guter Jahrgang."

„Miss Lyndon." Angestrengt beherrscht bemühte Blake sich, seiner Stimme einen normalen Klang zu geben. Beide Hände schob er tief in die Taschen seiner Jacke. „Was für ein Spielchen spielen Sie hier eigentlich?"

Sie sah ihn an. „Spielchen?"

„Soll ich Ihnen wirklich glauben, dass Sie, ein Cordon-bleu-Chef, einen Cheeseburger mit Pommes frites essen wollen?"

„Sonst hätte ich es Ihnen nicht gesagt." Junes Glas war leer, sie stand auf, um es erneut zu füllen. „In Ihrer Küche gibt es doch sicher Rindfleisch, oder?"

„Natürlich." Blake war sicher, dass sie ihn ärgern oder sich über ihn lustig machen wollte. Er ging mit einigen schnellen Schritten zu ihr hinüber und nahm ihren Arm. „Warum wollen Sie einen Cheeseburger?", fragte er.

„Weil ich den gern esse", erklärte sie schlicht. „Ich mag auch sehr gerne Tacos, Pizza und gegrillte Hähnchen – ganz besonders, wenn ich sie nicht selbst kochen muss. Es geht schnell, schmeckt gut und ist praktisch." Sie grinste, als sie sein erstauntes Gesicht sah. „Haben Sie vielleicht etwas gegen diese Art von Essen, Mr Cocharan?"

„Nein, aber ich dachte, Sie hätten das."

„Ah, und jetzt habe ich Ihr Bild von einem gastronomischen Snob zerstört, wie?" Sie lachte. „Als Küchenchef kann ich Ihnen sagen, dass gehaltvolle Cremes und Soßen nicht gerade sehr gesund für den Magen sind. Außerdem ist das Kochen mein Beruf, und wenn ich nicht arbeite, entspanne ich mich gern." Wieder nippte sie an ihrem Champagner. „Ich ziehe einen Cheeseburger im Augenblick einem Filet auf Champignons vor, wenn Sie nichts dagegen haben."

„Wenn es Ihr Wunsch ist", murmelte er, dann ging er zum Telefon hinüber und bestellte das Essen in der Küche. Ihre Erklärung war einleuchtend gewesen, vielleicht sogar logisch.

Mit dem Glas in der Hand ging June zum Fenster hinüber. Ihr gefiel der Blick auf die Stadt bei Nacht, der Kontrast von Licht, Dunkelheit und Schatten.

Sie konnte die Städte schon gar nicht mehr zählen, in denen sie gewesen war, die sie von vielleicht ähnlichen Aussichten aus betrachtet hatte, doch ihre Lieblingsstadt war eindeutig Paris. Dennoch hatte sie sich entschieden, immer wieder für längere Zeit in den Vereinigten Staaten zu leben, ihr gefiel der Kontrast zwischen den Menschen und den Kulturen. Ihr gefielen die Lebensart und die Begeisterungsfähigkeit der Amerikaner, wie sie sich im Leben des zweiten Ehemannes ihrer Mutter widerspiegelten.

Auch der Ehrgeiz der Menschen war etwas, das sie verstand, sie selbst hatte eine ganze Menge davon. Deshalb suchte sie bei einem Mann vielleicht auch eher nach Kreativität als nach Ehrgeiz. Zwei Menschen, die sich nur an ihrer Karriere orientierten, ergaben kein gutes Paar, das hatte sie schon früh in ihrem Leben erfahren, als sie ihre Eltern beobachtete. Wenn sie sich nach einem dauerhaften Partner umsah – etwas, was in ihrem Leben noch weit weg war –, dann würde sie sich einen Partner suchen, der verstand, wie wichtig ihr ihre Karriere war.

„Gefällt Ihnen die Aussicht?" Blake war hinter sie getreten und hatte sie schon eine ganze Weile beobachtet. Warum ist sie so anders als all die anderen Frauen, die ich bis jetzt mit nach Hause gebracht habe? überlegte er. Und warum genügte allein ihre Anwesenheit, um seine Gedanken immer wieder von dem eigentlichen Grund abschweifen zu lassen, aus dem er sie hierher gebracht hatte?

„Ja." Sie wandte sich nicht um, weil sie merkte, wie dicht er hinter ihr stand. Wenn sie sich umwandte, würden ihre Körper einander berühren, ihre Blicke sich treffen. Nervös führte sie ihr

Glas an die Lippen. Lächerlich, dachte sie dann, kein Mann macht mich nervös.

„Sie haben lange genug hier gelebt, um die einzelnen Gebäude von hier wiederzuerkennen“, sagte Blake, während seine Gedanken damit beschäftigt waren, wie es sein würde, wenn er ihren Hals küsste.

„Natürlich, wenn ich in Philadelphia bin, sehe ich mich selbst als Amerikanerin. Einige meiner europäischen Kollegen haben mir gesagt, dass ich sehr amerikanisch geworden bin.“

Blake lauschte ihrer Stimme, atmete tief den Duft ihres Parfüms ein. Das gedämpfte Licht ließ ihr Haar golden aufschimmern. Genau wie ihre Augen, dachte er. Er brauchte sie nur herumzudrehen, um in ihre Augen sehen zu können.

„Amerikanisiert“, murmelte er, und dann lagen seine Hände auf ihren Schultern, noch ehe er sich zurückhalten konnte, und er drehte sie zu sich herum. „Nein …“ Eindringlich sah er sie an. „Ich würde sagen, Ihre Kollegen irren sich sehr.“

„Wirklich?“ Ihre Finger schlossen sich um das Glas, nur ihrem eisernen Willen verdankte June es, dass ihre Stimme ihr gehorchte. Ihre Körper berührten sich, als er sie an sich zog, und während in Junes Kopf die Gedanken wirbelten, legte sie den Kopf in den Nacken und sah zu Blake auf. „Was ist mit den Geschäften, über die wir reden wollten, Mr Cocharan?“

„Damit haben wir noch nicht begonnen.“ Sein Mund war dem ihren ganz nahe, dann bewegte er sich ein wenig und hauchte einen Kuss auf ihre Augenbraue. „Und ehe wir damit beginnen, wäre es sicher klug, diesen einen Punkt vorher zu klären.“

June hatte Schwierigkeiten, ruhig zu atmen. Sie hatte noch immer die Möglichkeit, ihn von sich zu schieben, aber sie fragte sich, ob sie das überhaupt wollte. „Welchen Punkt?“, fragte sie.

„Ihre Lippen – schmecken sie wirklich so aufregend, wie sie aussehen?“

June senkte den Blick. „Sehr interessant“, murmelte sie, dann hob sie ihren Kopf und bot ihm einladend ihre Lippen dar.

Ihre Lippen waren nur noch einen Hauch voneinander entfernt, als es plötzlich an der Tür klopfte. Etwas klickte in Junes Kopf, ein letzter Rest von Vernunft gewann die Oberhand, während ihr Körper noch immer nachgiebig war.

„Der Service im Cocharan-Haus ist wirklich ganz ausgezeichnet."

„Morgen", erklärte Blake, als er sie nur zögernd losließ, „werde ich meinen Service-Manager feuern."

June lachte, und als Blake dann zur Tür ging, nahm sie einen großen Schluck aus ihrem Glas. Das war knapp, dachte sie und holte tief Luft. *Sehr knapp. Es wird Zeit, sich auf die geschäftlichen Dinge zu konzentrieren.*

Während der Ober den Tisch deckte, hatte June genug Zeit, wieder zu sich selbst zu finden.

„Das duftet herrlich", sagte sie, nachdem der Ober wieder gegangen war. Dann warf sie einen Blick auf das Essen, das Blake sich bestellt hatte. Ein Steak, dampfende Kartoffeln in der Schale und Butterspargel. „Sehr vernünftig", neckte sie ihn, während er ihr den Stuhl zurechtrückte.

„Den Nachtisch können wir später bestellen."

„Ich esse niemals Nachtisch", erklärte sie und lächelte, dann strich sie Senf über ihren Cheeseburger. „Ich habe mir Ihren Vertrag durchgelesen."

„Ja?" Er beobachtete, wie sie den Cheeseburger in zwei Hälften schnitt und dann eine Hälfte vom Teller nahm.

„Mein Anwalt hat ihn sich ebenfalls durchgelesen."

„Und?"

„Er scheint ganz in Ordnung zu sein. Außer ..." Sie zögerte ein wenig vor ihrem ersten Biss. Dann schloss sie die Augen und biss in den Cheeseburger.

„Außer?", drängte Blake.

„Falls ich Ihr Angebot in Erwägung ziehen sollte, dann bräuchte ich beträchtlich mehr Raum für mich selbst."

Blake ignorierte das „Falls". Immerhin dachte sie darüber nach. „In welcher Beziehung?"

„Sie wissen sicher, dass ich sehr häufig reise." June streute Salz auf die Pommes frites, probierte und nickte zustimmend. „Sehr oft sind es nur ein oder zwei Tage, wenn ich zum Beispiel nach Venedig fahre, um einen ‚Gâteau St. Honoré' zuzubereiten. Einige meiner Auftraggeber bestellen mich Monate im Voraus, andere dagegen bitten mich spontan, für sie zu arbeiten." June biss noch einmal in ihren Cheeseburger. „Einige meiner Kunden möchte ich behalten, entweder aus persönlicher Zuneigung oder aus beruflicher Herausforderung."

„Mit anderen Worten, Sie möchten nach Venedig fliegen oder wohin auch immer, wenn Sie es für nötig halten." Auch wenn es nicht so recht zu ihrem Essen passte, so goss Blake doch noch einmal Champagner in Junes Glas nach.

„Genau. Auch wenn Ihr Angebot ein klein wenig Interesse in mir geweckt hat, so wäre es für mich doch unmöglich, wenn nicht sogar unmoralisch, meine Stammkunden nicht mehr zu bedienen."

„Das verstehe ich." Sie ist ein harter Verhandlungspartner, dachte Blake, aber das war er auch. „Ich denke, dass wir da zu einer vernünftigen Übereinkunft kommen können. Wir könnten uns ja beide einmal Ihren derzeitigen Terminplan ansehen."

June knabberte an einer Pommes frites und wischte dann ihre Finger an der Serviette ab. „Sie und ich?"

„Das wäre doch am einfachsten. Und wenn wir uns dann darüber einigen könnten, was sonst noch an Terminen anfallen könnte …" Er lächelte, während sie in die zweite Hälfte ihres Cheeseburgers biss. „Ich sehe mich als einen sehr verträglichen Menschen, Miss Lyndon. Und, um ehrlich zu sein, ich möchte lieber Sie für mein Hotel verpflichten. Im Augenblick tendiert der Rest des Aufsichtsrates noch zu LaPointe, aber …"

„Warum?", fragte sie vorwurfsvoll, und ein Blick in ihr Gesicht sagte Blake, dass er auf dem richtigen Weg war.

„Normalerweise sind die großen Küchenchefs alle Männer." June fluchte auf Französisch, und Blake nickte. „Ja, ganz genau. Und durch diskrete Untersuchungen haben wir erfahren, dass

Monsieur LaPointe an einem Angebot von uns sehr interessiert wäre."

„Dieser Gauner würde sogar die Gelegenheit ergreifen, an einer Straßenecke Erdnüsse zu rösten, wenn er dafür nur sein Bild in die Zeitung bekommen könnte." Ärgerlich warf June ihre Serviette auf den Tisch und stand auf. „Sie glauben vielleicht, dass ich Ihre Strategie nicht durchschaue, Mr Cocharan." Stolz hob sie den Kopf, und Blake betrachtete die Linie ihres Halses und wurde daran erinnert, wie ihre Haut sich unter seinen Fingern angefühlt hatte, als er die Hände auf ihre Schultern gelegt hatte. „Sie werfen den Namen LaPointe auf und glauben dann, dass ich Ihr Angebot annehme, weil sonst mein Stolz gekränkt wird."

Er grinste, weil sie wunderschön war in ihrem Zorn. „Hat es geklappt?"

Ihre Augen wurden ganz schmal, aber ihre Lippen sahen aus, als wolle sie am liebsten lächeln. „LaPointe ist ein Philister, aber ich bin eine Künstlerin."

„Und?"

Sie wusste besser, dass sie nicht im Ärger etwas zustimmte, was ihr hinterher leidtat. Sie wusste es besser, aber … „Wenn Sie auf meine Terminwünsche eingehen, Mr Cocharan der Dritte, dann mache ich Ihr Restaurant zum besten an der Ostküste." Und verflixt, das würde sie auch schaffen. Sie hatte den Wunsch, es ihnen beiden zu beweisen.

Blake stand auf und nahm die beiden Gläser. „Auf Ihre Kunst, Mademoiselle." Er reichte June ihr Glas. „Und auf meine Geschäfte. Möge es eine profitable Verbindung für uns beide sein."

„Auf den Erfolg", fügte sie hinzu, dann stießen sie miteinander an. „Denn das ist es doch, was uns beiden am Herzen liegt."

3. KAPITEL

Nun, jetzt habe ich es also getan, dachte June und zog die Stirn kraus. Sie kämmte ihr Haar zurück und befestigte es dann mit kleinen Perlmuttkämmen. Kritisch betrachtete sie ihr Gesicht im Spiegel.

War es Ärger gewesen, Dummheit, oder hatte ihr Stolz sie dazu gebracht, sich an das Cocharan-Hotel zu binden – und an Blake – für das nächste Jahr? Vielleicht gefiel ihr die Herausforderung, aber die langfristige Bindung und die Verpflichtungen, die damit zusammenhingen, störten sie schon jetzt.

Dreihundertfünfundsechzig Tage. Nein, das war viel zu viel, dachte sie. Zweiundfünfzig Wochen klang auch noch zu viel. Zwölf Monate ... nun ja, sie würde damit leben müssen. Nein, besser noch, dachte June, als sie in das Studio zurückging, wo die Fernsehaufzeichnung gemacht werden sollte. Sie würde ihren Schwur erfüllen müssen, das Cocharan-Hotel zum besten Haus an der Ostküste zu machen.

Und ich werde es schaffen! dachte sie und warf das Haar über ihre Schulter zurück. Verflixt, das würde sie. Und dann würde sie Blake Cocharan dem Dritten eine lange Nase drehen. Dieser Schuft.

Er hatte sie manipuliert. Zweimal hatte er sie manipuliert. Und obwohl sie es beim zweiten Mal ganz genau gewusst hatte, hatte sie sich von ihm einfangen lassen. Warum? June fuhr sich mit der Zungenspitze über die trockenen Lippen und beobachtete das Fernsehteam bei den Vorbereitungen.

Die Herausforderung ist es gewesen, dachte sie. Außerdem würde es eine Herausforderung sein, mit ihm zusammenzuarbeiten und dennoch die Oberhand zu behalten. Und es war auch Herausforderung gewesen, die verantwortlich dafür war, dass sie ihren Beruf in einer Männerdomäne gewählt hatte. Oh ja, es gefiel ihr, mit den anderen zu konkurrieren. Mehr noch als das gefiel es ihr zu gewinnen.

Und dann war da noch diese überwältigende Männlichkeit,

die von ihm ausging. Seine guten Manieren und auch die teuren Anzüge konnten sie nicht verbergen. Wenn sie ganz ehrlich war, und June entschied sich, wenigstens sich selbst gegenüber ehrlich zu sein, dann würde es ihr Spaß machen, herauszufinden, was dahintersteckte.

Sie kannte ihre Wirkung auf Männer. Sie hatte sie immer als Erbe ihrer Mutter angesehen. Nur sehr selten machte sie sich Gedanken darüber, ihr Leben war zu erfüllt von Arbeit, um viel darüber nachzudenken. Doch möglicherweise war es jetzt an der Zeit, einige Dinge zu ändern?

Blake Cocharan der Dritte bedeutete eine offensichtliche Herausforderung für sie. Und wie gerne würde sie ihm seine männliche Überheblichkeit austreiben. Wie gerne würde sie ihm heimzahlen, dass er sie genau dorthin manövriert hatte, wo er sie haben wollte. Während sie den Vorbereitungen im Studio zusah, stellte June sich verschiedene Möglichkeiten vor, wie ihr das gelingen würde.

Das Studio bot etwa fünfzig Zuschauern Platz, und an diesem Morgen sah es so aus, als wären alle Plätze besetzt. Langsam begann sich der Zuschauerraum zu füllen. Der Regisseur, ein schlanker, lebhafter Mann, mit dem June schon öfter zusammengearbeitet hatte, lief aufgeregt hin und her. Er gestikulierte heftig. Als er zu ihr herüberkam, hörte June sich seine schnellen, nervösen Instruktionen an, doch sie hörte nur mit halbem Ohr hin. Sie dachte weder an ihn noch an die Nachspeise, die sie zubereiten sollte. Noch immer überlegte sie, wie sie am besten mit Blake Cocharan fertig wurde.

Vielleicht sollte sie versuchen, sich an ihn heranzumachen, versteckt nur, sodass er es nicht merkte. Und wenn dann sein Interesse geweckt war, dann … dann würde sie ihn einfach links liegen lassen. Eine faszinierende Idee.

„Der erste vorgebackene Boden steht in dem mittleren Schrank."

„Ja, Simon, das weiß ich." June tätschelte beruhigend seine

Hand, während sie überlegte, ob es in ihrem Plan noch Fehler gäbe. Doch, einen sehr großen Fehler hatte ihr Plan. Nur zu gut erinnerte sie sich an die Gefühle, die sie durchflutet hatten, als er sie beinahe geküsst hatte. Wenn sie wirklich dieses Spielchen mit ihm spielen wollte, so konnte sie sich leicht in ihren eigenen Spielregeln verheddern. Also ...

„Der Zweite steht genau darunter."

„Ja, ich weiß." Hatte sie ihn nicht selbst dorthin gestellt? June lächelte den nervösen Regisseur zuversichtlich an. Sie konnte Blake auch nicht einfach ignorieren. Sie würde ihn behandeln – nicht mit Verachtung, einfach nur mit Desinteresse, überlegte sie und lächelte ein wenig hinterhältig. Ihre Augen blitzten. Das würde ihn verrückt machen.

„All die Zutaten sowie die Arbeitsgeräte sind genau dort, wo Sie sie hingelegt haben."

„Simon", begann June freundlich, „hören Sie auf, sich Sorgen zu machen. Ich kann so etwas im Schlaf zubereiten."

„Wir fangen in fünf Minuten an ..."

„Wo ist sie?"

Beim Klang dieser Stimme wandten sich Simon und June gleichzeitig um. June begann schon zu lächeln, ehe sie sah, wer da gesprochen hatte. „Carlo!"

„Aha!" Carlo Franconi, schlank und dunkelhaarig, bahnte sich einen Weg zwischen der Menschenmenge und Kabeln hindurch und zog June dann in seine Arme. „Mein kleines französisches Törtchen." Liebevoll tätschelte er ihr den Po.

Lachend zog sie sich ein wenig von ihm zurück. „Carlo, was tust du hier in Philadelphia, an einem Mittwochmorgen?"

„Ich war in New York, um mein neues Buch vorzustellen, ‚Pasta del Maestro'." Mit gerunzelter Stirn sah er sie an. „Und da sagte ich mir, Carlo, du bist ganz in der Nähe der attraktivsten Frau, die je einen Spritzbeutel in der Hand gehalten hat. Also bin ich gekommen."

„Ganz in der Nähe." June lachte. Das war typisch für Carlo. Wäre er in Los Angeles gewesen, er hätte das Gleiche gesagt. Sie hatten zusammen studiert, zusammen gekocht, und wäre ihre Freundschaft nicht so wichtig geworden für sie, hätten sie wahrscheinlich auch miteinander geschlafen. „Lass dich ansehen."

Gehorsam trat Carlo ein paar Schritte zurück und stellte sich in Positur. Er trug eng anliegende Jeans, ein violettes Seidenhemd und einen weichen Schlapphut, den er tief in die Stirn gezogen hatte. Ein riesiger Diamant blitzte an seinem Finger. Wie immer sah er großartig aus und sehr männlich, und er war sich dessen wohl bewusst.

„Du siehst fantastisch aus, Carlo. Fantastico."

„Aber natürlich. Und du, mein köstliches kleines Törtchen …" Er nahm ihre Hände und drückte sie an seine Lippen. „…squisita."

„Aber natürlich." Lachend gab sie ihm einen Kuss auf den Mund. Sie kannte Hunderte von Menschen, beruflich und auch privat, aber wenn man sie gebeten hätte, den Namen eines Freundes zu nennen, Carlo Franconi wäre ihr als Erster in den Sinn gekommen. „Es ist schön, dich zu sehen, Carlo. Wie lange ist es schon her? Vier Monate? Fünf? Als ich zum letzten Mal in Italien war, warst du gerade in Belgien."

„Vier Monate und zwölf Tage", erklärte er. „Aber wer zählt das schon? Ich hatte nur Hunger auf deine Napoleons, deine Eclairs und auf deinen Schokoladenkuchen."

„Heute Morgen mache ich einen Vacherin", erklärte sie ihm. „Und du darfst davon probieren, wenn die Show vorbei ist."

„Ah, deine Baisers. Dafür könnte ich sterben." Er grinste sie an. „Ich werde mich in die erste Reihe setzen und meine Augen nicht von dir lassen."

June kniff ihn in die Wange. „Hey, Carlo, sei bitte nicht so dramatisch."

„Miss Lyndon, bitte."

June blickte zu Simon, der immer nervöser wurde. „Es ist schon in Ordnung, Simon, ich bin bereit. Setz dich hin, Carlo, und sieh mir gut zu. Vielleicht lernst du diesmal doch noch etwas."

Er sagte noch etwas in Italienisch, was allerdings leicht zu übersetzen war, dann setzte er sich in die erste Reihe. June stand hinter der Arbeitstheke und sah zu dem Regisseur hinüber, der die Sekunden bis zum Beginn der Übertragung zählte. Carlo schnitt ihr noch eine Grimasse, aber June ignorierte ihn und begann zu sprechen.

June sieht wirklich umwerfend aus, dachte Carlo, aber das hatte sie schon immer getan. Und trotzdem machte er sich jetzt Sorgen um sie.

Solange er June kannte – und das waren immerhin schon beinahe zehn Jahre –, hatte er nie erlebt, dass sie eine persönliche Bindung eingegangen war. Für einen so gefühlsbetonten Mann, wie er es war, war es nicht einfach, ihre Reserviertheit zu verstehen, ihr offensichtliches Desinteresse an romantischen Erlebnissen. Sie war eine leidenschaftliche Frau, das hatte er erlebt, wenn sie ihre Temperamentsausbrüche hatte, entweder aus Ärger oder aus Freude. Aber nie hatte er diese Leidenschaft auf einen Partner gerichtet gesehen.

Schade, dachte er, während er ihr zusah. Eine Frau war ohne einen Mann unvollkommen – genauso, wie ein Mann ohne eine Frau unvollkommen war. Er hatte sein Leben mit vielen Frauen geteilt.

Einmal, bei Kirschkuchen und Chablis, hatte sie ihm erklärt, dass ihrer Meinung nach Männer und Frauen nicht für dauerhafte Beziehungen bestimmt seien. Die Ehe war eine Sache, die zu oft schiefging, und daher, ihrer Meinung nach, keine Institution, sondern nur Heuchelei der Menschen, die behaupteten, sich binden zu können. Liebe war ein flüchtiges Gefühl und daher nicht verlässlich. Es war etwas, das Menschen vorschoben, die eine Entschuldigung für dummes oder unvernünftiges Verhalten suchten. Wenn sie sich dumm benehmen wollte, brauchte sie dafür keine Entschuldigung.

Damals hatte Carlo ihr sogar zugestimmt, immerhin hatte er gerade eine Beziehung mit einer griechischen Reederei-Erbin beendet. Später war ihm klar geworden, dass June genau das gemeint hatte, was sie sagte, während seine Zustimmung nur den damaligen Umständen entsprungen war.

Wirklich schade, dachte er noch einmal, als June jetzt den bereits vorgebackenen Boden hervorholte und ihre Demonstration begann. Wenn er für sie nicht empfinden würde wie für eine Schwester, wäre es sicher eine Freude, ihr die ... angenehme Seite einer Beziehung zwischen Mann und Frau zu zeigen. Aber leider, dachte er, während er sich zurücklehnte, wird das ein anderer Mann tun müssen.

Zwanglos sprach June in die Kamera und zu dem Publikum im Studio. Der Boden mit dem Aufbau aus Baiser und der Dekoration aus kandierten Veilchen wurde in den Ofen geschoben, der bereits fertige Kuchen wurde zur Demonstration hervorgeholt. Sie füllte ihn, dekorierte ihn mit Früchten, goss Himbeersoße darüber und verzierte ihn mit Schlagsahne. Zum Schluss machte die Kamera noch eine Großaufnahme davon.

„Bravo!" Carlo stand auf und klatschte, als die Kamera abschaltete. „Bravissima!"

June verbeugte sich noch einmal lächelnd.

„Großartig, Miss Lyndon." Simon kam zu ihr und nahm seinen Kopfhörer ab. „Ganz großartig. Und wie immer perfekt."

„Danke, Simon. Sollen wir das hier dem Publikum und der Filmcrew servieren lassen?"

„Ja, ja, eine sehr gute Idee." Er winkte seinem Assistenten. „Hol ein paar Teller und servier das hier, ehe wir das Studio für die nächsten Aufnahmen räumen müssen." Dann war er wieder verschwunden.

„Sehr schön, *cara.*" Carlo steckte seinen Finger in die Schlagsahne und leckte ihn dann ab. „Ein Meisterwerk." Dann griff er nach einem Löffel und nahm sich ein großes Stück von dem Vacherin. „Ich werde dich jetzt zum Essen einladen, dann kannst du mir alle Neuigkeiten erzählen. Bei mir gibt es so viel zu erzählen, es würde Tage dauern, vielleicht sogar Wochen." Er zuckte mit den Schultern.

„Wir können in dem Laden um die Ecke eine Pizza holen", schlug June vor und zog sich ihre Schürze aus. „Es gibt da nämlich etwas, wo ich deinen Rat gebrauchen könnte."

„Meinen Rat?" Der Gedanke, dass June ihn um Rat bitten wollte, erstaunte Carlo. „Aber natürlich", lenkte er dann schnell ein und lächelte sie an. „Zu wem sonst sollte eine intelligente Frau gehen, um sich einen Rat zu holen, wenn nicht zu Carlo?"

„Du bist so ein Schuft, mein Schatz."

„Vorsichtig." Carlo setzte sich eine Sonnenbrille auf. „Sonst musst du für die Pizza bezahlen."

Es dauerte nicht lange, und June biss herzhaft in ihr Stück Pizza. Sie saßen in Carlos Ferrari, und Carlo gelang es, gleichzeitig zu essen und den Wagen geschickt durch den dichten Verkehr zu lenken. „Also, erzähle", rief er über die laute Musik aus dem Radio. „Was hast du auf dem Herzen?"

„Ich habe einen Job angenommen", rief June. Der Wind blies ihr das Haar ins Gesicht, sie strich es mit einer Hand zurück.

„Einen Job? Du nimmst doch viele Jobs an."

„Dieser ist aber anders." Sie schlug die Beine übereinander und biss dann noch einmal in ihre Pizza. „Ich habe zugestimmt, die Küche eines Restaurants umzustellen und zu leiten, für ein Jahr."

„Ein Restaurant?" Carlo runzelte die Stirn. „Welches denn?"

June nippte an ihrem Sodawasser. „Das Restaurant im Cocharan-Hotel, hier in Philadelphia."

„Ah." Die Falten auf seiner Stirn verschwanden. „Das ist wirklich absolut erste Klasse, *cara*. Aber das hätte ich ja eigentlich wissen müssen."

„Ein ganzes Jahr, Carlo."

„Das vergeht schnell, wenn man gesund ist", erklärte er unbekümmert.

June begann zu grinsen. „Verflixt, Carlo, ich habe mich in eine Ecke drängen lassen, weil ... na ja, ich konnte einfach der Versuchung nicht widerstehen, es auszuprobieren, und diese amerikanische Dampfwalze hat dann auch noch mit LaPointe gedroht."

„LaPointe?", schnaufte Carlo. „Was hat der Kerl denn damit zu tun?"

June leckte ihre Finger ab. „Ich wollte das Angebot zuerst ablehnen, und da hat Blake – das ist die Dampfwalze – mich gefragt, was ich von LaPointe halte, da er auch für diesen Job infrage käme."

„Und du hast ihm deine Meinung gesagt?", wollte Carlo wissen.

„Das habe ich getan. Aber ich habe auch den Vertrag behalten und ihn mir angesehen. Immerhin war es ein fantastisches Angebot. Mit dem Geld könnte ich eine Hundehütte zu einem erstklassigen Feinschmeckerlokal umbauen." Sie runzelte die Stirn und bemerkte gar nicht, dass Carlo so haarscharf an einem anderen Wagen vorbeifuhr, dass nicht einmal ein Blatt Papier dazwischengepasst hätte. „Und dann ist da auch noch Blake selbst."

„Die Dampfwalze."

„Ja, ich kann dem Wunsch nicht widerstehen, es ihm zu zeigen. Er ist schlau, er ist selbstgefällig, und, verflixt noch mal, er ist umwerfend sexy."

„Ach ja?"

„Ja, und ich habe dieses unwiderstehliche Verlangen, ihn auf seinen Platz zu verweisen."

Carlo fuhr mit quietschenden Reifen über eine Kreuzung, an der die Ampel gerade auf Rot umsprang. „Und wo ist dieser Platz?"

„Unter meinem Daumen." Lachend verspeiste June den Rest ihrer Pizza. „Und wegen all dieser Dinge habe ich mich für ein ganzes Jahr verpflichtet. Willst du diesen Rest noch essen?"

Carlo blickte auf den Rest seiner Pizza, dann biss er herzhaft hinein. „Ja. Und welchen Rat willst du von mir haben?"

June trank ihren Becher leer. „Wenn ich nicht verrückt werden will, während ich mich ein ganzes Jahr lang an dieses Projekt binde, brauche ich dringend eine Ablenkung." Grinsend streckte sie einen Arm zum Himmel. „Was ist die beste Art, Blake Cocharan den Dritten dazu zu bekommen, vor mir zu kriechen?"

„Herzlose Frau." Carlo verzog das Gesicht. „Dafür brauchst du meinen Rat doch gar nicht. Vor dir kriechen doch schon die Männer in mindestens zwanzig Ländern."

„Das ist nicht wahr."

„Du blickst nur einfach nicht hinter dich, *cara mia*."

June runzelte die Stirn. Was Carlo da gesagt hatte, gefiel ihr gar nicht. „Bieg hier rechts ab, Carlo, dann zeige ich dir meine neue Küche."

Der Anblick und auch die Düfte waren ihr nur zu gut bekannt, doch schon im ersten Moment entdeckte June etwa ein Dutzend Dinge, die sie ändern würde. Das Licht ist gut, stellte sie fest, als sie Arm in Arm mit Carlo durch die Küche ging. Aber sie würde einen Ofen in Augenhöhe brauchen, dort an der Wand, und sicher auch mehr Küchenhelfer. Sie sah sich um, suchte in den Ecken nach Lautsprechern. Es waren keine vorhanden. Auch das würde sich ändern.

„Nicht schlecht, mein Schatz." Carlo nahm ein großes Küchenmesser. „Du hast immerhin eine gute Ausgangsbasis hier. Es ist so, als bekäme man zu Weihnachten ein Geschenk, das man erst noch zusammenbauen muss, *sì*?"

„Hmm." Abwesend nahm sie eine Pfanne in die Hand. Edelstahl, registrierte sie. Man würde die Pfannen durch Kupferpfannen ersetzen müssen. Sie wandte sich um und stieß mit Blake zusammen.

Für den Bruchteil einer Sekunde genoss sie dieses Gefühl, atmete tief den Duft seines Rasierwassers ein. Doch dann überwog der Ärger, dass sie nicht gemerkt hatte, dass er hinter ihr stand.

„Mr Cocharan." Sie trat einen Schritt zurück und verbarg ihre Gefühle hinter einem höflichen Lächeln. „Irgendwie habe ich nicht damit gerechnet, Sie hier zu sehen."

„Meine Leute halten mich auf dem Laufenden, Miss Lyndon. Man hat mir gesagt, dass Sie hier sind.“

June nickte nur. „Das ist Carlo Franconi“, stellte sie Carlo vor. „Einer der besten italienischen Küchenchefs.“

„Der beste Küchenchef in Italien“, korrigierte Carlo sie. „Nett, Sie kennenzulernen, Mr Cocharan.“ Er streckte Blake die Hand entgegen. „Ich habe schon oft die Gastfreundschaft Ihrer Hotels genossen. Ihr Restaurant in Mailand macht ganz passable Linguine.“

„Von Carlo ist das ein Kompliment“, erklärte June. „Er glaubt nämlich, dass nur er die italienische Küche wirklich beherrscht.“

„Das glaube ich nicht nur, ich weiß es.“ Carlo hob den Deckel von einem Topf und schnupperte. „June hat mir gerade erzählt, dass sie Ihre Restaurantküche übernehmen wird. Sie haben wirklich unglaubliches Glück.“

Blake sah June an, er bemerkte Carlos Hand auf ihrer Schulter. Eifersucht ist ein Gefühl, das man erkennt, auch wenn man es noch nie zuvor gefühlt hat. Und das erlebte Blake jetzt. „Ja, das habe ich“, beeilte er sich zu bestätigen. „Und da Sie schon einmal hier sind, Miss Lyndon, könnten Sie vielleicht auch gleich den endgültigen Vertrag unterschreiben. Dann brauchen Sie nicht noch einmal herzukommen.“

„Einverstanden, Carlo?“

„Geh nur. Dort drüben wird gerade Lamm zubereitet, das interessiert mich.“ Ohne auch nur noch einen Blick auf June zu werfen, ging Carlo zur anderen Seite der Küche, um seine Meinung dazuzugeben.

„Ist er geschäftlich in der Stadt?“, fragte Blake.

„Nein, er wollte mich nur besuchen.“

Sorglos hatte sie die Wahrheit gesagt, doch bei ihren Worten verspürte Blake einen dicken Kloß im Hals. Also liebt sie diesen aalglatten Italiener, dachte er grimmig. Nun, das war ihre Sache. Seine Sache war es, sie so schnell wie möglich aus dieser Küche herauszubekommen.

Schweigend führte Blake sie in sein Büro. Es ist ein wenig moderner eingerichtet als seine Wohnung, stellte June fest. Dennoch hatte er diesem Raum unverkennbar seinen Stempel aufgedrückt.

Ohne zu fragen, ging June zu einem der Sessel hinüber und setzte sich. Es war zwar gerade erst Mittag, aber sie hatte das Gefühl, schon stundenlang auf den Beinen zu sein.

„Wie praktisch, dass ich gerade gekommen bin, als Sie auch hier waren“, begann sie und zog ihre Schuhe von den Füßen. „Das macht es doch viel einfacher. Denn da ich schließlich zugestimmt habe, können wir auch gleich anfangen.“ Dann sind es nur noch dreihundertvierundsechzig Tage, dachte sie.

Blake gefiel ihre sorglose Einstellung zu dem Vertrag genauso wenig wie ihre Zuneigung zu diesem Italiener. Er ging zu seinem Schreibtisch hinüber und nahm einige Papiere in die Hand. Als er sie dann wieder ansah, verflog sein Ärger. „Sie sehen müde aus, June.“

June riss sich zusammen. Er hat mich zum ersten Mal mit meinem Vornamen angesprochen, dachte sie und schob dann schnell das Gefühl der Unsicherheit auf ihre Müdigkeit. „Ich bin auch müde. Schließlich habe ich heute Morgen um sieben schon Baiser gebacken.“

„Möchten Sie einen Kaffee?“

„Nein danke, ich fürchte, ich habe heute schon zu viel Kaffee getrunken.“ Sie sah auf die Papiere in seiner Hand, dann lächelte sie ihn an. „Ehe ich das da unterschreibe, sollte ich Sie vielleicht warnen, dass ich die Absicht habe, einige größere Änderungen in Ihrer Küche anzuordnen.“

„Das war doch der Grund dafür, dass ich mich um Ihre Unterschrift bemüht habe.“

Sie nickte, dann streckte sie die Hand aus. „Wenn Sie erst die Rechnungen bekommen, sind Sie vielleicht nicht mehr so freundlich.“

Blake reichte ihr einen Stift. „Ich denke, wir haben beide das gleiche Ziel vor Augen, da sind die Kosten nur zweitrangig.“

„In meinen Augen schon." Schwungvoll setzte sie ihren Namen unter den Vertrag. „Aber ich brauche ja auch die Schecks nicht zu unterschreiben." Sie reichte ihm den Vertrag. „So, jetzt ist es offiziell."

„Ja." Achtlos legte er die Papiere auf seinen Schreibtisch zurück. „Ich möchte Sie heute Abend zum Essen einladen."

June stand auf, ihre Beine taten ihr weh. „Nun, das müssen wir dann wohl ein anderes Mal machen, ich werde nämlich mit Carlo ausgehen." Sie streckte ihm lächelnd die Hand entgegen. „Aber Sie können gern mitkommen."

„Mit unserem Geschäftsabschluss hat das nichts zu tun." Blake nahm ihre Hand. „Und ich möchte mit Ihnen allein sein." Er griff auch noch nach ihrer anderen Hand.

Darauf bin ich nicht vorbereitet gewesen, dachte June. Sie war diejenige, die mit dem Manöver beginnen wollte, zu ihrem eigenen von ihr gewählten Zeitpunkt. Jetzt musste sie sich damit abfinden, dass ihr die Situation aus der Hand genommen wurde. Doch sie würde sich nicht überrumpeln lassen. Sie hob den Kopf und lächelte ihn an. „Wir sind doch allein."

Blake zog die Augenbrauen hoch. Sollte das eine Herausforderung sein? Oder machte sie sich wieder einmal über ihn lustig? Doch diesmal sollte sie nicht so leicht davonkommen. Er zog sie in seine Arme. Sie schien dorthin zu gehören, das fühlten sie beide, und beide verwirrte dieses Gefühl.

Er sah ihr tief in die Augen. Die goldenen Flecken in ihren Augen sind dunkler geworden, stellte er fest. Blake merkte kaum, was er tat, als er ihr das Haar aus dem Gesicht strich.

June wehrte sich gegen das Gefühl, das seine Berührung in ihr auslöste. Viele Männer hatten sie schon berührt, zur Begrüßung, in Freundschaft, in Ärger und auch in Verlangen. Es gab keinen Grund, warum diese Berührung jetzt der Grund dafür sein sollte, dass ihr schwindlig wurde. Nur ihr eiserner Wille hielt sie davon ab, sich in seine Arme zu schmiegen oder sich mit einem Ruck von ihm loszureißen. Sie beobachtete ihn und wartete.

Als er seinen Kopf zu ihr hinunterbeugte, war June vorbereitet. Dieser Kuss würde anders sein, natürlich, denn er war ja auch anders. Aber mehr auch nicht. Noch immer war ein Kuss für sie nur eine Art der Kommunikation zwischen Mann und Frau. Eine Berührung der Lippen, ein Geschmack.

Doch in dem Augenblick, als er seine Lippen auf ihre legte, wusste June, dass sie sich geirrt hatte. Anders? Dieses Wort konnte nicht beschreiben, was in ihr vorging. Ihre Gedanken flogen davon, ihr wurde gleichzeitig heiß und kalt. Und die Frau, die genau gewusst hatte, was sie erwartete, seufzte angesichts des Unerwarteten.

„Noch einmal", murmelte sie, als seine Lippen sich von ihren lösten, dann schloss sie die Hände um sein Gesicht und zog ihn an sich.

Er hatte geglaubt, sie würde kühl sein und glatt und sehr zerbrechlich. Er war sich dessen ganz sicher gewesen. Vielleicht traf es ihn deshalb mit solcher Heftigkeit. Sanft war sie, ihre Haut war seidig weich, als seine Hand sich in ihren Nacken legte. Aber sie war nicht kühl, stellte er fest, als er sie küsste. Er konnte dem, was er fühlte, keinen Namen geben, konnte es nicht erklären. Er konnte nur noch fühlen.

June schlang die Arme um seinen Hals und fuhr mit beiden Händen durch sein Haar. Sie hatte geglaubt, es gäbe keinen Geschmack, den sie nicht schon einmal geschmeckt hatte. Doch jetzt erfuhr sie etwas, das sie nicht begreifen konnte, und sie genoss es, kostete von dieser Süße und konnte nicht genug davon bekommen.

Mehr! Nie zuvor in ihrem Leben hatte sie dieses Verlangen gekannt. Sie war in einer Welt des Überflusses groß geworden, in der es von allem immer genug gab. Zum ersten Mal in ihrem Leben erfuhr sie jetzt wahren Hunger und ungebändigtes Verlangen. Und diese Dinge brachten Schmerz mit sich, entdeckte sie, einen Schmerz, der ihren ganzen Körper erfasste.

Mehr! Dieser Gedanke beherrschte sie, und gleichzeitig wusste sie, je mehr sie nahm, desto größer würde ihre Sehnsucht nach noch mehr sein.

Blake fühlte, wie sie in seinen Armen erstarrte. Und weil er den Grund dafür nicht kannte, umfasste er sie stärker. Er wollte sie haben, jetzt, sofort, mehr als alles zuvor in seinem Leben. Sie bewegte sich in seinen Armen, versuchte sich gegen ihn zu wehren. Dann legte sie den Kopf in den Nacken und sah in seine Augen, die ungeduldig blickten und aus denen ihr die Leidenschaft entgegenleuchtete.

„Genug."

„Nein." Noch immer hielt er sie fest. „Nein, das ist es nicht."

„Nein", stimmte sie mit zitternder Stimme zu. „Und deshalb müssen Sie mich jetzt loslassen."

Er ließ die Arme sinken, blieb aber noch immer dicht vor ihr stehen. „Das müssen Sie mir erklären."

June hatte ein wenig Kontrolle über sich selbst zurückgewonnen, und jetzt war es Zeit, die Regeln zwischen ihnen festzulegen – ihre Regeln –, und zwar schnell und genau. „Blake, Sie sind ein Geschäftsmann, ich bin Künstlerin. Jeder von uns beiden hat seine Prioritäten. Dies hier …", sie trat einen Schritt von ihm zurück und reckte sich, „… kann nicht dazugehören."

„Wollen wir wetten?"

June runzelte die Stirn, aber mehr aus Überraschung als aus Ärger. Eigenartig, dass sie nichts von Rücksichtslosigkeit in seinem Benehmen zu spüren glaubte. Nun, darüber würde sie später nachdenken, wenn sie mehr Abstand gewonnen hatte.

„Wir werden zusammenarbeiten, mit einem ganz besonderen Ziel", sprach sie weiter. „Aber wir sind zwei Menschen mit völlig verschiedenen Ansichten. Sie sind natürlich am Gewinn interessiert und an dem Ruf Ihrer Hotelkette. Ich bin daran interessiert, einen besonders guten Rahmen für meine Kunst zu schaffen und für meinen eigenen Ruf. Wir wollen beide erfolgreich sein, daher dürfen wir unser Ziel nicht aus den Augen verlieren."

„Dieses Ziel ist vollkommen klar", gab Blake zurück. „Aber das andere auch. Ich will Sie haben."

„Ah“, meinte June gedehnt, dann griff sie nach ihrer Tasche. „Sie kommen ja sehr schnell auf den Punkt.“

„Es wäre lächerlich, wenn ich darum herumreden wollte in diesem Augenblick.“ Jetzt klang seine Stimme ein wenig belustigt. „Sie müssten naiv sein, um das nicht zu bemerken.“

„Und das bin ich nicht.“ Noch ein wenig weiter zog sie sich von ihm zurück, entschlossen, ihm zu entfliehen, ehe sie ihre Fassung völlig verlor. „Aber es ist Ihre Küche – und es wird meine Küche werden. Im Augenblick ist es das, was mir am meisten am Herzen liegt. Ich werde eine Liste der Änderungen und der neuen Einrichtungsgegenstände aufstellen und sie Ihnen bis Montag zukommen lassen.“

„Gut. Und am Samstag werden wir zusammen essen gehen.“

An der Tür blieb June stehen und schüttelte den Kopf. „Nein, das geht nicht.“

„Ich werde Sie um acht abholen.“

Es kam selten vor, dass jemand eine Bemerkung, die sie machte, einfach ignorierte. June vermied es, aufzubrausen, stattdessen versuchte sie es mit Geduld, wie sie es von ihrer Kinderfrau gelernt hatte. „Blake, ich habe Nein gesagt.“

Wenn er wütend war, so verbarg er es meisterhaft. Er lächelte sie an, wie man ein ungezogenes Kind anlächelte. Dieses Spiel konnten sie auch beide spielen, dachte er. „Um acht Uhr“, wiederholte er und setzte sich auf die Kante seines Schreibtisches. „Wenn Sie möchten, können Sie sogar Tacos essen.“

„Sie sind sehr störrisch.“

„Ja, das bin ich.“

„Ich aber auch.“

„Ja, das stimmt. Wir sehen uns dann am Samstag.“

June musste sich bemühen, ihn böse anzustarren, denn am liebsten hätte sie gelacht. Doch wenigstens gelang es ihr dann, die Tür ziemlich laut hinter sich zuzuschlagen.

4. KAPITEL

Unglaublich", murmelte June und biss noch einmal in ihren Hotdog. „Dieser Mann hat wirklich unglaubliche Nerven."

„Du solltest dir aber trotzdem deinen Appetit nicht davon verderben lassen, *cara*." Carlo klopfte ihr liebevoll auf die Schulter, während sie auf die Independence Hall zugingen.

Noch einmal biss June in ihren Hotdog. Als sie dann den Kopf zurückwarf, fing sich das Sonnenlicht in ihrem Haar und ließ es golden aufleuchten. „Halt den Mund, Carlo. Er ist so arrogant." Mit der freien Hand gestikulierte sie heftig, während sie beinahe wütend ihren Hotdog verspeiste. „Carlo, ich lasse mir von niemandem etwas befehlen, schon gar nicht von diesem polierten amerikanischen Geschäftsmann mit seinem diktatorischen Benehmen und seinen unglaublichen blauen Augen."

Carlo zog eine Augenbraue hoch und warf dann einer Blondine mit einem besonders kurzen Rock einen bewundernden Blick zu. „Natürlich nicht, *mio amore*", bemerkte er abwesend und reckte den Kopf, um der Blondine so lange wie möglich nachzusehen. „Dein Philadelphia bietet den Touristen die faszinierendsten Ausblicke, findest du nicht?"

„Ich treffe meine eigenen Entscheidungen, führe mein eigenes Leben", brummte June und zerrte an seinem Arm, als sie sah, wohin er seine Aufmerksamkeit gerichtet hatte. „Ich nehme Bitten entgegen, Franconi, keine Befehle."

„So war das schon immer." Carlo blickte noch einmal über seine Schulter zurück. Vielleicht konnte er June dazu überreden, sich mit ihm auf eine Bank zu setzen oder in ein Straßencafé, wo er noch mehr von den „Attraktionen" Philadelphias bewundern konnte. „Du bist sicher schon müde von dem langen Spaziergang, Liebling", begann er.

„Auf keinen Fall werde ich heute Abend mit ihm zusammen essen gehen."

„Das sollte ihm eine Lehre sein, June Lyndon so einfach herumkommandieren zu wollen." Der Park bietet sicher interessantere Möglichkeiten, dachte Carlo.

Sie warf ihm einen bösen Blick zu. „Du machst dich über mich lustig, weil du ein Mann bist."

Carlo grinste sie an. „Und du interessierst dich für ihn."

„Das ist nicht wahr."

„Oh doch, *cara mia*, das ist wahr. Warum setzen wir uns nicht ein wenig hin und lassen die … Schönheit deiner Stadt auf uns einwirken? Immerhin …", er tippte sich an die Krempe seines Hutes, als eine Brünette in knappen Shorts an ihnen vorbeiging, „… bin ich ein Tourist."

June sah das Aufblitzen in seinen Augen und kannte auch den Grund dafür. Sie schnaufte, dann wandte sie sich nach rechts. „Ich werde dir schon die Touristenattraktionen zeigen, *amico*."

„Aber June …" Carlo hatte gerade eine Rothaarige in engen Jeans erblickt, die ihren Pudel spazieren führte. „Die Aussicht von hier ist sehr lehrreich und auch sehr erhebend."

„Ich werde dich schon erheben", versprach sie und zog ihn in die Independence Hall. „Der zweite Continental Congress hat sich 1775 hier getroffen, damals kannte man dieses Gebäude als das Pennsylvania State House."

Eine Gruppe Schulkinder zog mit einer streng aussehenden Lehrerin an ihnen vorbei. „Faszinierend", murmelte Carlo. „Warum gehen wir nicht in den Park, June? Es ist ein so schöner Tag." Perfekt für weibliche Jogger in knappen Shorts und knappen Hemdchen, setzte er in Gedanken hinzu.

„Ich wäre eine schlechte Freundin, wenn ich dir nicht wenigstens eine kurze Einführung in unsere Geschichte geben würde, ehe du heute Abend wieder abreist, Carlo." Sie hakte ihn unter. „Es war in Wirklichkeit der achte und nicht der vierte Juli 1776, als die Unabhängigkeitserklärung dem Volk vor diesem Haus vorgelesen wurde."

„Unglaublich." Die Brünette war sicher in den Park gegangen. „Ich kann dir gar nicht sagen, wie faszinierend ich das alles finde, aber ein wenig frische Luft ..."

„Du kannst nicht aus Philadelphia abreisen, ehe du nicht die Liberty Bell gesehen hast." June nahm seine Hand und zog ihn mit sich. „Ein Friedenssymbol ist international, Carlo." Sie hörte nicht einmal sein Protestgemurmel, denn ihre Gedanken kreisten erneut um Blake. „Was wollte er mir eigentlich beweisen mit seinem Macho-Benehmen?", fragte sie. „Er sagte, er würde mich um acht abholen, selbst noch, nachdem ich ihm erklärt hatte, dass ich nicht mitgehen wollte." Sie stützte die Hände in die Hüften und sah Carlo an. „Männer ... Ihr seid doch alle gleich, nicht wahr?"

„Aber nein, *carissima*." Belustigt lächelte er sie an und strich ihr dann über die Wange. „Wir sind alle einzigartig, ganz besonders Franconi. Es gibt Frauen in allen Städten der Welt, die dir das bestätigen können."

„Monster", beschuldigte sie ihn und weigerte sich, sich von seiner Belustigung anstecken zu lassen. Sie trat einen Schritt näher zu ihm und achtete nicht auf die drei Studentinnen, die so nahe neben ihnen standen, dass sie jedes Wort verstehen konnten. „Versuche nicht, mich mit deinen Frauengeschichten zu beeindrucken, du italienischer Lüstling."

„Ha, aber June ..." Er zog ihre Hand an seine Lippen und beobachtete darüber hinweg die drei Studentinnen. „Das richtige Wort ist ... ‚Connaisseur'."

Junes Antwort darauf war ein sehr undamenhaftes Schnaufen. „Ihr ... Männer", meinte sie und entzog ihm ihre Hand. „Ihr seht eine Frau doch nur als etwas an, womit man spielt, das man eine Weile lang genießt und dann wieder fallen lässt. Niemand wird dieses Spielchen mit mir spielen."

Carlo grinste von einem Ohr zum anderen. Er nahm ihre beiden Hände und küsste sie. „Ah, nein, nein, *cara mia*. Eine Frau ist wie ein köstliches Gericht."

June runzelte die Stirn, die drei Studentinnen kamen noch ein paar Schritte näher, damit ihnen auch kein einziges Wort entging.

„Ein Gericht? Du vergleichst uns Frauen einfach mit einer Mahlzeit?“

„Eine besonders köstliche“, korrigierte Carlo sie. „Eine Mahlzeit, die man mit besonders großer Erregung erwartet, die man langsam genießt, ja, die man sogar anbetet.“

June zog die Augenbrauen hoch. „Und wenn man seinen Teller leer gegessen hat, Carlo?“

„Dann bleibt sie einem noch immer in Erinnerung.“ Er legte Daumen und Zeigefinger aneinander und küsste beide. „Sie kehrt wieder in deinen Träumen und macht, dass du dein Leben lang nach einer sinnlichen Erfahrung suchst, die ihr gleichkommt.“

„Sehr poetisch.“ June lachte. „Aber ich habe nicht vor, für jemanden die Vorspeise zu sein.“

„Nein, meine June, du bist die köstlichste aller Nachspeisen und daher auch die, nach der man am meisten verlangt.“ Er blinzelte den drei Studentinnen zu. „Dieser Cocharan, glaubst du nicht, dass ihm das Wasser im Mund zusammenläuft, wenn er dich nur ansieht?“

Wieder lachte June, dann machte sie zwei Schritte von Carlo weg. Das Bild, das er ihr gerade gezeichnet hatte, gefiel ihr. „Glaubst du wirklich?“, fragte sie.

Carlo wusste, dass er June abgelenkt hatte. Er legte einen Arm um ihre Taille und führte sie auf den Ausgang zu. Sie hatten noch immer genug Zeit für die frische Luft und die weiblichen Jogger.

„*Cara*“, begann er. „Ich bin ein Mann, der ‚Amore‘ studiert hat. Ich weiß, was ich in den Augen eines anderen Mannes sehe.“

June unterdrückte ein heißes Glücksgefühl, sie zuckte nur mit den Schultern. „Ihr Italiener findet doch immer eine Entschuldigung für etwas, das nichts weiter als reine Lust ist.“

Mit einem Seufzer führte Carlo sie aus dem Gebäude. „June, für eine Frau mit französischem Blut in den Adern besitzt du kein bisschen Romantik.“

„Romantik gehört in Bücher und in Filme."
„Romantik", berichtigte Carlo sie, „gehört überallhin." Auch wenn June sich bemüht hatte, ihrer Stimme einen leichtfertigen Klang zu geben, so wusste Carlo doch, dass sie die Wahrheit gesagt hatte. Das beunruhigte ihn. „Du solltest es einmal mit Kerzenlicht, Wein und leiser Musik versuchen, June. Es wird sicher nicht schaden."

Sie warf ihm einen Blick von der Seite zu und lächelte dann rätselhaft. „Meinst du?"

„Du kannst Carlo vertrauen, so wie sonst niemandem."

„Oh, das tue ich auch." Jetzt lachte sie und legte einen Arm um seine Schulter. „Ich vertraue sonst niemandem, Franconi."

Auch das war die Wahrheit. Wieder seufzte Carlo. „Dann vertrau wenigstens dir selbst, *cara*. Lass dich von deinen eigenen Instinkten leiten."

„Aber das tue ich doch."

„Wirklich?" Jetzt war es Carlo, der ihr einen Seitenblick zuwarf. „Ich glaube, du vertraust dir selbst nicht genug, um es zu wagen, mit dem Amerikaner allein zu sein."

„Mit Blake?" Er fühlte, wie sie erstarrte. „Das ist doch absurd."

„Und warum regst du dich dann so darüber auf, mit ihm essen zu gehen?"

„Dein Englisch ist nicht ganz korrekt, Carlo. Ich rege mich nicht darüber auf, ich bin ärgerlich." Trotzig hob sie das Kinn. „Ich bin ärgerlich, weil er einfach bestimmt hat, dass ich mit ihm essen gehen soll, und weil er es noch immer angenommen hat, selbst jetzt, nachdem ich abgelehnt habe. Das ist doch wohl normal."

„Ich finde, deine Reaktion auf ihn ist auch normal." Er zog eine Sonnenbrille aus der Tasche und setzte sie auf. „Ich habe auch in deine Augen gesehen, als wir ihn in der Küche getroffen haben."

June warf ihm einen bösen Blick zu. „Du weißt ja gar nicht, wovon du überhaupt redest."

„Ich bin ein Feinschmecker", erklärte Carlo mit einer ausladenden Geste seines freien Arms. „Von gutem Essen, ja, aber auch in der Liebe."

„Bleib du lieber bei deiner Pasta, Franconi."

Er grinste nur, dann tätschelte er ihre Hüfte. „Carissima, meine Pasta bleibt nie kleben."

June fluchte leise auf Französisch. Es war ein Wort, das man in Paris oft an Häuserwände geschmiert lesen konnte. Dann gingen beide weiter, schweigend, während jeder darüber nachdachte, was wohl an diesem Abend um acht Uhr passieren würde.

Absichtlich und nach reiflichen Überlegungen hatte June an diesem Abend ihre schäbigsten Jeans angezogen sowie ein verwaschenes T-Shirt, das an einem Ärmel eingerissen war. Sie machte sich auch keine Mühe, Make-up aufzulegen. Nachdem sie Carlo zum Flughafen gefahren hatte, hatte sie in einem Schnellimbiss gebackenes Hähnchen und Pommes frites gekauft, zusammen mit einem kleinen Schälchen Krautsalat.

Sie öffnete sich eine Büchse Diät-Cola, stellte den Fernsehapparat an und machte es sich auf dem Sofa bequem. Dabei knabberte sie an einem Hähnchenschenkel. Zuerst hatte sie die Absicht gehabt, sich so elegant zu kleiden, dass es Blake umwarf. Und wenn er dann an ihrer Tür klingelte, hatte sie an ihm vorbeirauschen und ihm im Vorbeigehen erklären wollen, dass sie eine andere Verabredung hätte. Aber so, dachte sie, als sie die Beine unter sich zog, konnte sie es sich gemütlich machen und ihn gleichzeitig noch beleidigen. Nachdem sie den ganzen Tag mit Carlo unterwegs gewesen war und er mit jeder Frau zwischen sechzehn und sechzig geflirtet hatte, war es ihr lieber, dass sie es sich gemütlich machen konnte.

Zufrieden mit ihrer Erscheinung lehnte sie sich zurück und wartete darauf, dass Blake läutete. Es würde sicher nicht mehr lange dauern, denn wenn ihre Menschenkenntnis sie nicht trog, war Blake ein pünktlicher Mensch. Und auch ein anspruchsvoller, überlegte sie, als sie sich in ihrer gemütlichen Unordnung umsah.

Sicher würde er in einem eleganten maßgeschneiderten Anzug bei ihr auftauchen, mit einem blütenweißen Hemd, auf das sein Monogramm gestickt war. Und seine italienischen Lederschuhe würden kein Körnchen Staub aufweisen. Zufrieden blickte sie auf den ausgefransten Saum ihrer Jeans. Zu schade, dass keine Löcher darin waren.

Löcher oder nicht, dachte sie grinsend, auf jeden Fall sehe ich nicht aus wie eine Frau, die aufgeregt auf einen Mann wartet, den sie beeindrucken möchte. Und das, so schloss sie, ist, was ein Mann wie Blake von einer Frau erwartet. Ihn zu überraschen, würde ihr Spaß machen, ihn wütend zu machen, noch mehr.

Als es dann an der Tür klingelte, sah June sich noch einmal um, ehe sie langsam aufstand. Sie ließ sich Zeit, reckte sich noch einmal und ging dann zur Tür.

Zum zweiten Mal wünschte sich Blake, er hätte eine Kamera, um den Ausdruck der Überraschung auf ihrem Gesicht festzuhalten. Sie sagte nichts, starrte ihn nur an … Mit einem kleinen Lächeln schob Blake die Hände in die Taschen seiner eng anliegenden verwaschenen Jeans. Sicher hatte es noch nie zuvor jemandem solchen Spaß gemacht, einem anderen eins auszuwischen.

„Ist das Essen fertig?“ Er schnüffelte. „Es riecht großartig.“

Diese verflixte Arroganz – und seine Intuition, dachte June. Wie schaffte er es nur, ihr immer einen Schritt voraus zu sein? Bis auf die Tatsache, dass er Tennisschuhe trug – abgelaufene Tennisschuhe –, war er genauso gekleidet wie sie. Und was sie noch mehr ärgerte, war die Tatsache, dass er in Jeans und T-Shirt genauso attraktiv aussah wie in einem eleganten Anzug. Nur mit Mühe gelang es ihr, sich unter Kontrolle zu halten. Die Spielregeln hatten sich vielleicht geändert, aber das Spiel war deshalb noch lange nicht vorbei. So leicht gab sie sich nicht geschlagen.

„Mein Essen ist fertig“, erklärte sie ihm kühl. „Ich kann mich nicht daran erinnern, Sie eingeladen zu haben.“

„Ich sagte doch acht Uhr."

„Und ich sagte Nein."

„Da Sie dagegen waren, mit mir auszugehen …" Er nahm ihre beiden Hände, dann schob er sich an ihr vorbei in die Wohnung. „… dachte ich, wir würden hier essen."

Noch immer hielt er ihre Hände fest. June überlegte, ob sie ihn auffordern sollte zu gehen. Sie konnte es verlangen … und er würde vielleicht gehen. Auch wenn es ihr nichts ausmachte, unhöflich zu sein, so wäre es nicht unbedingt sehr befriedigend, die Schlacht schon so früh zu gewinnen. Sie müsste etwas anderes, Befriedigenderes finden, um ihn auszustechen.

„Sie sind wirklich sehr hartnäckig, Blake. Man könnte beinahe sagen, stur."

„Schon möglich. Was gibt es denn zu essen?"

„Sehr wenig." June befreite eine Hand aus seinem Griff und deutete auf den Tisch im Wohnzimmer.

Blake zog eine Augenbraue hoch. „Ihre Vorliebe für Fast Food ist wirklich bemerkenswert. Haben Sie eigentlich schon einmal daran gedacht, eine eigene Imbisskette zu eröffnen? Mit Minuten-Croissants? Oder mit Drive-in-Torten?"

June fand sein Gespött absolut nicht lustig. „Sie sind der Geschäftsmann", erklärte sie. „Ich bin die Künstlerin."

„Mit dem Appetit eines Teenagers."

Blake ging zum Tisch hinüber und nahm sich einen Hähnchenschenkel aus der Packung. Dann setzte er sich auf die Couch und legte die Füße auf den Couchtisch. „Nicht schlecht", meinte er nach dem ersten Bissen. „Gibt es keinen Wein?", fragte er June.

Nein, ich will mich nicht amüsieren, dachte sie, doch als sie ihn beobachtete, konnte sie ein Grinsen nicht unterdrücken. Vielleicht hatte ihr Plan, ihn zu beleidigen, nicht geklappt, aber sie wusste ja noch nicht, wie der Abend enden würde. Sie brauchte nur ein gutes Stichwort, um ihn packen zu können. „Diät-Cola." Sie setzte sich und hob die Büchse an den Mund. „In der Küche ist noch mehr."

„Das hier genügt mir." Blake nahm ihr die Büchse ab und nippte daran. „Verbringt so die beste Nachtisch-Köchin der Welt ihre Abende?"

June zog eine Augenbraue hoch, dann nahm sie ihm die Büchse wieder ab. „Die größte Nachtisch-Zauberin verbringt ihre Abende so, wie es ihr passt."

Blake legte ein Bein über das andere und sah June nachdenklich an. Die goldenen Fleckchen in ihren Augen waren heute Abend ein wenig gedämpft – vielleicht, weil sie so entspannt war. Ihm gefiel der Gedanke, dass er sie zum Leuchten bringen könnte, noch ehe dieser Abend vorbei war. „Das glaube ich Ihnen gern. Erstreckt sich das auch noch auf andere Gebiete?"

„Ja." June nahm sich noch ein Stück von dem Hähnchen, ehe sie Blake eine Serviette reichte. „Ich habe entschieden, dass Ihre Gesellschaft zu ertragen ist – im Moment wenigstens."

Er ließ sie nicht aus den Augen, während er in den Hähnchenschenkel biss. „Ach, wirklich?"

„Deshalb sitzen Sie ja jetzt hier und essen die Hälfte von meinem Abendessen." Sie überhörte sein leises Lachen und legte jetzt ebenfalls die Füße hoch. Irgendwie ist das eigentlich sehr gemütlich, überlegte sie, doch dieses Gefühl machte sie auch vorsichtig. Sie war viel zu misstrauisch, um die Gefühle zu vergessen, die dieser einzige Kuss in ihr hervorgerufen hatte. Und sie war zu stur, um einen Rückzieher zu machen.

„Ich bin wirklich neugierig, herauszufinden, warum Sie mich unbedingt heute Abend sehen wollten." Sie warf einen Blick auf die Werbung im Fernsehen, ehe sie Blake wieder ansah. „Warum erklären Sie mir das nicht?"

Blake nahm die Plastikgabel und probierte von dem Krautsalat. „Möchten Sie den beruflichen Grund oder den persönlichen?"

Zu oft beantwortete er ihre Fragen mit einer Gegenfrage, es war höchste Zeit, ihn festzunageln. „Warum erklären Sie mir nicht eines nach dem anderen?"

Wie kann sie dieses Zeug nur essen, dachte er, als er die Gabel wieder weglegte. Wenn man sie in den elegantesten Restaurants sah – mit Blumen, französischem Wein, diskreter Bedienung, sie selbst in Seide und bei exotischen Gerichten …

„Nun, dann zuerst zu meinem geschäftlichen Grund. Wir werden wenigstens einige Monate lang sehr eng zusammenarbeiten. Da ist es doch angezeigt, dass wir einander gut kennen, dass wir wissen, wie der andere arbeitet, damit wir die entsprechenden Anstrengungen machen können, uns einander anzupassen."

„Logisch." June nahm sich einige Pommes frites aus der Packung, ehe sie sie Blake reichte. „Es ist vielleicht ganz gut, wenn Sie von Anfang an wissen, dass ich mich nicht anpasse. Ich arbeite nur auf eine Art … auf meine Art. Also … was war Ihr persönlicher Grund?"

Ihm gefielen ihr Selbstvertrauen und das Fehlen jeglicher Absicht zum Kompromiss. „Persönlich finde ich, dass Sie eine sehr schöne und äußerst interessante Frau sind." Er beobachtete sie. „Ich möchte mit Ihnen schlafen."

Als sie schwieg, knabberte er an einer Fritte. „Und ich denke, wir sollten einander vorher erst ein wenig kennenlernen." Ihr Blick verriet nichts von ihren Gedanken. Blake lächelte sie an. „Logisch?"

„Ja, und sehr egoistisch." Sie wischte ihre Finger an der Serviette ab. „Aber Sie sind wenigstens ehrlich. Ich schätze Menschen, die ehrlich sind." Sie stand auf und sah auf ihn hinunter. „Sind Sie fertig?"

Er reichte ihr den leeren Karton. „Ja."

„Ich habe zufällig noch ein paar Eclairs im Kühlschrank, wenn Sie vielleicht interessiert sind."

„Aus dem Supermarkt?"

Sie verzog leicht den Mund. „Nein, einige Grundsätze habe ich auch. Sie sind von mir."

„Dann darf ich Sie doch nicht beleidigen, indem ich es ablehne, sie zu probieren."

Jetzt musste sie doch lachen. „Ich bin sicher, Sie probieren sie nur aus Diplomatie.“

„Natürlich, und aus Gefräßigkeit“, fügte er noch hinzu, als sie bereits aus dem Zimmer ging.

Sie ist wirklich cool, dachte Blake, als er daran dachte, wie June auf seine Eröffnung reagiert hatte, dass er mit ihr schlafen wollte. Er empfand das als eine Herausforderung.

War es nur äußerlicher Schein? Wenn das so war, dann würde er gern Schicht um Schicht ihren Widerstand durchdringen. Langsam, dachte er, genüsslich, bis ich die Leidenschaft darunter entdecken kann. Und er war sicher, dass er die Leidenschaft finden würde, sie würde wie eines ihrer Gerichte sein, dunkel und verboten unter der kühlen weißen Schicht. Ehe noch zu viel Zeit verging, hatte er die Absicht, sie zu kosten.

Meine Hände zittern, stellte June verärgert fest, als sie den Kühlschrank öffnete. Er hatte sie verwirrt, genau, wie er beabsichtigt hatte. Sie konnte nur hoffen, dass er sie nicht durchschaut hatte. Natürlich hatte er sie mit seiner Bemerkung aus der Ruhe bringen wollen, aber er hatte das, was er gesagt hatte, auch gemeint, so viel hatte sie verstanden. Im Augenblick hatte sie jedoch keine Zeit, ihre Gefühle zu analysieren, sie wusste allerdings, dass ihre erste Reaktion weder Schock noch Wut gewesen war, sondern eine nervöse Erregung, die sie seit Jahren nicht mehr gefühlt hatte.

Dumm, entschied sie, während sie die Eclairs auf zwei Teller aus Meißener Porzellan legte. Immerhin war sie kein Teenager mehr. Eine Affäre könnte gefährlich werden, dachte sie, eine Affäre verlangt Zeit und lenkt ab. Und es gab immer einen von beiden, der sich in solch einer Sache mehr einsetzte und demzufolge auch verletzlicher war. Sie würde nicht zulassen, dass ihr so etwas zustieß.

Doch die nervöse Erregung verschwand nicht wieder.

Ich muss etwas unternehmen wegen dieses Blake Cocharan, entschied sie, als sie Kaffee in zwei Tassen goss. Und es musste schnell geschehen. Doch das Problem war: Was sollte sie tun? Sie würde das tun, was sie immer tat, wenn sie unter Druck stand, entschied sie, sie würde die Sache beschleunigen.

„Sie werden jetzt gleich eine unvergessliche sinnliche Erfahrung machen."

Bei Junes Worten blickte Blake auf und sah sie an, als sie das Zimmer wieder betrat. Verlangen nach ihr traf ihn plötzlich überraschend wie ein Schlag. Es war eine Warnung, das Spiel mit ganzem Einsatz zu spielen, wenn er die Kontrolle darüber nicht verlieren wollte.

„Meine Eclairs nimmt man nicht auf die leichte Schulter", sprach June weiter. „Und man isst sie auch nicht ohne die nötige Ehrfurcht."

Er wartete, bis sie wieder neben ihm saß, ehe er ihr einen der Teller abnahm. Köstlich, dachte er, als der Duft ihm in die Nase stieg. „Ich werde mich gebührend anstrengen."

„Eigentlich ...", June nahm die Gabel und stach ein Stück ab, „... benötigt man dafür keine Anstrengung, nur die Geschmacksknospen." Sie konnte nicht anders, sie hob die Gabel zu seinem Mund.

Blake beobachtete sie, während sie ihn fütterte. Das Licht, das durch das Fenster hinter ihm in den Raum fiel, spiegelte sich in ihren Augen. Ein Mann könnte sich in diesen Augen verlieren, dachte Blake, als er versuchte, darin zu lesen.

Das Eclair zerging ihm auf der Zunge, exotisch, einzigartig, begehrenswert – wie seine Schöpferin. Der erste Geschmack, wie der erste Kuss, weckte in ihm das Verlangen nach mehr.

„Unglaublich", murmelte er, als sich ihre Lippen zu einem Lächeln verzogen. Er wollte sie schmecken.

„Aber sicher." Sie nahm mit der Gabel ein anderes Stück, doch in diesem Moment schloss Blake seine Hand über ihrem Handgelenk. Er fühlte, wie ihr Puls plötzlich heftiger zu klopfen begann, doch ihre Augen blickten so kühl wie zuvor.

„Ich werde mich revanchieren." Er hatte leise gesprochen, mit seinen Fingern hielt er ihre Hand fest, als er ihr die Gabel aus der Hand nahm. Langsam bewegte er sich, dabei hielten ihre Blicke einander gefangen. Er sah, wie ihre Lippen sich öffneten, als er die Gabel hob, sah ihre Zungenspitze. Es wäre so einfach, sie jetzt zu küssen, wegen des heftigen Pulsierens unter seinen Fingern wusste er, dass sie keinen Widerstand leisten würde. Doch er fütterte sie mit dem Eclair. Sein Magen zog sich zusammen, als er sich vorzustellen versuchte, was sie jetzt schmeckte. Noch während ihm dieser Gedanke kam, öffnete sie schon den Mund für das nächste Stück.

Es war beinahe so, als würde sie Champagner trinken, als ihr das Eclair auf der Zunge zerging. Ihre Nerven beruhigten sich, doch ihre Wahrnehmung war geschärft. Der Duft seines Rasierwassers erinnerte sie an einen Wald im Herbst, seine Augen waren so dunkelblau wie der Abendhimmel. Und als sein Knie gegen ihres stieß, verspürte sie eine Wärme, die durch die Kleidung hindurchging und sie ganz erfüllte.

Minuten vergingen, ohne dass sie überhaupt merkte, dass sie nicht sprachen, sondern einander langsam und voller Genuss fütterten. Die Intimität, die sie einzuhüllen schien, war genauso intensiv, als würden sie einander lieben. Der Kaffee auf dem Tisch wurde kalt, Schatten krochen in das Zimmer, als die Sonne versank.

„Der letzte Bissen“, murmelte June. „Hat es geschmeckt?“

Blake nahm eine Strähne ihres Haares zwischen Daumen und Zeigefinger. „Vollkommen.“

June rückte nicht von Blake ab, langsam legte sie die Gabel aus der Hand. Sie fühlte sich viel zu verletzlich. „Einer meiner Kunden hat eine geheime Leidenschaft für meine Eclairs. Viermal im Jahr fahre ich nach Brittany und mache ihm zwei Dutzend. Im letzten Herbst hat er mir eine Smaragdkette geschenkt.“

Blake zog die Augenbrauen hoch, während er sich die Haarsträhne um den Finger wickelte. „Soll das eine Aufforderung sein?“

„Ich liebe Geschenke", erklärte sie ehrlich. „Aber zwischen Geschäftspartnern ist das wohl nicht ganz passend."

Sie wollte sich vorlehnen, um ihren Kaffee vom Tisch zu nehmen, doch Blake hielt sie an der Haarsträhne zurück. Einen Moment lang sah er Überraschung und auch Ärger in ihren Augen aufblitzen. Sie mochte es nicht, wenn man sie zurückhielt. „Unsere geschäftliche Verbindung liegt auf einer ganz anderen Ebene. Ich dachte, das wissen wir mittlerweile beide."

„Das Geschäft kommt zuerst."

„Vielleicht." Es fiel ihm selbst schwer zuzugeben, dass er daran zu zweifeln begann. „Auf jeden Fall beabsichtige ich nicht, mich weiterhin auf dieser Ebene zu bewegen."

Wenn sie je die Absicht hatte, mit ihm fertig zu werden, dann musste sie das jetzt tun. June legte einen Arm auf die Rückenlehne des Sofas und wünschte, der Kloß in ihrem Hals würde verschwinden. „Ich fühle mich von Ihnen angezogen. Und ich denke, es wird schwierig, aber auch interessant sein, in den nächsten Monaten unter diesen Bedingungen zu arbeiten. Sie sagten, Sie wollten sich bemühen, mich zu verstehen. Ich erkläre meine Motive selten, aber jetzt will ich eine Ausnahme machen." Sie beugte sich vor und nahm eine Zigarette aus einer Dose auf dem Tisch. „Haben Sie Feuer?"

Eigenartig, welch widersprüchliche Gefühle sie in meinem Inneren weckt, dachte Blake. Diesmal war es Ärger, als er sein Feuerzeug aus der Tasche zog und es anzündete. Er sah, wie sie den ersten Zug machte.

„Sie sagten, Sie kannten meine Mutter", begann June. „Sie ist eine wunderschöne, intelligente Frau, und ich liebe sie sehr. Natürlich zunächst, weil sie meine Mutter ist, aber ich liebe sie auch als eine Frau, die voller Lebensfreude ist. Wenn sie eine Schwäche hat, dann sind es die Männer." June zog die Beine hoch und versuchte, sich zu entspannen.

„Sie hat drei Ehemänner gehabt und unzählige Liebhaber. Dabei ist sie jedes Mal absolut sicher, dass es eine lebenslange Beziehung werden wird. Wenn sie eine Beziehung zu einem

Mann hat, ist sie unbeschreiblich glücklich, seine Interessen sind ihre Interessen, seine Abneigungen ihre Abneigungen. Und wenn die Beziehung dann zu Ende ist, ist sie am Boden zerstört."

June zog an ihrer Zigarette. Sie hatte erwartet, dass er etwas sagen würde, aber er sah sie nur an, deshalb sprach sie weiter: „Mein Vater ist ein eher praktischer Mensch, und trotzdem hat auch er schon zwei Ehefrauen gehabt sowie einige diskrete Affären. Anders als meine Mutter, die auch Fehler akzeptiert, ja Fehler sogar manchmal genießt, ist er ein Mann, der nach Perfektion strebt. Und da es in einem Menschen keine Perfektion gibt, sondern nur in einigen Dingen, die ein Mensch schafft, ist er immer wieder enttäuscht.

Meine Mutter sucht nach Glück und Romantik, mein Vater sucht die perfekte Gefährtin. Und ich suche nach keinem von beiden."

„Warum sagen Sie mir denn nicht, wonach Sie suchen?"

„Erfolg", erklärte June schlicht. „Eine Romanze hat einen Anfang, also hat sie auch ein Ende. Ein Gefährte verlangt Kompromisse und Geduld. Meine Geduld brauche ich für meine Arbeit, für Kompromisse habe ich kein Talent."

Das sollte Blake eigentlich zufriedenstellen, vielleicht sogar erleichtern, denn immerhin suchte er nach nicht mehr als nur einer flüchtigen Affäre, ohne feste Bindung und Verpflichtung. Dennoch verstand er nicht, warum er sie am liebsten geschüttelt hätte. „Keine Romanze", sagte er und nickte. „Kein Gefährte. Aber das ändert nichts an der Tatsache, dass Sie mich wollen und ich Sie will."

„Nein." Der Zigarettenrauch hinterließ einen bitteren Geschmack in ihrem Mund, deshalb drückte June die Zigarette aus. Diese Diskussion hört sich ja beinahe wie eine Verhandlung an, dachte sie. Aber wollte sie es denn nicht so? „Ich habe gesagt, es wird schwierig sein, unter diesen Bedingungen zu arbeiten, aber nicht unmöglich. Sie wollen eine Arbeit von mir, Blake, und ich habe zugestimmt, diese Arbeit zu leisten, weil mir an der Erfahrung liegt, aber auch an der Publizität, die ich dabei gewinne.

Ihr Restaurant völlig zu ändern, wird ein langer, komplizierter Prozess sein. Und wenn ich das mit meinen anderen Verpflichtungen verbinden will, werde ich für Ablenkungen keine Zeit mehr haben."

„Für Ablenkungen?" Warum machte dieses Wort ihn nur so wütend? Vielleicht hatte sie das als Herausforderung gemeint. „Lenkt Sie das ab?" Mit der Fingerspitze fuhr er über ihren Hals, dann legte er die Hand in ihren Nacken.

June fühlte jeden seiner Finger einzeln auf ihrer Haut, und in seinem Blick erkannte sie das Verlangen. „Sie zahlen mir eine Menge Geld dafür, dass ich meinen Job tue, Blake." Ihre Stimme klang fest. Gut so, denn ihr Herz klopfte wild. „Als Geschäftsmann sollten Sie doch daran interessiert sein, dass sich dic Komplikationen auf ein Minimum beschränken."

„Komplikationen", wiederholte er leise, dann vergrub er seine Hand in ihrem Haar. June fühlte, wie ihr ein Schauer über den Rücken lief, als er mit seinen Lippen ihre Wange berührte. „Ist das eine Komplikation?", fragte er.

„Ja." Ihr Verstand riet ihr, sich von ihm zu lösen, doch ihr Körper weigerte sich, diesem Rat zu folgen.

„Und eine Ablenkung?"

Seine Lippen glitten weiter, und er knabberte sanft an ihrer Unterlippe. June zog sich nicht von ihm zurück, auch wenn sie sich einzureden versuchte, dass sie es könnte. Sie hatte es nie zugelassen, verführt zu werden, und auch der heutige Abend würde keine Ausnahme sein.

Nur einmal probieren, dachte sie. Sie wusste, wie man auch die köstlichsten und verführerischsten Genüsse probierte und sich dann zurückzog.

„Ja", murmelte sie und schloss die Augen. Sie brauchte ihn nicht zu sehen, nur zu fühlen. Warm, sanft, seine Lippen auf ihren, fest, stark und überzeugend, seine Hände, männlich und verführerisch, der Duft, der ihr in die Nase stieg. Und als er dann ihren Namen aussprach, war es wie ein Hauch.

„Wie soll es denn sein, June?", fragte er und fühlte wieder, dass er nicht widerstehen konnte. „Nur uns beide gibt es hier."

„So einfach ist das aber leider nicht." Obwohl sie sich widersprechen hörte, schlang sie die Arme um seinen Hals und suchte seinen Mund mit ihren Lippen.

Es ist nur ein Kuss, sagte sie sich, als ihre Lippen sich begegneten. Sie konnte ihn noch immer beenden, sie hatte die Kontrolle nicht verloren. Doch zuerst wollte sie ihn noch einmal schmecken. Ohne zu überlegen, berührte sie seine Zungenspitze mit ihrer, dann hörte sie sich selbst aufseufzen und schmiegte sich noch enger an ihn. Seinen Körper an ihrem zu fühlen, schien ihr irgendwie richtig, und dann verlor sie sich in seinem Kuss.

Warum nur waren ihr Küsse bis heute immer so unbedeutend erschienen? In ihrem Körper gab es Hunderte von Stellen, an denen ihr Puls heftig klopfte, von denen sie aber bis heute nicht einmal gewusst hatte, dass sie existierten. Sie hatte geglaubt, die Grenzen ihrer eigenen Bedürfnisse zu kennen, die Tiefe ihrer Leidenschaft ... bis jetzt. Obwohl Blake sie kaum berührte, weckte er etwas in ihr, das nichts mit Ruhe, Ordnung und Disziplin zu tun hatte. Und wenn dieses Etwas erst einmal geweckt war ... was dann?

June war an einem Punkt angelangt, wo die Gefühle über ihren Verstand herrschten. Noch einen Schritt weiter, und Blake würde seinen Willen haben. Er würde dann nicht nur ihren Körper besitzen und ihre Gedanken, sondern auch das, was sie bis jetzt wie einen Schatz gehütet hatte – ihr Herz.

Sie fühlte das Verlangen nach ihm und entzog sich ihm. Wenn sie nachgab, würde er sich nehmen, was er haben wollte. Noch immer hielt er sie, nicht so fest, dass sie sich ihm nicht entziehen konnte, aber dennoch fest genug. June war atemlos. Verzweifelt versuchte sie, wieder Herr über ihre Gefühle zu werden.

„Ich denke, ich habe klar dargelegt, was ich meine", brachte sie hervor.

„Was du meintest?", entgegnete Blake und strich über ihren Rücken. „Oder was ich meine?"

June holte tief Luft. „Ich habe viel zu oft Zutaten miteinander gemischt, um nicht zu wissen, dass sich geschäftliche und persönliche Interessen nicht vertragen. Ab Montag werde ich für Cocharan arbeiten, und ich beabsichtige, mein Geld wert zu sein. Da kann es nichts anderes zwischen uns geben."

„Es gibt aber bereits eine Menge anderes." Er legte einen Finger unter ihr Kinn und hob ihren Kopf, sodass sie ihn ansehen musste. Mit diesem einzigen Kuss hatte er all seine beruflichen und auch persönlichen Prinzipien über den Haufen geworfen: Halte deine Gefühle im Zaum, sowohl im Geschäftsleben als auch im Privatleben, sonst machst du Fehler, die nicht wiedergutzumachen sind.

Ich brauche Zeit, dachte Blake, Zeit und Abstand. „Wir kennen einander jetzt besser", meinte er nach einer Weile des Schweigens. „Wenn wir uns lieben, werden wir einander auch verstehen, da bin ich ganz sicher."

Als er aufstand, blieb June jedoch sitzen. Sie war nicht sicher, ob ihre Beine sie tragen würden. „Ab Montag", erklärte sie ein wenig fester, „werden wir zusammenarbeiten. Von da an wird es zwischen uns nichts anderes geben."

„Wenn man so viele Verträge abschließt wie ich, June, dann begreift man irgendwann, dass Papier eben doch nur Papier ist. Es wird zwischen uns keinen Unterschied machen."

Er ging zur Tür, er brauchte unbedingt frische Luft, um nachdenken zu können, und einen Drink, um seine flatternden Nerven zu beruhigen. Und Abstand, einen großen Abstand, ehe er alles vergaß und seinem Verlangen nachgab, diese fantastische Frau besitzen zu wollen.

Die Hand auf der Türklinke, sah er sich noch einmal um. Es lag etwas in Junes Blick, in der gerunzelten Stirn und dem ein wenig schmollend verzogenen Mund, das ihn lächeln ließ.

„Montag", sagte er, dann war er auch schon gegangen.

5. KAPITEL

Warum um alles in der Welt konnte er nicht aufhören, an sie zu denken? Blake saß hinter seinem Schreibtisch und versuchte, sich auf einen zwanzigseitigen Vertrag zu konzentrieren, über den in einer langen Sitzung verhandelt werden sollte. Er begriff kein einziges Wort von dem, was er las. Das war sonst gar nicht seine Art. Er wusste es, er war wütend darüber und konnte es dennoch nicht ändern.

Schon seit Tagen schlich June sich andauernd in seine Gedanken und vertrieb alles andere aus seinem Kopf. Für einen Mann, der Ordnung und Selbstkontrolle als etwas Selbstverständliches ansah, war das nervenaufreibend.

Es gab keine logische Erklärung für seine Besessenheit. Er nannte es „Besessenheit", weil ihm kein besseres Wort dafür in den Sinn kam. Sie ist wunderschön, dachte Blake und ließ seine Gedanken schweifen. Er kannte allerdings Hunderte schöner Frauen. Sie war intelligent, doch es hatte auch schon zuvor in seinem Leben intelligente Frauen gegeben. Begehrenswert – selbst jetzt, hier in seinem Büro, fühlte er, wie sich das Verlangen in ihm rührte. Doch auch Verlangen war ihm im Grunde nicht fremd.

Er liebte Frauen, als Freundinnen und auch als Geliebte. Vergnügen ist vielleicht das Schlüsselwort, dachte er. Mehr hatte er in einer Verbindung mit einer Frau nie gesucht. Aber er war nicht sicher, dass das auch das richtige Wort war, um das zu beschreiben, was zwischen ihm und June war. Sie hatte ihn zu stark und zu schnell an einen Punkt gebracht, wo die Gefahr bestand, dass er die Kontrolle über seine Gefühle verlor. Doch das hielt ihn nicht davon ab, immer noch mehr zu wollen. Warum?

Blake lehnte sich zurück, nahm einen Stift und begann, seine Möglichkeiten aufzulisten.

Vielleicht bestand ein Teil ihrer Anziehungskraft auf ihn in der Tatsache, dass er sie gern überlistet hätte. Bis jetzt war es ihm jedes Mal gelungen, doch er war realistisch genug, um zu wissen, dass das keine Garantie war. Dennoch wollte er es versuchen. Wo würden sie das nächste Mal aneinandergeraten? Würde es ein geschäftliches Problem sein oder ein persönliches? Auf jeden Fall wollte er Kopf an Kopf mit ihr liegen, das wünschte er sich genauso sehr, wie er es sich wünschte, mit ihr zu schlafen.

Ein anderer Grund war der, dass er wusste, sie fühlte sich ebenfalls von ihm angezogen, auch wenn sie es nicht wahrhaben wollte. Er bewunderte sie für ihre Willensstärke. Sie misstraute einem engeren Verhältnis, wahrscheinlich wegen der gescheiterten Beziehung ihrer Eltern, nahm er an. Aber das allein konnte es nicht sein, er würde tiefer graben müssen, um ein vollständiges Bild zu bekommen.

Zum ersten Mal in seinem Leben verspürte Blake den Wunsch, eine Frau näher kennenzulernen, ihre Gedanken, ihre Eigenarten, was sie zum Lachen brachte, was sie ärgerte, und das, was sie vom Leben erwartete. Wenn er all das erst einmal wusste … Was dann geschah, konnte er sich nicht vorstellen. Aber mehr als alles andere wollte er sie zu seiner Geliebten machen.

Als die Sprechanlage auf seinem Schreibtisch summte, waren Blakes Gedanken noch immer bei June Lyndon.

„Ihr Vater ist auf dem Weg zu Ihnen, Mr Cocharan."

Blake blickte auf den Vertrag vor ihm. Er brauchte bestimmt noch eine Stunde, bis er damit fertig war. „Danke." Er hatte den Knopf der Sprechanlage noch nicht ganz losgelassen, da wurde die Tür schon geöffnet, und Blake Cocharan der Zweite betrat das Bürozimmer.

In Gestalt und Aussehen glich er seinem Sohn. Sport und viel Bewegung hatten seinen Körper gestählt. Sein dunkles Haar zeigte graue Strähnen unter seiner Kapitänsmütze, doch seine Augen blickten lebhaft und jung. Sein Schritt war der eines Mannes, der es gewöhnt war, auf dem schwankenden Deck eines Schiffes Halt zu finden. Wenn er lächelte, verschwanden die Fältchen, die Sonne und Wind auf seinem Gesicht eingegraben hatten. Er reichte seinem Sohn die Hand.

„B. C.“, begrüßte Blake seinen Vater. „Bist du auf der Durchreise?“

„Ich bin auf dem Weg nach Tahiti, zum Segeln.“ B. C. grinste. „Möchtest du nicht mitkommen, sozusagen als meine Mannschaft?“

„Geht nicht, für die nächsten beiden Wochen bin ich schon ausgebucht.“

„Du arbeitest viel zu hart, mein Junge.“ B. C. ging zu der Bar am anderen Ende des Zimmers hinüber und goss sich einen Bourbon ein. Dann lachte er leise und goss auch für seinen Sohn ein Glas ein.

„Das habe ich von dir gelernt“, erklang die Stimme des Jüngeren.

„Ja. Fünfundzwanzig Jahre lang habe ich zehn Stunden am Tag gearbeitet. Und so hat es mein alter Herr ebenfalls gemacht – und du tust es jetzt auch.“ Er wandte sich zu seinem Sohn um. Es war, als blickte er in einen Spiegel, und er hatte das Gefühl, sich selbst wie zwanzig Jahre zuvor zu sehen. „Ich habe dir schon einmal gesagt, du kannst dein Leben nicht in Hotels verbringen.“ Er nippte an seinem Bourbon. „Du kriegst nur Magengeschwüre davon.“

„Bis jetzt habe ich noch keine.“ Blake beobachtete seinen Vater. Er kannte ihn viel zu gut, hatte unter ihm gelernt, beobachtet, wie er verhandelte und Geschäfte abschloss. Er war vielleicht auf dem Weg nach Tahiti, doch hatte er nicht umsonst in Philadelphia seine Reise unterbrochen. „Bist du wegen der Aufsichtsratssitzung hier?“

B. C. nickte, dann hatte er ein Schälchen mit gesalzenen Mandeln in der Bar gefunden. „Ab und zu muss ich ja auch noch einmal meine Meinung sagen.“ Er steckte zwei Mandeln in den Mund und kaute darauf. „Wenn wir die Hamilton-Hotelkette kaufen, dann bedeutet das, dass wir zwanzig Hotels mehr haben und über zweitausend Angestellte mehr. Das ist ein großer Schritt.“

Blake zog die Augenbrauen hoch. „Ein zu großer Schritt?“

Lachend ließ B.C. sich in einen Sessel sinken. „Das habe ich nicht gesagt, und das glaube ich auch nicht. Und offensichtlich glaubst du es auch nicht."

„Nein." Blake winkte ab. „Hamilton ist eine gute Hotelkette, leider war das Management nicht gut. Wenn du nach Tahiti fährst, kannst du dir das dortige Hamilton-Hotel gleich einmal genauer ansehen."

Grinsend lehnte B.C. sich in seinem Sessel zurück. Der Junge ist schlau, dachte er zufrieden, na ja, das hat er wohl von mir.

„Der Gedanke ist mir auch schon gekommen. Übrigens soll ich dich von deiner Mutter grüßen."

„Wie geht es ihr?"

„Bis zum Hals steckt sie im Augenblick wieder in einer Kampagne, um irgend so eine Ruine zu retten. Wir treffen uns nächste Woche auf der Insel. Sie ist ein toller Steuermann, deine Mutter." B.C. freute sich schon darauf, eine Zeit lang mit seiner Frau allein zu sein. „Und was macht dein Liebesleben, Blake?"

Blake war solche Fragen von seinem Vater gewöhnt, deshalb amüsierte ihn diese Frage eher. „Angemessen, danke."

B.C. lachte auf, dann trank er sein Glas leer. „‚Angemessen' ist eine Schande für den Namen Cocharan. Was wir tun, tun wir in großem Ausmaß."

„Davon habe ich schon gehört." Blake zündete sich eine Zigarette an.

„Die Geschichten stimmen alle", erklärte sein Vater. „Eines Tages werde ich dir einmal die Geschichte der Tänzerin in Bangkok erzählen, damals, anno 39. Übrigens – ich habe gehört, du hast hier Veränderungen geplant?"

„Das Restaurant." Blake nickte und dachte wieder an June. „Es verspricht ... faszinierend zu werden."

„Ich stimme dir zu, ein wenig neuen Glanz könnte es schon gebrauchen", begann B.C. vorsichtig. „Und ich höre, du hast einen französischen Küchenchef engagiert, um die Veränderungen zu überwachen? Eine Frau?"

„Stimmt." Blake zog an seiner Zigarette. „Sie versteht ihr Geschäft, sonst hätte ich sie nicht engagiert."

„Ist sie jung?", wollte sein Vater wissen.

Blake verkniff sich ein Lächeln. „Mittelalt, denke ich."

„Attraktiv?"

„Das kommt auf deinen Standpunkt an – attraktiv würde ich sie nicht nennen." Das Wort wurde ihr nicht gerecht, überlegte Blake. Sie war exotisch, verlockend, verführerisch – das passte viel besser zu ihr. „Ich kann dir nur sagen, sie geht ganz in ihrem Beruf auf. Sie ist eine ehrgeizige Perfektionistin, und ihre Eclairs ..." Seine Gedanken gingen zurück zu dem bezaubernden Abend. „Ihre Eclairs sind etwas, was man sich nicht entgehen lassen sollte."

„Ihre Eclairs", wiederholte B. C.

„Fantastisch!" Blake lehnte sich in seinem Schreibtischstuhl zurück und bemühte sich noch immer, sein Grinsen zu unterdrücken, als die Sprechanlage auf seinem Schreibtisch wieder summte.

„Miss Lyndon ist hier, Mr Cocharan."

Montagmorgen! dachte Blake. „Schicken Sie sie rein."

„Lyndon." B. C. stellte sein Glas ab. „Das ist sie, nicht wahr?"

Es klopfte, dann wurde die Tür geöffnet und June betrat das Büro. In einer Hand trug sie eine schmale Ledermappe. Ihr Haar hatte sie aufgesteckt, sie trug ein schlichtes, aber elegantes Jackenkleid von Chanel. Ihr nüchternes Äußeres weckte in Blake den Wunsch zu erfahren, was sie wohl darunter trug – etwas Winziges, aus Spitze und sexy, in der gleichen Farbe wie ihre Haut?

„Blake!" June streckte ihm die Hand entgegen, unpersönlich, ganz geschäftsmäßig, wie sie es sich vorgenommen hatte. Sie wollte nicht daran denken, was mit ihr geschah, wenn er sie küsste. „Ich habe die Liste mit den Änderungen mitgebracht, über die wir gesprochen hatten."

„Schön." Er sah, wie sie den Kopf wandte, als B. C. sich aus seinem Sessel erhob. Und er sah auch, wie die Augen seines Vaters aufblitzten, wie immer, wenn eine schöne Frau in seiner Nähe war. „June Lyndon, Blake Cocharan der Zweite. Miss Lyndon wird sich der Küche hier im Cocharan-Hotel annehmen“, erklärte er förmlich.

„Mr Cocharan.“ June reichte Blakes Vater die Hand. Er sieht genauso aus, wie Blake in dreißig Jahren aussehen wird, dachte sie. Und als B.C. dann grinste, wusste sie, dass Blake ihr auch in dreißig Jahren noch gefährlich werden könnte.

„Willkommen in der Familie“, sagte B.C. und zog ihre Hand an seine Lippen.

June warf Blake einen schnellen Blick zu. „Familie?“

„Wir zählen jeden, der mit den Cocharan-Hotels zu tun hat, zur Familie.“ B.C. deutete auf den Sessel, aus dem er gerade aufgestanden war. „Bitte, setzen Sie sich. Ich hole Ihnen einen Drink.“

„Danke, lieber etwas Perrier.“ Sie sah B.C. nach, als er zur Bar ging. „Ich glaube, Sie kennen meine Mutter, Monique Dubois“, bemerkte June.

Mitten in der Bewegung hielt B.C. inne, dann wandte er sich mit der Flasche Perrier in der Hand zu ihr um. „Monique? Sie sind Moniques Tochter?“

Verflixt noch mal! setzte er für sich hinzu.

Ja wirklich, verflixt noch mal, dachte B.C. Vor Jahren, es war sicher schon zwanzig Jahre her, hatte er eine kurze, leidenschaftliche Affäre mit der französischen Schauspielerin gehabt, als es in ihrer beider Ehe eine heftige Krise gegeben hatte. Sie hatten sich freundschaftlich getrennt, und er hatte sich mit seiner Frau ausgesöhnt. Aber die beiden Wochen mit Monique waren … denkwürdig gewesen. Und jetzt stand er im Büro seines Sohnes und goss Perrier für Moniques Tochter ein. Das Schicksal war wirklich eigenartig.

Wenn June je angenommen hatte, dass ihre Mutter und Blakes Vater einmal ein Verhältnis miteinander gehabt hatten, dann hatte sie jetzt die Bestätigung dafür bekommen. Ihre Gedanken über das Schicksal spiegelten die von B.C. genau wider. Wie die

Mutter, so die Tochter, dachte sie. Oh nein, nicht in diesem Fall. Noch immer starrte B. C. sie an, und sie entschloss sich, aus einem Grund, den sie selbst nicht so genau verstand, es ihm leicht zu machen.

„Meine Mutter ist eine treue Kundin der Cocharan-Hotels, sie steigt nie woanders ab. Ich habe Blake schon erzählt, dass wir einmal mit seinem Großvater zusammen gegessen haben. Er war sehr freundlich."

„Das war er immer, wenn es ihm passte", entgegnete B. C. sehr erleichtert. Sie weiß es, dachte er, dann sah er zu seinem Sohn hinunter. Er hatte die Stirn gerunzelt und schien nachzudenken. Und er wird es auch wissen, wenn ich nicht aufpasse, erkannte B. C. *Nach zwanzig Jahren könnte ich noch in wirkliche Schwierigkeiten kommen.* Seine Frau war die Liebe seines Lebens, seine beste Freundin, aber zwanzig Jahre waren noch nicht lang genug, um ihn in Sicherheit wiegen zu können.

„Also ..." Er goss das Perrier in ein Glas und reichte es June. „Sie haben sich also entschieden, nicht in die Fußstapfen Ihrer Mutter zu treten, und sind Küchenchefin geworden."

„Ich bin sicher, dass Blake mir zustimmt, dass es manchmal gefährlich ist, wenn man in die Fußstapfen der Eltern tritt."

Instinktiv wusste Blake, dass sie nicht vom Geschäft sprach. Sein Vater und June warfen sich einen Blick zu, den er nicht verstand. „Das kommt ganz darauf an, wohin der Weg führt", meinte er ausweichend. „In meinem Fall habe ich es als eine Herausforderung gesehen."

„Blake kommt ganz nach seinem Großvater", erklärte B. C. „Von ihm hat er auch diese eigenartige Logik."

„Ja", murmelte June. „Die habe ich schon kennengelernt."

„Aber offensichtlich haben Sie die richtige Entscheidung getroffen", sprach B. C. weiter. „Blake hat mir von Ihren Eclairs erzählt."

Langsam drehte June sich zu Blake um. Ein dicker Kloß saß ihr im Hals, als sie an die Eclairs dachte, die sie zusammen gegessen hatten. „Hat er das? Meine Spezialität ist allerdings eigentlich die ‚Bombe'."

Blake sah ihr in die Augen. „Schade, dass Sie an dem besagten Abend gerade keine ‚Bombe' vorrätig hatten."

Zwischen diesen beiden gab es etwas, das die Anwesenheit eines Dritten überflüssig scheinen ließ. „Nun, ich werde euch beide euren Geschäften überlassen. Ich will noch einige Leute treffen vor der Aufsichtsratssitzung. Nett, Sie kennengelernt zu haben, June." B. C. nahm Junes Hand, hielt sie fest und sah ihr in die Augen. „Bitte bestellen Sie Ihrer Mutter viele Grüße von mir."

Seine Augen hatten die gleiche Farbe und auch die gleiche Form wie die von Blake. Sie lächelte. „Das werde ich ihr ausrichten."

„Blake, wir sehen uns heute Nachmittag."

Blake murmelte etwas Unverständliches, die ganze Zeit über hatte er June beobachtet.

Als sich die Tür hinter seinem Vater schloss, sprach Blake wieder. „Warum habe ich das unbestimmte Gefühl, als ginge hier etwas vor, von dem ich nichts weiß?"

„Keine Ahnung", entgegnete June kühl und hob dann ihre Mappe. „Ich möchte, dass Sie sich diese Papiere ansehen, solange ich dabei bin, wenn Sie Zeit haben." Sie öffnete die Mappe und holte einige Papiere heraus. „Wenn es dann Fragen oder Meinungsverschiedenheiten gibt, können wir gleich darüber sprechen."

„Also gut." Blake nahm das erste Blatt, doch sah er sie über den Rand des Blattes hinweg an. „Ich nehme an, das soll mich auf Abstand von Ihnen halten."

June warf ihm einen hochmütigen Blick zu. „Ich weiß wirklich nicht, wovon Sie reden."

„Doch, das wissen Sie ganz genau. Und irgendwann einmal werden wir der Sache auf den Grund gehen. Im Augenblick spielen wir also nach Ihren Spielregeln." Ohne ein weiteres Wort begann er zu lesen.

„Arroganter Kerl“, sagte June laut. Und als er nicht einmal von dem Papier aufsah, verschränkte sie die Arme vor der Brust. Wie gerne hätte sie jetzt eine Zigarette gehabt, um sich daran festzuhalten, doch sie entschied sich, wie ein Stein vor ihm sitzen zu bleiben, und wenn es nötig war, für jede einzelne der Veränderungen zu kämpfen, die sie aufgeschrieben hatte. Und sie würde auch jede Einzelne davon bekommen.

Sie wollte ihn gern dafür hassen, dass er sie bei der Wahl ihres Kleides durchschaut hatte, doch stattdessen bewunderte sie sein Einfühlungsvermögen auch bei Kleinigkeiten. Sie wollte ihn hassen, weil er es nur mit einem Blick und ein paar Worten schaffte, dass sie sich nach ihm sehnte. Doch auch das war nicht möglich, denn sie hatte das Wochenende verbracht, hin- und hergerissen zwischen dem Wunsch, sie hätte ihn niemals gesehen, und dem Wunsch, dass er zurückkommen möge, um sie noch einmal so zu erregen. Er war ein Problem für sie, daran bestand kein Zweifel. Und sie löste ihre Probleme immer einen Schritt nach dem anderen. Der erste Schritt war ihre Küche – mit der Betonung auf dem Wort „ihre“.

„Zwei neue Gasherde“, murmelte er, als er das Blatt überflog. „Und dann noch ein neuer Elektroherd.“ Er blickte sie über den Rand des Blattes an.

„Ich habe schon vorher erklärt, dass man sowohl Gasherde als auch Elektroherde braucht. Und Ihre Herde sind antiquiert, außerdem braucht man in einem Restaurant dieser Größe unbedingt so viele Herde.“

„Und Sie haben auch gleich den Hersteller genannt.“

„Sicher, ich weiß, womit ich arbeiten möchte.“

Er zog nur eine Augenbraue hoch. „Und alle Töpfe und Pfannen müssen neu angeschafft werden?“

„Auf jeden Fall.“

„Vielleicht könnten wir dann einen Ausverkauf veranstalten“, murmelte Blake, während er weiterlas. Er hatte nicht die leiseste Idee, was ein „Sautoir“ war und warum sie davon gleich drei brauchte. „Haben Sie so viele französische Wörter benutzt, um mich zu verwirren?“, fragte er nach einer Weile.

„Ich habe die französischen Wörter benutzt, weil es die richtigen Fachausdrücke sind.“

Wieder murmelte er etwas Unverständliches, während er sich die nächste Seite vornahm. „Na ja, ich habe nicht die Absicht, mich mit Ihnen über die Einrichtung zu streiten, sei es in Französisch oder in Englisch.“

„Gut, denn ich habe nicht die Absicht, mit etwas anderem als dem besten Material zu arbeiten.“ Sie lächelte ihn freundlich an.

Die erste Runde war an June gegangen.

Blake war mittlerweile beim dritten Blatt angekommen. „Sie haben die Absicht, die alten Arbeitstheken herauszureißen und neue einbauen zu lassen, eine neue Arbeitsinsel einbauen zu lassen und noch zusätzlich zwei Meter Ausgabetheke?“

„Das ist besser so“, bestätigte June.

„Und es braucht viel Zeit.“

„Haben Sie es so eilig? Sie haben mich eingestellt, Blake, keinen Schnellimbiss-Chef. Meine Arbeit ist es, diese Küche zu organisieren, und das bedeutet, dass ich sie so effizient und kreativ wie möglich einrichte. Wenn das erst einmal erledigt ist, werde ich mich auch mit der Menüwahl beschäftigen.“

„Und dies hier …“, er hielt die fünf Seiten Papier hoch, „… ist alles dafür nötig?“

„Mit unnötigen Dingen gebe ich mich nicht ab. Aber wenn Sie nicht einverstanden sind, können Sie den Vertrag auch wieder auflösen. Stellen Sie LaPointe ein“, schlug sie ihm vor. „Dann haben Sie einen hochmütigen, überbezahlten, zweitrangigen Küchenchef, der Ihnen zu teure und zweitrangige Menüs liefert.“

„Diesen LaPointe muss ich unbedingt kennenlernen“, murmelte Blake und stand auf. „Sie werden bekommen, was Sie haben wollen, June.“ Er runzelte die Stirn, als sich ein Lächeln auf ihre Lippen stahl. „Und hoffentlich liefern Sie mir auch das, was Sie versprochen haben.“

Ihre Augen blitzten, Blake sah die goldenen Fleckchen darin aufleuchten. „Ich habe Ihnen mein Wort gegeben. Innerhalb von sechs Monaten wird Ihr mittelmäßiges Restaurant mit seinen mittelmäßigen Menüs und den matschigen Kuchen die beste Haute Cuisine servieren."

„Oder?"

June holte tief Luft. „Oder meine Arbeitskraft ist bis zum Ablauf des Vertrages gratis. Befriedigt Sie das?"

„Vollkommen." Blake streckte ihr seine Hand entgegen. „Wie ich schon sagte, werden Sie alles bekommen, was Sie möchten, bis hin zum letzten Schneebesen."

„Es ist eine Freude, mit Ihnen Geschäfte zu machen." June wollte ihm ihre Hand entziehen, doch er hielt sie fest. „Vielleicht ist es bei Ihnen nicht so", begann sie, „aber ich habe eine Menge Arbeit, die auf mich wartet. Sie entschuldigen mich jetzt sicher?"

„Ich möchte Sie sehen." Seine Stimme klang fest.

Sie überließ ihm die Hand. „Sie haben mich doch gesehen."

„Heute Abend."

„Tut mir leid." Sie lächelte, auch wenn sie am liebsten die Zähne zusammengebissen hätte. „Ich habe eine Verabredung."

Sie fühlte, wie seine Finger ein wenig fester zupackten bei ihren Worten. „Also gut, wann?"

„Ich werde jeden Tag in der Küche sein und auch an einigen Abenden, um den Umbau zu überwachen. Sie brauchen nur den Aufzug nach unten zu nehmen."

Er zog sie ein wenig näher, doch noch immer war der Schreibtisch als Barriere zwischen ihnen. „Ich möchte Sie allein sehen", sagte er leise. Dann zog er ihre Hand an die Lippen und küsste langsam jeden einzelnen Finger. „Irgendwo anders, außerhalb der Geschäftsstunden."

Wenn Blake Cocharan der Zweite in seiner Jugend Blake Cocharan dem Dritten ähnlich gewesen war, konnte June verstehen, warum ihre Mutter sich mit ihm eingelassen hatte. Das Verlangen war auch jetzt bei ihr da, und die Versuchung ebenfalls. Doch sie war nicht Monique. In diesem Fall sollte sich die

Geschichte nicht wiederholen, entschied sie. „Ich habe Ihnen schon erklärt, warum das nicht möglich ist. Ich erkläre nicht gerne etwas doppelt."

„Ihr Puls rast", erklärte Blake, als er einen Finger auf ihr Handgelenk legte.

„Das tut er immer, wenn ich ärgerlich bin."

„Oder erregt."

June hob den Kopf und warf ihm einen vernichtenden Blick zu. „Würden Sie sich auch mit LaPointe so amüsieren?"

Er wusste, sie wollte, dass er wütend wurde, deshalb hielt Blake sich zurück. „Im Augenblick ist es mir egal, ob Sie Küchenchefin, Installateur oder Gehirnchirurg sind. Im Augenblick ist nur wichtig, dass Sie eine Frau sind, die ich sehr begehre."

June wollte schlucken, denn ihr Hals war plötzlich ganz trocken. „Im Augenblick bin ich Küchenchefin mit einem ganz besonderen Job. Ich bitte Sie noch einmal, mich zu entschuldigen, damit ich mit meiner Arbeit beginnen kann."

Für dieses Mal, dachte Blake, als er ihre Hand losließ. Aber das würde gleichzeitig das letzte Mal sein. „Früher oder später, June."

„Vielleicht", meinte sie gespielt lässig und nahm ihre Mappe. „Einen schönen Tag noch, Blake." Als wären ihre Knie nicht weich, ging sie entschlossen zur Tür.

June schaffte es bis in den Aufzug. Dann lehnte sie sich gegen die Wand und ließ in einem tiefen Seufzer die angestaute Luft aus ihrer Brust entweichen. Das wäre geschafft, sagte sie sich. Sie war ihm in seinem eigenen Büro gegenübergetreten – und sie hatte gewonnen.

Früher oder später, June, die Worte hallten in ihr nach.

Sie holte tief Luft. Jetzt war es wichtig, sich ganz auf ihre Küche zu konzentrieren und zu arbeiten. Es würde ihr nicht helfen, wenn sie immer wieder an ihn dachte, wie sie es am Wochenende getan hatte.

Langsam beruhigten sich ihre Nerven. Sie hatte das ganz gut gemacht, sie hatte geschafft, was sie sich vorgenommen hatte, dann hatte sie ihn schließlich abblitzen lassen, und all das an einem einzigen Morgen. Sie legte eine Hand auf ihren Magen. Verflixt, alles wäre so viel einfacher, wenn sie nicht so sehr nach ihm verlangte.

In der Geschäftigkeit des Mittagessens bemerkte sie zunächst niemand in der Küche. Der Lärm gefiel ihr, denn in einer ruhigen Küche gab es keine Kommunikation und demzufolge auch keine Kooperation. Einen Augenblick lang blieb sie an der Tür stehen und beobachtete die Arbeit.

Auch die Gerüche gefielen ihr, eine Mischung aus Mittagessen und Frühstück. Der Duft von Kaffee stieg ihr in die Nase, von gegrilltem Hähnchen, Fleisch und Kuchen, der frisch aus dem Ofen kam. Sie stellte sich vor, wie diese Küche in Kürze aussehen würde. Ganz, wie man sich eine wohlfunktionierende Küche vorstellt, dachte sie befriedigt.

„Miss Lyndon!"

Abwesend sah sie den Mann in der weißen Schürze und der Kochmütze an. „Ja?"

„Ich bin Max", stellte er sich vor und reckte sich. „Der Küchenchef."

Und sein Ego ist in Gefahr, dachte sie, während sie ihm die Hand reichte. „Wie geht es Ihnen, Max? Ich habe Sie beim letzten Mal, als ich hier war, nicht gesehen."

„Mr Cocharan hat angeordnet, Ihnen meine volle Unterstützung zu geben während dieser … Umbauperiode."

Großartig, dachte June und hätte am liebsten aufgestöhnt. Ablehnung in der Küche war genauso schwierig zu handhaben wie ein zusammengefallenes Soufflé. Hätte sie allein mit ihm verhandelt, sie hätte wenigstens seine Gefühle geschont. Sie würde Blake einen Vortrag halten müssen über Takt und Diplomatie.

„Also, Max, ich würde gern die geplanten Änderungen mit Ihnen durchgehen, denn immerhin kennen Sie die Arbeit in dieser Küche besser als irgendein anderer."

„Welche Veränderungen?“, fragte er, und sein Schnurrbart zitterte. „In meiner Küche?“

In meiner Küche, korrigierte June ihn insgeheim, sprach es aber nicht aus.

„Ich bin sicher, die Verbesserungen werden Ihnen gefallen – und auch die neuen Arbeitsgeräte. Sie müssen doch ständig sehr gekämpft haben, etwas Außergewöhnliches mit diesen altmodischen Geräten schaffen zu müssen.“

„Diese Herde“, er deutete mit einer dramatischen Geste darauf, „waren schon hier, als ich hier anfing. Und niemand von uns ist altmodisch.“

Das ist also seine Kooperation, dachte June. Und für eine freundliche Autorität war es wohl jetzt auch zu spät. „Wir werden drei neue Herde bekommen“, begann sie ihre Erklärung. „Zwei Gasherde und einen Elektroherd. Der Elektroherd wird ausschließlich für Nachtische und Torten benutzt werden. Diese Arbeitstheke“, sie ging weiter und sah sich nicht um, ob Max ihr folgte, während sie weitersprach, „wird abgerissen werden und in eine neue Arbeitstheke integriert werden. Der Grill bleibt. Es wird eine neue Arbeitsinsel gebaut, damit wir mehr Platz zum Arbeiten haben und damit die ungenutzte Fläche in dieser Küche auch sinnvoll verwendet werden kann.“

„In meiner Küche gibt es keine nutzlose Fläche.“

June wandte sich um und sah ihn hochmütig an. „Das ist kein Thema für eine Debatte. Kreativität wird die oberste Pflicht in dieser Küche sein, Effizienz die zweite. Es wird von uns erwartet, dass wir auch während der Umbauphase ausgezeichnete Mahlzeiten liefern – das ist schwierig, aber nicht unmöglich, wenn wir alle zusammenarbeiten. In der Zwischenzeit werden wir beide uns die Speisekarte ansehen und überlegen, wie wir das bis jetzt nur durchschnittliche Niveau anheben können.“

Sie hörte, wie Max scharf den Atem einzog, doch ehe er noch etwas sagen konnte, sprach sie weiter: „Mr Cocharan hat mich unter Vertrag genommen, um dieses Restaurant zum besten an der ganzen Ostküste zu machen. Und ich habe die Absicht, das auch zu tun. Und jetzt möchte ich bei der Zubereitung des Mittagessens zusehen.“ June öffnete ihre Tasche und nahm einen Notizblock sowie einen Stift heraus. Ohne ein weiteres Wort ging sie durch die geschäftige Küche.

Die Mitarbeiter, entschied June schon nach kurzer Zeit, waren gut ausgebildet und ordentlicher als viele. Der Verdienst dafür gebührte wohl Max. Sauberkeit war offensichtlich erste Pflicht für alle, ein weiterer Pluspunkt für Max. Sie sah einem Koch zu, der gekonnt ein Hähnchen ausnahm. Nicht schlecht, fand sie. Der Grill war in Betrieb, Töpfe dampften auf dem Herd. June hob den Deckel von einem der Töpfe und probierte die Tagessuppe.

„Basilikum“, sagte sie nur und ging dann weiter. Ein anderer Koch holte gerade Apfelstrudel aus dem Ofen. Sie dufteten köstlich. Gut, dachte sie, aber eine erfahrene Großmutter würde wohl den gleichen Erfolg erzielen. Was hier benötigt wurde, war ein wenig mehr Schwung. Leute kamen nicht in dieses Restaurant, um zu essen, was sie auch zu Hause haben konnten: Charlottes, Clafoutis, Flambées.

Die baulichen Veränderungen erwuchsen aus ihrem praktischen Sinn, doch das Menü, das Menü basierte auf ihrer Kreativität, die unübertrefflich war.

Während sie sich in der Küche umsah, die Leute bei der Arbeit beobachtete und tief die Gerüche einsog, verspürte June den ersten Anflug von Erregung. Sie würde es schaffen, und es wäre genauso die Antwort auf ihre eigene Befriedigung wie auf die Herausforderung Blakes. Wenn sie damit fertig war, würde diese Küche ihr Zeichen tragen. Sie würde nicht mehr von einem Ort zum anderen fahren müssen, um nur ein einziges Gericht zuzubereiten. Dies hier würde Kontinuität haben, Stabilität. Noch in einem Jahr, sogar noch in fünf Jahren würde diese Küche ihren Einfluss spüren lassen.

Der Gedanke gefiel ihr weit besser, als sie erwartet hatte. Aber bin ich hier nicht hinter den Kulissen? überlegte sie. Wenn sie in einer Küche in Mailand oder Athen stand, dann kamen die Gäste, weil sie eine Nachspeise von June Lyndon haben wollten. Hier jedoch würden die Gäste kommen, um ein Essen im Cocharan-Restaurant einzunehmen.

Als sie allerdings weiter darüber nachdachte, stellte June fest, dass ihr das nichts ausmachte. Außerdem hatte sie gar keine Zeit, darüber nachzudenken, sie wollte mit ihrer Arbeit beginnen, sich in ihr vergraben, in einem Projekt, das sie ab jetzt als ihr eigenes ansah.

Sie nahm ihren Notizblock und verließ die Küche. Sie konnte es kaum erwarten, ihre eigenen Menüs zusammenzustellen.

6. KAPITEL

Russischer Beluga-Malassol-Kaviar – den sollte es eigentlich von Mittag an bis in die späte Nacht geben. Und für den Zimmerservice die ganze Nacht hindurch.

June machte sich eine weitere Notiz. Während der letzten beiden Wochen hatte sie die Speisekarte schon ein Dutzend Mal verändert. Nach einer ersten, nicht sehr erfolgreichen Sitzung mit Max hatte sie entschieden, diese Aufgabe allein anzugehen. Sie wusste, welches Ambiente sie schaffen wollte, und sie wusste auch, wie ihr das mit den richtigen Speisen gelingen konnte.

Um Zeit zu sparen, hatte sie in einem der Vorratsräume neben der Küche ein kleines Büro eingerichtet. Von dort aus konnte sie die Mitarbeiter am besten überwachen und auch die Umbauarbeiten leiten.

Blake aus dem Weg zu gehen, war leicht gewesen, denn sie war immer beschäftigt. Und wie es schien, war auch er in schwierige Verhandlungen verstrickt. Wenn sie den Gerüchten glauben wollte, war er dabei, eine Hotelkette aufzukaufen. Doch June interessierte sich nicht sehr dafür, sie konzentrierte sich lieber auf die Zubereitung von Kalbsmedaillons in Champagnersoße.

Solange die Umbauarbeiten dauerten, schienen die Mitarbeiter in einem konstanten Stadium von Panik zu verharren. June hatte gelernt, damit zu leben. In den meisten Küchen, in denen sie gearbeitet hatte, gab es Spannungen, beinahe Terror, die man nur verstehen konnte, wenn man selbst Koch war. Vielleicht waren es diese Spannungen, die die Kreativität weckten und die besten Gerichte hervorbrachten?

Die meiste Zeit überließ sie die Oberaufsicht Max, so wenig wie möglich griff sie in seinen Arbeitsbereich ein. Von ihrem Vater hatte sie die Diplomatie gelernt, und wenn Max beunruhigt war, so zeigte er es in seinem Verhalten gegenüber June nicht. Er behandelte sie mit einer eisigen Höflichkeit, doch June ließ sich davon nicht beeindrucken. Sie konzentrierte sich lieber auf die Liste der Speisen, die das Restaurant anbieten würde.

„Kalbsleber Berlinoise“ war ein ausgezeichneter erster Gang, vielleicht nicht so beliebt wie Filet oder ein Rippenstück, aber solange sie es nicht essen musste, ein ausgezeichnetes Gericht. June setzte es auf ihre Liste.

Nachdem sie die Fleisch- und die Geflügelgerichte ausgewählt hatte, konzentrierte sie sich auf die Fischgerichte. Natürlich sollte es da ein kaltes Büfett geben, aus dem man vierundzwanzig Stunden lang durch den Zimmerservice auswählen konnte. Auch darüber musste sie noch nachdenken. Suppen, Appetitanreger, Salate – all das musste überlegt, ausgewählt und bestätigt werden, ehe sie sich den Nachspeisen zuwenden konnte. Im Augenblick hätte sie all diese vorzüglichen Speisen auf dem Plan vor ihr eingetauscht gegen einen einzigen Cheeseburger auf einem simplen Sesambrötchen.

„Also hier verstecken Sie sich die ganze Zeit.“ Blake lehnte im Türrahmen. Er hatte gerade eine anstrengende vierstündige Sitzung hinter sich. Eigentlich hatte er in seine Wohnung hinaufgehen wollen, um lange und ausgiebig zu duschen und dann etwas zu essen. Stattdessen fand er sich jetzt in der Küche wieder, bei June.

Sie sieht genauso aus wie bei unserer ersten Begegnung, dachte er. Ihr Haar war offen, ihre Füße nackt. Auf dem Tisch vor ihr lagen Unmengen beschriebener Blätter, daneben stand ein halb leeres Glas Sodawasser. Hinter ihrem Rücken stapelten sich Kartons und Säcke mit Vorräten. Der Raum roch nach Putzmitteln und Karton.

„Ich verstecke mich nicht“, korrigierte sie ihn. „Ich arbeite.“ Er sah müde aus, stellte sie fest, besonders um die Augen herum. „Viel Arbeit?“, fragte sie. „Man hat Sie in den letzten Wochen gar nicht hier unten gesehen.“

„Ich hatte ziemlich viel zu tun.“ Er kam in den kleinen Raum und sah sich ihre Notizen an.

„Wie man hört, wollen Sie die Hamilton-Kette kaufen." June lehnte sich zurück und stellte fest, dass ihr Rücken schmerzte.

Blake zuckte mit den Schultern. „Schon möglich."

Sie lächelte und wünschte, sie wäre nicht so glücklich, ihn wiederzusehen. „Nun, während Sie oben Monopoly gespielt haben, habe ich mich hier unten mit viel intimeren Dingen beschäftigt." Als er sie mit hochgezogenen Augenbrauen ansah, genau, wie sie erwartet hatte, begann sie zu lachen. „Essen, Blake, ist das persönlichste und das urtümlichste Bedürfnis, ganz gleich, was man Ihnen einzureden versucht. Für viele Menschen ist das Essen ein Ritual, das dreimal am Tag zelebriert wird. Und da ist es die Aufgabe eines Küchenchefs, dies zu einem unvergesslichen Erlebnis zu machen."

„Einverstanden." Er sah sich noch einmal in dem kleinen Raum um. „June, es ist nicht nötig, dass Sie in einem Lagerraum arbeiten. Wir könnten Ihnen ohne große Mühe eine Suite zur Verfügung stellen."

June kramte in ihren Papieren herum. „Hier bin ich in der Nähe der Küche."

„Es gibt nicht einmal ein Fenster hier, und der Raum steht voller Kartons."

„Dadurch werde ich nicht abgelenkt." Sie zuckte mit den Schultern. „Wenn ich eine Suite hätte haben wollen, dann hätte ich auch eine verlangt. Im Augenblick genügt mir dies hier vollkommen." Und es ist auch weit genug weg von dir, fügte sie im Stillen hinzu. „Da Sie schon einmal hier sind, möchten Sie vielleicht auch sehen, was ich hier mache."

Er nahm eine der Listen von ihrem Schreibtisch. „‚Coquilles St. Jacques', ‚Escargots Bourguignons', ‚Pâté de campagne'. Wäre es zu neugierig von mir, wenn ich fragen würde, ob Sie auch das essen, was Sie empfehlen?"

„Ab und zu, wenn ich weiß, dass ich mich auf den Koch verlassen kann. Wenn Sie sich meine Notizen genauer ansehen, werden Sie feststellen, dass ich ein anspruchsvolleres Essen bereithalten möchte, denn der Geschmack der Amerikaner wird eben immer anspruchsvoller."

Blake lächelte, dann setzte er sich auf den Stuhl vor ihrem Schreibtisch. „Erstaunlich."

„Heutzutage findet man in fast jedem Haushalt eine gute Küchenmaschine. Und damit sowie mit einem guten Kochbuch könnten sogar Sie eine ganz brauchbare Mousse machen. Daher muss ein Restaurant, wo die Leute für das Essen zu zahlen haben, etwas ganz Besonderes bieten. Ein paar Blocks weiter gibt es nämlich Restaurants, wo sie sich für den Bruchteil dessen, was sie im Cocharan-Restaurant bezahlen müssen, auch ganz gut satt essen können." June verschränkte die Hände und stützte dann ihr Kinn darauf. „Also muss man ihnen ein ganz spezielles Ambiente bieten, eine unvergleichliche Bedienung und hervorragendes Essen." Sie nippte an ihrem Sodawasser. „Ich persönlich würde mir lieber eine Pizza holen, die ich zu Hause essen kann, aber ..." Sie zuckte mit den Schultern.

Blake sah sich die nächste Liste an. „Weil Sie Pizza mögen oder weil Sie lieber allein sind?"

„Beides. Also ..."

„Gehen Sie nicht gern in ein Restaurant, weil Sie so lange in einer Küche stehen müssen oder weil Sie nicht gern in einer Gruppe von Menschen sind?"

June öffnete den Mund, um ihm eine Antwort zu geben, dann allerdings stellte sie fest, dass sie die Antwort auf seine Frage gar nicht wusste. „Sie werden zu persönlich, und Sie kommen vom Thema ab, Blake."

„Das glaube ich nicht. Sie erklären mir, dass wir Menschen ansprechen müssen, die mittlerweile anspruchsvoll genug sind, selbst Mahlzeiten zuzubereiten, die man früher nur im Restaurant erhalten konnte. Gleichzeitig sollen wir aber auch die Personengruppe ansprechen, die eine schnelle Mahlzeit an der nächsten Ecke einnehmen will. Sie selbst fallen doch in beide Kategorien. Was würde ein Restaurant Ihnen bieten müssen, nicht nur, um Sie überhaupt hineingehen zu lassen, sondern auch, um in Ihnen den Wunsch zu wecken, wiederzukommen?"

Das ist eine logische Frage, dachte June und runzelte nachdenklich die Stirn. Sie hasste logische Fragen, denn einer Antwort darauf konnte sie nicht ausweichen. „Privatsphäre“, antwortete sie nach einer Weile. „Nicht jeder sucht in einem Restaurant danach. Viele gehen aus, um zu sehen und um gesehen zu werden. Doch einige, wie zum Beispiel ich, ziehen wenigstens den Anschein von Privatsphäre vor. Um so etwas zu erreichen, muss man eine gewisse Anzahl Tische so stellen können, dass sie sich von dem Rest abzusondern scheinen.“

„Das dürfte nicht allzu schwer sein, mit dem richtigen Licht und einem wohldurchdachten Arrangement von Pflanzen“, überlegte Blake laut. „Und Sie ziehen es vor, ein Restaurant danach auszuwählen, ob dort auch Ihre Privatsphäre gewahrt ist.“

„Ich esse normalerweise gar nicht in Restaurants. Aber wenn ich es tue, dann richte ich mich danach, abgesehen natürlich vom Essen und der Bedienung.“

„Warum?“

June begann, die Papiere auf ihrem Schreibtisch zusammenzusuchen. „Das ist tatsächlich eine sehr persönliche Frage.“

„Ja.“ Er legte eine Hand über ihre. „Warum?“

Einen Augenblick lang starrte June ihn an. Sie hatte nicht die Absicht, Blakes Frage zu beantworten. Doch dann fühlte sie sich plötzlich eigenartig angerührt durch seinen Blick und den sanften Druck seiner Hand. „Ich nehme an, es kommt daher, dass ich als Kind in so vielen Restaurants gegessen habe. Und mein Interesse an meinem Beruf ist auch sicher darauf zurückzuführen, dass ich so oft auswärts essen musste. Meine Mutter war – ist – der Typ, der ausgeht, um gesehen zu werden. Für meinen Vater war das Essen im Restaurant oft aus geschäftlichen Gründen nötig. Und daher war das Leben meiner Eltern – und auch mein Leben – häufig der Öffentlichkeit preisgegeben. Ich ziehe es vor, nicht zu sehr in der Öffentlichkeit in Erscheinung zu treten.“

Jetzt, wo er sie berührt hatte, wollte er mehr. Und jetzt, wo sie ihm von sich erzählte, wollte er alles wissen. Beinahe war es ihm gelungen, sich selbst davon zu überzeugen, dass er seine Gefühle für sie unter Kontrolle hatte. Doch nun, hier in dem überfüllten Vorratsraum mit den Küchengeräuschen, verlangte er nach June, mehr noch als bei ihren Begegnungen zuvor.

Sie hatte nicht einmal bemerkt, dass er seine Finger mit ihren verschränkt hatte, die Geste schien so natürlich zu sein. „Ich bin eben lieber allein", fügte sie hinzu.

Blake hob ihre beiden Hände und betrachtete sie. Ihre Haut war einen Ton heller als seine, ihre Hand war schmaler und schlanker. Sie trug einen großen dunkelblauen Saphir am rechten Ringfinger, der ihr einen Hauch von Eleganz verlieh. „Und trotzdem sind Sie eine Berühmtheit", meinte er leise.

June fuhr sich mit der Zungenspitze über ihre trockenen Lippen, als er ihr tief in die Augen sah. „Ich will erfolgreich sein, in meinem Fach will ich die Beste sein." Warum bin ich plötzlich so atemlos? fragte sie sich. Junge Mädchen wurden atemlos – oder hoffnungslose Romantiker. Doch sie war keines von beiden.

„Und wenn Sie das erreicht haben?", fragte Blake und stand auf. „Was dann?"

Er hatte sie mit sich hochgezogen, jetzt stand sie vor ihm und musste den Kopf in den Nacken legen, um ihn anzusehen. „Das genügt mir." Doch noch während sie diese Worte aussprach, begann sie daran zu zweifeln. „Und was ist mit Ihnen?", fragte sie schnell. „Suchen Sie nicht auch nach Erfolg – nach mehr Erfolg? Nach den feinsten Hotels, den besten Restaurants?"

„Ich bin Geschäftsmann." Langsam kam er um den Schreibtisch herum, bis er vor ihr stand. Noch immer hielt er ihre Hand. „Ich habe einen Ruf, den ich behalten muss, und ich bin ein Mann." Er hob die Hand, griff in ihr Haar und ließ es durch seine Finger gleiten. „Und außerdem denke ich auch noch an andere Dinge, nicht nur an Bilanzen."

Sie standen jetzt ganz nahe voreinander, ihre Körper berührten sich. June vergaß alles, was sie sich vorgenommen hatte, sie hob die Hand und strich sanft über seine Wange. „Und woran denken Sie noch?“

„An dich.“ Er legte eine Hand auf ihren Rücken und zog sie an sich. „Ich denke sehr viel an dich und an das hier.“

Ihre Lippen berührten einander – sanft. Mit weit geöffneten Augen sahen sie sich an, beider Puls raste, das Verlangen nacheinander stieg. Ihre Blicke sagten alles, was es zu sagen gab.

Im nächsten Augenblick lag June in Blakes Armen und klammerte sich voller Verlangen an ihn. Jede einzelne Stunde der vergangenen beiden Wochen, all die Arbeit, ihre Pläne, die Regeln, die sie sich auferlegt hatte, waren vergessen in dem Ansturm der Leidenschaft. Lange küssten sie einander, beinahe verzweifelt und gleichzeitig voll tiefen Verlangens. Ihre Körper drängten sich aneinander.

Noch näher. Ob sie die Worte laut ausgesprochen hatte oder ob sie sie nur gedacht hatte, wusste June nicht. Aber Blake schien sie verstanden zu haben. Er schlang die Arme um sie und zog sie so eng an sich, dass sie mit seinem Körper zu verschmelzen schien.

Himmel, wie kann eine Frau mich mit nur einem Kuss so weit bringen, dachte Blake, ich bin ja völlig verrückt nach ihr! Junes Haut würde sich unter seinen Händen wie Seide anfühlen, er wusste es. Er musste es fühlen.

Er schob eine Hand unter ihren Pullover und fühlte, wie ihr Herz heftig klopfte. Doch das war noch nicht genug. Der Gedanke, dass es niemals genug sein würde, ging durch seinen Kopf. Er barg seinen Kopf an ihrem Hals, küsste sie und atmete tief ihren Duft ein. Er fühlte, dass er sich auf den Punkt zubewegte, an dem es kein Zurück mehr gab. All die Müdigkeit, die er verspürt hatte, als er den Raum betreten hatte, war wie weggeblasen, die Anspannung war verschwunden. In diesem Augenblick betrachtete er sie ganz als sein Eigen.

Er küsste Junes Haar, dachte dabei an Paris im Frühling, kurz ehe die Sommerhitze einsetzte. Doch ihr Körper glühte unter seinen Händen und rief in ihm die Erinnerung wach an lange Sommernächte, wo man sich verhalten liebte, langsam und endlos. Er wollte sie haben, jetzt sofort, hier in diesem kleinen Raum mit den vielen Kartons.

June konnte nicht mehr klar denken, sie hatte das Gefühl, sich in Blakes Armen aufzulösen. Und dennoch verlangte sie nach mehr – fühlte, wie auch ihr Körper immer noch mehr wollte, ja alles wollte. Nur ein einziges Mal ... Dieser Gedanke bemächtigte sich ihrer. Sie konnte ihm nachgeben, konnte die Freuden erleben, die sie jetzt nur ahnte. Nur einmal. Und dann ...

Mit einem Aufstöhnen riss sie ihre Lippen von seinen los und barg ihr Gesicht an seiner Schulter. Einmal mit Blake – das würde sie ihr ganzes Leben verfolgen.

„Komm mit nach oben“, murmelte er an ihrem Ohr. Dann bog er ihren Kopf zurück und bedeckte ihr Gesicht mit Küssen. „Komm mit mir nach oben, wo wir uns richtig lieben können, June. Ich möchte dich in meinem Bett haben, sanft, nackt und ganz mein.“

„Blake ...“ Sie wandte das Gesicht ab und versuchte tief durchzuatmen. Was war nur mit ihr geschehen? „Das ist ein Fehler – für uns beide.“

„Nein.“ Er umfasste ihre Schultern und zwang sie, ihn anzusehen. „Das ist richtig – für uns beide.“

„Ich kann mich nicht mit dir einlassen.“

„Das hast du schon längst getan.“

June holte tief Luft. „Nicht weiter als das. Es ist sowieso schon viel mehr, als ich wollte.“

Als sie einen Schritt zurücktreten wollte, hielt er sie fest. „Du musst mir einen Grund nennen, June, einen verdammt guten Grund.“

„Du verwirrst mich“, platzte sie heraus, ehe ihr bewusst wurde, was sie sagte. Dann fluchte sie leise. „Verflixt, ich will mich nicht verwirren lassen.“

„Und ich sehne mich so wahnsinnig nach dir.“ Seine Stimme klang ungeduldig.

„Da haben wir ein Problem." Sie fuhr sich mit der Hand durchs Haar.

„Ich will dich haben." Die Art, wie er das sagte, ließ June mitten in der Bewegung innehalten. „Ich will dich mehr, als ich je eine Frau gewollt habe. Und dieses Gefühl macht mich sehr unsicher."

„Ein großes Problem", flüsterte sie.

„Und es gibt nur einen Weg, es zu lösen."

June brachte ein Lächeln zustande. „Zwei Wege", berichtigte sie ihn. „Und ich glaube, mein Weg ist der sichere."

Er strich ihr sanft über die Wange. „Du willst Sicherheit, June?"

„Ja." Und das ist die Wahrheit, dachte sie. „Ich habe mir eine Menge Ziele gesetzt, Blake. Und mein Instinkt sagt mir, dass du mir dabei im Weg stehen könntest. Ich verlasse mich immer auf meinen Instinkt."

„Ich habe nicht die Absicht, dir bei deinen Zielen im Weg zu stehen."

„Trotzdem habe ich einige strenge Regeln. Und eine davon ist, mich nie mit einem Kunden oder einem Geschäftspartner einzulassen. Und gewissermaßen gehörst du in beide Kategorien."

„Und wie willst du das vermeiden? Intimität zwischen zwei Menschen entsteht auf die verschiedensten Arten, das hast du doch selbst erlebt."

Wie konnte sie das ableugnen? Am liebsten wäre June davongelaufen. „Wir haben es zwei Wochen lang geschafft, einander aus dem Weg zu gehen. Und genau das müssen wir eben weiterhin versuchen. Im Augenblick sind wir beide sehr beschäftigt und abgelenkt, da sollte uns das nicht schwerfallen."

„Und irgendwann einmal wird einer von uns beiden diese Regel brechen."

Das könnte ich sein, genauso gut wie er, dachte June. „Daran kann ich jetzt nicht denken. Ich werde hier unten bleiben und meine Arbeit tun, und du bleibst oben und tust deine."

„Den Teufel werde ich tun." Blake machte einen Schritt auf sie zu, als es an der Tür klopfte.

„Mr Cocharan, da ist ein Telefongespräch für Sie. Ihre Sekretärin sagt, es sei dringend."

Nur mühsam unterdrückte Blake seine Wut. „Ich komme." Er sah June eindringlich an. „Wir beide sind noch nicht fertig miteinander."

Erst als er an der Tür war, sprach June. „Ich kann dieses Restaurant in einen Palast verwandeln oder in einen Schnellimbiss. Du hast die Wahl."

Er wandte sich zu ihr um. „Erpressung?"

„Du brauchst nur das zu tun, was ich will, Blake, dann sind alle glücklich."

„Du gewinnst, June." Er nickte. „Für heute."

Als die Tür hinter Blake ins Schloss gefallen war, sank June auf ihren Stuhl. Sie mochte ihm diesmal überlegen gewesen sein, aber das Spiel war noch lange nicht vorbei.

June arbeitete noch eine weitere Stunde, ehe sie wieder in die Küche zurückging. Selbst einige Zeit nach dem Ansturm zum Mittagessen würden wahrscheinlich noch Panik und Verwirrung herrschen.

Erst als ihr der Duft der Speisen in die Nase stieg, bemerkte June, dass sie noch nichts gegessen hatte. Sie könnte gleich zwei Fliegen mit einer Klappe schlagen, dachte sie, als sie in den Schränken zu suchen begann. Sie würde etwas zu essen finden und gleichzeitig feststellen, wie gut die Vorratshaltung war.

Über Letzteres konnte sie sich nicht beklagen, stellte sie fest. Max besaß doch eine Reihe ausgezeichneter Eigenschaften. Schade, dass Aufgeschlossenheit nicht dazugehörte. Einen Schrank nach dem anderen öffnete sie, doch sie fand nicht, wonach sie suchte.

„Miss Lyndon?"

Beim Klang von Max' Stimme schloss June langsam den Schrank. Sie brauchte sich erst gar nicht umzudrehen, um seinen höflichen Gesichtsausdruck und den ablehnenden Zug um seinen Mund zu sehen. Irgendwann werde ich ihn mir einmal vornehmen müssen, dachte sie, doch im Augenblick war sie zu müde und außerdem hungrig.

„Vielleicht kann ich Ihnen helfen, wenn Sie mir sagen, was Sie suchen."

„Eigentlich wollte ich mir unsere Vorräte ansehen, gleichzeitig habe ich aber auch nach einem Glas Erdnussbutter gesucht." Sie schloss die Schranktür und öffnete die nächste. „Ich sehe, die Vorratshaltung ist ausgezeichnet organisiert."

„Meine ganze Küche ist ausgezeichnet organisiert", erklärte Max steif. „Sogar mit all dieser ... Umbauarbeit."

„Der Umbau ist fast fertig, die neuen Herde arbeiten sicher sehr gut."

„Es gibt Menschen, für die ist das Neue immer besser."

„Es gibt Menschen", gab sie zurück, „für die ist der Fortschritt das Todesurteil. Wo finde ich die Erdnussbutter, Max?"

„Unten. So etwas haben wir für Kindermenüs immer zur Hand."

„Gut." June bückte sich und fand die Erdnussbutter. „Möchten Sie auch ein Brot?"

„Nein danke. Ich muss arbeiten."

June nahm sich zwei Scheiben Brot und strich die Erdnussbutter darauf. „Morgen um neun möchte ich mit Ihnen den neuen Speiseplan in meinem Büro besprechen."

„Um neun habe ich immer sehr viel zu tun."

„Nein", korrigierte sie ihn. „Von sieben bis neun haben Sie viel zu tun, dann lässt es ein wenig nach, vor allem mitten in der Woche, bis zum Mittagessen. Um neun Uhr also", wiederholte sie. „Und jetzt entschuldigen Sie mich, ich brauche noch Gelee für meine Brote."

Sie ließ Max einfach stehen. Dieser aufgeblasene, engstirnige Kerl, dachte sie, während sie ein Glas Gelee aus einem der großen Eisschränke nahm. Solange er so steif und kompromisslos war, würde die Zusammenarbeit schwierig sein. Mehr als einmal hatte sie bis jetzt schon erwartet, dass er kündigen würde – und auch wenn sie das nicht gern zugab, es hatte Zeiten gegeben, da hatte sie es sich gewünscht.

Die Veränderungen in der Küche zeigen bereits ihre Wirkung, dachte June, als sie in ihr Brot biss. Es war nicht schwer, festzustellen, dass die neuen Herde und die bessere Ausrüstung den Ablauf der Zubereitung einfacher machten und auch die Qualität der Speisen dadurch verbessert wurde. Noch einmal biss sie in ihr Brot, als sie hinter sich aufgeregte Stimmen hörte.

„Max wird wütend sein. Wüüüütend!"

„Aber er kann nichts daran ändern."

Vielleicht war es der unterschwellige Triumph in diesen letzten Worten, der sie aufhorchen ließ. Als sie sich umwandte, sah sie zwei Köche, die die Köpfe zusammensteckten. „Worüber wird Max wütend sein?", fragte sie.

Die beiden Gesichter wandten sich ihr zu. „Vielleicht sollten Sie es ihm sagen, Miss Lyndon", meinte einer von ihnen nach kurzem Nachdenken. „Julio und Georgia sind zusammen weggelaufen, wir haben es gerade von Julios Bruder gehört. Sie sind nach Hawaii."

Julio und Georgia? Waren das nicht zwei Köche, die in der Schicht von vier bis elf arbeiteten? Ein Blick auf die Uhr sagte June, dass die beiden schon eine Viertelstunde zu spät waren.

„Dann werden sie heute sicher nicht kommen."

„Sie sind abgehauen." Einer der beiden Köche schnippte mit den Fingern. „Einfach so." Er blickte zu Max hinüber. „Max wird an die Decke gehen."

„Das wird das Problem auch nicht lösen", murmelte June. „Also fehlen in dieser Schicht zwei Leute."

„Drei", berichtigte der andere Koch sie. „Charlie hat angerufen und sich krankgemeldet."

„Wunderbar!" June aß den letzten Rest ihres Brotes, dann krempelte sie ihre Ärmel auf. „Der Rest der Schicht macht sich dann besser an die Arbeit."

Über ihre Jeans und den Pullover zog sie eine Schürze und nahm dann einen Platz in der Reihe der anderen Köche ein. Es wird Zeit, dass die Lautsprecher eingebaut werden, dachte sie, als sie in einer großen Schüssel Kuchenteig anrührte. Einmal konnte sie in einem Notfall ohne Chopin auskommen, aber nicht zweimal. Ausgeschlossen!

Sie schob gerade mehrere Schichten Schwarzwälder Kirschkuchen in den Ofen, als Max hinter sie trat. „Kochen Sie sich jetzt auch noch einen Nachtisch?", wollte er wissen.

„Nein." June stellte die Eieruhr ein und machte sich dann an die Zubereitung der „Mousse au Chocolat". „Wie es scheint, hat es eine Hochzeit gegeben und eine Krankheit – auch wenn ich nicht glaube, dass das eine mit dem anderen zu tun hat. Wir haben heute Abend nicht genug Leute, also werde ich die Nachspeisen zubereiten, Max. Und ich unterhalte mich nicht, während ich arbeite."

„Hochzeit? Was für eine Hochzeit?"

„Julio und Georgia sind zusammen weggelaufen nach Hawaii, und Charlie ist krank. Im Augenblick muss ich mich mit dieser Mousse beschäftigen."

„Weggelaufen!", explodierte er. „Ohne meine Erlaubnis?"

Sie sah ihn über die Schulter hinweg an. „Ich nehme an, Charlie hätte Sie auch vorher fragen sollen, ob er krank werden darf. Sparen Sie sich Ihre Hysterie, sorgen Sie lieber dafür, dass jemand für mich Äpfel schält. Ich möchte danach eine ‚Charlotte aux Pommes' machen."

„Jetzt ändern Sie auch noch meinen Speiseplan!", rief er.

June wirbelte herum, in ihren Augen blitzte es gefährlich. „Ich muss in aller kürzester Zeit ein Dutzend verschiedener Nachspeisen machen. Ich würde Ihnen raten, mir dabei aus dem Weg zu gehen, denn ich bin nicht gerade für meine Höflichkeit bekannt, während ich koche."

Er holte tief Luft und reckte sich dann. „Wir werden sehen, was Mr Cocharan dazu zu sagen hat."

„Großartig. Halten Sie ihn mir vom Leib für die nächsten drei

Stunden, sonst wird jemand eine Ladung Schlagsahne ins Gesicht bekommen." June wandte sich abrupt um und begann zu arbeiten.

Sie hatte keine Zeit, jede einzelne Nachspeise mit der nötigen Sorgfalt fertigzustellen. Später würde sie diese Stunden als Fließbandarbeit betrachten, doch im Augenblick war sie zu sehr unter Zeitdruck, um überhaupt an etwas zu denken. Im Augenblick musste sie die Arbeit von zwei Leuten in kürzester Zeit erledigen.

Sie kümmerte sich nicht um das Menü, sondern bereitete das zu, was sie ohne große Vorbereitungen machen konnte. Die Gäste an diesem Abend werden eine Überraschung erleben, dachte sie, als sie die zweite Schwarzwälder Kirschtorte garnierte, aber es würde eine angenehme Überraschung werden. Schnell gab sie die Kirschen auf die Torte und ärgerte sich, weil sie sich so sehr beeilen musste. Es ist unmöglich, etwas Besonderes zu schaffen, wenn man unter Zeitdruck steht, dachte sie und murmelte ärgerlich vor sich hin.

Um sechs Uhr hatte June alles gebacken und konzentrierte sich auf die letzten Handgriffe einer ganzen Reihe von Nachspeisen, mit der man eine ganze Armee füttern konnte. Schokoladencreme hier, Schlagsahne dort, als Garnitur einen Löffel Gelee oder Marmelade. Ihr war heiß, Arme und Schultern schmerzten. Ihre Schürze war nicht mehr weiß, sie war beschmiert und voller Flecken. Niemand sprach sie an, da sie sowieso nicht antwortete. Niemand kam in ihre Nähe, weil niemand sich der Gefahr aussetzen wollte, angefahren zu werden.

Von Zeit zu Zeit bedeutete sie mit einer Handbewegung, dass man die fertigen Speisen wegbringen konnte. Gesprochen wurde nur leise, und zwar so, dass sie es nicht hörte. Niemand vom Personal der Küche hatte June Lyndon bis jetzt in Aktion gesehen.

„Probleme?"

June hatte Blakes leise Stimme hinter sich gehört, aber sie antwortete nicht. „Autos macht man so“, murmelte sie schließlich. „Aber keine Nachspeisen.“

„Die Berichte aus dem Restaurant werden aber noch mehr als begeistert sein.“

June brummte nur und rollte Teig für kleine Törtchen aus. „Wenn ich das nächste Mal in Hawaii bin, werde ich Julio und Georgia suchen und sie mit den Köpfen aneinanderschlagen.“

„Du bist wohl ein wenig gereizt, wie?“, murmelte er und erntete dafür nur einen vernichtenden Blick. „Und dir ist heiß.“ Er legte eine Hand an ihre Wange. „Wie lange bist du denn schon bei der Arbeit?“

„Seit kurz nach vier.“ Sie schob seine Hand beiseite und schnitt dann den Teig für die Törtchen zurecht. Blake sah ihr erstaunt zu, noch nie zuvor hatte er sie so schnell arbeiten gesehen. „Geh weg.“

Er trat einen Schritt zurück, beobachtete sie jedoch weiter. Wenn er richtig rechnete, hatte sie in dem fensterlosen Vorratsraum sechs Stunden lang über ihren Papieren gesessen und war jetzt seit beinahe drei Stunden mit der Zubereitung der Nachspeisen beschäftigt. Dafür ist sie viel zu zart, dachte er, zu zerbrechlich.

„June, kann jetzt nicht jemand anders weitermachen? Du solltest dich ausruhen.“

„Niemand rührt meine Nachspeisen an.“ Sie hatte die Worte in einem solch befehlenden Ton ausgesprochen, dass das Bild von der zerbrechlichen Blume verschwand. Trotzdem musste Blake grinsen.

„Kann ich etwas für dich tun?“

„In einer Stunde möchte ich Champagner. Dom Pérignon, Jahrgang 73.“

Er nickte, und dann kam ihm ein Gedanke. Sie duftete wie die Nachspeisen, die auf dem Tisch vor ihr aufgereiht standen. Versuchend, köstlich. Seit er sie kennengelernt hatte, hatte Blake festgestellt, dass er eine Schwäche für Süßspeisen besaß. „Hast du gegessen?"

„Ein Sandwich, vor einigen Stunden", antwortete sie ärgerlich. „Glaubst du etwa, ich könnte jetzt etwas essen?"

Er blickte auf die Ansammlung von Kuchen und Törtchen. Der Duft von gebratenem Fleisch stieg ihm in die Nase. Blake schüttelte den Kopf. „Nein, natürlich nicht. Ich komme gleich wieder."

June murmelte etwas, dann schob sie den Boden für die Törtchen in den Ofen.

7. KAPITEL

Um acht Uhr war June fertig, und sie war nicht gerade in ausgezeichneter Stimmung. Beinahe vier Stunden lang war sie beschäftigt gewesen. Oft schon hatte sie zweimal so lange gebraucht für ihre Kreationen, hatte sich doppelt angestrengt, um nur eine einzige Speise zur Perfektion zu bringen. Das war Kunst. Dies hier war jedoch harte Arbeit gewesen.

Sie fühlte keinen Triumph, keine Befriedigung, sie war einfach nur müde. In diesem Augenblick wäre sie froh gewesen, nie wieder eine Küche von innen sehen zu müssen.

„Es sollte genug sein für die Gäste vom Abendessen und auch für den Zimmerservice die Nacht über", sagte sie zu Max, als sie ihre verschmierte Schürze abnahm. Dabei sah sie kritisch die Obsttorten an, die vor ihr standen. Mehr als eine davon war nicht unbedingt perfekt, und wenn sie genug Zeit gehabt hätte, hätte sie diese aussortiert und neu gebacken. „Gleich morgen früh soll sich jemand darum kümmern, dass zwei zusätzliche Nachspeisen-Köche eingestellt werden."

„Mr Cocharan hat sich bereits darum gekümmert." Max hatte nicht die Absicht nachzugeben, auch wenn er bewundert hatte, wie June die Krise gemeistert hatte. Er blieb bei seiner Ablehnung ihr gegenüber, obwohl er insgeheim zugeben musste, dass sie die besten Kuchen backte, die er je gekostet hatte.

„Gut." June fuhr sich mit der Hand über den Nacken. „Dann bis neun Uhr morgen früh in meinem Büro, Max. Wir wollen sehen, ob wir die Organisation der Küche nicht ein wenig straffen können. Jetzt werde ich nach Hause gehen und mich bis morgen früh in ein heißes Bad legen."

Blake hatte an der Wand gelehnt und ihr bei der Arbeit zugesehen. Es war faszinierend zu sehen, wie aus der Künstlerin eine harte Arbeiterin geworden war.

Zwei Dinge hatte sie ihm gezeigt, die er nicht von ihr erwartet hatte, eine Schnelligkeit und den Verzicht auf spektakuläre

Gesten, wenn die Situation es erforderte, sowie eine ruhige Akzeptanz des empfindlichen Verhaltens von Max. Auch wenn sie oft die Rolle der Primadonna spielte – wenn es nötig war, wusste sie, was es zu tun galt.

Er trat ein paar Schritte vor. „Darf ich dich jetzt nach Hause fahren?"

June zog die Haarnadeln aus dem Haar, mit denen sie ihr Haar hochgesteckt hatte, während sie arbeitete. „Ich habe meinen Wagen draußen."

„Und ich meinen." Ihre kühle abweisende Haltung war noch immer da, selbst wenn sie lächelte.

„Und eine Flasche Dom Pérignon, Jahrgang 73. Mein Fahrer kann dich morgen früh zu Hause abholen."

Sie versuchte, sich einzureden, dass sie nur an dem Champagner interessiert war. „Gut gekühlt?", fragte sie und zog die Augenbraue hoch. „Ich meine, der Champagner."

„Selbstverständlich."

„Einverstanden, Mr Cocharan. Bei Champagner kann ich nie Nein sagen."

„Der Wagen steht am Hintereingang."

Blake nahm Junes Hand und zog sie aus der Küche. „Darf ich sagen, dass ich sehr beeindruckt war von dem, was du heute Abend geleistet hast?"

June war es gewohnt, gelobt zu werden, sie erwartete es sogar. Und doch konnte sie sich nicht erinnern, sich schon einmal über ein Lob so sehr gefreut zu haben. Sie zuckte mit den Schultern. „Ich habe es mir zum Ziel gesetzt, die Menschen zu beeindrucken."

Wenn sie nicht so müde gewesen wäre, hätte er sie nicht so leicht durchschauen können. Als sie am Wagen angekommen waren, fasste Blake sie bei den Schultern. „Du hast sehr hart gearbeitet da drinnen."

„Das ist ein Teil meiner Aufgabe."

„Nein", antwortete er. „Dafür habe ich dich nicht eingestellt."

„Als ich den Vertrag unterschrieb, wurde das meine Küche. Und was aus dieser Küche herausgeht, muss meinem Standard entsprechen, muss zu meiner Zufriedenheit sein."

„Das ist aber kein einfacher Job."

„Du wolltest doch nur das Beste."

„Und offensichtlich habe ich das auch bekommen."

Sie lächelte, obwohl sie sich im Augenblick nichts sehnlicher wünschte, als sich hinzusetzen. „Du hast es bekommen. Und was hast du von dem Champagner gesagt?"

Er öffnete die Tür des Wagens für sie. „Du duftest nach Vanille", sagte er, als sie einstieg.

„Das habe ich mir auch verdient." Mit einem Seufzer sank sie in die Polster. Champagner, dachte sie, ein heißes Bad mit viel Schaum und dann die kühlen Laken ihres Bettes. „Wahrscheinlich isst da drinnen gerade jemand das erste Stück meiner Schwarzwälder Kirschtorte", murmelte sie.

Blake setzte sich hinter das Lenkrad. „Ist das nicht ein eigenartiges Gefühl, dass ein Fremder das isst, womit du dir so viel Mühe gegeben hast?"

„Eigenartig?" June reckte sich und schmiegte sich dann in die weichen Polster. „Ein Maler malt sein Bild für alle die, die es ansehen wollen, ein Komponist schreibt seine Symphonie für alle die, die sie hören wollen."

„Das stimmt." Blake fädelte sich mit dem Wagen in den dichten Verkehr ein. „Aber wäre es nicht schöner, du wärst dabei, wenn deine Nachspeisen serviert werden?"

June schloss die Augen und entspannte sich zum ersten Mal seit Stunden. „Wenn man in seiner eigenen Küche für Freunde oder Verwandte kocht, ist es vielleicht befriedigend, wenn man sieht, dass es den anderen schmeckt. Aber das ist dann entweder Pflicht oder Vergnügen, wenn man kocht, kein Beruf."

„Du isst sehr selten das, was du kochst, stimmt's?"

„Warum halten wir hier?"

„Du bist doch sicher hungrig."

„Nach der Arbeit bin ich immer hungrig.“ Als sie den Kopf wandte, erkannte sie die Leuchtreklame einer Pizzeria.

„Da ich deinen Geschmack mittlerweile kenne, dachte ich, das sei die perfekte Ergänzung zu dem Champagner.“

June grinste, die Müdigkeit schien plötzlich vom Hunger verdrängt worden zu sein. „Absolut perfekt.“

„Warte einen Augenblick.“ Er stieg aus. „Ich habe vorher hier anrufen lassen und die Pizza schon bestellt, als ich sah, dass du mit deiner Arbeit beinahe fertig warst.“

Dankbar lehnte sie sich in den Sitz zurück und schloss die Augen. Wann habe ich das letzte Mal jemandem erlaubt, mich zu umsorgen? überlegte sie. Wenn sie sich recht erinnerte, war sie acht Jahre alt gewesen und hatte mit Windpocken im Bett gelegen. Unabhängigkeit war immer von ihr erwartet worden, von ihren Eltern und auch von ihr selbst. Doch an diesem Abend genoss sie das Gefühl, dass jemand anders sie umsorgte.

June musste zugeben, dass sie das von Blake Cocharan nicht erwartet hatte. Schließlich hatte er selbst einen harten Tag hinter sich. Sie erinnerte sich daran, wie müde er schon am Nachmittag ausgesehen hatte. Und doch hatte er gewartet, lange nachdem er eigentlich hätte nach Hause gehen können. Er hatte gewartet, bis sie mit ihrer Arbeit fertig gewesen war.

Blake Cocharan der Dritte hielt offensichtlich noch einige Überraschungen für sie bereit, stellte sie fest.

Als Blake mit der Pizza zurückkam, stieg ihr der Duft in die Nase. „Danke.“ Tief atmete June das würzige Aroma ein.

„Ich hätte schon viel früher einmal Pizza versuchen sollen.“

Mit geschlossenen Augen lehnte sie in ihrem Sitz. „Vergiss aber den Champagner nicht. Diese beiden sind meine größten Schwächen.“

„Ich werde es nicht vergessen.“ Blake fuhr wieder los. Er überlegte, dass sie wohl genauso reagiert hätte, wenn er ihr einen Zobelmantel oder eine Diamanthalskette geschenkt hätte. Für June war nicht das Geschenk wichtig, es war die Art des Schenkens. Und der Gedanke gefiel ihm. Sie ließ sich nicht leicht beeindrucken, aber es war auch nicht schwer, ihr eine Freude zu machen.

June entspannte sich vollkommen, etwas, was sie sonst nur tat, wenn sie ganz allein war. Auch wenn sie die Augen geschlossen hatte, so war sie doch nicht länger schläfrig, sie war ganz wach. Sie brauchte nur tief einzuatmen, um den Duft der Pizza zu riechen, und auch wenn der Wagen geräumig war, so fühlte sie doch die Anwesenheit von Blake, spürte die Wärme, die von seinem Körper ausging.

Angenehm, dachte sie. Es war so angenehm, dass sie zur Vorsicht oder zur Abwehr gar keine Notwendigkeit empfand. Schade, dass sie nicht einfach ohne Ziel so weiterfahren konnten …

Seltsam, nie zuvor hatte sie etwas ohne Ziel getan … Und dennoch verspürte sie jetzt den Wunsch, immer weiterzufahren … an einem endlosen, verlassenen Strand entlang, mit dem Mond, der sich im Wasser spiegelte, weißem Sand … Man würde die Wellen rauschen hören und Hunderte von Sternen sehen, die man in der Stadt nie sah, man würde die salzige Luft einatmen und warme, feuchte Luft auf der Haut fühlen.

Sie registrierte, wie der Wagen abbog und dann anhielt. Noch einen Augenblick lang hielt sie an ihrer Fantasie fest.

„Woran denkst du?“

„An den Strand“, antwortete sie. „Sterne.“ Doch dann kehrte sie mit einem Ruck in die Wirklichkeit zurück, überrascht, dass sie solch romantische Gedanken überhaupt haben konnte. „Ich nehme die Pizza“, erklärte sie und stieg aus. „Du kannst den Champagner mitbringen.“

Er legte eine Hand auf ihren Arm, als sie aussteigen wollte, und hielt sie fest. „Magst du den Strand?“, fragte er.

„Darüber habe ich eigentlich noch nie nachgedacht.“ In diesem Augenblick hätte sie am liebsten ihren Kopf an seine Schulter gelegt und mit ihm zusammen beobachtet, wie sich die Wellen am Strand brachen, hätte mit ihm zusammen die Sterne gezählt. Warum nur kamen ihr solch dumme Sachen in den Sinn, die sie noch nie getan hatte? „Mir schien aus irgendeinem Grund diese Nacht wie geschaffen für den Strand“, antwortete sie auf seine Frage und überlegte, ob sie jetzt seine Frage beantwortet hatte oder eher ihre eigene.

„Da es hier keinen Strand gibt, müssen wir uns wohl etwas anderes einfallen lassen. Wie gut ist denn deine Fantasie?“

„Passabel.“ Sehr gut sogar, dachte sie bei sich. So gut, dass ihr klar war, wie der Abend enden würde, wenn sie sich nicht zusammenriss. „Im Augenblick stelle ich mir vor, dass die Pizza kalt wird und der Champagner warm.“ Sie öffnete die Autotür und stieg mit der Pizza in der Hand aus. Im Haus lief sie dann die Treppe hinauf.

„Warum hast du dir denn die Wohnung im vierten Stock ausgesucht, wenn der Aufzug doch nie funktioniert?“, wollte er wissen.

Sie lächelte. „Mir gefällt die Aussicht und außerdem die Tatsache, dass Vertretern der Weg bis nach oben meistens zu weit ist.“ Sie zog die Schlüssel aus der Tasche.

Als June die Tür geöffnet hatte, stieg der Duft von Rosen Blake in die Nase. Ein Dutzend weißer Rosen stand in einem Korb auf dem Tisch, ein weiteres Dutzend roter Rosen in einer Sèvres-Vase auf der Anrichte. Als Blake sich umsah, entdeckte er noch ein weiteres Dutzend gelber Rosen in einem Krug und ein Dutzend rosafarbener Rosen in einer Vase aus venezianischem Glas.

„Hast du in einem Blumenladen das Sonderangebot ausgenutzt?“

June stellte die Pizza auf den Tisch. „Ich kaufe nie Blumen für mich selbst. Diese hier sind von Enrico.“

Blake holte den Champagner aus der Tüte. „Alle?“

„Er übertreibt immer ein wenig – Enrico Gravanti –, vielleicht hast du schon einmal von ihm gehört. Italienische Schuhe und Taschen.“

Er ist zweihundert Millionen Dollar schwer, dachte Blake. „Ich habe gar nicht gewusst, dass er in der Stadt ist. Er wohnt nämlich sonst immer im Cocharan-Hotel."

„Nein, er ist in Rom", erklärte June. „Er hat mir die Rosen geschickt, weil ich zugestimmt habe, ihm im nächsten Monat seinen Geburtstagskuchen zu machen."

„Vier Dutzend Rosen für nur einen Kuchen?"

„Fünf Dutzend." June hatte Teller und Gläser geholt und stellte jetzt alles auf den Tisch. „Im Schlafzimmer steht noch ein Dutzend. Aber immerhin ist es ja auch ein Kuchen von mir."

Blake nickte, dann öffnete er den Champagner. „Ich nehme also an, du wirst nach Italien fliegen, um den Kuchen zu backen."

„Per Luftfracht werde ich ihn wohl kaum schicken." Sie sah zu, wie er die goldene Flüssigkeit in die Gläser goss. „Ich werde wahrscheinlich zwei Tage in Rom sein, höchstens drei." Sie hob das Glas und nippte daran mit geschlossenen Augen. „Ausgezeichnet." Dann öffnete sie die Augen wieder. „Ich verhungere." Sie öffnete den Karton mit der Pizza. „Peperoni."

„Irgendwie dachte ich, es passt zu dir."

Sie lachte und servierte dann die Pizza. Blake zündete die drei schmalen, langen Kerzen an, die auf dem Tisch standen. „Champagner und Pizza, dazu braucht man Kerzenlicht, findest du nicht auch?"

„Wenn du meinst." Sie biss in das erste Stück der Pizza. „Hmmm, wunderbar."

„Ist dir eigentlich schon aufgefallen, dass wir die meiste Zeit, die wir zusammen sind, mit Essen verbringen?"

„Hmm – aber ich genieße es. Ich finde, es ist ein Vergnügen, es gibt einem etwas."

„Meistens überflüssige Pfunde."

Sie zuckte mit den Schultern. „Genießen sollte man nur in kleinen Dosen. Es ist die Gier, die die überflüssigen Pfunde bringt, die jemanden unglücklich macht."

„Dann bist du also nie gierig?"

Sie erinnerte sich, dass es genau das war, was sie gefühlt hatte, als sie in seinen Armen lag. Doch sie hatte sich zurückgehalten. „Nein“, antwortete sie daher. „In meinem Beruf wäre das entsetzlich.“

June legte Blake ein zweites Stück Pizza auf den Teller. Jetzt musste sie vorsichtig sein, denn die Unterhaltung begann, sich in gefährlichen Bahnen zu bewegen. „Ich esse lieber einen einzigen Löffel eines köstlichen Schokoladensoufflés als einen ganzen Teller einer Mahlzeit, die keinen Geschmack hat.“

Blake biss in seine Pizza. „Und die hat Geschmack?“ June lächelte. Offensichtlich war dies nicht die Art Essen, die er gewohnt war. „Eine ausgezeichnete Mischung von Gewürzen, vielleicht ein wenig zu viel Oregano, genau die richtige Menge Käse, dazu die Peperoni. Beinahe eine unvergessliche Mahlzeit.“

„Ich wüsste etwas anderes, das auch unvergesslich sein könnte“, bemerkte Blake.

June griff nach ihrem Glas, über den Rand des Glases hinweg lachte sie ihn an. „Wir sprechen von Essen, von Geschmack ...“ Blake nahm ihre Hand und verschränkte seine Finger mit ihren. „Es ist die Erscheinung, die wichtig ist“, sprach June weiter. „Zuerst sagen deine Augen dir, dass du probieren möchtest.“ Sein Gesicht war schmal, seine Augen so blau und so bezwingend ...

„Und dann steigt ein Duft in deine Nase, verführt dich ...“, sprach sie weiter. Auch der Duft seines Rasierwassers war verführerisch.

„Du hörst, wie Champagner in einem Glas perlt, und du hast den Wunsch, ihn zu probieren ...“ Oder diese Art, wie er ihren Namen aussprach, leise und zärtlich.

„Und nach alldem“, vervollständigte sie für ihn, und ihre Stimme klang ein wenig rau, „probierst du, schmeckst.“ Seine Lippen versprachen ihr einen Geschmack, den sie nicht vergessen konnte.

„Also ...“ Er hob ihre Hand und küsste die Innenfläche. „Dein Rat ist also, jeden Aspekt dieser Erfahrung auszukosten, um den höchsten Genuss zu erreichen." Er drehte ihre Hand um und fuhr mit der Zungenspitze über die Fingerknöchel. „Und würdest du nicht auch zustimmen, dass das richtige Umfeld dazu beiträgt, die Erfahrung zu fördern? Kerzenlicht, zum Beispiel."

Sein Gesicht war ihrem jetzt ganz nahe, Licht und Schatten spielten darauf. Mit einem Finger strich er über ihre Wange. „Das nennt man dann Romantik."

„Ja", bestätigte sie gepresst. Der Champagner stieg ihr zu Kopf, sie fühlte sich leicht und beschwingt. Sie erinnerte sich nicht daran, dass sie sich selbst geschworen hatte, so etwas nicht mehr zuzulassen.

„Für manche Menschen ist Romantik nun mal etwas sehr Elementares."

„Hmmm", murmelte sie, als er seine Lippen dem Weg seines Fingers folgen ließ.

„Aber für dich nicht." Er knabberte jetzt sanft an ihrer Unterlippe.

„Nein, für mich nicht." Doch ihr Seufzer war so sanft und nachgiebig wie ihre Lippen.

„Eine sehr praktische Frau." Er zog sie hoch, um sie in seine Arme nehmen zu können.

„Ja." Sie bog den Kopf zurück und bot ihm ihren Mund.

„Kerzenlicht kann dich also nicht rühren?"

„Es ist eine sehr attraktive Erfindung." Sie schlang die Arme um seinen Hals. „Man lernt als Küchenchef, dass solche Dinge den Mahlzeiten die richtigen Stimmungen geben."

„Und es würde dir nichts ausmachen, wenn ich dir sagte, dass du schön bist? Im Sonnenlicht, wenn deine Haut makellos ist – im Kerzenlicht, wenn sie schimmert wie Porzellan. Es würde dir nichts ausmachen", er küsste ihren Hals, „wenn ich dir sagte, dass du mich erregst wie noch nie eine Frau zuvor? Dich nur anzusehen, weckt den Wunsch in mir, dich zu besitzen, dich zu berühren, macht mich verrückt."

„Worte", gab sie zurück, obwohl seine Worte sie schwindlig machten. „Ich brauche nicht …"

Und dann schloss er seine Lippen über ihren. Dieser lange, eindringliche Kuss strafte all ihre Worte Lügen. An diesem Abend wollte sie die Romantik leiser Worte und des Kerzenlichtes, obwohl sie einen solchen Wunsch noch nie zuvor gehabt hatte. Sie wollte, dass er sie liebte, langsam und genießerisch, sodass alle ihre Gedanken ausgelöscht würden und dass ihr Körper glühte. Heute Abend gab es für sie nur noch das Verlangen. Wenn es morgen Konsequenzen gab, der morgige Tag war noch so weit weg. Doch Blake war hier.

Sie wehrte sich nicht, als er sie hochhob. Wenn auch nur für eine kurze Zeit, so würde sie heute Abend doch sanft und zerbrechlich sein. Sie hörte, wie er die Kerzen ausblies. Der Geruch des Wachses folgte ihnen bis ins Schlafzimmer.

Silbernes Mondlicht fiel ins Zimmer, der Duft von Rosen lag in der Luft. Aus der Wohnung unter ihnen drangen Klänge der Musik von Beethoven bis zu ihnen hinauf.

June lächelte. Atmosphäre, dachte sie. Wenn sie eine Liebesnacht geplant hätte, die Umstände hätte sie nicht besser arrangieren können. Vielleicht … sie zog ihn zu sich hinunter … vielleicht war es ja Schicksal.

Sie sah in seine Augen, seine dunkelblauen Augen, mit denen er sie unverwandt anblickte, während er mit einem Finger die Umrisse ihres Gesichtes nachzeichnete. Hatte ihr je zuvor schon einmal jemand solche Zärtlichkeit geschenkt? Hatte sie das überhaupt gewollt?

Nein. Und doch – jetzt hatte sich all das geändert. Sie verlangte nach dieser neuen Erfahrung, der Süße, die sie bis jetzt immer abgelehnt hatte, und sie verlangte nach dem Mann, der ihr all das schenken konnte.

Sie nahm sein Gesicht in beide Hände und sah ihn an. Dies war der Mann, der schon bald ihren Körper genau kennen würde – und auch ihre Schwächen. Vielleicht hätte sie noch gezweifelt, hätte sich all die Hinderungsgründe ins Gedächtnis gerufen, wäre das Verlangen nach ihm nicht so groß gewesen.

„Küss mich noch einmal", murmelte sie. „Noch nie hat mich jemand so geküsst wie du."

Ein heißes Glücksgefühl durchströmte Blake. Langsam senkte er den Kopf, berührte ihre Lippen ganz sanft, spielerisch, las in ihrem Blick, wie ihr Verlangen wuchs. Wie hätte er vorher wissen sollen, dass sie noch viel schöner war im Mondlicht, wenn ihr Haar auf dem Kissen ausgebreitet war? Wie hätte er wissen sollen, dass er beinahe schmerzlich nach ihr verlangte, so wie noch nie zuvor nach einer anderen Frau? War es wirklich nur noch Verlangen, das er fühlte, oder hatte er irgendwann eine unsichtbare Linie überschritten? Doch jetzt gab es dafür keine Antworten. Die Antworten blieben für den hellen Tag.

Mit einem leisen Aufstöhnen wurde sein Kuss drängender, und er fühlte, wie ihr Körper unter ihm nachgiebig wurde. Die Leidenschaft in ihm wurde immer brennender, allerdings noch immer gedämpft durch die Zärtlichkeit, mit der sie einander küssten.

June streichelte sein Gesicht, seinen Hals und spielte dann mit seinem Haar, während er ihr Gesicht mit Küssen bedeckte. Nie zuvor hatte sie einen Mann gekannt, der eine solche Geduld besaß, der sie mit Küssen und Berührungen allein so erregen konnte, dass nichts anderes mehr für sie zu existieren schien.

Berühre mich! Er schien sie verstanden zu haben, auch wenn sie die Worte nicht ausgesprochen hatte. Seine Hände glitten, noch immer langsam, ohne Eile, über ihre Schultern, hin zu ihren Brüsten – bis es dann für sie beide nicht mehr länger genug war. Ohne ein Wort begannen sie, einander zu entkleiden.

Das Mondlicht fiel auf nackte Haut. June streichelte Blakes Brust, sie erforschte seinen muskulösen Körper. Auch Blake streichelte sie, und selbst als das letzte Kleidungsstück gefallen war, beeilten sie sich noch immer nicht. Es gab so vieles zu berühren, zu schmecken – und die Zeit hatte keine Bedeutung mehr für sie.

Eine leichte Brise wehte durch das offene Fenster herein, doch sie spürten es nicht. Unter Blakes Berührungen schien ihr Körper zu brennen, und als er mit seinen Lippen die Spur seiner Hände nachzog, drohte das Verlangen in June übermächtig zu werden.

Ihre Bewegungen wurden drängender, leise stöhnten sie auf, zitterten, flüsterten atemlos gegenseitig ihre Namen. Blake hatte nicht gewusst, dass auch er sich führen lassen konnte, doch jetzt führte einer den anderen, höher und immer höher.

June fühlte, wie alles um sie herum versank, nur noch ganz schwach drang die Musik in ihr Bewusstsein. Auch der Duft der Rosen war nicht mehr wichtig, für sie zählte nur noch der Duft seines Rasierwassers, der sie einhüllte. Solange er nur bei ihr war, würde sie fühlen, was sie fühlen sollte, würde sie hingehen, wo sie hingehen sollte. Es war nicht nur körperliche Erregung, die sie fühlte, es war etwas tief in ihrer Seele, etwas, dem sie nicht widerstehen konnte. Ihr Körper, ihr Herz und auch ihre Seele verlangten nach ihm.

Mit dem Flüstern seines Namens nahm sie ihn in sich auf. Und dann war für sie beide die Erregung so groß, dass die Realität um sie herum versank. Wie ein Sturm durchfuhr es sie, und zusammen wurden sie in einem mächtigen Strudel davongerissen.

Waren Stunden vergangen oder nur Minuten? June lag in dem silbernen Mondlicht und versuchte, sich zurechtzufinden. Nie zuvor in ihrem Leben hatte sie sich so gefühlt. Befriedigt, erschöpft und glücklich. Nie hätte sie für möglich gehalten, dass man all das zugleich fühlen könnte.

Blakes Kopf lag an ihrer Schulter, sie spürte seinen warmen Atem an ihrer Wange. Die Musik in der Wohnung unter ihnen hatte aufgehört, June glaubte allerdings, das Echo dieser Musik weiterhin zu hören. Blake lag noch immer auf ihr, doch sein Gewicht fühlte sich wundervoll an. Am liebsten hätte sie die Arme um ihn geschlungen und wäre für den Rest ihres Lebens so liegen geblieben. Langsam jedoch schlichen sich die ersten Ängste in ihre Gedanken.

Himmel, wie hatte sie bloß in so kurzer Zeit so weit gehen können? Sie war so sicher gewesen, ihre Gefühle unter Kontrolle halten zu können. Es war nicht das erste Mal, dass sie mit einem Mann zusammen war, aber ihr war klar, dass es das erste Mal gewesen war, dass ein Mann sie geliebt hatte, im wahrsten Sinn des Wortes.

Ein Fehler. Sie zwang sich, an dieses Wort zu denken, obwohl ihr Herz es ablehnte. Sie musste nachdenken, praktisch sein. Hatte sie nicht erlebt, was unkontrollierte Gefühle und Träume aus zwei intelligenten Menschen gemacht hatten? Ihre Eltern waren aus einer Beziehung in die nächste getaumelt, auf der Suche nach … nach was?

Nach diesem hier, sagte ihr ihr Herz, aber ihr Verstand verwarf es schnell wieder. Sie wusste besser, dass sie nicht nach etwas suchen sollte, von dem sie wusste, dass es nicht existierte. Dauerhafte Beziehungen, Verpflichtungen, das waren alles Illusionen. Und für Illusionen gab es in ihrem Leben keinen Platz.

Sie schloss die Augen einen Moment und zwang sich zur Ruhe. Sie war eine erwachsene Frau, intelligent genug, an ein gegenseitiges Verlangen zu glauben, das keine Bindungen erforderte. Nimm es leicht, versuchte sie sich einzureden. *Tu nicht so, als wäre es mehr, als es wirklich ist.*

Dennoch konnte sie nicht widerstehen, als sie ihm jetzt über das Haar strich und flüsterte: „Eigenartig, wie Pizza und Champagner auf mich wirken."

Blake hob den Kopf und lächelte sie an. Im Augenblick hatte er das Gefühl, es mit der ganzen Welt aufnehmen zu können. „Ich finde, du solltest es in deinen Speiseplan aufnehmen." Er küsste sie auf die Schulter. „Ich werde das sicher tun. Willst du noch etwas?"

„Pizza und Champagner?"

Lachend küsste er sie auf den Hals. „Das auch." Er verlagerte sein Gewicht ein wenig.

Du musst jetzt die Regeln des Spiels bestimmen, versuchte June sich einzureden. *Jetzt sofort, ehe … ehe es zu spät ist!*

„Ich bin gern mit dir zusammen", sagte sie leise.

„Und ich mit dir." Er beobachtete die Schatten an der Decke, hörte den Verkehr draußen, doch er war noch immer erfüllt von ihr.

„Jetzt, nachdem wir zusammen gewesen sind, wird sich das auch auf unsere Zusammenarbeit auswirken, es gibt zwei Möglichkeiten dazu."

Verwundert sah er sie an. „Zwei Möglichkeiten?"

„Es wird entweder die Spannung zwischen uns verstärken, während wir zusammenarbeiten, oder es wird sie verringern. Ich hoffe, dass es sie verringert."

Blake runzelte die Stirn. „Was hier geschehen ist, hat absolut nichts mit unserer Zusammenarbeit zu tun."

„Was auch immer wir zusammen tun, wird sich auf unsere Zusammenarbeit auswirken." June fuhr sich mit der Zunge über die Lippen und versuchte, einen leichtfertigen Ton anzuschlagen. „Mit dir zu schlafen war ... persönlich ... Aber morgen früh sind wir wieder zwei Menschen, die einander geschäftlich verbunden sind. Daran kann sich nichts ändern – ich denke, es wäre ein Fehler, wenn wir das zuließen."

Redete sie Unsinn? Ergab das, was sie sagte, einen Sinn? Verzweifelt wünschte sie sich, er würde etwas sagen. „Ich glaube, wir beide wussten, dass es geschehen würde. Und jetzt, wo es geschehen ist, hat es die Situation geklärt."

„Die Situation geklärt?" Verärgert stützte Blake sich auf seine Ellbogen. „Es hat verdammt mehr bewirkt als nur das, June. Und wir beide wissen das."

„Lass uns nicht die richtige Perspektive verlieren." Wie hatte sie nur alles so verkehrt anfangen können, wenn sie sich doch nichts sehnlicher wünschte, als sich in seine Arme zu schmiegen? „Wir sind beide ungebundene, erwachsene Menschen, die sich voneinander angezogen fühlen. Wir sollten voneinander nicht mehr erwarten. Geschäftlich hingegen sieht das ganz anders aus, da müssen wir uns mit unserer vollen Kraft für ein gemeinsames Ziel einsetzen."

Am liebsten hätte er ihr den Mund zugehalten, doch mit aller Kraft hielt er seine Wut im Zaum. Die Fragen und die Antworten, die er brauchte, würde er sich selbst geben müssen – bald. Bis dahin musste er einen kühlen Kopf bewahren.

„June, ich habe die Absicht, dich sehr oft zu lieben, und wenn ich das tue, kann das Geschäftliche zum Teufel gehen." Er strich mit der Hand über ihren Körper und spürte, wie sie augenblicklich darauf reagierte. Wenn sie Spielregeln brauchte, dann würde er sie ihr geben. Seine Spielregeln. „Wenn wir zusammen sind, wird es kein Hotel geben und auch kein Restaurant, sondern nur dich und mich. Wenn wir im Cocharan-Hotel sind, kannst du so geschäftsmäßig sein, wie du möchtest."

Sie war nicht sicher, ob sie ihm zustimmen oder ob sie widersprechen sollte. Also schwieg sie.

„Und jetzt …" Er zog sie an sich. „Jetzt möchte ich dich noch einmal lieben, und dann möchte ich mit dir in meinen Armen einschlafen. Morgen früh um neun Uhr werden wir dann wieder zu unseren Geschäften zurückkehren."

Jetzt hätte sie etwas sagen können, doch er drückte seine Lippen auf ihren Mund. Morgen war noch so weit weg …

8. KAPITEL

Verflixt, es war wirklich zum Verrücktwerden. Blake hatte schon oft gehört, dass Männer sich über Frauen beklagten, sie verständnislos genannt hatten, widersprüchlich und verwirrend. Weil es ihm immer möglich gewesen war, mit Frauen auf einer vernünftigen Ebene umzugehen, hatte er diese Aussprüche nie geglaubt. Bis er June kennenlernte. Er stand von seinem Schreibtischsessel auf und ging zum Fenster.

Als sie sich zum ersten Mal geliebt hatten, war ihm bewusst geworden, dass er noch nie einer Frau begegnet war, die so nachgiebig sein konnte, so sanft. War es nur seine Einbildung gewesen, oder hatte sie ihm wirklich so gehört, wie nur ein Mensch einem anderen gehören konnte? Er hätte schwören mögen, dass sie eine Zeit lang an nichts anderes als an ihn gedacht hatte, nichts anderes gewollt hatte als ihn. Und trotzdem war sie, noch ehe ihre Körper sich abgekühlt hatten, absolut sachlich geworden, so ganz ohne Gefühl.

Verflixt, sollte ein Mann für so etwas nicht dankbar sein? Ein Mann, der die Gesellschaft einer Frau wollte ohne all die Komplikationen, die eine Bindung mit sich brachte? Er konnte sich an andere Situationen erinnern, wo sich Spielregeln als undurchführbar erwiesen hatten, aber jetzt …

Unten auf der Straße ging ein Pärchen vorbei, eng umschlungen. Während er sie beobachtete, lachten sie über etwas, das wahrscheinlich niemand anders verstehen würde. Sein Instinkt sagte ihm, dass er und June eine Intimität miteinander geteilt hatten, wie sie nur zwischen zwei Menschen möglich war. Es war nicht nur die Vereinigung zweier Körper gewesen, auch ihre Gedanken und ihre Bedürfnisse hatten sich miteinander verwoben. Allerdings – sein Instinkt sagte ihm dieses, sie dagegen hatte etwas ganz anderes behauptet. Und was sollte er jetzt glauben?

Verwirrt wandte er sich vom Fenster ab. Am Abend zuvor war er zu ihrer Wohnung gegangen mit dem Gedanken, sie zu verführen und die Spannung zwischen ihnen zu verringern. Er konnte jedoch nicht leugnen, dass er verführt worden war, nachdem er nur fünf Minuten mit ihr allein gewesen war. Er konnte sie nicht ansehen, ohne nicht sofort den Wunsch zu verspüren, sie zu berühren. Er konnte ihr Lachen nicht hören, ohne zu wünschen, ihre Lippen zu küssen. Und jetzt, nachdem sie sich geliebt hatten, würde keine Nacht vergehen, in der er nicht nach ihr verlangte.

Es musste ein Wort geben, das beschrieb, wie er sich fühlte. Blake war stets wohler, wenn er jedem seiner Gefühle das passende Etikett geben konnte. Wie nannte man das, wenn man an eine Frau dachte, obwohl man an etwas anderes denken sollte? Welchen Namen gab man diesem ständig nagenden Gefühl?

Liebe … Das Wort stahl sich in seine Gedanken. Himmel! Blake sank in seinen Schreibtischsessel und starrte auf die gegenüberliegende Wand. Er liebte sie. Es war so einfach – und so erschreckend. Er wollte bei ihr sein, wollte sie lachen hören, wollte, dass sie vor Verlangen nach ihm zitterte. Er wollte in ihre Augen sehen, wenn sie blitzten vor Erregung und vor Leidenschaft. Er wollte mit ihr zusammen ruhige Abende verbringen und heiße Nächte. Und er war ganz sicher, dass er sich all das auch noch in zwanzig Jahren wünschen würde.

Seit er zum ersten Mal die Treppe von ihrer Wohnung hinuntergegangen war, hatte er an keine andere Frau mehr gedacht. Liebe, wenn man dieses Gefühl überhaupt mit Logik in Verbindung bringen konnte, war die logische Schlussfolgerung. Er nahm eine Zigarette aus dem Etui, steckte sie aber nicht an, sondern starrte nur darauf.

Und was jetzt? fragte er sich. Er liebte eine Frau, die ihm ihre Gedanken über gegenseitige Verpflichtungen und Bindungen ziemlich deutlich gemacht hatte. Sie wollte nichts davon wissen. Er allerdings glaubte an Beständigkeit, sogar an Romantik, er glaubte an die Ehe – auch wenn er an eine eigene Ehe noch nie gedacht hatte.

Doch plötzlich war alles anders. Er war ein Mann, der viel zu ausgeglichen war, um die Ehe nicht als eine logische Folge der Liebe zu sehen. Mit der Liebe kam der Wunsch nach Stabilität, nach Versprechungen und Dauer. Er wollte June. Blake lehnte sich in seinem Sessel zurück. Er war fest davon überzeugt, dass es immer einen Weg gab, das zu bekommen, was man wollte.

Nur die Erwähnung des Wortes „Liebe“ würde genügen, und June würde wie der Blitz verschwinden. Selbst ihm machte diese Erkenntnis noch einiges Kopfzerbrechen. Es war jedoch alles nur eine Sache der Strategie – wenigstens hoffte er das. Er musste sie einfach davon überzeugen, dass er lebensnotwendig war für sie, dass ihre Beziehung die strengen Regeln durchbrach, die sie sich selbst – und auch ihm – gesetzt hatte.

Offensichtlich war das Spiel noch nicht vorbei, und Blake hatte die Absicht, es zu gewinnen. Mit gerunzelter Stirn machte er sich daran, das Problem zu lösen.

Auch June hatte Probleme. Vier Tassen starker Kaffee hatten sie noch nicht munter gemacht. Zehn Stunden Schlaf waren gerade richtig für sie, auch mit acht Stunden kam sie noch aus. Aber in der vergangenen Nacht hatte sie erheblich weniger Schlaf bekommen, und nun war sie schlecht gelaunt. Zusammen mit der eisigen Ablehnung von Max versprach es kein sehr vergnüglicher Morgen zu werden.

„Indem wir die traditionellen französischen Beilagen zu dem Lammbraten servieren, werden wir unserer Speisekarte ein attraktiveres und gleichzeitig europäisches Flair geben.“ June faltete die Hände über den Papieren auf ihrem Schreibtisch. Sie hatte einige von Enricos Rosen mitgebracht und sie in ein Wasserglas auf ihrem Schreibtisch gestellt. Sie vertrieben ein wenig den muffigen Geruch.

„Mein Lammbraten ist perfekt, und zwar so, wie er ist.“

„Für einige vielleicht“, gab June zu. „Für meinen Geschmack ist er jedoch nur mäßig. Und mit ‚mäßig‘ gebe ich mich nicht zufrieden." Ihre Blicke trafen sich, keiner von ihnen war bereit, nachzugeben. „Ich ziehe ihn vor mit Clamart, Artischockenherzen gefüllt mit Buttererbsen und Kartoffeln, in Butter geschwenkt."

„Wir haben aber immer Brunnenkresse und Pilze dazu gereicht", widersprach Max.

June rückte eine Rose in dem Glas zurecht, die kleine Ablenkung half ihr, sich zu beherrschen. „Und ab jetzt werden wir Clamart dazu reichen." Sie notierte sich diese Entscheidung auf dem Notizblatt. „Was das Rippenstück anbelangt ...", sprach sie weiter.

„Sie werden mein Rippenstück nicht anrühren."

June hielt sich gerade noch zurück, sonst hätte sie ihn angefahren. Jeder in der Küche wusste, dass das Rippenstück die Spezialität von Max war. Am besten wäre es, in diesem Punkt nachzugeben und bei den anderen Gerichten einen festen Standpunkt zu vertreten.

„Das Rippenstück bleibt, wie es ist", erklärte sie. „Meine Funktion hier ist, das zu verbessern, was verbesserungswürdig ist, und gleichzeitig den Standard des Cocharan-Hotels zu heben." Gut gemacht, gratulierte sie sich insgeheim, während Max brummig nachgab. „Außerdem werden wir auch das ‚New York Strip' und das Filet beibehalten." Sie fühlte, dass er besänftigt war, deshalb fügte sie schnell hinzu: „Wir werden natürlich auch das einfache gebratene Hähnchen auf der Speisekarte lassen, mit Kartoffeln oder Reis sowie mit dem Tagesgemüse, doch zusätzlich werden wir noch ‚Gepresste Ente' anbieten."

„‚Gepresste Ente'?", rief Max. „Wir haben niemanden, der dieses Gericht richtig zubereiten kann."

„Deshalb habe ich ja jemanden eingestellt, der es beherrscht."

„Sie wollen jemanden in meine Küche bringen, nur für dieses Gericht?"

„Ich werde jemanden in ‚meine' Küche bringen", korrigierte June, „der dieses Gericht zubereiten kann sowie den Lammbraten und einige andere Gerichte. Er verlässt seinen augenblicklichen Posten in Chicago, weil er mich kennt und meinem Urteil vertraut. Sie könnten sich langsam daran gewöhnen, das auch zu tun."

Sie begann, die Papiere auf ihrem Schreibtisch zu sortieren. „Das ist alles für heute, Max. Sehen Sie sich diese Notizen bitte an." Sie reichte ihm einige Papiere. „Wenn Sie Vorschläge haben, schreiben Sie sie bitte auf." Sie beugte sich über ihre Arbeit, als er ohne ein weiteres Wort den Raum verließ.

Vielleicht hätte sie nicht so grob zu Max sein sollen. June verstand, dass seine Gefühle verletzt waren. Ich hätte ein wenig freundlicher sein sollen, dachte sie und rieb sich die Schläfen. Dann stützte sie die Ellbogen auf den Tisch und ließ den Kopf in die Hände sinken.

Der neue Tag war angebrochen. Jetzt musste June sich mit den Konsequenzen auseinandersetzen. Sie hatte eine ihrer Grundregeln gebrochen. Eigentlich sollte sie bloß mit der Schulter zucken und sich sagen, dass Regeln nun einmal dafür gemacht waren, gebrochen zu werden, aber … Es störte sie viel mehr, dass es nicht der Bruch dieser Regel war, der sie so beunruhigte. Einen viel wichtigeren Grundsatz hatte sie außer Acht gelassen, nämlich den, niemanden, der ihr wirklich wichtig war, zu nahe an sich herankommen zu lassen. Blake konnte für sie sehr wichtig werden, wenn sie sich jetzt nicht an ihre selbst aufgestellten Regeln hielt.

Sie trank noch eine Tasse Kaffee und wünschte, sie hätte eine Aspirintablette, dann ging sie im Geiste noch einmal den vergangenen Abend durch. Sie war sicher, dass sie unbeteiligt genug gewirkt hatte. Und sie hatte auch deutlich gemacht, dass ihr nichts an einer festen Bindung lag. Aber als Blake sie geliebt hatte, hatten sich all ihre Worte in Rauch aufgelöst, waren nicht mehr wichtig gewesen. Sie schüttelte den Kopf. Am Morgen beim Aufwachen war zwischen ihnen gar keine Verlegenheit aufgekommen. Sie waren zwei erwachsene Menschen, die sich auf einen Arbeitstag vorbereiteten, und ihr war das recht so.

Zu oft hatte sie erlebt, wie ihre Mutter am Anfang einer Affäre gestrahlt hatte und überschäumend glücklich gewesen war. Dieser Mann, das war der Richtige, er war der aufregendste, der am meisten um sie besorgte und poetischste Mann überhaupt. Bis der Glanz dann nachließ. June glaubte daran, dass das Leben eine ganze Menge einfacher wurde, wenn man nicht so überschäumend glücklich war, denn dann würde auch der Schmerz nicht so groß sein, wenn alles vorbei war.

Und dennoch verlangte sie noch immer nach ihm.

Es klopfte an der Tür. Dann steckte ein Mitarbeiter aus der Küche den Kopf durch die Tür. „Miss Lyndon, Mr Cocharan möchte Sie in seinem Büro sprechen."

June nahm noch einen Schluck von ihrem Kaffee. „Wann?"

„Sofort."

Sie zog die Augenbraue hoch. Niemand befahl ihr, sofort zu ihm zu kommen. „Verstehe", entgegnete sie mit einem eisigen Lächeln. „Danke."

Als die Tür wieder geschlossen wurde, blieb sie einen Augenblick bewegungslos sitzen. Dies hier war ihre Arbeitszeit, überlegte sie, und sie hatte einen Vertrag. Es war verständlich und gerechtfertigt, dass er sie in sein Büro bat, sie musste das akzeptieren. Aber sie war noch immer June Lyndon, sie würde nicht sofort aufspringen und zu ihm laufen.

Die nächste Viertelstunde beschäftigte sie sich angelegentlich mit ihren Papieren. Danach ging sie langsam in die Küche, nahm sich noch Zeit, um zu kontrollieren, was gekocht wurde, und ging dann zum Aufzug.

„Mr Cocharan möchte mich sprechen", erklärte sie der Sekretärin, als sie oben angekommen war.

„Ja, Miss Lyndon, Sie sollen gleich durchgehen. Er wartet schon."

Ein wenig unsicher geworden, klopfte June an die Tür zu Blakes Büro, dann öffnete sie die Tür. „Guten Morgen, Blake."

Er legte die Akte, die er in der Hand gehalten hatte, vor sich auf den Schreibtisch und lehnte sich in seinem Sessel zurück. „Hast du den Aufzug nicht finden können?"

„Doch.“ Sie ging mit festen Schritten durch den Raum und setzte sich. Er sah genauso aus wie beim ersten Mal, als sie in sein Büro gekommen war – kühl und aristokratisch.

„Ach, dann weißt du doch sicher, was das Wort ‚sofort‘ bedeutet.“

„Das weiß ich. Aber ich war beschäftigt.“

„Vielleicht sollte ich dir dann klarmachen, dass ich es nicht akzeptiere, wenn eine Angestellte mich warten lässt.“

„Und ich werde auch zwei Dinge klarstellen“, gab sie zurück. „Ich bin nicht einfach eine Angestellte, ich bin Künstlerin. Und ich springe nicht, wenn man mit den Fingern schnippt.“

„Es ist zwanzig nach elf“, begann Blake, mit einer so sanften Stimme, dass June sofort misstrauisch wurde. „An einem Arbeitstag bezahle ich dich für deine Dienste. Und deshalb kommst du, wenn ich dich rufen lasse.“

Eine leichte Röte stieg June ins Gesicht. „Du tust gerade so, als ließe meine Arbeit sich in Dollar, Cent und Minuten messen ...“

„Geschäft ist Geschäft“, unterbrach er sie. „Ich erinnere, dass du selbst mir das durchaus deutlich gemacht hast.“

Sie hatte sich selbst in eine Ecke hineinmanövriert, deshalb wurde ihr Verhalten jetzt noch eine Spur hochmütiger. „Wie du siehst, bin ich ja jetzt hier. Du verschwendest also nur Zeit.“

Als Eiskönigin ist sie wunderbar, dachte Blake. Ob sie wohl wusste, wie sehr die Veränderung ihres Gesichtsausdruckes oder ihrer Stimme ihre Erscheinung veränderte? Ob sie es wusste oder nicht, sie besaß das schauspielerische Talent ihrer Mutter. „Ich habe wieder einen sehr unzufriedenen Anruf von Max bekommen“, begann er.

June zog eine Augenbraue hoch und sah aus wie eine Regentin, die eine Hinrichtung angeordnet hat. „Ja?“

„Er lehnt einige deiner Änderungsvorschläge der Speisekarte strikt ab.“ Blake blickte auf seine Notizen. „Die ‚Gepresste Ente‘ scheint augenblicklich das Problem zu sein, auch wenn er noch einige andere Punkte erwähnt hat.“

June richtete sich in ihrem Stuhl auf und hob das Kinn. „Ich denke, du hast mich eingestellt, um die Qualität des Cocharan-Restaurants zu verbessern?"

„Das stimmt."

„Genau das tue ich."

Man hörte jetzt wieder ihren leichten französischen Akzent, und ihre Augen blitzten. Auch wenn er sich darüber ärgerte, so war sie doch äußerst bezaubernd, wenn sie wütend war. „Ich habe dich aber auch eingestellt, damit du die Küche leitest. Und das bedeutet, dass du in der Lage sein müsstest, deine Mitarbeiter unter Kontrolle zu halten."

„Kontrolle?" Sie sprang von ihrem Stuhl auf und gestikulierte heftig mit den Händen, als sie weitersprach: „Ich brauchte eine Peitsche und Ketten, um einen so sturen, schlecht gelaunten alten Esel unter Kontrolle zu bringen, der sich nur um seine eigenen egozentrischen Interessen kümmert. Seine Art ist für ihn die einzig richtige. Seine Menüs sind in Stein gemeißelt. Pah!"

Blake klopfte mit seinem Stift auf den Schreibtisch, während er ihren Ausbruch beobachtete. Am liebsten hätte er ihr applaudiert. „Ist es das, was man künstlerisches Temperament nennt?"

June holte tief Luft. Machte er sich über sie lustig? Würde er das wagen? „Wahres Temperament musst du erst noch erleben, *mon ami.*"

Blake nickte nur. Er war versucht, sie noch ein wenig weiterzutreiben, aber Geschäft war Geschäft. „Max arbeitet seit über fünfundzwanzig Jahren für das Cocharan-Hotel." Blake faltete die Hände, er blieb ganz ruhig, im Gegensatz zu June. „Er ist loyal, tüchtig und offensichtlich empfindlich."

„Empfindlich", fuhr June auf. „Ich lasse ihm sein Rippenstück und sein kostbares Hähnchen, und er ist noch immer nicht zufrieden? Ich werde meine ‚Gepresste Ente' und mein Clamart bekommen. Meine Speisekarte wird nicht so sein wie die aus dem Laden an der Ecke."

Blake räusperte sich, um sich das Lachen zu verkneifen, das ihn zu überwältigen drohte. „Genau", bestätigte er dann mit ausdruckslosem Gesicht. „Ich habe nicht die Absicht, mich in die Speisenauswahl einzumischen. Ich habe überhaupt nicht die Absicht, mich einzumischen."

June war weit davon entfernt, beschwichtigt zu sein. Sie warf das Haar über ihre Schulter zurück und sah ihn böse an. „Warum hältst du dich dann mit solchen Kleinigkeiten auf?"

„Diese Kleinigkeiten", entgegnete er ihr, „sind dein Problem, nicht meines. Als Leiter der Küche hast du genau diese Aufgabe, nämlich die Küche zu leiten. Und wenn dein Küchenchef ständig unzufrieden ist, dann tust du deine Arbeit nicht richtig. Es steht dir frei, jeden Kompromiss zu schließen, den du für nötig hältst."

„Kompromiss?" Sie erstarrte. „Ich mache keine Kompromisse."

„Indem du stur bist, wirst du in deiner Küche keinen Frieden schaffen."

June holte tief Luft. „Stur!"

„Genau. Also, das Problem mit Max liegt auf deinen Schultern. Ich will keine Anrufe mehr von ihm bekommen."

Mit gefährlich leiser Stimme ließ June einen Wortschwall auf Französisch los. Auch wenn Blake nicht verstand, was sie sagte, so glaubte er es dennoch zu ahnen. Dann warf sie stolz den Kopf in den Nacken und ging zur Tür.

„June."

Sie wandte sich zu ihm um. In diesem Augenblick erinnerte sie ihn an eine Amazone, die nicht einmal zusammenzucken würde, wenn ihr Pfeil genau in das Herz des Gegners träfe. „Ich möchte dich heute Abend sehen."

Ihre Augen zogen sich zu Schlitzen zusammen. „Wage es nicht."

„Jetzt, wo wir das erste Thema abgehandelt haben, ist es Zeit, das zweite Thema anzuschneiden. Wir könnten zusammen essen."

„Du hast das erste Thema abgehandelt", fuhr sie ihn forsch an. „Ich nehme die Dinge nicht so leicht. Essen? Du kannst mit deinen Rechnungsbüchern zusammen essen, die verstehst du wenigstens."

Er stand auf und kam langsam zu ihr hinüber. „Wir waren uns doch einig, dass wir keine Geschäftspartner sind, wenn wir nicht im Büro sind."

„Wir sind aber im Büro. Ich stehe hier in deinem Büro, in das ich befohlen wurde."

„Heute Abend wirst du aber nicht in meinem Büro stehen."

„Heute Abend stehe ich da, wo ich es will."

„Heute Abend werden wir keine Geschäftspartner sein", wiederholte er. „Waren das nicht deine Regeln?"

Ja, so hatte sie es gewollt, aber es fiel ihr nicht leicht, die Trennungslinie zu ziehen. „Heute Abend habe ich schon etwas anderes vor", erklärte sie mit einem Schulterzucken.

Blake warf einen Blick auf seine Uhr. „Es ist beinahe Mittag." Mit einem Lächeln sah er sie an. „Während der Mittagszeit gibt es auch nichts Geschäftliches zwischen uns. Und heute Abend möchte ich bei dir sein." Er küsste sie sanft auf den Mundwinkel. „Ich möchte lange, zärtliche Stunden mit dir verbringen." Erneut küsste er sie.

Sie wollte es ja auch, warum also sollte sie sich verstellen? Mit Max und der Küche würde sie schon allein fertig werden. Sie schlang die Arme um seinen Hals und lächelte ihn an. „Dann werden wir heute Abend zusammen sein. Bringst du den Champagner mit?"

Sie wurde sanfter, aber nicht nachgiebiger. Blake fand es erregender, als wenn sie sich ihm unterworfen hätte. „Unter einer Bedingung."

Sie lachte leise. „Unter einer Bedingung?"

„Ich möchte, dass du etwas für mich tust, was du noch nie getan hast. Ich möchte, dass du für mich kochst."

Er sah die Überraschung in ihren Augen, dann lachte sie. „Ich soll für dich kochen? Nun, damit hatte ich jedenfalls nicht gerechnet."

„Nach dem Essen fallen mir sicher noch einige Dinge ein."

„Du willst also, dass June Lyndon für dich kocht." Nachdenklich zog sie sich ein wenig von ihm zurück. „Vielleicht werde ich das tun, obwohl das sicher mehr kostet als nur eine Flasche Champagner. Ich habe einmal in Houston für einen Ölkönig und seine Braut gekocht. Damals bin ich aber in Aktien bezahlt worden."

Blake nahm ihre Hand und zog sie an die Lippen. „Ich habe dir eine Pizza gekauft. Peperoni."

„Das ist wahr. Also, um acht Uhr. Und ich würde dir raten, heute Mittag nicht so viel zu essen." Sie ging zur Tür, dann sah sie ihn über ihre Schulter hinweg noch einmal an. „Magst du ‚Cervelles braisées'?"

„Vielleicht, wenn ich weiß, was es ist."

Noch immer lächelnd, öffnete sie die Tür. „Geschmortes Kalbshirn. Au revoir."

Blake starrte auf die Tür, die sich hinter ihr geschlossen hatte. Diesmal hatte sie das letzte Wort gehabt.

In der Küche duftete es nach Essen, Musik von Chopin erklang, als June die Hühnerbrüstchen in Mehl wälzte. Auf dem Herd bekam die Butter gerade einen goldenen Ton. Perfekt. Die gefüllten Tomaten standen schon fertig im Kühlschrank, die Buttererbsen begannen gerade zu dämpfen. Die Kartoffelbällchen würde sie gleichzeitig mit den „Suprêmes" sautieren.

Der richtige Zeitpunkt war äußerst wichtig. „Suprêmes de Volaille à Brun" mussten genau zum richtigen Zeitpunkt fertig sein, nur eine einzige Minute zu lange auf dem Herd würde sie verderben, und wie jeder temperamentvolle Koch würde June sie dann wegwerfen.

Sie hörte, wie an die Tür geklopft wurde, doch sie blieb, wo sie war. „Es ist offen", rief sie und legte die Hühnerbrüstchen in die erhitzte Butter. „Ich werde den Champagner hier trinken."

„Chérie, ich habe gar keinen mitgebracht."

Erstaunt wandte June sich um und sah Monique an, die in der Küchentür stand. „Mutter!" Mit der Gabel in der Hand lief June auf sie zu und umarmte sie.

Mit dem kehligen Lachen, das so typisch war für sie, küsste Monique ihre Tochter auf beide Wangen. „Du bist überrascht, *oui*? Ich liebe Überraschungen."

„Ich bin sehr erstaunt", gab June zurück. „Was tust du hier in der Stadt?"

Monique blickte zum Herd. „Im Augenblick unterbreche ich wahrscheinlich die Vorbereitungen zu einem intimen Tête-à-Tête."

„Oh!" June wirbelte herum und lief dann schnell zum Herd zurück, um die Hühnerbrüstchen zu wenden. „Ich meinte, was tust du hier in Philadelphia? Hast du nicht einmal erklärt, nie wieder einen Fuß in die Stadt zu setzen, in der dein verflossener Ehemann lebt?"

„Die Zeit besänftigt", erklärte Monique. „Und ich wollte meine Tochter sehen. Du bist nicht mehr so oft in Paris in letzter Zeit."

„Nein, wirklich nicht." June teilte ihre Aufmerksamkeit zwischen ihrer Mutter und dem Herd. „Du siehst wundervoll aus."

Monique lächelte, Grübchen zeigten sich in ihren Wangen. „Ich fühle mich wundervoll, *mignonne*. In sechs Wochen werde ich mit den Dreharbeiten zu einem neuen Film anfangen."

„Ein neuer Film?" Vorsichtig legte June die Hühnerbrüstchen auf eine warme Platte. „Wo?"

„In Hollywood. Sie haben mich unentwegt gedrängt, und schließlich habe ich nachgegeben." Sie lachte. „Das Skript ist hervorragend. Der Regisseur selbst ist nach Paris gekommen, um mich zu überreden. Keil Morrison."

Groß, gut aussehend, intelligentes Gesicht, Mitte fünfzig, rief June ihn sich in ihr Gedächtnis zurück. Die Stimme ihrer Mutter verriet ihr die Antwort auf ihre Frage, noch ehe sie sie gestellt hatte. „Und der Regisseur selbst?"

„Er ist großartig. Was würdest du von einem neuen Stiefvater halten, *chérie*?"

„Ich würde resignieren", gab June trocken zur Antwort, doch dann lächelte sie. „Ich freue mich natürlich, wenn du glücklich bist, Maman.“ Sie begann mit der Zubereitung der braunen Buttersoße.

„Oh, er ist einfach wundervoll und so empfindsam! Ich habe noch nie einen Mann kennengelernt, der sich so in eine Frau hineinversetzen kann. Endlich habe ich den perfekten Partner gefunden, den Mann, der meinem Leben all das gibt, was ich brauche und was ich mir wünsche. Der Mann, der es fertigbringt, dass ich mich wie eine Frau fühle.“

June nickte und zog den Topf vom Herd, dann rührte sie die Petersilie und die Zitrone unter die Soße. „Und wann ist die Hochzeit?“

„Vorige Woche.“ Monique strahlte June an, als sie aufblickte. „Wir haben in aller Stille geheiratet, in einer kleinen Kirche außerhalb von Paris. Es waren sogar Tauben dort – ein gutes Zeichen. Ich habe mich von Keil losgerissen, weil ich es dir selbst sagen wollte.“ Sie trat einen Schritt vor und hielt June dann einen schmalen, mit Diamanten besetzten Ring entgegen. „*Élégant, n'est-ce pas?* Keil glaubt nicht an das – wie sagt man es doch gleich – an das Pompöse.“

Also würde auch Monique Dubois Lyndon Smith Clarion Morrison im Augenblick nicht daran glauben. Wenn erst die Zeitungen von der Hochzeit erfuhren, wäre die Hölle los. Und Monique würde jede einzelne Zeile davon mit Genuss lesen. June gab ihrer Mutter einen Kuss auf die Wange. „Sei glücklich, *ma mère*.“

„Ich bin beinahe ekstatisch. Du musst unbedingt nach Kalifornien kommen und meinen Keil kennenlernen. Und dann …“ Sie hielt inne, als es an der Tür klopfte. „Ah, das muss dein Gast sein. Soll ich die Tür aufmachen?“

„Ja, bitte.“ Vorsichtig goss June die Soße über die Suprêmes. Entweder würde sie sie in den nächsten fünf Minuten servieren, oder sie würden im Abfall landen.

Als die Tür geöffnet wurde, stand Blake einer fülligeren, etwas sinnlicheren Ausgabe von June gegenüber. Das Kerzenlicht ließ den Altersunterschied schwinden, ihre Lippen verzogen sich zu einem Lächeln, genau wie er es von ihrer Tochter kannte, und sie reichte ihm die Hand.

„Hallo! June ist in der Küche beschäftigt. Ich bin ihre Mutter, Monique." Sie schüttelten einander die Hände. „Aber Sie kommen mir bekannt vor", sprach sie weiter. „Aber ja!", rief sie dann, ehe Blake noch etwas sagen konnte. „Das Cocharan-Hotel. Sie sind der Sohn – B. C.s Sohn. Wir haben einander bereits kennengelernt."

„Nett, Sie wiederzusehen, Madame Dubois."

„Das ist eigenartig, *oui*? Und lustig. Ich wohne in Ihrem Hotel, solange ich in Philadelphia bin."

„Sie werden mich wissen lassen, wenn ich irgendetwas für Sie tun kann, während Sie bei uns Gast sind."

„Natürlich." Sie betrachtete ihn mit den Augen einer erfahrenen Frau. Wie die Mutter, so die Tochter, dachte sie belustigt. Beide hatten einen ausgezeichneten Geschmack. „Kommen Sie doch bitte rein. June ist gleich fertig mit dem Essen. Ich bewundere immer ihre Kochkünste. Ich selbst bin in einer Küche völlig hilflos."

„Entsetzlich hilflos", bestätigte June, als sie mit der Warmhalteplatte das Zimmer betrat. „Sie hat immer dafür gesorgt, dass sie die Dinge so sehr verbrannt hat, dass niemand mehr wusste, was es sein sollte. Und nach einer Weile hat niemand sie mehr gebeten zu kochen."

„War das nicht sehr intelligent von mir? Meine Strategie ist wunderbar aufgegangen." Monique lachte. „Und jetzt überlasse ich euch beide eurem Abendessen."

„Du kannst gern mit uns essen, Mutter."

„Wie lieb von dir." Monique nahm Junes Gesicht in beide Hände und küsste sie auf die Wangen. „Aber nach dem langen Flug brauche ich meinen Schönheitsschlaf. Morgen werden wir uns unterhalten, *d'accord*? Monsieur Cocharan, wir werden alle zusammen essen in Ihrem wundervollen Hotel, ehe ich wieder abreise?" Sie rauschte zur Tür. „*Bon appétit.*"

„Eine außergewöhnliche Frau", meinte Blake, nachdem Monique gegangen war.

„Ja." June ging zurück in die Küche, um die restlichen Schüsseln zu holen.

„Sie überrascht mich immer wieder", sagte sie, als sie zurückkam, und stellte das Gemüse auf den Tisch. Dann nahm sie ihr Glas. „Sie hat gerade zum vierten Mal geheiratet. Sollen wir darauf trinken?"

Blake begann, den Champagner zu öffnen, hielt dann aber inne. „Klingt das nicht ein wenig zynisch?"

„Nein, nur realistisch. Auf jeden Fall wünsche ich ihr, dass sie glücklich ist." June hob das Glas, nachdem er ihr eingegossen hatte. „Auf die neue Mrs Morrison."

„Auf den Optimismus." Auch Blake hob sein Glas.

„Wenn du meinst." Mit einem Schulterzucken setzte June sich an den Tisch. „Leider sah das Kalbshirn heute nicht gut genug aus, deshalb habe ich mich für Hühnchen entschieden."

Der erste Bissen schmeckte köstlich. „Möchtest du etwas freie Zeit für deine Mutter haben, während sie hier ist?"

„Nein, das wird nicht nötig sein. Mutter wird ihre freie Zeit mit Einkaufen und in Schönheitssalons verbringen. Sie wird bald mit einem neuen Film beginnen."

„Wirklich?" Es dauerte einen Augenblick, dann hellte sich Blakes Gesicht auf. „Natürlich, Morrison – der Regisseur?" Er legte seine Hand auf ihre. „Hast du denn etwas dagegen, June?"

Sie öffnete den Mund, um etwas zu sagen, dann aber hielt sie einen Augenblick inne. „Nein, das wäre zu viel gesagt. Ihr Leben gehört ihr ganz allein. Ich kann nur nicht verstehen, warum sie sich dauernd auf neue Beziehungen einlässt und sich durch Ehen an immer wieder neue Männer bindet. Ihre Ehen haben im Schnitt nicht länger als 5,2 Jahre gedauert. Ist das Optimismus, frage ich mich, oder ist es Einfältigkeit?"

„Monique scheint nicht gerade eine einfältige Frau zu sein."

„Vielleicht ist es ja aber auch nur ein anderes Wort für Romantik."

„Nein, aber Romantik steht vielleicht für Hoffnung. Nun, ihr Weg ist ja nicht der deine."

Und trotzdem haben wir uns Geliebte aus der gleichen Familie ausgesucht, dachte June. Wie würde Blake reagieren, wenn er es wüsste? Lass die Vergangenheit ruhen, dachte sie, konzentriere dich auf den Augenblick. Sie lächelte ihn an. „Und wie findest du meine Kochkunst?"

Es ist sicher besser, ein anderes Thema anzuschneiden, dachte auch Blake. „Wie alles an dir", erklärte er, „herrlich."

June lachte. „Aber ich würde dir nicht raten, dich daran zu gewöhnen, denn ich koche normalerweise nicht nur für Komplimente."

„Das habe ich mir auch gedacht. Und deshalb habe ich dir ein angemessenes Geschenk mitgebracht."

June nippte an ihrem Glas. „Ja, der Champagner schmeckt wirklich ausgezeichnet."

„Aber es ist nur eine unpassende Gegenleistung für ein Essen von June Lyndon."

Als sie ihn fragend ansah, griff er in seine Jackentasche und zog ein kleines Päckchen daraus hervor.

„Ah, Geschenke." Lächelnd nahm June das Päckchen entgegen, doch ihre Belustigung schwand, als sie es öffnete.

In dem Päckchen lag ein mit Diamanten besetztes Armband, feingliedrig und elegant. Die Diamanten leuchteten weiß vor dem dunklen Samthintergrund.

June war nicht oft überwältigt, doch jetzt versuchte sie, ihre Überraschung zu bekämpfen. „Das Essen ist viel zu schlicht für ein solches Geschenk. Wenn ich das gewusst hätte, hätte ich etwas Außergewöhnliches gekocht …"

„Seit wann ist Kunst schlicht?", fragte Blake.

„Vielleicht nicht, aber …" Sie sah ihn an und versuchte sich einzureden, dass sie nicht so gerührt sein sollte. Immerhin waren es doch nur ein paar hübsche Steine. Doch ihr Herz floss über. „Blake, es ist wunderschön. Ich glaube, du hast mich zu ernst genommen, als ich von Bezahlung und Geschenken gesprochen habe. Ich habe das heute Abend nur aus dem einfachen Grund getan, weil ich es gern tun wollte.“

„Ich musste dabei an dich denken“, sagte er, als habe sie gar nicht gesprochen. „Siehst du, wie hochmütig die Steine blitzen?“ Er nahm das Armband aus der Schachtel. „Aber wenn du genau hinsiehst, wenn du es ans Licht hältst, dann siehst du den warmen Glanz, ja sogar Feuer.“ Während er sprach, hielt er das Armband so, dass es das Licht einfing und glitzerte. Dann legte er es ihr um das Handgelenk und schloss es. Ihre Blicke trafen sich. „Ich habe es nur gekauft, weil ich es gern wollte“, meinte er leise.

June war atemlos. Sie fühlte sich sehr verletzlich. Würde das immer so sein, wenn er sie ansah? „Du fängst an, mir Sorgen zu machen“, flüsterte sie.

Ihre leisen Worte ließen so plötzlich ein wildes Verlangen in ihm aufsteigen, dass er sich kaum beherrschen konnte. Er stand auf und zog sie mit sich hoch. Und noch ehe sie protestieren konnte, zog er sie in seine Arme. „Gut.“

Diesmal war sein Kuss nicht geduldig, tiefes Verlangen trieb ihn an, ein Hunger, der nichts mit dem Essen zu tun hatte, das auf dem Tisch kalt wurde. June war die Antwort auf all sein Verlangen. Blake seufzte und zog sie dann auf den Fußboden.

Es ist wie ein Wirbelwind, eine nie gekannte Hochstimmung, dachte June, als sie zitternd vor Verlangen mit Blake zu Boden sank. Diesmal hatten sie keine Geduld, als sie einander entkleideten, bis sie endlich ihre nackten Körper aneinanderpressten. Willig bog sie ihm ihren Körper entgegen, sie verlangte nach der wilden Leidenschaft, die nur er stillen konnte.

Und als er dann seine Hände über ihren Körper gleiten ließ, genoss sie seine Berührungen. Sie küsste seinen Hals, knabberte an seinen kleinen festen Brustspitzen, und sein heftig gehender Atem sagte ihr, dass sie ihn genauso erregte wie er sie. Es gefiel ihr, dass sie nicht nur nahm, dass sie gab, und zwar leidenschaftlich. Und sie wusste plötzlich genau, in welchem Augenblick er die Kontrolle über sich verlor.

Er war heftig, doch sie genoss es. Sein Mund schien überall zu sein, er küsste sie von den Lippen bis zu ihren Brüsten – und dann tiefer und noch tiefer, bis ihr der Atem stockte.

Die Welt um sie herum versank, sie schien in einer Wirklichkeit zu leben, in der nur noch die Sinne zählten. Ihrem Körper waren keine Grenzen mehr gesetzt. Sie stöhnte auf, versuchte noch einmal, die Kontrolle über sich selbst zu behalten, doch dann wurde sie von einer Woge der Leidenschaft hinweggeschwemmt, weit weg von der Realität.

So wollte Blake sie haben. Irgendetwas in ihm brauchte die Bestätigung, dass er sie so weit bringen konnte. June erbebte unter ihm, keuchte, und doch führte er sie noch immer weiter, immer höher, mit seinen Händen und seinen Lippen. Im Schein des Kerzenlichtes sah er ihr Gesicht, sah die Leidenschaft und das Verlangen in ihren Augen.

Ihre Haut brannte unter seinen Berührungen. Und als er dann seine Lippen auf die Stelle legte, wo die Begierde schmerzhaft war, bog sie ihm ihren Körper entgegen und hauchte seinen Namen.

„Sag mir, dass du mich willst", verlangte er. „Nur mich."

„Ich will dich." Sie konnte an nichts anderes mehr denken, in diesem Augenblick war sie bereit, ihm alles zu geben. „Nur dich."

Sie vereinigten sich mit ungestümer Leidenschaft, und gemeinsam erreichten sie den Höhepunkt der Erfüllung.

Später lag June unter ihm und glaubte, nie wieder genug Kraft zu haben, um sich zu bewegen. Sogar das Atmen strengte sie an. Doch all das machte nichts. Und jetzt erst wurde ihr bewusst, dass der Boden unter ihr hart war. Seufzend schloss sie die Augen. Es würde ihr dennoch nicht schwerfallen, hier einzuschlafen.

Blake stützte sich auf seine Arme. Sie wirkte plötzlich so zerbrechlich. Er war nicht gerade sanft mit ihr umgegangen, und dennoch schien sie voller Feuer gewesen zu sein, als sie sich liebten.

Er beobachtete sie, während sie mit geschlossenen Augen unter ihm lag. Dann öffnete June die Augen und sah ihn an. Ihre Lippen verzogen sich zu einem Lächeln. Blake strahlte, dann küsste er sie.

„Und was gibt es zum Nachtisch?“

9. KAPITEL

June brauchte unbedingt ein Telefon in ihrem Büro. Eigentlich zog sie es vor, ungestört arbeiten zu können, und Telefone hatten nun einmal die unangenehme Eigenschaft zu stören. Die endgültige Speisekarte war beinahe fertig. Jetzt musste sie sich darum kümmern, wo sie am besten die Zutaten für ihre Speisen einkaufte. Das war ein Job, den sie gern jemand anderem übertragen hätte, aber sie verließ sich lieber auf ihre eigenen Fähigkeiten und Eingebungen. Und wenn man einen Lieferanten für die besten Austern oder die besten Okras suchte, brauchte man beides.

Die Küche war genau so geworden, wie sie es sich vorgestellt hatte. Das Personal war hervorragend ausgebildet. Die beiden neuen Köche für die Nachspeisen waren besser, als sie es zu hoffen gewagt hatte. Julio und Georgia hatten aus Hawaii eine Postkarte geschickt, die die anderen an die Tür des Kühlschrankes geklebt hatten. Nur im ersten Augenblick hatte June den Wunsch verspürt, mit Pfeilen danach zu werfen.

Mit den Änderungen im Speisesaal beschäftigte sie sich kaum. Es war das Essen – ihr Essen, was dem Restaurant den letzten Pfiff geben würde, der noch fehlte.

Schon bald würde sie die neuen Speisekarten drucken lassen können. Sie musste nur noch einige Preise überarbeiten und dann Angebote von den Druckereien einholen. Doch jetzt brauchte sie zunächst einmal ein Telefon.

Sie stand auf und ging in die Küche. Im gleichen Augenblick betrat Monique die Küche von der anderen Seite. Alle Arbeit ruhte plötzlich.

Es belustigte June, dass ihre Mutter so auf andere Menschen wirkte. Sie sah Max, der, mit einem Löffel in der Hand, von dem die Soße auf den Boden tropfte, ihre Mutter mit offenem Mund anstarrte. Und natürlich verstand Monique es, ihren Auftritt zu inszenieren, ja, man konnte sagen, sie war für solche Auftritte geschaffen.

Sie lächelte – beinahe zögernd –, als sie einen weiteren Schritt in die Küche machte. Ihre Augen waren heller als die ihrer Tochter, und auch wenn sie um etliches älter war, blickten sie unschuldiger. June wusste noch immer nicht, ob das Absicht von ihrer Mutter war oder ganz natürlich.

„Vielleicht könnte mir jemand helfen?"

Sechs Männer traten vor, Max hatte die Soße von seinem Löffel beinahe auf Moniques Schulter getropft. June entschied, dass es an der Zeit war, Ordnung zu schaffen. Sie bahnte sich einen Weg durch all die Menschen, die Monique umstanden. „Mutter!"

„Ah, June, dich habe ich gesucht." Noch als sie die Hand ihrer Tochter nahm, lächelte sie die Gruppe der Männer um sie herum betörend an. „Wie faszinierend. Ich glaube, ich bin noch nie zuvor in einer Hotelküche gewesen. Sie ist so – so riesig, *oui*?"

„Bitte, Mrs Dubois – Madame." Max griff nach Moniques Hand. „Ich würde mich geehrt fühlen, wenn ich Ihnen alles zeigen dürfte. Vielleicht möchten Sie die Suppe kosten?"

„Wie nett." Ihr Lächeln hätte einen Eisberg zum Schmelzen gebracht. „Natürlich möchte ich gern sehen, wo meine Tochter arbeitet."

„Ihre Tochter?"

Offensichtlich hatte Max nur himmlische Geigen gehört, seit Monique die Küche betreten hatte. „Meine Mutter", stellte June Monique jetzt vor. „Monique Dubois. Und das ist Max, der das Küchenpersonal unter sich hat."

Mutter? dachte Max benommen. Aber natürlich, die Ähnlichkeit zwischen den beiden war nicht zu übersehen. Es gab keinen Film mit der Dubois, den er nicht mindestens dreimal gesehen hatte. „Es freut mich." Er küsste ihre Hand. „Eine große Ehre."

„Wie beruhigend zu wissen, dass meine Tochter mit solch einem Gentleman zusammenarbeitet." Auch wenn June ihren Mund leicht verzog, sagte sie nichts. „Und ich würde wirklich schrecklich gern alles sehen – vielleicht etwas später?", fügte sie schnell hinzu. „Jetzt muss ich zuerst June für einige Zeit entführen. Sagen Sie, wäre es möglich, etwas Champagner und Kaviar in meine Suite zu schicken?"

„Kaviar steht nicht auf unserer Speisekarte." June warf Max einen bedeutungsvollen Blick zu. „Noch nicht."

„Oh." Schmollend verzog Monique den Mund. „Ich denke, etwas Paté oder Käse würde auch passen."

„Ich werde persönlich dafür sorgen. Sofort, Madame."

„Wie freundlich." Monique bedachte ihn mit einem bezaubernden Lächeln, dann hakte sie June unter und zog sie mit sich davon.

„Hast du nicht ein wenig übertrieben?", murmelte June.

Monique warf den Kopf zurück und lachte. „Sei nicht so britisch, *chérie*. Ich habe dir gerade einen ungeheuren Dienst erwiesen. Der nette junge Cocharan hat mir heute Morgen erzählt, dass nicht nur meine Tochter Angestellte dieses Hotels ist, sondern auch, dass sie einige interne Probleme in der Küche hat."

„Ich habe dir nichts davon gesagt, weil es nur eine vorübergehende Sache ist und weil ich im Augenblick wirklich viel Arbeit habe. Zu den internen Problemen ..."

„In Form von Max", unterbrach Monique sie, als sie den Aufzug bestiegen.

„Damit werde ich schon fertig."

„Aber es schadet nichts, wenn du ihn ein wenig beeindruckst."

Monique drückte den Knopf im Aufzug, dann sah sie ihre Tochter an. „Jetzt sehe ich dich endlich einmal bei Licht, und du bist noch schöner geworden, stelle ich fest. Das freut mich, denn wenn man schon eine erwachsene Tochter hat, dann sollte es eine hübsche Tochter sein."

Lächelnd schüttelte June den Kopf. „Du bist wirklich unverbesserlich."

„Das werde ich auch immer bleiben." Monique zog June aus dem Aufzug, als die Türen sich öffneten. „Ich habe mein Frühstück gehabt und meine Massage bekommen, jetzt möchte ich von dir alles über deinen neuen Job und deinen neuen Liebhaber hören. So wie du aussiehst, scheint dir beides bestens zu bekommen."

„Ich glaube kaum, dass es angebracht ist, wenn Mutter und Tochter sich über neue Liebhaber unterhalten."

„Puh!" Monique öffnete die Tür zu ihrer Suite. „Wir sind nicht einfach nur Mutter und Tochter, wir sind Freundinnen, *n'est-ce pas*? Und *chères amies* sprechen immer über neue Liebhaber."

„Der Job", begann June, während sie sich auf ein Sofa sinken ließ und die Beine unter sich zog, „ist ganz in Ordnung. Eigentlich habe ich ihn nur angenommen, weil Blake mich dazu gebracht hat und – na ja, weil er LaPointe erwähnte."

„LaPointe? Dieser schreckliche kleine Mann, den du so sehr verachtest? Der in Paris den Zeitungen gesagt hat, du seist seine ..."

„Seine Geliebte", beendete June den Satz.

„Ah, ja, so ein dummes Wort, findest du nicht auch? Stimmte es denn?"

„Ganz bestimmt nicht. Ich würde es ihm nicht erlaubt haben, mich mit diesen schmierigen kleinen Händen zu berühren, auch wenn er nur halb der Küchenchef gewesen wäre, der er zu sein behauptete."

„Du hättest ihn verklagen können."

„Dann hätten die Leute behauptet, wo Rauch ist, ist auch Feuer. Das kleine französische Ekel hätte das genossen." June biss die Zähne zusammen. „Aber lass uns nicht über LaPointe reden. Es hat mir schon gereicht, dass Blake seinen Namen in den Mund nahm, um mich dazu zu bringen, diesen Job anzunehmen."

„Ein sehr schlauer Mann, dein Blake."

„Er ist nicht mein Blake."

Monique winkte ab, als es an der Tür klopfte. Max hat sich wirklich selbst übertroffen, dachte June, als ein Wagen mit einem Tablett voller Früchte und Käse sowie einer Flasche eisgekühlten Champagners ins Zimmer gerollt wurde. Er musste wie ein Verrückter in der Küche herumgesprungen sein, um sich so zu beeilen.

Monique wählte ein Stück Käse von dem Tablett. „Aber du liebst ihn“, meinte sie, nachdem der Kellner wieder gegangen war.

June, die die Flasche Champagner öffnete, blickte auf. „Wie bitte?“

„Du liebst den jungen Cocharan.“

Der Korken knallte, Champagner lief aus der Flasche, und Monique reichte June ihr Glas. „Das ist nicht wahr“, widersprach June matt. „Eine Affäre muss doch nicht unbedingt voller Romantik sein. Ich mag Blake, ich respektiere ihn. Ich finde, er ist ein intelligenter Mann, und ich bin sehr gern mit ihm zusammen.“

„So etwas könnte man auch von einem Bruder oder einem Onkel sagen, vielleicht sogar von einem Exehemann“, bemerkte Monique. „Ich glaube, es ist nicht das, was du für Blake empfindest.“

„Ich fühle Leidenschaft“, gab June zu. „Aber das ist noch lange keine Liebe.“

„Ach, June!“ Belustigt sah Monique ihre Tochter an, dann nahm sie eine Traube vom Tablett. „Du kannst mit deinem britischen Verstand denken, aber du fühlst mit deinem französischen Herzen. Dieser junge Cocharan ist kein Mann, den eine Frau so leicht übersehen kann.“

„Du meinst, wie der Vater, so der Sohn.“ In dem Augenblick, als sie die Worte ausgesprochen hatte, taten sie ihr schon wieder leid. Aber Monique lächelte nur. „Das habe ich auch schon gedacht. Ich habe B. C. nicht vergessen.“

„Er dich auch nicht.“

„Du hast B. C. kennengelernt?“ Interessiert sah Monique sie an.

„Du kannst dich geschmeichelt fühlen. Ich kann dir sagen, es war ihm ganz schön unangenehm.“

„Himmlisch. Der Gedanke, dass ein Mann einen nicht vergisst, nachdem man sich getrennt hat, gefällt einer Frau.“

„Mutter!“

June erhob sich und lief ruhelos im Zimmer auf und ab. „Ich fühlte mich zu Blake hingezogen – und er sich zu mir. Was glaubst du wohl, wie ich mich gefühlt habe, als ich mit seinem Vater sprach und mir klar wurde, dass ihr beide ein Verhältnis miteinander gehabt habt? Ich glaube nicht, dass Blake etwas davon ahnt, aber wenn das so wäre, siehst du nicht, in welch einer unangenehmen Situation ich dann wäre?"

„Aber warum?"

June holte tief Luft. „B. C. war und ist mit Blakes Mutter verheiratet, und ich glaube, dass Blake sehr an seiner Mutter hängt und auch an seinem Vater."

„Aber was hat das denn mit dir zu tun?" Monique zuckte mit den Schultern. „Ich mochte seinen Vater sehr. Hör mal", sprach sie weiter, ehe June noch etwas sagen konnte. „B. C. hat seine Frau immer geliebt, das wusste ich. Wir haben einander getröstet, haben einander zum Lachen gebracht in einer Zeit, die für uns beide nicht sehr glücklich war. Und dafür bin ich dankbar, ich schäme mich nicht dafür. Und das solltest du auch nicht tun."

„Ich schäme mich nicht." June fuhr sich mit der Hand durchs Haar. „Das verlange ich ja auch nicht von dir, aber, verflixt, Mutter, komisch ist es schon."

„Das ist das Leben oft." Monique legte den Kopf in den Nacken und blickte jetzt genauso hochmütig, wie ihre Tochter es oft tat. „Ich halte mich nicht an die Spielregeln im Leben, und ich entschuldige mich auch nicht dafür."

„Mutter." June kniete neben dem Sofa nieder, auf dem ihre Mutter saß. „Ich wollte dich nicht kritisieren. Es ist nur so, dass das, was für dich richtig ist, nicht unbedingt auch für mich richtig und gut sein muss."

„Glaubst du, ich weiß das nicht? Glaubst du, ich wollte, dass du mein Leben lebst?" Monique legte ihrer Tochter eine Hand auf den Kopf. „Vielleicht habe ich mehr tiefes Glück erlebt als du, aber ich habe auch mehr Verzweiflung erlebt. Ich kann dir das Erstere nicht wünschen ohne das Wissen, dass du auch das

Zweite überstehen musst. Ich wünsche mir für dich nur das, was du dir selbst auch wünschst." Sie streichelte Junes Hand und zog dann ihre Tochter neben sich auf das Sofa.

„Als du ein kleines Mädchen warst, habe ich dir keine guten Ratschläge gegeben, weil Kinder für mich immer ein großes Geheimnis waren. Später dann hättest du sowieso nicht auf mich gehört. Doch jetzt sind wir vielleicht an dem Punkt angekommen, wo jeder von uns beiden begreift, dass der andere intelligent ist."

Lachend nahm June sich eine Erdbeere von dem Tablett. „Also gut, ich werde mir deine guten Ratschläge anhören."

„Es macht dich nicht geringer, wenn du einen Mann brauchst." Als June die Stirn runzelte, sprach ihre Mutter weiter: „Wenn man glaubt, einen Mann zu brauchen, um weiterleben zu können, ja, das ist Unsinn. Wenn man aber einen Mann braucht, um Freude und Leidenschaft in sein Leben zu bringen, das ist das Leben."

„Man kann auch Freude und Leidenschaft im Leben haben ohne einen Mann."

„Einiges davon vielleicht", stimmte Monique zu. „Aber warum sollte man sich damit zufriedengeben? Was willst du damit beweisen, wenn du deine natürlichen Bedürfnisse leugnest? Vielleicht ist eine Frau dumm, wenn sie sich viermal verheiratet, aber dennoch entschuldige ich mich nicht dafür. Ich erkläre nur, dass June Lyndon nicht Monique Dubois ist. Wir suchen nach verschiedenen Dingen, auf verschiedene Art. Aber wir sind beide Frauen. Ich bedaure meine Wahl nicht."

Mit einem Seufzer legte June ihrer Mutter die Hand auf die Schulter. „Das möchte ich von mir selbst auch behaupten können. Und bis jetzt habe ich immer geglaubt, das könnte ich auch. Meine größte Angst war immer, einen Fehler zu machen."

„Vielleicht ist diese Angst dein größter Fehler." Monique strich ihrer Tochter über die Wange. „Komm, schenk mir noch etwas Champagner ein. Ich werde dir jetzt von meinem Keil erzählen."

Als June später zur Küche zurückging, dachte sie noch lange über die Unterhaltung mit ihrer Mutter nach. Selten nur hatte Monique sie nach ihrem Leben gefragt, und noch seltener hatte sie ihr einen Rat angeboten. Sicher, die meiste Zeit hatte sie auch heute ihrer Mutter nur zugehört, während diese ihr von den Vorzügen Keil Morrisons berichtete. Doch das, was ihre Mutter vorher gesagt hatte, machte June so nachdenklich, dass sie begann, ihre eigenen Entscheidungen infrage zu stellen.

Als sie dann jedoch vor der großen Schwingtür zur Küche stand und den Streit in der Küche hörte, wusste sie, dass ihre Überlegungen warten mussten.

„Mein Auflauf ist perfekt."

„Zu viel Milch und zu wenig Käse."

„Du willst nur nicht zugeben, dass meine Aufläufe besser sind als deine."

Vielleicht war die Szene ja nur lächerlich – der riesige Max und der kleine Charlie, der koreanische Koch, der ihm nur bis zur Brust reichte. Die beiden standen wütend voreinander, jeder eine Hand an der Form mit Spinatauflauf zwischen ihnen. Es wäre wirklich zum Lachen gewesen, dachte June erschöpft, wenn nicht die anderen Mitarbeiter aus der Küche längst Partei ergriffen hätten, während die Essensbestellungen einfach ignoriert wurden.

„Schlechte Arbeit", gab Max zurück. Er hatte Charlie noch immer nicht vergeben, dass er drei Tage krank gewesen war.

„Deine Aufläufe sind schlechte Arbeit, meine sind perfekt."

„Gibt es Probleme?" June trat zwischen die beiden.

„Dieser dürre kleine Kerl, der sich als Koch verkleidet hat, will diese matschige Blättermasse zu Spinatauflauf deklarieren." Max versuchte, Charlie die Glas-Auflaufform aus der Hand zu nehmen, doch der kleine Mann war erstaunlich stark.

„Dieser dicke Kloß, der sich selbst Küchenchef nennt, ist nur eifersüchtig, weil ich mehr von Gemüse verstehe als er."

June biss sich auf die Lippe. Verflixt, es war tatsächlich zum Lachen, doch jetzt war wirklich nicht der richtige Zeitpunkt dafür. „Vielleicht gehen die anderen erst mal an ihre Arbeit zurück“, begann sie kühl. „Ehe unsere Gäste in ein anderes Lokal verschwinden, wo sie gut bedient werden. Also …“ Sie wandte sich an die beiden Streithähne, die aussahen, als würden sie jeden Augenblick aufeinander losgehen. „Ich nehme an, dies ist der umstrittene Auflauf.“

„Es ist einfach nur Müll“, behauptete Max und zog wieder an der Auflaufform.

„Müll!“, rief der kleine Koch empört. „Müll ist das, was du als Rippenstück servierst. Das einzige Essbare daran ist die Petersilie.“

„Meine Herren, darf ich Ihnen eine Frage stellen?“, unterbrach June die beiden. Sie legte einen Finger auf die Auflaufform. Sie war noch warm. „Hat jemand den Auflauf überhaupt probiert?“

„Ich werde doch kein Gift essen.“ Wieder zog Max an der Auflaufform. „So etwas wirft man in den Abfall.“

„Ich würde diesem … diesem Scharlatan nicht erlauben, meinen Auflauf zu probieren.“ Charlie zog von der anderen Seite. „Er würde ihn ja vergiften.“

„Also gut, meine Herren“, unterbrach June die beiden, die bei ihren Worten jetzt ihren Ärger auf sie richteten. „Ich werde diesen Auflauf also probieren.“

Die beiden Männer warfen einander böse Blicke zu. „Sagen Sie ihm, er soll meinen Auflauf loslassen“, drängte Charlie.

„Max …“

„Er soll loslassen, ich bin immerhin sein Vorgesetzter.“

„Charlie …“

„Das Einzige, worin er mir überlegen ist, ist sein Gewicht.“ Und wieder begannen beide an der Auflaufform zu ziehen.

June verlor die Geduld. In einer heftigen Geste hob sie beide Hände. „Schluss damit. Jetzt ist es genug!“

Vielleicht war es der Schreck über die Lautstärke, in der June gesprochen hatte, oder vielleicht war die Schüssel ein wenig rutschig. Auf jeden Fall fiel den beiden die Auflaufform aus den Händen, stieß klirrend gegen die Arbeitsplatte und zerbrach in tausend Stücke, noch ehe sie auf dem Boden landete. Max und Charlie brachen gleichzeitig in wüste Beschimpfungen aus.

June wurde durch einen heftigen Schmerz in ihrem rechten Arm abgelenkt. Als sie auf den Arm blickte, sah sie, dass das Blut aus einer etwa zehn Zentimeter langen Wunde strömte. Erstaunt starrte sie auf den blutenden Schnitt, während sie nicht fassen konnte, dass Blut, ihr Blut, überhaupt so schnell floss.

„Entschuldigung", brachte sie erst nach einer Weile hervor. „Glauben Sie, Sie werden fertig, noch bevor ich verblutet bin?"

Charlie hatte gerade den Mund geöffnet, um etwas zu sagen. Jetzt starrte er sie an, mit großen Augen blickte er auf das Blut, dann brach er in einen Schwall koreanischer Worte aus.

„Wenn Sie sich nicht immer einmischen würden", sagte Max noch, dann sah auch er das Blut. Er wurde kalkweiß, doch dann bewegte er sich zum Erstaunen aller wie der Blitz. Er nahm ein Tuch, legte es über die Wunde.

„Hinsetzen", forderte er June auf. „Und das hier wird aufgeräumt", befahl er in die Runde. Im nächsten Augenblick schon befestigte er eine Aderpresse an Junes Arm. „Ganz ruhig", sagte er unerwartet sanft. „Ich will nur sehen, wie tief die Wunde ist."

Benommen nickte June. Es tut eigentlich gar nicht weh, dachte sie, während alles vor ihren Blicken verschwamm. Vielleicht hatte sie sich das viele Blut auch nur eingebildet?

„Was zum Teufel ist denn hier los?", hörte sie plötzlich Blakes Stimme. „Den Krach hier drinnen hört man ja bis in den Speiseraum." Er kam zu June und Max hinüber, entschlossen, sie vor die Wahl zu stellen, ihren Job zu verlieren oder endlich friedlich zusammenzuarbeiten. Das blutdurchtränkte Tuch ließ ihn innehalten. „June, was ist mit dir?"

„Ein Unfall", erklärte Max schnell, während June benommen den Kopf schüttelte. „Der Schnitt ist sehr tief. Die Wunde muss genäht werden."

Blake hatte Max schon zur Seite geschoben. „June, wie um alles in der Welt ist das bloß passiert?“

Sie sah die Betroffenheit in seinem Gesicht und die Besorgnis, dann verschwamm wieder alles vor ihren Augen. Sie warf noch einen Blick auf ihren Arm. „Spinatauflauf“, murmelte sie, ehe sie das Bewusstsein verlor.

Das Nächste, was June hörte, war ein heftiger Streit. War sie nicht in diesem Augenblick in die Küche gekommen? Es dauerte einen Augenblick, bis sie Blakes Stimme erkannte, doch die andere Stimme, eine weibliche, war ihr fremd.

„Ich werde hierbleiben.“

„Mr Cocharan, Sie sind kein Angehöriger. Es ist gegen die Gepflogenheiten eines Krankenhauses, das Beisein von Freunden zu gestatten, während die Patienten behandelt werden. Glauben Sie mir, es wird nur mit ein paar Stichen genäht.“

Ein paar Stiche? Junes Magen revoltierte. Sie gab es nicht gern zu, aber wenn es um Nadeln ging – um die Nadeln, die die Ärzte in einen hineinstachen –, war sie ein Feigling. Und wenn ihr Geruchssinn sie nicht täuschte, wusste sie auch, wo sie war. Vielleicht sollte sie einfach verschwinden, es könnte sein, dass niemand es bemerkte.

Als sie sich aufsetzte, fand sie sich in einem kleinen Untersuchungszimmer wieder. Auf einem Tablett neben der Liege lagen all diese schrecklichen glänzenden Instrumente.

Blake hatte aus den Augenwinkeln die Bewegung gesehen, im nächsten Moment war er neben ihr. „June, ganz ruhig.“

Sie fuhr sich mit der Zungenspitze über die trockenen Lippen. „Krankenhaus?“

„Notfallstation. Sie werden deinen Arm in Ordnung bringen.“

June versuchte ein Lächeln, ihr Blick fiel auf das Tablett mit den Instrumenten. „Lieber nicht.“ Doch als sie aufstehen wollte, war die Ärztin neben ihr.

„Bleiben Sie liegen, Miss Lyndon.“

June warf einen Blick in das strenge Gesicht der Ärztin, maß ihre eigene Stärke an der der Ärztin und entschied, dass sie gewinnen konnte. „Ich werde nach Hause gehen", erklärte sie fest.

„Sie werden schön hier liegen bleiben, bis die Wunde genäht ist. Und jetzt sind Sie bitte ruhig."

Vielleicht würde ihr ein Verbündeter helfen. „Blake?"

„Die Wunde muss genäht werden, Liebling."

„Das will ich aber nicht."

„Schwester", rief die Ärztin, während sie sich am Waschbecken in der Ecke die Hände wusch und desinfizierte. „Mr Cocharan, Sie müssen so lange draußen warten."

„Nein." June gelang es, sich wieder aufzusetzen. „Ich kenne Sie nicht", erklärte sie der weiß gekleideten Frau. „Und sie kenne ich auch nicht." Mit dem Kopf deutete sie auf die Schwester, die in den Raum kam. „Wenn ich wirklich stillhalten soll, während Sie mir den Arm nähen, dann möchte ich, dass jemand dabei ist, den ich kenne." Sie umklammerte Blakes Hand. „Ihn kenne ich." Sie legte sich auf die Liege zurück, ließ Blakes Hand aber nicht los.

„Also gut." Die Ärztin gab nach. „Es wird auch nicht lange dauern."

„Blake!" June holte tief Luft und sah ihm dann in die Augen. Sie dachte lieber nicht daran, was die beiden Frauen auf der anderen Seite der Liege mit ihrem Arm vorhatten. „Ich muss dir ein Geständnis machen. Ich bin nicht sehr gut in diesen Dingen. Ich brauche sogar Beruhigungstabletten, wenn ich zum Zahnarzt gehe."

Aus den Augenwinkeln sah Blake, wie die Ärztin den ersten Stich machte. „Die hätten wir beinahe auch für Max gebraucht." Beruhigend streichelte er ihre Hand. „Nach diesem Zwischenfall hier könntest du ihm erklären, dass du einen mit Holz gefeuerten Ofen in die Küche stellen willst, und er würde dir ohne Protest zustimmen."

„Eine verdammt unangenehme Art, seine Kooperation zu gewinnen." Sie zuckte zusammen, fühlte, wie ihr Magen wieder rebellierte, und schloss die Augen. „Sprich mit mir – über irgendetwas."

„Wir sollten uns sehr bald einmal ein Wochenende freinehmen und ans Meer fahren. Irgendwohin, wo es ruhig ist, direkt am Ozean."

June versuchte, sich an diesem Bild festzuhalten. „An welchem Ozean?"

„Welchen du willst. Wir würden drei Tage nichts anderes tun, als am Strand zu liegen und uns zu lieben."

Die junge Schwester blickte zu Blake, ein Seufzer kam über ihre Lippen, bis die Ärztin ihr einen bösen Blick zuwarf.

„Sobald ich aus Rom zurück bin. Du kannst ja inzwischen eine kleine Insel im Pazifik aussuchen."

„Ich werde mich darum kümmern", versprach Blake.

„Und in der Zwischenzeit", unterbrach die Ärztin sie, „sorgen Sie bitte dafür, dass der Verband trocken bleibt. Lassen Sie ihn jeden dritten Tag erneuern, und in zwei Wochen kommen Sie wieder, um die Fäden ziehen zu lassen. Ein böser Schnitt", fügte sie noch hinzu. „Aber Sie werden es überleben."

Vorsichtig wandte June den Kopf. Die Wunde war jetzt von einem sterilen weißen Verband bedeckt, sofort schwand auch ihre Übelkeit. „Ich dachte aber, die Fäden lösen sich von selbst auf."

„Es ist ein so hübscher Arm", meinte die Ärztin und wusch sich die Hände. „Wir wollen doch nicht, dass eine Narbe zurückbleibt. Ich werde Ihnen noch ein paar Schmerztabletten verschreiben."

„Die nehme ich nicht", widersprach June trotzig.

Die Ärztin zuckte mit den Schultern. „Ganz wie Sie wollen. Oh, und vielleicht versuchen Sie es einmal mit den Solomon-Inseln vor der Küste von Neuguinea." Dann war sie schon verschwunden.

„Eine tolle Frau", murmelte June. „Vielleicht sollte ich sie als meine Leibärztin einstellen."

Sie hat ihren Humor wiedergefunden, dachte Blake und lächelte ein wenig. Trotzdem legte er ihr einen Arm um die Taille. „Sie war genau das, was du gebraucht hast."

„Wenn ich blute", erklärte June ernst, „dann brauche ich eine ganze Menge Mitleid und Besorgnis."

Blake küsste sie sanft auf die Stirn. „Was du jetzt brauchst, sind ein Bett, ein abgedunkeltes Zimmer und einige Stunden Ruhe."

„Ich werde zurück an meine Arbeit gehen", erklärte June entschlossen. „In der Küche herrscht wahrscheinlich das Chaos. Ich habe eine ganze Liste mit Anrufen, die ich unbedingt erledigen muss. Das heißt, sobald du dafür gesorgt hast, dass ich ein Telefon bekomme."

„Du wirst jetzt nach Hause gehen, in dein Bett."

„Ich blute aber nicht mehr. Und ich gebe ja zu, dass ich ein totaler Feigling bin, wenn ich Blut sehe oder Ärzte mit Nadeln. Aber das ist doch jetzt alles vorbei, und mir geht es ja wieder gut."

„Du bist allerdings sehr blass."

Blake half June in den Wagen und fuhr los. Eigentlich war ihm gar nicht klar, wie er selbst die vergangene Stunde überstanden hatte. „Dein Arm wird sicherlich schmerzen. Ich habe es mir zur Gewohnheit gemacht, meinen Angestellten für den Rest des Tages freizugeben, wenn sie während der Arbeit ohnmächtig werden."

„Sehr liberal und auch sehr menschlich von dir. Ich wäre gar nicht erst ohnmächtig geworden, wenn ich nicht hingesehen hätte."

„Nach Hause, June."

Sie reckte sich, faltete die Hände in ihrem Schoß und holte tief Luft. Es stimmte, ihr Arm tat weh, doch das würde sie niemals zugeben. „Blake, ich wiederhole mich nicht gern, aber anders scheint das nicht zu gehen. Ich nehme von niemandem Befehle entgegen."

Eine ganze Minute lang herrschte Schweigen im Wagen. Blake fuhr nicht zum Hotel, sondern in Richtung zu Junes Wohnung.

„Dann werde ich mir eben ein Taxi nehmen."

„Das Einzige, was du nehmen wirst, ist eine Schmerztablette, ehe ich dich ins Bett verfrachte."

Das hörte sich wirklich himmlisch an, und dennoch wehrte June sich. „Nur weil ich dich brauchte – ein wenig, als diese Ärztin mit der Nadel in meinen Arm stach –, bedeutet das noch lange nicht, dass du jetzt über mich bestimmen kannst."

Es gab einen Weg, sie dazu zu bringen zu tun, was er wollte. Aber der direkte Weg war vielleicht der beste, überlegte Blake. „Ich nehme an, du weißt gar nicht, wie viele Stiche sie machen musste."

„Nein." June sah aus dem Fenster.

„Aber ich weiß es. Ich habe sie gezählt, es waren fünfzehn. Dann weißt du sicher auch nicht, wie dick die Nadeln waren?"

„Nein." June presste eine Hand auf ihren Magen und starrte ihn an. „Das ist ein unfaires Spiel, Blake."

„Wenn es aber klappt …" Er legte seine Hand auf ihre. „Nur ein kleines Schläfchen, June. Ich werde bleiben, wenn du willst."

Wie sollte sie bloß mit ihm fertig werden, wenn er zuerst freundlich war, dann gemein und dann wieder zärtlich? Wie sollte sie mit sich selbst fertig werden, wenn sie sich nichts sehnlicher wünschte, als sich in seine Arme zu schmiegen, wo sie sicher und geborgen war?

„Ich werde mich ausruhen." Und plötzlich hatte June auch das Gefühl, dass sie das brauchte, sehr sogar, aber es hatte nicht länger etwas mit ihrem Arm zu tun. Wenn er immer wieder ihre Gefühle so durcheinanderbrachte, würden die nächsten Monate schwierig werden.

„Allein", fügte sie deshalb schnell hinzu. „Du hast im Hotel genug zu tun."

Als Blake den Wagen vor ihrem Haus vorfuhr, legte sie schnell ihre Hand auf seine, als er den Motor ausstellen wollte. „Du brauchst nicht mit raufzukommen. Ich werde ins Bett gehen, das verspreche ich dir." Als sie fühlte, dass er widersprechen wollte, drückte sie seine Hand und lächelte ihn an.

Wenn er jetzt mit ihr nach oben gehen würde, könnte sich alles ändern.

„Ich werde eine Schmerztablette nehmen, Musik anmachen und mich hinlegen. Mir wäre es sehr lieb, wenn du im Hotel in der Küche vorbeigehen und nachsehen würdest, ob alles in Ordnung ist."

Er sah sie aufmerksam an. Sie war blass, ihre Augen blickten matt. Er wollte bei ihr bleiben, wollte sie in seinen Armen halten. Selbst jetzt, hier im Auto, fühlte er den Abstand, der sich zwischen sie schob. Nein, das würde er nicht zulassen, entschied er. Doch im Moment brauchte sie ihre Ruhe mehr, als sie ihn brauchte.

„Wenn du es so möchtest. Ich werde dich aber heute Abend anrufen."

Sie beugte sich zu ihm, gab ihm einen Kuss auf die Wange und stieg dann aus. „Danke, dass du meine Hand gehalten hast."

10. KAPITEL

Langsam ging es June auf die Nerven. Es war nicht so, dass June Aufmerksamkeit nicht genossen hätte, sie hatte sich während ihrer Karriere daran gewöhnt. Und sie mochte es auch, wenn sie umsorgt wurde. Doch wie jeder Koch wusste, musste man Zucker vorsichtig dosieren.

Monique hatte ihren Aufenthalt auf eine volle Woche ausgedehnt, hatte erklärt, dass sie Philadelphia unmöglich verlassen konnte, während sich June von ihrer Verletzung erholte. Je mehr June die Sache herunterzuspielen versuchte, desto bewundernder sah Monique sie an. Und je mehr Aufmerksamkeit und Bewunderung sie bekam, desto mehr fürchtete June den nächsten Besuch beim Arzt.

Monique kam jeden Tag zu ihrer Tochter ins Büro, brachte heilenden Tee oder kräftigende Suppe mit und stand dann neben June, bis diese alles getrunken oder aufgegessen hatte.

In den ersten Tagen hatte June sich über so viel Fürsorge gefreut. Monique war immer sehr liebevoll und freundlich zu ihr gewesen, mütterlich allerdings nie. Allein aus diesem Grund trank June die Tees, aß die Suppen und ließ die guten Ratschläge über sich ergehen. Doch als es immer weiterging und Monique sie oft bei wichtigen Arbeiten störte, wurde sie ungeduldig. Vielleicht hätte sie Moniques übertriebene Aufmerksamkeiten noch ertragen können, wenn das Küchenpersonal – allen voran Max – sie nicht genauso behandelt hätte.

Nichts durfte sie mehr selbst tun. Selbst wenn sie eine Kanne Kaffee kochen wollte, kam jemand, um ihr die Arbeit abzunehmen, und bestand darauf, dass sie sich setzte und ausruhte. Jeden Tag zur Mittagszeit brachte Max ihr ein Tablett mit den Spezialitäten des Tages, gekochter Lachs, Hummersoufflé, gefüllte Auberginen. June aß es, weil Max neben ihr stehen blieb, bis sie alles aufgegessen hatte – doch dabei sehnte sie sich insgeheim nach einem doppelten Cheeseburger mit Schinken und einer großen Portion gebackener Zwiebelringe.

Türen wurden für sie geöffnet, besorgte Blicke folgten ihr, bis sie am liebsten laut geschrien hätte. Einmal, als sie jemanden anfuhr, dass sie nur eine Schnittwunde am Arm hätte und keine tödliche Krankheit, brachte ihr das lediglich eine neue Tasse Tee ein sowie einen Teller mit Vanillekeksen.

Man brachte sie mit Freundlichkeit um.

Und immer wenn sie glaubte, es nicht länger ertragen zu können, rückte Blake die Dinge für sie wieder zurecht. Er war nicht unfreundlich oder übersah ihre Verletzung, aber er behandelte sie auch nicht wie eine herausragende Persönlichkeit auf dem Sterbebett.

Er wählte immer genau den richtigen Zeitpunkt, um sie anzurufen oder um in der Küche zu erscheinen. Er war ruhig, wenn sie Ruhe brauchte, er gab Befehle, wenn sie sich danach sehnte. Er verlangte Dinge von ihr, während alle anderen glaubten, sie könnte nicht einmal den kleinen Finger heben.

Und bei ihm brauchte sie sich auch nicht zurückzuhalten oder sich schuldig zu fühlen, wenn ihr Temperament mit ihr durchging. Sie konnte ihn anschreien, ohne dabei diesen überaus geduldigen Ausdruck in seinen Augen zu sehen, den sie bei Max sah. Sie konnte vernünftig sein, ohne sich Sorgen darüber machen zu müssen, seine Gefühle zu verletzen, wie das bei ihrer Mutter der Fall war.

Ohne sich dessen richtig bewusst zu werden, begann sie, Blake als einen ruhenden Pol in einer verrückten Welt anzusehen. Und zum vielleicht ersten Mal in ihrem Leben brauchte June solch einen ruhenden Pol.

Genau wie Blake hatte auch June ihre Arbeit, in die sie sich vergraben konnte. Und das tat sie auch. Sie hatte lange Verhandlungen mit dem Drucker, um eine perfekte Speisekarte zu entwerfen. Dann gab es noch die Karten für den Zimmerservice, die ebenfalls gedruckt werden mussten. Stundenlang sprach sie mit möglichen Zulieferern für die Speisen, verhandelte, verlangte und genoss all das mehr, als sie sogar vor sich selbst zugeben wollte.

Die ganze Situation verlieh ihr eine tiefe Befriedigung – vielleicht nicht die Erregung, die sie verspürte, wenn sie ein ganz besonderes Dessert schuf, aber sie stellte fest, dass es genauso befriedigend war.

Und es ärgerte June, als man ihr nach einer besonders langen und erfolgreichen Verhandlung sagte, sie solle sich hinlegen und sich ausruhen.

„Chérie", meinte Monique, als June gerade den Hörer aufgelegt hatte, nach einem langen Gespräch mit dem Metzger. „Es ist Zeit, dass du eine Pause machst. Du sollst dich nicht überanstrengen."

„Mir geht es gut, Maman." June warf einen Blick auf die Tasse mit dem Kräutertee, die Monique ihr gebracht hatte. „Ich muss nur noch einmal die Verträge mit den Lieferanten durchgehen. Es ist ein wenig kompliziert, einen oder zwei Anrufe muss ich noch erledigen."

Wenn sie gehofft hatte, ihre Mutter so loswerden zu können, hatte sie sich geirrt. „Du hast heute schon so viele Stunden gearbeitet. Vergiss nicht, du hast einen tiefen Schock erlitten."

„Ich habe mir den Arm verletzt", korrigierte June und zwang sich zur Geduld.

„Fünfzehn Stiche", rief Monique ihrer Tochter in Erinnerung und runzelte dann die Stirn, als June sich eine Zigarette anzündete. „Das ist nicht gut für deine Gesundheit, June."

„Das ist diese nervöse Spannung auch nicht", murmelte June und räusperte sich dann. „Mutter, ich bin ganz sicher, dass Keil dich schrecklich vermisst. Du solltest nicht so lange von ihm getrennt sein."

„Ach ja." Monique seufzte und blickte dann verträumt zur Decke. „Für eine frischverheiratete Frau ist jeder Tag, den sie von ihrem Mann getrennt ist, wie eine Woche, und eine Woche ist wie ein Jahr." Dann schüttelte sie den Kopf. „Aber mein Keil ist ein so verständnisvoller Mann. Er weiß, dass ich bei meiner Tochter sein muss, wenn sie mich braucht."

June öffnete den Mund, um etwas zu sagen, schloss ihn dann aber wieder. „Du warst wirklich wundervoll", begann sie nach einer Weile, und das stimmte ja auch. „Ich kann dir gar nicht sagen, wie sehr ich es zu schätzen weiß, dass du in dieser vergangenen Woche bei mir geblieben bist. Aber mein Arm ist jetzt fast wieder geheilt, und es geht mir gut. Ich fände es schrecklich, dich hier zu halten, wenn du doch deine Flitterwochen genießen solltest."

Mit einem leisen Lachen wischte Monique Junes Einwände beiseite. „Mein Liebling, du wirst auch noch lernen, dass Flitterwochen sich nicht unbedingt auf eine gewisse Zeit beschränken oder auf eine Reise, sondern dass sie eine Lebenseinstellung sind. Mach dir deswegen keine Sorgen. Glaubst du etwa, ich könnte wegfahren, ehe man dir diese grässlichen Fäden aus dem Arm gezogen hat?"

„Mutter!" June fühlte, wie sich ihr Magen bemerkbar machte. Schnell griff sie nach der Tasse mit dem Tee.

„Ich war nicht bei dir, als der Arzt dir den Arm genäht hat, aber ..." Ihre Lippen zitterten. „Ich werde bei dir sein, wenn die Fäden gezogen werden."

June sah sich im Geiste auf der Liege, Monique würde danebenstehen und sich mit einem Taschentuch die Augen tupfen. Sie war nicht sicher, ob sie schreien oder ohnmächtig werden sollte.

„Maman, du musst mich entschuldigen, mir ist gerade eingefallen, dass ich eine Besprechung mit Blake in seinem Büro habe." Ohne auf eine Antwort zu warten, lief June aus dem Zimmer.

Beinahe im gleichen Augenblick verzog sich Moniques Mund, sie lehnte sich in ihrem Stuhl zurück und lachte erfreut. Sie hatte vielleicht nicht immer gewusst, wie sie June behandeln musste, besonders nicht, als June noch ein Kind gewesen war. Aber jetzt ... Von Frau zu Frau wusste sie ganz genau, wie sie sie beeinflussen konnte. Und sie hatte die Absicht, sie Blake in die Arme zu treiben. Monique hatte keine Zweifel, dass ihre etwas störrische, liebenswerte Tochter genau dorthin gehörte.

„*À l'amour*", sagte sie und hob die Teetasse.

June war es ganz gleich, dass sie überhaupt keine Verabredung mit Blake hatte. Sie musste ihn ganz einfach sehen, musste mit ihm reden, damit sie sich wieder fing. „Ich muss zu Mr Cocharan", erklärte sie seiner Sekretärin und lief an ihr vorbei.

„Aber Miss Lyndon ..."

Ohne anzuklopfen, riss sie die Tür zu Blakes Büro auf. „Hallo, Blake!"

Er zog eine Augenbraue hoch, winkte ihr, hereinzukommen, und fuhr dann in seiner telefonischen Unterhaltung fort. Sie sieht aus, als seien die Bluthunde hinter ihr her, dachte er. Sein erster Gedanke war, sie zu trösten, zu beruhigen. Aber es war offensichtlich, dass sie davon genug bekam – und dass sie es hasste.

Nervös lief sie in seinem Büro auf und ab. Schließlich trat sie ans Fenster, doch schon nach kurzer Zeit wandte sie sich wieder ab, ging an die Bar und goss sich einen Drink ein. Und als sie dann hörte, dass er den Hörer auflegte, wandte sie sich zu ihm um.

„Es muss etwas geschehen!"

„Gestikuliere nicht so mit dem Glas, sonst verschüttest du alles."

Mit gerunzelter Stirn nahm June einen großen Schluck. „Blake, meine Mutter muss unbedingt nach Kalifornien zurück."

„Oh." Er notierte sich etwas auf einem Zettel. „Das ist aber schade."

„Nein! Sie soll zurück, aber sie will nicht. Sie besteht darauf, hierzubleiben und mich zu versorgen, bis ich überschnappe. Und Max", sprach sie weiter, noch ehe er etwas sagen konnte, „mit Max muss auch etwas geschehen. Heute waren es Shrimpssalat und Avocados. Ich kann es nicht mehr ertragen." Sie holte tief Luft, dann beklagte sie sich weiter: „Charlie sieht mich an, als wäre ich die heilige Johanna, und die anderen sind auch nicht viel besser – oder noch schlimmer. Sie machen mich verrückt."

„Das sehe ich."

Bei seinen Worten blieb June wie angewurzelt stehen und sah ihn wütend an. „Du brauchst mich gar nicht so belustigt anzulächeln."

„Habe ich gelächelt?"

„Und du brauchst mich auch nicht so unschuldig anzusehen", fuhr sie ihn erneut an. „Ein nervöser Zusammenbruch ist nichts, worüber man lacht."

„Da hast du recht." Er verschränkte beide Hände vor der Brust. „Warum setzt du dich nicht und erzählst mir alles von Anfang an?"

Sie ließ sich in einen Sessel sinken und nippte an ihrem Drink. „Es ist ja nicht so, als wüsste ich ihre Freundlichkeit nicht zu schätzen, aber zu viel des Guten ist niemals förderlich. Man kann eine Nachspeise auch durch zu viel Aufmerksamkeit und zu viel Getue verderben."

„Das Gleiche sagt man auch von Kindern."

„Hör bloß auf, so geistreich zu sein, verdammt!"

Er lächelte nur.

„Hörst du mir überhaupt zu?" June keifte förmlich.

„Ich höre jedes Wort."

„Ich kann es nun mal nicht vertragen, so umsorgt zu werden, das ist alles. Meine Mutter – jeden Tag bringt sie mir diesen Kräutertee, ich habe schon das Gefühl, dass er in meinem Bauch gluckert, wenn ich gehe. ‚Du sollst dich ausruhen, June, du bist noch nicht kräftig genug, June.' Verflixt, ich bin stark wie ein Ochse!"

Blake griff nach einer Zigarette. Er genoss dieses Schauspiel. „Das glaube ich dir."

„Und Max! Dieser Mann bringt mich mit seiner Fürsorge um. Jeden Tag, pünktlich um zwölf, gibt es Mittagessen." Mit einem Aufstöhnen presste sie ihre Hand auf den Magen. „Ich habe seit einer Woche nichts Vernünftiges mehr gegessen. Ich habe dieses entsetzliche Verlangen nach Tacos, aber ich bin so voll mit Tee und Hummer, dass ich nichts mehr runterkriege. Wenn mir nur noch ein einziger Mensch sagt, ich solle mich ausruhen, ich glaube, ich werde ihm eins auf die Nase geben."

Blake betrachtete angelegentlich seine Zigarette. „Ich werde dafür sorgen, dass ich nicht derjenige bin."

June wirbelte zu Blake herum und setzte sich dann wieder hin. „Du bist der Einzige hier, der mich wie einen normalen Menschen behandelt. Du hast mich gestern sogar angeschrien. Dafür bin ich dir wirklich dankbar."

„Gern geschehen."

Lachend nahm sie seine Hand. „Ich meine das ernst. Ich war dumm genug, so einen Unfall in meiner Küche überhaupt geschehen zu lassen, man sollte mich nicht ständig wieder daran erinnern."

„Ich verstehe dich." Blake verschränkte seine Finger mit ihren. „Ich habe dich studiert, seit wir uns zum ersten Mal getroffen haben."

Bei seinen Worten begann ihr Herz zu klopfen. „Ich bin nicht so leicht zu verstehen. Manchmal verstehe ich mich ja selbst nicht."

„Dann will ich dir etwas über June Lyndon erzählen." Er sah auf ihre verschränkten Hände. „Sie ist eine wunderschöne Frau, ein wenig verwöhnt durch ihre Kindheit und ihren Erfolg." Er lächelte, als sie die Stirn runzelte. „Sie ist stark und vertritt ihren eigenen Standpunkt, und sie ist durch und durch weiblich, ohne berechnend zu sein. Sie ist ehrgeizig und besitzt die Gabe, sich völlig konzentrieren zu können. Und sie ist romantisch, auch wenn sie das abstreitet."

„Das ist nicht wahr", versuchte June ihn zu unterbrechen.

„Sie hört Chopin, wenn sie arbeitet, und auch wenn sie ihr Büro in einem Lagerraum einrichtet, stellt sie Rosen auf ihren Schreibtisch."

„Der Grund, warum ..."

„Unterbrich mich nicht", befahl er, und mit einem Schulterzucken gab sie nach. „Ihre Ängste hält sie gut verborgen, denn sie gibt nicht gern zu, dass sie welche hat. Sie ist zäh genug, um es mit jedem aufzunehmen, und einfühlsam genug, eher eine unangenehme Situation zu erdulden, als die Gefühle eines anderen zu verletzen. Sie liebt den besten Champagner und dazu Essen von der Imbissbude. Es gibt niemanden, der mich schon so oft verärgert hat, und niemanden, dem ich so schrankenlos vertraue."

June ließ die lang angehaltene Luft aus ihren Lungen entweichen. Nicht zum ersten Mal hatte er sie in eine Lage gebracht, in der ihr die Worte fehlten. „Nicht gerade eine sehr liebenswerte Frau."

„Nicht unbedingt", stimmte Blake ihr zu. „Aber eine sehr faszinierende."

Sie lächelte, dann kam sie um den Schreibtisch herum und setzte sich auf seinen Schoß. „Das habe ich schon immer einmal tun wollen", murmelte sie und schmiegte sich an ihn. „In einem eleganten Büro auf dem Schoß eines wichtigen Geschäftsmannes zu sitzen. Und plötzlich bin ich mir auch ganz sicher, dass ich lieber faszinierend sein möchte als liebenswert."

„Mir gefällt das auch besser." Er küsste sie sanft.

„Du hast gerade meinen nervösen Zusammenbruch verhindert – Kompliment!"

Er strich ihr über das Haar und dachte daran, dass er sie beinahe ganz für sich gewonnen hatte. „Unser Ziel ist es, die Leute zufriedenzustellen."

„Wenn ich jetzt nur nicht in die Küche zurückmüsste." Sie seufzte. „Und all die besorgten Gesichter sehen müsste."

„Was würdest du denn lieber tun?"

Nachdenklich fuhr sie sich mit der Zungenspitze über die Zähne, dann grinste sie. „Am liebsten möchte ich jetzt ins Kino gehen, in einen ganz schrecklichen Film, und pfundweise Popcorn mit zu viel Salz essen."

„Okay." Er gab ihr einen Klaps auf den Po. „Dann werden wir uns jetzt einen schrecklichen Film suchen."

„Du meinst, jetzt?"

„Jawohl."

„Aber es ist erst vier Uhr."

Er küsste sie und zog sie dann mit sich hoch. „So etwas nennt man ‚sich aus dem Staub machen'. Ich werde es dir unterwegs erklären."

Mit June an seiner Seite fühlte Blake sich jung, unerhört jung und verantwortungslos, als sie jetzt in dem dunklen Kinosaal saßen, eine riesige Tüte mit Popcorn zwischen sich, während er ihre Hand hielt. Wenn er jetzt sein Leben Revue passieren ließ, so konnte er sich nicht erinnern, sich jemals so unbeschwert gefühlt zu haben. Das Multimillionen-Dollar-Unternehmen, das er zu führen hatte, erlaubte ihm solche Gefühle nicht. Auch wenn er in seiner Jugend davon hatte profitieren können, stets genug und nur das Beste von allem zu haben, so war doch auch immer der unausgesprochene Druck da gewesen, für sich selbst und auch für das Familienunternehmen verantwortlich zu sein.

Daher war Blake schon immer vorsichtig gewesen, nie impulsiv. Doch vielleicht änderte sich das jetzt – durch June? Er hatte den Wunsch, an diesem Nachmittag all das zu geben, was sie sich wünschte. Wäre es eine Reise nach Paris gewesen, ein Abendessen im Maxim's – er hätte es möglich gemacht. Doch eigentlich hätte er wissen sollen, dass ein Film und Popcorn mehr nach ihrem Herzen waren.

Es war diese Mischung aus Eleganz und Einfachheit, die ihn von Anfang an zu ihr hingezogen hatte. Ganz ohne Zweifel wusste er, dass nie wieder eine Frau ihn so anrühren könnte, wie sie es tat.

June dachte, dass sie sich lange nicht mehr so entspannt gefühlt hatte. Eigentlich hatte sie sich nach diesem Unfall nur zusammen mit Blake so entspannt fühlen können. Er hatte sie unterstützt, aber, was noch viel wichtiger war, er hatte ihr Raum gelassen. In der letzten Woche hatten sie einander nicht sehr oft gesehen. June wusste, dass die Verhandlungen zur Übernahme der Hamilton-Kette in die Schlussphase getreten waren. Sie hatten beide viel zu tun gehabt, waren unter Druck gewesen, doch wenn sie allein waren, weg vom Cocharan-Hotel, sprachen sie nicht über geschäftliche Dinge. Sie wusste, wie hart er gearbeitet hatte, um dieses Geschäft abschließen zu können, doch all das schob er beiseite – für sie.

Sie lehnte sich zu ihm. „Süß."

„Hmmm?"

„Du", flüsterte sie ihm zu. „Du bist süß."

„Weil ich einen so schrecklichen Film gefunden habe?"

Lachend griff sie nach dem Popcorn. „Er ist wirklich schrecklich, nicht wahr?"

„Entsetzlich. Deshalb ist das Kino wohl auch halb leer. Aber mir gefällt das. Es macht es so viel einfacher", er lehnte sich zu ihr und nahm ihr Ohrläppchen sanft zwischen die Zähne, „so etwas hier zu genießen."

„Oh!" June fühlte, wie ihr Körper von den Zehenspitzen aufwärts zu prickeln begann.

„Und so etwas." Er knabberte an ihrem Hals. „Du schmeckst viel besser als das Popcorn."

„Und es ist ganz ausgezeichnetes Popcorn." Sie wandte den Kopf, damit ihre Lippen einander finden konnten.

Es war wundervoll, June hätte beinahe glauben können, dass ihre Lippen füreinander geschaffen waren. Wenn sie an so etwas geglaubt hätte, hätte sie sagen können, dass es vorbestimmt gewesen war, dass sie einander gerade zu diesem Zeitpunkt hatten finden sollen. Wenn er ihr so nahe war, wenn seine Lippen auf ihren lagen, konnte sie es beinahe glauben. Ach, sie wollte es so gern glauben!

Blake fuhr mit der Hand über ihr Haar. Es war so seidenweich und duftete so frisch. Es genügte, dass er ihr Haar berührte, und das Verlangen nach ihr brannte in ihm. Nie hatte er sich stärker gefühlt, als wenn er mit ihr zusammen war. Und nie hatte er sich verletzlicher gefühlt. Er hörte nicht länger, was auf der Leinwand vor sich ging, und auch June sah nicht länger, was geschah. Auf den engen kleinen Sitzen versuchten sie, einander so nahe wie möglich zu kommen.

„Entschuldigung." Der junge Platzanweiser, der diesen Job nur in den Ferien machte, räusperte sich. „Entschuldigung."

Als Blake aufsah, stellte er fest, dass das Licht brannte und die Leinwand dunkel war. June drängte ihr Gesicht an seine Schulter und unterdrückte das Lachen.

„Der Film ist vorbei", erklärte der junge Mann förmlich. „Wir müssen das Kino nach jeder Vorstellung … äh … räumen." Er warf einen Blick auf June und dachte, dass bei dieser Frau wohl jeder Mann das Interesse an dem Film verlieren konnte.

Als Blake aufstand, schluckte der junge Mann. Immerhin gab es genug Männer, die sich nicht besonders gern unterbrechen ließen.

Blake sah, wie der Adamsapfel des jungen Mannes sich auf und ab bewegte, als er nervös schluckte.

„Wir werden nur das Popcorn mitnehmen." June nahm das Popcorn und hakte sich dann bei Blake ein. „Einen schönen Abend noch", rief sie über ihre Schulter zurück, als sie Blake mit sich fortzog.

Draußen brachen beide in schallendes Gelächter aus. „Der arme Junge hat geglaubt, du wolltest auf ihn losgehen."

„Der Gedanke ist mir auch gekommen, allerdings nur sehr flüchtig."

„Trotzdem lange genug, um ihn nervös zu machen." Sie stieg ins Auto und legte die Tüte mit Popcorn auf ihren Schoß. „Du weißt, was er gedacht hat, nicht wahr?"

„Was denn?"

„Er dachte, wir hätten eine verbotene Affäre." Sie lehnte sich zu Blake hinüber und biss zart in sein Ohrläppchen. „Du weißt schon, deine Frau glaubt, du seist im Büro, und mein Mann glaubt, ich sei einkaufen."

„Warum sind wir eigentlich nicht in ein Motel gegangen?“

„Da werden wir jetzt hingehen.“ Sie aß weiterhin Popcorn und warf ihm einen schelmischen Blick zu. „Obwohl ich sagen würde, in unserer Situation wäre wahrscheinlich meine Wohnung vorzuziehen.“

„Ich bin flexibel, June …“ Er zog sie an sich und gab Gas, als die Ampel vor ihnen umsprang. „Worum ging es bei dem Film eigentlich?“

Lachend legte June den Kopf an seine Schulter. „Ich habe nicht die blasseste Ahnung.“

Später lagen sie nackt in ihrem Bett. Die Gardinen waren zurückgezogen, die Fenster offen. Aus dem Appartement unter ihnen hörten sie, wie jemand auf dem Klavier Tonleitern übte. Vielleicht war sie kurz eingenickt, denn als June die Augen wieder öffnete, war das Licht weicher geworden, beinahe rosafarben. Sie hatte jedoch keine Eile.

Das Bett war warm, die Laken zerwühlt von ihren brennenden Körpern. In der Luft lag ein Duft von gebratenem Fleisch, der aus der Wohnung unter ihnen zu kommen schien.

„Wie schön“, murmelte June und kuschelte sich an Blake. „Es ist wundervoll, einfach hier zu sein und zu wissen, dass alles, was erledigt werden muss, auch noch morgen getan werden kann. Wahrscheinlich hast du dich noch nicht oft genug aus dem Staub gemacht.“ Sie war sicher, dass das bei ihr der Fall war.

„Wenn ich das tun würde, würde meine Arbeit darunter leiden, und der Aufsichtsrat würde sich beklagen. Beschwerden sind nämlich dessen Spezialität.“

June rieb ihr Bein an seinem. „Ich habe dich noch nicht nach der Hamilton-Hotelkette gefragt, weil ich dachte, du hast schon im Büro genug damit um die Ohren. Aber trotzdem wüsste ich gern, ob du das bekommen hast, was du wolltest.“

„Ich wollte diese Hotels haben“, antwortete er nach einem kurzen Schweigen. „Und am Ende hat der Vertragsabschluss alle Parteien zufriedengestellt. Mehr kann man doch nicht verlangen."

„Nein." Nachdenklich rollte sie herum, sodass sie ihn ansehen konnte. „Warum wolltest du denn die Hotels haben? War es der Kauf selbst, der Besitzer oder nur der Spaß an den Verhandlungen?"

„Wohl ein bisschen von allem. Ein großer Teil der Befriedigung im Geschäftsleben kommt daher, die Abschlüsse vorzubereiten, alle möglichen Hindernisse vorherzusehen und sie auszuschalten, bis man das hat, was man will. Eigentlich unterscheidet es sich gar nicht so sehr von der Kunst."

„Mit Kunst hat das überhaupt nichts zu tun."

„Es gibt Parallelen. Man hat eine Idee, arbeitet einen Weg aus, um sie in die Tat umzusetzen, und verfolgt ihn dann, bis man das geschafft hat, was man vorhatte."

„Du bist viel zu logisch. In der Kunst folgt man seinen Gefühlen genauso sehr wie seinen Gedanken. Das kann man im Geschäftsleben nicht." In einer typisch französischen Geste zuckte sie mit den Schultern. Irgendwie kam immer der französische Teil ihrer Abstammung dann mehr zur Geltung, wenn es um ihre Arbeit ging. „Im Geschäftsleben zählen nur Fakten und Zahlen."

„Du hast die Intuition vergessen. Ohne die zählen auch Fakten und Zahlen nicht. Selbst solide Fakten hängen davon ab, wer unter welchen Umständen das Geschäft abschließen will." Blake dachte jetzt an sie und an sich selbst. Er streckte den Arm aus und strich ihr eine Haarsträhne aus dem Gesicht. „Intuition ist manchmal verlässlicher als alles andere."

Und June dachte jetzt an ihn und an sich selbst. „Vielleicht", gab sie zögernd zu. „Aber nicht immer. Und das schafft die Möglichkeit für Fehlentscheidungen."

„Es gibt überhaupt keine Fakten und auch keine noch so gründlichen Vorbereitungen, die eine Fehlentscheidung verhindern können."

„Nein." Sie legte ihren Kopf an seine Schulter und versuchte, die Panik abzuschütteln, die sich ihrer bemächtigen wollte.

Blake strich June über ihren Rücken. Sie ist noch immer so vorsichtig, dachte er. Sie brauchte noch mehr Zeit, mehr Raum. *Vielleicht sollte ich jetzt besser das Thema wechseln.*

„Ich habe zwanzig neue Hotels, die überwacht und umorganisiert werden müssen, das bedeutet zwanzig neue Küchen, die untersucht und eingeschätzt werden müssen. Da brauche ich einen Experten."

June lächelte, dann hob sie den Kopf. „Das ist eine ganz beachtliche Anzahl, und es wird eine Menge Zeit brauchen."

„Nicht für die beste Expertin der Branche."

Sie sah ihn ein wenig hochmütig an. „Natürlich, aber das Beste ist oft sehr schwer zu bekommen."

„Das Beste halte ich gerade sehr nackt und sehr anschmiegsam in meinen Armen."

Sie verzog ihren Mund zu dem Lächeln, das Blake an ihr so liebte. „Das stimmt. Aber im Augenblick steht das wohl nicht zur Diskussion."

„Hast du denn eine bessere Idee, wie wir den Abend verbringen könnten?"

Mit einer Fingerspitze fuhr sie über seine Lippen. „Eine viel bessere."

Er hielt ihre Hand fest und nahm den Finger in den Mund. „Zeig es mir."

Der Gedanke gefiel ihr. Doch diesmal würde sie dominieren, entschied sie. Sie würde das Tempo und die Art bestimmen, wie sie sich liebten, sie würde Blakes eiserne Kontrolle über sich selbst zerstören, diese Kontrolle, die sie insgeheim an ihm so bewunderte. Allein der Gedanke daran erregte sie.

Sie beugte sich zu ihm, berührte seine Lippen aber nur mit ihrer Zungenspitze. Ganz langsam zeichnete sie die Umrisse seines Mundes nach, dann seufzte sie auf und schob sich über ihn, während sie sein Gesicht mit Küssen bedeckte.

„Ich verlange nach dir, mehr, als ich eigentlich sollte", hörte sie sich selbst sagen. „Und ich habe dich viel seltener, als ich es mir wünsche."

Ehe er noch etwas sagen konnte, presste sie ihre Lippen auf seine, und ihre gemeinsame Reise begann.

Sein ganzer Körper erbebte, allein durch ihre Worte. Das war es, was er von ihr hören wollte, auf das er so lange gewartet hatte. Genauso sehr, wie er darauf gewartet hatte, dass sie ihm endlich ihre Gefühle zeigte, die jetzt all seinen Widerstand beiseite fegten.

June berührte ihn. Seine Haut brannte.

Sie küsste ihn, sein Blut rauschte.

Sie besaß ihn, sein Denken setzte aus.

Ihre Hände waren kühl auf seiner erhitzten Haut, während sie ihn streichelte, erregte. Sie seufzte, und während sie seufzte, ließ sie ihre Hände seinen Körper erforschen. Bald, schon sehr bald würde seine eiserne Kontrolle nachgeben, das wusste sie. War es möglich, dass sie jetzt, nachdem sie einander geliebt hatten und sie seinen Körper kannte, noch größeres Glück erfahren würde, indem sie ihn immer wieder von Neuem erforschte?

Es schien kein Ende zu geben in den Gefühlen, die er in ihr hervorrief, in den Empfindungen, die sie hatte, wenn sie mit ihm zusammen war. Jedes Mal war es aufs Neue so erregend und einzigartig wie beim ersten Mal. Es war das Gegenteil von all dem, was June bis jetzt geglaubt und für möglich gehalten hatte. Jetzt stellte sie es nicht länger infrage, sie genoss es.

Blake gehörte ihr, mit Leib und Seele, das fühlte sie. Und sie fühlte auch, dass er sich nicht viel länger würde zurückhalten können.

Es würde nicht mehr viel länger dauern. Während sie ihn streichelte und liebkoste, wurde sein Verlangen immer stärker, immer ungehemmter. Er wollte mehr, endlos mehr, und das Blut rauschte in seinen Ohren. Zum ersten Mal in seinem Leben fühlte Blake sich hilflos dem Ansturm der Gefühle gegenüber, die June in ihm hervorrief. Ihre Hände schienen alles zu wissen, er hörte, wie ihr Atem immer heftiger ging, sah die Leidenschaft in ihrem Blick. Nichts anderes auf der Welt schien mehr für ihn zu existieren, nur noch sie.

Dann küsste sie ihn wieder, und auch der letzte Rest an Zurückhaltung war verschwunden. Er war verrückt nach ihr. Seine Gedanken wirbelten unkontrolliert, sein Herz pochte wild. Mit rauer Stimme nannte er immer wieder ihren Namen, dann rollte er sie herum, schob sich über sie und drang mit einer einzigen Bewegung tief in sie ein.

Nun gab es nichts anderes als nur sie, bis sie gemeinsam den Höhepunkt der Leidenschaft erreichten.

11. KAPITEL

„Ich verhungere." Es war jetzt ganz dunkel. Kein Mond stand am Himmel. Doch die Dunkelheit war angenehm. Noch immer lagen sie nackt in Junes Bett, das Klavier unter ihnen war schon seit über einer Stunde verstummt. Es roch nicht mehr nach Essen.

Blake zog June an sich und ließ die Augen geschlossen, auch wenn er nicht schlafen wollte. In dieser absoluten Dunkelheit fühlte er sich ihr noch näher.

„Ich verhungere", wiederholte June, dieses Mal ein wenig schmollend.

„Du bist doch die Köchin."

„Oh nein, diesmal nicht." Sie stützte sich auf ihren Ellbogen und blickte auf ihn hinunter. Nur die Silhouette seines Gesichtes konnte sie erkennen, sein Profil, das markante Kinn und die gerade Nase. Sie wollte es mit Küssen bedecken, aber sie wusste, jetzt war nicht die Zeit dafür. „Diesmal bist du an der Reihe mit dem Kochen."

„Ich?" Vorsichtig öffnete er ein Auge. „Ich könnte uns eine Pizza bestellen."

„Das dauert viel zu lange." Sie rollte sich auf ihn, gab ihm einen schmatzenden Kuss und stieß ihn dann in die Rippen. „Ich habe gesagt, ich verhungere. Und das ist ein sehr dringendes Problem."

Blake verschränkte die Hände hinter dem Kopf. „Ich kann nicht kochen."

„Jeder kann irgendetwas kochen", gab sie zurück.

„Rühreier", erklärte er und hoffte, das würde sie abschrecken. „Mehr kann ich nicht."

„Rühreier sind sehr gut." Ehe er noch etwas sagen konnte, war sie aus dem Bett gesprungen und hatte die Nachttischlampe angeknipst.

„June!" Er hielt sich eine Hand vor die Augen und stöhnte auf. Sie grinste, dann ging sie zum Schrank und holte einen

Morgenmantel heraus. „Ich habe Eier und eine Pfanne."

„Ich mache aber sehr schlechte Rühreier."

„Das ist nicht schlimm." Sie warf ihm seine Hose zu. „Wenn man richtig hungrig ist, ist man nachsichtig."

Entmutigt stand Blake auf. „Dann darfst du dich aber hinterher nicht beklagen."

Sie sah ihm zu, als er seine dunkelblauen Boxershorts anzog. „Köche mögen es, wenn jemand für sie kocht", meinte sie, als er seine Hose darüberzog.

Er knöpfte sein Hemd nicht zu. „Dann darfst du dich aber auch nicht einmischen."

„Nicht im Traum." Sie hakte sich bei ihm unter und führte ihn in die Küche. Wieder zuckte er zusammen, als sie das Licht anknipste. „Bediene dich."

„Willst du mir denn nicht helfen?"

„Auf keinen Fall." June nahm sich einen Keks. „Ich mache keine Überstunden, und ich arbeite auch nicht als Hilfskraft."

„Sind das Bestimmungen aus dem Tarifvertrag?"

„Es sind meine Bestimmungen." Sie reichte ihm einen Keks. „Möchtest du?"

„Nein danke." Im Kühlschrank fand er Eier und Milch.

„Vielleicht möchtest du noch etwas Käse reiben", begann June, zuckte aber dann mit den Schultern, als er ihr einen bedeutungsvollen Blick zuwarf. Blake schlug vier Eier in eine Schüssel und goss dann Milch dazu. „Das solltest du aber lieber abmessen."

„Und du solltest lieber nicht mit vollem Mund reden", gab er zurück. Dann begann er die Eier zu schlagen.

Blake schlug sie viel zu lange, doch June sagte nichts. Doch kurz darauf konnte sie sich nicht mehr zurückhalten. „Du hast die Pfanne noch nicht erhitzt", ermahnte sie ihn, und als er sich nicht von seiner Arbeit ablenken ließ, meinte sie: „Ich sehe schon, du brauchst dringend Nachhilfestunden."

„Wenn du dich unbedingt betätigen willst, dann mach den Toast."

Gehorsam nahm sie das Brot und steckte zwei Scheiben in den Toaster. „Es ist normal, dass Köche ein wenig unsicher werden, wenn man ihnen zusieht, aber ein guter Küchenchef muss sich darüber hinwegsetzen können und darf sich auch nicht ablenken lassen." Sie wartete, bis er die Eier in die Pfanne gegeben hatte, ehe sie zu ihm hinüberging, von hinten die Arme um ihn schlang und ihn auf den Hals küsste. „Gegen jede Art von Ablenkung muss er immun sein. Und die Flamme ist zu stark."

„Möchtest du die Eier nur leicht angebrannt oder völlig verbrannt?"

June lachte laut auf. „Leicht angebrannt genügt. Ich habe da noch einen hübschen weißen Bordeaux. Du hättest ein wenig davon zu dem Rührei geben können, aber da du das nicht getan hast, können wir ihn ja dazu trinken."

Sie überließ Blake seiner Arbeit, und als die Eier fertig waren, lag der gebutterte Toast auf einer Platte, und der gekühlte Wein war in den Gläsern.

„Gar nicht so schlecht", meinte sie nach dem ersten Bissen. „Ich könnte dich vielleicht in der Frühstücksschicht mitarbeiten lassen, natürlich nach einer angemessenen Probezeit."

„Wenn nur Cornflakes auf der Speisekarte stehen, werde ich diesen Job vielleicht sogar annehmen."

„Du musst dringend deinen Horizont erweitern." June genoss das einfache Mahl. „Ich glaube, nach einigen Lektionen würdest du deine Arbeit ganz gut machen."

„Nach Lektionen von dir?"

June hob ihr Glas und lachte ihn über den Rand des Glases an. „Wenn du möchtest. Einen besseren Lehrer findest du sicher nicht."

Ihr Haar war noch zerzaust, ihre Wangen leicht gerötet, und in ihren Augen tanzten die goldenen Fünkchen. Ihr Morgenmantel drohte ihr von der Schulter zu rutschen und enthüllte ihre nackte Haut.

Blakes Gefühle für diese Frau drohten ihn zu überwältigen. „Ich liebe dich, June."

June starrte Blake an. Langsam verschwand das Lächeln von ihrem Gesicht. Was sie in diesem Augenblick fühlte, verriet ihm ihr Gesicht nicht. Eine Menge widerstreitender Gefühle schienen in ihrem Inneren zu toben, er las das aus ihrem verwirrten Gesichtsausdruck. Langsam stellte sie ihr Glas auf den Tisch und starrte dann beinahe verlegen hinein.

„Das sollte keine Drohung sein." Blake nahm ihre Hand und hielt sie fest, bis sie ihn wieder ansah. „Ich verstehe nicht, dass dich das so sehr überrascht."

Doch, es hatte sie überrascht. Zuneigung hatte sie erwartet, das war etwas, womit sie umgehen konnte. Respekt hätte sie auch verstanden. Aber Liebe – das war ein so zerbrechliches Wort. Und etwas in ihr sehnte sich so sehr danach, und doch kämpfte sie mit aller Kraft dagegen an.

„Blake, ich muss das nicht unbedingt hören, wie vielleicht andere Frauen. Bitte …"

„Vielleicht nicht." Eigentlich hatte er es ganz anders anfangen wollen, doch jetzt musste er weitersprechen. „Aber ich musste es dir sagen. Ich wollte es schon lange sagen."

Sie entzog ihm ihre Hand und hob wieder ihr Glas. „Ich habe immer geglaubt, dass es Worte sind, die eine Beziehung am ehesten zerstören können."

„Wenn man sie nicht ausspricht", gab Blake zurück. „Es ist der Mangel an Kommunikation, der eine Beziehung zerstört. Und dieses Wort gebrauche ich nicht leichtfertig."

„Nein." Das glaubte sie ihm, doch es machte ihre Angst nur noch größer. Liebe, wenn man sie verschenkte, verlangte etwas im Gegenzug. Und sie war nicht bereit dazu – sie war nicht sicher. „Ich glaube, es ist besser, wenn wir wollen, dass alles problemlos verläuft, dass wir …"

„Ich möchte nicht, dass alles so weitergeht", unterbrach Blake sie und fühlte, wie Panik in ihm aufstieg. „Ich möchte, dass du mich heiratest, June."

„Nein", wehrte June entsetzt ab. Schnell stand sie auf, als könnte der räumliche Abstand von ihm seine Worte wieder auslöschen. „Nein, das ist unmöglich."

„Es ist sehr gut möglich." Auch er stand auf. „Ich möchte, dass du mein Leben mit mir teilst, dass du meinen Namen trägst. Ich möchte Kinder von dir haben und mit dir zusammen sehen, wie sie aufwachsen."

„Hör auf!" Abwehrend hob June die rechte Hand. Seine Worte rührten etwas in ihr an, und sie wusste, es würde einfach sein, Ja zu sagen und damit den größten Fehler ihres Lebens zu begehen.

„Warum?" Er machte einen Schritt auf sie zu und nahm ihr Gesicht in beide Hände. „Weil du dich fürchtest zuzugeben, dass auch du das möchtest?"

„Nein, ich möchte das nicht – ich glaube nicht an so etwas. Eine Ehe – es ist nur ein Stück Papier, das ein paar Dollar kostet. Und für ein paar Tausend Dollar mehr bekommst du dann die Scheidung. Noch ein Stück Papier."

Er fühlte, wie sie zitterte, und er verfluchte sich selbst dafür, dass er nicht wusste, wie er zu ihr durchdringen konnte.

„Du weißt, dass das nicht stimmt. Zu einer Ehe gehören zwei Menschen, die einander ein Versprechen geben und sich dann bemühen, dieses Versprechen zu halten. Scheidung bedeutet aufgeben."

„Versprechen interessieren mich nicht."

Verzweifelt stieß June seine Hände zurück und ging einige Schritte von ihm weg. „Ich will nicht, dass jemand mir Versprechungen macht, und ich selbst will auch keine machen. Ich bin mit meinem Leben so zufrieden, wie es ist. Ich muss an meine Karriere denken."

„Das ist nicht genug, und das wissen wir beide. Du kannst mir nicht sagen, dass du nichts für mich fühlst. Jedes Mal, wenn wir zusammen sind, kann ich es in deinen Augen lesen."

Ich mache alles falsch, dachte er, aber wie soll ich es sonst anfangen?

„Verflixt, June, ich habe wirklich lange genug gewartet. Und wenn ich vielleicht nicht den richtigen Zeitpunkt gewählt habe, um dir das alles zu sagen, kann ich jetzt auch nichts mehr daran ändern."

„Den richtigen Zeitpunkt?", fragte sie. „Wovon redest du überhaupt? War das vielleicht einer deiner sorgfältig ausgearbeiteten Pläne? Oh, ich verstehe." Sie holte tief Luft, es störte sie gar nicht mehr, dass sie vielleicht unvernünftig war. „Hast du in deinem Büro gesessen und dir Punkt für Punkt deine Strategie zurechtgelegt? War es vielleicht das?"

„Mach dich doch nicht lächerlich ..."

„Lächerlich?" Sie warf den Kopf zurück. „Nein, das glaube ich nicht. Du spielst dein Spiel sehr gut, du hast auch eine Menge Geduld. Hast du gewartet, bis du glaubtest, ich sei am meisten verletzbar?" Sie atmete jetzt heftig, die Worte überstürzten sich. „Ich will dir was sagen, Blake, ich bin keine Hotelkette, die du erwerben kannst, indem du darauf wartest, dass der Markt dafür günstig ist."

Auf eine gewisse Weise hatte sie recht, und das Wissen darum machte ihn wütend. „Verdammt, June, ich will dich heiraten und nicht kaufen."

„So wie ich das sehe, besteht darin kein sehr großer Unterschied. Doch diesmal ist dein Plan nicht aufgegangen, Blake. Es gibt keinen Geschäftsabschluss. Und jetzt möchte ich, dass du mich allein lässt."

„Es gibt aber noch eine ganze Menge, über das wir reden müssen."

„Nein, das ist nicht wahr. Ich werde für dich arbeiten, bis mein Vertrag ausläuft, das ist alles."

„Ich pfeife auf den Vertrag." Er nahm sie bei den Schultern und schüttelte sie. „Und warum bist du nur so verflixt stur? Ich liebe dich. Das kannst du nicht einfach beiseiteschieben, als existiere dieses Gefühl nicht."

Zu ihrer beider Überraschung füllten sich ihre Augen plötzlich mit Tränen. „Geh", brachte sie noch hervor, dann liefen die Tränen über ihre Wangen. „Lass mich allein."

Die Tränen machten ihn wehrlos. Etwas, was sie mit Worten

nie geschafft hätte. „Das kann ich nicht." Trotzdem ließ er sie los, obwohl er sich nichts sehnlicher wünschte, als sie in seinen Armen zu halten. „Ich werde dir Zeit geben, vielleicht brauchen wir beide Zeit, doch wir müssen noch darüber reden."

„Geh endlich." Noch nie hatte June vor einem anderen Menschen geweint. „Geh weg!" Sie wandte sich um und blieb wie erstarrt stehen, bis sie hörte, wie die Tür hinter ihm ins Schloss fiel.

Erst dann sah sie sich um, und obwohl Blake gegangen war, war er doch überall. Sie sank auf die Couch und ließ ihren Tränen freien Lauf, während sie sich wünschte, weit weg zu sein.

Sie war nicht wegen der Kathedralen, der Brunnen oder wegen der Kunst nach Rom gekommen. Auf ihrem Weg im Taxi vom Flughafen in die Stadt war June dankbar für den dichten Verkehr und den Lärm. Vielleicht bin ich diesmal zu lange in Amerika geblieben, dachte sie. Als sie am Trevi-Brunnen vorbeifuhren, dachte sie an Philadelphia.

Nur ein paar Tage, überlegte sie, ein paar Tage würde sie von dort weg sein, würde das tun, was sie am besten konnte, und das würde alles wieder ins rechte Licht rücken. Sie hatte einen Fehler gemacht mit Blake. Von Anfang an hatte sie gewusst, dass es falsch gewesen war, sich mit ihm einzulassen. Jetzt musste sie einen schnellen, vollständigen Bruch machen, und es würde nicht lange dauern, dann wäre er sogar dankbar dafür, dass sie ihn vor einem großen Fehler bewahrt hatte.

Sie lehnte sich in ihren Sitz zurück und sah aus dem Fenster. Sie fühlte sich elender als je zuvor in ihrem Leben.

Als das Taxi hielt, bezahlte sie den Fahrer und stieg dann aus. Es war gerade erst zehn Uhr vormittags, und dennoch war es schon heiß. Sie ging die Stufen zu einem alten, vornehmen Haus hoch und klopfte an die Tür. Sie wartete einen Augenblick, dann klopfte sie noch einmal.

Der Mann, der kurz darauf die Tür öffnete, trug einen seidenen Morgenmantel, der mit Pfauen bestickt war. An jedem anderen hätte dieser Morgenmantel lächerlich ausgesehen. Sein Haar war zerzaust, die Augen halb geschlossen.

„Hallo, Carlo. Habe ich dich geweckt?"

„June!" Schnell schluckte er den Fluch herunter, mit dem er den Störenfried hatte bedenken wollen, dann zog er sie in seine Arme. „Welche Überraschung!" Er küsste sie auf die Wangen, dann schob er sie ein wenig von sich weg. „Aber warum überraschst du mich in der Morgendämmerung?"

„Es ist schon nach zehn."

„Wenn man erst um fünf Uhr ins Bett findet, dann ist zehn die Morgendämmerung. Aber komm rein, komm rein. Ich habe ganz vergessen, dass du zu Gravantis Geburtstag kommst."

Von draußen war Carlos Haus lediglich vornehm. Drinnen jedoch war es luxuriös. In der großen Eingangshalle herrschten Marmor und Gold vor und verrieten seine Vorliebe für alles Kostspielige. Durch einen großen Bogen gingen sie in den Wohnbereich hinüber, in dem sich die Schätze aufhäuften, die zufriedene Kunden – und auch Frauen – ihm geschenkt hatten. Carlo besaß das Talent, sich Frauen auszusuchen, die seine Freundinnen blieben, auch wenn sie nicht länger seine Geliebten waren.

Die Fenster wurden von Brokatvorhängen gerahmt, auf dem Boden lagen orientalische Teppiche, ein Tintoretto hing an der Wand. Zwei riesige Sofas waren mit Kissen überladen, neben einem saß ein Löwe aus Alabaster. Der große Kronleuchter spiegelte das Licht in seinen Tausenden von Kristallen wider.

Mit dem Finger strich June über den Rand einer wunderschönen blau-weißen chinesischen Vase. „Neu?"

„Sì."

„Medici?"

„Aber natürlich. Ein Geschenk von einer … Freundin."

„Deine Freundinnen sind ja immer bemerkenswert großzügig."

Er grinste. „Aber das bin ich doch auch."

„Carlo?"

Die etwas rauchige, ungeduldige Stimme kam oben von der Treppe. Carlo sah nach oben, blickte dann June an und grinste wieder.

June zog ihre Jacke aus. „Eine Freundin, nehme ich an."

„Gib mir nur einen kleinen Augenblick, *cara*." Schon während er sprach, lief er zur Treppe. „Vielleicht könntest du in der Küche etwas Kaffee machen."

„Und so aus dem Weg gehen", beendete June den Satz für Carlo. Sie nahm ihren Koffer mit in die Küche. Es hatte keinen Zweck, Carlo auch noch mit einer Erklärung für ihr Gepäck seiner Freundin gegenüber zu belasten.

Die Küche war genauso großartig wie der Rest des Hauses, June kannte sich hier beinahe genauso gut aus wie in ihrer eigenen Küche. Zwei Herde standen in dieser Küche sowie ein riesiger Kühlschrank. Es gab zwei Spülen und einen Geschirrspüler. Carlo Franconi tat alles, was er tat, in großem Rahmen.

June suchte im Schrank nach Kaffeebohnen und einer Kaffeemühle. Bei Carlo würde es sicher noch einen Augenblick dauern, dachte sie und entschloss sich, Crêpes zu backen.

Sie war gerade mit allem fertig, als er in die Küche kam. „Ah, *bella*, du kochst für mich. Welch große Ehre."

„Ich fühlte mich ein wenig schuldig, weil ich dich heute Morgen gestört habe. Außerdem war ich hungrig." Sie stellte die mit warmen Äpfeln und Zimt gefüllten Crêpes auf den Tisch. „Ich sollte mich entschuldigen, weil ich dich so einfach überfalle, ohne mich anzumelden. War deine Freundin böse?"

Er strahlte sie an, als er sich setzte. „Du kennst mich anscheinend immer noch nicht gut genug."

„Scusa." Sie reichte ihm die Sahne. „Wir werden also bei Enricos Geburtstag zusammenarbeiten."

„Ich werde Kalbfleisch mit Spaghetti machen. Enrico hat eine Schwäche für meine Spaghetti. Jeden Freitag kommt er in mein Restaurant." Carlo begann zu essen. „Und du wirst den Nachtisch machen."

„Einen Geburtstagskuchen.“ June trank ihren Kaffee, während die Crêpes auf ihrem Teller kalt wurden. Sie hatte plötzlich keinen Appetit mehr. „Enrico wollte etwas ganz Besonderes, nur für sich allein. Und da ich seine Vorliebe für Schokolade und Schlagsahne kenne, ist es mir nicht schwergefallen, mir etwas für ihn auszudenken.“

„Aber das Essen ist doch erst in zwei Tagen. Warum bist du so früh gekommen?“

June zuckte mit den Schultern. „Ich wollte ein wenig Zeit für mich haben.“

„Verstehe.“ Und er glaubte wirklich zu verstehen. June sah schlecht aus, hatte Ränder unter den Augen. Das eindeutigste Anzeichen für Liebeskummer. „Geht in Philadelphia alles gut?“

„Der Umbau ist fertig, die neuen Speisekarten sind gedruckt. Ich denke, das Personal in der Küche gibt sein Bestes. Ich habe Maurice aus Chicago geholt, erinnerst du dich an ihn?“

„Oh ja, ‚Gepresste Ente‘.“

„Es ist ein aufregendes Gericht. Genau das würde ich auswählen, wenn ich einmal ein eigenes Restaurant hätte. Als ich mit dem ganzen Papierkram beschäftigt war, habe ich regelrecht Respekt für dich entwickelt, Carlo.“

„Ach, die ganzen Schreibarbeiten. Schrecklich, aber leider notwendig. Du isst ja gar nicht, June.“

„Hmm? Ach, das ist wahrscheinlich die Zeitverschiebung.“ Sie deutete auf ihren Teller. „Bediene dich.“

Carlo nahm sie beim Wort. „Hast du das Problem mit Max gelöst?“

Abwesend berührte sie ihren Arm. Die Verletzung und auch die Stiche, all das gehörte der Vergangenheit an. „Es geht. Mutter hat mich für einige Zeit besucht, sie macht immer großen Eindruck.“

„Monique? Wie geht es ihr?“

„Sie ist wieder verheiratet. Diesmal mit einem Regisseur, einem Amerikaner.“

„Ist sie glücklich?“

„Natürlich. In ein paar Wochen beginnen sie mit einem neuen Film."

„Vielleicht war das ihre klügste Wahl. Er ist sicher jemand, der ihr künstlerisches Temperament und ihre Bedürfnisse versteht." Carlo sah sie an. „Und wie geht es deinem Amerikaner?" June stellte die Kaffeetasse auf den Tisch zurück. „Er will mich heiraten." Carlo hätte sich beinahe an einem Bissen seiner Crêpes verschluckt. „So … meinen Glückwunsch."

„Sei doch nicht dumm!" Sie konnte nicht länger still sitzen bleiben, deshalb stand sie auf und ging in der Küche hin und her. „Ich werde ihn nicht heiraten."

„Nein?" Carlo ging zum Herd und goss ihnen beiden eine weitere Tasse Kaffee ein. „Warum denn nicht? Ist er vielleicht nicht attraktiv genug? Schlecht gelaunt? Dumm?"

„Natürlich nicht." Sie ballte die Hände zu Fäusten. „Das hat damit gar nichts zu tun."

„Womit denn?"

„Ich habe eben einfach nicht die Absicht zu heiraten. Das ist eine Sache, auf die ich gut verzichten kann."

„Hast du etwa Angst, dass du dabei auf die Nase fällst?"

Sie hob trotzig das Kinn. „Sei vorsichtig, Carlo."

Bei ihrem eisigen Ton zuckte er nur leicht mit den Schultern. „Du weißt, dass ich stets genau das sage, was ich denke. Wenn du etwas anderes hättest hören wollen, wärst du nicht zu mir gekommen."

„Ich bin hierhergekommen, weil ich ein paar Tage einen Freund besuchen wollte, nicht, um über eine Heirat zu sprechen."

„Aber du hast deswegen schlaflose Nächte."

Sie hatte ihre Kaffeetasse hochgehoben, jetzt stellte sie sie klirrend auf die Untertasse zurück. „Es war ein langer Flug, und ich habe hart gearbeitet. Und, ja, vielleicht habe ich wegen dieser ganzen Sache schlaflose Nächte", entgegnete sie heftig. „Ich habe das von ihm einfach nicht erwartet. Er ist ein ehrlicher Mann, und wenn er sagt, dass er mich liebt und mich heiraten will, dann meint er das auch. Wenigstens im Augenblick. Das macht es mir nicht gerade einfach, Nein zu sagen."

Carlo ließ sich durch ihren Temperamentsausbruch nicht beeindrucken – er liebte so etwas an einer Frau. „Und du? Was fühlst du für ihn?"

Zögernd ging June zum Fenster hinüber und blickte in Carlos Garten. „Natürlich fühle ich etwas für ihn. Mehr, als gut für mich ist. Aber diese Gefühle bestärken mich nur noch darin, so schnell wie möglich mit ihm zu brechen. Ich möchte ihm nicht wehtun, Carlo, genauso wenig, wie ich mir selbst wehtun möchte."

„Und du bist so sicher, dass Liebe und Ehe wehtun würden?" Er legte ihr beide Hände auf die Schultern und massierte sie leicht. „Wenn du dir so viele Gedanken über alle Eventualitäten des Lebens machst, dann hast du gar keine Zeit mehr zu leben, *cara mia*. Du hast jemanden, der dich liebt, und auch wenn du es nicht aussprichst, so glaube ich doch, dass du ihn ebenfalls liebst. Warum gibst du das denn nicht zu?"

„Eine Ehe, Carlo", June wandte sich um und sah ihn ernst an, „ist nichts für Leute wie uns."

„Leute wie uns?"

„Wir sind so mit dem beschäftigt, was wir tun. Wir sind daran gewöhnt, zu kommen und zu gehen, wann wir wollen. Wir sind niemandem Rechenschaft schuldig. Ist das nicht auch der Grund, warum du nie geheiratet hast?"

„Ich könnte sagen, ich bin ein sehr großzügiger Mensch, und ich habe das Gefühl, es wäre sehr selbstsüchtig, wenn ich meine Gaben nur für eine einzige Frau bewahren wollte." Sie lächelte, und er strich ihr zart das Haar aus dem Gesicht. „Aber um ehrlich zu sein, ich habe nie die Frau gefunden, bei der mein Herz zu zittern begann. Ich habe danach gesucht, und wenn ich sie gefunden hätte, wäre ich auf dem schnellstmöglichen Weg zu einem Priester gelaufen und hätte sie geheiratet."

Mit einem Seufzer wandte June sich wieder zum Fenster. „Die Ehe ist ein Märchen, Carlo, voll von Prinzen, Bauern und Kröten. Ich habe viel zu viele dieser Märchen gesehen, die sich in nichts aufgelöst haben."

„Wir schreiben unsere eigenen Geschichten, June, das müsstest du doch am besten wissen."

„Vielleicht. Aber diesmal weiß ich einfach nicht, ob ich den Mut habe, die Seite umzublättern."

„Lass dir Zeit. Es gibt keinen besseren Ort auf der Welt, um über das Leben und die Liebe nachzudenken, als Rom. Und es gibt keinen besseren Mann, mit dem du darüber nachdenken könntest, als Franconi. Heute Abend werde ich für dich kochen. Linguine." Er küsste ihre Fingerspitzen. „Dafür könntest du sterben. Und du kannst eine deiner Babas machen wie damals, als wir noch zusammen studierten, *d'accordo*?"

June ging zu ihm hinüber und schlang die Arme um seinen Hals. „Weißt du, Carlo, wenn ich wirklich an die Ehe glaubte, dann würde ich dich nehmen, und zwar schon allein wegen deiner Pasta."

Er grinste. „Carissima, selbst meine Pasta ist nichts, verglichen mit meinem ..."

„Da bin ich ganz sicher", unterbrach sie ihn schnell. „Warum ziehst du dich nicht an, dann gehen wir zusammen einkaufen. Ich muss mir etwas ganz Tolles kaufen, solange ich in Rom bin. Außerdem habe ich meiner Mutter auch noch kein Hochzeitsgeschenk gekauft."

Wie hatte er nur so dumm sein können? Blake knipste sein Feuerzeug an und blickte in die Flamme. Es würde mindestens noch eine Stunde dauern, bis es hell wurde, aber er konnte nicht mehr schlafen. Er hatte es aufgegeben, sich vorzustellen, was June in Rom machte, während er in seiner leeren Wohnung saß und nur an sie dachte. Wenn er nach Rom fliegen würde ...

Nein. Er hatte sich selbst das Versprechen abgenommen, ihr Zeit zu lassen, ganz besonders, weil er so ungeschickt an die ganze Sache herangegangen war.

Er stand auf und lief unruhig auf und ab. Wenn es stimmte,

dass er die ganze Angelegenheit behandelt hatte, als sei es ein Problem, das er auf dem gewohnten Wege lösen musste, dann doch nur deshalb, weil das eben seine Arbeit war. Aber er liebte sie, und er war sicher, dass sie ihn ebenfalls liebte. Wie sollte er nur die Mauer der Abwehr einreißen, die sie um sich herum errichtet hatte?

Sollte er einfach so tun, als sei nichts geschehen? Das war unmöglich. Er blickte aus dem Fenster auf die Stadt. Der Himmel im Osten begann langsam, sich zu röten. Und plötzlich wurde Blake klar, dass er schon viel zu viele Sonnenaufgänge allein betrachtet hatte. Zwischen ihnen beiden hatte sich zu viel geändert, zu viel war gesagt worden. Man konnte nichts zurücknehmen, man konnte auch die Liebe nicht zurücknehmen und sie wegschließen, bis man sie mal wieder brauchen konnte.

Eine volle Woche hatte er sie nicht gesehen, bevor sie nach Rom abgeflogen war. Es war viel schwieriger gewesen, als er es sich vorgestellt hatte, aber ihre Tränen am letzten Abend hatten ihn dazu gebracht. Jetzt fragte er sich, ob er nicht wieder einen Fehler gemacht hatte. Wenn er vielleicht am nächsten Tag zu ihr gegangen wäre …

Er schüttelte den Kopf und trat dann vom Fenster zurück. Sein Fehler war es gewesen, an diese Situation mit Logik heranzugehen. In der Liebe gab es keine Logik, nur Gefühl. Und ohne Logik war er hilflos.

Er liebte June wahnsinnig. Ja, dachte er, das ist der richtige Ausdruck dafür: ein unheilbarer Wahnsinn. Wäre sie bei ihm, dann könnte er es ihr zeigen. Wenn sie zurückkäme, dachte er verzweifelt, dann würde ich diese verflixte Mauer, die sie um sich herum errichtet hat, einreißen, Stück für Stück, bis sie nicht mehr anders kann, als sich mir hinzugeben.

Als das Telefon läutete, starrte er verwundert darauf. June? „Hallo."

„Blake?" Die Stimme hatte einen leicht französischen Akzent.

„Ja. Monique?"

„Es tut mir leid, dass ich Sie störe, aber ich vergesse immer den Zeitunterschied zwischen Westen und Osten. Ich wollte gerade ins Bett gehen. Habe ich Sie geweckt?"

„Nein." Die ersten Sonnenstrahlen erhellten das Zimmer. Der größte Teil der Stadt schlief noch. „Hatten Sie eine angenehme Reise, zurück nach Kalifornien?"

„Ich habe beinahe einen ganzen Tag geschlafen. Es gibt hier so schrecklich viele Partys, so wenig hat sich geändert in Hollywood, nur einige Namen, einige Gesichter. Um mit der Mode zu gehen, muss man jetzt seine Sonnenbrille an einem Band um den Hals tragen. Meine Mutter hat das auch immer getan, aber nur, damit sie ihre Brille nicht verlor."

Er lächelte. „Sie brauchen doch nicht mit der Mode zu gehen, um chic zu sein."

„Wie schmeichelhaft."

„Was kann ich für Sie tun, Monique?"

„Oh, zuerst muss ich Ihnen sagen, wie nett es war, in Ihrem Hotel zu wohnen. Und wie geht es Junes Arm? Ist er besser?"

„Offensichtlich. Sie ist in Rom."

„Oh, ja, jetzt erinnere ich mich. Nun, sie hat es noch nie lange an einem Ort ausgehalten, meine June. Ich habe sie nur kurz gesehen, ehe ich abgereist bin. Sie schien mir … irgendwie abgelenkt."

Blake fühlte, wie sein Magen sich zusammenzog. Er versuchte sich zu entspannen. „Sie hat sehr hart gearbeitet."

Moniques Mund verzog sich. Er gibt nichts zu, dachte sie bewundernd. „Ja, vielleicht werde ich sie noch einmal kurz sehen. Ich möchte Sie um einen Gefallen bitten, Blake. Sie waren so nett zu mir während meines Besuches in Philadelphia."

„Was kann ich für Sie tun?"

„Die Suite, in der ich gewohnt habe, ich fand sie so angenehm, so *agréable*. Könnten Sie mir diese Suite vielleicht reservieren? Ich werde nämlich in zwei Tagen noch einmal zurückkommen."

„In zwei Tagen?" Blake runzelte die Stirn.

„Ja, ich war so dumm, so vergesslich. Ich habe in Philadelphia noch etwas zu erledigen, und durch Junes Unfall habe ich das ganz vergessen. Ich muss noch einmal zurückkommen, um alles in Ordnung zu bringen. Und die Suite?“

„Aber natürlich. Ich werde dafür sorgen, dass sie für Sie reserviert ist.“

„Merci. Vielleicht dürfte ich Sie um noch etwas bitten. Am Samstagabend gebe ich eine kleine Party, nur für einige Freunde. Ich wäre Ihnen sehr dankbar, wenn Sie auch dabei sein würden, nur für ein paar Minuten. So gegen acht?“

Im Augenblick war Blake ganz und gar nicht nach einer Party zumute. Aber seine gute Erziehung und auch sein Geschäft ließen ihm keinen anderen Ausweg. Er schrieb sich Datum und Zeit auf. „Ich werde gern kommen.“

„Wunderbar. Bis Samstag dann, *au revoir*.“

Nachdem sie den Hörer aufgelegt hatte, lachte Monique zufrieden auf. Es stimmte, sie war Schauspielerin und keine Drehbuchautorin, aber ihr kleines Drehbuch war einfach perfekt. Absolut perfekt.

Sie nahm den Telefonhörer noch einmal zur Hand und schickte ein Telegramm nach Rom.

Chérie. Ich muss wegen unerledigter Geschäfte noch einmal nach Philadelphia zurückkommen, ehe wir mit dem Film beginnen. Ich werde über das Wochenende in meiner Suite im Cocharan-Hotel sein. Am Samstagabend gebe ich eine kleine Soirée. Komm bitte um halb neun. À bientôt. Maman.

Was hatte sie nur vor? Neugierig betrachtete June das Telegramm noch einmal, während ihr Flugzeug über den Atlantik flog. Sie konnte sich nicht vorstellen, welche Geschäfte ihre Mutter wohl in Philadelphia haben mochte. Sie hatte doch immer behauptet, eine gute Schauspielerin bliebe in ihrem Herzen immer ein Kind und hätte daher keinen Sinn für Geschäfte. Doch das war nur ein Vorwand für sie gewesen, um genau das zu tun, was sie wollte. June konnte sich wirklich nicht vorstellen, was ihre Mutter in Philadelphia zu tun hatte.

Achselzuckend steckte sie das Telegramm in ihre Handtasche zurück. Sie hatte absolut nicht den Wunsch, in etwa fünf Stunden mit fremden Menschen angestrengte Konversation bei einem Cocktail zu machen. Am Tag zuvor erst hatte sie bis zur Erschöpfung gearbeitet, um Enrico einen Geburtstagskuchen zu machen, der die Form seines palastartigen Hauses in einem der teuersten Vororte von Rom hatte. Zwölf Stunden hatte sie daran gearbeitet, und zum ersten Mal hatte sie, weil ihr Gastgeber darauf bestand, die Party mitgemacht, auf der der Kuchen dann schließlich gegessen wurde.

Sie hatte geglaubt, es würde ihr guttun, die eleganten Menschen und die festliche Atmosphäre würden sie ablenken. Aber nur eines war ihr dabei klar geworden: Sie wollte nicht in Rom sein, viel lieber wäre sie zu Hause gewesen. Und zu ihrem eigenen Erstaunen stellte sie fest, dass zu Hause für sie Philadelphia war.

Sie sehnte sich nicht nach Paris und nach ihrer kleinen Wohnung am linken Seine-Ufer. Sie sehnte sich nach ihrer Wohnung in Philadelphia, wo in jedem Raum die Erinnerung an Blake lebte. Wie dumm es auch sein mochte, wie unklug oder töricht, sie wollte Blake.

Auch jetzt, auf ihrem Heimflug, hatte sich das nicht geändert. Sobald sie wieder festen Boden unter den Füßen hatte, war es Blake, zu dem sie gehen wollte. Und Blake wollte sie auch all die Geschichten erzählen, die sie von Enrico gehört hatte. Blake sollte darüber lachen. Und sie wollte sich an ihn schmiegen und in seinen Armen die Anstrengungen der letzten Tage vergessen.

Seufzend legte June den Kopf gegen die Rückenlehne und schloss die Augen. Nun, sie würde ihre Pflicht tun und zu der Party ihrer Mutter gehen. Vielleicht war es eine willkommene Ablenkung. Es würde ihr eine kleine Zeitspanne verschaffen, ehe sie Blake wiedersehen musste. Blake und ihr Entschluss, den sie schon gefasst zu haben glaubte.

B. C. fuhr sich mit dem Finger in seinen Hemdkragen und hoffte, dass er nicht so nervös aussah, wie er sich fühlte. Monique wiederzusehen, nach all den Jahren – und er würde ihr Lillian vorstellen müssen. *Monique, meine Frau Lillian. Lillian, das ist Monique Dubois, eine frühere Geliebte. Die Welt ist doch klein, nicht wahr?*

Auch wenn er ein Mann war, der gute Scherze liebte, so konnte er an dem bevorstehenden Zusammentreffen nichts Komisches finden.

Es stimmte, er war seiner Frau nur ein einziges Mal untreu gewesen. Und das auch nur, weil sie sich damals im Streit voneinander getrennt hatten und er bitter und verängstigt gewesen war. Aber ein Vergehen, das man vor langer Zeit begangen hatte, war noch immer ein Vergehen.

Er liebte Lillian, er hatte sie immer geliebt, aber er hatte nie zu verleugnen versucht, dass er diese kurze Affäre mit Monique gehabt hatte. Und er konnte auch nicht abstreiten, dass sie aufregend, leidenschaftlich und unvergesslich gewesen war.

Danach hatten sie nie wieder versucht, zueinander Kontakt aufzunehmen, auch wenn er sie noch ein- oder zweimal flüchtig gesehen hatte. Aber auch das war schon so lange her.

Warum also hatte sie ihn jetzt, nach all den Jahren, so plötzlich angerufen und darauf bestanden, dass er mit seiner Frau in ihre Suite im Cocharan-Hotel kommen sollte? Wieder fuhr er mit seinem Finger den Hemdkragen entlang. Irgendetwas schien ihn ersticken zu wollen. Moniques einzige Erklärung war gewesen, dass es um das Glück seines Sohnes und ihrer Tochter ging.

An ihm war es danach gewesen, einen Grund zu finden, um in die Stadt zu kommen und seine Frau zu bewegen mitzufahren. Einfach war das wirklich nicht gewesen. Aber im Vergleich zu dem, was ihm bevorstand, schien ihm das jetzt eine Kleinigkeit, denn immerhin war er mit einer intelligenten, unabhängigen Frau verheiratet.

„Willst du den ganzen Tag an deinem Schlips herumfummeln?“ B.C. zuckte zusammen, als seine Frau plötzlich hinter ihn trat. „Nur mit der Ruhe.“ Lachend strich sie über seine Schultern. „Man könnte ja meinen, dass du noch nie zuvor einen Abend mit einer berühmten Frau verbracht hast. Oder machen dich nur französische Schauspielerinnen so nervös?“

Nur diese eine französische Schauspielerin, dachte B. C., dann wandte er sich zu seiner Frau um. Sie war hübsch, nicht so atemberaubend wie Monique, aber sie war von einer ruhigen Schönheit, an der sich auch in all den Jahren nichts geändert hatte. In ihrem dichten dunkelbraunen Haar zeigten sich graue Strähnen, die sie nicht zu verbergen versuchte, sondern so frisierte, dass der Kontrast vorteilhaft wirkte.

Lillian hatte schon immer Stil besessen. Sie war seine Partnerin gewesen, hatte ihm immer zur Seite gestanden. Er brauchte eine starke Frau, und die war sie gewesen. Und dazu noch die beste Kameradin, die ein Mann sich nur wünschen konnte. Er legte seine Hand auf ihre Schulter und küsste sie zärtlich.

„Ich liebe dich, Lily." Als sie ihn anlächelte, nahm er ihre Hand und fühlte sich wie ein Mann auf dem Weg zum Schafott. „Wir gehen besser, sonst kommen wir noch zu spät."

Blake legte verärgert den Telefonhörer auf. Er war ganz sicher, dass June an diesem Abend zurückkommen wollte. Aber schon seit über einer Stunde rief er immer wieder in ihrer Wohnung an und bekam keine Antwort. Seine Geduld war zu Ende, und er war absolut nicht in der Stimmung, jetzt zu Moniques Party zu gehen. Genau wie sein Vater rückte auch er seinen Schlips zurecht.

Wenn das alles vorbei war, wenn sie wieder zurück war, dann würde er einen Weg finden, sie davon zu überzeugen, mit ihm wegzufahren. Er würde diese verflixte Insel im Pazifik finden, koste es, was es wolle. Er würde sie kaufen und mit ihr dorthin ziehen. Er würde eine Pizzeria-Kette aufbauen oder eine Kette mit Imbisslokalen, vielleicht würde sie das zufriedenstellen.

Er wusste, dass er unvernünftig war, unvernünftig und gemein, und er verließ ärgerlich seine Wohnung.

Monique sah sich in der Suite um und nickte dann befriedigt. Die Blumen verliehen dem Raum eine sinnliche Atmosphäre. Es waren nicht viele, ein kleiner Strauß hier, ein Strauß da, und doch fand sie, dass alles gleich viel romantischer aussah. Der Wein war gekühlt, die Kristallgläser blinkten in dem gedämpften Licht. Max hatte sich selbst übertroffen mit den Hors d'œuvres, ein wenig Kaviar, etwas Paté, einige kleine Quiches – alles sah sehr elegant aus. Sie durfte nicht vergessen, ihn in seiner Küche zu besuchen.

Mit der Hand berührte Monique ihren Haarknoten. Eigentlich war diese Frisur gar nicht ihr Stil, aber heute Abend wollte sie würdevoll aussehen. Sie hatte das Gefühl, es war für die Gelegenheit angebracht. Die schwarze Seidenhose und die schulterfreie Bluse waren jedoch sexy und chic. Sie hatte nicht widerstehen können, sich ein wenig außergewöhnlich zu kleiden.

Die Szene war bereit, entschied sie, jetzt kam es nur noch auf die Akteure an …

Mit einem Lächeln ging sie zur Tür, als es klopfte. Der erste Akt würde beginnen.

„B. C.!“ Mit einem strahlenden Lächeln streckte sie ihm beide Hände entgegen. „Wie wundervoll, dich nach all den Jahren wiederzusehen.“

Ihre Schönheit war noch genauso atemberaubend wie früher, ihrem Lächeln konnte er nicht widerstehen. Auch wenn er sich vorgenommen hatte, kühl und sehr höflich zu sein, war seine Stimme warm und freundlich. „Monique, du bist überhaupt nicht älter geworden.“

„Und du bist noch immer der gleiche Charmeur.“ Sie lachte und gab ihm einen Kuss auf die Wange, ehe sie sich zu der Frau neben ihm wandte. „Und Sie sind Lillian! Wie schön, dass wir einander endlich kennenlernen. B. C. hat mir so viel von Ihnen erzählt, dass ich das Gefühl habe, wir seien alte Freundinnen.“

Lillian bedachte sie mit einem abschätzenden Blick und zog dann die Augenbrauen hoch. „Oh?“

Sie lässt sich nichts vormachen, dachte Monique und entschied, dass sie diese Frau mochte. „Aber natürlich ist das alles schon so lange her, wir müssen unsere Bekanntschaft unbedingt auffrischen. Komm rein, B. C. Wirst du bitte so freundlich sein, den Champagner aufzumachen?“

B. C. war nur noch ein Nervenbündel. Etwas zu trinken würde ihm vielleicht helfen, hoffte er, als er Moniques Wunsch erfüllte. Doch lieber hätte er ein großes Glas Bourbon pur getrunken.

„Natürlich habe ich Sie schon sehr oft gesehen, Mrs Dubois. Ich glaube, Sie haben keinen Film gemacht, den ich nicht mindestens einmal gesehen habe.“

„Nennen Sie mich doch bitte Monique.“ Sie nahm eine einzelne Rose aus einer der Vasen und reichte sie Lillian. „Und ich fühle mich geschmeichelt. Immer wieder habe ich versucht, mich vom Film zurückzuziehen, doch wieder zum Film zurückzukommen, ist genauso, als käme man zu einem alten Geliebten zurück."

Wie eine Rakete flog der Korken der Champagnerflasche an die Decke. Monique hakte sich bei Lillian ein, innerlich kicherte sie wie ein junges Mädchen. „Ist das nicht ein aufregendes Geräusch?", fragte sie. „Wir müssen einander unbedingt zuprosten, *n'est-ce pas*?"

Sie hob das Glas. „Ich trinke auf das Schicksal", erklärte sie. „Und auf die seltsame Art, in der es uns alle miteinander verbindet." Sie stieß mit B.C. und seiner Frau an. „Erzähle mir, bist du noch immer ein so begeisterter Segelfan?"

Er räusperte sich und wusste nicht, ob er seine Frau beobachten sollte oder Monique. Beide beobachteten ihn, daran bestand kein Zweifel. „Äh, ja. Lillian und ich sind gerade erst von Tahiti zurückgekommen."

„Wie schön. Ein perfekter Ort für Liebende, *oui*?"

Lillian nippte an ihrem Glas. „Perfekt."

„*Et voilà*, da kommt unser nächster Gast", sagte Monique, als es an der Tür klopfte.

Jetzt begann der zweite Akt. Selten hatte Monique etwas so sehr genossen. „Blake, wie nett, dass Sie kommen konnten. Sie sehen fantastisch aus."

„Monique." Er zog ihre Hand an die Lippen, während er insgeheim überlegte, wie lange er wohl würde hierbleiben müssen. „Willkommen zurück in Philadelphia."

„Sie werden sicher überrascht sein, wenn Sie sehen, wer meine anderen Gäste sind." Sie zog ihn in die Suite.

Damit hatte ich wirklich nicht gerechnet, dachte Blake, als er seine Eltern sah. Er ging zu seiner Mutter hinüber. „Ich wusste gar nicht, dass ihr in der Stadt seid."

„Wir sind auch noch nicht lange hier." Lillian reichte ihrem Sohn ein Glas Champagner. „Wir haben bei dir angerufen, aber dein Telefon war besetzt." Was hat diese Frau eigentlich vor? fragte sich Lillian, als Monique zu ihnen trat.

„Familien“, begann Monique und nahm ein wenig von dem Kaviar, „ich liebe Familien. Und Ihnen beiden muss ich sagen, dass ich Ihren Sohn bewundere. Der junge Cocharan führt die Familientradition weiter, nicht wahr?“

Einen kurzen Moment lang blickten Lillians Augen wachsam. Sie hätte gern gewusst, auf welche Familientradition die Schauspielerin anspielte.

„Wir sind beide sehr stolz auf Blake“, erklärte B. C. „Er hat nicht nur den Standard der Cocharan-Hotels erhalten, er hat ihn sogar noch gesteigert. Der Kauf der Hamilton-Kette war ein ausgezeichnetes Geschäft.“ Er prostete seinem Sohn zu. „Und wie geht der Umbau der Küche voran?“, fragte er ihn.

„Sehr gut.“ Das war wirklich das letzte Thema, über das Blake jetzt reden wollte. „Morgen fangen wir mit der neuen Speisekarte an.“

„Dann haben wir unseren Besuch ja genau richtig eingerichtet“, warf Lillian ein. „Wir können dann gleich testen, wie es geworden ist.“

„Wissen Sie überhaupt, welchen Zufall es dabei gegeben hat?“, fragte Monique. „Ist das nicht lustig? Es ist meine Tochter, die für Ihren Sohn die Küche organisiert hat.“

„Ihre Tochter?“ Lillian warf ihrem Mann einen schnellen Seitenblick zu. „Nein, das habe ich nicht gewusst.“

„Sie ist eine ausgezeichnete Küchenchefin, nicht wahr, Blake? Sie hat schon oft für ihn gekocht“, fügte sie dann mit einem vielsagenden Lächeln hinzu.

Lillian hielt die Rose an ihre Nase und sah darüber hinweg ihren Sohn an. „Wirklich?“

„Ein sehr charmantes Mädchen“, meinte jetzt auch B. C. „Sie hat das gute Aussehen von dir geerbt, Monique, obwohl ich kaum glauben konnte, dass du schon eine erwachsene Tochter hast.“

„Ich war ebenso überrascht, als ich zum ersten Mal deinen Sohn kennenlernte.“ Sie lächelte B. C. an. „Ist es nicht erstaunlich, wie schnell die Jahre vergehen?“

Statt einer Antwort räusperte B.C. sich nur und goss dann Champagner nach.

Vor einigen Wochen hatte Blake sich gefragt, was für eine geheime Botschaft es gewesen war, die zwischen June und seinem Vater ausgetauscht wurde. Jetzt, als er B. C. und Monique beobachtete, wurde ihm auf einmal alles klar. Er sah zu seiner Mutter hinüber, doch die trank ruhig ihren Champagner.

Mein Vater und Junes Mutter? Wann? fragte er sich, während er versuchte, diese Neuigkeit zu verdauen. Solange er sich erinnern konnte, waren seine Eltern unzertrennlich gewesen. Nein – plötzlich fiel ihm wieder ein, dass es eine kurze, turbulente Zeit gegeben hatte, als er ungefähr zehn Jahre alt gewesen war. B.C. war damals für einige Wochen verschwunden gewesen – waren es drei Wochen gewesen? Eine Geschäftsreise, hatte seine Mutter ihm seinerzeit erklärt, aber selbst damals schon hatte er gewusst, dass das nicht stimmte. Doch dann war alles so schnell wieder vorbei gewesen, dass er seither nicht mehr daran gedacht hatte. Jetzt ... jetzt hatte er plötzlich eine Ahnung, wo sein Vater die Zeit damals verbracht hatte. Und mit wem.

Er sah seinen Vater an, erkannte, wie unbehaglich der sich fühlte. Nun zahlte er für seine Untreue von vor beinahe zwanzig Jahren.

Blake sah Moniques Lächeln. Was zum Teufel hatte sie eigentlich vor?

Noch ehe er seinem Ärger Ausdruck verleihen konnte, legte sie ihm eine Hand auf den Arm. Es war eine Bitte, zu warten, geduldig zu sein. Und dann klopfte es noch einmal an der Tür.

„Ah, Entschuldigung. B.C., würdest du ein weiteres Glas Champagner eingießen? Wir haben noch einen Gast heute Abend.“

Hocherfreut sah Monique dann ihre Tochter an, als sie die Tür geöffnet hatte. In dem schlichten jadefarbenen Seidenkleid, das ihre Blässe noch hervorhob, sah June zart und zerbrechlich aus und dennoch äußerst sexy. „Chérie, wie nett von dir, mich nicht zu enttäuschen heute Abend."

„Ich kann allerdings nicht lange bleiben, Mutter. Ich muss unbedingt schlafen." June hielt ihr ein kleines Päckchen mit einer großen rosa Schleife entgegen. „Aber ich habe dir ein Hochzeitsgeschenk mitgebracht."

„Reizend!" Monique gab ihrer Tochter einen Kuss auf die Wange. „Ich habe auch etwas für dich. Etwas, was du hoffentlich immer in Ehren halten wirst." Sie trat zur Seite und ließ June eintreten.

Nein, nicht so, dachte June verzweifelt, als der Schock über Blakes Anblick sie durchfuhr. Sie hatte sich auf das Wiedersehen vorbereiten wollen, wenn sie ausgeruht war und ihr Selbstvertrauen wiedergefunden hatte. Sie wollte ihn jetzt noch nicht sehen. Und was taten seine Eltern hier? Ein Blick auf die Frau neben B. C. sagte ihr, dass es Blakes Mutter war.

„Ich finde dein Spielchen gar nicht lustig, Mutter", murmelte sie auf Französisch.

„Ganz im Gegenteil. Es könnte sich herausstellen, dass es das wichtigste Spielchen ist, was ich je in meinem Leben gespielt habe. B. C.", sagte sie dann in fröhlichem Ton, „du hast meine Tochter schon kennengelernt, nicht wahr?"

„Ja, das habe ich." Lächelnd reichte er June ein Glas Champagner. „Nett, Sie wiederzusehen."

„Und das ist Blakes Mutter. Lillian, darf ich Ihnen meine einzige Tochter vorstellen?"

„Ich freue mich, Sie kennenzulernen." Lillian reichte June die Hand. Es war ihr nicht entgangen, wie entsetzt ihr Sohn und die Tochter dieser Schauspielerin einander angesehen hatten. Überraschung, Unsicherheit und auch Verlangen hatten in ihren Blicken gelegen. Wenn Monique deswegen dieses kleine Spielchen hier spielte, dann würde sie ihr Bestes tun, ihr dabei zu helfen. „Ich habe gerade gehört, dass Sie Küchenchef sind und dass wir morgen Ihr neu zusammengestelltes Menü probieren werden."

„Ja." June suchte nach Worten. „War Ihr Segelausflug schön? Es war Tahiti, nicht wahr?"

„Wir hatten eine wundervolle Zeit, auch wenn B.C. manchmal die Tendenz zeigt, zum Sklaventreiber zu werden, wenn man nicht aufpasst."

„Unsinn." B.C. legte seiner Frau einen Arm um die Taille. „Diese ist die einzige Frau, die ich je an das Steuer eines meiner Schiffe lasse."

Sie beten einander an, dachte June, und es überraschte sie. Ihre Ehe dauerte jetzt schon beinahe vierzig Jahre, und sie war offensichtlich auch nicht ohne Stürme abgelaufen ... und trotzdem beteten sie einander noch immer an.

„Ist es nicht wunderbar, wenn Mann und Frau die gleichen Interessen haben – und trotzdem Individuen bleiben?" Monique strahlte June an, dann blickte sie zu Blake. „Sie stimmen mir doch sicher auch zu, dass so etwas einen Mann und eine Frau noch enger aneinander bindet, auch wenn sie harte Zeiten überstehen müssen?"

„Ganz bestimmt." Blake sah June an. „Es hängt alles ab von der Liebe und von dem Respekt, den sie füreinander empfinden ... und vielleicht auch noch von ihrem Optimismus."

„Optimismus!" Dieses Wort schien Monique zu gefallen. „Aber ja, natürlich. Ich bin immer optimistisch – vielleicht zu sehr. Ich habe schon den vierten Ehemann, das zeigt, dass ich sicher viel zu optimistisch bin." Sie lachte. „Aber ich habe immer zuerst nur nach der Romantik gesucht in meinen Beziehungen. Würden Sie sagen, dass das falsch ist, Lillian?"

„Wir suchen alle nach Romantik, nach Liebe und Leidenschaft." Sie legte eine Hand auf den Arm ihres Mannes. „Und auch natürlich nach gegenseitigem Respekt." Sie sah ihren Mann an. „Aber ich muss dieser Liste noch zwei Dinge hinzufügen, nämlich Toleranz und Hartnäckigkeit, die sind in einer Ehe unerlässlich."

Sie wusste es, dachte B.C., als er seiner Frau in die Augen sah. Sie hat es immer gewusst, seit zwanzig Jahren.

„Ausgezeichnet.“ Monique stellte Junes Geschenk auf den Tisch. „Ich glaube, das ist der rechte Augenblick, ein Hochzeitsgeschenk zu öffnen. Diesmal habe ich die Absicht, all diese Dinge in meiner Ehe zu vereinen.“

Sie wollte gehen. June sagte sich, sie brauchte sich nur umzudrehen und zur Tür zu gehen. Und doch blieb sie wie angewurzelt stehen und sah Blake in die Augen.

„Oh, wie reizend!“ Vorsichtig hob Monique das kleine handgearbeitete Karussell aus der Schachtel. Kleine vergoldete Pferde aus Elfenbein drehten sich zu einem romantischen Prélude von Chopin. „Liebling, das ist wirklich zauberhaft. Die kleinen Pferde sollte man Romantik, Liebe, Hartnäckigkeit und so weiter taufen. Ich werde es immer in Ehren halten.“

„Ich …“ June sah ihre Mutter an, und dann konnte sie ihr plötzlich nicht mehr böse sein. „Sei glücklich, Maman.“

Monique küsste sie. „Du auch, *mignonne*.“

B. C. lehnte sich zu seiner Frau und flüsterte in ihr Ohr: „Du weißt es, nicht wahr?“

Mit einem belustigten Lächeln hob sie ihr Glas. „Natürlich“, antwortete sie leise, „du konntest doch noch nie Geheimnisse vor mir haben.“

„Aber …“

„Ich habe es damals gewusst, und ich habe dich gehasst, beinahe einen ganzen Tag lang. Weißt du noch, wer damals die Schuld an allem hatte? Ich kann mich nicht mehr so richtig daran erinnern.“

„Herrje! Lily, wenn du gewusst hättest, wie schuldig ich mich fühlte. Heute Abend wäre ich beinahe erstickt an …“

„Gut“, erklärte sie. „Und jetzt, du alter Dummkopf, lass uns machen, dass wir hier wegkommen, damit die Kinder ihre Probleme ins Reine bringen können. Monique …“ Sie reichte ihr die Hand, und als sich ihre Hände berührten, trafen sich auch ihre Blicke. In dem geheimen Einverständnis, das zwischen ihnen herrschte, brauchte jedoch nichts ausgesprochen zu werden.

„Herzlichen Dank für den netten Abend und meine besten Wünsche auch für Ihren Mann."

„Danke." Mit einem kleinen wehmütigen Lächeln streckte Monique B. C. die Arme entgegen. *„Au revoir, mon ami."*

Er nahm sie in seine Arme und fühlte sich wie ein Mann, dem gerade eine Generalamnestie zuteilgeworden war. Er wollte nichts weiter, als jetzt mit seiner Frau allein zu sein, um ihr zu sagen, wie sehr er sie liebte. „Vielleicht werden wir morgen zusammen essen", meinte er dann allgemein in die Runde. „Gute Nacht."

Monique begann zu kichern, als sich die Tür hinter den beiden geschlossen hatte. „Liebe, ich muss immer lachen. Also ..." Sie begann, ihr Geschenk wieder einzupacken. „Meine gepackten Koffer stehen schon unten, mein Flugzeug geht in einer Stunde."

„In einer Stunde?", fragte June erstaunt. „Aber ..."

„Meine Geschäfte hier sind erledigt." Mit dem Geschenk unter dem Arm stellte sie sich bis auf die Zehenspitzen, um Blake einen Kuss zu geben. „Sie haben das Glück, wunderbare Eltern zu haben."

Dann küsste sie June. „Und du, mein Schatz, hast das ebenfalls, auch wenn sie nicht Mann und Frau geblieben sind. Die Suite ist bezahlt bis morgen früh, und der Champagner ist noch kalt."

Monique ging zur Tür. Dort blieb sie stehen und sah sich noch einmal um. „Bon appétit, mes enfants."

Sie fand, das sei einer ihrer besten Abgänge gewesen.

Als die Tür hinter Monique ins Schloss gefallen war, blieb June wie angewurzelt stehen. Sie wusste nicht: Sollte sie applaudieren, oder sollte sie etwas gegen die Wand werfen?

„Eine tolle Inszenierung", meinte Blake nach einer Weile. „Möchtest du noch etwas Champagner?"

Ich kann genauso lässig sein wie er, dachte sie. „Gern."

„Und wie war es in Rom?"

„Heiß.“

„Und dein Kuchen?“

„Herrlich.“ Sie hob das Glas und machte dann zwei Schritte von ihm weg. Es war besser, von unwichtigen Dingen zu sprechen, wenn so viel Unausgesprochenes zwischen ihnen lag. „Ging hier alles glatt?“

„Erstaunlicherweise ja. Auch wenn ich glaube, dass alle erleichtert sein werden, dass du wieder da bist, vor allem angesichts der Umstellung morgen.“ Er nippte an seinem Glas. „Sag mal, seit wann weißt du eigentlich, dass mein Vater und deine Mutter eine Affäre hatten?“

Er ist wirklich sehr direkt, dachte sie, aber sie konnte genauso direkt sein. „Ich habe es gewusst, als es damals passierte. Ich war zwar noch ein Kind, aber Kinder sind in diesen Dingen sehr aufmerksam. Man könnte sagen, ich habe es damals geahnt, sicher war ich erst, als ich deinem Vater den Namen meiner Mutter nannte.“

Er nickte und dachte wieder an den Tag in seinem Büro. „Und wie sehr hast du dich davon beeinflussen lassen?“

„Es war mir unangenehm.“ Sie zuckte mit den Schultern.

„Und du warst entschlossen, dafür zu sorgen, dass sich die Vergangenheit nicht noch einmal wiederholt, stimmt's?“

Blakes Einfühlungsvermögen war entblößend. „Vielleicht.“

„Aber dann ist es doch passiert.“

June versuchte sich abzulenken, indem sie Kaviar auf einen Cracker strich. „Wir waren beide ja nicht verheiratet.“

Blake nahm sich eine Quiche, als führten sie eine ganz nebensächliche Unterhaltung. „Du weißt, warum deine Mutter das heute Abend gemacht hat?“

„Monique konnte noch nie dem Wunsch widerstehen, so etwas in Szene zu setzen. Sie hat das getan, um mir klarzumachen, dass eine Ehe von Dauer sein kann, auch wenn sie nicht unbedingt perfekt ist.“

„Und? War sie damit erfolgreich?“ Als June nicht antwortete, stellte Blake sein Glas ab. Es war an der Zeit, nicht länger um den heißen Brei herumzureden. „Es hat keine Stunde gegeben, in der ich nicht an dich gedacht habe“, gestand er ihr.

Ihre Blicke trafen sich. Hilflos schüttelte sie den Kopf. „Blake, ich finde, du solltest nicht …“

„Verflixt, du wirst mich jetzt anhören. Wir passen zueinander. Du kannst mir nicht sagen, dass du das nicht weißt. Vielleicht hattest du recht, als du mir vorgeworfen hast, dass ich an die Sache herangegangen bin wie an ein geschäftliches Problem. Ich war vielleicht zu sehr darauf bedacht, auf den richtigen Moment zu warten. Aber ich musste sichergehen, sonst wäre ich verrückt geworden, weil ich versuchte, dir genug Zeit zu geben, damit du selbst einsehen würdest, was uns beide miteinander verbindet.“

June verschränkte die Arme vor der Brust. „Ich habe das gesagt, weil du mir Angst gemacht hast. Ich habe das alles gar nicht so gemeint.“

„June.“ Er legte eine Hand an ihre Wange. „Ich habe alles genau so gemeint, was ich dir in dieser Nacht gesagt habe. Ich verlange so sehr nach dir wie damals.“

„Ich bin hier.“ Sie machte einen Schritt auf ihn zu. „Wir sind allein.“

Das Verlangen nach ihr zerriss Blake beinahe. „Ich will dich lieben, aber nicht, ehe ich weiß, was du von mir erwartest. Willst du nur ein paar Nächte, ein paar Erinnerungen, so wie unsere Eltern das hatten?“

Sie wandte sich ab. „Ich weiß nicht, wie ich es dir erklären soll.“

„Sag mir, was du fühlst.“

June brauchte einen Augenblick, um die richtigen Worte zu finden. „Also gut. Wenn ich koche, dann nehme ich diese Zutaten und jene. Mit meinen eigenen Händen gebe ich sie zusammen und schaffe daraus etwas Perfektes. Wenn ich feststelle, dass es nicht perfekt ist, werfe ich es weg. Ich habe sehr wenig Geduld.“

Sie hielt einen Augenblick inne und fragte sich, ob er sie wohl verstand. „Ich habe immer geglaubt, wenn ich mich auf eine Beziehung einlasse, gibt es diese Zutat und jene, und ich würde sie zusammentun. Aber ich wusste, ich würde daraus nie etwas Perfektes schaffen können. Deshalb …“, sie holte tief Luft, „deshalb habe ich mich gefragt, ob daraus auch etwas entstehen würde, das ich lieber wegwerfen würde.“

„Eine Beziehung ist etwas, das nicht an einem einzigen Tag entstehen kann und das auch nicht nach einem einzigen Tag schon perfekt sein kann. Ein Teil des Geheimnisses ist, dass man daran arbeiten muss, und dazu sind fünfzig Jahre noch immer nicht ausreichend.“

„Das ist eine lange Zeit, um an etwas zu arbeiten, das nie vollkommen sein wird.“

„Ist die Herausforderung zu groß für dich?“

June zuckte zusammen, dann sah sie Blake an. „Dafür kennst du mich zu gut“, murmelte sie. „Vielleicht sogar besser, als mir lieb ist. Vielleicht zu gut, als für uns beide gut ist.“

„Falsch“, widersprach er ruhig. „Du bist für mich gut.“

Sie öffnete den Mund, um etwas zu sagen, schloss ihn dann aber wieder.

„Bitte“, begann June nach einer Weile. „Wir müssen diese Sache zu Ende bringen. Als ich in Rom war, habe ich versucht, mir einzureden, dass es mein Wunsch war, hierhin und dahin fliegen zu können, ohne mir Sorgen zu machen.“ Sie seufzte. „Als ich in Rom war, habe ich mich elender gefühlt als je zuvor in meinem Leben.“

Er konnte ein Grinsen nicht unterdrücken. „Das tut mir aber leid.“

„Das tut es nicht.“ Sie wandte sich ab. Sie würde es ihm nur einmal erklären, deshalb musste sie sichergehen, dass er sie auch verstand. „Im Flugzeug habe ich mir vorgenommen, dass wir uns vernünftig miteinander unterhalten müssen, wenn ich wieder zurück wäre. In meinem Kopf sagte ich mir, dass das bedeutete, dass wir unser Verhältnis so weiterführen würden, wie es vorher war. Intimität ohne Bindung, was wahrscheinlich überhaupt keine wahre Intimität ist.“ Sie nippte an ihrem Glas.

„Aber als ich heute Abend hier hereinkam und dich sah, da wusste ich, dass es unmöglich ist. Wir können nicht einfach so weitermachen wie bisher, am Ende würde das uns nur beide zerstören."

„Du wirst nicht einfach aus meinem Leben verschwinden."

Sie wandte sich zu ihm um. Jetzt stand sie ganz nahe vor ihm. „Das würde ich tun, wenn ich es könnte. Und verflixt, du bist nicht der Einzige, der mich davon zurückhält. Ich selbst bin es! All deine Pläne, all deine Logik konnten nichts an dem ändern, was in meinem Inneren ist. Nur ich hätte es ändern können, nur meine Gefühle."

Sie nahm seine Hände, dann holte sie noch einmal tief Luft. „Ich möchte auf diesem Karussell mit dir fahren, ich will die Möglichkeit haben, es gemeinsam mit dir zu erschaffen …"

Blake zog sie in seine Arme. „Warum? Sag mir, warum."

„Weil ich irgendwann, zwischen dem Augenblick, als du zum ersten Mal in meine Wohnung kamst, und jetzt, mich in dich verliebt habe. Ganz egal, wie dumm das auch sein mag, aber ich will es versuchen."

„Wir werden gewinnen." Seine Lippen suchten ihre, und als sie zitterte, wusste er, dass es nicht nur aus Leidenschaft war. Um die Leidenschaft würde er sich später kümmern, jetzt musste er zuerst ihre aufgebrachten Nerven beruhigen. „Wenn du möchtest, können wir ja eine Probezeit abmachen." Er bedeckte ihr Gesicht mit Küssen. „Wir können sogar einen Vertrag machen, wenn du möchtest."

„Probezeit?" Sie wollte sich aus seinen Armen lösen, aber er hielt sie fest.

„Ja, und wenn einer von uns während der Probezeit eine Scheidung will, muss er nur warten, bis die Probezeit abgelaufen ist."

June runzelte die Stirn. Konnte er jetzt wirklich von Geschäften sprechen? Würde er das wagen? Sie hob herausfordernd ihr Kinn. „Und wie lange würde diese Probezeit sein?"

„Fünfzig Jahre."

Lachend schlang sie ihre Arme um seinen Hals. „Einverstanden. Ich will, dass der Vertrag morgen aufgesetzt wird, in dreifacher Ausfertigung. Aber heute Nacht“, sie knabberte an seiner Unterlippe und schob ihre Hände unter seine Jacke, „heute Nacht sind wir nur Liebende. Die Suite gehört uns bis morgen.“

Der Kuss, der folgte, dauerte eine kleine Ewigkeit.

„Erinnere mich doch bitte daran, Monique eine Kiste Champagner zu schicken“, sagte Blake schließlich, als er June auf seine Arme nahm.

„Da wir gerade davon sprechen …“ Sie beugte sich vor und nahm die beiden halb vollen Gläser vom Tisch. „Wir sollten ihn nicht verderben lassen. Und später“, meinte sie, als er sie in das Schlafzimmer trug, „viel später könnten wir uns dann eine Pizza bringen lassen.“

– ENDE –

Lesen Sie auch:

Susanne Schomann

Wilder Wacholder

Ab August 2014 im Buchhandel

„Weißt du, ich habe jetzt wirklich lange genug den Mund gehalten. Du bist seit fast einem Monat wieder hier, und bisher haben wir uns gerade mal zu zwei kleinen unschuldigen Abendessen getroffen und uns kurz zwischen Tür und Angel unterhalten, Kjell!"

Julia war sichtlich wütend. Die Hände in die Hüften gestemmt, stand sie vor ihm und funkelte ihn aus ihren grünen Augen zornig an. „Seit Wochen schiebst du Arbeit vor, weichst mir aus und hältst mich ständig auf Abstand. Meinst du, ich würde das nicht merken? Meine Güte, Kjell, ich hätte eigentlich erwartet, dass du mich sofort zu dir ins Bett holst, wenn wir endlich wieder zusammen sein können. Stattdessen kümmerst du dich um Gott und die Welt, hast aber nicht einen einzigen Abend für mich allein Zeit. Mir reicht das langsam, verflixt noch mal! Was ist eigentlich los mit dir?"

Kjell räusperte sich und hob kurz die Hände, nur um sie gleich wieder fallenzulassen. „Hör zu, ich ...!" Entnervt brach er kurz ab, weil ihm auf Anhieb nicht die richtigen Worte einfallen wollten.

Julias Augen füllten sich mit Tränen. „Ich kenne dich schon fast mein ganzes Leben lang, Kjell Loewenthal, und ich weiß, dass du dich mit derartigen Gesprächen schwertust, aber bitte ... bitte, lass mich nicht weiterhin im Regen stehen. Ich werde sonst noch wahnsinnig."

Er trat einen Schritt auf sie zu, wollte sie wie gewohnt in den Arm nehmen, brachte es dann allerdings nicht fertig. „Du vergisst, dass wir schon häufiger diese Gespräche geführt haben. Du wolltest es nur niemals hören, wenn ich mit dir über meine Zweifel an unserer Beziehung sprechen wollte, Julia. Ich weiß schon lange nicht mehr, was ich wirklich will, doch ich möchte dir auch nicht wehtun, verstehst du? Du bist einer der wichtigsten Menschen in meinem Leben, aber ich ... ich weiß einfach nicht, ob wir beide ... du und ich, ob das richtig ist. Ehrlich gesagt, weiß ich das schon seit einigen Jahren nicht mehr."

Einige Sekunden lang sah Julia ihn verständnislos an, mit beiden Händen fuhr sie sich durch ihre kurzen dunkelbraunen

Haare und rang sichtlich um Fassung. „Das ist … heftig.“ Tief durchatmend, unterdrückte sie gerade noch ein Schluchzen, doch er hörte es trotzdem.

„Mir ist klar, dass ich mich dir gegenüber nicht ganz fair verhalten habe, Julia. Du hast die ganze Zeit auf mich gewartet. Allerdings musst du auch zugeben, dass ich dir schon vor Monaten gesagt habe, dass ich mir nicht mehr sicher bin, ob wir beide zusammenbleiben sollten.“

„Du willst also wieder einmal eine Auszeit?“, fragte sie tonlos. „Das hatten wir doch schon oft genug, meinst du nicht?“

„Julia, offen gestanden, denke ich, dass es … dass es endgültig vorbei ist.“ Bedrückt fühlte er, dass auch er einen Kloß im Hals hatte. Es fiel ihm unglaublich schwer, ihr diese Worte zu sagen, gleichzeitig spürte er sich auch erleichtert.

Sie nickte, sein letzter Satz schien allerdings nicht wirklich zu ihr durchgedrungen zu sein. „Wir bleiben vorerst bei einer Auszeit, wie üblich. Ich werde auch dieses Mal … die Hoffnung nicht aufgeben, dass du wieder zur Vernunft kommst. Vielleicht war diese ganze Geschichte mit der blöden Marine überhaupt nicht gut für dich. Du musst erst wieder zu dir finden, ganz bestimmt ist das so, Kjell.“

Ihre Stimme klang verzweifelt und hektisch, aber er konnte auch die Hoffnung aus ihren Worten hören. Nur weil er ihr nicht noch mehr seelische Schmerzen zufügen wollte, nickte er. Er selbst betrachtete die ganze Sache inzwischen mit anderen Augen, dennoch schaffte er es immer noch nicht, sie klar und deutlich mit den Fakten zu konfrontieren. Vielleicht brauchte sie einfach ein wenig mehr Zeit als er, bis sie endlich begreifen würde, wie er wirklich empfand. Die Wahrheit war, dass er sich in den vergangenen Jahren nicht einen einzigen Tag wirklich nach ihr gesehnt hatte. Nicht nach ihren Zärtlichkeiten oder danach, allein mit ihr sein zu können. Alles, wonach er sich gesehnt hatte, war sein Zuhause und das Gefühl von Sicherheit gewesen, aber der Glaube an eine Liebe, die ein Leben lang Bestand haben könnte, war ihm schon vor vielen Jahren verlorengegangen. Julia war wichtig für ihn, keine Frage, aber er liebte sie nicht so, wie es sein sollte, sondern eher als gute und verlässliche Freundin.

Kjell hatte genug Kameraden erlebt, die an manchen Tagen und in noch mehr Nächten vor Verlangen nach ihren Frauen fast durchdreht waren. Ihm war so etwas nie passiert, und im Grunde war er froh darüber, denn denselben Kameraden ist es nicht selten widerfahren, dass sie nach Hause kamen und vor den Trümmern ihrer Beziehung standen. Dumm war nur, dass er sich Julia noch immer verpflichtet fühlte. Gut, sie war nie ein Engel gewesen, doch sie hatte auf ihn gewartet. Jahrelang! Und er hatte den großen Fehler gemacht, es hinzunehmen. Die Schuld an ihrer vertrackten Situation lag nicht zuletzt auch bei ihm.

„Ich werde uns nicht aufgeben, Kjell", bekräftigte sie noch einmal und unterbrach damit seine Überlegungen. „Neben meinem Bruder bist du der einzige Mann, der mir wirklich etwas bedeutet. Und seit Rafael von hier weggegangen ist ..." Sie verstummte und wischte sich mit einer fast zornigen Geste die Tränen von den Wangen.

„Hast du in der letzten Zeit mal von ihm gehört?", fragte er, erleichtert, das Thema wechseln zu können, auch wenn es vielleicht nur für einen Moment des Durchatmens reichte.

„Wir telefonieren ab und zu, allerdings nicht sehr oft. Alle paar Monate fahre ich nach Hamburg, um ihn zu treffen. Seit zwei Jahren arbeitet er dort in einer Werbeagentur."

„Grüß ihn von mir, wenn du wieder mit ihm sprichst, und gib mir bei Gelegenheit mal seine aktuelle Nummer. Vor einiger Zeit habe ich versucht ihn anzurufen, aber unter der alten Telefonnummer war er nicht mehr zu erreichen."

„Ja ... Rafael hat auch noch keine Ahnung, dass du wieder hier bist. Er war auf einer längeren Geschäftsreise in Übersee und wir haben seitdem noch nicht wieder miteinander gesprochen. Frag deine Mutter, wenn du seine Nummer haben willst. Er hat zu ihr mehr Kontakt als zu mir." Sie schniefte. „Ich denke, ich gehe jetzt wohl besser, Kjell. Du weißt ja, wo du mich findest."

Er brachte nur noch ein Nicken zustande.

Isabell freute sich inzwischen auf Kjells regelmäßige Besuche. In den letzten vier Tagen hatte er mehrmals am Tag nach ihr gesehen. Ihr ging es inzwischen deutlich besser, aber er hatte sie gebeten, trotzdem noch einen Tag länger im Bett liegen zu bleiben, damit sie sich erholen konnte. Unterdessen erkannte sie seine Schritte auf der Treppe. So war es auch jetzt. Erst vernahm sie das vertraute Geräusch und kurz darauf das Klopfen an ihrer Tür.

„Komm nur herein", rief sie. Sie ließ das Buch sinken, in dem sie gerade gelesen hatte, und legte es beiseite, als er ihrer Aufforderung folgte.

„Na, wie geht es meiner Patientin denn heute?"

Eine Weile plauderten sie über dies und das. So erzählte er ihr auch von den Fortschritten bei der Einrichtung seiner Praxis und von zwei Bewerbungsgesprächen, die er unterdessen geführt hatte. Isabell hörte ihm gerne zu, wenn er über diese alltäglichen Dinge mit ihr sprach.

Üblicherweise ging Kjell zwischendurch mit dem Hund raus, brachte ihn dann aber wieder zu ihr zurück, so machte er es auch heute. Seit dem Morgen nach ihrer Fiebernacht war Siggi bei ihr geblieben und sie genoss die Anwesenheit des süßen Vierbeiners beinahe so sehr wie die Besuche seines Besitzers. Die Befangenheit, die sie anfangs in Kjells Nähe gespürt hatte, war zwar noch nicht vollständig gewichen, hatte sich aber zu einem Gefühl gewandelt, das sie noch nicht genau einordnen konnte. Seine Attraktivität, besonders sein Lächeln, nahm ihr manchmal den Atem und seine männliche Präsenz wirkte zuweilen sogar einschüchternd auf sie, dennoch fasste sie allmählich Vertrauen zu ihm, was sie vorwiegend auf die ärztliche Zuwendung schob.

Natürlich hatte sie schon bei ihrer ersten Begegnung festgestellt, dass Kjell ein sehr gut aussehender Mann war. Seine Augen waren von einem tiefdunklen Blau, so dunkel, dass man sie auf den ersten Blick auch für braun halten konnte. Das dunkelblonde Haar mit den sonnengebleichten Strähnen war auffallend dicht und stand ihm immer ein wenig struppig vom Kopf ab, was ihn nur noch attraktiver machte. Hinzu kam, dass der Mann vor körperlicher Kraft nur so zu strotzen schien. Sie kannte ihn natürlich nur angezogen, aber sein Körper wirkte durchtrainiert bis in die kleinste Faser. Was sie allerdings durcheinanderbrachte, war ihre Reaktion, wenn er sie berührte. Selbst als es ihr richtig schlecht ging, war ihr jede einzelne Berührung von ihm unter die Haut gegangen und hatte ein tiefes Sehnen nach mehr in ihr ausgelöst. Das bereitete ihr Kopfzerbrechen, zumindest, sobald sie den Gedanken daran zuließ. Kjell gehörte einer anderen Frau, das durfte sie nicht vergessen. Außerdem war sie selbst noch nicht für eine neue Beziehung bereit. Sie fand ihn sexy, na und? Das würde vorbeigehen, sobald sie sich ein wenig mehr an seinen Anblick gewöhnt hatte. Mit diesen Gedanken versuchte sie sich selbst immer wieder zu beruhigen.

Als Kjell nun von seinem kurzen Spaziergang mit dem Hund zurückkehrte, trug er ein vollbeladenes Tablett vor sich her. „Meine Mutter hat uns Kaffee gemacht. Sie meinte, ihr Schokokuchen wäre zwar bei Weitem nicht so gut wie deiner, aber sie hofft diesbezüglich auf deine Nachsicht."

Er schenkte ihr sein umwerfendes Lächeln, stellte das Tablett auf ihrem Nachtisch ab und schob den Sessel näher zu ihr ans Bett, bevor er sich setzte.

„Oh, Kaffee! Wie wundervoll! Ich kann wirklich keinen Salbeitee mehr sehen."

„Ehrlich gesagt, bin ich ziemlich froh, dass wir deinen Infekt auch ohne stärkere Medikamente in den Griff bekommen haben. Die strenge Bettruhe war offenbar genau das Richtige für dich. Allerdings würde ich jetzt vorschlagen, dass du ab morgen mal ein paar Stunden aufstehst. Doch gearbeitet wird noch nicht, verstanden?", sagte er, während er den Kaffee einschenkte und ihr einen der beiden Becher reichte. „Ein bisschen frische Luft würde dir indes ganz guttun. Was hältst du davon, Siggi und mich auf unserem Nachmittagsspaziergang zu begleiten?"

„Sehr gerne, Kjell. Seit es mir besser geht, habe ich schon zwei Taschenbücher durchgelesen. Ein wenig Abwechslung und frische Luft wären tatsächlich herrlich."

„Dann ist es abgemacht. Morgen Nachmittag machen wir einen Spaziergang. Ich hole dich gegen vierzehn Uhr ab."

Es ist ja nur ein Spaziergang, dachte sie, doch sein Lächeln raubte ihr den Atem.

Wie versprochen, holte Kjell sie am nächsten Tag zur verabredeten Zeit ab. Da es recht windig war, hatte Isabell sich einen leichten Baumwollschal um den Hals geschlungen und war in eine winddichte Jacke geschlüpft.

„Endlich hast du wieder ein bisschen Farbe im Gesicht", stellte Kjell lächelnd fest, als sie zusammen auf einen schmalen Feldweg zusteuerten, den Siggi offenbar schon sehr gut kannte, denn er war ihnen bereits weit voraus.

„Ja, mir geht es auch besser", antwortete sie. „Ich fühle mich noch ein bisschen wackelig auf den Beinen, aber das wird schon", fügte sie noch hinzu.

„Das Schwächegefühl ist nach so einem schweren Infekt völlig normal. Das kann schon noch ein paar Tage anhalten. Wenn es allerdings zum Ende der Woche nicht deutlich besser ist, sag mir ruhig Bescheid. Ich kann dir ein homöopathisches Mittel verschreiben, das deine Kräfte mobilisiert und deine Genesung unterstützt."

„Das ist lieb von dir, Kjell. Danke."

„Immer gerne."

Er bot ihr seinen Arm an und sie hakte sich bei ihm ein. Amüsiert schauten sie dem Hund hinterher, der recht lebhaft durch die Gegend tobte und sich nur dann und wann zu ihnen umdrehte, um sich zu vergewissern, dass sie sich noch in seiner Sichtweite befanden. So gingen sie eine ganze Weile eher stumm nebeneinander her und genossen die auffallende Ruhe und Schönheit der Heidelandschaft, durch die sie nun mit gemächlichem Schritt spazierten. Für die Heideblüte war es noch zu früh, doch der würzige Duft des Wacholders belebte die Sinne und das wildromantische Terrain war auch in den verschiedenen Grün- und Brauntönen ein Erlebnis.

„Es ist so schön und friedlich hier", meinte sie seufzend. „Hier sieht es fast aus wie an einigen Orten bei mir zu Hause."

Kjell blieb stehen und schaute sie an. „Du sagtest, du kommst aus Cornwall?“

„Ja, dort bin ich aufgewachsen. Geboren bin ich allerdings in Irland. Mein Vater ist Ire, weißt du.“

„Warum bist du von zu Hause, ich meine von Cornwall, fortgegangen, Isabell?“

Sie spürte, wie bei seiner Frage ihr Herz heftig zu pochen begann. Für einen Moment kam ihr der Gedanke, dass es wahrscheinlich sehr befreiend wäre, ihm jetzt auf der Stelle alles zu erzählen, was ihr im vergangenen Jahr widerfahren war, doch dann verwarf sie den Gedanken wieder. Auch wenn sie sich ihm so seltsam nahe fühlte, war er doch noch fast ein Fremder für sie. „Es war besser so. Ich hatte Schwierigkeiten mit ... mit meiner Familie.“

„Oh, das tut mir leid“, erwiderte er mitfühlend. „Hast du dich mit deinen Eltern überworfen? Das ist schlimm, aber das lässt sich doch gewiss auch wieder einrenken.“

„Nein, nein, das ist nicht so einfach ... ich ...“ Zu ihrem Schrecken spürte sie, wie sich ihr die Kehle zuschnürte und sich Tränen in ihren Augen sammelten.

„Aber Mütter sind doch normalerweise ...“ Er brach ab, als er ihre Tränen bemerkte, fing eine davon mit der Rückseite seines Zeigefingers auf. „Hey, was ist denn los?“ Wortlos zog er sie an sich. Sie ließ es nicht nur zu, sondern kuschelte sich in seine starken Arme und hielt auch ihre Tränen nicht zurück. Eine ganze Weile weinte sie hemmungslos. Kjell ließ sie gewähren, hielt sie nur fest und strich ihr dann und wann über den Rücken. Er tat das so lange, bis sie sich beruhigt hatte.

Isabells Gefühlsausbruch hatte ihn überrascht, vielleicht sogar ein bisschen überfordert, dennoch genoss er es, sie in den Armen zu halten. Sie wirkte schutzbedürftig und ziemlich aufgelöst auf ihn, wie sie sich so an ihn klammerte und ihr Gesicht an seine Brust presste. Als ihre Tränen langsam versiegten, legte er einen Finger unter ihr Kinn und hob ihren Kopf an, damit er sie ansehen konnte. „Willst du mir nicht erzählen, was dich so unglücklich macht, Isabell?“

Sie holte tief Luft, schüttelte dann aber den Kopf. „Ich kann nicht. Noch nicht."

„Okay, doch der Onkel Doktor ist da, wenn du reden möchtest." Er hatte vorgehabt, sie mit dieser albernen Bemerkung ein wenig aufzumuntern, aber ihre Miene blieb ernst und sehr traurig, als sie zu ihm hochschaute. Während er ihr unverwandt in die Augen sah, fühlte er deutlich eine Sehnsucht, die ihn tief in seinem Inneren berührte.

Ihre Augen waren von einer kristallenen Klarheit, die ihn immer aufs Neue faszinierte. Vorsichtig glitt er mit dem Daumen über ihr Kinn, streifte dabei ihre Unterlippe und vernahm ihr leises Seufzen. Alles in ihm verlangte danach, diesen rosigen Mund zu küssen, und er beugte sich zu ihr hinunter, bis sein Gesicht nur noch wenige Zentimeter von ihrem entfernt war. „Du bist … so unfassbar schön", hörte er sich flüstern, verblüfft über sich selbst, denn so ein Satz passte normalerweise nicht zu ihm.

Ihr unglaublicher Aquamarinblick senkte sich auf seinen Mund. „Kjell, nein, bitte nicht."

Doch es war bereits zu spät. Schon im nächsten Moment berührte sein Mund ihre Lippen, ganz zart zuerst, doch sogleich verlangte es ihn nach mehr und so nahm er sich mehr. Ihre Lippen waren weich, süß und öffneten sich ihm bereitwillig. Isabell stöhnte leise und ließ sich zurück in seine Arme sinken, als er mit seiner Zunge ihre Lippen teilte. Diese Reaktion war ihm Antwort genug. Das Begehren rauschte wild durch seine Adern und er spürte eine Hitze, die seinen Körper erfasste, etwas, das er noch nie zuvor empfunden hatte. Verlangend zog er sie näher, küsste sie mit einer Zärtlichkeit, die ihm selbst fremd war, und Isabell erwiderte genauso leidenschaftlich seinen Kuss. Nun umfasste er ihr Gesicht, strich mit der Zunge über ihre Lippen, genoss ihren herrlichen Geschmack und verband seine Zunge in einem süßen Tanz mit ihrer. Langsam ließ er eine Hand über ihren Hals, die Schulter, bis hinunter zu ihrem Po gleiten, presste ihren Körper an sich. Er vertiefte den Kuss, ließ ihn stürmischer, wilder, feuchter werden und ihre Finger vergruben sich in seinem

Haar. Wieder ein Stöhnen, lauter dieses Mal, und gleich darauf ein Beben ihres Körpers, das ihn fast den Verstand kostete, weil es seine eigene Begierde in ungeahnte Höhen trieb. Nach einer berauschenden Ewigkeit, löste sie sich zögernd von ihm, strich dabei mit zitternder Hand über seine Wange und legte ihren Zeigefinger über seinen Mund. „Bitte … Kjell, hör … auf", brachte sie auffallend mühsam und schwer atmend hervor.

Er versuchte sich an einem Nicken, keuchte dabei, wie er erstaunt feststellte. Es dauerte eine ganze Weile, bis sie beide wieder normal atmen konnten. „Entschuldige mich kurz", stieß er hervor, als er einen Schritt von ihr zurücktrat, um sich für einen Augenblick von ihr abzuwenden. Er legte den Kopf in den Nacken und wartete darauf, dass das heftige Verlangen ein wenig abebbte, damit er wieder in Lage war, sie anzusehen. Schließlich drehte er sich wieder zu ihr um. „Na, das war ja mal ein Kuss, was?"

„Oh ja, das war ein Kuss."

Sie lachten, auch ein wenig vor Verlegenheit.

„Hör zu, ich … ich finde dich unglaublich anziehend, Isabell."

„Ich denke, das habe ich gerade gemerkt." Wieder lachten sie beide. „Aber Kjell, das ist falsch. Wir hätten das nicht tun dürfen. Und du bist …"

„Ich habe mich von Julia getrennt", warf er schnell ein, bevor sie ihren Satz zu Ende brachte. „Ich habe mich getrennt", wiederholte er nachdrücklich.

Ihr Gesicht wurde ernst, sehr ernst. „Es geht nicht allein um Julia, Kjell. Auch ich bin … ich meine, ich bin nicht bereit für … so was."

„Für so was? Wie meinst du denn das? Wir sind erwachsen, wir …"

„Nein, ich kann das nicht. Und ich will das auch nicht", unterbrach sie ihn ungestüm.

Eine kleine Ewigkeit schauten sie sich an. „Ist es wegen Jamie?", fragte er schließlich.

Sie zuckte sichtbar zusammen und machte einen großen Schritt von ihm weg. „Jamie?", flüsterte sie atemlos. „Wie kommst du auf Jamie?"

„Als dein Fieber so hoch war, hast du seinen Namen gesagt. Du dachtest wohl, ich wäre er. Jedenfalls hatte ich diesen Eindruck."

„Oh."

„Wartet dieser Jamie in Cornwall auf dich, Isabell?"

Stumm schüttelte sie den Kopf, trat aber wieder einen Schritt auf ihn zu und legte ihm die Hände flach auf die Brust. „Jamie war mein Mann, Kjell, mein Ehemann. Er lebt nicht mehr. Ich habe … ich habe ihn im vergangenen Jahr verloren."

Er schloss kurz die Augen, dann schlang er den Arm um ihre Schultern. „Oh Gott, das tut mir sehr leid. War er krank?"

Erneut schüttelte sie den Kopf. „Nein, James ist ertrunken. Ein schrecklicher Unfall während einer Segeltour. Offenbar ist er mitten in der Nacht über Bord gegangen, aber ich … entschuldige, doch ich möchte wirklich nicht darüber reden."

Kjell hob eine Hand und strich ihr eine goldglänzende Haarlocke aus der Stirn. Sie hatte ihren Mann verloren, das rückte in seinem Kopf so einiges zurecht. „Okay, du sollst nur wissen, dass ich für dich da bin, falls du … ich meine, falls du vielleicht doch irgendwann darüber sprechen möchtest – mit einem Freund."

Er hatte kaum zu Ende gesprochen, als ein lauter Knall sie beide zusammenfahren ließ. Gleich darauf hörten sie ein helles, fast kreischendes Jaulen, das sekundenlang anhielt, bevor es erstarb. Kjell hatte praktisch sofort reagiert, Isabell zu Boden gedrückt und sie mit seinem großen Körper abgeschirmt. Er fluchte und sah sich vorsichtig um. „Das war ein Schuss", keuchte er. „Bist du okay?"

„Ja, ich bin nur zu Tode erschrocken." Isabell atmete schnell. Nachdem eine Weile alles ruhig blieb, drängte er sie Stück für Stück zwischen zwei niedrige Wacholderbüsche, die ganz in ihrer Nähe wuchsen.

„Verdammt noch mal, wer ballert denn hier um diese Zeit durch die Gegend?"

„Wer auch immer da geschossen hat, muss ein Tier getroffen haben", flüsterte sie. „Hast du den furchtbaren Schrei gehört? Der kam eindeutig von einem Tier, das verwundet wurde."

Der ergreifende Auftakt zu Christie Ridgways sommerleichter Trilogie:

Deutsche Erstveröffentlichung

Band-Nr. 25747
8,99 € (D)
ISBN: 978-3-95649-012-5
eBook: 978-3-95649-358-4
400 Seiten

Christie Ridgway
Der Sommer, der uns verband

Eine ausgelassene Strandparty – und mittendrin ein sexy Mann mit ozeanblauen Augen und offenem Hawaiihemd: Das ist Griffin Lowell? Jane hat einen grüblerischen Einzelgänger erwartet, nicht diesen Traumtypen. Schließlich wurde sie engagiert, um Griffin in seinem Strandhaus beim Schreiben seiner Biographie zu helfen. Der allerdings will lieber feiern und seinen traumatischen Erinnerungen entfliehen – doch so schnell gibt Jane nicht auf, denn sie braucht den Job mehr als alles andere! Bei Strandspaziergängen im Mondschein gelingt es ihr tatsächlich, das Eis um Griffins Herz zum Schmelzen zu bringen. Aber während ihr berufliches Interesse bald tiefer Sehnsucht weicht, scheint er noch nicht bereit für die Liebe …

„Romantik pur, herzerwärmend und witzig."
New York Times-Bestsellerautorin Jennifer Crusie